विश्व के महान् आविष्कारक
और
उनके आविष्कार

किताबघर प्रकाशन
नयी दिल्ली

विश्व के महान् आविष्कारक
और
उनके आविष्कार

लक्ष्मण प्रसाद
विनोद कुमार मिश्र

प्रकाशक
किताबघर प्रकाशन
4855-56/24, अंसारी रोड, दरियागंज, नई दिल्ली-110002
फ़ोन : 011-23266207, 41584421
E-mail : kitabgharprakashan@gmail.com
website : www.bookshindi.com

पेपरबैक संस्करण : 2023

आवरण : सतीश राय

मूल्य : पांच सौ पचास रुपये

मुद्रक : आर. के. ऑफसेट
शाहदरा, दिल्ली-110095

VISHVA KE MAHAAN AAVISHKAARAK
AUR UNKE AAVISHKAAR *(Hindi)*
by Lakshman Prasad & Vinod Kumar Mishra
Price : ₹ 550 (Paperback Edition)

ISBN—978-93-89663-09-9

भारतीय मिसाइल क्रांति
के
जनक व श्रेष्ठ वैज्ञानिक
डॉ० ए०पी०जे० अब्दुल कलाम
को
सादर समर्पित

भूमिका

आज संसार का जो स्वरूप है, उसे बनाने में हजारों-लाखों आविष्कारकों ने अपना जीवन लगाया है। इनमें से कुछ का योगदान इतना ज्यादा है कि उन्हें महान् कहा जाता है। इन आविष्कारकों ने कृषि, उद्योग, यातायात (जल, थल, नभ, अंतरिक्ष), दूरसंचार (टेलीफोन, टेलीग्राफ, रेडियो, टी०वी०), उपयोगी उपकरण (कम्प्यूटर, कैमरा), चिकित्सा, युद्धक सामग्री, परमाणु ऊर्जा, विभिन्न प्रकार के वैज्ञानिक सिद्धांतों आदि को इस कदर विकसित किया कि संसार नये युग में प्रवेश कर गया। प्रस्तुत पुस्तक में पिछले ढाई हजार सालों के ऐसे 40-45 महान् आविष्कारकों का व्यक्तित्व व कृतित्व समाहित है।

प्राचीन काल से लगभग एक हजार साल पूर्व तक भारत विज्ञान सहित सभी क्षेत्रों में अग्रगण्य माना जाता था और इसे विश्वगुरु भी कहा जाता है।

बहुत-सा ज्ञान भारत में उत्पन्न हुआ और बाद में वह विदेशों में पहुँचा। यूरोप में तो वह चंद शताब्दियों पूर्व ही पहुँच पाया और वहाँ से अमेरिका दो शताब्दी पूर्व पहुँचा।

पर पश्चिमी देशों में विज्ञान संबंधी साहित्य इतने बड़े पैमाने पर तथा इतने आक्रामक तरीके से रचा गया कि आज आम भारतीय को भी यह पढ़ाया जाता है कि गुरुत्वाकर्षण के सिद्धांत की खोज न्यूटन ने तथा पृथ्वी गोल है और सूर्य के चारों ओर चक्कर काटती है, यह खोज गैलीलियो ने की थी। जबकि सत्य यह है कि न्यूटन के पाँच सौ वर्ष पूर्व गुरुत्वाकर्षण का ज्ञान भास्कराचार्य दुनिया को दे चुके थे और पृथ्वी द्वारा सूर्य के चारों ओर घूमने का ज्ञान तो गैलीलियो से लगभग 1000 वर्ष पूर्व आर्यभट्ट प्रथम द्वारा संसार को दिया जा चुका था। इसी तरह जगदीशचंद्र बसु ने वायरलेस संचार प्रणाली मारकोनी से पहले ही विकसित कर ली थी। भारतीय चिकित्सक शिक्षाप्राप्ति के पश्चात् आचार्य सुश्रुत व आचार्य चरक के बजाय पश्चिमी चिकित्साशास्त्रियों के नाम की शपथ लेते हैं जो बहुत बाद में संसार में आए।

लेखक द्वय ने भारतीयता का गौरव बढ़ाते हुए न सिर्फ सच्चाई को सामने लाने का प्रयास किया है वरन् विश्व के इन 40-45 महान् आविष्कारकों में आठ महान् भारतीय आविष्कारकों को स्थान दिया है और यह साबित किया है कि भारतीय न कभी पीछे थे और न कभी पीछे रहेंगे। पुस्तक में वर्णित तीन भारतीय वैज्ञानिक नोबल

पुरस्कार विजेता हैं।

लेखक द्वय ने विश्व के इन महान् युग-प्रवर्त्तक आविष्कारकों के जीवन के पहलुओं को तो उजागर किया ही है, साथ में उनके आविष्कार की प्रक्रिया को भी सरल और सुबोध शब्दों में वर्णित किया है। इसका मुख्य कारण यह है कि श्री लक्ष्मण प्रसाद स्वयं एक सफल व अनुभवी आविष्कारक रहे हैं और विनोद कुमार मिश्र एक कुशल इंजीनियर व प्रबंधक हैं। दोनों ही आविष्कारों की प्रक्रिया से भली भाँति परिचित हैं और पाठकों, खास तौर से किशोरों व युवाओं को अपनी रचनाओं द्वारा आविष्कारक बनने के लिए लगातार प्रेरित कर रहे हैं।

भारत को सशक्त व समृद्ध राष्ट्र बनाने के लिए न सिर्फ विज्ञान व तकनीकी शिक्षा के प्रचार-प्रसार पर जोर देना होगा वरन् समस्त वैज्ञानिक ज्ञान को हिंदी व अन्य भारतीय भाषाओं की पुस्तकों के रूप में भी कलमबद्ध करना पड़ेगा ताकि यह हर व्यक्ति तक पहुँच सके। लेखक द्वय इस दिशा में लगातार प्रयास कर रहे हैं और यह सराहना योग्य है।

मुझे विश्वास है कि इस प्रकार की पुस्तकें पढ़कर भारतीय छात्र पुस्तक में वर्णित महान् आविष्कारकों की तरह कार्य करने का प्रयास करेंगे और देश का गौरव बढ़ाएँगे।

डॉ० रघुनाथ अनंत माशेलकर

महानिदेशक

वैज्ञानिक व औद्योगिक अनुसंधान परिषद

आत्मकथन

जब हम प्रात: उठते हैं तो हमें अलार्म घड़ी की आवाज सुनने को मिलती है। इसको आविष्कृत करने के लिए भी किसी वैज्ञानिक ने श्रम किया था। जिस बिस्तर से हम उठते हैं, उसे भी हजारों वर्ष पूर्व किसी व्यक्ति ने काफी सोच-विचार कर श्रमपूर्ण तरीके से तैयार किया होगा। जिस फ्लश शौचालय में हम दैनिक क्रिया से निवृत्त होते हैं, उसे भी सर जॉन हैरिंगटन नामक वैज्ञानिक ने 1590 में तैयार किया था।

सैकड़ों साल पहले टूथब्रश चीनियों ने पंद्रहवीं सदी में तैयार किया था। नाश्ते की टेबल पर सैंडविच, ब्रेड आदि तैयार करने में भी अनेक आविष्कारकों का योगदान रहा था। कार्यक्षेत्र में इस्तेमाल होने वाले कंप्यूटर, फोन, फैक्स व अन्य मशीनें तो वैज्ञानिकों ने तैयार की हीं, शाम को जब हम अपनी दैनिक शारीरिक व मानसिक थकान उतारने के लिए खेल के मैदान में उतरते हैं तो पाते हैं कि इन खेलों को तैयार करने में भी लोगों ने कितना परिश्रम किया होगा और कितने थके होंगे।

यह प्रक्रिया दस हजार सालों से भी पहले प्रारंभ हुई और लगातार चलती रही। मनुष्य ने अपनी जरूरतों को पूरा करने के लिए तथा अपनी सुविधा के लिए काम करना प्रारंभ किया। अपने परिश्रम को बचाने के लिए जानवरों के श्रम का सहारा लिया। जरूरतें और इच्छाएँ बढ़ती गईं। आविष्कारों की प्रक्रिया तेज होती चली गई।

बीच-बीच में ठहराव भी आया। आविष्कारों ने समृद्धि बढ़ाई और समृद्धि ने आलस्य को जन्म दिया। कहीं समृद्धि ज्यादा बढ़ गई तो दूसरों ने आक्रमण किया और आविष्कारों की प्रक्रिया ने नया मोड़ लिया और वह तेज होती चली गई।

किसी जमाने में विश्व की एक आबादी गुलाम थी और वे तरह-तरह के श्रमसाध्य काम करते थे। जब इन गुलामों में जागृति आई और मानवाधिकारों की भावना ने जन्म लिया तो मनुष्य ने मशीनीकरण की प्रक्रिया प्रारंभ की और आविष्कारों की प्रक्रिया तेज हो गई।

विश्व को सुखदायी आविष्कार प्रदान करने वालों को अनेक हास्यास्पद, खतरनाक, जानलेवा घटनाओं से गुजरना पड़ा। आर्कमिडीज खोज करने के बाद नंगे ही बाथ टब से निकलकर सड़कों पर यूरेका-यूरेका चिल्लाते हुए दौड़ पड़े। ग्लाइडरों पर प्रयोग करने वाले ऑटो लिलिन्थाल की उड़ान संबंधी प्रयोग के दौरान मृत्यु ही हो गई। डायनामाइट तैयार करने वाले अल्फ्रेड नोबल के भाई का प्रयोग के दौरान हुए विस्फोट में निधन हो गया था।

कुछ आविष्कार योजनाबद्ध तरीके से हुए पर अनेक आविष्कार दुर्घटनावश और मूर्खतावश भी हो गए। मूर्खतावश हुए आविष्कारों में से एक है सिली पुट्टी, जो काफी प्रयोग में आता है। एक्सरे का आविष्कार भी दुर्घटनावश ही हुआ था और जर्मन आविष्कारक रोएंटजन वास्तव में विद्युत शक्ति के गुणों की परीक्षा कर रहा था। पेनसिलीन का आविष्कार भी इसी प्रकार हुआ था।

आविष्कार लोगों ने मिलकर भी किए और अलग-अलग भी। विलबर राइट और ओरविल राइट नामक बंधुओं ने मिलकर हवाई जहाज तैयार किया। इसी प्रकार प्रो० पियरे क्यूरी और मैडम क्यूरी तथा फ्रेडरिक जोलियट और आईरीन जोलियट नामक दंपतियों ने भी मिलकर अनुसंधान किए और बेहतर परिणाम हासिल किए।

कुछ लोगों ने अलग-अलग भी अनुसंधान किए और बाद में मिलकर उनका फल प्राप्त किया। जैक किल्बी और राबर्ट नौयसे ने अलग-अलग माइक्रोचिप्स तैयार किए। फिर अदालत में मुकदमा लड़ा और फिर मिल गए। पर सभी इतने भाग्यशाली नहीं थे। जगदीशचंद्र बोस ने वायरलेस पहले तैयार किया पर वे उसे पेटेंट नहीं करा पाए और बाद में जैव भौतिकी के क्षेत्र में चले गए। इससे भी ज्यादा दुर्भाग्यपूर्ण स्थिति एलिश ग्रे की रही जो टेलीफोन का आविष्कार करके 14 फरवरी, 1876 को पेटेंट कराने पेटेंट के कार्यालय में गई तो पाया कि मात्र 2 घंटे पूर्व अलैक्जेंडर ग्राहम बैल पेटेंट का आवेदन दाखिल करके जा चुके थे।

अनेक आविष्कारक आविष्कार के पश्चात् नामी-गिरामी हो गए। अनेक दौलतमंद भी हो गए। पर अनेक ने सजा भी काटी। छपाई के पुन: आविष्कारक जोहान गुटेनबर्ग को अनेक कुर्कियों और जुर्मानों का सामना करना पड़ा। गैलीलियो ने वर्षों तक नजरबंदी झेली और उसी से उनकी मौत भी हो गई। अनेक आविष्कारक गरीब के गरीब ही रहे। जब वे मरे तो उनकी अंतिम क्रिया के समय चंद लोग ही जुट सके।

पर फिर भी आविष्कार करने की इच्छाशक्ति कभी कम नहीं हुई। गरीब हो या अमीर, सभी में नया काम करने की इच्छा जगती रही। व्यक्ति वर्तमान स्थिति में सुधार लाने की कोशिश में नया-नया काम करता ही रहा।

कुछ आविष्कार साधारण किस्म के माने जाते हैं पर कुछ आविष्कार क्रांतिकारी माने जाते हैं। कंप्यूटर ने विभिन्न क्षेत्रों में परिवर्तन का सूत्रपात किया। मोटरकार, हवाई जहाज, भाप के इंजन से चलने वाली रेलगाड़ी, नाव, पनडुब्बी आदि ने परिवहन के क्षेत्र में क्रांतिकारी भूमिका निभाई। इसी प्रकार छपाई की प्रक्रिया ने विद्वानों की दुनिया ही बदल दी। रॉकेट ने मनुष्य को पहले अंतरिक्ष और फिर चंद्रमा पर पहुँचा दिया। थॉमस एडीसन के बल्ब, ग्रामोफोन, सिनेमा ने लोगों की दिनचर्या ही बदल दी। टेलीग्राफ, टेलीफोन, वायरलेस, रेडियो और टेलीविजन ने संचार क्रांति कर डाली। कैमरा, कृषि संबंधी आविष्कार, सिलाई मशीन आदि भी कम क्रांतिकारी नहीं हैं।

परमाणु ऊर्जा ने विनाश कम किया और शक्ति संतुलन के जरिये शांति स्थापना में ज्यादा योगदान किया। सबसे अधिक क्रांतिकारी आविष्कार रहा माइक्रोचिप्स जिसने हर क्षेत्र में परिवर्तन कर डाला। इसी प्रकार अनेक सिद्धांत और खोजों ने भी वैज्ञानिक प्रक्रिया में क्रांतिकारी मोड़ लाने में सहायता की। नए-नए तत्त्वों, कृत्रिम रेडियोधर्मिता का भी जन्म हुआ।

प्रस्तुत पुस्तक ऐसे ही महान् क्रांतिकारी आविष्कारकों की रोचक व प्रेरक दास्तानों को संकलित करके किशोर व युवा पाठकों तक पहुँचाने का प्रयास है। हम लेखकद्वय ने विभिन्न प्रामाणिक स्रोतों से इन क्रांतिकारी आविष्कारकों के जीवन व कृतित्व संबंधी बहुमूल्य जानकारी एकत्रित करके यह दर्शित करने का प्रयास किया है कि किस प्रकार इन आविष्कारकों ने असाध्य लगने वाले कार्यों को अंजाम दिया। आविष्कारों की पूरी प्रक्रिया को मूल रूप में सामने लाने का विशेष प्रयास किया गया है।

इस पुस्तक की रचना में अमेरिकन सेंटर में कार्यरत 'स्पान' पत्रिका के संपादक वेंकटनारायण ने विशेष भूमिका निभाई है। उन्होंने विभिन्न ग्रंथों से सामग्री एकत्रित करके जो हमें सहायता की है उसका आभार व्यक्त करने के लिए हमारे पास शब्द कम हैं।

पुस्तक की रचना के दौरान हमारे मित्रों व सहयोगियों ने अनेक प्रकार के उपयोगी सुझाव दिए, जिन्होंने रचनाकार्य आगे बढ़ाने में बहुमूल्य योगदान किया। हमारे परिवारजनों उमा प्रसाद (लक्ष्मण प्रसाद जी की पत्नी), वीना मिश्रा (विनोद कुमार मिश्र की पत्नी), संतानों अमिता अग्रवाल, वरुण मिश्र, विशाल मिश्र ने अनुकूल वातावरण बनाए रखने में अप्रतिम योगदान किया जिससे हम उनके भी आभारी हैं।

श्री यशपाल सिंह तेवतिया ने पुस्तक की खूबसूरत कंपोजिंग करके इस कार्य को आगे बढ़ाने में अथक परिश्रम किया, लेखक द्वय उनके भी आभारी हैं।

पुस्तक में वर्णित व्यक्तित्व अत्यंत महान् हैं और उनकी आविष्कार-गाथा खासी जटिल है; फिर भी प्रामाणिक स्रोतों से जानकारी जुटाकर अपनी सीमित प्रतिभा का प्रयोग करते हुए उसे यथासंभव सरल तरीके से प्रस्तुत करने का प्रयास किया गया है। यद्यपि हरसंभव सावधानी बरती गई है पर यदि कहीं कोई त्रुटि रह गई हो तो पाठक उसकी सूचना हमें अवश्य देंगे ताकि अगले संस्करण में उसका परिमार्जन किया जा सके।

इस पुस्तक को पढ़कर यदि एक भी किशोर या युवक वैज्ञानिक बनने का निर्णय करता है तो हम अपनी मेहनत व उद्देश्य को सफल मानेंगे।

लक्ष्मण प्रसाद
विनोद कुमार मिश्र

विषय सूची

आविष्कारों का संक्षिप्त इतिहास

मनुष्य की उत्पत्ति कब और कैसे हुई, इसका सही और सटीक आकलन कठिन है, पर इतना अवश्य है कि उत्पत्ति के समय मनुष्य ने अपने आसपास प्रकृति के यौवन को देखा। हरे-भरे पेड़, वनस्पतियाँ, पत्थर, चट्टानें, कल-कल करती नदियाँ-झरने आदि देखे।

उसके मन में कौतूहल जगा। उसने हर चीज के बारे में जानने की चेष्टा की। उसे विभिन्न आवश्यकताओं का भी अनुभव हुआ। भूख लगी, प्यास लगी, गर्मी-सर्दी सहनी पड़ी। बरसात का सामना करना पड़ा। जानवर उससे पहले ही पृथ्वी पर आ चुके थे। उनसे डर भी लगा और सुरक्षा की जरूरत भी महसूस हुई।

चूँकि आवश्यकता आविष्कार की जननी है अतः उसने तरह-तरह के प्रयास करने प्रारंभ किए। कुछ प्रयासवश और कुछ अनायास उसे अपनी समस्याओं का हल मिलना प्रारंभ हो गया। और यहीं से प्रारंभ हुआ आविष्कारों का इतिहास।

पहला दौर : संभवतः अग्नि पर नियंत्रण मनुष्य का प्रथम आविष्कार था। उसने पहले जंगल में जलती हुई आग को देखा। वह अवश्य ही डर गया होगा। उसने देखा कि जानवर भी उससे डरते हैं। उसने सोचा कि अगर इस पर काबू पा लिया जाए तो जानवरों से भी बचाव हो जाएगा।

उसे अग्नि की गर्मी और रोशनी प्रिय लगने लगी। जब उसने अग्नि में भूनकर मांस व कंदमूल खाए तो अलग ही स्वाद आया। धीरे-धीरे उसने देखा कि पानी डालने पर आग बुझ जाती है। पर यह जले कैसे? उसने रास्ता निकाल ही लिया और पहले पत्थरों को रगड़कर आग उत्पन्न करने की कला विकसित की और फिर लकड़ी रगड़कर। वेदों में अरणि अर्थात् लकड़ी रगड़कर अग्नि उत्पन्न करने वाले ऋषि का वर्णन है।

अब उसे लगा कि अग्नि प्रज्वलित भी हो सकती है और बुझ भी सकती है, पर लंबे समय तक इसे कैसे जलाए रखा जाए। उसने देखा कि जानवरों की चर्बी में अग्नि जल्दी प्रज्वलित होती है और देर तक जलती रहती है। उसे कुछ पौधे भी मिले, जिनमें तेल होता है जैसे देवदार आदि। कुछ पौधों के रेशे काफी देर तक जलते हैं। इन सबके जरिये उसने अँधेरे में काफी देर तक रोशनी करने का इंतजाम कर लिया।

उसने देखा कि सूखी घास, लकड़ी जल्दी आग पकड़ लेती हैं। उसने अब आग में मांस भूनकर खाना प्रारंभ कर दिया। उसका जीवन आसान हो चला। सर्दी व जानवरों से बचाव भी हो गया।

उस समय चारों ओर उसके पास काफी पत्थर थे। उसने पत्थरों से जब आग जलाई तो ये उसे उपयोगी लगे। उसने इनका उपयोग अन्य कार्यों में भी प्रारंभ कर दिया। उसने पत्थरों के चाकू बनाए और मांस को काटना, टुकड़े करना प्रारंभ कर दिया। फुरसत में वह नुकीले पत्थरों से चित्र व नक्काशी भी बनाने लगा। धीरे-धीरे पत्थरों का विभिन्न रूपों में प्रयोग होने लगा और इसी कारण इस प्रारंभिक युग को पाषाण-युग अर्थात् पत्थरों का युग कहा जाता है।

मनुष्य का दूसरा प्रमुख आविष्कार पशुओं पर नियंत्रण है। उसे अपने चारों ओर तरह-तरह के पशु दिखाई दिए। संभवत: सबसे पहले उसकी मित्रता कुत्ते से हुई और कुत्ता उसका वफादार बन गया। वह मनुष्य की रखवाली भी करने लगा तथा उसके तमाम कामों में हाथ भी बँटाने लगा।

इसके बाद मनुष्य ने बकरियों पर नियंत्रण किया। सीधी-सादी बकरियाँ उसे दूध भी देने लगीं और समय-समय पर अपने शरीर का मांस देकर उसकी भूख मिटाने लगीं। धीर-धीरे गाय, घोड़े आदि उसके नियंत्रण में आते गए और वे विभिन्न प्रकार से उसकी सेवा करने लगे।

मनुष्य मांस खा-खाकर ऊबने लगा। खाली दूध भी उसे संतुष्ट नहीं कर पाता था। उसने अपने चारों ओर वनस्पतियों को देखा। अब उसने इन पर नियंत्रण जमाना प्रारंभ किया। वह चाहता था कि जब वह चाहे तब उसका मनपसंद भोजन मिले। उसने इन वनस्पतियों अर्थात् अनाज को पौधों को उगाना, काटना, और अनाज निकालना प्रारंभ किया। यहीं से कृषि का विकास प्रारंभ हुआ। उसने फसलें बोना प्रारंभ किया। वह अनाज को विभिन्न रूपों जैसे चावल पकाने, रोटी बनाने आदि में बदलने लगा।

वह पहले पैदल चलता था, फिर उसने घोड़े की सवारी की। अब उसकी गति बढ़ गई और आराम भी मिला। पर संतुष्टि नहीं मिली। वह अपने साथ अपने परिवार को भी एक जगह से दूसरी जगह ले जाना चाहता था और सामान को भी। अचानक उसने देखा कि गोल चीज आसानी से लुढ़कती चली जाती है। उसने प्रयोग प्रारंभ किए और अंतत: पहिये का आविष्कार हो गया।

पहिये का आविष्कार क्रांतिकारी था। अब वह बैलों, भैंसों, घोड़ों, ऊँटों के जरिये अपनी गाड़ी खिंचवाने लगा। प्राचीनतम ग्रंथों में विभिन्न प्रकार के रथों, बैलगाड़ियों का वर्णन मिलता है। ईसा के जन्म से पूर्व जितनी भी सभ्यताएँ थीं, ये गाड़ियाँ उनमें हर जगह उपलब्ध थीं। भारतीय ग्रंथों में तो चमत्कारी रथों का भी वर्णन

है। ये युद्ध में तो काम आते ही थे, आवागमन में भी उपयोगी थे।

समय के साथ आबादी बढ़ी। लोग सुविधा के अनुसार एक जगह रहने लगे, गाँव बसने लगे। गाँवों ने फिर शहर का रूप ले लिया। ऐसा विश्व के अनेक इलाकों में हुआ। चीन में भी लोग बसे। भारत में भी नगरों का विकास हुआ। अरब देशों, मिस्र, यूनान, रोम आदि जगह-जगह सभ्यताओं का विकास हुआ।

मनुष्य को खाने के लिए भोजन या पीने के लिए जल था। आने-जाने के लिए घोड़े, रथ, बैलगाड़ी आदि उपलब्ध थे। वह कुछ हद तक सुरक्षित भी हो गया था। पर मनुष्य के अंदर का मन, जो उसे अन्य जीवों से अलग करता है, कभी संतुष्ट नहीं हुआ। उसके मन में कल्पनाएँ उड़ान भरती ही रहीं। वह अपनी कल्पनाओं को दर्ज करना चाहता था और इस उद्देश्य के लिए उसने लेखन-कला का विकास किया।

उसने नुकीली लकड़ी से पहले आकृतियाँ बनाना प्रारंभ किया और फिर अपनी लिपि का विकास किया। भारत में पहले ब्राह्मी और फिर देवनागरी लिपि का विकास हुआ। इराक में बसी सुमेर संस्कृति में अलग लिपि का विकास हुआ। इसी तरह चीन, यूनान आदि में अलग-अलग लिपियों का विकास होता चला गया। हर जगह की अलग बोली, अलग लिपि हो गई।

समूह में रहने से सुख और आराम तो मिला पर सामूहिक आवश्यकताओं का भी जन्म हुआ। पहले आवश्यकता पीने और सिंचाई आदि के लिए बड़े पैमाने पर पानी की थी। मनुष्य ने जान लिया कि गहरा गड्ढा खोदने से नीचे पानी निकल आता है। उसने कुएँ खोदे और उनसे वह पानी खींचने लगा। पानी निकालने के लिए उसने रहट का आविष्कार किया ताकि बैलों की सहायता से पानी खींचा जा सके। बाद में जब आर्किमिडीज ने लीवर का सिद्धांत विकसित किया तो लीवर घिरनियों की सहायता से पानी निकाला जाने लगा।

मनुष्य ने जब नंगे रहने में शर्म महसूस की तो पहले उसने पेड़ों के पत्तों के वस्त्र बनाए। बाद में जानवरों की चमड़ी जैसे मृग-चर्म, व्याघ्र-चर्म के वस्त्र पहने। ये सब सुविधाजनक नहीं थे। धीरे-धीरे उसने कपड़ा बुनने की कला का विकास किया। कपास उगाकर उसकी रुई से सूत तैयार किया गया और फिर उसे हाथ से बुनकर कपड़ा तैयार किया जाने लगा। ईसा के जन्म से हजार वर्ष पूर्व ही मनुष्य कपड़ा-निर्माण में पारंगत हो चुका था। उसने विभिन्न प्रकार के परिधान विकसित कर लिए थे। सूती कपड़ों के अलावा कीड़ों से मिलने वाला रेशम भी वस्त्र-निर्माण में काम आने लगा था। प्राचीन साहित्य में स्त्री-पुरुषों के अलग-अलग परिधानों और सुविधाजनक वस्त्रों की कल्पना की गई है। अब वस्त्रों से व्यक्ति की पहचान भी होने लगी। राजसी वस्त्र, व्यापारियों के वस्त्र, मजदूर के वस्त्र तथा अनेक प्रकार के वस्त्र

तैयार होने लगे। वस्त्र ने उद्योग का रूप धारण कर लिया।

कपड़े को नापने की जरूरत महसूस हुई। इसी प्रकार अन्य वस्तुओं को भी नापने, तौलने की आवश्यकता महसूस हुई। विभिन्न प्रकार के पैमाने, मापक आदि तैयार किए गए। मिस्र में प्राचीन काल में पिरामिड बनाए जाते थे। उनके निर्माण के लिए विभिन्न प्रकार के सर्वे उपकरण और लेवल करने के लिए उपकरणों का विकास किया गया।

अब मनुष्य की मौलिक आवश्यकताएँ पूरी हो चुकी थीं, पर उसका मन नहीं भरा था। वह और बहुत कुछ करना चाहता था। उसके मन में शरारत भी उठती थी और द्वेष भी। वह अपने आपको मजबूत और श्रेष्ठ बनाना चाहता था और इस कारण दूसरों को नीचा भी दिखाना चाहता था। इस वजह से आविष्कारों का दूसरा दौर प्रारंभ हुआ।

दूसरा दौर : इस दौर में उसने घोड़े की आरामदायक सवारी के लिए जीन आदि का विकास किया। उसने अपनी यादगार को ताजा रखने के लिए पत्थरों पर नक्काशी की और नक्काशी व तस्वीरें उभारने के लिए पशुओं के दाँतों के टूल, उपकरण आदि बनाए।

पहले वह गुफाओं में रहता था। फिर उसने लकड़ी व अन्य वनस्पतियों का प्रयोग करके झोपड़ियाँ तैयार कीं। इन झोपड़ियों में उसे अनेक असुविधाएँ होती थीं। गर्मियों में गर्मी, सर्दियों में सर्दी लगती थी और बरसात में तो पानी टपकता था। अब उसने सुविधाजनक मकानों का निर्माण प्रारंभ किया। उसने ईंटों का निर्माण प्रारंभ किया। अब वह ईंटों को मिट्टी के गारे से जोड़कर घर बनाने लगा। उसे आने-जाने के लिए बेहतर रास्ते की आवश्यकता महसूस हुई और उसने पत्थरों को मिट्टी से जोड़कर पक्की सड़कों का निर्माण प्रारंभ किया। पानी निकालने के लिए पक्की नालियाँ बनाई गईं।

भारत में मोहन जोदड़ो व हड़प्पा की खुदाई से पता चलता है कि उस समय सिविल अभियांत्रिकी किस कदर उन्नत थी। पक्की सड़कों के अलावा सुंदर व मजबूत मकान, नालियाँ, स्नानागार, अनाज भंडारण गृह आदि खासे उन्नत थे।

इसी प्रकार प्राचीन रोमन सभ्यता का अध्ययन करने से भी पता चलता था कि वे पत्थरों, रेत, कंक्रीट आदि का बखूबी उपयोग करते थे तथा वे विभिन्न ज्यामितीय आकृतियों जैसे सीधी लकीर, समकोण, वर्गाकार आदि से अच्छी तरह अवगत थे। लकड़ी को काट-काटकर मकानों में उपयोग किया जाता था और भवनों के सौंदर्य की वृद्धि का भी प्रयास किया जाता था।

मनुष्य को और भी आवश्यकताएँ महसूस होने लगीं। उसे समय का अनुमान

लगाना पड़ता था। इसके लिए अनेक उपाय किए जाने लगे। छाया का प्रयोग करके समय का अनुमान लगाया जाने लगा। यूनान में पानी की घड़ी बनाई गई। एक बर्तन में छेद करके उससे पानी टपकाया जाने लगा। जब बर्तन खाली हो जाता था तो दोबारा भर दिया जाता था। इस तरह समय की गणना प्रारंभ हुई।

मनुष्य जब समूह में रहने लगा तो उसे सुरक्षा मिलने लगी पर फिर भी वह अपने आपको असुरक्षित ही महसूस करता रहा। धीरे-धीरे उसने शिकार व सुरक्षा के लिए विभिन्न प्रकार के हथियारों का आविष्कार कर डाला। पहले पत्थरों के हथियार होते थे। वह लकड़ी को तपाकर उसे मजबूत बनाता था और उसे भी हथियार के रूप में प्रयोग करने लगा।

जब उसे धातु मिली तो उसने धातु के हथियार बनाने प्रारंभ किए। कुल्हाड़ी, फरसा, तलवार, भाला आदि का प्रयोग बढ़ने लगा। फिर उसने धनुष-बाण का आविष्कार किया। इससे वह दूर खड़े पशु या शत्रु पर प्रहार करने लगा। यहीं से शस्त्रों के साथ अस्त्र की परंपरा भी प्रारंभ हो गई।

यूनान में कैटापुल्ट का निर्माण हुआ और इससे बड़े-बड़े पत्थरों और तीरों से जल्दी-जल्दी शत्रुओं पर प्रहार करना आसान हो गया। इसी के साथ अपनी रक्षा के लिए ढाल, कवच, हैलमैट आदि का भी आविष्कार हुआ।

विशेष बात यह थी कि उपरोक्त चीजें हर सभ्यता के ग्रंथों में वर्णित हैं। उस समय न आवागमन के तेज साधन थे और न ही संचार का कोई साधन था। निश्चय ही अलग-अलग जगह लोगों ने स्वतंत्र रूप से आविष्कार किए होंगे। अनेक लोगों ने अपना श्रम और समय लगाकर मनुष्य के जीवन को सुखद और समृद्ध बनाने की परंपरा का प्रारंभ किया।

तीसरा दौर : अब तक मनुष्य अपनी शक्ति से भी अवगत था और पशुओं की शक्ति से भी। पर उसे इनसे संतुष्टि नहीं थी। उसने कम से कम समय में ज्यादा से ज्यादा काम अधिकतम सुविधा के साथ प्रारंभ किया और इसके साथ ही प्रारंभ हुआ यंत्र-शक्ति का विकास। यूनान में आर्कमिडीज ने लीवर आदि का सिद्धांत विकसित करके यंत्रों का निर्माण प्रारंभ किया। उधर भारत में भी सुविधाजनक उपकरणों का विकास हुआ। आटा पीसने की चक्की पहले हाथ से चलाई जाती थी। फिर पनचक्की का आविष्कार किया गया। पानी की धार चक्कों को चलाती थी और साथ में जुड़ी चक्की आटा भी पीस डालती थी। आर्कमिडीज द्वारा बनाए स्क्रू से पतली गहरी नाली से पानी निकालना संभव हो गया।

पानी की बढ़ती आवश्यकताओं को पूरा करने के लिए पानी के भंडारण की भी व्यवस्था की गई। धीरे-धीरे जल-शक्ति (पानी के दबाव) का पता चला और

इसका उपयोग यंत्र चलाने में भी किया जाने लगा।

ईसा के जन्म के समय आविष्कारों की स्थिति : ईसा के जन्म के समय मनुष्य काफी विकसित हो चुका था। ईंटें बनाने के लिए फरमे, नापने-तौलने के लिए पैमाने, तराजू-बाट, लकड़ी के पहियों के लिए लकड़ी के ही बियरिंग, पानी की घड़ी, आटा पीसने के लिए घर्षण का प्रयोग करने वाली पत्थर की चक्की, जमीन में चलने के लिए बैलगाड़ी, ऊँटगाड़ी, रथ, पानी में चलने के लिए नावें, पालदार नावें उपलब्ध थीं। बौद्ध धर्म का प्रचार करने के लिए भारतीय बौद्ध भिक्षु लंका, हिंद-चीन के देशों में नावों व जहाजों से ही गए थे।

लिखने की कला विकसित हो चुकी थी। विभिन्न प्रकार की लिपियाँ विकसित हो चुकी थीं। पत्थरों, धातु के सिक्कों, मिट्टी के बर्तनों पर चित्रकारी भी होने लगी थी।

खेतों, बगीचों की सिंचाई के लिए व्यवस्था आम हो चुकी थी। कुओं, नहरों से पशुओं की सहायता से रहट आदि के जरिये पानी खींचा जाता था। लोहे की खोज के साथ ही मनुष्य पाषाण-युग से निकलकर धातु-युग में आ गया था। अब लोहे व अन्य धातुओं की ढलाई और उन्हें विभिन्न रूपों में परिवर्तित करना आसान हो चला था।

अब गणना करना भी आसान हो गया था। भारत में गणित का काफी विकास हुआ। गणित के जरिये प्रयोगों का और प्रयोगों के जरिये गणित का विकास होने लगा। एक ओर लीवरों, घिरनियों के जरिये भारी वजन खींचना आसान हो गया तो दूसरी ओर जमीन के नीचे से पानी के अलावा अब तेल भी खोदकर निकाला जाने लगा।

आकाश में कड़कती बिजली देखकर मनुष्य का कौतूहल जागा और उसने अब इसका भी अध्ययन प्रारंभ कर दिया। महाभारत में वर्णित एक प्रसंग में बाल ऋषि अष्टावक्र ने राजा जनक से बातचीत में विद्युत के गुणों जैसे इसके धनात्मक-ऋणात्मक होने, घर्षण से उत्पन्न होने, जला डालने का जिक्र किया है। इसी प्रकार पनचक्की आदि का प्रयोग भी जगह-जगह होने लगा था।

ईसा के जन्म के बाद एक हजार साल तक : अब जगह-जगह आवश्यकतानुसार आविष्कार होने लगे। मिस्र में रहने वाले एक यूनानी आविष्कारक हीरोन ने भाप की शक्ति का इस्तेमाल करते हुए एक इंजन तैयार कर डाला, जो मंदिर के दरवाजों को खोलने व बंद करने के काम आता था। लोग इसे दैवी शक्ति मानते थे, पर थी यह वास्तव में यंत्र-शक्ति। पवित्र जल को बाँटने के लिए एक मशीन भी तैयार कर ली गई थी जो सिक्का डालने से निश्चित मात्रा में भक्तों को पवित्र जल देती थी।

चीन के लोग भूकंपों से त्रस्त थे और इस कारण वहाँ चांग हेंग नामक गणितज्ञ

व खगोलशास्त्री ने भूकंप नापने के लिए सेस्मोग्राफ भी बना डाला। जब भूकंप आता था तो इसके ड्रेगन का मुँह खुल जाता था और एक गेंद इसमें बने मेढक के मुँह में गिर जाती थी। यह विचित्र यंत्र भूकंप के प्रभाव की जानकारी देता था।

उपरोक्त विकास ईसा के जन्म के पहले सौ सालों में हो चुका था। अब धीरे-धीरे आविष्कारों की गति बढ़ने लगी। भारतीय ताड़-पत्रों पर लिखते थे। पश्चिम में यूनान आदि में जानवरों की खान की झिल्ली पर लिखा जाता था। तभी चीन में कपड़ा, विभिन्न वनस्पतियों आदि को मिलाकर, पानी में गलाकर और फिर दबाकर पतला कागज बनाने की प्रक्रिया विकसित हो गई। यह कार्य चीन की एक अदालत में कार्यरत अधिकारी त्साई लुन ने किया था।

पर इसका नाम पेपर दूसरी तरह से पड़ा। दरअसल मिस्र के लोग पपारस नामक पौधे की पतली-पतली पपड़ी पर लिखा करते थे। बाद में पपारस से पेपर नाम पड़ गया। अन्य जगह के लोग भेड़, बकरी की खालों पर भी लेखन करते थे। इस प्रकार की खालों को पार्चमेंट कहा जाता था।

ईसा के जन्म के 300 वर्ष पश्चात् पालदार नौकाएँ व जहाज का चलना आम हो गया। मनुष्य हवा की शक्ति का इस्तेमाल करते हुए दूर-दूर तक जाने लगा। समय की गणना के लिए नई घड़ियों का निर्माण होने लगा। छोटे-से छेद में रेत गिराकर समय की गणना की जाने लगी।

अब जगह-जगह विद्वान् पुस्तकें व ग्रंथ लिखने लगे। इन ग्रंथों की नकल होने लगी ताकि और लोग भी इन्हें पढ़ सकें। पर यह प्रक्रिया धीमी थी। इसमें गलती होने की संभावना भी थी। अत: इसके हल के लिए ईसा के जन्म के पश्चात् चौथी शताब्दी में चीन में छपाई की कला का विकास हुआ। अब ब्लॉक बनाकर छपाई प्रारंभ हो गई। यह हाथ से नकल करने की अपेक्षा आसान था।

मनुष्य बीमार भी पड़ता था। कई बार उसके अंग कट जाते थे। इसके हल के लिए चिकित्सा-पद्धति का विकास हुआ। यह विकास भारत में बहुत तेजी से हुआ। आयुर्वेद के विकास के साथ अनेक प्रकार की बीमारियों का इलाज संभव होने लगा। शरीर के अंगों का बारीकी से व वैज्ञानिक पद्धति से अध्ययन किया जाने लगा। इसी प्रकार विभिन्न वनस्पतियों के औषधि-गुणों की भी जानकारी हासिल की गई। इन सब ज्ञानों को आचार्य चरक नामक महान् भारतीय चिकित्साशास्त्री ने कलमबद्ध किया।

इसी के बाद आचार्य सुश्रुत नामक शल्य चिकित्सक ने शल्य चिकित्सा को कलमबद्ध किया। युद्ध में कटे या कुचले गए अंगों के स्थान पर कृत्रिम अंगों का प्रतिस्थापन संभव हो गया।

ईसा के जन्म के पाँच सौ साल बाद भारतीय चिकित्सा-ज्ञान अपनी ऊँचाई पर

था और शेष विश्व इसे हासिल करने के लिए आतुर था। कालांतर में इसका और विकास हुआ।

उधर सुदूर इटली में प्रार्थना के समय लोगों को सूचना देने के लिए यांत्रिक घड़ी का विकास 530 ईसवी में हुआ। इधर भारत में गणित व खगोल शास्त्र के क्षेत्र में काफी प्रगति हुई। उस समय विभिन्न प्रकार के पंचांग प्रचलित थे। आर्यभट्ट ने उनको सुधारकर लोगों के लिए उपयोगी बनाया। उन्होंने विभिन्न गणित विधाओं में काम किया और गणना के लिए नए-नए सूत्र निकाले।

उधर जब यूरोप अंधकार में डूबा हुआ था तो भारत में ईसा के जन्म के पश्चात्, पहले एक हजार साल में नागार्जुन जैसे रसायनशास्त्री भी हुए और रेवण जैसे कृषि वैज्ञानिक भी। चरक व सुश्रुत के काम को अनेक चिकित्साशास्त्रियों ने आगे बढ़ाया। आर्यभट्ट के काम को भी बाद के काल के गणितज्ञों ने परवान चढ़ाया और पूरे विश्व में भारतीय गणित की तूती बोलने लगी।

भारतीय वास्तुशिल्प से लेकर पशुचिकित्सा विज्ञान पूरे विश्व में लोकप्रिय हुआ और भारतीय पुस्तकें विदेशों तक पहुँचीं और उनका विभिन्न विदेशी भाषाओं में अनुवाद हुआ।

प्रारंभिक दौर में चीन में वैज्ञानिक प्रगति जोरों पर थी। चीन में बारूद का विकास कर लिया गया। पहले उसे आतिशबाजी में प्रयोग किया गया और फिर हथियारों के रूप में। आतिशबाजी के रॉकेट भी चीन में बने।

सन् 1041 से 1049 तक चीन में छपाई की कला में भी विकास हुआ। ब्लॉक के स्थान पर सचल मोल्ड से छपाई होने लगी। मिट्टी के बर्तनों पर चीनी छपाई बहुत सुंदर व लोकप्रिय थी।

भारत में प्राचीन काल में ही नालंदा व तक्षशिला जैसे ख्यातिप्राप्त विश्वविद्यालय थे, पर यूरोप में इटली में पहला विश्वविद्यालय 1100 ईसवी में स्थापित किया गया। इसमें अंतर्राष्ट्रीय स्तर की शिक्षा का प्रावधान किया गया और उसे बहुत बड़ी घटना माना गया।

इधर चीन में पतंगों के जरिये जासूसी प्रारंभ हुई। वे जासूस बैलून में उड़कर शत्रु देश के समाचार ले आते थे। यह काफी खतरनाक काम था।

ज्ञान भी पानी की भाँति एक जगह नहीं ठहरता है और अपना रास्ता बनाते हुए आगे बढ़ता चला जाता है। भारत, चीन व अरब देशों का ज्ञान मध्य युग में यूरोप पहुँचा और वहाँ के चिंतक अँगड़ाई लेने के लिए मजबूर हुए। सन् 1300 ईसवी तक यूरोप में यांत्रिकी घड़ियाँ पूरी तरह प्रचलन में आ गईं और पुरानी पानी या रेत की घड़ियाँ अब अतीत की वस्तु बन चुकी थीं। यूरोपवासी अब भारतीय दशमलव, शून्य व

अंकगणित से भी परिचित थे और बीजगणित, सुंदर वस्त्र निर्माण, कागज, लकड़ी, लोहे की वस्तुओं की भी जानकारी उनके पास थी। यूरोप में भी वास्तुशिल्प का विकास हुआ और नए-नए गिरजाघर बनने लगे और इसी के साथ एक नया दौर प्रारंभ हुआ जिसे हम मध्य युग कहते हैं।

भारतवर्ष जो वैज्ञानिक प्रगति के कारण अपनी समग्र प्रगति व समृद्धि की चरम सीमा पर था, वह विदेशी आक्रमणकारियों द्वारा रौंदा जा रहा था। कुछ हद तक यही हाल चीनियों का भी हुआ और मुस्लिम आक्रमणकारियों ने उसके काफी बड़े भू-भाग पर कब्जा कर लिया। इन जगहों की वैज्ञानिक प्रगति रुकने लगी।

दूसरी ओर यूरोप में अनेक विद्वानों ने नई-नई चीजों का अध्ययन प्रारंभ कर दिया। 1286 ईसवी में इटली के एक वैज्ञानिक ने आँखों के लिए चश्मे का निर्माण कर लिया था और 1300 ईसवी तक बड़े पैमाने पर चश्मे बनने लगे। अब वहाँ पर भी प्रकाश के गुणों का अध्ययन किया जाने लगा और विभिन्न लेंसों का उपयोग इसमें होने लगा।

इसी तरह पवनचक्की, जो मध्य एशिया में 700 ईसवी में तैयार हुई थी, 1200 ईसवी में यूरोप जा पहुँची। चीनियों द्वारा 1100 ईसवी में तैयार किया गया दिशासूचक कम्पास यूरोप पहुँचा और बारूद भी 14वीं शताब्दी में यूरोप पहुँच गया और चीनियों की तरह यूरोपीय भी इसका इस्तेमाल तोपों में करने लगे। 1320 में बर्थोल्ड श्वार्ज नामक जर्मन वैज्ञानिक ने चारकोल, सल्फर आदि मिलाकर बारूद तैयार करना प्रारंभ कर दिया।

इसी प्रकार नीरस जीवन जी रहे यूरोपीय लोगों के पास संगीत की भी बहुत उपयोगी जानकारी पूर्व से पहुँची। उन्हें भी संगीत के सुरों का ज्ञान हो गया। इसके अलावा धातुओं की ढलाई के लिए भट्टी (ब्लास्ट फरनेस) का विकास बेल्जियम में कर लिया गया। इसके साथ ही धातुओं के पुर्जे आसानी से बनने लगे।

यूरोपीय पुनरुद्धार : पंद्रहवीं व सोलहवीं शताब्दी में यूरोप में क्रांतिकारी परिवर्तन हुए। छपाई की कला विकसित होने से अब ज्ञान आम लोगों को सुलभ होने लगा। विभिन्न यात्रियों ने विश्व के दूसरे भागों की यात्रा की तथा वहाँ का ज्ञान विभिन्न रूपों (पुस्तकों, वस्तुओं, जबानी) में यूरोप पहुँचा। अब लोग पिछली मान्यताओं पर प्रश्न करने लगे तथा विचारक नए-नए विचार रखने लगे, जिन पर चर्चा होने लगी। इस काल को यूरोप के पुनरुद्धार का काल माना गया। इसमें निम्न प्रमुख घटनाएँ घटीं, जिन्होंने यूरोपीय जनता का रहन-सहन व चिंतन का स्वरूप बदल दिया।

1. खानों से पानी निकालने के लिए 1556 में एक पंप तैयार किया गया।
2. भारत में सदियों से उपयोग हो रही कपड़ा बुनाई की मशीनें यूरोप पहुँच गईं।

3. ग्रेफाइट को लकड़ी के फ्रेम में डालकर पेंसिल तैयार कर ली गई, जिससे लिखना आसान हो गया।

4. 1594 में ब्रिटेन निवासी सर जॉन हैरगिंटन ने फ्लश शौचालय का निर्माण किया और इससे सफाई व्यवस्था में आमूलचूल परिवर्तन हो गया।

5. लियोनार्डो द विंसी ने अनेक चीजों की कल्पना कर डाली जो उस समय अजूबा थीं और सदियों बाद साकार हो पाईं।

6. गैलीलियो ने पेंडुलम घड़ी के सिद्धांत की खोज कर डाली। खगोल शास्त्र के अध्ययन हेतु बेहतर दूरबीन भी बना डाली।

7. जब विलियम ली ने 1589 में कपड़ा बुनने की मशीन तैयार की तो ब्रिटेन की महारानी एलिजाबेथ ने भी इसका विरोध किया और कहा कि इससे हाथ से बुनने वाले बुनकर बेरोजगार हो जाएँगे।

8. तंबाकू भी यूरोप पहुँचा तथा 1556 में जीन निकोट ने तंबाकू के बीज फ्रांस भेजे।

इसके साथ ही गैलीलियो तथा चर्च का टकराव प्रारंभ हो गया। गैलीलियो ने पृथ्वी द्वारा सूर्य के चारों ओर घूमने के सिद्धांत का प्रतिपादन किया। हालाँकि भारत में भास्कराचार्य सदियों पूर्व इसे समझा चुके थे। चर्च ने इसका विरोध किया और इसे ईसाई धर्म की भावना के खिलाफ बताया। गैलीलियो को कड़ी सजा भुगतनी पड़ी पर वैज्ञानिक शोधों व तर्क की परंपरा जोर पकड़ने लगी। अब लोग बिना तर्क या प्रमाण के किसी बात को मानने से इनकार करने लगे।

नतीजा यह हुआ कि सतरहवीं सदी में वैज्ञानिक विकास ने नया मोड़ लिया। अब हर घटना के व्यावहारिक पहलुओं पर जाँच के साथ गणित द्वारा इसके सत्यापन की जाँच भी प्रारंभ हो गई जैसा कि भारत में सदियों पूर्व होता था।

फ्रांस के ब्लेज पास्कल के पिता कर एकत्रित करते थे। पास्कल ने उनकी सहायता के लिए एक कैल्कुलेटर तैयार किया। इससे पूर्व ही स्कॉटलैंड के एक गणितज्ञ जॉन नेपियर ने एक नेपियर रॉड का निर्माण किया, जिसके जरिये गुणा करने की प्रक्रिया बार-बार जोड़ने के जरिये संपन्न की जाने लगी।

इसी शताब्दी में न्यूटन ने अनेक सिद्धांतों का प्रतिपादन कर डाला। भास्कराचार्य द्वारा विकसित गुरुत्वाकर्षण सिद्धांत न्यूटन ने नए सिरे से रखा। गति के नियम आदि भी लोगों के समक्ष रखे। सबसे बड़ी बात यह थी कि उन्होंने गणित का अभूतपूर्व विकास किया और उनकी पुस्तक प्रिंसिपिया खासी लोकप्रिय हो गई।

गैलीलियो और उनके शिष्य टोरीसेली ने हवा के दबाव को साबित किया और उसे नापने के लिए बैरोमीटर का निर्माण किया गया। डेनिस पेपिन ने दबाव के सिद्धांत

का प्रयोग करते हुए प्रेशर कुकर बना डाला। थॉमस सैवी ने दबाव के सिद्धांत व भाप की शक्ति का उपयोग करते हुए भाप के इंजन से चलने वाला पंप तैयार कर दिया।

अठारहवीं सदी : इस सदी में इंग्लैंड जैसा कृषि-प्रधान देश उद्योग-प्रधान देश में रूपांतरित हो गया। इसी सदी में जगप्रसिद्ध औद्योगिक क्रांति का प्रादुर्भाव हुआ। हालाँकि अब तक हुए आविष्कारों की जानकारी पूरे यूरोप में फैल चुकी थी, पर इंग्लैंड की जनता ज्यादा समझदार निकली और उसने मान लिया कि अनाज उपजाने के लिए थोड़े लोगों की जरूरत होगी और शेष आबादी को उद्योगों व निर्माण-कार्य में लगाना चाहिए।

पहले 1712 में थॉमस न्यूकोनमैन ने भाप का बेहतर इंजन बनाया और बाद में 1782 में जेम्स वाट ने इसमें महत्त्वपूर्ण परिवर्तन करके इसे और उपयोगी बना दिया। अब सर जार्ज आर्टराइट ने बुनाई की बेहतर मशीनें तैयार करके कपड़ा उत्पादन बढ़वा दिया। फ्रांस के एक आविष्कारक ने यह जानकारी दी कि लकड़ी से भी कागज तैयार किया जा सकता है।

एक ओर भाप की शक्ति के इस्तेमाल का विकास हो रहा था और दूसरी ओर विद्युत-शक्ति के इस्तेमाल का भी प्रयास हो रहा था। इटली के एक भौतिकशास्त्री वोल्टा ने विश्व की पहली बैटरी तैयार कर डाली।

इसी सदी में एक और अच्छी बात हुई। फ्रांसीसी क्रांति के दौरान जहाँ मानवाधिकार की कल्पना का जन्म हुआ, वहीं यह भी माना जाने लगा कि विकलांग व्यक्ति भी समाज के अभिन्न अंग हैं तथा उन्हें भी शिक्षा देकर रोजगार में लगाना जरूरी है। फादर डी लिप नामक फ्रांसीसी पादरी व शिक्षक ने बधिरों के लिए इशारों की भाषा विकसित कर डाली। यह एक क्रांतिकारी कदम था तथा इसके साथ ही नेत्रहीनों व श्रवणहीनों की शिक्षा की औपचारिक शुरुआत हो गई।

अब तक विज्ञान का इतना विकास हो चुका था कि वैज्ञानिक अलग-अलग शाखाओं में शोध करने लगे और उन शाखाओं का तेजी से विकास होने लगा। आइए, इन अलग-अलग शाखाओं का अध्ययन करें ।

भाप की शक्ति : 1712 में न्यूकोनमैन ने जो भाप का इंजन तैयार किया, उसे अनेक देशों में काम पर लगाया गया। पर इस इंजन की क्षमता बहुत कम थी। यह सिर्फ खानों से पानी निकालने के काम आता था। 1730 के दशक में लगाए गए इन इंजनों में से एक पर जेम्स वाट की नजर पड़ी और 1760 में उसने इसकी काफी खराबियाँ दूर कर दीं।

वह इसमें लगातार सुधार करता रहा और 1782 में उसने इसे चक्का घुमाने लायक भी बना दिया। अब इस इंजन का उपयोग कल-कारखानों में भी होने लगा।

इसके अलावा एक परिवर्तन और आया। अब तक पानी गर्म करके भाप बनाने तथा अन्य कार्यों के लिए लकड़ी का प्रयोग होता था। धीरे-धीरे लकड़ी के स्थान पर कोयले का प्रयोग होने लगा जो ज्यादा प्रभावी था।

इस तरह अब कारखानों में पहिये भाप की शक्ति से घूमने लगे। बुनाई-उद्योग में क्रांति आ गई और इंग्लैंड जैसे देशों में सस्ता कपड़ा बड़ी मात्रा में बनने लगा। ब्लास्ट फरनेस के निर्माण से तैयार लोहे की इफरात हो गई। तरह-तरह की मशीनें तैयार होने लगीं। एक ओर भाप के इंजन से रेलगाड़ी तैयार हुई जो कोयला सहित विभिन्न सामान व सवारियाँ ढोने लगी और दूसरी ओर नावों में भी भाप का इंजन लग गया और जल के रास्ते माल ढुलाई व सवारी ढुलाई आसान हो गई।

उधर मशीनों के जरिये स्क्रू, रॉड, सिलेंडर आदि का बड़े पैमाने पर उत्पादन होने लगा। कुशल कारीगरों की तादाद भी बढ़ती गई जो नाप के पुर्जे बनाने लगे। एली व्हाइटने ने बंदूक के पुर्जे मशीन से बनाना प्रारंभ किया और अब विशेष बात यह थी कि एक बंदूक का पुर्जा दूसरी में फिट होने लगा। एली व्हाइटने ने ही 1793 में कपास से बीज अलग करने के लिए एक मशीन तैयार कर डाली।

1831 में रिवाल्वर का आविष्कार सामुवेल कोल्ट ने किया। इसी तरह कागज का उत्पादन भी मशीनों से तेजी से बढ़ा। घड़ियों का निर्माण भी तेजी से बढ़ने लगा। इटली में बार्तोलोमियो क्रिस्टोफोई ने पियानो तैयार किया। इसी तरह 1736 में फ्रांस के एक अन्वेषक पेरू गए और वहाँ से एक पदार्थ ले आए जो अत्यंत मुलायम था। इसे रबर का नाम दिया गया तथा इंडिया रबर के नाम से मशहूर इस पदार्थ का उपयोग पेंसिल से लिखे शब्द मिटाने तथा अन्य कार्यों में किया जाने लगा।

बिजली का विकास व प्रयोग : हालाँकि बिजली के बारे में जानकारी सदियों से थी, पर इसका उपयोग कैसे हो, यह पता नहीं था। पहले-पहल ब्रिटेन के सर हम्फ्री डेवी ने आर्क लैंप 1808 में तैयार किया। यह खानों में प्रयोग होने लगा। 1821 में माइकेल फैराडे नामक अंग्रेज वैज्ञानिक ने डायनेमो तैयार किया। इससे बिजली का उत्पादन आसान हो गया। इससे पूर्व सिर्फ बैटरी से विद्युत ऊर्जा मिल पाती थी। जोसेफ हेनरी तथा विलियम स्तुर्जियन नामक अंग्रेज वैज्ञानिकों ने अलग-अलग इलैक्ट्रोमैग्नेट तैयार किया।

जब थॉमस एडीसन ने 1878-79 में बिजली का बल्ब तैयार कर लिया तो विद्युत-शक्ति का प्रयोग बढ़ गया। जब 1881 में एडीसन ने बिजली का स्टेशन लगाया तो बड़े पैमाने पर बिजली का उत्पादन प्रारंभ हो गया।

इसके साथ ही बिजली ने संचार क्रांति सहित अनेक क्रांतियों को जन्म दिया। मोर्स ने 1837 में टेलीग्राफ का आविष्कार किया और बिजली के तारों के सहारे संदेश

दूर-दूर तक पहुँचने लगा।

1876 में अलैक्जेंडर ग्राहम बैल ने टेलीफोन का आविष्कार किया जिसमें बाद में थॉमस एडीसन ने काफी सुधार किया और उसे जनोपयोगी बना दिया तथा अब लोग दूर बैठे अपने प्रिय व्यक्ति की बात सुनने लगे। इसके बाद एक क्रांतिकारी आविष्कार और हुआ तथा मारकोनी ने रेडियो के जरिये बिना तारों के आवाज व संदेश दूर-दूर तक पहुँचाना प्रारंभ कर दिया।

बिजली ने अब लोगों का विशेष रूप से शहरी लोगों का जीवन आसान कर दिया। अब बिजली के सहारे उन्हें गर्म पानी मिलने लगा। उनका घर रोशनी से जगमगाने लगा। प्रारंभिक दौर में विद्युत कारें भी चलीं तथा रेल का इंजन भी बिजली से चलने लगा। घरों में बिजली के प्रेस, कपड़े धोने की मशीनें उन्नीसवीं सदी के अंत तक उपलब्ध हो गईं।

चिकित्सा क्रांति : अब तक भारतीय, अरबी, यूनानी पद्धति से इलाज होता था जिसमें रोग के कारणों की सटीक जाँच कठिन होती थी। कुशल वैद्य तो बढ़िया इलाज कर लेते थे, पर अकुशल वैद्य कई बार रोग को और बिगाड़ देते थे।

वैज्ञानिक प्रगति के साथ ही एलोपैथिक चिकित्सा पद्धति का भी विकास हुआ तथा चिकित्सा हेतु अनेक उपकरणों का भी आविष्कार किया गया। ये उपकरण कुछ सुधारों के साथ आज भी प्रयोग किये जाते हैं।

1854 में जॉन स्नो नामक वैज्ञानिक ने यह साबित किया कि हैजे की बीमारी दरअसल पानी के संक्रमण से होती है। इसके साथ ही जहाँ एक ओर पानी व आसपास की सफाई पर ध्यान दिया जाने लगा, वहीं बीमारियों के अन्य कारणों व निदान पर भी ध्यान दिया जाने लगा।

1796 में ही एडवर्ड जेनर ने चेचक का टीका तैयार कर लिया था और यह प्रयोग में आने लगा था। 1855 में स्टेथोस्कोप अर्थात् आला, 1865 में डॉक्टरी थर्मामीटर, 1847 में अनस्थीसिया इनहेलर (बेहोश करने हेतु) तथा 1887 में रक्तचाप नापने के लिए उपकरण का आविष्कार किया गया।

1862 में लुई पाश्चर ने यह साबित कर दिया कि ज्यादातर बीमारियाँ कीटाणुओं के कारण होती हैं और फैलती हैं। जोसेफ लिस्टर ने कार्बोलिक अम्ल के छिडकाव के जरिये एंटीसेप्टिक सर्जरी संभव बना दी।

इससे सर्जरी के बाद होने वाली मृत्यु-दर काफी कम हो गई। 1850 में सिरिंज का विकास हुआ और दवा को इंजेक्शन के रूप में दिया जाने लगा।

उखड़े हुए दाँतों के स्थान पर कृत्रिम दाँत लगाना भी अब संभव हो गया। 1780 में कृत्रिम दाँत लगाए जाने लगे। एडवर्ड जेनर ने टीके की जो शुरुआत की थी, उसे

लुई पाश्चर ने आगे बढ़ाया। धीरे-धीरे अन्य बीमारियों के टीके जैसे एन्थ्रेक्स, रेबीज आदि विकसित होते गए।

यह भी पता लगा लिया गया कि टिटनेस, ट्यूब रक्लोसिस, डिप्थीरिया आदि के लिए क्या कारण जिम्मेदार हैं। 1860 के दशक में दाँतों में छेद करने का साधन विकसित हो गया। 1890 के दशक में जब रोएंटजेन ने एक्स-रे का आविष्कार कर डाला तो चिकित्सा-जगत में क्रांति-सी हो गई और मनुष्य के शरीर के अंदर विभिन्न हिस्सों को देखना और बीमारियों के कारण की सही जानकारी हासिल करना संभव हो गया।

अब तक काफी लोग खून की कमी के कारण मर जाते थे। कई बार गलत खून देने से व्यक्ति की मौत भी हो जाती थी। 1900 में कार्ललैंड स्टेनर ने रक्त के ग्रुप की पहचान की और इसके साथ ही सही ग्रुप का खून चढ़ाना संभव हो गया। इसके साथ ही मृत्यु-दर कम होने लगी। साथ ही अस्पतालों में आधुनिक शल्य चिकित्सा हेतु नए प्रकार के ऑपरेशन कक्ष बनाए जाने लगे।

धातुओं का विकास : पहले स्टील का प्रयोग ज्यादा होता था क्योंकि यह सबसे मजबूत माना जाता था। पहले यह महँगा भी होता था क्योंकि इसके निर्माण की प्रक्रिया कठिन थी। बाद में नई प्रक्रियाएँ विकसित हुईं और स्टील का बड़े पैमाने पर निर्माण प्रारंभ हो गया। इसके साथ ही पुलों, जहाजों व विभिन्न प्रकार की मशीनों का निर्माण सरल व सस्ता हो गया। हेनरी बेसेमर, जिन्होंने स्टील के निर्माण को सरल बनाया था, ने चीनी उद्योग, कपड़ा उद्योग तथा शीशा उद्योग के लिए भी मशीनें तैयार कीं।

अब बड़े-बड़े पुल बनने लगे। स्टील के मजबूत तार के निर्माण से पुलों की गुणवत्ता में और सुधार आ गया। स्टील के गार्डरों के प्रयोग से ऊँची-ऊँची इमारतें बनने लगीं।

इसी तरह अल्यूमिनियम वजन में हलका तथा मजबूत था, पर इतना महँगा था कि इसका प्रयोग जेवरात में किया जाता था। 1886 में हॉल हीरोल्ट प्रक्रिया का विकास हुआ और अब अल्यूमिनियम का निर्माण सस्ता हो गया। प्रारंभ में इसका इस्तेमाल कम था, पर धीरे-धीरे इसका उपयोग बढ़ने लगा। जब सस्ती बिजली उपलब्ध होने लगी तो अल्यूमिनियम का उत्पादन और बढ़ गया तथा नेपोलियन तृतीय ने अल्यूमिनियम बर्तन बड़े पैमाने पर बनवाए। हवाई जहाजों के निर्माण में भी अल्यूमिनियम का प्रयोग होने लगा।

तत्काल उपलब्ध शक्ति : अब तक भाप की शक्ति भी उपलब्ध थी और विद्युत-शक्ति भी। पर इन सब में बड़े झंझट थे। इनमें बायलर होता था जो कभी भी

फट सकता था। इन्हें चालू करने में दिक्कत आती थी। इनकी क्षमता कम होती थी और वजन ज्यादा होता था।

1876 में निकोलस ऑटो ने इंटरनल कंबशन इंजन, जो चार स्ट्रोक वाला था, तैयार किया और यह गैसोलीन से चलता था। धीरे-धीरे इससे मोटरगाड़ी चलाना आसान हो गया। 1892 में रूडोल्फ डीजल नामक वैज्ञानिक ने डीजल इंजन तैयार किया जो डीजल जैसे भारी ईंधन से चलता था।

बीसवीं सदी : धीरे-धीरे बीसवीं सदी आ गई और क्रांतिकारी आविष्कारों की श्रृंखला आगे बढ़ती गई। इसके प्रारंभ में ही विल्बर व ओरविल राइट बंधुओं ने हवाई जहाज तैयार कर डाला और मनुष्य अब पक्षियों की भाँति आकाश में स्वच्छंद विचरण करने लगा। अब उसके पास घर बैठे दूर-दूर तक बात करने लिए मारकोनी द्वारा विकसित रेडियो सेट भी था। इसके अलावा 1884 में चार्ल्स पार्सन्स द्वारा विकसित टरबाइन भी प्रयोग में आने लगी और कहीं पर भी उजाला करना अब आसान हो गया। हवाई जहाज, भाप की शक्ति से चलने वाले पानी के जहाजों के अलावा अब पनडुब्बियाँ भी महासागरों का सीना चीर रही थीं।

जब जॉन फ्लेमिंग ने 1904 में थर्मायनिक वाल्व का आविष्कार किया तो रेडियो सेटों के ट्रांसमीटरों व रिसीवरों में काफी सुधार आ गया। 1901 में हुबर्ट बूथ नामक वैज्ञानिक ने वैक्यूम क्लीनर नामक हलका उपकरण तैयार किया जिसे 1908 में बड़े पैमाने पर बेचा जाने लगा। एक ओर किंग कैंप जिलेट द्वारा तैयार किए गए ब्लेडों का प्रयोग बढ़ा तो दूसरी ओर अपने आप तैयार हो जाने वाली चाय की स्वचालित केतली भी तैयार हो गई जो चाय के तैयार होने की सूचना घंटी बजाकर देती थी।

बीसवीं सदी के दूसरे दशक में फोर्ड द्वारा बनाई टी मॉडल कार तेजी से उपयोग में आने लगी। 1912 तक इसका उत्पादन दस गुना बढ़ गया। फोर्ड ने कार उत्पादन की नई तकनीक का विकास किया जो बाद में दूसरी चीजों के उत्पादन में काम आने लगा। इसके तहत स्टील की चैसिस और लकड़ी का फ्रेम, कवर अलग-अलग जगह बनाए जाते थे। इंजन, ईंधन, टैंक, गियर बक्स, रेडियेटर, स्टीयरिंग जैसी चीजें अलग-अलग जगह पर बनाई जाती थीं। टायर अलग बनते थे और रंग अलग जगह किया जाता था। सभी को जोड़ने की विशेष कला विकसित की गई, जिसमें समय व कर्मचारी कम लगते थे।

आविष्कारों की प्रक्रिया ने तब नया मोड़ लिया जब पहला विश्वयुद्ध प्रारंभ हो गया। इस युद्ध में महाविनाश हुआ पर आविष्कारों की प्रक्रिया ने भी नया मोड़ लिया। मशीनगनों का विकास हुआ और साथ में जहरीली गैसों का भी निर्माण किया जाने लगा। 1915 में टैंकों का निर्माण प्रारंभ हुआ और हवाई जहाजों का जंगी जहाजों के

रूप में प्रयोग होने लगा। पनडुब्बी से मुकाबले के लिए सोनार का भी विकास किया गया।

प्रारंभ में जब हवाई जहाजों को जंग में उतारा गया तो वे जल्दी ही मार गिराए गए, पर धीरे-धीरे उनकी क्षमता बढ़ती चली गई।

पहले विश्वयुद्ध की समाप्ति पर फिर से जनोपयोगी वस्तुओं का विकास प्रारंभ हुआ। अब रेडियो घर-घर उपलब्ध होने लगा और 1920 में मारकोनी ने जन प्रसारण प्रारंभ कर दिया। अमेरिका में तमाम रेडियो स्टेशन तैयार हुए। पर इंग्लैंड में सिर्फ एक ब्रिटिश ब्रॉडकास्टिंग का प्रसारण चलता रहा। पहले रेडियो का आकार बड़ा होता था और उन्हें चलाने के लिए बड़ी बैटरियों की आवश्यकता होती थी।

1926 में राबर्ट गोडार्ड नामक अमेरिकी वैज्ञानिक ने पहले तरल ईंधन वाला रॉकेट तैयार किया, जो 184 फीट की ऊँचाई तक जा पहुँचा। साथ ही बिजली से चलने वाला फ्रिज, फूड मिक्सर आदि भी तैयार हो गए। 1927 में जाज सिंगर ने बोलने वाली फिल्म भी तैयार कर दी। रेडियो के रिसीवरों में सुधार की प्रक्रिया जारी रही।

1925 में सफेद काली फोटो को टेलीफोन द्वारा ट्रांसमिट करने की प्रक्रिया का विकास किया गया जिसने आगे चलकर फैक्स मशीन का रूप धारण कर लिया। अलैक्जेंडर फ्लेमिंग ने 1928 में देखा कि बैक्टीरिया किस तरह नुकसान पहुँचाते हैं। फ्लेमिंग ने दुर्घटनावश ही पेनिसिलीन का आविष्कार कर डाला, जिसने सेप्टिक से होने वाली मृत्यु-दर को काफी कम कर दिया। यह पहली एंटीबायटिक दवा थी।

बीसवीं सदी के चौथे दशक में टेलीविजन प्रसारण एक प्रमुख घटना घटी। जब ब्लादीमीर जोरकिन नामक रूसी वैज्ञानिक ने टी०वी० कैमरे का आविष्कार किया तो टी०वी० घर-घर पहुँचने लगा। इलैक्ट्रॉनिक्स का विकास तेजी से होने लगा और इसकी सहायता से राडार तैयार हो गया। रॉबर्ट वाट्सन वाट नामक ब्रिटिश वैज्ञानिक द्वारा 1935 में तैयार किए गए रडार का दूसरे विश्वयुद्ध में जोर-शोर से उपयोग हुआ और यह हवाई जहाजों और जलयानों को हर मौसम में पहचानने लगा।

उधर प्लास्टिक उद्योग ने भी जन्म लिया और वालेस कैरोथर नामक अमेरिकी वैज्ञानिक ने नायलॉन तैयार कर दिया। 1933 में पॉली इथीलीन भी तैयार किया गया। इसके बाद विभिन्न प्रकार के ब्रश, पेन, मीटर आदि तैयार होने लगे।

उधर मनुष्य आसमान में उड़ तो रहा था पर पिस्टन इंजनों की रफ्तार से संतुष्ट नहीं था। ब्रिटेन में जेट इंजन तैयार किया गया जो अत्यन्त शक्तिशाली था। दैनिक जिंदगी में भी परिवर्तन आया। नायलॉन के कपड़े जैसे मोजे आदि आम हो गए। अमेरिका वैज्ञानिक चेस्टर कार्लसेन ने 1938 में फोटो कॉपियर तैयार किया।

30 अप्रैल, 1939 को अमेरिका में नियमित टी०वी० प्रसारण प्रारंभ हुआ, पर दूसरे विश्वयुद्ध के कारण यह बन्द हो गया।

अब तक हुए तकनीकी विकास ने दूसरे विश्वयुद्ध में मानवता पर कहर बरपाया। आधुनिक हथियारों से जान-माल को भारी क्षति हुई। 1944 में जर्मनी द्वारा विकसित वी-2 रॉकेटों ने लंदन तक कहर बरपाया और मिसाइलें रिहायशी इलाकों पर भी गिरीं।

जर्मनी और जापान से आतंकित होकर अमेरिकी वैज्ञानिक ओपन हाइमर के नेतृत्व में परमाणु बम के निर्माण में जुट गए। जब 1945 में जापान के हीरोशिमा और नागासाकी में परमाणु बम गिरे तो उनकी क्षमता बीस हजार टन विस्फोटकों की विनाश-क्षमता के समतुल्य थी। 1945 में ही पहला आधुनिक इलैक्ट्रॉनिक कंप्यूटर तैयार किया गया जिसका कुल वजन 30 टन था और इसका प्रयोग परमाणु बम गिराने के लिए आवश्यक गणना करने में किया गया।

जब 1947 में तीन अमेरिकी वैज्ञानिकों ने ट्रांजिस्टर का आविष्कार कर डाला तो इलैक्ट्रॉनिक्स की दुनिया में क्रांति आ गई। अब इलैक्ट्रॉनिक उपकरणों के आकार में कमी आती चली गई। नए प्रकार का पोलारायड कैमरा 1947 में तैयार किया गया।

बीसवीं सदी का छठा दशक अंतरिक्ष युग का प्रारंभ था। 1957 में सोवियत संघ ने दुनिया को तब चौंका दिया जब उसके शक्तिशाली रॉकेट ने उनके उपग्रह स्पूतनिक-I को अंतरिक्ष में पहुँचा दिया। अमेरिकी इसके आकार और वजन को देखकर डर गए और उन्हें लग गया कि अब रूसियों के पास इतनी क्षमता है कि वे अपने परमाणु हथियारों को अपने रॉकेटों के सहारे छोड़कर अटलांटिक महासागर के उस पार तक मार कर सकते हैं।

अब परमाणु संयंत्र का उपयोग सस्ती बिजली के निर्माण में भी होने लगा। परमाणु बम के निर्माण हेतु आवश्यक प्लूटोनियम भी बड़ी मात्रा में उपलब्ध हो गया। अब युद्धपोत और पनडुब्बियाँ भी परमाणु शक्ति से चलने लगीं और रूस तथा अमेरिका दोनों ने हाइड्रोजन बम का निर्माण कर लिया जो परमाणु बम से कहीं ज्यादा शक्तिशाली होता है।

1955 में ऑप्टिकल फाइबर का आविष्कार नरिंदर कपानी ने किया और बाद में इसके जरिये संचार सुविधाओं में भारी सुधार हुआ।

अब मनुष्य बाहरी वस्तुओं के साथ-साथ अपनी सरंचना के बारे में जानने में जुट गया। जीवन के बारे में जानने के लिए डी०एन०ए० की खोज 1953 में की गई। फ्रांसिस कर्क तथा जेम्स वाट्सन द्वारा की गई इस खोज ने शोध को एक नई दिशा प्रदान कर दी।

छठे दशक में बड़ी तादाद में लोग पोलियो से मर जाते थे। जोसेफ साल्क ने

1953 में पोलियो का टीका तैयार किया और इससे लोगों को बचाव उपलब्ध हो गया। कई देशों से पोलियो का काफी हद तक सफाया भी कर दिया गया। पोलियो-पीड़ितों के लिए लोहे के फेफड़े भी तैयार कर दिए गए।

1955 में हॉवरक्राफ्ट का निर्माण किया गया। 1957 में लाइका नामक कुतिया ने स्पूतनिक-2 में बैठकर अंतरिक्ष की सैर कर डाली। अब मनुष्य की बारी आई। 12 अप्रैल, 1961 को यूरी गागरिन नामक रूसी वैज्ञानिक अंतरिक्ष की सैर कर आया।

आठ साल बाद 1969 में नील ए० आर्मस्ट्रांग नामक अमेरिकी चंद्रयात्री ने चाँद की जमीन पर अपना पैर रखा। अब उपग्रहों का प्रयोग तमाम कल्याणकारी कार्यों के लिए होने लगा। वे मौसम का हाल जानने के काम भी आने लगे और संचार में भी उपयोग होने लगे। इनका प्रयोग दुश्मन की जासूसी में भी होने लगा। रूस ने अमेरिका को अंतरिक्ष के क्षेत्र में कड़ी टक्कर दी और इसका श्रेय रूसी अंतरिक्ष वैज्ञानिक सर्जेई कोरोलेव को जाता है, जिन्होंने गुप्त रहकर सारा काम किया। 1907 में जन्मे इस वैज्ञानिक का 1966 में देहांत हो गया।

1960 में अमेरिकी भौतिकी शास्त्री टी०एच० मैमान ने पहला लेजर तैयार किया। इस लेजर को सैद्धांतिक रूप से डेनमार्क के वैज्ञानिक नील्स बोहर ने 1913 में ही तैयार कर लिया था।

यूरी गागरिन ने जिस वोस्तोक अंतरिक्ष यान में अंतरिक्ष यात्रा की थी उसका वजन दस हजार चार सौ सतरह पाउंड था और इसकी मिसाइल का व्यास साढ़े सात फीट था।

जब अपोलो ग्यारह चंद्रमा की ओर चला और 20 जुलाई, 1969 को पहले चंद्रयात्री ने चंद्रमा पर कदम रखा तो इस दृश्य को सारी दुनिया न देखा। उस समय तक टी०वी० का काफी प्रचार-प्रसार हो चुका था। इसके जरिए सारे विश्व के समाचार टी०वी० के परदे पर आ जाते थे।

1962 में राचेल कार्सन ने पर्यावरण की ओर विश्व का ध्यान आकृष्ट किया। 1969 में ध्वनि से तेज उड़ने वाले पहले सुपर सोनिक जहाज कंकार्ड ने पहली उड़ान भरी।

बीसवीं सदी के आठवें दशक में इलैक्ट्रॉनिक्स के विकास ने कंप्यूटर युग को जन्म दिया। जैक किल्बी और राबर्ट नौयसे ने जो माइक्रोचिप्स तैयार किये थे, उनका उपयोग करते हुए 1971 में सेंट्रल प्रोसेसिंग यूनिट तैयार किया गया जो अत्यंत छोटा, हलका और सस्ता था तथा इसमें जो सर्किट था उसमें हजारों इलैक्ट्रॉनिक पुर्जे लगे थे। इन यूनिटों का पहले-पहल प्रयोग जेब में रखे जा सकने वाले कैल्कुलेटरों तथा

वीडियो खेलों में हुआ। 1972 में पॉकेट कैल्कुलेटर बाजार में आ गया और पौंग नामक वीडियो खेल भी इसी साल बाजार में आया। 1978 में स्पेस इन्वेडर नामक वीडियो खेल बाजार में आया जो खासा लोकप्रिय हो गया।

सिलिकोन की चिपों पर बना माइक्रोप्रोसेसर आठवें दशक के मध्य में काफी शक्तिशाली हो गया और इससे बना पर्सनल कंप्यूटर व्यक्तिगत कार्यों को संपन्न करने के लिए तैयार किया गया।

कंप्यूटर के साथ उपयोग होने वाली मेमोरी भी कई रूपों जैसे मैग्नेटिक टेप आदि में उपलब्ध होने लगी। इलैक्ट्रॉनिक्स का विकास तेजी से होने लगा और इलैक्ट्रॉनिक्स सर्किट मात्र दो बैटरी सेलों से चलने लगे। इन सर्किटों ने मनोरंजन की दुनिया में कदम रखा और 1979 में पहला स्टीरियो तैयोर हो गया। एपल नामक कंपनी ने एपल-II नामक व्यक्तिगत कंप्यूटर तैयार कर डाला।

वैज्ञानिक विकास ने जहाँ अंतरिक्ष अभियान को तेज किया और रूसी अंतरिक्ष स्टेशन सेल्यूट-I छोड़ा गया और अमेरिकी अंतरिक्ष यान वाइकिंग मंगल की सतह पर उतरा, वहीं खोजी अंतरिक्ष यान ने बृहस्पति और शनि की तस्वीरें पृथ्वी पर भेजीं। इसके अलावा 1978 में एक और महत्त्वपूर्ण घटना घटी तथा विश्व के पहले टेस्ट ट्यूब बेबी ने जन्म लिया।

बीसवीं सदी के नौवें दशक में दुनिया अंतरिक्ष से इस प्रकार जुड़ गई जैसे दो शहर रेलगाड़ी के जरिए जुड़ जाते हैं। 1981 में अमेरिकी स्पेस शटल छोड़ी गई। पर 1986 में अमेरिकी स्पेस शटल चैलेंजर में उड़ान के बाद 28 जनवरी को ही विस्फोट हुआ। इससे पूर्व भी 1971 में सैल्यूट-I के यात्री पृथ्वी आते समय हवा की कमी से मारे गए थे। इससे अंतरिक्ष अभियानों को गहरा झटका लगा। अब मानवरहित अभियानों की शृंखला प्रारंभ हुई। यूरोपियन स्पेस एजेंसी ने 1983 में अंतरिक्ष में प्रयोग हेतु स्पेस लैब छोड़ी। इसमें प्रयोग हेतु वैज्ञानिक उपकरण भी थे।

इसके अलावा 25 अप्रैल, 1986 को चेर्नोबल में स्थित रूसी परमाणु संयंत्र में भयंकर दुर्घटना हुई और बड़े पैमाने पर रेडियोधर्मिता फैली और उसका दुष्प्रभाव देखा गया। इस कारण परमाणु ऊर्जा के कार्यक्रमों के विकास में बड़ी रुकावट आ खड़ी हुई।

इसके अलावा पर्यावरण के प्रदूषण से घबराकर अब मानव ऊर्जा के वैकल्पिक स्रोतों की तलाश में जुट गया और उन साधनों के विकास की प्रक्रिया प्रारंभ हुई जिनसे पर्यावरण को नुकसान न होता हो या कम से कम होता हो। इस प्रक्रिया में सौर ऊर्जा का विकास हुआ और नासा ने सौर ऊर्जा की कई परियोजनाओं में धन लगाया। ऐसे बीहड़ और पर्वतीय इलाकों में जहाँ ऊर्जा के सामान्य साधन उपलब्ध कराना संभव

न हो वहाँ भी सौर ऊर्जा उपयोग में आने लगी।

घर और कार्यक्षेत्र : बीसवीं सदी के नवें व दसवें दशक में इस कदर वैज्ञानिक विकास हो चुका था कि घर और कार्यक्षेत्र दोनों का नक्शा ही बदल चुका था। इलैक्ट्रॉनिक्स पुर्जों का उत्पादन बड़े पैमाने पर प्रारंभ हो चुका था और अनेक आसान उपकरण तैयार हो चुके थे जो प्रयोग में भी आने लगे थे। घरों में माइक्रोवेव ओवन रसोई में, पोर्टेबल टेलीफोन, वीडियो रिकॉर्डर, कॉम्पेक्ट डिस्क आदि प्रयोग होने लगी थीं। पर्सनल कंप्यूटरों का प्रयोग घर में भी बढ़ा और कार्यक्षेत्र में भी। कठिन और खतरनाक उत्पादन क्षेत्रों में रोबोट का प्रयोग भी बढ़ता चला गया।

जहाँ कंप्यूटर के जरिये छेड़छाड़, वायरस, वेबसाइट हाइजैकिंग की घटनाएँ बढ़ीं, वहीं हलके वीडियो कैमरों और अंतरिक्ष में चक्कर काट रहे उपग्रहों ने संचार की दुनिया में धूम मचा दी। अब संवाददाता घटनाओं की फोटो और बयान अपने कैमरे और टेप में दर्ज करते हैं और पलक झपकते ही वे दुनिया के कोने-कोने तक पहुँच जाते हैं।

अब लोगों को रेडियो वेव पर पका खाना उपलब्ध है और उच्च कोटि के टेलीविजन पर चित्र और ध्वनि भी। बड़ी-बड़ी फैक्टरियों के उत्पादन केंद्रों पर स्वचालन बढ़ रहा है और रोबोट भारी और कठिन काम कर रहे हैं। वेल्डिंग जैसे काम, जिसमें मनुष्य के नेत्रहीन होने का खतरा होता है, रोबोट बड़ी आसानी से कर लेते हैं। इसी प्रकार पेंट करने में भी रोबोटों का प्रयोग होने लगा है।

नए जमाने में टाइपराइटरों का स्थान कम्प्यूटरों ने ले लिया। पर्सनल कंप्यूटर वर्ड प्रोसेसरों के जरिये टाइपिस्टों के काम आने लगे और विशेष प्रोग्रामों के जरिये बच्चों को वीडियोगेम भी दिखाने लगे। ड्राफ्टमैन इसके जरिये कठिन चित्र, नक्शे आदि भी तैयार करने लगे। छोटे-छोटे कंप्यूटरों के जरिये उपकरण और मशीनें भी चलने लगीं और एक बार प्रोग्राम करने के पश्चात् सही और सटीक ड्रिलिंग जैसे काम आसानी से होने लगे।

आधुनिक तकनीक का उपयोग करते हुए आधुनिक फोटो कौपियर भी तैयार हो गया जिसमें इलैक्ट्रिकली चार्ज्ड ड्रम किसी कागज या दस्तावेज का फोटो तैयार करता है। इसके बाद वही ड्रम दूसरे कागज पर टोनर स्प्रे कर देता है और फोटोकॉपी तैयार हो जाती है।

अब फैक्स मशीन में ही माइक्रोप्रोसेसर का प्रयोग होने लगा और ये गाँव-गाँव तक पहुँच गईं। मनुष्य पोर्टेबल टेलीफोन से संतुष्ट नहीं हुआ और हर समय समाचार चाहने लगे। इसके साथ ही प्रारंभ हुआ सेलूलर अर्थात् मोबाइल फोन का सिलसिला।

अमेरिका और जापान में प्रारंभ हुई सेलूलर संचार सेवा धीरे-धीरे अन्य देशों में भी पहुँची और बीसवीं सदी के अंतिम दिनों में भारत में भी खासी लोकप्रिय हो गई। यह सेलूलर सेवा और भी कई प्रकार की सुविधाएँ लोगों को उपलब्ध कराने लगी।

बायोटेक्नोलॉजी : जैविक वस्तुओं से उत्पाद तैयार करने की कला को बायोटेक्नोलॉजी कहते हैं। यह प्रक्रिया काफी पुरानी है और हजारों साल पूर्व से ही शराब बनाने में काम आती रही है। डबलरोटी, चीज, इडली, विभिन्न प्रकार की शराबें इस बायोटेक्नोलॉजी के जरिये ही तैयार की जाती हैं।

1940 के दशक में बायोटेक्नोलॉजी का जन्म मोलेक्यूलर बायोलॉजी के रूप में हुआ था। धीरे-धीरे इसके विकास ने जोर पकड़ा और पहले डी०एन०ए० का पता हेमिल्टन स्मिथ और डेनियल नाथन्स ने 1970 में लगाया। इसने जेनेटिक इंजीनियरिंग को जन्म दिया। अब किसी का भी रक्त सैंपल लेकर उसमें डी०एन०ए० की जाँच संभव हो पाई है।

इतना ही नहीं, क्लोन विकसित करने की प्रक्रिया भी विकसित हो चुकी है। चूहों, भेड़ों के क्लोन निर्मित किए जा चुके हैं। वैज्ञानिक मानव के क्लोन बनाने की तैयारी में भी जुटे हैं और यह विवाद का भी विषय बन गया है। अब बायोचिप्स के जरिये जैविक वस्तुओं में इलैक्ट्रॉनिक्स चिप्स का विकास किया जाएगा और उन्हें मनुष्य के शरीर में प्रतिस्थापित कर दिया जाएगा।

बायोटेक्नोलॉजी के विकास ने कृषि के क्षेत्र में भी क्रांति का सूत्रपात किया। अब फसलों की वर्णसंकर जातियों को विकसित करके बेहतर और ज्यादा फसलें उगाना प्रारंभ हो गया। 1960 के दशक में डा० नार्मन बोरलाग नामक कृषि वैज्ञानिक ने नई प्रकार की प्रजातियों के जरिये कृषि के क्षेत्र में हरित क्रांति का सूत्रपात किया और इसके लिए उन्हें नोबल पुरस्कार भी मिला।

हरित तकनीक : बढ़ते वैज्ञानिक विकास को उस समय गहरा झटका लगा, जब 1985 में पता चला कि पृथ्वी के चारों ओर फैली ओजोन की परत जो हमें खतरनाक सौर विकिरण से बचाती है, में छेद हो गया है और वह बढ़ता चला जा रहा है। इसी के तत्काल बाद 1986 में जब चेर्नोबल में परमाणु दुर्घटना हुई तो पर्यावरणवाद प्रारंभ हुआ और पर्यावरण विज्ञान का जन्म हुआ। अब हर वैज्ञानिक विकास को इस दृष्टि से देखा जाने लगा कि उससे कहीं पर्यावरण को कोई खतरा तो नहीं हो रहा है।

अब क्लोरो फ्लोरो कार्बन जैसी चीजों पर प्रतिबंध लगने लगा। इसी तरह लेड रहित ईंधन पहले अमेरिका फिर ब्रिटेन तथा बाद में शेष विश्व में लोकप्रिय हो गया।

कारों की बढ़ती संख्या से भी घबराहट होने लगी और इनमें कैटालिटिक कन्वर्टर लगाकर खतरनाक गैस कण बाहर निकलने से रोके जाने लगे।

सौर ऊर्जा का प्रयोग बढ़ने लगा और गाँव के गाँव इससे प्रकाशित होने लगे। पवन ऊर्जा का भी प्रयोग बढ़ा और बड़े-बड़े विंडफार्म तैयार किएं गए।

इस प्रकार आविष्कारों के इतिहास ने एक लंबा सफर तय किया। किसी जमाने में असंभव माने जाने वाले कार्य भी आज संभव हो चले हैं। पुराणों में कल्पना की गई है कि अर्जुन के बाण से पानी निकल आया या आग लग गई। आज डायनामाइट के प्रयोग से बड़ा गड्ढा करना संभव है और अग्नि फैला देने वाले बम मौजूद हैं।

यदि प्राचीन काल का मानव आज पृथ्वी पर अवतरित हो जाए तो वह इसे पहचान ही नहीं पाएगा। आइए, हम इन चुनिंदा आविष्कारकों की जीवन-गाथाओं का अध्ययन करें जिन्होंने अपने क्रांतिकारी आविष्कारों के जरिये दुनिया को यह रूप देने में अपना योगदान किया।

आर्कमिडीज और उनके सिद्धांत

विश्व के प्राचीनतम वैज्ञानिकों में से एक माने जाने वाले आर्कमिडीज का जन्म ईसा पूर्व 287 में सिसली द्वीप समूह में स्थित सिराक्यूज राज्य में हुआ था।

उनका बचपन कैसे बीता और शिक्षा-दीक्षा कहाँ और कैसे हुई, यह ज्ञात नहीं है, पर वे अपने समय के जाने-माने विद्वान् और वैज्ञानिक माने जाने लगे।

उस समय सीराक्यूज राज्य पर हीरो द्वितीय का शासन था जो अत्यंत बलशाली था और धार्मिक भी था। उस समय राज्यों में युद्ध होते रहते थे और हीरो जब किसी युद्ध में जीत हासिल करता था तो उसे दैवी कृपा मानते हुए देवता को स्वर्णाभूषण चढ़ाता था।

एक बार जब राजा ने फतह हासिल की तो उसने देवता को चढ़ाने के लिए सोने का मुकुट बनवाया। जब सुनार मुकुट बनाकर लाया तो राजा को उसकी शुद्धता पर संदेह हुआ। देखने में मुकुट अत्यंत सुंदर बना था और सुनार उसकी शुद्धता के दावे कर रहा था। अतः उसे तोड़कर जाँच कराने में राजा को हिचकिचाहट हो रही थी।

अंततः राजा ने अपने राज्य के वैज्ञानिक आर्कमिडीज को यह दायित्व सौंपा कि वह उस मुकुट को बिना तोड़े उसकी शुद्धता की जाँच कराए।

आर्कमिडीज के पास इसका तत्काल कोई उपाय नहीं था। वे इसके बारे में सोचते रहे। एक दिन वे जब नहाने के लिए लबालब भरे पानी के हौज में बैठे तो उन्हें लगा कि उनका वजन कम हो गया है। उन्होंने यह भी देखा कि हौज का कुछ पानी बाहर निकल गया है।

अचानक उनके मस्तिष्क में एक विचार कौंधा और उन्हें लग गया कि उन्हें अपनी समस्या का हल मिल गया है। वे बिना कपड़े पहने ही बाहर आकर नाचने

लगे और चिल्लाने लगे 'यूरेका, यूरेका'। जिसका अर्थ होता है– मिल गया, मिल गया।

शीघ्र ही वे दरबार में आए। उन्होंने मुकुट को पानी से लबालब भरे बर्तन में डुबोया और उससे जो पानी बाहर निकला, उसे नाप लिया। उसके बाद उतने ही वजन का सोना लिया और उसे पानी में डुबोया। दूसरी बार पानी कम गिरा था। उन्होंने घोषणा कर दी कि मुकुट के सोने में चाँदी की मिलावट की गई है।

दरबारियों को समझाते हुए उन्होंने कहा कि सोना ज्यादा भारी होता है। चाँदी हलकी होती है। समान वजन वाला सोना कम जगह घेरता है और चाँदी ज्यादा जगह लेती है।

इसके साथ ही आर्कमिडीज ने संसार को सापेक्षिक घनत्व का सिद्धांत दे दिया। विश्व के प्राचीनतम सिद्धांतों में से इस एक सिद्धांत के अनुसार जब कोई वस्तु पानी में डुबोई जाती है तो उसमें उछाल आता है। उछाल कहलाने वाला यह बल उस वस्तु द्वारा प्रतिस्थापित पानी के बराबर होता है, अर्थात् वस्तु का आयतन जितना ज्यादा होता है और वजन कम होता है वह पानी में कम डूबती है। जिसका वजन ज्यादा और आयतन कम होता है वह डूब जाती है क्योंकि वस्तु द्वारा प्रतिस्थापित पानी का भार कम होता है और उछाल भी कम होता है। हलकी वस्तु का उछाल ज्यादा होता है। यह सिद्धांत पानी में पूरी तरह डूबी या आंशिक रूप से डूबी दोनों प्रकार की वस्तुओं पर लागू होता है।

उपरोक्त सिद्धांत सिर्फ तरल पदार्थों पर लागू नहीं होता वरन् गैसों पर भी लागू होता है और इसी कारण बैलून हवा में उड़ते रहते हैं। समय के साथ इस सिद्धांत के अनुसार हर पदार्थ की रिलेटिव डेन्सिटी की गणना कर ली गई और पता चल गया कि कौन-सा पदार्थ किसमें डूब जाएगा और किसमें नहीं डूबेगा।

उस समय नावों और जहाजों का निर्माण तो होता था पर लोगों को यह नहीं मालूम था कि ये जहाज तैरते कैसे हैं। जब आर्कमिडीज ने अपना सिद्धांत लोगों को बताया तो लोगों को समझ में आने लगा कि जहाज कैसे तैरते हैं और जहाज निर्माण कला में भी नया मोड़ आया। अब बेहतर संतुलन वाली नावें और जहाज बनने लगे।

आर्कमिडीज ने एक अन्य सिद्धांत का भी प्रतिपादन किया। यह था लीवर सिद्धांत। इसके तहत उन्होंने कम बल से ज्यादा वजन खींचना संभव बना दिया। एक बार उन्होंने अपने लीवर और घिरनियों की सहायता से एक बड़े जहाज को समुद्र से खींचकर किनारे पर लगा दिया। जब लोगों ने देखा तो यह मानना प्रारंभ कर दिया कि उनके पास कोई चमत्कारिक शक्ति है।

आर्कमिडीज को अपने देश से अत्यंत प्यार था। उन्होंने अपने देश की रक्षा हेतु

अनेक प्रकार के युद्धक उपकरण, अस्त्र-शस्त्र बनाए और इस कारण शत्रु राज्य अगले कई साल तक हमला नहीं कर पाया।

आज हम अनेक कार्यों में सौर ऊर्जा का उपयोग करते हैं। आर्कमिडीज को सवा दो हजार साल पूर्व ही सूर्य की शक्ति का अहसास हो गया था। उन्होंने एक विशाल दर्पण तैयार कर लिया था और उसमें सूर्य की किरणों को केंद्रित करके उससे शत्रु के सैनिक जहाज में आग लगा दी। वह जहाज समुद्र में ही नष्ट हो गया।

उधर लोगों का मानना था कि आर्कमिडीज में कोई दैवी शक्ति है जबकि आर्कमिडीज वास्तव में गणित की सहायता से विभिन्न सिद्धांतों का प्रतिपादन कर रहे थे। अपने जीवन काल में उन्होंने गणित व भौतिकी के 9 प्रमुख सिद्धांतों का प्रतिपादन कर लिया था। उन्होंने बेलनाकार, गोलाकार वस्तुओं का आयतन, वृत्ताकार चीजों का क्षेत्रफल आदि का नाप, पैराबोला आदि की गणना, स्पाइरल तारों आदि के सिद्धांत तैयार कर दिए।

उन्हें प्राचीन यंत्रशास्त्री भी माना जाता है और उन्होंने लीवर का इस्तेमाल करके अनेक मशीनों का निर्माण भी कर दिया। उन्होंने एक स्क्रू का निर्माण किया था जिसे आर्कमिडीज स्क्रू कहा जाता है। इसमें एक सिलेंडर के अंदर स्क्रू होता है और यह स्क्रू लगातार अंदर भेजा जा सकता है। कई बार पतली नालियाँ आदि साफ करने के लिए इसका इस्तेमाल किया जाता है क्योंकि स्क्रू अंदर जाकर पानी को आगे धकेलता है। सिंचाई और नाली खाली करने के अलावा यह स्क्रू तीव्र गति के टूलों में भी काम आता है। इसके जरिये हलके पदार्थ जैसे अनाज, रेत, राख आदि भी साफ किए जा सकते हैं।

आर्कमिडीज को अपने ऊपर अटूट विश्वास था। उन्होंने यह घोषणा कर दी थी कि अगर उन्हें सही स्थान मिल जाए तो वे पूरे संसार को उठा सकते हैं। कालांतर में जब लीवर सिद्धांत लोगों की समझ में आया तो यह बात सत्य साबित हो गई। इसी प्रकार उन्होंने यह भी घोषित कर दिया था कि वे रेत के कटोरे में कितने दानें हैं, यह भी बता सकते हैं।

दरअसल उन्होंने ज्यामिति के विभिन्न क्षेत्रों में खासा कार्य किया था। गोलाकार, बेलनाकार, पैराबोला, हर आकार की वस्तुओं की परिधि, क्षेत्रफल आयतन आदि के नाप का तरीका निकाला। उन्होंने भौतिकी, यांत्रिकी, हाइड्रोस्टैटिक्स सहित अनेक विषयों पर शोध किया। वे लगातार सिराक्यूज में रहते रहे और वहाँ के राजपरिवार से उनके मधुर संबंध बने रहे।

आर्कमिडीज की प्रतिष्ठा अपने देश में ही नहीं वरन् शत्रु देशों में भी फैल गई। जब रोम के शासक ने सिराक्यूज पर आक्रमण किया तो अपने सेनापति को स्पष्ट

निर्देश दिया था कि आर्कमिडीज को जिंदा पकड़ा जाए और किसी भी हालत में उसे मारा न जाए। सिराक्यूज की सेना रोम की विशाल सेना का सामना नहीं कर सकी और रोम के सिपाही शहर में प्रवेश कर गए।

ईसा पूर्व 212 में 75 वर्षीय वयोवृद्ध वैज्ञानिक आर्कमिडीज अपने घर के आँगन में बैठे थे और जमीन पर कुछ आकृतियाँ बनाते हुए विचार कर रहे थे। अचानक आक्रमणकारी रोमन सिपाही घर में घुस आए।

आर्कमिडीज को उनका उद्देश्य समझ में आ गया, पर उन्हें अपनी जान की परवाह नहीं थी। उन्होंने एक सिपाही से कहा कि मुझे बेशक मार दो, पर इन आकृतियों को मत मिटाना।

मूर्ख सिपाही को न तो आर्कमिडीज के मूल्यवान जीवन का अहसास था और न उन आकृतियों के पीछे छिपे वैज्ञानिक सिद्धांत का। उसने आर्कमिडीज के शरीर में तलवार घुसेड़ दी और वे आकृतियाँ खून से लाल हो गईं।

आर्कमिडीज इस दुनिया से चले गए पर वे इतना ज्ञान संसार को दे गए कि वह हमेशा इस आदि गणितज्ञ, भौतिकविद् और अन्वेषक को याद रखेगा।

आदि आर्यभट्ट और उनकी गणित व खगोलशास्त्र संबंधी खोजें

भारतीय गणित व खगोलशास्त्र का प्रारंभ किसने किया, यह ज्ञात नहीं है। वेदों में गणित व खगोल विज्ञान के बारे में तमाम जानकारियाँ उपलब्ध हैं। अनेक ऋषियों ने पंचांग के नियम, नक्षत्र-विभाजन, वैदिक क्रियाओं के लिए आवश्यक तिथियों व मुहूर्तों को निर्धारित करना, ग्रहण, अमावस्या आदि के बारे में पहले से जानकारी देने हेतु तमाम विधियाँ विकसित कर ली थीं।

समय के साथ पैतामह सिद्धांत, वासिष्ठ सिद्धांत, रोमक सिद्धांत, पौलिष सिद्धांत आदि विकसित हुए, पर वे धीरे-धीरे पुराने पड़ने लगे थे। इनसे गणित के ठोस परिणाम प्राप्त नहीं हो पाते थे और इनकी उपयोगिता कम होती जा रही थी। गणित के आधार पर ग्रहों की स्थिति और ग्रहण आदि का जो समय तय किया जाता था, उसमें और वास्तविक स्थिति में काफी अंतर होता था।

इस कारण लोगों का गणित व खगोलशास्त्र से विश्वास उठने लगा। पर कालांतर में आर्यभट्ट नामक एक विद्वान् ने गणित व खगोलशास्त्र संबंधी विज्ञान में कमियों का सुधार कर उसे नए सिरे से प्रस्तुत किया।

भारतीय गणित व खगोलशास्त्र के प्रवर्तक आदि आर्यभट्ट की जन्मतिथि अनुमानों के आधार पर 13 अप्रैल, 476 मानी जाती है। उनका कार्यकाल गुप्त काल था। उपरोक्त जन्मतिथि को यूनेस्को ने भी माना और इस आधार पर उनकी पंद्रह सौवीं जन्मतिथि मनाई गई थी।

उनके माता-पिता का नाम, वंश परिचय आदि के बारे में जानकारी उपलब्ध नहीं है, पर उनके एक श्लोक के अनुसार उनका जन्म बिहार राज्य की राजधानी पटना, जो उस समय पाटलिपुत्र के नाम से मशहूर था, के पास

कुसुमपुर नामक स्थान में हुआ था।

उस समय भारत में बौद्ध धर्म काफी छाया हुआ था। जैन धर्म भी प्रचलित था पर आर्यभट्ट सनातन धर्म के ही अनुयायी थे। प्राचीन कृतियों के रचनाकारों की तरह ही उन्होंने अपनी रचना का प्रारंभ अपने इष्टदेव की स्तुति से किया है और उसमें लिखा कि परमपिता ब्रह्मा के वरदान से उन्होंने यह तमाम ज्ञान हासिल किया है।

उस समय मगध स्थित नालंदा विश्वविद्यालय विद्या का एक बड़ा केंद्र था और देश-विदेश से यहाँ पर छात्र विद्या अध्ययन के लिए आते थे। यहाँ पर खगोलशास्त्र के अध्ययन के लिए विशेष विभाग था और एक प्राचीन श्लोक के अनुसार आर्यभट्ट इस विश्वविद्यालय के कुलपति भी रहे।

प्राप्त जानकारियों के अनुसार आर्यभट्ट ने तीन प्रमुख ग्रंथों की रचना की। ये हैं—आर्यभट्टीयम्, दशगीतिका तथा तंत्र। आर्यभट्टीयम् उनका प्रमुख ग्रंथ माना जाता है। 121 श्लोकों वाले इस ग्रंथ में उन्होंने प्रारंभ में परब्रह्म परमेश्वर की स्तुति की है। उन्होंने अपने जन्मस्थान कुसुमपुर का वर्णन भी किया है तथा ज्योतिषशास्त्र के मूल सिद्धांतों का संक्षेप में वर्णन भी किया है।

उनका ग्रंथ चार खंडों में विभाजित है। ये खंड हैं—गीत पादिका, गणित पाद, काल क्रिया पाद तथा गोलपाद। गीत पदिका में उन्होंने युगों का प्रमाण, ग्रह आदि का परिभ्रमण काल अर्थात् ग्रहों की गति, राशि का भेद, आकाश कक्षीय (पथ) प्रमाण आदि की जानकारी दी है।

तेरह श्लोकों वाली गीत पादिका के बाद 33 श्लोकों वाला गणित पाद है जिसमें उन्होंने गणित के वर्गमूल, घनमूल, त्रिकोणादि क्षेत्रफल, ज्याअंतर, प्रकाश छाया से संबंधित गणित, त्रैराशिक व्यवहार, अनिर्दिष्ट समीकरण आदि को समझाया है। उन्होंने इकाई (1), सैकड़ा (100), दस हजार (10,000) आदि को वर्ग स्थान बताया है क्योंकि इनका वर्गमूल सीधा पूर्ण अंकों में निकाला जा सकता है। उन्होंने 10, 1000, 1,00,000 को अवर्ग माना है क्योंकि उनका वर्गमूल दशमलव में निकलता है।

उन्होंने वृत्त के व्यास और उसकी परिधि के बीच संबंध, जिसे पाई कहते हैं, का मान भी निकाला। उनके आकलन के अनुसार पाई का मूल्य 3.1416 निकला, जो काफी हद तक सही था। उन्होंने दशमलव पद्धति का उपयोग भी किया तथा वर्ग का क्षेत्रफल, त्रिभुज का क्षेत्रफल, शंकु का घनफल, वृत्त का क्षेत्रफल निकालने के नियमों का वर्णन भी किया। एक श्लोक में उन्होंने बताया कि अगर वृत्त का व्यास 20000 हो तो परिधि 62832 होगी। यह दशमलव के चौथे स्थान तक सही है।

उनके श्लोक पढ़कर विद्यार्थी वृत्त, त्रिभुज व चतुर्भुज आदि बनाने की विधि, दीपक से बनी छाया का नाप निकालने की विधि, दीपक की ऊँचाई और दूरी जानने

की विधि आदि सीख सकते हैं। उन्होंने बीजगणित को भी आगे बढ़ाया तथा साधारण नियम $(\text{अ} + \text{ब})^2 - (\text{अ}^2 + \text{ब}^2) = 2\,\text{अ}\times\text{ब}$ को समझाया। उन्होंने दो राशियों के गुणनफल जैसे अ×ब तथा अंतर अ-ब ज्ञात करके राशियों को अलग-अलग पहचानने, भिन्नों के हरों को सामान्य हरों में परिवर्तित करने तथा भिन्नों को गुणा करने, भाग करने आदि के तरीके समझाए।

त्रिकोणमिति के आदि आचार्य माने जाने वाले आर्यभट्ट ने पहले ज्या (Sine) का प्रयोग किया। फिर उन्होंने ज्या तथा उत्क्रम ज्या की सारणी बनाने के नियमों का उल्लेख किया। विशेष बात यह थी कि उनके नियमों से ज्या का जो मूल्य निकलता है और वास्तविक मूल्य में अंतर था तथा इसका ज्ञान उन्हें था, उन्होंने अपनी सारणी में वास्तविक मूल्य ही दिया था।

आर्यभट्टीयम् के अगले खंड कालक्रिया पाद में काल के विभिन्न भाग, ग्रहों का परिभ्रमण, मास संवत्सर, अधिक मास, क्षय तिथियाँ, ग्रंथ रचना काल, ग्रहों की गतियाँ, वार (सप्ताह) की गणना आदि का विवरण है।

अंतिम खंड गोल पाद में खगोल विज्ञान की जानकारी है। सूर्य, चंद्र, राहु, केतु आदि ग्रहों की दृश्यादृश्य परिस्थिति, भूमि की आकृति, दिन-रात के कारण देशांतरों में सूर्योदय, राशियों का उदय, ग्रहणों आदि का विवरण 50 श्लोकों में समाहित है।

वास्तव में आर्यभट्टीयम् एक अत्यंत ही दिलचस्प ग्रंथ है। आज इसके एक हिस्से पर बड़े-बड़े ग्रंथ लिखे जा चुके हैं, पर आर्यभट्ट ने बड़ी कुशलता से गागर में सागर भरने का कार्य संपन्न किया था। बड़े-बड़े वैज्ञानिक यह देख [illegible] दाँतों तले उँगली दबा लेते हैं कि किस प्रकार आर्यभट्ट ने पाई का मूल्य, वृत्त [illegible] क्षेत्रफल, ज्या का मान आदि निकाला होगा।

आर्यभट्ट युग-प्रवर्तक भी थे। उन्होंने अपने समय प्रचलित अंधविश्वासों को तोड़ते हुए दुनिया को बताया कि पृथ्वी, चंद्रमा व अन्य ग्रहों में स्वयं प्रकाश नहीं है और वे सूर्य के प्रकाश से प्रकाशित होते हैं। पृथ्वी के जिस हिस्से पर प्रकाश पड़ता है वह प्रकाशित होता है तथा शेष अंधकार में रहता है। उन्होंने यह भी जगजाहिर किया कि पृथ्वी गोल है और अपनी धुरी पर चक्कर लगाते हुए सूर्य का भी चक्कर लगाती है। उन्होंने पृथ्वी की तुलना कदंब पेड़ के पुष्प-गुच्छ से की, जो हरा-भरा होता है।

आर्यभट्ट की कल्पनाशीलता कितनी विस्तृत थी, यह इस बात से जाहिर होता है कि उन्होंने पृथ्वी के गोलाकार होने तथा विभिन्न नगरों के रेखांतर होने के कारण अलग-अलग शहरों में सूर्योदय व सूर्यास्त के अलग-अलग समय की गणना की थी। उनके एक श्लोक के अनुसार जब लंका में सूर्योदय होता है तो सिद्धपुर में सूर्यास्त हो जाता है। यवकोटि में उस समय मध्याह्न होता है और रोमक प्रदेश में अर्धरात्रि होती

है। उन्होंने लंका की 0° पर यवकोटि को पूर्व का 90°, रोमक को पश्चिम का 90° तथा सिद्धपुरी को 180° पर माना। ये काल्पनिक नाम थे, पर इससे दिन-रात के समय की विविधता स्पष्ट दिखाई देती है।

नक्षत्रों के चलते हुए दिखाई देने पर उन्होंने बताया कि जिस प्रकार नाव में चलने वाला व्यक्ति किनारे पर स्थित पेड़, पौधों, चट्टानों को विपरीत दिशा में जाते हुए देखता है, उसी प्रकार ये सूर्य, नक्षत्र आदि भी हमें चलते हुए दिखाई देते हैं। उन्होंने इस मान्यता को तोड़ दिया कि पृथ्वी ब्रह्मांड का केंद्र है और सूर्य व अन्य ग्रह-नक्षत्र इसका चक्कर लगाते हैं। उन्होंने इस मान्यता को भी तोड़ दिया कि राहु-केतु के ग्रस लेने के कारण ग्रहण लगते हैं। उन्होंने साबित किया कि चंद्रमा की परछाईं के कारण सूर्य-ग्रहण तथ पृथ्वी की परछाईं के कारण चंद्र-ग्रहण लगता है।

शून्य व दशमलव का कुशलता से प्रयोग करने वाले आर्यभट्ट ने काल का भी बड़ी कुशलता से विभाजन किया था। मनुस्मृति में काल का विभाजन इस प्रकार किया गया था :

एक कल्प = चौदह मन्वंतर + छह महायुग = एक हजार युग

एक मन्वंतर = इकहत्तर महायुग

एक महायुग = तैंतालीस लाख बीस हजार वर्ष

एक महायुग में चार युग बताए गए थे–सतयुग, त्रेता, द्वापर व कलियुग। मनुस्मृति के अनुसार सतयुग में सतरह लाख अट्ठाइस हजार वर्ष, त्रेता में बारह लाख छियानबे हजार वर्ष, द्वापर में आठ लाख चौंसठ हजार वर्ष, कलियुग में चार लाख बत्तीस हजार वर्ष होते हैं।

आर्यभट्ट ने इसे और सरल कर दिया और उनके अनुसार–

1 कल्प = 14 मन्वंतर अर्थात् 1008 महायुग

1 मन्वंतर = 72 महायुग

1 महायुग = 43,20,000 वर्ष

आर्यभट्ट ने महायुग को चार बराबर-बराबर युगों में बाँटा तथा सतयुग, त्रेता, द्वापर व कलियुग में प्रत्येक में दस लाख अस्सी हजार वर्ष होंगे।

आर्यभट्ट ने अपने गणित पाद में एक नियम में बँधी हुई संख्याओं की श्रेणी जैसे 1, 2, 3, 4, 5, ...का योग निकालने का सूत्र भी बताया। इसके जरिये एक से अधिक प्रकार की श्रेणियों का योग भी निकाला जा सकता है।

बीजगणित आर्यभट्ट द्वारा ही प्रारंभ किया गया था। उन्होंने अपने श्लोक में वर्णित सूत्रों को आसानी से व हर समय याद रखने के लिए अपनी एक अलग परिभाषा विकसित कर ली थी। उन्होंने उच्चारण में कम समय लेने वाले जैसे अ, इ, उ तथा उच्चारण में अधिक समय लेने वाले जैसे आ, ई, ऊ को संकेतों के रूप में प्रयोग किया। वे बड़ी संख्याओं के लिए भी इनका प्रयोग करते थे जैसे रव्यु-3,20,000 ऋ-10,00,000 योही-5,77,53,336 आदि। आज हम देखते हैं कि

कंप्यूटर के की बोर्ड में अंकित हर अक्षर के पीछे कोई न कोई क्रिया छुपी होती है। इसी प्रकार का प्रयोग आर्यभट्ट ने किया था।

उन्होंने मूलधन से ब्याज निकालने के सूत्र भी प्रतिपादित किए। उन्होंने साधारण ब्याज व चक्रवृद्धि ब्याज दोनों की गणना के तरीके तैयार किए।

उनकी कल्पनाशीलता गजब की थी। सूर्य से विभिन्न ग्रह किस तरह प्रकाशित होते हैं तथा जहाँ पर प्रकाश नहीं पहुँच पाता है वहाँ छाया किस तरह पड़ती है, इन सबका वर्णन उन्होंने दीपक व गेंद के बीच संबंध दिखा कर समझाया। उन्होंने बताया कि छाया की लंबाई दीपक व गेंद के बीच की दूरी पर निर्भर करती है। यदि इस बीच कोई दूसरी वस्तु जैसे ग्रह आदि आ जाता है तो उसकी छाया ग्रहण का रूप धारण कर लेती है। उन्होंने न सिर्फ छाया का सिद्धांत प्रतिपादित किया वरन् भविष्य में सूर्य व चंद्र-ग्रहण कब-कब पड़ेंगे, इसकी गणना का सूत्र भी बताया। यह सूत्र आज भी प्रचलित है और ग्रहण की भविष्यवाणी कभी गलत साबित नहीं हुई।

आर्यभट्ट का सारा जीवन एक तपस्वी की तरह बीता होगा और इतना ज्ञान अर्जित करने के लिए उन्होंने घोर साधना की होगी। आर्यभट्ट की एक और रचना–आर्यभट्ट सिद्धांत–के म्रात्र 34 श्लोक मिले हैं। उनकी यह कृति विद्वानों द्वारा पढ़ी और प्रयोग की जाती थी। सातवीं सदी में इसका चलन ज्यादा था। उनकी अन्य कृतियाँ उपलब्ध नहीं हैं।

जन्म की तरह आर्यभट्ट की मृत्यु भी अनुमानों पर आधारित है। कुछ लोग उनकी मृत्यु का वर्ष 520 ईसवी मानते हैं और कुछ लोग 550 ईसवी।

आर्यभट्ट दुनिया से चले गए, पर उनका अर्जित ज्ञान विश्व-भर में फैलता रहा। छठी सदी के वराहमिहिर, सातवीं सदी के ब्रह्मगुप्त ने अपनी रचनाओं में उनका आदरपूर्वक उल्लेख किया। बारहवीं सदी के सोमेश्वर सूर्यदेव, पंद्रहवीं सदी के मलया, अठारहवीं सदी के कृष्णदास आदि ने सदियों बाद उनके ग्रंथों का अध्ययन करके टीकाएँ लिखीं।

'आर्यभट्टीयम्' सोलहवीं सदी तक गुरुकुलों में पढ़ाया जाता था और उनके अनुयायी अपने आपको उनके पंथ का सदस्य मानते हुए गौरव अनुभव करते थे। सुदूर पश्चिम के अरबी विद्वान् भी उनका आदर करते थे तथा उन्हें अरजभट के नाम से पुकारते थे। वे भारत के ही नहीं, वरन् संपूर्ण विश्व के चोटी के वैज्ञानिकों में गिने जाते रहे। जब शिकागो से विश्व के प्रमुख वैज्ञानिकों की सूची प्रकाशित हुई तो उसमें आर्यभट्ट का नाम था।

भारत सरकार ने जब 19 अप्रैल, 1975 को अपना पहला अंतरिक्ष उपग्रह छोड़ा तो आर्यभट्ट के प्रति सम्मान व्यक्त करते हुए उसका नाम आर्यभट्ट रखा था।

सन् 950 में आर्यभट्ट नाम के एक और विद्वान् ने जन्म लिया था और वे भी ज्योतिष के प्रकांड विद्वान् साबित हुए थे। उन्होंने 'महासिद्धांत' नामक ग्रंथ की रचना की थी। अत: लोग पहले आर्यभट्ट को आदि आर्यभट्ट के नाम से पुकारते हैं।

आचार्य चरक और उनका चिकित्साशास्त्र

भारतीय चिकित्सा ज्ञान प्रारंभ में इस कदर उन्नत था कि इस बात का पता ही नहीं चल सका कि इसका विकास किसने किया और किस प्रकार किया।

कहते हैं कि एक बार जब संसार में बड़े पैमाने पर रोग उत्पन्न होने प्रारंभ हुए तो तमाम ऋषियों ने हिमालय के एक सुंदर भूभाग में बैठकर एक सभा की और रोगों के विनाश व चिकित्सा पर गंभीर चर्चा की। वेदों के अनुसार देवराज इंद्र के पास चिकित्सा का अद्‌भुत ज्ञान था और ऋषियों ने तय किया कि किसी विद्वान् को उनके पास भेजकर चिकित्सा-ज्ञान पृथ्वी पर लाया जाए। सबने मिलकर महर्षि भारद्वाज को इस कार्य के लिए नियुक्त किया।

भारद्वाज ने इंद्र से यह ज्ञान प्राप्त किया और प्राप्त की गई शिक्षा आगे अपने शिष्य पुनर्वसु आत्रेय को प्रदान की। पुनर्वसु आत्रेय के 6 शिष्य थे और उन सभी ने प्राप्त चिकित्सा-ज्ञान पर गंभीर शोध किया और उनमें अग्निवेश सबसे आगे रहे।

चरक संहिता वह ग्रंथ है जिसमें शिष्य अग्निवेश प्रश्न करते हैं और आचार्य पुनर्वसु आत्रेय उत्तर देते हैं। प्रश्न और उत्तर के जरिये पूरा का पूरा चिकित्सा-ज्ञान इस महान अद्‌भुत ग्रंथ में उड़ेल दिया गया है। इसके अलावा उस समय चिकित्सा विज्ञान पर गंभीर चर्चाएँ भी होती थीं और उनका समावेश भी इस ग्रंथ में किया गया है।

इस महान् ग्रंथ का संपादन आचार्य चरक ने किया था। उनके जन्म-समय, जन्म-स्थान के बारे में कोई जानकारी नहीं है। बौद्ध धर्म ग्रंथ त्रिपिटक के चीनी अनुवाद में आचार्य चरक का जिक्र है। उन्हें भारत के कुषाण सम्राट कनिष्क का राजवैद्य बताया गया है। कनिष्क सन् 200 में भारत के सम्राट थे। पर इस पर विश्वास नहीं किया

जा सकता है क्योंकि कनिष्क बौद्ध धर्म के अनुयायी थे और चरक के ग्रंथ में बौद्ध धर्म का कहीं जिक्र नहीं है।

दूसरी ओर पाणिनि ने भी अपने ग्रंथ में चरक का उल्लेख किया है अत: चरक का कार्यकाल पाणिनि से भी पहले रहा होगा। पाणिनि का काल 500 ईसा पूर्व माना गया है।

पर चरक संहिता की रचना कहाँ हुई थी, इसका जिक्र इस ग्रंथ में है। इसके एक सूत्र के अनुसार पांचाल देश की राजधानी कापिल्य में आषाढ़ महीने में गंगा नदी के तट पर जंगलों में घूमते हुए शिष्य समुदाय के बीच आचार्य पुनर्वसु आत्रेय ने शिष्य अग्निवेश से कहा–इससे तात्पर्य है कि इस ग्रंथ की रचना आज के फर्रुखाबाद जिले की कायमगंज तहसील में स्थित कपिल में हुई थी, जहाँ अशोककालीन स्तंभ के चिह्न मिले हैं। जिन विद्वानों के बीच चर्चा हुई उनमें विदेहराज निमिजनक, काशिराज वामन, बाह्लीक प्रदेश के वैद्यों का जिक्र है। चरक संहिता के अनुवादक काशीनाथ शास्त्री के अनुसार चरक का काल ईसा पूर्व 600 है।

चरक की रचना इतनी अद्‌भुत है कि लोगों ने उन्हें अवतार मानना प्रारंभ कर दिया और कहा कि सभी वेदों के ज्ञाता शेषनाग ने ऋषि पुत्र के रूप में जन्म लिया और आयुर्वेद के ज्ञान को घूम-घूमकर लोगों में बाँटा और इसीलिए उनका चरक नाम पड़ा।

बहरहाल जो भी हो, आयुर्वेद के ज्ञान को परिष्कृत करके आठ खंडों और 120 अध्यायों में बाँटकर आचार्य चरक ने इसे विद्वानों द्वारा उपयोग करने लायक बनाकर संसार पर बहुत बड़ा उपकार किया।

इसके पहले खंड में वर्णन है कि जीवन का उद्देश्य क्या है? स्वस्थ कैसे रहना चाहिए? सार्थक जीवन की परिभाषा इस तरह दी गई है कि मनुष्य स्वयं भी सुखी रहे और दूसरों को भी सुखी रखे। रोगों को दु:ख का मूल कारण बताया है। आचार्य चरक ने औषधि विज्ञान का मूल उद्देश्य रोगों की चिकित्सा करना नहीं वरन् मनुष्यों को स्वस्थ रहना सिखाना बताया है। वैद्य के लिए चार वृत्तियों का भी वर्णन किया है। ये हैं–प्राणिमात्र से मित्रता का व्यवहार, रोगी के प्रति दया भाव, साध्य रोगों में प्रेमपूर्वक चिकित्सा, असाध्य रोग में उपेक्षा। इससे साफ जाहिर है कि यदि वैद्य को यह ज्ञान हो जाए कि अब रोगी का स्वस्थ होना संभव नहीं है तो जबरदस्ती चिकित्सा नहीं करनी चाहिए।

आचार्य चरक ने सुखी जीवन के लिए शरीर व मन दोनों का स्वस्थ रहना आवश्यक बतलाया है। उन्होंने इंद्रियों के दृढ़ होने पर भी जोर दिया है तथा उचित आहार द्वारा प्रसन्नता लाने की बात कही है। इससे उदर पर दबाव नहीं पड़ता और

हृदय की गति में रुकावट नहीं आती है। इंद्रियाँ तृप्त रहती हैं। निद्रा को आवश्यक बतलाते हुए उन्होंने रोगों के तीन प्रमुख कारण बतलाए हैं। ये है–इंद्रिय विषयों का अतियोग जैसे सूर्य की ओर नंगी आँखों से देखना, अयोग नेत्रों से रूपों को न देखना, मिथ्यायोग जैसे नेत्रों से विषयों का अति समीप होना।

उन्होंने बताया कि उपचार के लिए जितनी औषधियाँ दी जाती हैं वे शरीर की तरह ही पाँच तत्त्वों की बनी होती हैं। चरक ने यह भी बताया कि संसार के सभी द्रव्यों में औषधि गुण छिपे रहते हैं। वात, पित्त, कफ को औषधि विज्ञान की आधारशिला बतलाया गया है। वात का संबंध वायु से, पित्त का अग्नि से तथा कफ का संबंध जल से बतलाया गया है। जिन कारणों से मनुष्य का जन्म होता है, उन्हीं कारणों से रोग भी उत्पन्न होते हैं।

शरीर की संरचना के बारे में चरक संहिता में कहा गया है कि हृदय से रक्त पूरे शरीर में प्रवाहित होता है। साथ में यह भी बतलाया गया है कि रक्त में ओज भी प्रवाहित होता है। यह ओज रक्त में अत्यावश्यक होता है और मनुष्य इसके बिना जीवित नहीं रह सकता है। गर्भ के प्रारंभ में यह शुक्र शोणित के सार रूप में विद्यमान रहता है। जब गर्भ में हृदय की उत्पत्ति होती है तो यह उसमें प्रवेश कर जाता है तथा आयु धारण करता है। रक्त से अलग ओज की स्वतंत्र स्थिति नहीं है। ऋग्वेद में ऊर्जा का वर्णन किया गया है। हमारे चिकित्साशास्त्रियों को हजारों वर्ष पूर्व ही ज्ञात हो चुका था कि मनुष्य के शरीर में बिजली होती है जो ओज या ऊर्जा का कारण है।

शरीर का वर्णन करते हुए चरक संहिता में कहा गया है कि बाहर से शरीर स्थिर दिखाई देता है पर यह स्थिर होता नहीं है। इसके अंदर लगातार प्रवाह चलता रहता है। रक्तप्रवाह के वर्णन के साथ अस्थि, मज्जा, यकृत, प्लीहा, स्नायु, त्वचा, अंडकोश, मूत्रेन्द्रियों आदि का स्पष्ट वर्णन किया गया है। यह भी बतलाया गया है कि शरीर के भीतर जाने के बाद अन्न में परिवर्तन होता है और पचने के बाद यह दो भागों में बँट जाता है। स्वच्छ भाग रस बन जाता है और शेष मल। रस से रक्त, मांस, मेदा, अस्थि, मज्जा, शुक्र, ओज आदि धातुओं की पुष्टि होती है। इससे ज्ञानेन्द्रियों के द्रव्य, शारीरिक संधियों व अन्य अवयवों की पुष्टि होती है।

जब तक मनुष्य के शरीर में रस व मल की स्थिति ठीक रहती है तब तक वह स्वस्थ रहता है और ज्यों ही विकार आ जाता है तो वह अस्वस्थ हो जाता है। चरक संहिता में रोगों के मार्ग भी बताए गए हैं। हृदय, कंठ, नाभि, मूत्राशय आदि मर्म है। अस्थियों की संधियाँ, स्नायु आदि मध्यम मार्ग हैं। आमाशय आदि भीतरी मार्ग हैं। यक्ष्मा के रोगी के बारे में लिखा गया है कि उसके विदीर्ण वक्ष में वायु भर जाती है।

चरक संहिता के शरीर स्थानम के सातवें अध्याय में त्वचाओं का वर्णन है और

त्वचा को छह प्रकार का बताया गया है। इसके बाद शरीर के छह अंगों का उल्लेख है। ये हैं–दो बाँहें, दो पैर, सिर व ग्रीवा तथा मध्य शरीर। यहाँ सिर व ग्रीवा को एक अंग माना गया है। चरक संहिता में अस्थियों का विस्तृत वर्णन है और इनकी संख्या 360 बताई गई। चरक ने अस्थियों की गणना नीचे से प्रारंभ की है तथा अंत में वे ललाट और कपाल तक पहुँचे हैं।

उन्होंने शरीर के 9 छिद्रों का भी वर्णन किया है। ये हैं–दो आँखों के, दो कानों के, दो नाक के, एक मुख का, एक गुदा का तथा एक मूत्रमार्ग का। चरक संहिता में शरीर की 900 स्नायु शिराएँ, 200 धमनियाँ, 400 पेशियाँ, 107 मर्म, 200 संधियाँ, 29,956 शिराओं व धमनियों का वर्णन है। आचार्य ने लिखा है कि अगर शरीर स्वस्थ रहता है तो ये सभी अपनी संख्या के अनुसार रहते हैं और अस्वस्थ शरीर में इनकी संख्या विकृत हो जाती है।

चरक संहिता में पशुओं के मांस का भी औषधि के रूप में प्रयोग का वर्णन है। इसमें तत्कालीन नगर सभ्यता का भी जिक्र है तथा वैद्यों के आपस में प्रतिस्पर्धा का भी उल्लेख है। चरक संहिता के अनुसार सदाचारी गृहस्थ वह है जो अपनी सामर्थ्य के अनुसार दान देता है। गृहस्थ का वर्णन करते हुए कहा गया है कि वह सुंदर वेशभूषा धारण करते हुए सुगंधित इत्र लगाता है। वह अपने उठने, बैठने, सोने का ध्यान रखता है। उसे सलाह दी गई है कि वह घुटने से कम ऊँचे आसन पर न बैठे तथा बिना बिस्तर व उचित तकिए वाले आसन पर न सोए। पाप करने वाली स्त्री, मित्र व नौकर को साथ न रखे। उत्तम पुरुषों से विरोध न करे। नीच पुरुषों के साथ न रहे। बाहर निकलते समय सिर पर छत्र अर्थात् पगड़ी या मुरैठा बाँधकर तथा पैरों में जूते पहनकर ही चलना प्रारंभ करे। भोजन में दही, शहद, नमक, सत्तू, घी आदि का वर्णन किया गया है।

चरक संहिता के अध्ययन से यह ज्ञात होता है कि उस समय मांसाहार आम था तथा मांस के गुणों का पूरा ज्ञान उपलब्ध था। मृग-मांस, बिल में रहने वाले गोह का मांस, रोहू जैसी मछलियों के मांस का वर्णन करते हुए उन्हें हितकर बताया गया है। मृग की चर्बी, सूअर की चर्बी, मछली की चर्बी, जलचरों की चर्बी, मुर्गी की चर्बी का उल्लेख किया गया है। पर विशिष्ट रोगों में इनसे बनने वाली औषधियों का प्रयोग वर्जित नहीं माना गया है। जो पशु या पक्षी दूसरों से आहार द्रव्य छीनकर खा जाते हैं, उन्हें प्रसह बताया गया है तथा उनके मांस के गुणों का भी वर्णन किया गया है। आचार्य चरक ने औषधि के रूप में किसी भी प्रकार के मांस को अखाद्य नहीं माना है।

चरक संहिता में अनेक प्रकार के शाकों का भी वर्णन है। नीम की पत्ती के गुणों

का वर्णन करते हुए बताया गया है कि इससे कफ व पित्त शांत रहता है। मूँग, मटर, उड़द आदि की पत्तियों का भी वर्णन है और इन्हें शाक माना गया है। अनेक प्रकार के कंद-मूलों जैसे आलू आदि का वर्णन है। सैमर के फूल, सेम, पालक, राई, कमल के फूल, डंठल, बथुआ जैसी जो चीजें उस समय खाई जाती थीं, उनका उल्लेख है। बादाम, अखरोट जैसी मेवाओं का भी जिक्र है।

चरक संहिता में खाने की वस्तुओं के साथ-साथ पीने की वस्तुओं का भी वर्णन किया गया है। सुरा व मदिरा में अंतर दर्शाया गया है। सुरा को मन को प्रसन्न करने वाली चीज बताया गया है। गुड़, धव के फूल, मधु, जौ के मंड से बनी हुई सुराओं व मदिराओं के गुणों-अवगुणों पर प्रकाश डाला गया है। विधिपूर्वक सेवित मद्यपान के गुणों का वर्णन करते हुए बताया गया है कि इससे भय, शोक, थकावट आदि दूर होते हैं तथा आनंद की प्राप्ति होती है। सात्त्विक मनुष्यों द्वारा विधिपूर्वक सेवित मद्य अमृत के समान गुणकारी होता है। उस समय लोग अपनी आर्थिक व सामाजिक स्थिति के अनुसार महँगे या सस्ते मद्य का प्रयोग करते थे।

आचार्य चरक ने जल के गुणों का भी विस्तृत वर्णन किया है। आकाश से बरसने वाला तथा साफ बर्तनों में एकत्रित पानी श्रेष्ठ बताया गया है। उन्होंने यह भी बताया कि अलग-अलग ऋतुओं में बरसने वाले पानी के अलग-अलग गुण होते हैं।

पानी के बारे में आचार्य चरक का ज्ञान कितना गहन था यह इस बात से भी जाहिर होता है कि उन्होंने अलग-अलग नदियों के जलों के गुणों की भी विवेचना की है। उन्होंने बताया कि जो नदियाँ हिमालय से निकलती हैं तथा जिनका जल पत्थरों से टकराकर आगे बढ़ता है, उनका जल सभी प्राणियों के लिए पथ्य होता है। मलयाचल से निकली नदियों का जल स्वच्छ व अमृत के समान मीठा होता है। जो नदियाँ पश्चिमी समुद्र में जाकर गिरती हैं उनका जल पथ्य व निर्मल होता है पर जो नदियाँ पूर्वी समुद्र अर्थात् बंगाल की खाड़ी में गिरती हैं उनकी गति धीमी होती है और उनका जल भारी होता है।

निश्चय ही तत्कालीन विद्वानों ने जल का गहन परीक्षण करके पाया होगा कि तेज बहती नदी का जल बेहतर होता है तथा धीमी गति से बहने वाला जल भारी होता है। गंगा नदी भी बंगाल की खाड़ी में मिलने से पूर्व अनेक तरह से बहती है। वह हरिद्वार तक एक तरीके से बहती है और हरिद्वार से प्रयाग तक दूसरे तरीके से बहती है। प्रयाग में उसके समानांतर बहने वाली यमुना का जल मिलता है, जो भारी होता है। उसके मुकाबले गंगा का जल ज्यादा लाभकारी है। प्रयाग से बंगाल की खाड़ी तक गंगा का प्रवाह अलग तरीके का है।

कुछ पर्वतों से निकलने वाली नदियों का जल सिर के रोग, हृदय-रोग तथा

कुष्ठ जैसे रोग उत्पन्न करता है। इस प्रकार पर्वत और नदियाँ जल पर गहरा प्रभाव डालते हैं।

चरक संहिता तत्कालीन समाज का एक दर्पण भी है। उस समय भी समाज में एक ऐसा वर्ग था जो संपन्न था तथा उसे काफी कम शारीरिक परिश्रम करना होता था। आलस्य के कारण उन्हें काफी रोगों का सामना करना पड़ता था। चरक ने मधुमेह का कारण तेलयुक्त भारी भोजन करना, अधिक मात्रा में सेवन, अधिक निद्रा और गद्देदार बिस्तर पर ज्यादा देर बैठना बताया है। यदि मनुष्य अतितृप्त होता है तो उसे तंद्रा, नपुंसकता, मोटापा आदि का सामना करना पड़ता है। दूसरी ओर जो लोग परिश्रम करते हैं वे जो कुछ खाते हैं, हजम कर लेते हैं और सुखपूर्वक रहते हैं।

उन्होंने चिकित्सालय बनाते समय बरती गई सावधानियों का भी वर्णन किया है। हवा आने-जाने का स्थान, आवश्यकतानुसार धूप, रोगी के चलने-फिरने के लिए जगह आदि का प्रावधान अवश्य होना चाहिए। पानी का इन्तजाम, शौचालय आदि की व्यवस्था पर भी जोर दिया गया है।

रोगों के इलाज के लिए यंत्रों का भी वर्णन किया गया है और मंत्रों का भी। यंत्रों द्वारा कृमि निकालने का जिक्र है। कृमियों की उत्पत्ति के बारे में भी बताया गया है। दाढ़ी-मूँछों के बालों में, गंदे कपड़ों में, कृमि अपना घर बनाती हैं तथा इनका आकार अत्यंत छोटा तिल के आकार का होता है। ये बहुत पैरों वाली होती हैं। काले या सफेद रंग की कृमियाँ खुजली, चकत्ता, फुंसियाँ आदि उत्पन्न करती हैं। कुछ कृमियाँ रक्त में भी पैदा हो जाती हैं। कृमि जब बढ़ जाती हैं तो ये त्वचा, शिरा, स्नायु, मांस आदि को खा जाती हैं। आधुनिक विद्वान् यह देखकर दंग रह जाते हैं कि चरक को रक्त की कृमियों का भी ज्ञान था और उनके त्वचा पर पड़ने वाले प्रभाव की भी पूरी जानकारी थी। आधुनिक चिकित्सा विज्ञान में वर्णित बैक्टीरिया का पूर्वाभास चरक को था।

उन्होंने कृमि के कारण सिर के रोगों, हृदय के रोगों का भी वर्णन किया है। उस समय भी लोग चिंताग्रस्त रहने और हृदय व सिर के रोगों से पीड़ित रहते थे। अधिक चिंता, मदिरापान, रात्रि-जागरण के कारण लोग क्षय रोगी हो जाते थे। चरक ने मानसिक स्थिति का सीधा प्रभाव हृदय पर बताया है। हृदय रोगी की पीड़ाओं का भी विस्तार से वर्णन किया है। ज्यादा धड़कना, ऐंठन, मूर्च्छा (बेहोशी) आना, अजीब-सी आवाज आना आदि का उल्लेख है। हृदय में जलन, मुँह में नीलापन, खट्टी उल्टी होना, बिना परिश्रम के थकावट होना, चक्कर आना, पसीना आना आदि पित्तजन्य हृदय-रोग है। सूना-सूना लगना, छाती भारी लगना, भोजन में अरुचि आदि कफजन्य हृदय-रोग है। ये सभी कृमियों के कारण ही उत्पन्न होते हैं। ये कृमियाँ पहले

एक हिस्से में प्रवेश करती हैं और फिर पूरे हृदय को प्रभावित करती हैं। जब ये हृदय को काटती हैं तो सुई छेदने जैसी पीड़ा होती है।

आचार्य चरक ने अनेक प्रकार के क्षय रोगों का भी वर्णन किया है। अस्थि क्षय, मांस क्षय आदि 18 प्रकार के क्षय रोगों से पीड़ित व्यक्ति जल्दी घबड़ा जाते हैं तथा थकावट अनुभव करते हैं। इसका मन पर भी प्रभाव पड़ता है तथा व्यक्ति जल्दी घबड़ा जाता है और वह बार-बार चिंता करता है और उसका रंग उड़ जाता है।

आचार्य चरक ने अपने ग्रंथ में मानसिक रोगों पर विशेष बल दिया है। इनका कारण भी वात, पित्त व कफ में असंतुलन बताया है। अगर यह असंतुलन ज्यादा हो जाए तो व्यक्ति संज्ञाहीन हो जाता है। ऐसे व्यक्ति को होश में लाने वाले उपाय इस प्रकार हैं—आश्चर्य उत्पन्न करके, मनोनुकूल विषय याद दिलाकर, गाना-बजाना सुनाकर आदि। होश में लाने के बाद उसकी उपयुक्त चिकित्सा की जानी चाहिए।

मनोविज्ञान भी उस समय खासा उन्नत था और उन्माद का भी विस्तृत वर्णन निदान स्थान के सातवें अध्याय में किया गया है। उन्माद के कारणों पर भी प्रकाश डाला गया है। कुछ लोग जल्दी ही उन्माद के शिकार हो जाते हैं जैसे डरपोक, दुखी मन वाले, काम, क्रोध, लोभ, हर्ष, भय आदि से प्रभावित होने वाले चंचल स्वभाव के लोग। चरक ने माना है कि मन शरीर का अंग है। शरीर मन को प्रभावित करता है तथा मन शरीर को। अत: मानसिक रोगों का उपचार करते समय औषधियों से शरीर को ठीक करना चाहिए और साथ में मन को भी प्रभावित करना चाहिए। चरक ने उन्माद की व्याख्या उसी प्रकार की है जैसे आधुनिक चिकित्सा विज्ञान में न्यूरोसिस की गई है।

स्वप्न में चंचल, अस्थिर, निंदित रूपों को बार-बार देखना उन्माद की पूर्व सूचना है। अपने आपको वास्तविकता से अधिक शक्तिशाली समझना, शरीर को गंदा रखना, सफाई से विमुख रहना भी उन्माद के ही लक्षण हैं। बिना कारण अंग हिलाना, हँसना, गीत गाना, दूसरे के ऊपर मिट्टी फेंकना, मुक्के मारना आदि तरह-तरह के उन्माद के लक्षण हैं।

चरक ने यह भी बताया कि पाप कर्म करने से पूर्व व बाद में व्यक्ति असामान्य स्वप्न देखता है। कभी-कभी वह चीज देखता है जो होती नहीं है। वह सुनता है जो बोली नहीं जाती। इस प्रकार उन्माद तथा अपस्मार के अनेक लक्षण विस्तार से बताए गए हैं।

उन्होंने विक्षिप्त जनों के उपचार के अनेक उपाय बताए हैं। इनमें से अनेक आज भी इस्तेमाल किए जाते हैं जैसे ऊपर से जल गिराकर स्नान कराना, चंदन का लेप लगाना, रस्सी से बाँधना आदि।

चरक संहिता में महामारी फैलने के कारणों का भी वर्णन किया गया है। दूषित अन्न, दूषित जल, दूषित वायु आदि पर प्रकाश डाला है। वायु की गति, दिशा के अलावा उसकी बुरी गंध, धूल आदि भी वर्णित है। इसी प्रकार विकृत गंध वाला, अप्रिय जल का भी वर्णन है। मच्छर, टिड्डी, मक्खियाँ, चूहे आदि जंतुओं से व्याप्त स्थान को भी विकृत बताया गया है। ऐसे जनपद अंततः नष्ट हो जाते हैं। धनी लोगों के अधिक भोजन करने से वजन बढ़ने पर भी चेतावनी दी गई है। सबलों द्वारा निर्बलों को सताने तथा आक्रमण करके हत्या करने से भी विनाश की संभावना पैदा होती है।

जहाँ एक ओर मंत्र से भी चिकित्सा का वर्णन किया गया है वहीं तत्कालीन शिथिल प्रशासन पर भी प्रकाश डाला गया है। विद्वानों के अनुसार चरक संहिता कई स्तरों में लिखी गई है। मूल संहिता अग्निवेश ने लिखी होगी। इसका मध्यम वर्ग चरक द्वारा लिखा गया होगा। बाद में पाणिनि ने इसका वर्णन किया। इसमें कापिल्य का वर्णन तो है पर तक्षशिला का नहीं है, जो बाद में प्रसिद्ध हुआ। इसमें उपनिषदकालीन ऋषियों का विस्तृत वर्णन है।

इस ग्रंथ के अंत में यह भी वर्णित है कि जो चिकित्सा-ज्ञान इसमें वर्णित है वह आयुर्वेद संबंधित अन्य संहिताओं में भी है और जो ज्ञान इसमें नहीं है, वह कहीं नहीं मिलेगा। इससे यह प्रतीत होता है कि इस ग्रंथ में उस समय विकसित चिकित्सा-विज्ञान की समस्त उपलब्धियों को समेट लेने का प्रयास किया गया है।

कुल मिलाकर चरक संहिता एक अद्‌भुत ग्रंथ है जिसके पहले खंड सूत्र स्थान में औषधि विज्ञान, आहार, पथ्य, शारीरिक, मानसिक रोगों की चिकित्सा का वर्णन है। दूसरे खंड निदान स्थान में रोगों के कारण बताए गए हैं। तीसरे खंड विमान स्थान में शरीरवर्धक भोजन का वर्णन किया गया है। चौथे खंड शरीर स्थान में शारीरिक रचना का वर्णन किया गया है। पाँचवें खंड इंद्रिय स्थान में रोगों की चिकित्सा का वर्णन। छठे खंड चिकित्सा स्थान में कुछ विशेष रोगों की चिकित्सा का उल्लेख है। सातवें खंड कल्प स्थान तथा आठवें खंड सिद्धि स्थान में विशेष उपचारों का वर्णन है।

आचार्य चरक ने सलाह दी है कि ब्राह्मण आयुर्वेद का ज्ञान लोगों के उपकार के लिए हासिल करें। क्षत्रिय इस ज्ञान को प्राप्त करके अपना स्वास्थ्य बढ़िया रखें और शत्रुओं से देश की रक्षा करें। वैश्य अपने बेहतर स्वास्थ्य को बनाए रखकर धन अर्जित करें।

कालांतर में चरक संहिता का अरबी सहित अनेक विदेशी भाषाओं में अनुवाद हुआ और भारतीय चिकित्सा-ज्ञान लोगों के काम आया। जिस प्रकार आधुनिक काल में चिकित्सा-विज्ञान का अध्ययन समाप्त करके डॉक्टर बनने वालों को हिप्पोक्रेट्स की शपथ लेनी पड़ती है जो प्राचीन यूनान का प्रसिद्ध चिकित्सक था, उसी प्रकार

प्राचीन काल में वैद्य का व्यवसाय करने वालों को भी चरक की एक शपथ लेनी पड़ती थी। चरक ने आयुर्वेद के विद्यार्थियों के लिए कुछ निर्देश व प्रतिज्ञाओं का भी वर्णन किया है। कुछ प्रमुख प्रतिज्ञाएँ इस प्रकार हैं, जैसे–विद्यार्थी स्नान-ध्यान करके शरीर व मन को पवित्र करें। यज्ञ द्वारा देवताओं को प्रसन्न करें। गुरु का आशीर्वाद लें। ऋषियों की तरह वेशभूषा रखें। सादा भोजन करें और द्वेष त्याग दें। रोगियों की उपेक्षा न करें और रोगी के घर की बात बाहर न कहें। ज्ञान पर घमंड न करें। किसी भी दशा में रोगी से शत्रुता न रखें। हमेशा ज्ञान की खोज में रहें आदि-आदि।

बालक की उत्पत्ति, विकास, शल्य चिकित्सा, प्रसव विद्या, मनोचिकित्सा आदि के ज्ञान से परिपूर्ण चरक संहिता आज भी शोध का विषय है।

आचार्य सुश्रुत व उनका शल्य चिकित्सा विज्ञान

ज्ञान के भंडार माने जाने वाले वेद सामान्य चिकित्सा व शल्य चिकित्सा के ज्ञान से परिपूर्ण हैं। यों तो चारों वेदों में चिकित्सा ज्ञान विभिन्न रूपों में मौजूद है, पर अथर्ववेद में यह विस्तार से वर्णित है।

वास्तव में हम आयुर्वेद को अथर्ववेद का उपवेद भी कह सकते हैं। जब वेद या वेदांत के अध्येता किसी वेदना से क्लांत होते थे तो आयुर्वेद की शरण में जाते थे। इसका मूलमंत्र था कि स्वस्थ पुरुष ही धार्मिक व लौकिक कार्यों का संपादन कर सकता है।

अथर्ववेद में सैकड़ों सूत्र आयुर्वेद से संबंधित हैं। इनमें त्रिदोषवाद, शरीर में अग्नि की स्थिति, पाचन-क्रिया, शरीर के अंग-प्रत्यंग के नाम, रोगों के नाम, कृमियों का विस्तृत वर्णन, चिकित्सा की विभिन्न विधियाँ, विष-विज्ञान के विषय, शल्य-शलाक्य, रसायन, वाजीकरण, द्रव्यगुण के विषय, वनस्पतियों का विशद रूप से वर्णन उपलब्ध है।

वैदिक मंत्रों में शरीर की तीन सौ साठ अस्थियों का वर्णन है। इनमें सैकड़ों-हजारों शिराओं और धमनियों का भी उल्लेख है। आंतरिक नाड़ी-चक्र पर प्रकाश डाला गया है। अथर्ववेद के दसवें कांड के दूसरे सूक्त में मनुष्य के सिर से पैरों तक सभी अंगों व प्रत्यंगों को गिनाकर उनका वर्णन भी किया गया है। इसी सूक्त के ग्यारहवें मंत्र में शरीर में प्रवाहित होते रहने वाले रक्तप्रवाह-चक्र का भी वर्णन किया गया है। लौहयुक्त लाल रंग के रक्त का वर्णन करते हुए यह भी बताया गया है कि शरीर का गंदा नीला रक्त सब अंगों से हृदय में जाता है तथा शुद्ध होकर फिर से सब अंगों में पहुँचता है।

अथर्ववेद में शल्य चिकित्सा का भी वर्णन है। रुके हुए मूत्र को सलाई से बाहर निकालने का वर्णन किया गया है। शरीर छेदक क्रिया का ज्ञान भी कराया गया है तथा शरीर को काटने के लिए छोटे-बड़े तेज फलक वाले औजारों का वर्णन भी किया गया है।

ऋग्वेद में अश्विनी कुमार नामक वैद्य भाइयों द्वारा मनुष्य के सिर के स्थान पर पशु के सिर लगाने, टूटी टाँग के स्थान पर लोहे की टाँग लगाने, नेत्रों की चिकित्सा करने, टूटे दाँत वापस लगाने, बधिरता दूर करने, यक्ष्मा, कुष्ठ रोग जैसे रोगों का इलाज करने, पौरुष शक्ति बढ़ाने, जटिल प्रजनन कराने, बाँझपन दूर करने जैसे उदाहरण भरे पड़े हैं। गर्भ का पोषण, गर्भपात, आरामपूर्वक प्रसव कराने, पशु चिकित्सा, गाय को ज्यादा दूध देने लायक बनाने के भी विधान उपलब्ध हैं।

ऋग्वेद में इंद्र द्वारा भी चिकित्सा किए जाने का वर्णन है। सोमरस के औषधि गुणों की भी सराहना की गई है। देव-दानवों के बीच होने वाले युद्धों में घायल देवताओं के उपचार का विवरण दिया गया है।

यजुर्वेद में भी चिकित्सा व औषधियों से संबंधित अनेक मंत्र हैं। विभिन्न प्रकार की औषधियों तथा उन्हें तैयार करने की विधि का वर्णन किया गया है। अथर्ववेद में वरण नामक औषधि का वर्णन है जो यक्ष्मा, नींद न आने, बुरे स्वप्न देखने जैसी बीमारियों में कारगर है। इसी प्रकार शरीर के सौंदर्य को नष्ट करने, स्त्रियों में गर्भ न बनने देने या गिर जाने जैसे रोगों के लिए अलग-अलग औषधि का वर्णन है। तलवार से कटी हड्डियों, मांसपेशियों, त्वचा, नस-नाड़ियों को जोड़ सकने वाली तथा बहते रक्त को रोकने वाली औषधि रोहिणी का भी विस्तार से वर्णन किया गया है। इसमें शंख के गुणों का वर्णन किया गया है। इसके रोग-संहारक गुणों पर प्रकाश डाला गया है। इससे बुद्धि की मंदता भी दूर की जा सकती है तथा शंख को घिसकर, उसकी भस्म बनाकर औषधि के रूप में प्रयोग किया जा सकता है। इसके बजने मात्र से रोग के जीवाणु भाग जाते हैं। इसमें एक ओर स्पर्शजन्य चिकित्सा का वर्णन है, वहीं दूसरी ओर अनेक वनस्पतियों से बनी मूल्यवान मणितुल्य औषधियों का भी वर्णन है जो रोगनाशक, बलवर्धक होती हैं।

बहते रक्त को रोकने के लिए धमनी-बंधन, हृदयरोग, श्वेत कुष्ठ, अनेक प्रकार के बुखारों के निवारण के लिए भी उपाय वर्णित हैं। लाठी की चोट से होने वाले घाव को भरने, बालों को झड़ने से रोकने, उन्हें लंबा करने व काला बनाए रखने से लेकर प्रसव-प्रक्रिया में इस्तेमाल होने वाली शल्य चिकित्सा का भी वर्णन है। इच्छित संतान पाने से लेकर मनश्चिकित्सा व यज्ञ चिकित्सा का वर्णन है तथा योग व मानसिक शक्ति से रोगों पर विजय प्राप्त करने का भी विस्तार से वर्णन किया गया है।

वेदों में मानसिक चिकित्सा की जो आध्यात्मिक रीतियाँ बताई गई हैं वे आज भी कारगर मानी जाती हैं तथा आधुनिक मानसिक चिकित्सा इस मामले में वैदिक चिकित्सा से काफी पीछे है। इसके अलावा विभिन्न प्रकार की धूपों से चिकित्सा का भी वर्णन है, जो आज अनुसंधान का विषय है।

ऋग्वेद में वर्णित है कि शुद्ध वायु स्वयं रोगनिवारक औषधि स्वरूप है। हम जब साँस लेते हैं तो वह हमें शक्ति व बल प्रदान करती है और जब दूषित साँस बाहर फेंकते हैं तो वह अपने साथ रोगों को बाहर लाती है। प्राणायाम के जरिये मनुष्य का मन और शरीर स्थिर रखे जा सकते हैं।

वेदों में जगह-जगह जल के गुणों का भी वर्णन है। अथर्ववेद में वर्णन है कि जल में अमृत व औषधियों का वास होता है। जलों के उचित सेवन से शरीर में बल उत्पन्न होता है और आँखों को सुंदर ज्योति प्राप्त होती है। एक अन्य मंत्र में जल तथा रोगशामक अग्नि के संयोग में हर प्रकार की औषधियाँ हैं। जल से हृदय, आँखों, पैरों के तलवों, पंजों के रोगों का निवारण होता है। बाण आदि से कट जाने से होने वाले घावों को भी जल के प्रयोग से भरा जा सकता है। गीली मिट्टी के प्रयोग से विषों को भी दूर किया जा सकता है। वेदों में स्पष्ट है कि बिना जल के औषधियों का प्रयोग असंभव है।

वेदों में सूर्य की किरणों के भी औषधि गुण वर्णित हैं। सूर्य की किरणों के सेवन से हृदय-रोग व उनसे उत्पन्न हृदय की पीड़ा शांत हो जाती है। सूर्य की लाल किरणों के सेवन से पीलिया रोग का निवारण हो जाता है।

ऋग्वेद में सूर्य को सप्ताश्व कहा गया है। सूर्य की सात रश्मियों के कारण ही उसे सप्तरश्मि या सप्ताश्व कहा गया है। अलग-अलग रंग की बोतलों में शुद्ध जल भरकर सूर्य की धूप में रख दिया जाता था और फिर रोग के अनुसार मरीजों को बोतलों का पानी पिलाया जाता था। पीलिया के मरीजों को प्रातः व सायं की लाल किरणों का सेवन भी कराया जाता था तथा लाल बोतलों का पानी भी पिलाया जाता था।

अथर्ववेद में सूर्य को कृमियों का नाशक माना गया है। साथ ही अग्नि के गुणों पर भी प्रकाश डाला गया है जो कृमियों को जला देती है।

इस प्रकार हम देखते हैं कि वेदों में चिकित्सा-विज्ञान भरा पड़ा है। इसमें सामान्य चिकित्सा और शल्य चिकित्सा दोनों की विस्तृत जानकारियाँ हैं। कालांतर में आचार्य सुश्रुत नामक महान् शल्य चिकित्सक ने शल्य चिकित्सा के ज्ञान को व्यवस्थित रूप दिया।

आचार्य सुश्रुत का जन्म ऋषि विश्वामित्र के कुल में हुआ था। उनके जन्म, माता-पिता, जन्मस्थान आदि के बारे में विस्तृत व प्रामाणिक जानकारी नहीं है। अनुमानों के अनुसार उनका ग्रंथ सुश्रुत संहिता ईसा पूर्व छठी सदी में रचा गया होगा।

कहा जाता है कि दिवोदास नामक एक काशी नरेश थे जिनका दूसरा नाम धन्वंतरि भी था। उन्होंने चिकित्सा-पद्धति का उपदेश सुश्रुत को दिया था। यह भी कहा जाता है कि प्राचीन काल में चिकित्सकों के संप्रदाय को धन्वंतरि कहा जाता

था और सुश्रुत का जन्म इसी संप्रदाय में हुआ था।

प्राचीन काल में अकसर युद्ध होते थे और उनमें सैनिकों के हाथ-पाँव कट जाते थे। उनके शरीर में तीर-भाले आदि घुस जाते थे। इन घावों की चिकित्सा चीर-फाड़ द्वारा की जाती थी। चूँकि इस इलाज में भयंकर पीड़ा होती थी और शल्य का अर्थ पीड़ा होता है अतः इस प्रकार की चिकित्सा का नाम शल्य चिकित्सा पड़ गया। इस पीड़ा को औषधियों व मंत्रों से कम करने का प्रयास किया जाता था।

वैदिक काल से ही तमाम शल्य चिकित्सक इस देश में पैदा हुए और उन्होंने वैदिक ज्ञान पर आधारित शल्य चिकित्सा की। पर वे बमुश्किल शरीर में चुभे तीरों को निकाल पाते थे या कुचले गए अंगों को काटकर अलग कर पाते थे। उनके द्वारा किए गए ऑपरेशन आंशिक रूप से ही सफल हो पाते थे तथा इस दौरान होने वाली असहाय पीड़ा के कारण शल्य चिकित्सा आम जनता में लोकप्रिय नहीं हो पाई थी तथा लोग औषधियों व तंत्र-मंत्र से ही इलाज कराना आसान समझते थे।

आचार्य सुश्रुत ने अद्भुत साधना की तथा शल्य चिकित्सा में असाधारण कुशलता हासिल की। उन्होंने शल्य चिकित्सा का परिष्कार किया और अनेक जटिल ऑपरेशनों को करने की प्रक्रिया और उनमें प्रयुक्त होने वाले यंत्रों का विकास किया।

उन्होंने अपने ज्ञान को कलमबद्ध भी किया। 120 अध्यायों वाली सुश्रुत संहिता में शल्य चिकित्सा को बड़ी बारीकी व स्पष्टता से समझाया। इस ग्रंथ के उत्तर तंत्र में शरीर की चिकित्सा का ज्ञान भी कराया गया है। इस ग्रंथ के प्रारंभ में उन्होंने चीर-फाड़ के तरीके विकसित किए। उन्होंने अपने छात्रों को लौकी, तरबूज, कद्दू आदि फलों को सावधानी व बारीकी से काट-काटकर अभ्यास कराया और फिर शरीर को काटना सिखाया। उन्होंने मोम के पुतले और मरे हुए जानवरों को काट-काट कर भी अभ्यास करवाया।

मानव-शरीर का सम्यक् ज्ञान देने के लिए वे अच्छे शव को नदी के बहते जल में घास-फूँस से ढककर रख देते थे। धीरे-धीरे शरीर की त्वचा अलग हो जाती थी। इसके बाद वे विद्यार्थियों को शरीर की मांसपेशियों, हड्डियों और अंदरूनी अंगों का अध्ययन कराते थे। वे छात्रों को उन मर्म स्थलों का भी ज्ञान कराते जिनकी शल्य चिकित्सा उस समय खतरनाक मानी जाती थी।

उन्होंने शरीर की चीर-फाड़ और फिर वापस सिलने के लिए अनेक यंत्रों व उपकरणों का विकास किया था और उनमें से अनेक आज भी इस्तेमाल होते हैं। उन्होंने अपने ग्रंथ में 101 उपकरणों का वर्णन किया है और इनमें से तमाम आज भी प्रयोग में लाए जाते हैं।

उन्होंने ऑपरेशन करने की स्पष्ट विधि विकसित की थी। ऑपरेशन कक्ष की शुद्धता पर विशेष बल दिया था और हर ऑपरेशन से पूर्व कक्ष का वातावरण शुद्ध

करने हेतु हवन कराया जाता था। उस समय बेहोश करने के लिए या दर्द कम करने के लिए रोगी को मदिरापान कराया जाता था। सुश्रुत मदिरा के गुणों जैसे इसके एंटी-सेप्टिक होने से भी भली भाँति अवगत थे।

संस्कृत भाषा में लिखी इस विस्तृत रचना में शल्य चिकित्सा के विभिन्न रूपों जैसे नाक, कान, ओठों की प्लास्टिक सर्जरी आदि का भी विवरण है जिसे मात्र 200 वर्ष पूर्व अंग्रेज यूरोप ले गए और उन्होंने उसे वहाँ विकसित किया।

इसमें शरीर-संरचना, काय-चिकित्सा, बाल-रोग, स्त्री-रोग, मनोरोग, नेत्र व सिर-रोग, फार्मेसी, शल्य-विज्ञान, विष-विज्ञान आदि का विस्तृत विवरण है। यह आयुर्वेद की सर्वांगीण जानकारी देने वाला उत्तम ग्रंथ है जिसे कालांतर में अरबी भाषा में अनुवाद किया गया। किताबे सुसरूत के नाम से यह रचना अरब जगत पहुँची जहाँ इससे लोगों ने लाभ उठाया।

सोलहवीं सदी में इसका रोमन भाषा में अनुवाद हुआ और पश्चिम जगत को प्लास्टिक सर्जरी सहित अन्य प्रकार की शल्य चिकित्साओं की जानकारी मिल गई। इससे काफी पहले यह रचना रूस भी पहुँच गई थी और रूस की प्राचीन चिकित्सा संबंधी पुस्तकों में भारत की वनस्पति व खनिज औषधियों का उल्लेख मिलता है।

काय-चिकित्सा और शल्य-चिकित्सा दोनों के ज्ञानी आचार्य सुश्रुत ने सफल चिकित्सक के गुणों पर भी प्रकाश डाला और बताया कि उसके लिए पुस्तकीय ज्ञान तथा प्रयोगात्मक ज्ञान दोनों आवश्यक हैं। उन्होंने स्पष्ट कहा कि जो चिकित्सक मात्र पुस्तकीय ज्ञान के आधार पर या उसके बिना सिर्फ क्रियत्मक अभ्यास के आधार पर चिकित्सा करता है, वह दंडनीय अपराध करता है।

वे सिर्फ शल्य चिकित्सा के ज्ञानी नहीं थे, वरन् उन्होंने विभिन्न मौसमों, उनके द्वारा वनस्पतियों, मनुष्यों और पशुओं पर डाले जाने वाले प्रभाव का भी वर्णन किया। उन्होंने जीव-विज्ञान के साथ-साथ वनस्पति-विज्ञान की भी विद्वत्तापूर्ण विवेचना की।

पहली सहस्राब्दी में ही आचार्य सुश्रुत विश्वविख्यात हो गए थे। अरबी, फारसी सहित अनेक विदेशी भाषाओं में उनकी पुस्तक का अनुवाद हुआ था। अनेक विदेशी चिकित्सकों ने उनका उद्धरण अपनी पुस्तकों में आदरपूर्वक दिया तथा एक ईरानी चिकित्साशास्त्री राजी ने उनके ज्ञान पर आधारित एक पुस्तक लिखी, जिसमें हल्दी व लहसुन के गुणों पर भी प्रकाश डाला।

उनके बताए ऑपरेशन की विधि, पट्टी बाँधने, सिलने आदि के काफी तरीके आज भी उपयोग में आते हैं। सुश्रुत संहिता आज भी आयुर्वेद की सर्वांगीण जानकारी देने के लिए पर्याप्त मानी जाती है। नेत्र में जाले पड़ने (मोतियाबिंद), अंडकोष में आँत उतरने (हर्निया) जैसे रोगों की शल्य-चिकित्सा के ज्ञान से परिपूर्ण इस ग्रंथ को सुश्रुत के 200 साल बाद नागार्जुन नामक महान् रसायनशास्त्री ने संपादन करके उसे नया स्वरूप प्रदान किया था। आज भी इस ग्रंथ पर अनुसंधान जारी है।

भास्कराचार्य और उनकी गणित व खगोल विज्ञान संबंधी खोजें

दूसरी सहस्राब्दी प्रारंभ हो चुकी थी और भारत में मुस्लिम आक्रमण और स्थानीय जनता का दमन जोरों पर था। विदेशी आक्रमणकारी भारतीय संपत्ति को तो लूट ही रहे थे, यहाँ की कला व संस्कृति को भी कुचलकर नष्ट कर दे रहे थे। ऐसे विषम काल में एक महान् गणितज्ञ व खगोलशास्त्री ने जन्म लिया जिन्होंने अपने अद्भुत ज्ञान व खोज से सबको चौंका दिया और संसार को वे जानकारियाँ दे डालीं जिन्हें पश्चिमी विद्वानों ने 500 साल बाद बमुश्किल हासिल किया।

संभवत: एक भास्कराचार्य पहले भी हो चुके थे और इसीलिए जिन विद्वान् की हम चर्चा कर रहे हैं उन्हें भास्कराचार्य द्वितीय कहकर पुकारा जाता है। उनका जन्म सन् 1114 ईसवी में कर्नाटक प्रदेश के बीजापुर नामक स्थान में हुआ था। उनके पिता का नाम महेश्वर था और वे स्वयं गणित, वेदों व अन्य शास्त्रों के महान् ज्ञाता थे।

महेश्वर भट्ट ने अपने पुत्र की प्रतिभा को अल्पायु में ही पहचान लिया था और उनका नाम भास्कराचार्य रखा। उन्होंने बड़ी लगन से भास्कराचार्य को गणित की अच्छी से अच्छी शिक्षा दी तथा अपने लिखे अन्य ग्रंथों को भी पढ़ाया। बालक भास्कराचार्य की गणित में असाधारण रुचि थी तथा उन्होंने ज्योतिष का भी अच्छा अध्ययन किया।

सन् 1150 में 36 वर्ष की आयु में भास्कराचार्य ने अपना प्रसिद्ध ग्रंथ 'सिद्धांत शिरोमणि' लिखा। इसमें उन्होंने अपने शांडिल्य गोत्र का जिक्र किया तथा अपने निवास-स्थान विज्जड़विड का भी नाम लिया, जिसका आधुनिक नाम बीजापुर है।

भास्कराचार्य के पुत्र का नाम लक्ष्मीधर था और वे भी कालांतर में गणित व ज्योतिष के प्रकांड विद्वान् हुए। उनके पौत्र गंगदेव ने भी अपने पिता व पितामह का नाम रोशन किया। उनकी पुत्री का नाम लीलावती था और भास्कराचार्य उसे बहुत प्यार करते थे। ज्योतिषियों ने भविष्यवाणी की थी कि लीलावती को कभी विवाह नहीं करना चाहिए।

भास्कराचार्य ने इस निर्णय को चुनौती दी तथा अपनी प्रिय पुत्री के विवाह के लिए शुभ मुहूर्त निकालना प्रारंभ किया। सही समय की सूचना के लिए उन्होंने

नाड़िका यंत्र स्थिर कर दिया। नाड़िका यंत्र का उपयोग उस समय ज्योतिषी सही समय-गणना के लिए करते थे। यह एक ताँबे का बर्तन होता था जिसके पेंदे में एक छोटा छेद होता था, जिससे पानी बर्तन में जमा होता था। निश्चित जल-स्तर आने पर समय की गणना हो जाती थी।

लीलावती को सब्र नहीं था। उसने कौतूहलवश उस बर्तन में झाँका। उसके वस्त्र का एक मोती उस बर्तन में गिर गया और मोती सीधे पात्र के छेद में जाकर बैठ गया और पानी गिरना बंद हो गया। शुभ मुहूर्त की गणना रुक गई। पिता-पुत्री को गहरा दुःख हुआ।

अपनी पुत्री को सांत्वना देने के लिए भास्कराचार्य ने उससे कहा कि मैं तुम्हारे नाम का ऐसा ग्रंथ लिखूँगा जो तुम्हें अमर कर जाएगा। सचमुच उनके ग्रंथ 'सूर्य सिद्धांत' और 'लीलावती' काफी लोकप्रिय साबित हुए। भास्कराचार्य ने 'करण कौतूहल', 'रस गुण' आदि ग्रंथों की भी रचना की।

उस समय ग्रंथों की रचना छंदों में की जाती थी ताकि याद करने में आसानी हो। भास्कराचार्य ने भी इसी पद्धति का प्रयोग किया। उन्होंने विभिन्न प्रश्नों के उत्तर भी बड़े मनोरंजक ढंग से दिए।

उनका ग्रंथ 'सिद्धांत शिरोमणि' चार खंडों में बँटा है। पहला है पाटी गणित, दूसरा बीजगणित, तीसरा गणिताध्याय और चौथा गोलाध्याय है। पाटी गणित और बीजगणित गणित से संबंधित हैं जबकि अंतिम दो अध्याय ज्योतिष से संबंधित हैं।

पाटी गणित दरअसल अंकगणित की पाठ्य-पुस्तक है। इसे सुविधा के लिए 13 अध्यायों में बाँटा गया है जिनमें प्रमुख हैं—सारणियाँ, संख्या प्रणाली, आठ परिक्रम, भिन्न, शून्य, त्रैराशिक, श्रेणी, क्षेत्रमिति, चित (ढेरी), क्रकच (लकड़ी चीरना), छाया, अनिवार्य समीकरण आदि।

दूसरी ओर बीजगणित नामक दूसरे खंड में उन्होंने इस विषय पर क्रमबद्ध ज्ञान देने का प्रयास किया है। शुरू में नकारात्मक (क्षय) और सकारात्मक अज्ञात संख्याओं की धारणा से चलकर उनके जोड़, घटाव, गुणा व भाग का कुशलता से वर्णन किया गया है तथा यह स्पष्ट किया गया है कि किसी भी नकारात्मक या सकारात्मक संख्या का वर्ग सकारात्मक ही होता है। इसमें धन, ऋण संख्याओं का योग व समीकरण निकालने का वर्णन है। उन्होंने बड़े रोचक उदाहरणों द्वारा कर्ण निकालने का तरीका समझाया। एक जगह उन्होंने समझाया है कि जैसे एक बिल के 9 हाथ ऊपर एक मोर बैठा है। उसने 27 हाथ की दूरी पर साँप को स्तंभ में स्थित बिल में आते हुए देखा और तिरछी चाल से उसकी ओर झपटा। आखिर मोर ने बिल से कितनी दूरी पर साँप को पकड़ा होगा। भास्कराचार्य ने बीजगणित के क्षेत्र में असाधारण कार्य किया

था। इस कार्य पर बाद के दिनों में काफी शोध हुआ और तब जाकर शोधार्थी उसे समझ पाए। उन्होंने अव्यक्त संख्याओं की सारणियों, वर्गों का स्वरूप, वर्ग समीकरण व उनके समाधान, घन, क्षेत्रफल आदि को उदाहरण सहित हल किया। जहाँ उन्होंने शून्य की प्रकृति व गुणों का विस्तृत बखान किया वहाँ पाई का मान 3.14166 निकाला जो वास्तविक मान के बहुत करीब है। उनके द्वारा खोजी गई तमाम विधियाँ आज भी बीजगणित की पाठ्य-पुस्तकों में स्थान पाती हैं और छात्र उनका उपयोग भी करते हैं।

उनके ग्रंथ के अगले अध्याय गणिताध्याय में ज्योतिष संबंधी तमाम सामग्री है। इसमें ग्रहों के मध्य व यथार्थ गतियाँ, काल, दिशा और स्थान से संबंधित समस्याएँ, सूर्य व चंद्र-ग्रहण, ग्रहों के उदय, अस्त और युतियाँ आदि वर्णित हैं।

इस ग्रंथ के अंतिम खंड अर्थात् गोलाध्याय में ग्रहों की गति के कारण के अधिकृत सिद्धांत का पूर्ण विकसित तरीके से वर्णन किया गया है। इसमें यंत्राध्याय नामक एक अध्याय भी है जिसमें ज्योतिष संबंधी अनेक यंत्रों का विवरण है। उन्होंने यह भी बताया कि सूर्य की गति सदा एक समान नहीं रहती है। यह बात सदियों बाद अत्याधुनिक अनुसंधान द्वारा सत्य सिद्ध हुई है।

भास्कराचार्य का एक अन्य ग्रंथ 'सूर्य सिद्धांत' खासा महत्त्वपूर्ण माना जाता है तथा इसमें अनेक नए तथ्य हैं तथा अन्य विद्वानों द्वारा खोजे गए तथ्यों को दोबारा साबित भी किया गया है। ज्योतिष तंत्र पर आधारित इस ग्रंथ में बड़े स्पष्ट ढंग से समझाया गया है कि पृथ्वी गोल है और पृथ्वी सूर्य के चारों ओर एक निश्चित परिपथ में चक्कर लगाती है। इससे पूर्व भी भारतीय विद्वानों ने इन तथ्यों को उजागर तो किया था, पर भास्कराचार्य ने निश्चित व पुष्ट प्रमाण देकर उन्हें साबित किया।

सन् 1183 में उन्होंने ग्रहों की गति से संबंधित एक अन्य ग्रंथ 'कर्ण कौतूहल' लिखा। इसमें उन्होंने त्रिप्रश्न, चंद्र-ग्रहण, सूर्य-ग्रहण, उदयास्त, ग्रह-युति आदि विषयों पर प्रकाश डाला। उन्होंने ग्रहण के संबंध में भी प्रमाणित रूप से कहा कि चंद्रमा की छाया से सूर्य-ग्रहण तथा पृथ्वी की छाया से चंद्र-ग्रहण लगता है।

उस समय पृथ्वी की स्थिति के बारे में बड़ा विवाद चल रहा था। कुछ ने यह सवाल उठा दिया था कि आखिर पृथ्वी किस आधार पर स्थित है। कुछ ने अपनी कल्पना के आधार पर यह घोषित कर दिया था कि पृथ्वी निराधार है और यह धँसती जा रही है। दूसरी ओर प्राचीन कहानियों के आधार पर पृथ्वी शेषनाग के शीश पर आधारित बताई गई थी। इस बात पर बहस भी छिड़ी हुई थी और लोग डरे हुए भी थे।

भास्कराचार्य ने सप्रमाण साबित किया कि पृथ्वी निराधार है तथा उसके चारों

ओर विद्यमान ग्रह-नक्षत्र आदि एक-दूसरे को आकर्षित करते हैं और इस कारण संतुलन बना हुआ है। पृथ्वी कभी भी धँसेगी नहीं और अन्य ग्रहों की तरह शून्य में निराधार स्थित रहेगी।

भास्कराचार्य द्वारा दो विश्वस्तर के काम किए गए जिन्हें सदियों बाद पश्चिमी वैज्ञानिक कर सके। उन्होंने गोले की सतह व घनफल निकालने का काम अपनी विकसित प्रक्रिया के तहत किया। सदियों बाद यूरोप में केपलर (जर्मन ज्योतिष-शास्त्री) इसे कर पाए थे।

दूसरी ओर उन्होंने गुरुत्वाकर्षण के सिद्धांत का भी प्रतिपादन किया था, जिसे 500 साल बाद अंग्रेज वैज्ञानिक न्यूटन कर पाए। भास्कराचार्य ने संसार को ज्ञान दिया था कि पृथ्वी में आकर्षण-शक्ति है जो वस्तुओं को अपनी ओर खींचती है और इस कारण चीजें ऊपर की ओर न जाकर नीचे की ओर आ जाती हैं।

धर्मानुयायी भास्कराचार्य अत्यंत परिश्रमी थे तथा वे लगातार पूजा-पाठ भी करते रहे और धार्मिक ग्रंथों का अध्ययन भी करते रहे। उन्होंने अनेक टीकाएँ भी लिखीं। उनके समय में सुविधाएँ अत्यंत कम थीं तथा उन्हें अनेक कठिनाइयों का सामना करना पड़ा। उस समय सही दूरबीन भी उपलब्ध नहीं थी। आज शक्तिशाली दूरबीन की सहायता से रात में ही नहीं दिन में भी आकाश के ग्रहों-नक्षत्रों का अवलोकन व अध्ययन किया जा सकता है जबकि भास्कराचार्य बेचारे सिर्फ रात में आँखों से या बाँस नलिका के सहारे ग्रहों-नक्षत्रों का निरीक्षण करते थे। वे रात-रात-भर जागकर अध्ययन करते कि कौन-सा ग्रह कब उदय होता है और किस-किस स्थान पर भ्रमण करने के पश्चात् कब अस्त होता है।

कई बार वे एक-एक ग्रह के अध्ययन के लिए दो-दो रात जागते थे तथा दिन-दिन-भर गणना करते थे। दिन में की गई गणना के परिणाम को सत्यापित करने के लिए फिर वे रात में निरीक्षण करते रहते थे। उनके समय में समय की गणना सूर्योदय व सूर्यास्त के आधार पर की जाती थी। भास्कराचार्य ने समय-गणना का सही तरीका बतलाया। पुराने ज्योतिषियों द्वारा लिखे गए लेखों से अशुद्धियों और गलतियों को निकालकर उन्हें ठीक किया।

भास्कराचार्य इस कदर उत्साही थे कि अनेक विफ़लताओं के बावजूद वे आगे बढ़ते रहे। उनका काम समय से बहुत आगे था और सदियों बाद विद्वान् उनके सिद्धांतों और खोजों को तब सत्यापित कर पाए जब उनके पास सूक्ष्म यंत्र और उन्नत गणित-सिद्धांत उपलब्ध हो गए। यह सब महान् कार्य उन्होंने किसी नौकरी या पुरस्कार के लिए नहीं किया, वरन् संसार को लाभान्वित करने की अभिलाषा से ही किया।

कालांतर में भास्कराचार्य के ग्रंथों का विदेशी भाषा में अनुवाद हुआ और भारतीय

गणित-ज्ञान तथा खगोलशास्त्र विदेशों में पहुँचा। 1587 में लीलावती का अनुवाद मुगल सम्राट अकबर ने अपने दरबारी फैजी द्वारा फारसी भाषा में कराया। सन् 1810 में एच०टी० कोलब्रुक ने लीलावती का अनुवाद अंग्रेजी भाषा में किया।

इसी प्रकार 'सूर्य सिद्धांत' पर अनेक विद्वानों ने टीकाएँ लिखीं। बाद में इसका अंग्रेजी में अनुवाद भी हुआ। सिद्धांत शिरोमणि पर भी अनेक टीकाएँ लिखी गईं तथा उसका अंग्रेजी में अनुवाद किया गया।

पश्चिमी विद्वानों ने उनकी श्रेष्ठता को सराहा और रायल सोसायटी के जरनल ने उनकी भूरि-भूरि प्रशंसा की। भारत सरकार ने भी अपने दूसरे अंतरिक्ष उपग्रह का नाम भास्कर रखकर उन्हें सम्मान दिया था।

महान् वैज्ञानिक भास्कराचार्य का निधन 65 वर्ष की आयु में 1179 में हो गया। वे प्राचीन वैज्ञानिकों की शृंखला की आखिरी कड़ी हुए।

जोहान गुटेनबर्ग और छपाई का पुनः आविष्कार

लिखने की कला का विकास कब और कैसे हुआ यह ज्ञात नहीं है। विश्व के अनेक भागों में शिलालेख मिलते हैं जो अत्यंत प्राचीन हैं। भारत में ताड़-पत्रों और भोज-पत्रों पर ग्रंथ हाथ से लिखे जाते थे। यह एक दुरूह प्रक्रिया थी। एक ग्रंथ की चंद प्रतियाँ ही मिल पाती थीं और ज्ञान आम आदमी तक नहीं पहुँच पाता था।

लगभग 15 सौ वर्ष पूर्व चीन में कागज तैयार करने की कला का विकास हो गया। इसके बाद छपाई की कला का भी विकास किया गया। यह कला हाथ से लिखने की अपेक्षा तो आसान थी, पर कुल मिलाकर कम कष्टकर नहीं थी। चीन की लिपि चित्रनुमा है अत: वहाँ के लिए यह अपेक्षाकृत आसान भी थी। इसमें लकड़ी के ब्लॉक बनाए जाते थे और उन्हें गोदकर अक्षर व चित्र बनाए जाते थे। बाद में इस ब्लॉक में स्याही भरकर उसे कागज पर उतार दिया जाता था। इस प्रकार काफी कम परिश्रम में तमाम प्रतियाँ तैयार हो जाती थीं।

बाद में मोल्ड तैयार किए जाने लगे। छपाई थोड़ी और आसान हो गई। उधर यूरोप में अंग्रेजी के 26 अक्षरों का ही प्रयोग होता था। उपरोक्त प्रक्रिया द्वारा यूरोपीय भाषाओं में छपाई कठिन थी।

तेरहवीं सदी में चीन में विकसित हुआ कागज यूरोप तक पहुँच गया। मठों में बैठे व्यक्ति इस कागज पर ग्रंथों की पांडुलिपियाँ तैयार करने लगे। वहाँ पर पुराने ग्रंथ पहले जानवरों की चमड़ी से तैयार की गई वस्तु, जिसे पार्चमेंट (Parchment) कहते हैं, पर लिखे जाते थे।

कागज के आने के बाद भी बाइबिल जैसे ग्रंथ बहुत कम तादाद में उपलब्ध हो पाते थे। कैथोलिक चर्च के उच्चाधिकारियों के पास ही उसकी प्रति उपलब्ध हो

पाती थी।

छपाई की प्रक्रिया का पुन: आविष्कार करके उसे कामकाज योग्य बनाने का श्रेय जोहान गुटेनबर्ग को जाता है। इस महान् आविष्कारक ने दुनिया को एक ऐसा अजूबा दिया जिससे ज्ञान हासिल करने की परंपरा चंद लोगों तक सीमित न रहकर आम जनों तक आ पहुँची, पर इस महान् पुरुष ने अपने आपको अज्ञात रखने की भरसक कोशिश की।

गुटेनबर्ग के आविष्कार करने के बाद चार सौ साल तक तमाम विद्वान जासूसों की तरह उसके जीवन के विभिन्न पहलू और उसकी आविष्कार-प्रक्रिया के बारे में जानने का प्रयास करते रहे, पर चंद तथ्य ही सामने आ पाए और वे भी एक-दूसरे से मेल नहीं खाते हैं। प्राचीन भारतीय वैज्ञानिकों की तरह ही उनके बारे में छिटपुट जानकारी ही उपलब्ध है।

अनुमानों के अनुसार जोहान गुटेनबर्ग का जन्म जर्मनी के मेंज शहर में, जो राइन नदी के दक्षिणी किनारे पर स्थित है, 1394 और 1399 के मध्य हुआ था। उसके माता-पिता ने उसका नाम गेन्सफ्लैश रखा था, पर बाद में वह अपने आपको गुटेनबर्ग ही बताने लगा। जोहान के पिता पेशे से सुनार थे तथा मेंज के आर्कबिशप द्वारा चलाई जाने वाली टकसाल में काम करते थे। उनका काम धातु पर छपाई करना, नक्काशी आदि करना था।

बालक जोहान ने यह कला अपने पिता से अवश्य सीखी होगी। इसके साथ ही इस कला ने भविष्य में छपाई की कला विकसित करने में अवश्य योगदान किया होगा।

जोहान के काल में मेंज में काफी उथल-पुथल भी मची थी। समय-समय पर विद्रोह होते थे। ज्यादातर विद्रोह कुशल प्रशिक्षित कारीगरों की संस्था गिल्ड आयोजित कराया करती थी। 1411 में वहाँ की गिल्ड ने जोहान के पिता को मेंज छोड़ने पर मजबूर कर दिया। जोहान को स्ट्रासबर्ग भाग जाना पड़ा। यह इलाका आजकल फ्रांस में पड़ता है। जोहान के बारे में पहले 15 वर्षों की जानकारी एक कानूनी दस्तावेज के आधार पर है।

स्ट्रासबर्ग में रहते हुए गुटेनबर्ग ने प्रिंटिंग कला का विकास प्रारंभ किया। यह काम उसने एंड्रेस ड्रिटजेन के साथ साझेदारी में प्रारंभ किया था। उसने तरह-तरह के मोल्ड तैयार किए और उनकी सहायता से छपाई की कला का विकास किया। 1438 में एंड्रेस का निधन हो गया। गुटेनबर्ग ने सारा काम बड़े गोपनीय ढंग से किया था और वह छपाई के बड़े सुंदर परिणाम चाहता था।

1443 में जोहान वापस मेंज आ गया और उसने यहाँ एक दुकान खोलकर अपने

प्रयोग फिर से प्रारंभ किए। उसने पीटर शोफर नामक व्यक्ति को अपना फोरमैन नियुक्त किया। उसकी तमन्ना बाइबिल की सुंदर प्रति तैयार करना था। इस बाइबिल को 42 लाइन की बाइबिल भी कहते हैं।

इस काम में जब ज्यादा धन की आवश्यकता हुई तो 1449 में जोहान फस्ट नामक व्यक्ति जो मेंज का धनी व जाना-माना वकील था, सामने आया। जोहान के कहने पर उसने काफी पैसा प्रयोगों पर लगा दिया।

जोहान फस्ट ने गुटेनबर्ग को पहले 800 गिल्डर तो बिना किसी कानूनी दस्तावेज या शर्त के दे दिए। पर जब गुटेनबर्ग ने दूसरी बार 800 गिल्डर लिए तो फस्ट ने अनुबंध करने के लिए जोर डाला। उसने यह शर्त रखी कि इस कारोबार में जो भी मुनाफा होगा, उसका हिस्सा वह लेगा अन्यथा गुटेनबर्ग को पूरा पैसा वापस करना होगा।

गुटेनबर्ग को किन्हीं कारणों से यह मंजूर नहीं था और उसने पैसा लौटाने से भी इनकार कर दिया। वह लगातार बाइबिल की प्रतियाँ छापता रहा। 1455 में फस्ट ने अदालत में मुकदमा दायर कर दिया।

अदालत ने गुटेनबर्ग को 800 गिल्डर मय ब्याज के वापस करने का आदेश किया। जब गुटेनबर्ग पैसा वापस नहीं कर पाया तो फस्ट ने अदालत के जरिये गुटेनबर्ग की दुकान, सारा साज-सामान और छपी हुई बाइबिलें सब जब्त कर लीं। फस्ट ने गुटेनबर्ग के फोरमैन शोफर को काम पर रख लिया और बाइबिलों को जनता में बेचना प्रारंभ कर दिया। बाद में फस्ट की लड़की का विवाह पीटर शोफर से हो गया। उनका व्यापार अच्छा चल निकला।

इधर दुखी जोहान गुटेनबर्ग ने दूसरी दुकान खोली और फिर से अपना काम प्रारंभ कर दिया। इस बार उसने बाइबिल के अलावा लैटिन डिक्शनरी कैथलिकॉन की भी छपाई की। 1460 के आसपास छपी इस डिक्शनरी की खासी सराहना हुई।

अक्टूबर, 1462 में मेंज में फिर से उथल-पुथल हुई। आर्कबिशप पद के दो दावेदार खड़े हो गए। जोहान गुटेनबर्ग को मेंज से निकाल दिया गया। बाद में शायद आर्कबिशप को अपनी गलती का अहसास हुआ और उन्होंने उसे बुलाकर सरकारी पद दिया और भत्ते आदि मुकर्रर किए। उसे करों से छूट भी मिल गई।

छपाई का यह महान् आविष्कारक अपने अंतिम दिनों में छपाई से ऊब गया और उसने इसे छोड़ दिया। वह अपने सरकारी दायित्व निभाता रहा।

गुटेनबर्ग का जीवन बड़ा रहस्यमय रहा। शायद ही किसी के जीवन में इतने विवाद उठे होंगे। उसे अनेक बार अदालत तक घसीटा गया। 1436 में एक महिला ने अदालत में मुकदमा दायर किया कि जोहान ने उसके साथ शादी करने का वायदा

किया था, पर अब मुकर रहा है। अदालत का क्या फैसला रहा, यह मालूम नहीं है, पर यह निश्चित है कि गुटेनबर्ग ने उस महिला से तो क्या भविष्य में किसी महिला से विवाह नहीं किया।

जोहान गुटेनबर्ग को गुस्सा भी खूब आता था। जब विवाह वाले मुकदमे में क्लॉस स्कॉट नामक एक मोची ने उसके खिलाफ गवाही दी तो कुलीन वर्ग जैसे तेवर वाले जोहान ने उसे वहीं फटकारा और बुरा-भला कहा। मोची ने भी मुकदमा कर दिया और वह जीत भी गया।

जब 1438 में ऐंड्रेज का देहांत हो गया तो उसके भाइयों ने अब तक विकसित छपाई की कला में अपना हिस्सा माँगा। उन लोगों को यह तो मालूम था कि किसी गुप्त कला का विकास हो रहा है, पर क्या हो रहा है यह ज्ञात नहीं था। उन्होंने अदालत को बताया कि लेड, धातु के टुकड़े आदि इस कार्य हेतु खरीदे गए हैं। निश्चित रूप से यह छपाई का ही सामान था। इसका भी क्या फैसला हुआ, यह ज्ञात नहीं है। स्ट्रॉसबर्ग में कोई किताब छप पाई थी या नहीं, यह भी ज्ञात नहीं है।

यह भी कहा जाता है कि गुटेनबर्ग उत्कृष्ट गुणवत्ता का पुजारी था। जब कोई पन्ना अच्छा नहीं छपता था तो वह उसे तुरंत नष्ट कर देता था।

कुछ लोग गुटेनबर्ग के कृतित्व पर पूरा प्रश्नचिह्न भी लगाते हैं। उनका कहना है कि बाइबिल छापने का पूरा का पूरा काम फस्ट तथा शोफर ने किया था। गुटेनबर्ग की इसमें कोई भूमिका नहीं थी। उनका मानना है कि गुटेनबर्ग की बाइबिल को फस्ट तथा शोफर बाइबिल कहना चाहिए।

इसके पक्ष में एक तर्क यह भी है कि बाइबिल की इन प्रतियों में छपने की तारीख नदारद है। यह भी चिह्नित नहीं है कि कब इन बाइबिलों को विक्रय के लिए बाजार में लाया गया। पेरिस में रखी हुई नेशनल लाइब्रेरी की एक बाइबिल में हैनरिच क्रैमर का एक नोट लगा है। हैनरिच क्रैमर ने इस महान् पुस्तक के किनारे की डिजाइन तैयार की थी। इस नोट में डिजाइन पूर्ण होने की तारीख 24 अगस्त, 1456 लिखी हुई है। इस समय तक गुटेनबर्ग की दुकान व साज-सामान अदालती आदेश द्वारा जब्त हो चुका था।

पर इसके विपक्ष में भी एक तर्क दिया जाता है। उस समय की परिस्थितियों में इतनी बड़ी पुस्तक, जिसके दो खंड हैं और एक खंड में 324 और दूसरे में 318 पृष्ठ हैं, को बांइड करने और डिजाइन करने में समय लगा होगा। इसके अलावा जब अदालत में मुकदमा आया तो गुटेनबर्ग की बाइबिल की बिक्री प्रारंभ हो चुकी थी।

आखिर गुटेनबर्ग ने अपनी तकनीक और अपने बारे में जानकारी के सबूत छोड़े क्यों नहीं? उस समय यूरोप अज्ञान के अंधकार में डूबा हुआ था। कानून और व्यवस्था

लचर थी। आज व्यक्ति अगर कोई नई चीज बनाता है तो उसे वह पेटेंट करा लेता है। इसकी शर्तों के अनुसार उसे काफी अधिकार मिल जाते हैं और वह या तो खुद निर्माण प्रारंभ कर सकता है या निर्माण के अधिकार बेचकर पैसा कमा सकता है।

पर उस समय नई चीज के चोरी होने की संभावना काफी होती थी। अत: गुटेनबर्ग ने भी अपनी कला के विकास की प्रक्रिया को गुप्त ही रखा। यह भी ज्ञात नहीं है कि जोहान गुटेनबर्ग को चीन में चल रही छपाई की कला की सूचना थी या नहीं। शायद उसने सारी कल्पना खुद ही की थी।

गुटेनबर्ग ने अपनी कला का दान भी किसी को नहीं किया और शायद इसी कारण वह अंतत: अदालत द्वारा छिन गई। 12 दिसंबर, 1439 को अदालत में एक याचिका दायर की गई जिसमें शिकायत की गई थी कि गुटेनबर्ग ने छपाई की कला सिखाने के लिए कुछ युवकों से काफी सारा धन ले लिया, पर उन्हें सिखाया कुछ नहीं। इससे जाहिर है कि मेंज वापस आने से पूर्व भी उसने छापना प्रारंभ कर दिया था, पर इस दौरान छपी कोई भी रचना आज उपलब्ध नहीं है।

बाद के दिनों में गुटेनबर्ग ने 36 लाइनों वाली बाइबिलें छापीं। कई साल तक परिश्रम करने के बाद गुटेनबर्ग के प्रयासों से बाइबिल तथा लैटिन डिक्शनरी काफी लोगों तक पहुँच गई।

आज गुटेनबर्ग द्वारा तैयार की गई 47 बाइबिल की प्रतियाँ उपलब्ध हैं। इनमें से 12 पर कोई तारीख आदि नहीं पड़ी है और यह नहीं कहा जा सकता है कि ये गुटेनबर्ग ने तैयार कीं या फस्ट-शोफर की जोड़ी ने। तेरह प्रतियाँ अमेरिका में हैं तथा लाइब्रेरी ऑफ कांग्रेस, हंटिंगटन लाइब्रेरी, मॉर्गन लाइब्रेरी, हार्वर्ड, येल विश्वविद्यालय आदि में सुरक्षित हैं।

जीवन के अंतिम दिनों में जोहान गुटेनबर्ग ने छपाई की ओर देखना भी छोड़ दिया था। मेंज में आर्कबिशप द्वारा दिए गए दायित्व को पूरा करते हुए 3 फरवरी, 1468 को उसका निधन हो गया।

छपाई की दुनिया में समाज को फिर से प्रवेश दिलाने वाले जोहान गुटेनबर्ग का अधिकतर परिचय अनछपा ही रह गया। जीवन-भर विवादों और मुकदमे झेलने वाला यह व्यक्तित्व हमेशा सराहा जाता रहेगा।

लियोनार्डो द विंसी और उनके चमत्कारिक आविष्कार व कल्पनाएँ

साधारण मनुष्य साधारण बात सोचता है। असाधारण मनुष्य असाधारण बात सोचता है और जब वह अपनी बात बहुसंख्यक साधारण व्यक्तियों के समक्ष रखता है तो कभी उसकी खिल्ली उड़ाई जाती है, कभी उसकी कल्पना को कोरी गप्प बताकर उड़ा दिया जाता है।

सभ्यता के विकास के साथ मानव की कल्पनाशक्ति का भी विकास हुआ। मनुष्य नई-नई बातें सोचता रहा और उन्हें अंजाम देने का प्रयास भी करता रहा। वह इन कल्पनाओं को मौखिक या लिखित रूप से दर्ज भी करता रहा।

हमारे वेद-पुराण भी ऐसी ही दर्ज कल्पनाओं के संग्रह हैं। इनमें नारद के तीनों लोकों का भ्रमण भी है और हनुमान, भीम जैसे बलशाली व्यक्तियों का वर्णन भी। इनमें तरह-तरह के अस्त्र-शस्त्रों का प्रयोग भी दिखाया गया जिससे अग्नि पैदा की जा सकती है और बड़ी तादाद में लोगों का वध भी किया जा सकता है। चिकित्सा-विज्ञान, रसायन-विज्ञान आदि का भी वर्णन है।

पर पश्चिमी विद्वान् इन महान् ग्रंथों को कोरी कल्पना बताते रहे हैं। दुर्भाग्यवश हमारे पास इनको प्रमाणित करने के लिए पर्याप्त साधन नहीं हैं।

पर पश्चिम में एक विद्वान् ने जब अपने जीवन में तमाम आविष्कार किए और तमाम असाधारण चीजों की कल्पना कर डाली तो वहाँ कुछ लोगों ने विरोध किया। चर्च ने भी विरोध किया। पर समाज का बड़ा वर्ग उन कल्पनाओं को साकार करने में जुट गया। उन्होंने इस विद्वान् की ऐतिहासिक सफलता को अपना बताकर सिर्फ गाल

नहीं बजाया वरन् उन्हें जनोपयोगी बनाकर यूरोपीय पुनरुद्धार की नींव डाली। यह पुनरुद्धार चलता रहा और इसके सहारे जन्मी वैज्ञानिक मनोवृत्ति आज भी मौजूद है और इसकी सहायता से कभी जंगली युग में जी रहे और आपस में लगातार लड़ते रहे यूरोपीय समुदाय शेष विश्व से आगे निकल गए।

ऐसे महान् व्यक्ति लियोनार्डो द विंसी का जन्म 15 अप्रैल, 1452 को इटली के टस्कनी क्षेत्र के एक गाँव विंसी में हुआ था, जो वहाँ के बड़े और खूबसूरत शहर फ्लोरेंस के पास है और वहाँ से खच्चर गाड़ी से उस समय एक दिन में विंसी गाँव पहुँचा जा सकता था।

लियोनार्डो का जन्म अनेक अटपटी परिस्थितियों में हुआ था। उस समय वहाँ दहेज की बुराई जोरों पर थी और जो स्त्री दहेज का इंतजाम नहीं कर पाती थी वह पत्नी का दर्जा नहीं पा सकती थी। लियोनार्डो की माँ केटेरिना ने उच्च वर्ग के व्यक्ति पियरो द विंसी से प्रेम भी किया और सब कुछ अर्पण भी कर दिया, पर वह दहेज का बंदोबस्त नहीं कर पाई। जब लियोनार्डो का जन्म हुआ तो पियरो को सर (Ser) की उपाधि मिल चुकी थी जो नोटरी या मजिस्ट्रेट के समकक्ष थी। उसका काम भी काफी हद तक इसी प्रकार का था। वह दीवानी वकील के रूप में काम करता था।

पियरो द विंसी की चार पत्नियाँ और थीं। केटेरिना ने लियोनार्डो को जब जन्म दिया तो उसे सौतेली माँ का संरक्षण मिला। यह स्त्री हाल में ही पियरो की पत्नी बनी थी।

लियोनार्डो को जन्म देने के बाद केटेरिना ने एक दूसरे व्यक्ति से शादी कर ली और विंसी में ही रहने लगी। लियोनार्डो का अपनी असली माता से लगातार संपर्क बना रहा। जब उसे अपने घर में अच्छा नहीं लगता तो वह माता के घर चला जाता था, जहाँ उसे काफी प्यार मिलता था। वैसे प्यार उसे काफी मिला क्योंकि वह पियरे की पहली संतान था।

बचपन में लियोनार्डो घर के पास टस्कन पहाड़ियों पर चला जाता था। उसे प्रकृति से बहुत प्रेम था और चिड़िया अत्यंत पसंद थीं। वह घंटों उन्हें देखता रहता था और सोचता रहता कि वे कैसे उड़ती हैं। वह अकसर पिंजड़े में बंद पक्षी खरीद लेता और उन्हें आजाद उड़ने देता। इसमें उसे बहुत खुशी मिलती थी। जीव-प्रेम उसका इतना ज्यादा था कि वह शाकाहारी हो गया, जो पश्चिम में उस समय बड़ी बात थी।

जब वह दस वर्ष का हो गया तो उसके पिता फ्लोरेंस के कुलीन वर्ग के बड़े-बड़े लोगों के कानूनी सलाहकार नियुक्त हो गए। अब लियोनार्डो भी ज्यादातर फ्लोरेंस में रहने लगा। वह वीरोचियो नामक प्रसिद्ध कलाकार के स्टूडियो में काम भी सीखने लगा।

वीरोचियो उससे घंटों काम कराता था और चित्रकला, मूर्तिकला, वास्तुकला, अभियांत्रिकी आदि की शिक्षा देता था। वीरोचियो स्वयं भी श्रेष्ठ चित्र तथा मूर्तियाँ बनाता था तथा उसके संरक्षण में तमाम लड़के व युवक पूरी लगन से काम सीखते थे।

लियोनार्डो बचपन से ही अत्यंत परिश्रमी था और वह खुशी से ज्ञान हासिल करता रहा। वह घंटों परिश्रम करता था। वह किसी चीज को बिना कारण मानने के लिए तैयार नहीं होता था। वह संसार को नए नजरिये से देखता था। उससे पहले पढ़े-लिखे लोग ईश्वरीय कानूनों के तहत संसार को देखते थे और धर्म-विरुद्ध विचार व्यक्त नहीं करते थे। चर्च के विचार अंतिम और सर्वमान्य घोषित होते थे और उनके खिलाफ विचार व्यक्त करने वालों को जान से हाथ धोना पड़ता था।

पर लियोनार्डो ईश्वर के साथ-साथ प्रकृति को भी जानना-समझना चाहता था। वह शोध और प्रयोगों के आधार पर यह जानने व समझने का प्रयास करता था कि हर चीज कैसे काम करती है। वह हर क्षेत्र में कार्य कर रहे बड़े और सफल लोगों से मिलता था और उनसे विचार-विमर्श करके अपना ज्ञान बढ़ाता था। इसीलिए आगे चलकर लियोनार्डो द विंसी को यूरोप में चले पुनरुद्धार आंदोलन का जनक माना गया। इसका कारण यह था कि लियोनार्डो से प्रेरित होकर तमाम लोग विश्व को नए नजरिये से देखने लगे और शोध और प्रयोगों के प्रति लोगों की रुचि बढ़ी। अब लोग तर्कसंगत चीजों को ही स्वीकार करते थे। इसी के साथ आधुनिक विज्ञान का प्रादुर्भाव हुआ।

वीरोचियो से चित्रकारी सीखने के पश्चात् जब लियोनार्डो ने चित्र बनाना प्रारंभ किया तो उसकी चित्रकारी में नवीनता आई। लियोनार्डो ने पाया कि जिस वस्तु का चित्र बनाया जा रहा है, उस पर पड़ने वाले प्रकाश और छाया का चित्र पर बड़ा असर पड़ता है। लियोनार्डो ने तरह-तरह के प्रयोग करके अलग-अलग कोणों तथा अलग-अलग मात्रा में प्रकाश डाला और चीजों के विभिन्न रूपों को प्रस्तुत किया। लोग उसके चित्रों को देखकर दंग रह जाते थे।

अब लियोनार्डो ने प्रकृति में मौजूद हर चीज, चाहे वह निर्जीव चट्टान हो या खूबसूरत फूल, तरल पदार्थ हो या छोटी-मोटी मशीन, को बारीकी और विश्लेषणात्मक दृष्टि से देखना प्रारंभ कर दिया। उससे पहले लोग धर्मग्रंथों में वर्णित ज्ञान में ही रुचि लेते थे, पर लियोनार्डो हर विषय में रुचि लेने लगा। वह अपनी नोटबुकों में छोटी से छोटी चीजों के बारे में जानकारियाँ दर्ज करने लगा। उसे छोटी-छोटी चीजों में भी बड़े-बड़े गुण दिखने लगे।

20वें वर्ष में लियोनार्डो ने वीरोचियो से काफी ज्ञान हासिल कर लिया था और अब वह सिर्फ छात्र नहीं रहा वरन् एक सहायक की हैसियत से वीरोचियो के स्टूडियो

में काम करने लगा। वह स्वतंत्र रूप से भी चित्रकारी व मूर्ति-निर्माण करने लगा। लियोनार्डो द्वारा लिखी गई नोटबुकों और प्रारंभिक दौर के पत्रों से यह ज्ञात हुआ कि उसने युवावस्था में तमाम चित्र भी बनाए तथा काँसे, टेराकोटा व संगमरमर का इस्तेमाल करते हुए अद्‌भुत मूर्तिकला भी जारी रखी। दुर्भाग्यवश ये मूर्तियाँ समय के साथ नष्ट हो गईं और उपलब्ध नहीं हैं; पर उनकी बनाई गई सात पेंटिंगों में से एक आज भी वाशिंगटन की राष्ट्रीय आर्ट गैलरी में शोभायमान है। यह बेजोड़ चित्र फ्लोरेंस में रह रहे एक बैंकर की 16 वर्षीय पुत्री का है जो एक कवयित्री भी थी और लियोनार्डो ने उसका चित्र फ्लोरेंस में रहते हुए इस दौर में बनाया था। लियोनार्डो का यह दौर चंद अप्रिय घटनाओं को छोड़कर प्रेरक व उपयोगी रहा।

24 वर्ष की आयु में लियोनार्डो एक प्रसिद्ध कलाकार बन चुका था और 20 वर्ष की आयु में उसे फ्लोरेंस की पेंटर गिल्ड की सदस्यता भी हासिल हो गई थी और उस समय यह स्वतंत्र रूप से कार्य करने के लिए आवश्यक थी। लियोनार्डो ने वीरोचियो के साथ मिलकर 'बैप्टिस्म ऑफ क्राइस्ट' नामक पेंटिंग बनाई, जो फ्लोरेंस की उफिजी गैलरी में सजी हुई है। इससे साफ जाहिर होता है कि वीरोचियो अपने शिष्य का कितना सम्मान अब करने लगा था। वीरोचियो एक चित्रकार, मूर्तिकार होने के साथ-साथ एक स्वर्णकार भी था और उसने अपनी समस्त कला लियोनार्डो को सिखा दी।

30 वर्ष की आयु तक लियोनार्डो फ्लोरेंस में रहा। इसके बाद वह इटली के उत्तरी इलाके मिलान में चला गया। यहाँ भी उसने अपनी कला साधना जारी रखी और 1488 में वहाँ के शासक लुडविको सोर्जा ने उसे अपना दरबारी चित्रकार व अभियंता नियुक्त किया।

हालाँकि यह ज्ञात नहीं है कि अभियांत्रिकी, विशेष रूप से सेना के लिए अभियांत्रिकी का औपचारिक प्रशिक्षण लियोनार्डो ने कहाँ से पाया अथवा पाया भी या नहीं, पर जब उसने पत्र द्वारा मिलान के ड्यूक को अपनी सेवाओं का प्रस्ताव रखा तो उसे तुरंत नियुक्त कर लिया गया। निश्चय ही लोग अब तक लियोनार्डो की प्रतिभा के कायल हो चुके होंगे। यह पत्र आज भी सुरक्षित है।

लुडाविको के लिए अब लियोनार्डो ने सेना के उपयोग हेतु पुल, नहरों का जाल, आदि की डिजाइन बनाने का काम प्रारंभ किया। उसने भाप द्वारा चलाई जाने वाली तोपों पर भी काम प्रारंभ किया। ये सब उसकी नोटबुकों में दर्ज हैं।

मिलान में रहते हुए लियोनार्डो ने अपनी कालजयी रचनाओं का भी निर्माण किया। उसकी पेंटिंग 'लास्ट सपर' और 'मोनालिसा' यहीं रहते हुए बनी। 'लास्ट सपर' दरअसल एक म्यूरल है जो गीले प्लास्टर पर वाटरकलर से बनाई गई है। इसमें क्राइस्ट

को अपने शिष्यों के साथ भोजन करते हुए दिखाया गया है। यह चित्रकारी इतनी अद्‌भुत है कि आज भी दूर-दूर से कलाप्रेमी इसे देखने के लिए मिलान की चर्च में आते हैं और 500 वर्षों से अधिक समय बीतने के बाद भी यह अपने उसी रूप में विराजमान है।

इसी प्रकार लियोनार्डो की पेंटिंग 'मोनालिसा' पेरिस की म्यूजियम में शोभायमान है। यह स्पष्ट नहीं है कि यह पेंटिंग वास्तव में किसकी है पर अनुमान लगाया जाता है कि मोनालिसा का पूरा नाम मैडोनालिसा था तथा वह फ्लोरेंस के एक रेशम व्यापारी फ्रांसिस्को डेल गियोकोंडो की पत्नी थी। यह व्यापारी फ्लोरेंस के प्रशासन से जुड़ा था। खैर, मोनालिसा कोई भी हो, यह पेंटिंग जो देखता है वह देखता ही रह जाता है। स्वयं लियोनार्डो अपने अंतिम दिनों में इसे देखता रहता था और एक बार बीच में पूछ भी बैठा कि यह किसकी तस्वीर है। तस्वीर की खूबसूरती के साथ यह तथ्य गौण हो गया कि यह खूबसूरत महिला है कौन?

लियोनार्डो के निजी जीवन के बारे में बहुत कम जानकारी उपलब्ध है। उसकी शादी हुई या नहीं यह ज्ञात नहीं है। 1490 की गर्मियों ने उसने एक दस वर्षीय बालक गोद लिया। गियान गियाकोमो नामक यह बालक अत्यंत उद्दंड था और चोर भी था, पर लियोनार्डो उसे किसी तरह सँभाले रहा। वह उसे 'लिटिल डेविल' अर्थात् छोटा शैतान कहकर पुकारता था। यह बालक 26 वर्ष तक लियोनार्डो के साथ रहा। लियोनार्डो ने जो थोड़ी-बहुत संपत्ति अर्जित की थी, यह बालक उसके आधे का वारिस बना।

लियोनार्डो को जन्म देने वाली माता केटेरिना भी अपने अंतिम दिनों में अपने बेटे के पास मिलान आ गई थीं। उनका देहांत भी मिलान के अस्पताल में हुआ और लियोनार्डो ने उनकी सेवा की।

लियोनार्डो के जन्मदाता पिता पियरो द विंसी का देहांत 1504 में हुआ। मिलान में रहते हुए भी लियोनार्डो अकसर फ्लोरेंस जाता रहता था और अपने पिता से न सिर्फ मिलता था वरन् सहायता भी करता था। कानूनी रूप से पिता-पुत्र का संबंध न होने के बावजूद दोनों में काफी प्रेम था। दुर्भाग्यवश मरते हुए पियरो ने कोई वसीयत नहीं छोड़ी और लियोनार्डो को अपने पिता की जायदाद में से फूटी कौड़ी भी नहीं मिली। सारी जायदाद उसके सात सौतेले भाइयों ने हड़प ली, जो उससे उम्र में काफी छोटे थे।

लियोनार्डो के लिए सिर्फ पारिवारिक स्थितियाँ ही विकट नहीं थीं वरन् तत्कालीन इटली भी उथलपुथल भरा था। उस समय इटली अनेक छोटे-छोटे टुकड़ों में बँटा हुआ था। ये टुकड़े शहरों के बराबर थे और फ्लोरेंस जैसे शहरों में तो प्रजातंत्र

था पर मिलान जैसे शहरों में राजशाही का ही राज्य था। ये छोटे-छोटे राज्य आपस में बुरी तरह लड़ते थे और बगल में स्थित बड़े यूरोपीय देश स्पेन, फ्रांस आदि इसका लाभ उठाते थे। वे इन झगड़ों को समय-समय पर बढ़ाकर अस्थिरता पैदा करते थे और इटली की जमीन हड़पने का प्रयास करते रहते थे।

ऐसे कष्टपूर्ण वातावरण में भी लियोनार्डो ने ऐसे अद्‌भुत काम कर डाले जिन्होंने उसकी प्रतिष्ठा को इस कदर चमकाया कि वह इतिहास-पुरुष बन गया। मिलान के दरबार में रहते हुए उसने मिलान व पेविया के चर्चों का डिजाइन तैयार किया। उसने अन्य कई भवनों का वास्तु डिजाइन भी तैयार किया और उन्हें सजाया भी। उसने वहाँ के शासक की तस्वीर भी बनाई और दरबार की भी।

लियोनार्डो ने कब्र पर खूबसूरत मूर्ति बनाने का काम भी किया और सेना के लिए इंजीनियरिंग काम भी। उसने लैटिन भी सीखी तथा साथ में शरीर-विज्ञान संबंधी तथा अन्य विषय संबंधी शोध भी किए।

6 अक्टूबर, 1498 को मिलान में उपजे असंतोष का लाभ उठाते हुए फ्रांसीसी सेना मिलान में प्रवेश कर गई। ड्यूक लुड्‌विक सोर्जा उनसे डरकर शहर छोड़कर भाग गया। फ्रांस के राजा लुई बारहवें ने शहर पर कब्जा कर लिया और फ्रांसीसी सेना अन्य विजेता सेनाओं की तरह लूटपाट और अत्याचार करने लगी। सोर्जा द्वारा बनाई जा रही एक इमारत में लियोनार्डो की बनाई एक मिट्‌टी की प्रतिमा रखी थी, जिसकी सहायता से वह काँसे की प्रतिमा बनाना चाह रहा था। यह प्रतिमा 1493 में ही तैयार हो चुकी थी पर उसे किसी कारणवश अंतिम रूप देने में विलंब हो रहा था। फ्रांसीसी सेना ने वह प्रतिमा और मोल्ड आदि सब नष्ट कर दिया।

पर फ्रांसीसी मिलान में ज्यादा दिन नहीं ठहर सके और एक वर्ष बाद ही लुड्‌विक ने फिर शहर पर कब्जा कर लिया। पर वह अपना कब्जा बनाए नहीं रख सकता और अप्रैल, 1500 में फ्रांसीसी सेना ने पुन: मिलान पर कब्जा कर लिया। बेचारा लुड्‌विक नोवारा में लड़ते हुए बंदी बना लिया गया और उसे फ्रांस की जेल में ले जाया गया, जहाँ 8 वर्ष कैद में रहने के बाद उसकी मृत्यु हो गई।

दुखी लियोनार्डो अब मिलान में ऊब चुका था। अब वह जगह-जगह भटकने लगा। 1500 में वह फ्लोरेंस गया और इस बीच रास्ते में माँटा में रुका, जहाँ उसने इसाबेला तथा वेनिस के चित्र बनाए।

1502-03 में लियोनार्डो ने पोप के यहाँ नौकरी की। पोप उस समय धर्मगुरु ही नहीं थे वरन् बड़े इलाके के शासक भी थे। पोप के सेनापति सीजारे बोर्जिया ने लियोनार्डो को इंजीनियर और नक्शानवीस के रूप में नियुक्त किया। इसी दौरान उसकी मुलाकात मैकियावैली से हुई और दोनों के बीच अच्छी मित्रता हो गई।

इसके बाद लियोनार्डो फ्लोरेंस वापस लौट गया, जहाँ उसने दो महत्त्वपूर्ण कार्य प्रारंभ किए। पहला कार्य वैज्ञानिक था जिसके तहत आर्नो नदी की दिशा को दो भागों में बाँटना था ताकि फ्लोरेंस तक नौकाएँ और जहाज पहुँचाए जा सकें। दूसरा कार्य कला संबंधी था जिसके तहत युद्ध के एक दृश्य का चित्र बनाना था। लियोनार्डो इस चित्र को बनाकर अपने समकालीन माइकेल एंज़ेलो से प्रतिस्पर्धा करना चाहता था और फ्लोरेंस के गणतंत्र में अपना स्थान पाना चाहता था।

दुर्भाग्यवश लियोनार्डो की दोनों परियोजनाएँ विफल हो गईं तथा निराश लियोनार्डो ने 1506 में फ्लोरेंस छोड़ दिया और वह मिलान की ओर चला, जहाँ फ्रांसीसी गवर्नर शासन कर रहे थे। हालाँकि फ्लोरेंस छोड़ते समय लियोनार्डो ने सिर्फ 3 महीने की छुट्टी ली थी, पर वह वापस नहीं आना चाहता था और उसने बड़े फ्रांसीसी अधिकारियों से काम के लिए संपर्क किया। फ्रांसीसी गवर्नर चार्ल्स दि अम्बोज उससे बहुत प्रभावित हुए। लियोनार्डो के काम की चर्चा फ्रांसीसी सम्राट लुई बारहवें तक भी पहुँची और उसने लियोनार्डो से अपना चित्र तथा अन्य कई चित्र बनाने को कहा।

1507 में लियोनार्डो अल्प अवधि के लिए और निजी कार्य हेतु फ्लोरेंस आया। पीछे-पीछे लुई बारहवें का बुलावा भी आ गया, जो उस समय मिलान में ही था। अब लियोनार्डो ने फ्लोरेंस के लिए युद्ध का चित्र बनाने का इरादा हमेशा-हमेशा के लिए छोड़ दिया था।

अब लियोनार्डो ने मिलान में रहते हुए अनेक चित्र बनाए और अनेक वैज्ञानिक परियोजनाओं पर काम किया। इसी बीच उथल-पुथल जारी रही और 1512 में दिवंगत लुड्विक सोर्जा के पुत्र मैसीमिलानो सोर्जा के नेतृत्व में सेना मिलान की ओर बढ़ने लगी और फ्रांसीसी गवर्नर सिर्फ डर से मिलान छोड़कर भाग गए। मिलान फिर से आजाद हो गया, पर नए शासक मैसीमिलानो को कला, विज्ञान आदि में कोई रुचि नहीं थी और लियोनार्डो अब बेरोजगार हो गया।

तभी पोप की ओर से लियोनार्डो को बुलावा मिला और वह 1513 के उत्तरार्ध में नए पोप लियो दसवें से मिलने रोम की ओर चल दिया। लियोनार्डो अब तक तमाम वैज्ञानिक व कला संबंधी सफल-असफल परियोजनाओं को करते-करते थक चुका था और थका हुआ तथा चिंतित दिखाई देता था। उस समय रोम में माइकेल एंजेलो तथा राफेल मौजूद थे और आयु में कम होने के बावजूद पूरी तरह स्थापित हो चुके थे। उनकी प्रसिद्धि भी आसमान छू रही थी।

लियोनार्डो ने रोम में 18 माह गुजारे और वह वहाँ के दरबार का सदस्य रहा। वह बूढ़ा हो चला था और माइकेल एंजेलो तथा राफेल को पोप ज्यादा तरजीह देते

थे। फिर भी लियोनार्डो कई वैज्ञानिक परियोजनाओं पर कार्य करता रहा। उसने अनेक चित्र भी बनाए। लियोनार्डो ने वहाँ के बंदरगाह को सुरक्षित रखने के लिए भी अनेक उपाय किए।

मार्च, 1516 में लियोनार्डो के संरक्षक का देहांत हो गया और अब उसका रोम से मन उचट गया। पर साथ ही फ्रांसीसी राजा फ्रांसिस प्रथम ने उसे बुलावा भेजा।

लियोनार्डो फिर चल पड़ा। उसके साथ तमाम अब तक बनाए चित्र भी थे और मोनालिसा का चित्र भी था। फ्रांस में उसने लौरे नदी के तट पर स्थित अम्बोज शहर में एक छोटे महल में रहना प्रारंभ किया। अब उसने फ्रांसिस्को मेलजी नामक इतालवी युवक को अपना पुत्र मान लिया था और वह युवक साथ रहने लगा था। वह लियोनार्डो की नोटबुकों तथा अन्य चीजों की देखरेख भी करता था।

फ्रांसीसी राजा के प्रमुख चित्रकार और वास्तुविद के रूप में लियोनार्डो ने फ्रांसिस के लिए एक नए किले का डिजाइन तैयार किया। कल्पनाशील और अनुभवी लियोनार्डो ने आने वाले 300 वर्षों की जरूरतों के अनुसार नहरों के जाल का नक्शा भी तैयार कर लिया। अब वह किले के निर्माण कार्य की देख-रेख करने लगा। उसका रुतबा फ्रांस के दरबार में लगातार बढ़ता गया। युवा और जहीन फ्रांसीसी सम्राट फ्रांसिस अकसर लियोनार्डो से मिलने उसके पास स्वयं आया करता था। वह लियोनार्डो की कला, चिंतन और दर्शन सभी का कायल था।

लियोनार्डो गजब का चिंतक था। वह लगातार नई-नई चीजें सोचता रहता था। उसने उस काल की सोच से अलग ऐसी-ऐसी चीजें सोचीं जो 400-500 वर्ष बाद जाकर संभव हो पाईं। उसने हवाई जहाज की कल्पना भी कर डाली थी और उसके मॉडल तैयार करने का काम अपनी कार्यशाला में किया था। यह हवाई जहाज बीसवीं सदी में राइट बंधुओं द्वारा तैयार किया गया।

इसी प्रकार उसने हैलीकॉप्टर की कल्पना की थी ताकि मनुष्य आसानी से हवा में उड़ सके। लियोनार्डो ने प्राचीन चीनी खिलौना निर्माताओं द्वारा विकसित किए गए एरियल स्क्रू का उपयोग करते हुए हैलीकॉप्टर बनाने का प्रयास भी किया। वास्तविक हैलीकॉप्टर साढ़े चार सौ वर्ष बाद रूस में जन्मे और फिर अमेरिका में बसे इंजीनियर ईगोर सिकोर्सवी ने तैयार किया।

लियोनार्डो का हवाई जहाज उड़ नहीं पाया। उसका बनाया हैलीकॉप्टर भी हवा में ठहर नहीं पाया, पर इन घटनाओं ने मनुष्य के मन में चाहतें अवश्य जगा दीं, जो शताब्दियों बाद पूरी हो पाईं।

लियोनार्डो का योगदान चाहत उत्पत्ति तक ही सीमित नहीं था। उसने जो भी कल्पनाएँ कीं, पहले उन्हें अपनी नोटबुकों में दर्ज किया, फिर उनके डिजाइन तैयार

किए। अनेक सफल-असफल प्रयोग किए। उन प्रयोगों के परिणाम भी नोटबुकों में दर्ज किए।

इन नोटबुकों के दस हजार से अधिक पन्ने इतिहास की वह अमूल्य धरोहर बन गए जिसका प्रयोग आने वाले सैकड़ों वर्ष तक देश-विदेश के वैज्ञानिक सफलतापूर्वक करते रहे। बाद के काल में वैज्ञानिकों ने इन डिजाइनों और नमूनों के आधार पर बहूपयोगी उपकरण तैयार किए। बीसवीं सदी में भी अनेक मशीनें लियोनार्डो की डिजाइन के आधार पर तैयार की गईं।

लियोनार्डो एक बहुमुखी प्रतिभा का धनी था। उसकी कल्पना की उड़ान की कोई सीमा नहीं थी। उसने अलार्म देने वाली घड़ी का आविष्कार किया। उसने लैंप के लिए चिमनी तैयार की। उसके द्वारा तैयार किए गए जहाज के नमूने तथा कपड़ा बुनने वाली मशीनें काम तो नहीं कर पाईं पर लगभग तैयार थीं। उसने पैराशूट भी तैयार किया ताकि पहाड़ी इलाकों से लोग तेजी से नीचे उतर सकें।

उसने एक ओर गरीब कामगारों के लिए तेजी से व बड़ी तादाद में मकान बनाने की तकनीक विकसित की और अमीरों के लिए वातानुकूलन संयंत्र की भी कल्पना की। उसे लगा कि आने वाले समय में कमरों को ठंडा रखने की जरूरत बढ़ेगी।

आज दुनिया में आई तेजी की कल्पना लियोनार्डो ने पहले ही कर रखी थी और उसके अनुरूप गाड़ियों के डिजाइन तैयार किए थे। अपने आप चलने वाले वैगन तैयार करने के अलावा उसने रस्सियों और पट्टों का प्रयोग करने वाले उपकरणों का भी विकास किया था। पैडल से चलने वाली नावों, घर्षणरहित रोलर बियरिंग, विभिन्न प्रकार के गियर, चेन, पानी में इस्तेमाल होने वाले जूते, लगातार चलने वाली लेथ और न जाने किस-किस चीज की डिजाइन महान् लियोनार्डो ने तैयार कर ली थी।

इस महान् आत्मा को युद्ध से सख्त नफरत थी। वह इसे वहशी पागलपन की संज्ञा देता था। पर उसे अपने वतन की हालत पर भी रोना आता था। इटली वालों की गुलामी वह बर्दाश्त नहीं कर पाता था और स्वतंत्रता को वह जन्मसिद्ध अधिकार मानता था।

उसकी कामना थी कि इटलीवासी इतने मजबूत और सक्षम बनें कि विदेशी आक्रमणकारी भाग खड़े हों। इस खातिर उसने जंगी साज-सामान भी बनाए। उसने गैस मास्क तैयार किया ताकि सैनिक जहरीली गैस से अपना बचाव कर सकें। आज हम जिन टैंकों को देखते हैं उनकी लियोनार्डो ने न सिर्फ कल्पना की थी वरन् वैसी ही बख्तरबंद गाड़ियों का निर्माण भी उसने किया था, जिसके अंदर बंद होकर सैनिक लड़ते थे। किले के अंदर बंद होकर आक्रमणकारियों पर किस तरह प्रहार किया जा सकता है और किले की सुरक्षा किस तरह मजबूती से की जा सकती है, यह उपाय

भी उसने तैयार करके अपने शासकों को समझाए।

चमत्कारी कल्पनाशीलता वाले लियोनार्डो ने पनडुब्बी की न सिर्फ कल्पना की वरन् उसका डिजाइन व अन्य वर्णन भी तैयार किया। उसने यह भी बताया कि भविष्य में पनडुब्बी का निर्माण किस तरह किया जा सकेगा। पर यह वर्णन आम आदमी की समझ के परे है।

लियोनार्डो जो कुछ सोचता था, जो कुछ बनाता था, उसे वह अपनी नोटबुक में दर्ज कर लेता था। विशेष बात यह थी कि उसका नोटबुक में दर्ज करने का तरीका अनोखा था और सामने शीशा रखकर शीशे में ही उसे पढ़ा जा सकता है। यह विधि उसने शायद इसलिए तैयार की क्योंकि लियोनार्डो को उथल-पुथल भरे माहौल में आक्रामकों के बीच में और प्रतिस्पर्धियों द्वारा टाँग खींचने की संभावनाओं की उपस्थिति में काम करना पड़ा था। वह अर्जित ज्ञान अपने विश्वस्तों को ही सौंपना चाहता था ताकि वे देशहित और मानवहित में उसका प्रयोग कर सकें। शायद इसीलिए वह असाधारण प्रसिद्धि पाने के बावजूद लोगों से अलग एकांत स्थान पर रहना पसंद करता था। वह नहीं चाहता था कि पनडुब्बी जैसी चीज ऐसे लोगों के बीच पहुँचे जो उसका उपयोग मानव-संहार के लिए इस्तेमाल कर लें।

लियोनार्डो की अनूठी धरोहर उसकी नोटबुकें उसके उत्तराधिकारी फ्रांसिस्को मेल्जी ने सँभालकर रखीं। 1570 में मेल्जी की मृत्यु हो गई, पर उससे पूर्व ही ये प्रसिद्ध मूर्तिकार पाम्पो लियोनी के पास आईं जिन्होंने उन्हें क्रमबद्ध तरीके से व्यवस्थित करके बाइंड करवा दिया। इन नोटबुकों के दो भाग किए गए। एक भाग में वैज्ञानिक विषयों का वर्णन था और दूसरे भाग में कला संबंधी विषयों का।

ये नोटबुकें इतनी महत्त्वपूर्ण थीं कि इनको कब्जे में लेने के लिए काफी खींचतान हुई। इसका एक खंड 1637 में मिलान आ गया और वहीं रहा। दूसरा खंड इंग्लैंड के राजघराने के कब्जे में चला गया। यह आज भी विंडसर में मौजूद है। उन्नीसवीं सदी में लियोनार्डो द्वारा बनाए गए चित्रों पर संख्या दर्ज की गई और ये 600 चित्र अलग से संग्रहालय में रखे गए। 1796 में नेपोलियन की सेना ने 12 नोटबुकों पर कब्जा कर लिया और वे इटली वापस नहीं आ सकीं। ये फ्रांस में सुरक्षित हैं।

हालाँकि लियोनार्डो द्वारा अर्जित काफी ज्ञान आज सुरक्षित है और उपयोग में आ रहा है, पर काफी ज्ञान समय के साथ इधर-उधर बिखर भी गया और उसे समेटा नहीं जा सका।

लियोनार्डो ने हर प्रकार की सामग्री का इस्तेमाल किया। उसने स्याही और कलम का भी प्रयोग किया तथा धातु का, लाल, काली चॉक का भी। उसने पेस्टल रंग का भी आविष्कार किया जिन्हें बच्चे आज बहुतायत से प्रयोग करते हैं।

लियोनार्डो ने प्रकृति में मौजूद हर वस्तु का निरीक्षण किया। पुरुष, स्त्री, घोड़ा, कुत्ता, फूल, पौधे, फल, बहता पानी कुछ भी नहीं छोड़ा। उसकी कल्पना की सीमा में राक्षस भी थे और विचित्र जीव भी। वह शरीर के विभिन्न अंगों का भी जानकार था तथा वास्तुकला, यंत्रकला का भी। वह अप्रतिम सौंदर्य भी चित्रित करता था और बीभत्स बदसूरती भी।

उपलब्ध नोटबुकों, जो उसके पूर्ण कृतित्व का एक छोटा-सा हिस्सा हैं, के आधार पर यह कहा जा सकता है कि लियोनार्डो ने विज्ञान की हर शाखा में अध्ययन और कार्य किया। वह खुद ही उनके हल निकालता था। वह उन हलों को व्यावहारिक रूप भी देता था। उसने गोताखोरी के लिए उपकरण, भूमिगत नहरों तथा विभिन्न प्रकार के सामरिक उपकरणों पर काम किया। उसने तरह-तरह के रथ तैयार किए और घूमने वाले चाकू भी बनाए। बम तैयार करने, हवाई उड़ान भरने से लेकर भूगोल, भूगर्भशास्त्र, खगोलशास्त्र, वनस्पतिशास्त्र तक का वर्णन उसकी नोटबुकों में है। वास्तुकला में विभिन्न प्रकार के प्रयोगों के अलावा उसने ऐसी सीढ़ियों का डिजाइन तैयार किया जिन पर व्यक्ति एक साथ आ और जा सके तथा लियोनार्डो की मृत्यु के बाद ऐसी सीढ़ियों का निर्माण भी किया गया। इनमें विशेष बात यह थी कि आने और जाने वालों को एक-दूसरे का पता नहीं चलता था।

लियोनार्डो ने पुरानी मान्यताओं से प्रभावित हुए बगैर मनुष्य का बड़ी बारीकी से अध्ययन कर डाला। मनुष्य के एक-एक अंग को उसने परखा। विभिन्न प्रकार के रंगों और प्रकाश की सहायता से उसने उन अंगों के महत्त्व को उभारा। कहते हैं, शरीर-विज्ञान के लिए उसने 30 मानव-शरीरों को विच्छेद करके एक-एक अंग का बारीकी से अध्ययन किया था। वह अकेले भी अध्ययन करता था तथा संबंधित विद्वान् की सहायता से भी शोध करता था। उसने अपने समकालीन शरीर-विशेषज्ञ मर्कन्टोनियो डेला टोरे के साथ लंबा शोध किया। उसने रक्त-प्रवाह के सिद्धांत को भी तैयार किया। यह भी कहा जाता है कि कोपरनिक्स द्वारा किए गए कार्यों की कल्पना भी उसने की थी।

पानी का बहना, उसके बुलबुले, बालों का घुँघरालापन जैसी छोटी-छोटी चीजें भी लियोनार्डो की कल्पना से बाहर नहीं थीं। वह इन चीजों को इस तरह देखता था जैसे आज धीमी गति की फोटोग्राफी के जरिए ध्यान से देखा जाता है। वह तरह-तरह के रंग और प्रकाश डालकर नए किस्म की चित्रकारी कर डालता था।

लियोनार्डो आजीवन काम करता रहा। जीवन के अंतिम दिन अर्थात् 2 मई, 1519 को वह शांति से बैठा नोटबुक में अपने अनूठे व गोपनीय तरीके से लिख रहा था तभी मृत्यु ने आकर उसे अपने चंगुल में ले लिया। जीवन-भर अशांतियों के बीच

अशांत जीवन बिताने वाला लियोनार्डो शांति से इस दुनिया से चला गया।

उसे उसकी इच्छा के अनुसार अम्बोज की एक चर्च में दफनाया गया। यह कब्रगाह समय के साथ नष्ट हो गई और आज इसे चिह्नित करना संभव नहीं है। पर लियोनार्डो लोगों के दिलों व दिमाग पर छाया रहा और आगे भी छाया रहेगा।

लियोनार्डो द्वारा रचित पुस्तक का नाम उसकी नोटबुकों में अवश्य दर्ज है, पर वह पुस्तक उपलब्ध नहीं है। लगभग यही हाल उसकी मूर्तियों का है। एक भी पूरी मूर्ति सुरक्षित नहीं बच सकी। उसकी बनवाई इमारतें भी समय के साथ लगभग नष्ट हो गईं।

पर इन सभी के चित्र और अनेक पेंटिंग आज भी मौजूद हैं। अनेक कलाप्रेमियों ने तमाम मुश्किलात के बीच भी इन्हें सदियों तक सँजोकर रखा। साथ ही अनेक ने इनकी नकल करके या दूसरी पेंटिंगों को लियोनार्डो की रचना बताकर धन कमाने की भी कोशिश की। शोधकर्ता भी जुटे रहे यह जानने में कि कौन-सी असली है और कौन-सी नकली।

जो भी हो, प्रकृतिप्रेमी लियोनार्डो ने हर प्राकृतिक वस्तु, चाहे वह महिला हो या फूल, सुंदर पर्वतीय वादियाँ हों या बहता शीतल निर्मल जल, को अपने चित्रों में समाहित कर दिया। उसने चित्र अकेले भी बनाए और साथी कलाकारों के साथ मिलकर भी। परिस्थितियों ने उसे चित्र अधूरा छोड़ने पर भी मजबूर किया। पर ये अधूरे चित्र भी उसकी पूरी कल्पनाशक्ति का लगभग चित्रण कर पा रहे हैं।

लियोनार्डो को यूरोपीय पुनरुद्धार का जनक भी कहा जाता है। उसने जो चिंतन की परंपरा प्रारंभ की, वह इटली की सीमाओं को लाँघकर दूसरे यूरोपीय देशों में पहुँचने लगी। लोग अब तक चर्च के विचारों को मानने के लिए बाध्य थे, पर अब नए सिरे से सोचने लगे। कौन-सी घटना कैसे घटती है, क्यों घटती है और उसका क्या-क्या और कहाँ-कहाँ प्रभाव पड़ता है, यह लोगों को झकझोरने लगा। जब लोगों ने चर्च की मान्यताओं के विपरीत सोचना व बोलना प्रारंभ किया तो चर्च और तत्कालीन प्रबुद्ध वर्ग में टकराव भी हुआ। यह टकराव बढ़ता गया और लोगों की सोच भी बढ़ती गई। लियोनार्डो द्वारा कल्पित डिजाइनों पर शोध भी बढ़ता गया और यह शोध बीसवीं सदी तक जारी रहा।

लियोनार्डो आज दुनिया में नहीं हैं, पर उनके विचार आज की वैज्ञानिक तकनीकों के आधार हैं। उनकी सोची मशीनें चल रही हैं। उनके कल्पित हवाई जहाज, हैलीकॉप्टर उड़ रहे हैं और उनके मन की रचना पनडुब्बी महासागरों का कलेजा रौंदकर अपना कार्य कर रही हैं।

गैलीलियो गैलिली और उनकी खोज

प्राचीनकाल से ही भारत में खगोल विद्या काफी विकसित हो चुकी थी। हमारे खगोल विज्ञानी दूरबीन के जरिए आकाश में स्थित तारों, ग्रहों, नक्षत्रों आदि का अध्ययन किया करते थे। प्रख्यात भारतीय वैज्ञानिक भास्कराचार्य ने बारहवीं सदी में पूरी तरह साबित कर दिया था कि पृथ्वी सूर्य के चारों ओर घूमती है। उन्होंने गुरुत्वाकर्षण सिद्धांत को भी प्रतिपादित किया था तथा इसके आधार पर ब्रह्मांड के संतुलन की भी व्याख्या की थी।

इसी प्रकार भारतीय गणित भी समुन्नत था। हर सिद्धांत को गणित की सहायता से और गणित के पैमाने पर परखा जाता था और तभी मान्यताएँ जन्म लेती थीं।

दूसरी ओर यूरोप 15वीं सदी तक अंधकार में डूबा था। प्राचीनकाल में अरस्तू जैसे विद्वानों ने तर्क के आधार पर कुछ सिद्धांत विकसित किए थे। इसके अलावा चर्च की कुछ मान्यताएँ थीं। चर्च द्वारा दिया गया ज्ञान ही पश्चिमी सभ्यता के लिए अंतिम था तथा इसमें संशोधन करने की हिम्मत कोई नहीं कर पाता था, क्योंकि चर्च की मान्यता के विपरीत सिद्धांत प्रतिपादित करने वाला दंड का अधिकारी हो जाता था।

आविष्कार व खोज करने वाले व्यक्ति को परिश्रम करना होता है। कई बार वे अपनी सारी धन-संपत्ति लुटा बैठते हैं तथा पाई-पाई को मोहताज हो जाते हैं। 16वीं सदी तक यूरोप में चर्च की मान्यताओं के खिलाफ आविष्कार या खोज करने वाले को जान से भी हाथ धोना पड़ता था और कड़ी कैद में जीवन बिताना पड़ता था।

ऐसे ही एक महान् आविष्कारक गैलीलियो गैलिली का जन्म 15 फरवरी, 1564 को इटली के पीसा नामक शहर, जो मशहूर पीसा की मीनार के कारण पूरे विश्व में प्रसिद्ध है, में हुआ था। उसके पिता विंसिजियो गैलिली एक संगीतज्ञ थे। वे एक

स्वतंत्र विचारों वाले व्यक्ति थे। उनमें जुझारूपन भी था।

परिवार अत्यंत गरीब था। माता जूलिया ने तीन बेटों तथा चार बेटियों को जन्म दिया। गैलीलियो सबसे बड़े बेटे थे और पिता के स्वतंत्र विचार उन्हें विरासत में मिले थे।

गैलीलियो का प्रारंभिक बचपन समुद्र के किनारे बसे पीसा में बीता और बाद का बचपन पास के शहर फ्लोरेंस में। उसने प्रारंभिक शिक्षा फ्लोरेंस के पास एक मठ के स्कूल में पाई। 1574 में गैलीलियो का पूरा परिवार फ्लोरेंस के पास वैलम्ब्रोसा में बस गया। स्कूली शिक्षा के दौरान गैलीलियो ने कला का भी अध्ययन किया।

पढ़ाई में अच्छा प्रदर्शन देखकर गैलीलियो को पीसा विश्वविद्यालय में चिकित्साशास्त्र के अध्ययन हेतु प्रवेश मिला। गरीब संगीतज्ञ पिता ने गैलीलियो को इसके लिए प्रेरित किया था क्योंकि वे चाहते थे कि उनका बेटा ऐसा व्यवसाय करे जिससे पैसा कमाया जाए।

पर चिकित्साशास्त्र में गैलीलियो की रुचि नहीं के बराबर थी। उसके अंदर का वैज्ञानिक उसे बार-बार आविष्कार और खोज की दिशा में काम करने के लिए प्रेरित कर रहा था।

जब गैलीलियो विश्वविद्यालय के पहले ही वर्ष में था तब उसने पीसा के एक गिरजाघर में लटकते लैंप को देखा। हालाँकि सड़क-चलते सभी उस लैंप को देख रहे थे, पर गैलीलियो उसे नई दृष्टि से देख रहा था। छात्र वैज्ञानिक गैलीलियो ने देखा कि कर्मचारी ने लैंप की हाँडी को उसमें लगी रस्सी के सहारे उतारा तथा लैंप जलाकर फिर रस्सी के सहारे ऊपर चढ़ा दिया। चढ़ाने के बाद लैंप काफी देर तक हिलता रहा। कुशाग्रबुद्धि गैलीलियो ने देखा कि लैंप जितना दाईं ओर जाता है, उतना ही बाईं ओर जाता है। उसने दोनों दिशाओं में जाने का समय भी दर्ज किया तथा उसके साथ ही पेंडुलम के सिद्धांत का प्रतिपादन कर डाला। इस अभूतपूर्व सिद्धांत का वास्तविक उपयोग लगभग सौ साल बाद हॉलैंड के एक वैज्ञानिक क्रिस्टियन हाइजन ने किया और विश्व को पेंडुलम घड़ी दे डाली।

पर अपने इस अनोखे आविष्कार से बेखबर गैलीलियो गणित तथा विज्ञान जैसे विषयों का गहन अध्ययन करने में जुट गया। उधर उसके गरीब पिता उसकी चिकित्सा की पढ़ाई का खर्च नहीं उठा पाए तथा गैलीलियो ने 1585 में बिना डिग्री प्राप्त किए विश्वविद्यालय छोड़ दिया और फ्लोरेंस लौट आया। अब वह गणित तथा विज्ञान की अन्य शाखाओं का अध्ययन जोर-शोर से करने लगा। बीच में परिवार की खस्ता आर्थिक स्थिति के मद्देनजर उसने कपड़े की दुकान पर भी काम किया। उसका काम इतना बढ़िया था कि हर व्यवसाय में उसको भारी मुनाफा हुआ।

1585-86 में गैलीलियो ने एक हाइड्रोस्टैटिक बैलेंस तैयार किया। इससे विभिन्न तरल पदार्थों के गुणों का अनुमान लगाना आसान हो गया। गैलीलियो को प्रसिद्धि भी मिली तथा अन्य वैज्ञानिक उसकी देख-रेख करने लगे। 3 वर्ष बाद गैलीलियो का एक शोध-पत्र प्रकाशित हुआ जिसमें ठोस पदार्थों की गति के नियमों का प्रतिपादन किया गया था। अब लोग गैलीलियो को आधुनिक आर्कमिडीज कहने लगे। 1800 साल पूर्व जन्मे आर्कमिडीज ने ज्यामिति तथा गतिशास्त्र के कुछ सिद्धांत विकसित किए थे। इन सिद्धांतों के कारण गैलीलियो को पीसा विश्वविद्यालय में गणित के अध्यापक का पद मिल गया।

1591 में गैलीलियो के पिता का देहांत हो गया। बड़ा पुत्र होने के कारण अब उस पर अपनी माता तथा भाई-बहनों का दायित्व आ पड़ा। अध्यापक का पद सम्मानित तो था पर उसमें आय बहुत कम थी। परिवार में भयंकर आर्थिक तंगी रहने लगी।

उस समय इटली में दहेज की बुरी प्रथा थी। गैलीलियो को अपनी बहनों के लिए दहेज के रूप में तमाम राशि जुटानी पड़ रही थी। जब 1601 में उसकी बहन लीविया के विवाह की बारी आई तो उसका छोटा भाई माइकेल एंजेलो, जो एक प्रतिभावान संगीतकार था, ने भी हिस्सा बँटाने का प्रस्ताव किया।

पर गैलीलियो की किस्मत में जिम्मेदारियों का कम होना नहीं लिखा था। बहन की शादी से पहले ही माइकेल एंजेलो ने अपना विवाह कर लिया और बहन को दहेज में जो रकम देनी थी, उसे अपने विवाह के उपलक्ष्य में दी गई शानदार दावत में उड़ा दिया। गैलीलियो ने हार नहीं मानी और लीविया की शादी अपने खर्चे पर की।

1592 में गैलीलियो को पादुआ में पढ़ाने का अवसर मिला, जो उस समय उत्तर इटली का कला तथा शिक्षा का बड़ा केंद्र था। यहाँ उसे ज्यादा वेतन मिलने लगा पर पारिवारिक जरूरतों के मद्देनजर यह भी कम था। उसे आय बढ़ाने के लिए अनेक छोटे-बड़े काम करने होते थे। वह घर पर निजी ट्यूशन भी पढ़ाता था तथा उसने एक दुकान भी खोली थी, जहाँ वह अपने बनाए कम्पास, सर्वे-उपकरण, गणित-उपकरण आदि बेचता था।

यह दुकान गैलीलियो के लिए बहुत काम आई। भविष्य में उसे अपने आविष्कृत उपकरण यहाँ के लोगों को दिखाने और बेचने का अवसर मिला।

उधर गैलीलियो अपने अध्ययन में भी जुटा रहा। उसने यूनान के प्राचीन दार्शनिकों द्वारा अर्जित ज्ञान को पढ़ा। अरस्तू ने लिखा था कि आकाश में जितने ग्रह-नक्षत्र आदि हैं, ये दैवी पदार्थ हैं। ये पूर्ण पदार्थ हैं और निश्चल हैं। इनमें कोई टूट-फूट नहीं होती है।

उधर गैलीलियो बेहतर दूरबीन बनाने में भी जुटा था। 4 अप्रैल, 1597 में उसने अपने वैज्ञानिक मित्र को लिखे पत्र में यह इच्छा व्यक्त की। पहले उसने जो दूरबीन बनाई थी वह तीन गुणा विशाल देख लेती थी। इसके बाद उसने जो दूरबीन बनाई, वह 32 गुना विशाल देख लेती थी।

अब गैलीलियो ने 1609 से अपनी दुकान से इस दूरबीन का प्रदर्शन व बिक्री प्रारंभ कर दी। उस समय हॉलैंड के हांस लिपरशै की दूरबीनें भी बाजार में बिक रही थीं। लिपरशे की दूरबीनें जमीन में देखने के काम ज्यादा आती थीं तथा सेनाओं में उनकी ज्यादा माँग थी। गैलीलियो की दूरबीनें आकाश का निरीक्षण करने में उत्तम थीं।

गैलीलियो ने अब अपनी दूरबीन से आकाश का निरीक्षण प्रारंभ कर दिया। उसने देखा कि चंद्रमा तो पृथ्वी की ही तरह है और इसकी धरती भी ऊबड़-खाबड़ है। इस पर भी पहाड़ हैं। गैलीलियो को सूर्य में भी घूमने वाले धब्बे नजर आए। उसने आकाशगंगा का भी अध्ययन किया और पाया कि यह तो तारों का झुंड है। बृहस्पति ग्रह का अध्ययन करने के बाद उसे पता चला कि इसके चारों ओर अनेक उपग्रह चक्कर लगा रहे हैं। उसने अपने एक पूर्व शिष्य के सम्मान में उपग्रहों का नाम सिडेरा मेडीसिया रखा। 1610 तक गैलीलियो ने मंगल और शनि का भी अध्ययन पूरा कर लिया। उसके सारे निरीक्षण 1610 में प्रकाशित भी हो गए।

आज हम जानते हैं कि उपरोक्त बातें सत्य हैं, पर गैलीलियो द्वारा प्रकाशित वैज्ञानिक अध्ययन से तत्कालीन व्यवस्था में भूचाल आ गया।

सदियों से चर्च की एक निश्चित मान्यता रही थी। यह मान्यता अरस्तू, टोलेमी तथा अन्य यूनानी दार्शनिकों तथा मिस्र के भूगोलविदों द्वारा अर्जित ज्ञान व प्रतिपादित सिद्धांतों पर आधारित थी। इसके अनुसार पृथ्वी को ब्रह्मांड का केंद्र माना जाता था तथा सूर्य सहित सभी दैवी ग्रह-नक्षत्र इसका चक्कर लगाते हैं, यह मान्यता थी।

हालाँकि गैलीलियो से पूर्व पोलैंड के निकोलस कोपरनिक्स नामक वैज्ञानिक ने भी चर्च की मान्यताओं के विपरीत सिद्धांत लोगों के सामने रखा था। उन्होंने इस पर एक पुस्तक भी लिख डाली थी। उन्होंने बताया था कि सूर्य इस ब्रह्मांड का केंद्र है तथा पृथ्वी व अन्य ग्रह इसके चारों ओर घूमते हैं।

पर कोपरनिक्स ने चर्च के साथ टकराव का रास्ता नहीं अपनाया। उस समय अनेक वैज्ञानिक टोलेमी के सिद्धांत को गलत तथा कोपरनिक्स के सिद्धांत को सत्य के नजदीक मानते थे। वे दबी जबान में कोपरनिक्स के सिद्धांत पर आगे अध्ययन की वकालत कर रहे थे।

पर कैथोलिक धर्म में अटूट विश्वास रखने वाले गैलीलियो ने चर्च के साथ

टकराव का रास्ता चुना और धार्मिक मान्यताओं को बदलने का बीड़ा उठा लिया। इसकी कीमत चुकाने की प्रक्रिया तत्काल प्रारंभ हो गई। हालाँकि पादुआ में उनकी नियुक्ति पूरे जीवन-काल के लिए थी, पर उन्हें वह पद तत्काल छोड़ना पड़ा और वहाँ से भागना पड़ा। अपनी प्रसिद्धि के कारण ही वे किसी तरह जान बचा पाए और सुरक्षित फ्लोरेंस पहुँच पाए। यहाँ उन्हें ग्रांड ड्यूक ऑफ टस्कनी ने गणितज्ञ और दार्शनिक के रूप में काम करने का अवसर दिया। उनके ऊपर अब पढ़ाने का दायित्व नहीं था।

1611 में गैलीलियो ने रोम की यात्रा की तथा अपनी दूरबीन का प्रदर्शन सम्मानित व्यक्तियों में किया। लोग दूरबीन देखकर अत्यंत प्रभावित हुए तथा गैलीलियो की भी हिम्मत बढ़ गई। अब उन्होंने सूर्य तथा अन्य ग्रहों से संबंधित अपने सिद्धांत को भी जोरदार तरीके से रखा। उन्हें पूरी उम्मीद थी कि वे चर्च की मान्यताओं को बदलने में कामयाब हो जाएँगे।

इसके अलावा वे अपने धर्म का पूरा सम्मान करते थे तथा चाहते थे कि अगर बाइबिल का कोई वाक्य असत्य है तो उसे बदला जाना चाहिए। चर्च अब तक बाइबिल के आधार पर ही यह मानती थी कि सूर्य घूमता है। दूसरी ओर बाइबिल में पृथ्वी के घूमने का कहीं वर्णन नहीं है, अतः लोग पृथ्वी को स्थिर मानते थे।

चर्च की विचारधारा को बदलने का प्रयास करने के लिए गैलीलियो ने 1613 में रोम की फिर यात्रा की और फिर बार-बार वेटिकन अधिकारियों के समक्ष प्रस्तुत हुए। उन्होंने चर्च अधिकारियों को समझाने की बार-बार कोशिश की। पर हर बार चर्च अधिकारी उनसे ज्यादा चिढ़ जाते थे। वे उनके सामने ही एक-दूसरे से प्रश्न करते थे कि यह कौन? क्या यह वैज्ञानिक है? अगर वैज्ञानिक है तो विज्ञान की बात करे। क्या यह सिद्धांतवादी या धार्मिक मामलों का विशेषज्ञ है? यदि ऐसा नहीं है तो जाए यहाँ से, बार-बार क्यों यहाँ आता है? धार्मिक मामलों को स्पष्ट करने का अधिकार हमें है, इसे नहीं।

गैलीलियो ने हार नहीं मानी, उन्होंने सूर्य की सतह पर दिखने वाले धब्बों के बारे में विस्तार से लेख लिखा जो प्रकाशित भी हुआ। इसमें उन्होंने कोपरनिक्स के सिद्धांत को पूरी तरह साबित किया तथा एक बड़ी परेशानी अपने आप मोल ले ली। 1616 में चर्च ने उन्हें अपने सामने हाजिर होने को बाध्य किया।

चर्च की ओर से कार्डिनल रॉबर्ट बेलारमाइन को पवित्र मान्यताओं की रक्षा के लिए नियुक्त किया गया था। उन्हें असीमित अधिकार थे तथा जो भी व्यक्ति चर्च की विचारधारा की खिलाफत सार्वजनिक रूप से करता था, उसे कड़ी कैद और यहाँ तक कि फाँसी तक की सजा का प्रावधान था।

26 फरवरी, 1616 को प्रात: बेलारमाइन तथा गैलीलियो के बीच बातचीत व जिरह प्रारंभ हुई। 74 वर्षीय कार्डिनेल छोटे कद का था तथा चमकती आँखों वाला था। जबकि गैलीलियो उस समय मात्र 52 वर्ष के थे और लंबे तथा सुगठित शरीर वाले थे। इस ऐतिहासिक बैठक में एक पादरी जो चर्च का कॉमिसरी जनरल कहलाता था, भी शामिल था और वह बातचीत को दर्ज कर रहा था।

बेलारमाइन ने पोप पॉल पंचम के आदेशानुसार गैलीलियो को बतलाया कि चर्च ने हाल ही में कोपरनिक्स के सिद्धांत पर आधारित अनेक पुस्तकों पर प्रतिबंध लगा दिया है। अभी तक गैलीलियो की पुस्तकों पर प्रतिबंध नहीं लगा है। साथ में कार्डिनल ने यह भी कहा कि गैलीलियो को इस बात को चर्च की चेतावनी समझकर आगे कार्य करना चाहिए।

कार्डिनल तथा गैलीलियो के बीच लंबी बहस हुई। इस बहस को एक बड़े दस्तावेज में दर्ज भी किया गया, पर यह दस्तावेज सालों तक गुप्त ही रहा। गैलीलियो के अनेक शिष्यों का मानना था कि यह दस्तावेज उस समय नहीं लिखा गया तथा बाद में तैयार किया गया और इसके पीछे मकसद गैलीलियो को सजा सुनाना था।

बाद में जारी इस दस्तावेज के अनुसार गैलीलियो ने कार्डिनल के समक्ष शपथपूर्ण आश्वासन दिया कि वह अब कोपरनिक्स सिद्धांत का बचाव लिखित या मौखिक रूप से नहीं करेगा। इस दस्तावेज पर न तो बेलारमाइन के दस्तखत थे और न ही गैलीलियो के। अनुमान यह लगाया गया कि गैलीलियो ने अंतत: यह आश्वासन दिया कि वह अब कोपरनिक्स के सिद्धांत को एक वैज्ञानिक सिद्धांत बताते हुए प्रस्तुत करेगा।

इसके बाद गैलीलियो ने अपने खगोलविज्ञान तथा उससे संबंधित विषय पर शोध प्रारंभ कर दिया। वे अब फ्लोरेंस के निकट बेलोसगार्डो नामक स्थान पर रहते थे। उस समय विज्ञान तथा खोज, आविष्कार आदि के बारे में किस प्रकार की धारणाएँ प्रचलित थीं, इसका अंदाज इस बात से लगता है कि प्राचीन काल में अरस्तू ने यह सिद्धांत प्रतिपादित किया था कि यदि कम भार वाली और ज्यादा भार वाली दो वस्तुएँ एक साथ ऊँचाई से गिराई जाएँ तो भारी वस्तु पृथ्वी पर पहले पहुँच जाएगी। गैलीलियो को यह सिद्धांत गलत लगा। गणित द्वारा अपने सिद्धांत को सत्यापित करने के बाद वे इसके व्यावहारिक सत्यापन के लिए दो अलग-अलग भार वाले गोलों को लेकर पीसा की मीनार पर चढ़ गए।

उनके इस ऐतिहासिक प्रयोग को देखने के लिए पीसा विश्वविद्यालय के अध्यापक, छात्र, शहर के धार्मिक नेता तथा अन्य प्रमुख व्यक्ति भी एकत्रित हो गए। गैलीलियो ने बिना घबराए मीनार के छज्जे से दोनों गोलों को एक साथ गिरा दिया।

लोगों ने स्पष्ट देखा कि दोनों एक साथ नीचे आ गिरे। गणित की पुस्तकों में लिखा अरस्तू का सिद्धांत खुले तौर पर गलत सिद्ध हो गया।

पर गैलीलियो जब नीचे उतरे तो उन्हें प्रशंसा के बजाय कट्टरपंथियों की भर्त्सना मिली। लोगों ने उन्हें घमंडी, बुजुर्गों का अपमान करने वाला बताया। गैलीलियो को अपार दुःख हुआ, पर उन्होंने विज्ञान, आविष्कार व खोज का रास्ता नहीं छोड़ा।

गैलीलियो किस कदर प्रतिभासंपन्न थे इसका अंदाज इस बात से लगता है कि एक बार उन्हें बचपन की एक घटना याद आ गई जब उन्होंने हिलता हुआ लैंप देखा था। उन्होंने अपनी नाड़ी पर हाथ रखा और उसे लैंप हिलने की गति से मिलाया। इस साधारण-सी घटना के आधार पर गैलीलियो ने दो आविष्कारों को जन्म दे दिया। उन्होंने सोचा कि अगर घड़ी के साथ कोई चीज लटकाई जाए तो वह भी घड़ी की तरह टिक-टिक करती रहेगी। इस टिक-टिक को हम अपनी नाड़ी की गति से मिला सकते हैं। इस तरह दो बातें ज्ञात हो जाती हैं। यदि नाड़ी की गति सामान्य से कम या ज्यादा है तो समझना चाहिए कि व्यक्ति बीमार है या होने वाला है। यदि घड़ी के साथ लटकने वाली चीज (पेंडुलम) धीमा हो जाए या बंद हो जाए तो समझना चाहिए कि घड़ी खराब हो गई है।

गैलीलियो इस अध्ययन में जुटे रहे तथा उन्होंने एक यंत्र का आविष्कार कर डाली जिसका नाम रखा गया–पल्स मीटर। यह घड़ी की गति से नाड़ी की गति को मिलाकर यह जानने के काम आता है कि नाड़ी ठीक चल रही है या नहीं। यदि नहीं तो आवश्यक सावधानी बरतने और चिकित्सा कराने के लिए व्यक्ति को तैयार होना चाहिए।

गैलीलियो के पारिवारिक जीवन के बारे में अधिक जानकारी उपलब्ध नहीं है। पादुआ विश्वविद्यालय में पढ़ाते समय वे वेनिस की एक महिला मारिया गाम्बा के संपर्क में आए तथा इस महिला ने उनके एक पुत्र व दो पुत्रियों को जन्म दिया। 1633 तक उनकी दोनों बेटियाँ नन बन चुकी थीं तथा आर्सेट्री के पास एक कॉन्वेंट में रहती थीं। गैलीलियो ने भी पास के एक मकान में अपना शेष जीवन बिताया।

1621 में बेलारमाइन का देहांत हो गया और इसके साथ ही चर्च और गैलीलियो के बीच क्या घटित हुआ था, यह रहस्य ही रह गया। सात वर्ष तक घर पर ही अध्ययन करने के पश्चात् 1623 में गैलीलियो ने एक छोटी पत्रिका प्रकाशित की जिसका शीर्षक था– 'ऐसेयर' इसमें उन्होंने विभिन्न विषयों पर न सिर्फ अपने गणितीय सिद्धांत प्रस्तुत किए वरन् अन्य वैज्ञानिकों को भी अपनी बात कहने का अवसर दिया।

इसी बीच एक विशेष घटना और घटी तथा गैलीलियो के पुराने मित्र और

प्रशंसक कार्डिनल माफियो बारवेरिनी पोप अष्टम नियुक्त हुए। गैलीलियो ने यह जानते हुए कि नए पोप विज्ञान में रुचि रखते हैं, अपनी एक पुस्तक को उन्हें समर्पित किया जिसे उन्होंने सहर्ष स्वीकार किया।

गैलीलियो का हौसला फिर बढ़ा तथा 1624 में उन्होंने पुनः रोम की यात्रा की तथा चर्च के 1616 के आदेश को रद्द कराने का प्रयास किया। दुर्भाग्यवश वह आदेश तो रद्द नहीं हुआ पर गैलीलियो को यह इजाजत मिल गई कि वे टोलेमी तथा कोपरनिक्स दोनों के सिद्धांतों के बारे में लिखें।

गैलीलियो फ्लोरेंस लौट आए तथा अगले कई वर्ष तक दो मान्यताओं पर शोधपूर्ण ग्रंथ लिखते रहे। ग्रंथ 1632 में प्रकाशित हुआ तथा इसके छपते ही पूरे यूरोप में हलचल मच गई। विद्वानों तथा उदारपंथियों ने इसे साहित्य तथा दर्शन का उत्कृष्ट नमूना बताया।

पर चर्च को ज्योंही मालूम हुआ कि इस ग्रंथ में फिर से यह लिखा गया था कि सूर्य ब्रह्मांड का केंद्र है, पृथ्वी नहीं, वह भड़क उठी। हालाँकि गैलीलियो ने इसे अपना निजी विचार बताया था। उन पर मुकदमा प्रारंभ हो गया। पुस्तक पर प्रतिबंध लग गया। उन्हें पुराने मुकदमे के दौरान दिए गए वचन के उल्लंघन का भी दोषी करार दिया गया।

अब वे बूढ़े हो चले थे। बीमार रहते थे। आर्थाराईटिस की शिकायत भी थी। इन सबके बीच फरवरी, 1633 में उन्हें रोम ले जाया गया तथा मुकदमे की सुनवाई प्रारंभ हुई। 12 अप्रैल को उनसे कड़ी पूछताछ हुई। उन्होंने इस बात से स्पष्ट इनकार कर दिया कि 1616 में मुकदमे के दौरान उन्होंने चर्च को कोई वचन दिया था।

चर्च द्वारा नियुक्त अदालत के मन के किसी कोने में गैलीलियो के प्रति कुछ श्रद्धा व सहानुभूति थी, पर वह बाहर नहीं आ पाई। 16 जून को अदालती कार्यवाही समाप्त हुई तथा 21 जून को फैसला सुनाया गया।

महान् वैज्ञानिक गैलीलियो को कड़ी कैद की सजा सुनाई गई। शायद चर्च को जनमत का डर था, अतः पोप ने उस सजा को नजरबंदी में तब्दील कर दिया। गैलीलियो की छोटी-सी जायदाद आर्सेट्री में थी और फ्लोरेंस के पास इस जगह में उन्होंने तन्हाई में अपने जीवन के शेष 8 वर्ष गुजारे।

वृद्ध वैज्ञानिक, चिंतक, दार्शनिक गैलीलियो ने इस दुरवस्था में भी दुनिया को और ज्ञान देने का संकल्प किया। वे प्रयोगों और परिणामों का अध्ययन करते रहे। उन्होंने गतिशास्त्र नामक नए विषय की परिकल्पना को लोगों के सामने रखा। उन्होंने चंद्रमा का लगातार अध्ययन किया। 1637 तथा 1638 में नजरबंदी के दौरान उनकी रचनाएँ प्रकाशित भी हुईं।

1637 में उनकी आँखों की रोशनी पूरी तरह चली गई, पर उनकी प्रतिभा में कोई कमी नहीं आई। उन्होंने अन्य वैज्ञानिकों के साथ विज्ञान संबंधी पत्र-व्यवहार जारी रखा। वे अपने शिष्यों विवियानी तथा टोरिसेली को अपने विचार अंतिम क्षणों तक लिखवाते रहे। नेत्रहीनता के पश्चात् गैलीलियो को आगंतुकों से मिलने की इजाजत चर्च ने दे दी थी।

8 जनवरी, 1642 को उन्हें बुखार ने जकड़ लिया और उसी रात को इस महान् वैज्ञानिक का निधन हो गया। गैलीलियो ने विज्ञान तथा समाज को अद्‌भुत योगदान किया। उनके दूरबीन संबंधी आविष्कार अत्यंत महत्त्वपूर्ण थे। जब पहले पहल वेनिस के राजा तथा दरबारियों ने गिरिजाघर की छत से दूर जा रहे पालदार जहाजों को देखा तो वे चकित रह गए थे। उन्हें ये जहाज अपने नजदीक दिखाई दिए। उन्होंने अपने जीवनकाल में विकसित केपलर के सिद्धांतों की चर्चा तो नहीं की पर अपनी दूरबीन से आकाश का लगातार निरीक्षण करके उसका कच्चा चिट्‌ठा दुनिया के सामने रख दिया।

गैलीलियो ने जो गति संबंधी नियम तथा गुरुत्वाकर्षण संबंधी नियम दुनिया के समक्ष रखे, न्यूटन ने उन्हें आगे बढ़ाया। गैलीलियो ने सर्वप्रथम गणित और भौतिकी को आपस में जोड़ा। एक की सहायता से दूसरे को साबित किया। गैलीलियो से पहले चंद्रमा तक एक संसार माना जाता था तथा चंद्रमा के ऊपर दूसरा संसार माना जाता था। उन्होंने इस सिद्धांत को भी तोड़ा।

वे प्रयोग भी करते रहे और गणना भी। दोनों को मिलाकर जब उन्होंने सिद्धांत तैयार किए तो वैज्ञानिक स्तर पर वे अकाट्‌य थे। उन्होंने हाइड्रोस्टैटिक्स साइफन प्रणाली तथा वायु थर्मामीटर पर भी काम किया।

विशेष बात यह थी कि गैलीलियो ने सत्य की सिर्फ खोज ही नहीं की, वरन् समाज को सत्य को मानने के लिए विवश करने का प्रयास किया। दुनिया उनके वैज्ञानिक योगदान को ही नहीं वरन् त्याग व बलिदान को भी हमेशा याद रखेगी।

सर आइजैक न्यूटन और उनके विभिन्न आविष्कार

प्रारंभ से ही मनुष्य देखता रहा है कि जो चीज ऊपर फेंकी जाती है वह नीचे आकर गिरती है। सूर्य, चंद्रमा, तारों को भी वह देखता रहा है। उनसे मिलने वाला प्रकाश उसके लिए कौतूहल का विषय रहा है। गणित भी मनुष्य के लिए हमेशा से रुचि का विषय रहा है।

भारतीय विद्वान् इस दिशा के अध्ययन में अग्रणी रहे। गणित का प्रादुर्भाव किसने किया यह ज्ञात नहीं, पर प्राचीनतम ग्रंथों में इसका वर्णन है। आदि आर्यभट्ट ने गणित का जो विकास किया वह बारहवीं सदी में भास्कराचार्य के समय तक बेरोक-टोक चलता रहा। गणित की हर विधा—अंकगणित, बीजगणित, रेखागणित, त्रिकोणमिति आदि का विकास हुआ।

इसी तरह सूर्य, चंद्रमा, तारों, नक्षत्रों के बारे में भी काफी ज्ञान भारतीयों ने हासिल कर लिया था। पृथ्वी सूर्य के चारों ओर अपनी धुरी पर घूमती है, यह भी ज्ञान था। सूर्य से मिलने वाले प्रकाश की जानकारी थी। भास्कराचार्य ने गुरुत्वाकर्षण के सिद्धांत का भी प्रतिपादन कर दिया था।

पर भारतीय ज्ञान को प्रचार और कमाने की वस्तु नहीं समझते थे। ज्ञान को सिर्फ ज्ञान हेतु मानने वाले भारतीय अब गुलामी के अंधकार में प्रवेश कर चुके थे और चंद भारतीय विद्वान् पुराने ज्ञान की धरोहर को किसी तरह बचाए रखने का प्रयास ही कर पा रहे थे।

उधर पश्चिम इस अद्भुत ज्ञान से वंचित अंधकार में जी रहा था तभी आइजैक न्यूटन नामक विद्वान् ने लिंकनशायर के निकट वूल्स्थ्रौप में 25 दिसंबर, 1642 को जन्म लिया। उनके पिता एक मामूली किसान थे और न्यटन के जन्म से दो मास पहले

ही चल बसे। गरीब माँ हान्ना ने किसी तरह आइजैक न्यूटन की परवरिश की, पर उसकी मजबूरी ने उसे दूसरी शादी करने के लिए मजबूर किया और दो वर्ष के न्यूटन को उसकी दादी की देख-रेख में छोड़कर वह अपने नए पति, जो एक पादरी था, के पास आ गई।

दादी की इच्छा थी कि न्यूटन पढ़-लिखकर कुछ बने। वह स्कूल जाने लगा, पर पढ़ने-लिखने में उसका मन नहीं लगता था। पर वह दूसरी किताबें जरूर पढ़ता था। उसकी तस्वीर बनाने, फूल-पत्ते इकट्ठा करने में भी रुचि थी। वह मशीनों और कल-पुर्जों के बारे में जानने का भी प्रयास करता था।

तभी उसके जीवन में एक घटना हुई जिसने उसे नई दिशा दी। न्यूटन की कक्षा में एक लड़का पढ़ने में सबसे आगे और साथ में शैतानी में भी अव्वल था। एक दिन वह न्यूटन से उलझ पड़ा और न्यूटन ने उसकी पिटाई कर दी। किसी ने कहा–लड़ाई में तो जीत गए, पढ़ाई में जीतकर दिखाओ। न्यूटन ने ठान लिया कि वह पढ़ाई में भी जीतकर दिखाएगा और वह जुट गया।

उसकी जी-तोड़ मेहनत ने वार्षिक परीक्षाफल में रंग दिखाया और न्यूटन ने उस लड़के से ज्यादा अंक प्राप्त किए। अब उसे पढ़ाई में रस आने लगा।

पर साथ में वह वैज्ञानिक प्रयोग भी करता रहा। न्यूटन ने अपने गाँव की पवनचक्की देखी और उसकी नकल करके एक बहुत छोटी चक्की बना डाली, जो चूहे द्वारा चल जाती थी। यह खिलौना चक्की बच्चों के लिए मनोरंजन का सामान बन गई।

जब न्यूटन 14 वर्ष का था तब उसकी माँ दोबारा विधवा हो गई। अब वह न्यूटन को अपने साथ ले आई। उसने न्यूटन को खेती के लिए प्रेरित करना प्रारंभ किया, पर न्यूटन गणित आदि में उलझा रहता था और खेती में उसका मन बिलकुल नहीं लगता था।

अब न्यूटन को शहर के स्कूल में भेजा गया। इस शहर में उसकी माँ की मित्र श्रीमती क्लार्क रहा करती थीं और न्यूटन उनके साथ रहने लगा। क्लार्क दंपती न्यूटन का लगातार हौसला बढ़ाते और न्यूटन भी उन्हें माता-पिता की तरह आदर दिया करता था। यहाँ न्यूटन ने कैंब्रिज में प्रवेश की तैयारी की।

5 जून, 1661 को न्यूटन ने मैट्रिक की परीक्षा पास की और कैंब्रिज विश्वविद्यालय के ट्रिनिटी कॉलेज में प्रवेश लिया। अब न्यूटन पूरी लगन से पढ़ने लगे। गणित में उनकी काबिलियत से प्रभावित होकर उनके एक प्राध्यापक मिस्टर बैरो ने उन्हें और प्रोत्साहित करना प्रारंभ कर दिया। चार वर्षों के गहन अध्ययन के पश्चात् उन्हें स्नातक की उपाधि मिली।

पर उसी समय अर्थात् 1665 में इंग्लैंड में प्लेग नामक महामारी फैल गई और लोग अपना घरबार छोड़-छोड़कर भागने लगे। न्यूटन भी विश्वविद्यालय छोड़कर अपने गाँव वापस आ गए। सभी स्कूल-कॉलेज डेढ़ साल के लिए बंद हो गए।

उच्च शिक्षित न्यूटन अब गाँव में खाली बैठे-बैठे सोचते रहते। एक दिन वे बाग में बैठे सोच रहे थे, तभी एक सेब पेड़ की डाल से टूटकर उनके सिर पर आ गिरा। न्यूटन उसे उठाकर सोचने लगे कि यह सेब नीचे ही क्यों गिरा? यह ऊपर क्यों नहीं उड़ गया?

जब न्यूटन को उत्तर नहीं मिला तो उन्होंने अपने पढ़े-लिखे मित्रों से इस पर चर्चा की, पर लोगों ने उनकी बात हँसी में उड़ा दी। पर न्यूटन का ध्यान इस विषय से नहीं हिला और वे लगातार इस पर सोचते रहे।

उन दिनों न्यूटन की सौतेली बहन की बेटी कैथरीन उन्हीं के साथ रहती थी और न्यूटन उसे बहुत प्यार करते थे। वह सुंदर प्यारी बच्ची कैथरीन भी यह देख-देख परेशान हो जाती कि उसके मामा आजकल अपने विचारों में इस कदर खो जाते कि खाना-पीना भी भूल जाते। कभी-कभी बिना खाए ही उन्हें लगता कि उन्होंने खाना खा लिया और वे फिर सोचने लगते।

लंबी उधेड़बुन के बाद आखिर न्यूटन को इस बात का हल मिल ही गया और उन्होंने सबसे पहले अपनी खोज का परिणाम अपनी नन्ही कैथरीन को ही सुनाया।

उन्होंने कैथरीन को बताया कि सेब नीचे इसलिए गिरा क्योंकि पृथ्वी उसे खींच रही थी। वह सेब को ही नहीं, सभी चीजों को अपनी ओर खींचती है।

पृथ्वी ही नहीं, सूर्य, चाँद, तारों आदि में भी यह शक्ति होती है और सभी एक-दूसरे को अपनी ओर खींचते हैं।

बेचारी कैथरीन को कुछ समझ में नहीं आ रहा था। वह अपने महान् और विद्वान् मामा की अद्‌भुत खोजों से बेखबर, उन्हें हाथ पकड़कर खींचने लगी और कहती रही कि खाना मेज पर लग गया है और ठंडा हो गया है। चलो, चलकर खा लो।

न्यूटन अब झुंझला उठे और बोले कि तुम बहुत शैतान हो गई हो। मैं तुम्हारी माँ को चिट्ठी लिखूँगा कि यह मुझे काम नहीं करने देती। इसे वापस बुला लो।

कैथरीन बिलकुल नहीं डरी और बोली कि मैं भी शिकायत करूँगी कि मामा खाना नहीं खाते हैं। फिर दोनों हँसने लगे।

प्लेग के दिनों में न्यूटन लगातार सोचते और काम करते रहे। वे सोचते रहे कि वह कौन-सी ताकत है जो ग्रहों को सूर्य के चारों ओर निश्चित कक्ष में चक्कर लगाने को मजबूर करती है? चाँद पृथ्वी के चारों ओर चक्कर क्यों लगाता रहता है? वह छिटककर दूर क्यों नहीं चला जाता है?

उन्होंने एक रस्सी में बॉल बाँधकर गोल-गोल घुमाया। फिर उन्होंने रस्सी तोड़कर देखा तो पाया कि बॉल दूर जा गिरती है। उस समय तक केपलर के नियम ज्ञात हो चुके थे और न्यूटन ने उनका प्रयोग करते हुए चंद्रमा से दूरी का आकलन किया और बताया कि यह गुरुत्वाकर्षण बल दो वस्तुओं के बीच दूरी के वर्ग के उलट अनुपात में होता है अर्थात् गुरुत्वाकर्षण बल $\propto \frac{1}{\text{दूरी}^2}$

उन्होंने यह भी साबित किया कि यह बल दोनों वस्तुओं की मात्राओं पर भी निर्भर करता है।

अर्थात् गुरुत्वाकर्षण बल $\propto$ (मात्रा$_1$) X (मात्रा$_2$)

धीरे-धीरे उन्होंने यह भी साबित कर दिया कि समुद्र में उठने वाला ज्वार, लहरें भी सूर्य-चाँद के आकर्षण के कारण ही उत्पन्न होते हैं।

प्लेग के दिनों में न्यूटन गणित में भी उलझे रहे। उन्होंने एक नई प्रमेय (Theorem) तैयार की जिसे दुनिया आज बाइनोमियल थियोरम कहती है। उन्होंने प्राचीन काल में यूनानियों द्वारा विकसित कैलकुलस को आगे बढ़ाया। जहाँ उन्होंने डिफरेंशियल कैलकुलस को आगे बढ़ाया वहीं उन्होंने इंटीग्रल कैलकुलस भी तैयार किया और इसकी सहायता से ठोस आकार की वस्तुओं का आकार व आयतन आदि नापने की विधि तैयार की।

1667 में जब प्लेग का प्रकोप कम हुआ तो न्यूटन वापस कैंब्रिज पहुँचे। प्रोफेसर बैरो उनसे पहले से ही प्रभावित थे। उन्होंने उन्हें वहाँ फैलो के रूप में नियुक्त कराया। न्यूटन ने अभी तक अपनी खोजों का जिक्र किसी से नहीं किया था। वे चुपचाप अपने प्रोफेसर बैरो की सहायता करते रहे।

जब प्रोफेसर बैरो ने अवकाश ग्रहण किया तो न्यूटन उनके स्थान पर प्रोफेसर नियुक्त हुए। उस समय उनकी आयु मात्र 26 वर्ष थी।

प्रारंभ में न्यूटन को दूरबीन से तारे देखने में काफी आनंद आता था। वे नई-नई दूरबीन बनाने की कोशिश करते थे ताकि ज्यादा बारीकी से और सटीक अध्ययन कर सकें। इस प्रक्रिया में वे शीशे के लैंसों को तरह-तरह से घिसकर विभिन्न आकार देते थे। उन्होंने एक नई दूरबीन भी तैयार की जिसे रिफ्लेक्टिंग टेलीस्कोप कहा गया क्योंकि इसमें प्रकाश मिरर के जरिए एकत्रित किया गया, लेंस के जरिए नहीं।

इस आविष्कार का समाचार रॉयल सोसायटी तक पहुँचा जिसके वे पहले फैलो चुने जा चुके थे। एक सप्ताह बाद उन्होंने अपने नए आविष्कार के डिजाइन को लोगों को समझाया।

दरअसल जब न्यूटन लेंसों का प्रयोग करके दूरबीन से देखते थे तो उन्हें एक

समस्या आती थी।

लेंसों के किनारे प्रिज्म की तरह व्यवहार करते थे और सामान्य सफेद प्रकाश की किरणें अनेक रंगों में बदल जाती थीं। न्यूटन परेशान हो जाते थे।

सबसे पहले उन्होंने रंगों की उत्पत्ति का कारण ढूँढ़ा। उन्होंने पाया कि जब सामान्य प्रकाश की किरणें एक प्रिज्म से होकर गुजरती हैं तो वे सात रंगों में बँट जाती हैं और ये अलग-अलग दिखाई देती हैं।

इसके बाद उन्होंने इन रंगों की किरणों को अलग-अलग दूसरे प्रिज्म से होकर गुजरने दिया। उन्होंने पाया कि अलग-अलग रंग की किरणों का पथ तो थोड़ा बदलता है पर उनसे कोई नया रंग नहीं निकलता है।

इस तरह न्यूटन ने साबित किया कि सामान्य उपयोग में आने वाला श्वेत प्रकाश दरअसल सात रंगों का मिश्रण है। पर ये रंग अलग-अलग तथा मौलिक हैं मिश्रण नहीं हैं।

नए-नए प्रयोगों के द्वारा न्यूटन नई-नई जानकारी लोगों को देते रहे। उन्होंने सफेद कागज पर अलग-अलग रंग का प्रकाश डाला और दिखाया कि कागज का रंग प्रकाश के रंग के अनुरूप बदल जाता है।

न्यूटन ने लोगों को बरसात और बरसात के बाद दिखाई देने वाले इंद्रधनुष का कारण भी सरल भाषा में समझाया। उन्होंने खगोलशास्त्रियों की सुविधा के लिए मिरर का इस्तेमाल करने वाली दूरबीन प्रदान की और कहा कि लेंस का प्रयोग करने वाली दूरबीन में रंगों की उत्पत्ति लाजिमी है। बाद में जब पैराबोलिक मिरर तैयार कर लिए गए तो न्यूटन की दूरबीन बहुत लोकप्रिय हो गई। न्यूटन ने रॉयल सोसायटी के लिए भी एक दूरबीन बनाई जो 9 इंच लंबी थी और उसमें दो इंच का मिरर लगा था। यह आज भी सुरक्षित रखी हुई है।

न्यूटन ने प्रकाश तथा रंगों पर जिन सिद्धांतों का सृजन किया था, उन पर चर्चा करने के लिए रॉयल सोसायटी ने एक समिति का गठन किया। इसके एक सदस्य रॉबर्ट हुक थे जिन्होंने प्रकाश और रंगों पर काम किया था और 1665 में 'माइक्रोग्राफिया' नामक पुस्तक लिखी थी। उन्होंने भी न्यूटन के प्रयोगों के परिणाम सटीक होने की बात स्वीकार की, पर उनके निष्कर्षों पर संदेह व्यक्त किया। इसी प्रकार अनेक विद्वानों ने भी अनेक प्रकार के संदेह व्यक्त किए। न्यूटन के सिद्धांत पर 1675 तक बहस चलती रही। उस साल दिसंबर में इस बहस से न्यूटन इस कदर परेशान हो गए कि उन्होंने लिखा कि मैंने लोगों को इतनी महत्त्वपूर्ण जानकारी सौंपकर गलती की है। बेहतर यही होगा कि मैं उन्हें अँधेरे में रखता।

न्यूटन देखने में एक साधारण व्यक्ति लगते थे। उनका कद छोटा और चेहरा

चौकोर था। चेहरे पर गहरी रेखाएँ थीं, जो उनकी चिंतनशीलता की द्योतक थीं। उनकी आँखों का रंग भूरा था और ऐसा लगता था कि वे बाहर निकल पड़ेंगी। न्यूटन के लंबे-लंबे बाल मात्र 30 वर्ष की आयु में ही सफेद हो चले थे। लंबी नाक वाले न्यूटन को लगातार विचारों में खोए रहने में आनंद आता था। कभी-कभार वे अपने मित्रों से यह भी कहते थे कि ज्यादा मिलना-जुलना उन्हें नहीं भाता है। उनका घर और प्रयोगशाला पास-पास थे और वे इस कारण प्रयोगशाला में ज्यादा से ज्यादा समय देते थे। अत्यधिक काम ही उनके लिए मनोरंजन था और अन्य प्रकार के मनोरंजन के लिए उन्हें फुरसत ही नहीं थी। वे रात को दो बजे से पहले कभी नहीं सो पाते थे और कभी-कभी तो 8 बजे सुबह थोड़ा विश्राम कर पाते थे।

न्यूटन ने एक लड़के को, जिसका नाम हम्फ्रे था, अपना सहायक बनाया। वह लड़का न्यूटन के आदेश पर पूरी मुस्तैदी से अपना काम करता था। प्रयोगशाला में सामान्य कामों के अलावा हफ्तों तक चलने वाले रासायनिक प्रयोगों में वह रात-रात भर ड्यूटी देता था और परिणाम दर्ज करता था। हालाँकि कई बार उसे यह पता नहीं होता था कि उसके साहब क्या जानना चाह रहे हैं, पर उसे अपने साहब की विद्वत्ता और लगन पर पूरा विश्वास था।

वे एक सीधे-सादे इंसान थे और सादा भोजन करते थे और सादा ही कपड़े पहनते थे। कभी-कभार जब वे होटलों में खाना खाने जाते तो उनका हुलिया अजीब-सा ही रहता था। उनके बाल बिखरे, जूतों के फीते खुले हुए, मोजे गिरे हुए होते थे। वे चलते समय भी सोचते थे और किसी चीज को देखकर रुक भी जाते थे। खाना खाते समय भी वे सोचते रहते थे और कभी-कभी उन्हें कोई बात याद आती तो वे भागकर अपने पढ़ने के कमरे में पहुँच जाते और नोट करने लगते। कभी वे बहुत देर खड़े ही रहते थे और नहाना, शेव करना, कपड़े बदलना अकसर भूल जाते थे।

विश्वविद्यालय में प्रोफेसर होने के कारण उन्हें अच्छी तनख्वाह मिलती थी, पर उनके रिश्तेदार-मित्र अकसर उनसे धन उधार ले जाते थे और न्यूटन उनसे कभी वापस नहीं माँगते थे।

न्यूटन ने अपनी वैज्ञानिक खोजों के लिए निश्चित कार्य-प्रणाली तैयार कर रखी थी। वे पहले हर चीज का लगातार निरीक्षण करते थे। उसके बाद उसके गुणों का परीक्षण करते थे और अंत में निष्कर्ष निकालते थे। कालांतर में इस विधि का नाम विज्ञान-विधि पड़ा और अन्य वैज्ञानिक भी इसका पालन करने लगे।

शायद इसीलिए अपनी खोजों पर हुए विवाद से वे घबराए नहीं तथा और आगे खोज करते रहे। वे विभिन्न रंगों के प्रभावों का अध्ययन करते रहे। उन्होंने यह भी पता लगाया कि ज्वलनशील पदार्थ से कैसे प्रकाश की किरणें पैदा होती हैं और एक

लाख छियासी हजार मील प्रति सेकेंड की रफ्तार से खाली स्थान में चलती हैं। उन्होंने परावर्तन आदि की भी व्याख्या की। उन्होंने यह भी समझाया कि प्रकाश की किरणें जब पारदर्शी माध्यम से होकर गुजरती हैं तो कुछ परावर्तित हो जाती हैं और कुछ पार कर जाती हैं हालाँकि उनका पथ बदल जाता है। न्यूटन ने बताया कि घने माध्यम में प्रकाश की किरणें तेजी से चलती हैं पर उन्नीसवीं सदी में हुए प्रयोगों से यह साबित हो गया कि उनका यह सिद्धांत गलत था और घने माध्यम में किरणें धीमी गति से चलती हैं। उन्होंने साबुन के बुलबुलों से निकलने वाले रंगों की भी व्याख्या की।

रॉबर्ट हुक नामक वैज्ञानिक न्यूटन के कट्टर आलोचक थे। हुक ने अपनी पुस्तक 'माइक्रोग्राफिया' में प्रकाश की वेव थ्योरी की व्याख्या की थी। न्यूटन ने अपने परीक्षणों के आधार पर इस थ्योरी का प्रतिवाद किया। दोनों में काफी विवाद चला और एक बार तो रॉबर्ट हुक ने यह आरोप भी लगा दिया कि न्यूटन ने एक सिद्धांत उनकी पुस्तक से चुरा लिया।

बाद में थॉमस यंग और फ्रेस्नेल ने उन्नीसवीं सदी में नए सिद्धांतों का प्रतिपादन किया, जो न्यूटन या हुक से बिलकुल अलग थे। बीसवीं सदी में अलबर्ट आइंस्टाइन ने फोटोन थ्योरी सामने रखी, पर सभी ने न्यूटन के परीक्षणों की सराहना की और उन्हें आधार भी बनाया।

जब न्यूटन ने अपने गुरुत्वाकर्षण सिद्धांत को लंदन में सभी के सामने रखा तो उस पर भी जोरों की चर्चा चल पड़ी। यह चर्चा रॉयल सोसायटी के सदस्यों के बीच भी चल रही थी और बाहर भी। सर क्रिस्टोफर रेन, हुक, एंडमंड हैली और दूसरे विद्वान् लोग इन नियमों को विभिन्न तरीकों से जाँचने में लग गए। जनवरी, 1684 में हैली ने रेन और हुक को बताया कि न्यूटन ने अपने सारे सिद्धांत प्रयोगों द्वारा प्रमाणित कर दिए हैं।

न्यूटन अपने सिद्धांतों को लगातार जाँचते रहते थे और जब तक उन्हें पूरी तसल्ली नहीं हो जाती थी तब तक वे सबके सामने नहीं रखते थे। 10 दिसंबर, 1684 को अंततः उन्होंने ब्रह्मांड के गुरुत्वाकर्षण नियमों को रॉयल सोसायटी के सामने रख ही दिया। अब उनका विरोध समाप्त हो चुका था और सोसायटी के रजिस्टर में उनकी खोज दर्ज हो चुकी थी।

अब उन्होंने ब्रह्मांड के विभिन्न ग्रहों—सूर्य, पृथ्वी आदि के बीच दूरी, उनकी मात्रा आदि की गणना अपने गणितीय नियमों के आधार पर प्रारंभ कर दी। उन्होंने पृथ्वी का व्यास नापने तथा पृथ्वी से चंद्रमा की दूरी का अनुमान लगाने का कार्य भी प्रारंभ कर दिया।

न्यूटन को धार्मिक मामलों में भी खासी रुचि थी। उन्होंने ईसाई धर्म ग्रंथों और अन्य लेखकों द्वारा इस संबंध में रखे गए विचारों का गहराई से अध्ययन किया था। उस समय समाज पर चर्च के विचारों का गहरा प्रभाव था और नई बात आसानी से स्वीकार नहीं की जाती थी। अपने सिद्धांतों को बिना प्रतिरोध जनता के सामने रखने में न्यूटन को काफी कठिनाई आई और चर्च व धार्मिक मान्यताओं के खिलाफ बयान देने से वे बचते रहे। उन्होंने अल्केमी जैसे अपने प्रयोगों को गुप्त ही रखा ताकि चर्च से सीधा टकराव न हो। हालाँकि उन्होंने अल्केमी पर शोध के लिए काफी समय दिया था और इतना समय वे गणित व भौतिक विज्ञान पर देते तो दुनिया के लिए उनका योगदान और बढ़ जाता, पर उनके गुप्त प्रयोग दुनिया के सामने ढंग से नहीं आ सके।

1684 के पतझड़ मौसम में न्यूटन ने अपनी पुस्तक 'प्रिंसिपिया', जिसका पूरा नाम 'फिलॉसोफिया नेचुरालिस प्रिंसिपिया मैथेमैटिका' था, की रचना प्रारंभ की। इस लंबे-चौड़े नाम का अर्थ है प्राकृतिक दर्शन के गणितीय सिद्धांत। 'प्रिंसिपिया' की रचना के लिए हैली ने न्यूटन को लगातार प्रोत्साहित किया। रॉबर्ट हुक ने बीच-बीच में विवाद खड़े किए पर हैली न्यूटन का रास्ता लगातार साफ करते गए।

जब पुस्तक तैयार हुई तो इस पुस्तक को प्रकाशित करने वाला न मिला। रॉयल सोसायटी की आर्थिक दशा उस समय बहुत खराब थी। हैली भी धनवान व्यक्ति नहीं था; पर उसने किसी तरह इसे छपवाने का बीड़ा उठाया और 1687 की गर्मियों में यह महान् रचना प्रकाशित हो गई।

इसके प्रकाशित होते ही न्यूटन की प्रतिष्ठा बढ़ती चली गई। अब तक स्वर्ग माने जाने वाले ग्रहों-नक्षत्रों का इसमें भौतिक वर्णन था। जिन ज्वार-भाटाओं, समुद्री लहरों को मनुष्य कौतूहल से देखता था, उनके वैज्ञानिक कारणों का बारीकी से और सटीक कारण सहित वर्णन था। इंद्रधनुष जैसी चीजों के कारणों को समझाया गया था। न्यूटन ने अपनी गति के नियमों, प्रकाश के नियमों, ब्रह्मांड की अनेक गुत्थियों को इसमें समझाया और सुलझाया। इसके साथ ही एक वैज्ञानिक लहर चली, जिसने लोगों को हर घटना के पीछे छुपे वैज्ञानिक कारणों को जानने के लिए प्रेरित किया। न्यूटन द्वारा प्रतिपादित नियमों पर अगले दो सौ वर्षों तक शोध चलता रहा।

जब 1687 में ब्रिटेन के राजा जेम्स द्वितीय ने अल्बान फ्रांसिस नामक एक पादरी को कैंब्रिज विश्वविद्यालय पर लादने का प्रयास किया तो न्यूटन ने भी इसका विरोध किया। इसके लिए लार्ड जाफरी के समक्ष भी पेश हुए और विश्वविद्यालय का पक्ष उन्होंने प्रस्तुत किया। इस मुद्दे पर बाद में उपकुलपति जॉन पीचेल को भी अपने पद से हाथ धोना पड़ा।

पर न्यूटन की लोकप्रियता इस मामले से बढ़ गई और वे 1689 में संसद के

सदस्य चुने गए। अगले वर्ष संसद भंग होने तक वे इसके सदस्य रहे।

1690 में जब संसद भंग हो गई तो न्यूटन ने कैंब्रिज में अपना कार्य जोर-शोर से प्रारंभ कर दिया और गणित संबंधी शोध में जुट गए। 1692 से 94 तक वे सख्त बीमार रहे। अन्य बीमारियों के साथ उन्हें मानसिक बीमारी भी हो गई। उनके मित्र अत्यंत परेशान रहे और उन्होंने हर तरह का इलाज कराया। न्यूटन को लगातार शांत भी रखा गया। किसी तरह वे सामान्य हो पाए। उनके मित्रों ने उन्हें पुनरुत्साहित करने के लिए 1695 में उन्हें सम्मान भी दिलवाए। 1695 में चार्ल्स मान्टेग, जो पहले ट्रिनिटी के फैलो तथा बाद में खजाने के प्रभारी बने, ने उन्हें सरकारी टकसाल का वार्डन नियुक्त करवाया। न्यूटन ने इस काम में भी महारत हासिल कर ली। बाद में फ्रांस की साइंस अकादमी ने जब 8 विदेशी सदस्य चुने तो न्यूटन उनमें से एक थे।

1696 में जॉन बरनॉली नामक वैज्ञानिक ने यूरोप के गणितज्ञों के समक्ष दो गणितीय प्रश्न रखे और उन्हें हल करने की चुनौती दी। 26 जनवरी, 1697 को न्यूटन को ये सवाल मिले और अगले ही दिन न्यूटन ने उन्हें हल करके रॉयल सोसायटी के पास भेज दिया। बाद में ये हल बिना नाम के बरनॉली के पास भेजे गए और उसने हल करने वाले को गणित का शेर बताया।

टकसाल के वार्डन का कार्यभार सँभालते हुए न्यूटन ने कैंब्रिज के अपने दायित्व को भी जारी रखा। पर जब 1701 में वे फिर संसद सदस्य चुने गए और टकसाल के प्रभारी नियुक्त हुए तो उन्होंने प्रोफेसर और फैलो के पद से त्यागपत्र दे दिया। अब वे लंदन में ही रहने लगे और नए दायित्व का कुशलतापूर्वक निर्वाह करते रहे।

1703 में न्यूटन को रॉयल सोसायटी का अध्यक्ष निर्वाचित किया गया और मृत्युपर्यंत वे इस पद के लिए हर बार निर्वाचित होते रहे। 1705 में महारानी एन० जब कैंब्रिज पधारीं तो उन्होंने न्यूटन को सर की उपाधि से विभूषित किया।

उपलब्धियों की तरह विवादों ने भी न्यूटन का पीछा नहीं छोड़ा। जब न्यूटन को सर की उपाधि मिल रही थी तभी लिबनिज नामक वैज्ञानिक ने डिफरेंशियल कैलकुलस पर किया गया अपना काम लोगों के सामने रखा। न्यूटन अपना काम पहले ही लोगों के सामने रख चुके थे। किसने किसका काम चुराया–यह विवाद खड़ा हो गया। बाद में सभी ने यह मान लिया कि लिबनिज ने अपने गणित का विकास स्वतंत्र रूप से किया था और दोनों विकास अलग-अलग हुए।

न्यूटन को गुणों की परख भी थी। उनके काल में निकोलस सैंडर्सन नामक नेत्रहीन गणितज्ञ थे। उस समय की परिस्थितियों के कारण सैंडर्सन को डिग्री तो हासिल नहीं हो पाई, पर वे गणित में दक्षता हासिल कर चुके थे। उस समय न्यूटन की पुस्तक 'प्रिंसिपिया' को समझने वाले कम ही थे और सैंडर्सन उनमें से एक थे।

न्यूटन ने उन्हें हर प्रकार का बढ़ावा दिया और उन्हें कैंब्रिज में प्राध्यापक नियुक्त करने में भी योगदान किया।

न्यूटन की रचना 'प्रिंसिपिया' ने उन्हें महान् बना दिया। उनके जीवन-काल में ही इसके कई संस्करण छपकर आ गए। 1713 में दूसरा, 1726 में तीसरा संस्करण छपा और उनकी मृत्यु के बाद यह अनेक भाषाओं में छपता चला गया।

पहली बार वैज्ञानिक विधि से लिखी गई इस किताब के तीन खंड हैं। पहले खंड में उन्होंने गैलीलियो के काम को पूरा करते हुए, गुरुत्वाकर्षण सिद्धांत का वर्णन किया। उन्होंने गैलीलियो के गति के अधूरे नियमों को भी पूरा किया और उन्हें गणित की सहायता से स्पष्ट व साबित भी किया।

इस पुस्तक के दूसरे खंड में पदार्थों की गति के नियमों का वर्णन किया गया है। तीसरे भाग में ब्रह्मांड में स्थित ग्रहों और नक्षत्रों की गति व दिशा को बुनियादी सिद्धांतों की सहायता से दर्शाया गया है। उन्होंने ऐसे नियम और सिद्धांत विश्व के सामने रख दिए जिनकी सहायता से यह पहले से ही बतलाया जा सकता है कि कौन-सा ग्रह कब, कहाँ और किस स्थिति में होगा।

न्यूटन की दूसरी पुस्तक 'ऑप्टिक्स' का पहला संस्करण 1704 में छपा। न्यूटन के जीवन-काल में इसके तीन संस्करण छपे और 1952 में इसका आधुनिक संस्करण छपा, जो अब भी रुचि से पढ़ा जाता है।

न्यूटन ने अपने जीवन में जो शोध-पत्र लिखे, उनका संग्रह भी छपा। सत्रहवीं सदी के वैज्ञानिकों में जो पत्र-व्यवहार हुआ था, वह भी प्रकाशित हुआ। इसमें न्यूटन द्वारा विभिन्न वैज्ञानिकों को लिखे गए पत्र प्रकाशित हुए।

1727 की शुरुआत में न्यूटन फिर से बीमार पड़े और इस बार यह बीमारी अंतिम साबित हुई। विश्व के इस महान् वैज्ञानिक का 20 मार्च, 1727 को देहांत हो गया। उन्हें 28 मार्च को वेस्ट मिंस्टर में दफनाया गया।

जीवन-भर शोध करने वाले न्यूटन मरने के बाद खुद शोध का विषय बन गए। उनके सिद्धांतों के आधार पर लगातार शोध चलता रहा। उनकी खोजों के आधार पर विश्व के वैज्ञानिक विकास की नींव पड़ी। आज भी विज्ञान के विद्यार्थी अपनी पढ़ाई का प्रारंभ इनके द्वारा प्रतिपादित गति के नियमों से करते हैं।

जेम्स वाट और भाप का इंजन

जब मनुष्य ने आग जलाना सीखा तो उसने उस पर पानी गर्म करना भी प्रारंभ किया। यह गर्म पानी उसके बहुत काम आने लगा। धीरे-धीरे उसका ध्यान उबलते पानी की भाप पर गया और उसने पाया कि यह भाप बहुत ज्यादा जगह घेरती है। यह थोड़े-से पानी से काफी ज्यादा आकार में उत्पन्न हो जाती है और बाद में फिर पानी की छोटी-छोटी बूँदों के रूप में बदल जाती है।

पानी से भाप बनाने की इस प्रक्रिया पर शोध ईसा के जन्म से पहले ही प्रारंभ हो गए थे। यूनान के प्राचीन निवासियों ने भाप के दबाव का उपयोग करके मशीन

चलाने के अनेक प्रयास किए। हीरो ऑफ अलैक्जेंड्रिया कहे जाने वाले एक व्यक्ति ने, जो एक गणितज्ञ भी था, इस दिशा में न सिर्फ प्रयोग किए वरन् उन्हें एक पुस्तक में दर्ज भी किया जो 1575 में जब फिर से दुनिया के सामने आई तो आविष्कारकों ने इसे आगे बढ़ाने और उपयोगी बनाने की ठान ली।

उधर मनुष्य पहिए का आविष्कार कर चुका था। पहिए लगाकर जब गाड़ी बन जाने लगी तो जानवरों द्वारा उसे खिंचवाने से मनुष्य को बड़ा आराम हो गया। अब वह खुद भी इसमें बैठकर चलने लगा और सामान भी ढोने लगा।

पर प्रगतिशील मनुष्य इससे संतुष्ट नहीं था और पहिए की गति को और तेज करना चाहता था। जब उसे पता चला कि भाप उत्पन्न करके उससे यांत्रिक ऊर्जा पैदा की जा सकती है तो इस दिशा में प्रयास और तेज हो चले। 1698 में थॉमस सेवरी ने भाप का उपयोग करके इंजन बनाने का प्रयास किया, पर वह सफल नहीं हो सका। 1705 में थॉमस न्यूकोनमैन ने पिस्टन इंजन बनाया जिसमें ऊपर लकड़ी का एक लट्ठा लगा था जो सीसॉ की तरह ऊपर-नीचे होता था और इंजन चलता था। इससे जमीन के नीचे से पानी निकाला जाने लगा और खदानों में भर जाने वाले पानी को निकालना भी संभव हो गया। पर यह प्रयास भी उपयोगी व लोकप्रिय न हो पाया।

इस बड़े व चुनौतीपूर्ण कार्य को अंजाम दिया जेम्स वाट ने, जिनका जन्म 10 जनवरी, 1736 को स्कॉटलैंड स्थित ग्रीनोक नामक शहर में हुआ था, जो समुद्र तट पर था। उनके पिता का नाम भी जेम्स वाट था और बालक जेम्स 8 भाई-बहनों में छठे थे।

दुर्भाग्यवश जेम्स वाट का परिवार खतरनाक बीमारियों का शिकार हो गया था। जेम्स के चार बड़े भाई और एक बहन शीघ्र ही काल के ग्रास बन गए। उसका छोटा भाई और बहन भी युवावस्था नहीं प्राप्त कर पाए और स्वर्ग सिधार गए। खुद जेम्स अत्यंत बीमार रहता था, पर उसकी माँ की असाधारण देख-रेख ने उसे मौत के मुँह में जाने से रोक लिया। विचित्र बात यह थी कि जेम्स की कुछ तकलीफें दिखाई देती थीं और कुछ तकलीफें उसके मन में थीं जो उसे अंदर ही अंदर परेशान रखती थीं।

रोगग्रस्त जेम्स को प्रारंभिक शिक्षा अपनी माता से मिली। जब वह दस-ग्यारह साल का हो गया तो उसे पास के स्कूल में भेजा गया। दुर्भाग्यवश इस स्कूल में खेलों को ज्यादा और पढ़ाई को कम महत्त्व दिया जाता था। कमजोर जेम्स साथी छात्रों के उपहास का केंद्र बन गया और परेशान रहने लगा। उसकी माता ने फिर उसे ऐसे स्कूल में भर्ती कराया जहाँ पढ़ाई पर ज्यादा जोर दिया जाता था।

यहाँ आकर उसने पढ़ाई में प्रगति की और अन्य विषयों के अलावा गणित में तेजी से प्रगति करना प्रारंभ कर दिया। अब वह क्लास में अव्वल आने लगा।

इसके साथ ही जेम्स को सोचने-समझने का काफी अवसर मिलता था। सर्दी की एक रात में उसकी माँ तो स्वेटर बुन रही थी और बालक जेम्स सामने रखी अँगीठी पर चढ़े पतीले को देख रहा था, जिसमें पानी उबल रहा था। उसकी माँ ने पिता के आते ही गरम-गरम चाय देने का इरादा कर रखा था।

जेम्स ने देखा कि केतली का ढक्कन भाप के जोर के कारण बार-बार ऊपर उठ रहा था। उसने भाप की शक्ति को पहचान लिया और उसका उपयोग करने की

ठान ली।

दूसरी ओर स्कूल के बाद और छुट्टियों में वह अपने पिता की वर्कशॉप में जाने लगा और वहाँ काम सीखने लगा। उसके पिता अलमारी जैसी चीजें ठेके पर बनाते थे और उनके पास इसके लिए सारी मशीनरी थी। जेम्स ने जल्दी ही नापने वाले सारे उपकरण देख और समझ लिए। उसके पिता के सहकर्मी बालक की मशीनरी समझने की क्षमता से प्रभावित हो गए।

सब कुछ ठीक चल रहा था, तभी जेम्स की माता का 1753 में देहांत हो गया। दुर्भाग्य ने अब भी पीछा नहीं छोड़ा और उसके पिता का कारोबार जो अब तक अच्छा चल रहा था, अचानक चौपट हो गया। घर की आर्थिक स्थिति चौपट हो गई और किशोर जेम्स को नौकरी करने के लिए मजबूर होना पड़ा।

जेम्स ग्लासगो नामक स्कॉटलैंड के शहर में एक अनुभवी मैकेनिक के यहाँ बतौर अपरेंटिस काम करने गया। चंद महीनों में ही उसने काफी ज्ञान और अनुभव हासिल कर लिया।

1754 में मात्र 18 वर्ष की आयु में वह किस्मत आजमाने लंदन भी गया। उस समय वहाँ की औद्योगिक स्थिति अच्छी नहीं थी। वहाँ उसने मेहनत तो की और अनुभव भी हासिल किया, पर उसे उचित रोजगार नहीं मिल पाया क्योंकि उस समय वहाँ गिल्ड व्यवस्था थी और उसके सदस्यों को ही रोजगार मिल पाता था। कई हफ्ते लंदन की सड़कों पर चक्कर काटने के बाद जेम्स को एक घड़ी निर्माता ने रोजगार दिया। बड़ी मुश्किल से उसने गिल्ड के नियमों को तोड़ा, पर एक साल तक बिना वेतन के काम करने को कहा।

जेम्स को अपना पेट भरने के लिए खाली समय में दूसरे छोटे-मोटे काम भी करने पड़ते थे। पर कड़ी मेहनत और लगन ने जेम्स वाट को वह हुनर और अनुभव दिया जो आम कारीगर 3-4 साल तक काम करने के बाद पाते हैं। अकसर बीमार रहने वाला जेम्स अंतत: अनुभव लेकर खाली जेब घर वापस आ गया।

कुछ महीने अपने पिता के पास विश्राम करने के बाद जेम्स ग्लासगो रवाना हुआ, जहाँ क्लाइड नदी के तट पर अनेक उद्योग चल रहे थे।

1757 में 21 वर्ष की आयु में जेम्स ने ग्लासगो विश्वविद्यालय में उपकरण निर्माता की नौकरी हासिल कर ली। उसके पास हुनर, लगन, अनुभव सब था। वह आगे बढ़ने लगा। उसने अपनी छोटी वर्कशॉप भी बना ली और उसमें भी काम करने लगा और नौकरी के दौरान गणित के उपकरण और अपने वर्कशॉप में संगीत के उपकरण, यांत्रिक उपकरण बनाने और ठीक करने लगा।

जोसेफ ब्लैक जिन्होंने गुप्त ताप (Latent Heat) की खोज की थी, उन दिनों

उसी विश्वविद्यालय में प्राध्यापक थे और रसायनशास्त्र पढ़ाते थे। जॉन रोबिनसन, जिन्होंने बाद में दर्शनशास्त्र में नाम कमाया, वहीं पर पढ़ते थे। काम के सिलसिले में ये जेम्स वाट के संपर्क में आए और घनिष्ठ मित्र बन गए। बातों-बातों में न्यूकोनमैन द्वारा बनाए गए भाप के इंजन का भी जिक्र आया। जेम्स भाप की शक्ति के बारे में बचपन से ही सोचता रहता था।

उन्हीं दिनों विश्वविद्यालय में यह इंजन मरम्मत के लिए आया। वहाँ के प्राध्यापकों ने जब इसे छात्रों को दिखाना और समझाना प्रारंभ किया तो उन्हें काफी कठिनाई हुई। जब जेम्स ने उनसे पूछा तो उन्होंने बताया कि यह ठीक से बना नहीं है और इसमें तमाम सुधारों की जरूरत है।

उत्साही जेम्स ने 1764 में इसे सुधार कर उपयोगी बनाने का बीड़ा उठा लिया। उस समय उसकी आयु सिर्फ 28 वर्ष की थी।

न्यूकोनमैन द्वारा बनाया गया इंजन बहुत धीरे-धीरे काम करता था। इसमें बहुत सारा ईंधन डालना पड़ता था और इसका उपयोग काफी महँगा पड़ता था।

जब जेम्स ने इस इंजन का बारीकी से अध्ययन किया तो पाया कि इसकी भाप इसके सिलिंडर के अंदर जाकर पिस्टन को दूसरी ओर धकेलती है। इसके बाद ठंडा पानी डालकर भाप को ठंडा किया जाता है और पिस्टन इससे वापस अपनी मूल जगह पर आ जाता है। इस तरह यह प्रक्रिया चलती चली जाती है।

इस प्रकार न्यूकोनमैन के इंजन में गर्म करने और फिर ठंडा करने की प्रक्रिया चलती रहती थी जो काफी समय ले लेती थी। जेम्स को तुरंत समझ में आ गया कि अगर ठंडा करने वाली प्रक्रिया की आवश्यकता को समाप्त कर दिया जाए तो इंजन काफी उपयोगी और तेज हो जाएगा।

अब युवा जेम्स रात-दिन इसी के बारे में सोचने लगा। वह अपने मित्रों से भी इस बारे में चर्चा करने लगा। तभी उसके दिमाग में एक विचार उभरा कि भाप तो लचीली (Elastic) होती है और अगर इसे खाली (शून्य दबाव वाले) बर्तन में ले जाया जाए तो यह तेजी से चली जाएगी और जल्दी ही पिघलकर पानी बन जाएगी। इससे सिलिंडर को ठंडा करने की जरूरत भी नहीं पड़ेगी।

अब जेम्स ने अपने भाप इंजन में एक कंडेंसर लगा दिया जो शून्य दबाव वाला था। इससे पिस्टन का सिलिंडर में ऊपर नीचे जाना आसान हो गया और पानी डालने की जरूरत नहीं पड़ने लगी। शून्य बनाए रखने के लिए उसने एक वायु पंप भी लगा दिया। साथ में पिस्टन की पैकिंग मजबूत कर दी। घर्षण रोकने के लिए तेल डाला। पिस्टन की रॉड के लिए स्टीम टाइट बॉक्स लगाया। सिलिंडर की केसिंग को ताप

का कुचालक बनाया ताकि ऊर्जा का नुकसान न हो।

यह सब करने में जेम्स को चार साल लग गए और 1769 में उसने पहले पेटेंट के लिए आवेदन किया।

पर अभी भी यह इंजन बिक्री के लायक नहीं था। इस दौरान जेम्स वाट की आर्थिक स्थिति खस्ता हो चली थी। कभी-कभी वह सोचने लगता कि आविष्कार करने से ज्यादा बेवकूफी-भरा काम और नहीं हो सकता है।

पर उसके प्रशंसकों और मददगारों की तादाद भी बढ़ रही थी। जोसेफ ब्लैक उसके साथ लगातार प्रयोगों में जुटे रहते थे। मदद करने की इच्छा से कार्य करने वाले जोसेफ ब्लैक को भी उसी तरह फायदा हो गया जैसे मेहँदी पीसने वाले के हाथ लाल हो जाते हैं। उन्होंने भी इसी प्रयोग-शृंखला के दौरान यह खोज कर डाली कि भाप में गुप्त ताप भी होता है और 100 डिग्री सेंटीग्रेड पर पानी जब भाप बनता है तो वह अतिरिक्त ताप सोखता है। यह ज्ञान जेम्स वाट के भी काम आया और प्रयोग चलता रहा।

जेम्स वाट का दूसरा साथी उसका परिश्रमी था। हालाँकि उसने काफी तकनीकी ज्ञान प्राप्त कर लिया था, पर वह अपने आपको मजदूर ही मानता था। वह वैज्ञानिक सिद्धांतों के चक्कर में ज्यादा नहीं पड़ता था। वैसे भी उस समय उसके जैसे लोगों को इंजीनियर नहीं माना जाता था। इंजीनियर शब्द का प्रयोग सेना के लिए इंजीनियरिंग काम करने वालों तथा सड़क, नहर आदि बनवाने वालों के लिए किया जाता था।

जेम्स वाट ने जो संघर्ष प्रारंभिक जीवन में किया वह उसके काफी काम आया। इस संघर्ष ने उसे उपकरण बनाने में माहिर कर दिया था। भाप का इंजन सुधारते समय उसने अपने सारे उपकरण, टूल आदि खुद ही बनाए।

बाधाओं ने जेम्स वाट को कभी नहीं छोड़ा। एक स्थिति ऐसी भी आई कि वह परेशान हो गया और उसने इस काम को छोड़कर भूमि सर्वेयर का काम हाथ में ले लिया। वह स्कॉटलैंड तथा इंग्लैंड के विभिन्न हिस्सों में भूमि सर्वे का काम करता रहा। इस बीच उसके कई साथियों ने उसे सलाह दी कि वह वापस भाप के इंजन का काम प्रारंभ करे, पर उसे डर-सा बैठ गया था कि कहीं इस चक्कर में उसकी पत्नी और बच्चों को भूखा न रहना पड़े। सचमुच उस समय आविष्कारकों की ऐसी ही दुर्दशा थी।

अंततः उसे 1765 में डॉ० जॉन रोब्यूक नामक एक सज्जन मिल ही गए, जो उसके प्रयोगों के लिए पैसा लगाने को तैयार हो गए। बरमिंघम में प्रैक्टिस करने वाले इस डॉक्टर की शर्त थी कि जब इंजन तैयार हो जाए तो मुनाफे में से दो-तिहाई हिस्सा

उन्हें मिले। गरीब जेम्स वाट मान गया और काम चल पड़ा।

पर रोब्यूक को जेम्स की काबिलियत पर पूरा भरोसा नहीं था और वह बहुत थोड़ा और रुक-रुककर पैसा देते थे। उधर जेम्स ने जिस नहर के लिए सर्वे किया था, उसे भी मंजूरी नहीं मिली। जेम्स की जेबें खाली रहतीं। कई बार उसे उपकरण के लिए कच्चा माल खरीदने के लिए भी पैसे नहीं मिलते थे।

तभी 1768 में जब वह बरमिंघम गया तो उसे एक चालीस वर्षीय उद्योगपति मैथ्यू बुल्टन मिले। उनके पास अथाह पैसा भी था और दूरदृष्टि भी। उन्होंने बरमिंघम में सोहो उद्योग लगा रखा था। वे अपने उद्योग को अन्य उद्योगों के लिए मॉडल के रूप में स्थापित करना चाहते थे। उनके यहाँ मजदूरों को अपेक्षाकृत बेहतर वेतन और सुविधाएँ मिलती थीं। उस समय इंग्लैंड में मजदूरों की दुर्दशा थी। बुल्टन को अपनी सदाशयता का लाभ भी मिल रहा था। एक हजार पुरुष-स्त्री उनके लिए पसीना बहाकर मुनाफा दे रहे थे और अनेक नए उत्पादों के कारण बुल्टन का नाम चमक रहा था। सोहो उद्योग द्वारा बनाए गए बटन, बकल, खिलौने, घड़ियाँ आदि की बड़ी माँग थी।

बुल्टन और जेम्स वाट ने एक-दूसरे को बड़ी जल्दी समझ और परख लिया। हालाँकि उनमें नाम की समानता थी। बुल्टन एक खुशमिजाज इंसान थे जबकि जेम्स के चेहरे पर निराशा के बादल छाए रहते थे। बुल्टन ने अब तक सफलताएँ ही देखी थीं और वे भी आसानी से, जबकि जेम्स को अब तक निराशा ही हाथ लगी थी वह भी कड़ी मेहनत और सब कुछ झोंक देने के बाद।

बुल्टन ने जैसे ही जेम्स के भाप के इंजन के बारे में सुना, उन्हें लगा कि यह इंजन दुनिया में करिश्मा कर डालेगा। वे तुरंत पैसा लगाने को तैयार हो गए। पर जेम्स डॉ० रोब्यूक के साथ लिखित अनुबंध कर चुका था। वह दुविधा में पड़ गया। बुल्टन ने जेम्स और उसकी पत्नी को अपने अतिथि के रूप में रखा और अपना सोहो उद्योग दिखाया। दोनों पक्षों ने एक-दूसरे पर दबाव नहीं डाला।

उधर 1773 में आखिर डॉ० रोब्यूक का व्यापार ठप्प हो गया और वे पैसा लगाने लायक नहीं रहे। अब जेम्स स्वतंत्र हो गया और बुल्टन के साथ औपचारिक संबंध प्रारंभ हो गए। बुल्टन ने रोब्यूक के शेयर खरीद लिए।

इस दौरान जेम्स ने और इलाकों का सर्वे भी किया और नहरों के पुल आदि के नक्शे भी तैयार करता रहा।

बुल्टन की सहायता से जेम्स वाट को अपने भाप के इंजन का पेटेंट 1775 में मिल गया और संसद ने इसे 25 वर्ष तक वैध रखने की अनुमति दी।

दुर्भाग्य अभी भी पीछे लगा था और जेम्स की प्रिय पत्नी माग्रेट मिलर का देहांत हो गया। उसने अपना दु:ख अपने मित्र को लिखे पत्र में व्यक्त किया, जिसमें लिखा था कि अब उसे घर जाने में डर-सा लगता है क्योंकि वहाँ स्वागत करने वाला कोई नहीं है।

जेम्स अब बरमिंघम में ही आ गया। 1776 में उसकी दूसरी शादी एन० मैक ग्रेगर से हो गई, जो ग्लासगो स्थित एक रंगसाज की बेटी थी। जेम्स को इससे काफी तसल्ली हो गई क्योंकि उसके बच्चों को माँ मिल गई। दूसरी पत्नी से भी उसे एक लड़का और एक लड़की हुई। एन० ने जल्दी ही घर और बच्चों की देख-रेख का काम सँभाल लिया।

उधर बुल्टन और वाट ने मिलकर भाप के इंजनों का निर्माण प्रारंभ कर दिया। इत्तफाक से 1776 में दो क्रांतियों ने भी जन्म लिया। अमेरिका आजाद हो गया और ब्रिटेन के कब्जे से विश्व का एक बड़ा हिस्सा निकल गया। दूसरी ओर औद्योगिक क्रांति ने जन्म लिया जिसका आधार जेम्स वाट का इंजन ही था जिसने मानव का जीवन भी आसान कर दिया और घोड़ों का भी, जिन्हें अब तक काफी वजन उठाना पड़ता था।

1776 से लेकर 1781 तक सुधरे हुए भाप के इंजन के 300 मॉडल बिक गए। प्रारंभ में खानों में से पानी निकालने में यह सबसे ज्यादा इस्तेमाल हुआ। बुल्टन और वाट दोनों अत्यंत व्यस्त हो गए। वे धड़ाधड़ इन्हें उचित जगह पर स्थापित करते रहे और आवश्यकता पड़ने पर इनकी मरम्मत आदि का काम देखते रहे। उन्होंने उन खानों के पास, जहाँ उनके पंप लगे थे, बँगले भी बनवाए और परिवार सहित कई साल तक रहे ताकि देख-रेख का काम ठीक से चलता रहे।

जेम्स वाट अब पैसे वाला अवश्य हो गया था पर उसकी आदतें और हरकतें अभी भी वैसी ही थीं। उसे हमेशा डर लगा रहता था कि कहीं कुछ गड़बड़ न हो जाए। पर बुल्टन उसे हमेशा प्रसन्न रखने का प्रयास करता था।

बुल्टन इस बात के लिए भी प्रयासरत रहता था कि जेम्स अपने इंजन में और सुधार करता रहे। सालों तक उनका इंजन सिर्फ खदानों से पानी निकालने के काम ही आता रहा। बुल्टन द्वारा लगातार प्रोत्साहित करते रहने से संतोषी स्वभाव का जेम्स लगा रहा और 1781 में उसने दूसरा पेटेंट आवेदन दाखिल किया। अब यह इंजन कई मशीनों को चलाने लगा और इससे स्टीम बोट भी चलने लगी।

1782 में जेम्स ने तीसरे पेटेंट का आवेदन किया। अब उसके इंजन में दोहरा एक्शन होने लगा। अब सिलिंडर को बायलर तथा कंडेंसर से दोनों ओर जोड़ दिया

गया। अब स्ट्रोक पूरा होने से पहले ही वाल्व बंद हो जाता था और भाप सिलिंडर में फैलकर पिस्टन को धकेलती थी। अब भाप की कम मात्रा से काम हो जाता था। पिस्टन पर दबाव बनाए रखने के लिए जेम्स ने और भी उपाय किए।

1784 में जेम्स ने पेटेंट का चौथा आवेदन दाखिल किया। इसमें पिस्टन के ऊपरी हिस्से को एक बीम से जोड़ दिया गया था, ताकि वह एक सीधी रेखा में चल सके। जेम्स के सुधार जारी रहे। उधर न्यूकोनमेन द्वारा बनाए इंजन पूरी तरह से हटा लिए गए थे।

जीवन-भर बीमारी, निराशा, मुफलिसी, दुःख झेलने वाले जेम्स को अब इंग्लैंड और फ्रांस में बड़े-बड़े पुरस्कारों से नवाजा गया। अब बढ़ती आयु के साथ वह प्रसन्न रहने लगा। अब लिखने-पढ़ने में भी उसकी रुचि बढ़ती चली गई। विज्ञान से उसे प्रारंभ से ही प्रेम था। अब वह विभिन्न विज्ञान संबंधी सभाओं, बैठकों में जाने लगा। वह लुनार सोसायटी जैसी संस्थाओं का सदस्य भी बन गया, जिसमें बड़े-बड़े वैज्ञानिक जाते थे।

इन सबके साथ ही वह अपने इंजन के सुधार में भी लगा रहा। उसने अपने इंजन में सेंट्रीफ्यूगल गवर्नर लगाया, जिससे घूमते इंजन की गति नियंत्रित हो सके। यह स्वचालित मशीनीकरण की दिशा में पहला प्रयास था। इसमें मिलने वाली फीडबैक के आधार पर नियंत्रण होता था। जेम्स वाट ने एक संकेतक भी बनाया जो भाप के दबाव को दर्ज करता था। ज्यों-ज्यों भाप का दबाव बढ़ता था, दबाव और आयतन (Volume) के अनुपात का पता चल जाता था। इसने बाद में थर्मो डायनामिक्स को जन्म दिया। यह इंजीनियरों के लिए उतना ही आवश्यक व लाभदायक हो गया जितना एक डॉक्टर के लिए स्टेथेस्कोप।

पहले दौर में खदानों से पानी निकालने के बाद अब जेम्स वाट के इंजन से हर प्रकार के पहिए घूमने लगे। पुराने इंजन के मुकाबले यह चार गुना ज्यादा प्रभावी था।

सन 1800 में पहला पेटेंट समाप्त हो गया। जेम्स ने अपना व्यापार अब बच्चों के हाथों में सौंप दिया। वह बुल्टन के बच्चों के साथ व्यापार चलाते रहे। जेम्स अब बरमिंघम के पास हीथ फील्ड हॉल में अपना समय बिताने लगा और यांत्रिकी संबंधी प्रयोग करता रहा।

उधर उसके द्वारा की गई क्रांति से न सिर्फ जनता वरन् साहित्यकार, चित्रकार भी प्रभावित थे। विलियम वर्ड्सवर्थ नामक प्रख्यात कवि ने उसे सबसे असाधारण व्यक्ति बताया क्योंकि उसका काम न सिर्फ बड़ा था वरन् विश्वव्यापी प्रभाव वाला था। साथ ही उसके शांत स्वभाव और विनम्रता की तारीफ करते हुए उसे एक श्रेष्ठ

व्यक्ति की संज्ञा दी।

दूसरी ओर ढलती उम्र में जब चित्रकार ने उसका चित्र बनाया तो लंबे और सफेद बालों वाले इस व्यक्ति की भूरी आँखों से भी लोग प्रभावित हुए। अमेरिकी कवि वाल्ट व्हाइटमैन ने भाप के इंजन की तुलना अमेरिकी झंडे में स्थित तारों और धारियों से की।

जब अमेरिका में 1865 में गृहयुद्ध समाप्त हुआ तो उसी प्रकार निर्माण-कार्य प्रारंभ हुआ जैसे एक शताब्दी पूर्व ब्रिटेन में हुआ था। औद्योगिक क्रांति का यह प्रभाव धीरे-धीरे सारी दुनिया में फैलता गया। इससे दुनिया के सामाजिक और आर्थिक ढाँचे में व्यापक परिवर्तन हुए। कृषि-आधारित ब्रिटेन और अमेरिका उद्योग सम्राट बन गए और दुनिया पर प्रभुत्व जमाते चले गए। दूसरे देश भी उनका अनुकरण करते चले गए।

उधर इन सबसे बेखबर जेम्स वाट 19 अगस्त, 1819 में हीथफील्ड में भगवान् को प्यारा हो गया। मरने से पहले जो बीमारी का झोंका आया वह उसके लिए अंतिम साबित हुआ। जीवन-भर अस्वस्थ रहा जेम्स वाट अपने भाप के इंजन के जरिए दुनिया के औद्योगिक स्वास्थ्य के लिए अनोखा नुस्खा दे गया।

एली व्हाइटने और उनके विभिन्न आविष्कार

1776 से पूर्व आज की महाशक्ति कहलाने वाला संयुक्त राज्य अमेरिका विशाल ब्रिटिश साम्राज्य के कब्जे में था। अंग्रेज मालिक यहाँ के प्राकृतिक संसाधनों का दोहन कर रहे थे।

आखिर अमेरिकियों ने ब्रिटिश साम्राज्य के खिलाफ आजादी की लड़ाई छेड़ ही दी। उन्हें लग रहा था कि आजाद होते ही अमेरिका की परिसंपत्तियों पर उनका अपना कब्जा होगा और वे रातों-रात विश्व के सबसे धनी देश के नागरिक कहलाने लगेंगे।

सालों के संघर्ष के बाद स्वतंत्रता-संग्राम सफल हुआ और अपने देश पर शासन करने का हक उन्हें मिल गया। अब उनके पास लंबी-चौड़ी जमीनें थीं, जिन पर खेती हो सकती थी। बड़े-बड़े बीहड़ जंगल थे, जिनसे कीमती लकड़ी और ईंधन का इंतजाम हो सकता था। बड़े-बड़े जलप्रपात थे, जिनसे ऊर्जा पैदा की जा सकती थी। ऐसे इलाके भी थे, जहाँ से कीमती खनिज पदार्थ निकल सकते थे।

अमेरिकियों को आजादी तो मिल गई, पर समृद्धि दिखाई नहीं दे रही थी। हर काम उस समय हाथ से होता था और काम करने वाले हाथों की भारी कमी थी। उस समय अमेरिका की आबादी मात्र 40 लाख थी जो कि 13 राज्यों में बिखरी हुई थी।

नतीजा यह था कि खेत वीरान पड़े थे। जंगल बढ़ते जा रहे थे। नदियों, जलप्रपातों का पानी यूँ ही बहता जा रहा था। खान खोदने की हिम्मत कोई नहीं जुटा रहा था। फैक्टरी लगाने की अगर कोई हिम्मत भी करता था तो उसे कामगार नहीं मिलता था।

तत्कालीन अमेरिकी नेताओं-विचारकों ने इस समस्या का एक हल सोचा। उन्हें लगा कि अगर ऐसे काम किए जाएँ जो मानव-शक्ति के बजाय उपकरणों और मशीनों

से हों तो स्थिति में सुधार आ सकता है।

पर उस समय मशीनीकरण तो दूर, हाथ से काम करने के लिए उपकरण भी नहीं थे। कई साल इंतजार करने के बाद अमेरिका में एक ऐसे व्यक्ति ने इस दिशा में काम प्रारंभ किया। उसने अमेरिका में खेती, उद्योग और रक्षा-सामग्री के लिए एक के बाद एक उपकरण व मशीनें तैयार कीं। एली व्हाइटने नामक इस व्यक्ति ने आजीवन संघर्ष किया, पर अमेरिका को समृद्धि की राह पर लाकर खड़ा कर दिया।

एली व्हाइटने के पूर्वज जॉन व्हाइटने 1635 में इंग्लैंड छोड़कर मैसाचुएट्स राज्य के वाटर टाउन में आकर बस गए थे। एली के पिता के परिवार व माता के परिवार सभी बड़े-बड़े खेतों के स्वामी थे। एली के पिता का नाम भी एली व्हाइटने था और माता का एलिजाबेथ। 8 दिसंबर, 1765 को बोरेस्टर काउंटी के वेस्टनो नामक शहर में जन्मे एली व्हाइटने अपने माता-पिता की चार संतानों में सबसे बड़े थे।

काफी संपन्न परिवार में जन्म लेने वाले एली को बचपन में काफी तकलीफों का सामना करना पड़ा। जब वे मात्र 5 वर्ष के थे तभी उनकी माता अचानक बीमार पड़ गईं और विकलांग होकर चलने-फिरने के लायक भी नहीं रहीं। अगले साढ़े सात वर्ष तक वे बिस्तर पर पड़ी रहीं तथा बड़े बेटे एली के ऊपर अपनी बहन तथा दोनों भाइयों, जिनका नाम क्रमशः एलिजाबेथ, बेंजामिन तथा जोसिया था, की जिम्मेदारी आ गई। माता की मृत्यु के दो साल बाद पिता ने दूसरा विवाह किया और तब तक एली अपने भाई-बहनों की देख-रेख करता रहा। बालक एली अपने भाई-बहनों की देख-रेख व परवरिश किस तरह करता था, इसकी झलक उसकी बहन के वक्तव्य से मिलती है, जिसमें कहा गया था कि एली का स्वभाव भी अच्छा है और उसने एक अच्छे माता-पिता की तरह हमें पाला। उसने हमें सामान्य ज्ञान भी सिखाया और बचपन में ही हमारे देश के बारे में तमाम अच्छी-अच्छी बातें भी सिखलाईं।

बालक एली पढ़ने के लिए स्थानीय स्कूल में गया। वहाँ वह सामान्य छात्र ही था। उन्हीं दिनों उसके पिता ने खेती के उपकरणों और घरेलू सामानों, फर्नीचर आदि के लिए एक कारखाना लगाया। इसमें लेथ सहित अनेक हाथ से चलाने वाले उपकरण थे और यह कारखाना अच्छा चलता था।

पिता की इच्छा थी कि एली स्कूल की पढ़ाई पूरी करके कॉलेज पढ़ने जाए, पर एली की पढ़ाई में रुचि नहीं थी। उधर जब एली मात्र 11 वर्ष का था तभी अमेरिका और इंग्लैंड की जंग प्रारंभ हो गई। खेती के काम में रुकावट आने लगी और घर का खर्च चलाने में भी दिक्कत आने लगी।

युद्ध के कारण अनेक चीजों के दाम भी चढ़ने लगे। एली अब अपने पिता के कारखाने में उनका हाथ बँटाने लगा। उसे व्यापार की समझ जल्दी ही हो गई और

जब उसे पता चला कि युद्ध के कारण कीलों की माँग भी बढ़ गई है और दाम भी चढ़ गए हैं तो उसने अपने पिता को राजी करके कारखाने में एक फोर्जिंग मशीन और लगा ली। वह कारखाने में मशीनों व उपकरणों की संख्या बढ़ाता रहा और कर्मचारियों की संख्या भी बढ़ती चली गई।

जब युद्ध समाप्त हो गया और कीलों की माँग कम हो गई तो वह हैटपिन जैसी चीजें बनाने लगा। 18वें वर्ष में उसका ध्यान अचानक अपनी अधूरी शिक्षा की ओर गया और उसने कॉलेज जाने का फैसला कर लिया। उसकी सौतेली माँ ने उसके इस फैसले का विरोध किया और कहा कि उसे अपने खेत और कारखाना ही सँभालना चाहिए। कॉलेज में पढ़ने की क्या आवश्यकता है, पर पिता ने अनुमति दे दी। साथ ही एली को लगा कि पिता भी मन ही मन कॉलेज में जाने के फैसले से प्रसन्न नहीं हैं।

अब एली ने फैसला किया कि वह घर पर बोझ नहीं बनेगा। उसने ट्यूशन पढ़ाने सहित छोटे-छोटे काम प्रारंभ किए और उनसे प्राप्त आय से वह लिसेस्टर अकादमी में पढ़ाई करने लगा। यहाँ हार्वर्ड या येल विश्वविद्यालयों में प्रवेश के लिए छात्रों को तैयार कराया जाता है।

उस समय छात्रों की पसंद हार्वर्ड या कैम्ब्रिज में जाने की होती थी, पर 23 वर्ष की आयु में एली व्हाइटने ने येल विश्वविद्यालय में प्रवेश का फैसला किया। इसके पक्ष में उसने तर्क दिया कि वह ग्रामीण मैसाचुएट्स से बाहर जाना चाहता है और किसी अन्य क्षेत्र में अपना नाम कमाना चाहता है।

प्रारंभ में उसे यह भी स्पष्ट नहीं था कि वह किस विषय की पढ़ाई करेगा। कुछ समय के लिए उसने कानून पढ़ने का फैसला किया क्योंकि उस समय धनी परिवारों के लड़के कानून पढ़कर वकील बनना पसंद करते थे। उसे प्राकृतिक दर्शन, जिसे आज हम विज्ञान कहते हैं, भी अच्छा लगता था। येल में उस समय विज्ञान की पढ़ाई के लिए मुकम्मल इंतजाम नहीं था। वहाँ पर सिर्फ एक अजायबघर था। साथ में हवा भरने वाला पंप और बिजली की एक साधारण-सी मशीन थी। वहाँ के पुस्तकालय में 3000 किताबें थीं तथा उनमें सर आइजक न्यूटन द्वारा लिखी प्रिंसिपिया भी थी। वहाँ कॉलेज के अध्यक्ष एजरा स्टाइल के व्याख्यान होते थे जो कानून, विज्ञान सहित अनेक विषयों के ज्ञाता थे। कॉलेज के गेट के बाहर अमेरिका का उस समय का सबसे व्यस्त बंदरगाह था। शहर की सड़कों पर देश-विदेश के व्यापारी संसार के कोने-कोने से माल लेकर आते थे। एली व्हाइटने ने इस प्रकार काफी व्यावहारिक ज्ञान हासिल कर लिया।

एली ने अपनी पढ़ाई का ज्यादातर खर्च भी खुद ही उठाया। वह कॉलेज के

उपकरणों की मरम्मत भी करता था। एक बार उसने एक बढ़ई को मना कर उसके उपकरण उधार लिए। बाद में बढ़ई ने जब उसका काम देखा तो उसने कहा कि तुम कॉलेज में समय जाया कर रहे हो।

1792 में एली व्हाइटने ने स्नातक की उपाधि हासिल कर ली। पर अभी भी यह तय नहीं था कि वह क्या करेगा। उसके मन में अभी भी कानून पढ़ने की इच्छा थी। येल विश्वविद्यालय के अध्यक्ष ने उसे एक धनाढ्य परिवार ड्यूपाँट, जो दक्षिण कैरोलीना में रहता था, के यहाँ ट्यूशन का काम दिलवा दिया। प्रारंभ में एली की इच्छा नहीं थी। वह किसी धनाढ्य परिवार का नौकर नहीं बनना चाहता था। साथ ही उसे पता था कि दक्षिण कैरोलीना की आबोहवा खराब है और वह वहाँ बीमार पड़ सकता है। पर उसके मन में आगे पढ़ाई की भी इच्छा थी और पैसा कमाने का यह अच्छा अवसर था।

तभी उसे पता चला कि उसे एक दल के साथ दक्षिण कैरोलीना की यात्रा करनी है। इस दल की नायिका कैथेरीन ग्रीन थीं जो नाथनैल ग्रीन की विधवा थीं। नाथनैल किसी समय में जार्ज वाशिंगटन के क्वार्टर मास्टर रहे थे और आजादी की लड़ाई के प्रमुख सेनानी थे। उनकी सेवाओं के प्रतिफल के रूप में श्रीगती ग्रीन को बड़ी जमीन का टुकड़ा दिया गया था। श्रीमती ग्रीन अपने पाँच बच्चों व मैनेजर के साथ वापस जा रही थीं। उन्हें न्यूयार्क से जलयान पकड़ना था।

एली व्हाइटने ने अपनी लंबी और कठिन यात्रा प्रारंभ की। शुरुआत में ही उसे सड़क पर अपना पुराना मित्र मिल गया जो बुरी तरह बीमार था और उसे चेचक हो गई थी। एली को उससे हाथ मिलाने के बाद पता चला और उसकी हालत जानकर वह डर गया। श्रीमती ग्रीन को जब यह पता चला तो उन्होंने उसे व अन्य यात्रियों को शीघ्र ही बचाव का टीका लगवा दिया। हालाँकि इस प्रक्रिया में उन्हें अनेक दिन इंतजार करना पड़ा।

यात्रा में श्रीमती ग्रीन एली से प्रभावित हो गईं और उन्होंने एली को आगे जाने से पहले अपने घर चलने की दावत दी। एली ने मेजर ड्यूपाँट के घर जाने से पूर्व कुछ दिन विश्राम करने का फैसला किया। पर हालात कुछ ऐसे बदले कि एली ने आगे जाने का फैसला रद्द कर दिया। उसने वकील बनने का इरादा भी त्याग दिया और अपना जीवन वैज्ञानिक प्रयोगों के लिए अर्पित करने का फैसला किया।

इस फैसले में श्रीमती ग्रीन का भी योगदान था। वे एली की तकनीकी क्षमता का आकलन कर चुकी थीं। एली ने पहले-पहल कसीदाकारी करने के लिए एक उपकरण तैयार किया और श्रीमती ग्रीन को भेंट किया। उसने उनके घर के इस्तेमाल के उपकरणों और खेती में काम आने वाले उपकरणों में भी सुधार किया। सर्दियाँ आ

गईं। अचानक जनरल ग्रीन के एक पुराने परिचित श्रीमती ग्रीन से मिलने आए और बातों-बातों में देश की कृषि की दुर्दशा के ऊपर चर्चा प्रारंभ हो गई। देश का बड़ा भूभाग चावल या विशेष प्रकार का कपास उगाने के योग्य नहीं था। सामान्य ग्रीन सीड कपास उगाने में मुनाफा नहीं था, क्योंकि कपास से उसके बीज निकालने में बहुत मेहनत लगती थी और एक स्त्री पूरे दिन में मात्र एक पौंड कपास तैयार कर पाती थी।

दरअसल दूर इंग्लैंड में कपड़ा तैयार करने के लिए तमाम मिलें चल रही थीं और कपास की भारी माँग थी, पर ग्रीन सीड कपास में बीज बहुत ज्यादा होते हैं और हाथ से बीज निकालना बहुत कठिन व लंबा काम था। श्रीमती ग्रीन को विचार आया कि अगर एली को इसके लिए मशीन बनाने का काम दिया जाए तो अच्छा रहेगा। उन्होंने एली को सुझाव दिया कि अगर वह इस क्षेत्र में काम करे तो न सिर्फ दक्षिणी इलाका खुशहाल हो जाएगा वरन् वह खुद भी अमीर हो जाएगा।

श्रीमती ग्रीन से प्रभावित एली व्हाइटने इस काम में जुट गया। दस दिन के अंदर ही उसने एक कच्चा मॉडल तैयार कर दिया। वह धीरे-धीरे इसमें सुधार करता गया और इस मशीन का नाम उसने 'कॉटन जिन' रखा। जिन शब्द इंजन से लिया गया था। यह एक साधारण-सी मशीन थी जिसमें दाँतों वाले सिलेंडर लगे थे जो कपास के गुच्छों को इस तरह दबाते थे ताकि रुई आगे निकल जाए और बीज पीछे रह जाएँ। यह मशीन मनुष्य की अपेक्षा 50 गुनी गति से काम करती थी। एक मजदूर एक दिन में 50 पौंड रुई तैयार कर लेता था।

श्रीमती ग्रीन उसकी प्रगति देखकर अत्यंत प्रसन्न हुईं और उन्होंने एली से कहा कि अब वह वकालत का अध्ययन प्रारंभ करे, पर उनके मैनेजर फिनीज मिलर, जिसने प्रयोगों के दौरान एली की हर तरीके से मदद की थी, ने एली को वैज्ञानिक क्षेत्र में आगे बढ़ने की सलाह दी। मई, 1793 में मिलर व एली में अनुबंध भी हो गया और मिलर एंड व्हाइटने नामक कंपनी की स्थापना हो गई। जून महीने में पेटेंट के लिए आवेदन किया गया। खासी जद्दोजहद के बाद व्हाइटने को 14 वर्ष के लिए निर्माण का एकाधिकार मिल गया। पेंटेट का आदेश 14 मार्च, 1794 में आया।

इस बीच इस मशीन के निर्माण की खबर आग की तरह फैल गई। 14 मार्च, 1794 तक एली व मिलर ने अपना कारखाना कनेक्टीकट में लगा लिया और 6 मशीनें भी तैयार कर लीं। अनुभवहीन मिलर व व्हाइटने ने फैसला किया कि वे अपनी मशीनों से कपास तैयार करके आगे बेचेंगे, पर यहाँ उनसे गलती हो गई। अगर वे मशीनें बनाते रहते या मशीन बनाने का अधिकार औरों को बेचते तो शायद मालामाल हो जाते। वे सारा कपास तैयार नहीं कर पाते थे और मजबूरन दूसरे व्यापारियों ने अपनी मशीनों का निर्माण प्रारंभ कर दिया।

इधर इनके पास पैसे की कमी हो गई और वे कपास नहीं खरीद पाए। दूसरी

ओर दूसरे लोगों ने नकल करके मशीनें खड़ी कर दीं। विरोधियों के खेमे में तमाम मशीनें आ गईं, जिनमें होडजिन होम्स की मशीन सबसे अच्छी थी और उसकी मशीन तथा एली की मशीन में मामूली-सा ही फर्क था।

जहाँ एक विवाद चल ही रहा था, एक और आ गया। इंग्लैंड से खबर आई कि मिलर और व्हाइटने कंपनी की रुई टूटी-टूटी है। इस खबर के कारण जार्जिया में लगी तीस जिन मशीनें ठप्प हो गईं। अब निर्माण के बजाय उन्हें मुकदमेबाजी में कूदना पड़ा। विपक्षियों की मशीनों को रोकने के लिए 60 मुकदमे विभिन्न अदालतों में दाखिल किए गए। उनकी भाग-दौड़ बढ़ती चली गई। पहला मुकदमा 1797 में असफल रहा पर एली ने हार नहीं मानी। वह और उसका साझीदार अदालत जाते रहे। 1807 में अदालत ने पहली बार मिलर और व्हाइटने कंपनी के हक में फैसला दिया। इसके बाद अनेक फैसले उनके हक में आए। उन्हें काफी पैसा मिला, पर वकीलों की फीसें व अन्य खर्चे पूरे करने के बाद उनके हाथ जरा-सी रकम भी नहीं आई। इस दौरान एली को तमाम परेशानियाँ झेलनी पड़ीं। 1795 में उसकी दुकान में आग लग गई। 1801 व 1802 में दक्षिण कैरोलीना की विधायिका ने उनके खिलाफ कार्यवाही की। 1803 में निराश और भग्न हृदय मिलर इस दुनिया को छोड़कर चला गया। बेचारा एली अब अकेला था।

उधर एली के आविष्कार से अमेरिका मालामाल हो गया। 1792 में अमेरिका 1, 38, 328 करोड़ पाउंड कपास निर्यात करता था। 1794 में जब एली ने अपनी मशीन का पेटेंट कराया तो 16, 01, 000 पाउंड कपास का निर्यात होने लगा। अगले वर्ष यह बढ़कर 62, 76, 000 पाउंड तक जा पहुँचा। सन् 1800 में अमेरिका में कपास का उत्पादन 35, 08, 000 तथा निर्यात 1, 77, 90, 000 पाउंड जा पहुँचा और देश की आर्थिक स्थिति सुदृढ़ होती गई।

पर जब एली ने 1812 में अपने पेटेंट की अवधि बढ़ाने की प्रार्थना अमेरिकी कांग्रेस से की तो तमाम तर्कों के बावजूद कांग्रेस ने उसे रद्द कर दिया।

उधर कॉटन जिन मशीन का लाभ उठाने में असफल एनी व्हाइटने विभिन्न कामों के लिए उपकरण का विकास करने में जुटा रहा। इनसे औद्योगिक क्षेत्र में मजदूरों को काफी आराम हो गया और उत्पादन बढ़ता चला गया।

तभी युद्ध के कारण अमेरिका में बंदूकों और उसके पुर्जों की माँग ने जोर पकड़ा। उस समय बंदूक के विभिन्न अंग हाथ से तैयार किए जाते थे और एक बंदूक का हिस्सा जैसे नाल आदि दूसरी बंदूक में फिट नहीं होता था। इस कारण खराब बंदूक को ठीक करना कठिन होता था।

कुशाग्रबुद्धि और लगनशील एली व्हाइटने ने बंदूक के तमाम हिस्सों को तैयार करने के लिए मशीनों का सेट तैयार कर लिया। 14 जनवरी, 1798 में अमेरिकी

सरकार ने एली व्हाइटने को दो साल में 10,000 बंदूकें तैयार करने का ठेका दिया। एली ने मिल नदी के किनारे मिल रॉक में अपना कारखाना स्थापित कर लिया। प्रारंभ में इस काम में उसे अनेक दिक्कतों का सामना करना पड़ा। उसके पास अनुभवी कर्मचारी नहीं थे और हर मशीन या उपकरण का निर्माण उसे खुद ही करना पड़ रहा था। उसके पास पैसे का भयंकर अभाव था। पहले साल उसे 4,000 बंदूकों की आपूर्ति सरकार को करनी थी पर वह 500 बंदूकें ही तैयार कर पाया। इस ठेके को पूरा करने में उसे दो के बजाय आठ साल लग गए। पर इसमें एक लाभ उसे मिला कि सरकार उसकी आर्थिक परेशानी को दूर करने के लिए अग्रिम धनराशि देती रही। पूरा ठेका एक लाख चौंतीस हजार डॉलरों का था, पर ज्यादातर पैसा पहले ही मिल गया था और काम पूरा होने पर सिर्फ 2,400 डॉलर रह गए थे।

एली व्हाइटने ने इतनी बढ़िया और सटीक मशीनें बनाई थीं कि उसके अनुभवहीन अशिक्षित कर्मचारी भी उन मशीनों को आसानी से चला लेते थे। बंदूक के पुर्जों में इतनी सफाई और एकरूपता थी कि एक पुर्जा दूसरी बंदूक में आसानी से फिट हो जाता था।

एली अपने कारखाने में तरह-तरह के प्रयोग करता रहा। 1818 में एली ने यहीं पर विश्व की पहली मिलिंग मशीन तैयार की। इसके लिए उसने घूमने वाला चक्र तैयार किया। तरह-तरह के काटने वाले टूल तैयार किए। उसने लोगों को अपनी मशीन पर टूलों की सहायता से काट-काटकर लोहे व अन्य धातुओं के टुकड़ों को आकार देकर दिखाया।

हालाँकि बंदूकें बनाने में एली ने पैसा तो कमाया पर उसे आनंद नए उपकरण बनाने में ही आता था। एक दिशा में ध्यान केंद्रित करके काम करने में उसे काफी आनंद आता था। उधर सरकार को उसकी बंदूकों से भारी फायदा हुआ। बदल सकने वाले पुर्जों से सरकार को सालाना 25,000 डॉलर की बचत होने लगी। सरकार के दो युद्धक भंडार उससे माल लेने लगे।

1812 में सरकार ने एली को फिर 15,000 बंदूकें बनाने का ठेका दिया। एली ने 60 कामगारों को लेकर कार्य प्रारंभ किया और न्यूयार्क राज्य को बंदूकों की आपूर्ति प्रारंभ कर दी। कामगार काम करते रहे और एली ने उनके लिए पक्के मकान बनवाना प्रारंभ कर दिया। अमेरिका में वह पहला नियोक्ता था जिसने अपने कर्मचारियों को रहने के लिए मकान दिया।

दुनिया को खुशी और देश को समृद्धि देने वाले एली को जीवन में अनेक दु:ख उठाने पड़े। वह कैथरीन ग्रीन का आभारी था। युवा व खूबसूरत ग्रीन ने समय-समय पर एली की सहायता की और हर तरह की प्रशंसा भी की। एली श्रीमती ग्रीन को दिल से चाहने लगा था, पर यह चाहत उसकी जुबान पर नहीं आ पाई।

उसे उस समय तेज झटका लगा जब उसके साझीदार और कभी कैथरीन ग्रीन का मैनेजर रहा मिलर कैथरीन का पति बन गया। एली का दिल जल उठा। उसने इधर-उधर अपने दिल का गुबार निकाला भी। वह अब तक इसी उम्मीद में बैठा रहा था कि शायद कैथरीन उसके मन की बात समझ जाएगी, पर ऐसा नहीं हुआ।

बेचारा एली कुँआरा ही रहा और उसने किसी दूसरी लड़की से मिलने-जुलने और प्रेम करने का प्रयास ही नहीं किया। 1814 में कैथरीन का निधन हो गया। अब एली 49 वर्ष का हो चुका था। अब उसने सोचा कि उपकरणों, मशीनों, कारखानों में कब तक जीवन व्यतीत करेगा। एक हमसफर ढूँढ़ ही लेना चाहिए।

6 जनवरी को उसने हैनरिटा एडवर्ड नामक लड़की से विवाह कर लिया जो एक कुलीन घराने की लड़की थी। हैनरिटा के दादा जोनाथन एडवर्ड विश्वप्रसिद्ध दार्शनिक और गुलाम अमेरिका के पहले सृजनात्मक व्यक्तियों में से थे। हैनरिटा के पिता भी जाने-माने धनाढ्य व्यक्ति थे।

इस विवाह ने थके-माँदे एली को विश्राम और सकून प्रदान किया। एली ने अपना कारोबार अपने भतीजे को सौंप दिया और खुद घर-गृहस्थी में जुट गया। हैनरिटा ने चार संतानों को जन्म दिया जिसमें एक जल्दी ही भगवान् को प्यारी हो गई।

एली व्हाइटने एक महान् उपकरण-निर्माता और मशीन-निर्माता थे। उन्होंने अपना जीवन एक औसत परिवार से प्रारंभ किया और यंत्रों की दुनिया में अपना अद्‌भुत योगदान किया। उनका मस्तिष्क स्वतंत्र और मौलिक चिंतनशील था। संगीत-उपकरणों की मरम्मत और कीलों के उत्पादन से अपना कैरियर प्रारंभ करने वाले इस महान् आविष्कारक ने अमेरिकी कृषि, अमेरिकी उद्योग और अमेरिकी रक्षा के क्षेत्र में योगदान किया। प्रतिस्पर्धियों के धोखा देने, सरकारी तंत्र के असहयोग के बावजूद अमेरिका की उन्नति में उनका योगदान हमेशा याद किया जाएगा।

एली व्हाइटने का शरीर हमेशा से कमजोर रहा था। वैवाहिक जीवन का आनंद वे ज्यादा दिन नहीं भोग पाए और 1820 के उत्तरार्द्ध में अनेक बीमारियों ने उनके शरीर में घर कर लिया। 8 जनवरी, 1825 को उनका निधन हो गया।

सारा जीवन मुकदमों और विवादों में रहने वाला एली मरने के बाद भी विवाद से मुक्त नहीं हो पाया। एली ने बंदूकें फ्रांस से युद्ध की आशंका के कारण तैयार की थीं। फ्रांसीसियों ने आरोप लगाया कि एली ने जिस तकनीक के आधार पर बंदूकें तैयार की थीं, वह तकनीक फ्रांसीसी उद्योग में पहले से ही प्रचलित थी। एक अमेरिकी पिस्तौल-निर्माता भी इस तकनीक को इस्तेमाल कर रहा था। कई लोगों ने एली व्हाइटने के आविष्कारक होने पर प्रश्नचिह्न लगाया, पर अमेरिका को विश्व का अग्रणी औद्योगिक राष्ट्र बनाने में उसके योगदान पर सवालिया निशान कोई नहीं लगा पाया।

राबर्ट फुल्टन और उनका पनडुब्बी का आविष्कार

अठारहवीं सदी के अंत तक जल-यातायात काफी बढ़ चुका था। विश्व के अनेक भागों में नौकाएँ सवारियों व माल को ढोया करती थीं, पर लोग इन मंथर गति की नावों से संतुष्ट नहीं थे।

उधर इंग्लैंड में जेम्स वाट ने अपना भाप का इंजन तैयार कर लिया था। इस इंजन को नाव से जोड़ना शेष था। पनडुब्बी की परिकल्पना लियोनार्डो द विंसी ने सदियों पूर्व कर ली थी। इसे साकार रूप देने का प्रयास बाकी था। जलयानों में तोपों को कारगर तरीके से जोड़ने की भी आवश्यकता थी ताकि नौसेना की विध्वंसक शक्ति बढ़े। इन सब कामों को बखूबी अंजाम दिया अमेरिका के वैज्ञानिक राबर्ट फुल्टन ने।

अठारहवीं सदी के प्रारंभ में स्कॉटलैंड में जन्मे और आयरलैंड में काफी समय बिताने के पश्चात् राबर्ट फुल्टन (सीनियर) आकर पेनसिल्वेनिया के लंकास्टर इलाके में बस गए। उन्होंने वहाँ पर दर्जी की दुकान कर ली। उनकी उम्र चालीस पार कर चुकी थी तथा उन्होंने 1735 में मेरी स्मिथ नामक लड़की से विवाह कर लिया था। यह लड़की भी स्कॉटलैंड में जन्मी थी और उसने काफी समय आयरलैंड में बिताया था।

अच्छे परिवार में जन्मी मेरी ने विवाह के बाद तीन पुत्रियों को जन्म दिया। फरवरी, 1765 में राबर्ट और मेरी ने लंकास्टर स्थित अपनी सारी जायदाद बेच दी तथा पेनसिल्वेनिया के ही लिटिल ब्रिटेन शहर में 394 एकड़ का बड़ा फार्म खरीदा। यहीं पर 14 नवंबर, 1765 को मेरी ने पहले बेटे को जन्म दिया और उसका नाम

भी राबर्ट फुल्टन ही रखा गया। जनवरी, 1772 को मेरी ने दूसरे बेटे को जन्म दिया।

पिता राबर्ट फुल्टन अब बूढ़ा हो चुका था और कर्ज में दब गया था। जब वह कर्ज की रकम नहीं चुका पाया तो उसने अपना फार्म बेच दिया और लंकास्टर वापस आ गया। उसने फिर से दर्जी का काम प्रारंभ कर दिया, पर शीघ्र ही 1774 में उसका निधन हो गया।

जब जायदाद की नीलामी हुई तो बालक राबर्ट की आयु मात्र 6 वर्ष थी। इसके कुछ ही समय बाद पिता के देहांत का सदमा उसे लगा। अब वह अकेला महसूस करने लगा। वह अपनी माता से भी औपचारिक संबंध ही रखता था। पर उसे इस बात का अहसास था कि वह परिवार का सबसे बड़ा बेटा है। वह परिवारजनों के लिए धन कमाने के तरीके प्रारंभ से ही ढूँढ़ने लगा।

राबर्ट फुल्टन की प्रारंभिक शिक्षा-दीक्षा के बारे में जानकारी अत्यंत कम है, पर यह ज्ञात है कि बचपन से वह कुशाग्रबुद्धि था और उसने एयरगन, छोटा रॉकेट तथा लेड पेंसिल जैसी चीजों का आविष्कार कर डाला था। उसे मछली पकड़ने में बड़ा आनंद आता था, पर उसे चप्पू से नाव खेना पसंद नहीं था। उसने पैडल से चलने वाली नाव तैयार कर डाली। इसे हाथ से चलाना भी आसान था।

राबर्ट ने अपनी माता से प्रारंभिक ज्ञान प्राप्त करने के बाद एक स्थानीय शिक्षक से थोड़ा-बहुत पढ़ा। अत्यंत कम आयु में ही उसे यूक्लिड की ज्यामिति की पुस्तक हाथ लग गई। यह पुस्तक उसे बहुत अच्छी लगी।

राबर्ट जब मात्र दस वर्ष का था, तभी अमेरिका में स्वतंत्रता का युद्ध प्रारंभ हो गया। लंकास्टर उस समय हथियार-निर्माण का सबसे बड़ा केंद्र था। जब देश आजाद हुआ तो अमेरिका की सेना को हथियारों की आवश्यकता थी। राबर्ट अब बंदूक बनाने वालों के संपर्क में आया और जल्दी ही हथियारों का विशेषज्ञ बन गया। वह बंदूकों के तरह-तरह के डिजाइन, नक्शे, मॉडल आदि तैयार करने लगा।

अपने जीवन के पंद्रहवें वर्ष में उसने फिलाडेलफिया के चाँदी के कारीगरों के तहत अप्रेंटिसशिप भी की। उसने चाँदी के बर्तनों पर नक्काशी करना तथा सुंदर जेवरात बनाना भी सीख लिया, पर उसे यह काम रास नहीं आया।

अब उसने चाँदी का काम छोड़कर छोटी-छोटी तस्वीरें बनाना प्रारंभ कर दिया। वह अपने पिता की तरह असफल होना नहीं चाहता था और हर काम में जब उसे अपने तरीके से सफलता हासिल होने लगी तो उसने अपनी माता के लिए एक खेत तथा तीन मकान खरीद लिए।

अब उसने कला की दुनिया में आगे बढ़ने का फैसला भी कर लिया। उस समय अमेरिका में जन्मे बेंजामिन वेस्ट का बड़ा नाम था और ब्रिटिश राजा जार्ज तृतीय ने

उन्हें अपना चित्रकार नियुक्त किया था। राबर्ट बेंजामिन से कला सीखना चाहता था।

1786 में राबर्ट इंग्लैंड पहुँचा। अगले सात वर्षों तक उसने कला की सतत साधना की। 1791 के प्रारंभ में उसने अपनी माता को पत्र लिखा जिसमें लिखा था कि उसकी सात पेंटिंगें लंदन की महत्त्वपूर्ण कलादीर्घाओं में प्रदर्शनियों के लिए स्वीकार कर ली गई हैं। उसने यह भी व्यक्त किया कि उसकी कला की सराहना तो बहुत हो रही है पर उससे धन की प्राप्ति नहीं के बराबर है।

उसी साल फुल्टन ने लंदन के ग्रामीण इलाके में रहना प्रारंभ किया और अपने मालिक का चित्र बनाकर कला का व्यवसाय प्रारंभ किया। 1793 में वह वापस लंदन आ गया तथा उसकी चार पेंटिंगें लंदन की कला दीर्घा में प्रदर्शनी के लिए रखी गईं। अब उसे कला में मजा आने लगा और वह तरह-तरह के प्रयोग भी करने लगा।

पर इसके साथ ही उसने यह भी तय कर लिया कि वह चित्रकला का प्रयोग सिर्फ आनंदप्राप्ति के लिए करेगा और सिविल इंजीनियरिंग का पेशा अपनाएगा। उस समय ब्रिटेन में परिवर्तन का दौर चल रहा था। पहले ब्रिटेन एक कृषिप्रधान देश था, पर औद्योगिक क्रांति के पश्चात् परिदृश्य बदल रहा था। लोग खेती का व्यवसाय छोड़कर कारखानों में काम करने जा रहे थे। जगह-जगह पर औद्योगिक और व्यावसायिक केंद्र स्थापित किए जा रहे थे। लोग अब शहरों में और फैक्टरियों के नजदीक बस रहे थे।

इन कारखानों में बनने वाला माल दूर-दूर भेजा जाता था। तैयार माल वैगनों में लादकर सड़क के रास्ते से भेजा जाता था। काफी माल नहरों में नावों के जरिये भी भेजा जाता था। यह सस्ता भी पड़ता था। उद्योगपति जल-मार्ग को और अधिक कारगर बनाना चाहते थे।

अब फुल्टन ने जहाँ एक ओर नहरों को ज्यादा उपयोगी बनाना प्रारंभ किया, वहीं नावों में भी सुधार प्रारंभ कर दिया। फुल्टन ने इस विषय पर गहन अध्ययन किया और एक पुस्तक भी लिख डाली जो 1796 में प्रकाशित हुई। नहरों में यातायात-सुधार पर लिखी इस पुस्तक में नए-नए तरीकों पर प्रकाश डाला गया था।

1797 में उसने जो कुछ सुधार किए थे, उससे काफी आय हो चुकी थी। अब उसने युद्ध के लिए पनडुब्बी बनाने का काम प्रारंभ कर दिया। इसके बारे में वह पहले से ही कल्पना कर रहा था।

तभी एक नई घटना प्रारंभ हो गई। ब्रिटेन और फ्रांस में युद्ध छिड़ गया। नेपोलियन के कुशल नेतृत्व में फ्रांस की थल सेना ने ब्रिटेन के छक्के छुड़ाना प्रारंभ कर दिया। पर समुद्र पर ब्रिटेन का कब्जा था। फुल्टन को लगा कि उसके लिए अच्छा अवसर है। उस समय वह पेरिस में ही रह रहा था। उसने अपनी पनडुब्बी परियोजना

को फ्रांस को बेचने का मन बनाया।

उस समय तक उसे अपने आविष्कार का मूल्य ज्ञात हो चुका था। उसने फ्रांसीसी शासकों को बताया कि पनडुब्बी की सहायता से वे ब्रिटेन पर समुद्री लड़ाई में बढ़त पा लेंगे। साथ ही वह मन ही मन यह भी सोच रहा था कि अगर यह पनडुब्बी सभी देशों के पास उपलब्ध हो जाए तो समुद्र में होने वाले युद्ध और व्यापारिक जहाजों की लूटपाट थम जाएगी।

उसने अपनी पनडुब्बी का नाम नॉटिलस रखा था। यह 24 फीट 6 इंच लंबी तथा इलिप्टिकल आकार की थी। पानी के नीचे ले जाने के लिए इसके खाली भाग में पानी भर दिया जाता था। पहली बार जब पनडुब्बी चली तो फुल्टन के साथ तीन मैकेनिक भी उसमें बैठे। यह पनडुब्बी 25 फीट गहराई तक और साढ़े चार घंटे तक पानी के अंदर रही। इसमें पानी की सतह पर चल रहे जहाज पर तारपीडो को चलाने के लिए इंतजाम था।

पर फ्रांसीसी शासकों ने इसमें ज्यादा रुचि नहीं दिखलाई। उन्हें यह भी लगा कि इस तरह शत्रु के जहाज पर छुपकर वार करना अनैतिक है।

फुल्टन को गुस्सा आया। उसने चेतावनी दी कि अगर फ्रांस उसके आविष्कार को नहीं खरीदता है तो वह उसे ब्रिटेन को बेच देगा। अब फ्रांसीसी शासक घबरा गए। उन्होंने फिर से सोचना प्रारंभ कर दिया।

तभी फ्रांस में सत्तापलट हो गई। फ्रांसीसी शासकों के स्थान पर तीन व्यक्तियों का शासक दल सत्ता में आ गया, जिसका नेतृत्व नेपोलियन के हाथ में था। अब नेपोलियन ने ज्यादा रुचि लेना प्रारंभ कर दिया। वर्ष 1800 में नेपोलियन ने पनडुब्बी के लिए खासी आर्थिक सहायता भी दी।

इस बीच फुल्टन ने सीन नदी से अपनी पनडुब्बी उतारी और इसमें कुल तीन व्यक्ति सवार थे। यह पनडुब्बी चलते-चलते इंग्लिश चैनल पार करके ब्रिटिश समुद्री तट तक जा पहुँची। हालाँकि इसके द्वारा किया गया वार किसी ब्रिटिश जहाज तक नहीं लगा और कोई जान-माल का नुकसान नहीं हुआ पर ब्रिटिश नौसेना में दहशत फैल गई।

27 मार्च, 1802 को ब्रिटेन ने दबाव में आकर फ्रांस से संधि कर ली। यह संधि दोनों देशों के लिए लाभदायक थी, पर फुल्टन फिर से परेशानी में आ गया क्योंकि नेपोलियन ने अब नॉटिलस पनडुब्बी में रुचि लेना बंद कर दिया।

पर उस समय फ्रांस में बड़ी तादाद में अमेरिकी रह रहे थे। फुल्टन ने जोएल बार्लो व रूथ बार्लो नामक दंपती से अच्छे संबंध बना लिए थे। कनेक्टिकट में जन्मा जोएल एक अच्छा वकील, कवि और उपदेशक था। वह 1788 से फ्रांस में रह रहा

था और जहाजरानी सहित अनेक उद्योगों में पैसा लगाकर सफलतापूर्वक व्यवसाय कर रहा था। पत्नी रूथ अत्यंत खूबसूरत थी और न्यू इंग्लैंड के एक लोहार की बेटी थी। वह बातों में भी चतुर थी। मित्रता के बाद फुल्टन का उसके साथ बैठना-उठना तो चालू हो ही गया, उन्होंने फुल्टन के प्रयोगों में पैसा लगाना भी प्रारंभ कर दिया।

जोएल बार्लो पेरिस के खास-खास लोगों को तो जानता ही था, न्यूयार्क में भी उसकी अच्छी पैठ थी। उसने फुल्टन का परिचय न्यूयार्क के प्रतिष्ठित व्यक्ति राबर्ट लिविंगस्टोन से करा दिया जो राज्य के पहले न्यायाधीश रह चुके थे और चांसलर के नाम से जाने जाते थे। उन्होंने फ्रांसीसी लोगों द्वारा कब्जा की गई बड़ी जमीन अमेरिका को दिलाने में भी महत्वपूर्ण भूमिका निभाई थी।

लिविंगस्टोन फुल्टन से आयु में 19 वर्ष बड़े और अन्य मामलों में बिलकुल अलग थे। वे कुलीन घराने के थे। उनके पास बहुत बड़ा भूभाग था और उनका परिवार अमेरिका के चंद प्रभावशाली लोगों में गिना जाता था।

दूसरी ओर फुल्टन सालों दूसरे देशों में रहने के बावजूद अभी भी निम्न वर्ग की तरह ही व्यवहार करता था। लिविंगस्टोन एक बड़े विद्वान् और चिंतक थे, वहीं 6 फुट का फुल्टन मेहनती और ऊर्जावान था। वह विश्व में ऐसा काम कर देना चाहता था जिसे दुनिया हमेशा याद रखे।

इत्तफाक से दोनों ने एक-दूसरे से मिलकर एक-दूसरे का मूल्य समझ लिया। उन्हें पता चल चुका था कि इंग्लैंड में जेम्स वाट ने भाप का बेहतर इंजन तैयार कर लिया है। फुल्टन ने जलयानों की रचना में महारत हासिल कर ली है। अगर दोनों का मेल हो जाए तो मनुष्य के लिए समुद्री यात्रा अत्यंत सरल हो जाएगी।

दरअसल फुल्टन को 1793 में ही इंग्लैंड में रहते हुए ही भाप के इंजन की शक्ति और क्षमता की जानकारी मिल चुकी थी। यह इंजन उस समय बुल्टन एंड वाट कंपनी बना रही थी। 1794 में उसने कंपनी से नाव चलाने के लिए इंजन हेतु चर्चा भी की थी। बाद में कुछ नावें भाप के इंजन से चलाई भी गईं। पर उन्हें इस्तेमाल करना आसान न था।

लिविंगस्टोन के साथ मिलकर फुल्टन ने अब भाप से चलने वाली नौकाओं का कारोबार प्रारंभ कर दिया। अब उसने उपलब्ध नावों में सुधार प्रारंभ किया और उन्हें विश्वसनीय व आरामदायक बनाना प्रारंभ कर दिया। उसने स्टीम से नाव के पैडल चलाने का प्रावधान किया जो नई चीज थी। उस समय की नावें इंजन चालू करते वक्त डगमगाने लगती थीं, पर फुल्टन ने ऐसे सुधार किए कि कंपन काफी कम हो गया।

उधर लिविंगस्टोन ने 1798 में ही अपने प्रभाव का इस्तेमाल करते हुए न्यूयार्क विधायिका से स्टीमबोट चलाने का 20 साल का एकाधिकार ले लिया था। अब

उन्होंने न्यूयार्क से अल्बानी तक की जलयात्रा प्रारंभ कर दी। 10 अक्टूबर, 1802 को लिविंगस्टोन और फुल्टन के बीच करार भी हो गया जिसके तहत देश में पहली बार स्टीमबोट द्वारा यात्रा प्रारंभ की गई। अब पैसा लिविंगस्टोन लगाते रहे और प्रयोग फुल्टन करता रहा। मुनाफे में दोनों भागीदार थे।

पर दोनों के बीच संबंधों में दरार भी पड़ने लगी। लिविंगस्टोन के मन में तमन्ना थी कि वह भी आविष्कारक कहलाए। करार में उसने अपने आपको आविष्कारक लिखवाया भी। पर फुल्टन ने अपने प्रयोगों में लिविंगस्टोन का कोई सुझाव नहीं माना और अपनी गति तथा अपने तरीके से प्रयोग करता रहा।

दोनों पक्षों में विवाद बढ़ा और 1804 में फुल्टन ने स्टीमबोट संबंधी सभी प्रयोग बंद कर दिए। उस समय इंग्लैंड तथा फ्रांस के बीच युद्ध फिर छिड़ गया था और इसके मद्देनजर फुल्टन ने पनडुब्बी पर काम फिर से प्रारंभ कर दिया। नेपोलियन, जो फ्रांस का एकछत्र सम्राट बन चुका था, ने बड़ी तादाद में युद्धपोत तैयार कर रखे थे और वे इंग्लिश चैनल के फ्रांसीसी किनारे बोलोन पर खड़े थे और इंग्लैंड पर कब्जा करने की तैयारी कर रहे थे।

चूँकि नेपोलियन ने फुल्टन की पनडुब्बी की नई पेशकश ठुकरा दी थी, अत: अब फुल्टन ने इंग्लैंड की राह पकड़ी। 1804 के अंत में उसने अपनी जानकारियाँ ब्रिटिश सरकार को दे दीं। उसने लिविंगस्टोन को इसकी भनक भी नहीं लगने दी और सारा लेन-देन नए नाम राबर्ट फ्रांसिस के नाम से कर डाला। वह अगले साढ़े तीन साल तक इंग्लैंड में ही रहा और उसकी सहायता से ब्रिटिश नौसेना ने एडमिरल होरातियो नेल्सन ने फ्रेंच व स्पेनिश संयुक्त सेना को परास्त कर दिया। 21 अक्टूबर, 1805 को निर्णायक लड़ाई हुई जिसमें नेल्सन खुद तो मारे गए पर नेपोलियन के दोबारा हमले की संभावना समाप्त हो गई। पर इसके साथ ही फुल्टन की पनडुब्बी की जरूरत भी समाप्त हो गई।

1806 में राबर्ट फुल्टन को अमेरिका लौटना पड़ा। वह अगले कई महीने तक पनडुब्बी परियोजना पर काम करता रहा। दो बार उसने न्यूयार्क बंदरगाह पर अपनी मशीन का प्रदर्शन किया, पर वह असफल रहा। अब हारकर वह स्टीमबोट के क्षेत्र में उतर गया।

उसने अपनी बोट का नया डिजाइन जल्दी ही तैयार कर लिया और 1807 की गर्मियों में उसे हडसन नदी में उतारा। 17 अगस्त, 1807 का दिन था, सोमवार को हुई इस प्रदर्शनी दौड़ को देखने के लिए सैकड़ों न्यूयार्कवासी उमड़ पड़े थे। 146 फीट लंबी और लगभग 13 फीट चौड़ी इस नाव में कई पैडल व्हील लगे थे। बहुत-से लोग यह अनुमान लगा रहे थे कि यह नाव मुश्किल से 2-3 मील चल पाएगी। कुछ

लोग इसकी चिमनी से उठते हुए धुएँ को देखकर यह भी कह रहे थे कि ज्यादा देर चलाई तो यह बम की तरह फट पड़ेगी। लिविंगस्टोन परिवार के दो सदस्य भी देखने आए थे पर लिविंगस्टोन खुद नहीं आ पाए थे। शायद उन्हें शहर में फैली महामारी का डर था।

एक बजे फुल्टन अपने साथियों के साथ इस बड़ी स्टीमबोट में सवार हुआ और उपस्थित दर्शकों ने करतल ध्वनि से उसे विदा किया। नाव बिना डगमगाए चलती रही और इसकी रफ्तार साढ़े चार मील प्रतिघंटा थी। अगले दिन यह क्लेरमाँट पहुँची जहाँ हडसन नदी के किनारे लिविंगस्टोन का फार्म था। यहाँ पर लिविंगस्टोन महोदय अपनी स्टीमबोट के स्वागत के लिए मौजूद थे। उन्होंने फुल्टन की प्रशंसा की।

अगले दिन प्रात: नाव फिर रवाना हुई और शेष चालीस मील का रास्ता तय करके दोपहर बाद अल्बानी पहुँच गई। इस बार इसकी गति 5 मील प्रति घंटा थी। दो दिन बाद यह फिर न्यूयार्क शहर के लिए रवाना हुई और सकुशल वापस आ गई।

उपरोक्त ऐतिहासिक जलयात्रा के पश्चात् 4 सितंबर से सप्ताह में दो बार दोनों शहरों के बीच आवागमन प्रारंभ हो गया और हर बार 140 यात्री सवार होते थे। यह यात्रा तब तक बेरोकटोक चलती रही जब तक सर्दियों में नदी का पानी जम नहीं गया। जब सर्दियाँ खत्म हुईं और बर्फ पिघल गई तो यात्रा फिर से प्रारंभ हो गई।

राबर्ट फुल्टन ने अपने नाराज साझीदार लिविंगस्टोन को प्रसन्न करने के लिए इस बड़ी नाव का नाम क्लेरमाँट रख दिया था, पर लोग उसे स्टीमबोट कहकर ही पुकारते थे। इसका इंजन इंग्लैंड से बनवाया गया था जो पैडलों को चलाता था। 150 मील की यात्रा नदी के बहाव के विरुद्ध 33 घंटे में और बहाव के साथ 30 घंटे में पूरी होती थी। किराये से कुल आय 20,000 डॉलर होती थी और 1000 डॉलर का मुनाफा भी हो जाता था। इसमें 100 फीट का डेक था। 3 बड़े केबिन थे। 54 बर्थ थी। इसमें यात्रियों को भोजन भी उपलब्ध कराया जाता था।

अब तक प्रयोगों में उलझे रहे राबर्ट फुल्टन को अपने विवाह का ध्यान ही नहीं था। वह 42 वर्ष का हो चला था। अब उसने विव.ह करने का फैसला किया। 7 जनवरी, 1808 को उसने हैरियट लिविंगस्टोन से विवाह कर लिया जो एक जाने-माने वकील वाल्टर लिविंगस्टोन की पुत्री थी। फुल्टन से आयु में 19 वर्ष छोटी हैरियट जमींदार घराने की थी और फुल्टन के साझीदार लिविंगस्टोन की रिश्ते में बहन लगती थी।

पर एक विचित्र बात यह भी थी कि फुल्टन अभी भी मन ही मन रूथबार्लो को चाहता था जो वाशिंगटन के बाहरी इलाके में आराम से रह रही थी। विवाह के पश्चात् भी फुल्टन उसे ऐसे पत्र लिखता था जिन्हें प्रेमपत्र कहा जा सकता है।

दूसरी ओर हैरियट फुल्टन के साथ सामान्य रूप से नहीं रह पा रही थी। उसने अपने भाई और फुल्टन के साझीदार लिविंगस्टोन से शिकायत भी की कि फुल्टन ने उसे धन देने का वायदा किया था पर नहीं दिया। वह यह भी शिकायत करती कि वह उसकी ओर व उसके चार बच्चों (3 लड़कियों व एक लड़के का जन्म हो चुका था) की ओर बिलकुल ध्यान नहीं देता है।

अब फुल्टन और लिविंगस्टोन ने स्टीमबोट के व्यवसाय पर पूरा कब्जा कर लिया था। अब वे सिर्फ हडसन में ही बोट नहीं चला रहे थे वरन् मिसीसिपी, वर्जीनिया में जेम्स तथा अन्य नदियों में भी अपनी स्टीमबोट उतार चुके थे। अब अनेक लोग इस क्षेत्र में उतरना चाह रहे थे, पर लिविंगस्टोन तथा फुल्टन अदालती कार्यवाहियों के जरिए उन्हें रोकने में भी जुटे थे।

उधर फुल्टन पर भी तरह-तरह के आरोप लग रहे थे। कुछ लोग कह रहे थे कि 20 वर्ष पहले एक अमेरिकी आविष्कारक जॉन फिच ने कई सारी स्टीमबोट तैयार की थीं और उन्हें डेलावेयर नदी में कुछ समय के लिए उतारा था। कुछ अन्य लोग जो लिविंगस्टोन तथा फुल्टन के मुकाबले में इस व्यापार में उतरना चाहते थे पर प्रारंभ में ही असफल रहे।

कचहरियों में कानूनी जंग जारी रही और इसी बीच फुल्टन के साझीदार का क्लेरमाँट में स्थित घर में ही 25 फरवरी, 1813 को निधन हो गया। हालाँकि दोनों साझीदारों में अकसर विवाद खड़ा हो जाता था, पर लिविंगस्टोन की मौत से फुल्टन अकेला महसूस करने लगा और घबरा भी गया। इत्तफाक से इसी दौरान उसे एक अन्य मौत का समाचार मिला कि जोएल बार्लो का यूरोप में राजनयिक मिशन के लिए जाते हुए निधन हो गया। फिर भी फुल्टन अपने काम में लगा रहा।

1812 में ब्रिटेन और अमेरिका के बीच युद्ध प्रारंभ हुआ। देशप्रेमी राबर्ट फुल्टन अब कारोबार छोड़कर देश-सेवा में जुट गया। उसकी रुचि अब फिर युद्धपोत और हथियारों में बढ़ गई। उसने डेमोलोगस नामक युद्धपोत का निर्माण प्रारंभ कर दिया। इसमें जहाज का बायलर, इंजन और व्हील ऊपरी डेक पर था नीचे का गन डेक लकड़ी के बड़े और मजबूत फट्टे से सुरक्षित कर दिया गया था। इस युद्धपोत में जो तोप थी वह फुल्टन की ही बनाई हुई थी और फुल्टन ने उसका पेटेंट भी हासिल कर लिया था। यह तोप 100 पौंड अर्थात् 45 किलो भार का गोला दागने में सक्षम थी।

इस ऐतिहासिक युद्धपोत को युद्ध में भाग लेने का अवसर नहीं मिल पाया। 4 फरवरी, 1815 को वह अपने देश के लिए बन रहे पहले युद्धपोत के निर्माण हेतु प्रयोगों में जुटा हुआ था, तभी न्यूजर्सी शहर स्थित उसकी प्रयोगशाला में समाचार आया कि कोई दुर्घटना हो गई है।

फुल्टन और उसके साथी तुरंत रवाना हुए और उन्हें पता चला कि इसकी नौकाएँ

नहीं चल पा रही हैं क्योंकि नदी का पानी आंशिक रूप से जम गया है। अब कोई चारा न देखकर फुल्टन और उसके साथी एक छोटी नाव में वापस न्यूयार्क लौटने लगे। अभी रास्ता शेष था और तभी फुल्टन का एक साथी, जो भारी डीलडौल का था, बर्फीली नदी में गिर पड़ा। दिलेर फुल्टन ने उसे किसी तरह खींचकर नाव में फिर चढ़ाया, पर इस प्रक्रिया में वह पूरी तरह पानी में भीग गया था। ठंड के मारे उसका बुरा हाल था और वह बोल भी नहीं पा रहा था।

घर पहुँचकर डॉक्टरों ने उसका तुरंत इलाज किया और उसे तीन दिनों तक बिस्तर पर पूर्ण आराम करने की हिदायत दी गई। पर उसे अपने युद्धपोत को देश की सेवा व रक्षा के लिए उतारने की जल्दी पड़ी थी। डॉक्टरों की सलाह और पत्नी हैरियट व बच्चों की प्रार्थनाओं को दरकिनार करते हुए वह काम पर लौट गया।

जहाज-निर्माण पर काम करते हुए उसकी हालत बिगड़ती चली गई और घर पर जब वह वापस आ पाया तब तक स्थिति नाजुक हो चुकी थी। 23 फरवरी, 1815 को मात्र 49 वर्ष की आयु में यह महान् आविष्कारक इस दुनिया से चल बसा।

बहुमुखी प्रतिभा का धनी राबर्ट फुल्टन इतिहास के कई क्षेत्रों में अपना नाम अमर कर गया। उसने खूबसूरत चित्रकारी की। उसकी पेंटिगें आज भी सुरक्षित हैं। उसने नहर बनाने की प्रक्रिया के दौरान नई खोज की और नए तरीके ईजाद किए। उसने नहर खोदने के लिए नई मशीन तैयार की। 1796 में मात्र 31 वर्ष की आयु में नहरों में यातायात पर दस्तावेज तैयार किया जो प्रकाशित भी हो गया।

वह एक जीवट व्यक्ति था। संसार ने उसे कई बार धोखा दिया, पर उसने हौसला नहीं छोड़ा। नेपोलियन ने भी उसे धोखा दिया। ब्रिटेन का भी जब काम निकल गया तो उसने छोड़ दिया। पर आविष्कारक राबर्ट फुल्टन को बेहतर पनडुब्बी तैयार करने से कोई नहीं रोक पाया। उसके अपने देश के तत्कालीन राष्ट्रपति जैफरसन ने उसके आविष्कार पर पर्याप्त ध्यान नहीं दिया।

जेम्स वाट के भाप इंजन को नौका में लगाकर राबर्ट फुल्टन ने समाज को नया तोहफा दिया। उसके प्रयासों से मालभाड़ा 25% तक कम हो गया था। दुर्भाग्यवश फुल्टन का जहाज डेमोलोगस भी उसके जीवन-काल में पूरा नहीं हो पाया और इसके पूरा होने से पूर्व ही ब्रिटेन और अमेरिका के बीच चल रहा युद्ध समाप्त हो गया।

उसके विरोधियों की तादाद भी कम नहीं थी। वे उसे साहसी तो मानते थे, पर यह भी कहते थे कि वह धन व यश का भूखा है। उस पर दूसरों के आविष्कारों को चुराने के आरोप भी लगते रहे। वे यह भी कहते रहे कि वह झूठ भी बोलता था और अपने धनवान व प्रभावशाली राजनीतिज्ञ मित्रों से मदद लेने से नहीं चूकता था।

कुछ भी हो, उसके जीवन की उपयोगिता इस बात से भी स्पष्ट होती है कि उसने समाज को नई-नई चीजें दे डालीं। जब न्यूयार्क में उसकी शवयात्रा निकली तो भारी भीड़ साथ हो चली। दफनाते वक्त चर्च में भी भारी हुजूम साथ था।

जार्ज स्टीफेंशन का परिवार और उनका रेल इंजन

पहिये के आविष्कार से मनुष्य की गतिशीलता बढ़ गई। जब पहिया भाप के इंजन से पहले चलने और फिर दौड़ने लगा तो मनुष्य ने इससे रेल चलानी चाही ताकि बड़ी मात्रा में माल ढोया जा सके और यात्री एक स्थान से दूसरे स्थान पर आसानी से आ-जा सकें।

इस काम को साकार करने में जार्ज स्टीफेंशन तथा उनके परिवार ने अमूल्य योगदान किया। उनका जन्म इंग्लैंड के उत्तरी भाग में स्थित नॉर्थम्बरलैंड के वाइलम नामक गाँव में हुआ था। वे राबर्ट स्टीफेंशन तथा माबेल स्टीफेंशन की छह संतानों में से दूसरी संतान थे। जन्म के समय जार्ज के पिता टाइन नदी के किनारे बसे इस वाइलम गाँव में एक कोयले की खदान में काम करते थे।

राबर्ट स्टीफेंशन की माली हालत बहुत खराब थी। जब एक खदान से कोयला निकलना बंद हो जाता था तो उन्हें दूसरी खदान में काम करने जाना पड़ता था। जार्ज के बचपन में स्टीफेंशन परिवार को अनेक बार जगह बदलनी पड़ी। उनका जीवन-स्तर भी अत्यंत निम्न था। उन्हें एक कमरे की झोपड़ी में रहना पड़ता था, जिसकी दीवालों पर प्लास्तर नहीं था और फर्श मिट्टी का था। घर खुला होता था, जिसमें आसपास स्थित कोयले के कण, राख और अन्य पदार्थ उड़-उड़कर आते रहते थे। खदान के पास बने कारखाने में चिमनी हमेशा धुआँ उगलती रहती थी और रात में भी जलती लपटें दिखाई देती थीं।

कोयले की खदान में जार्ज के पिता राबर्ट जेम्स वाट द्वारा बनाए गए इंजन से पानी बाहर निकालने का काम किया करते थे। उस समय के हिसाब से उनका वेतन कम नहीं था, पर इंग्लैंड उस समय फ्रांसीसी नेपोलियन के साथ युद्ध में उलझा हुआ

था तथा इस कारण इंग्लैंड में खाद्य पदार्थों की भारी कमी थी। एक पाउंड आटा या एक ब्रेड का टुकड़ा भी महँगा था तथा मजदूर वर्ग अपने बच्चों को स्कूल भेजने का खर्च उठाने लायक नहीं था। बालक जार्ज स्टीफेंशन और उसके भाइयों को बचपन में ही काम पर जाना पड़ा।

पहले जार्ज ने पास के किसान की गायें चराईं। बाद में उसने भी खदानों में छोटे-बड़े काम करने प्रारंभ कर दिए। मात्र 17 वर्ष की आयु में उसने अपने पिता की तरह इंजन से खदान का पानी निकालना सीख लिया। अब वह दिन में बारह घंटे काम करता तथा मशीन की पूरी देखभाल करते हुए उससे काम चालू रखता था।

पानी निकालने वाला इंजन जार्ज को अच्छा लगने लगा। खाली समय में वह उसके पुर्जे खोल-खोलकर देखता और कार्य-प्रणाली समझता था। इस मशीन के बारे में उसका ज्ञान इतना बढ़ गया कि जब दूसरे मशीन चालकों की मशीन खराब हो जाती तो उसे ही ठीक करने को कहा जाता था और साथी कर्मचारी उसे इंजन का डॉक्टर कहकर पुकारते थे।

अब उसने इस इंजन के बारे में ज्यादा से ज्यादा जानकारी प्राप्त करना और आगे देना प्रारंभ कर दिया। उसे यह भी ज्ञात हुआ कि ये भाप के इंजन पहले खदानों से पानी निकालने के अलावा और किसी काम के नहीं थे। जेम्स वाट द्वारा किए गए सुधारों से अब कई जगह इन इंजनों की सहायता से कोयला टोकरी में रखकर बाहर भी निकाला जाने लगा।

एक बार जार्ज स्टीफेंशन नॉर्थम्बरलैंड शहर के पास न्यूबर्न चर्च स्थित इंजन चला रहा था तो उसके मित्र ने आकर बताया कि जेम्स वाट द्वारा विकसित इंजनों का ब्योरा कुछ किताबों में छपा है। जार्ज उस समय अठारहवें वर्ष में था और उसने अब ठीक से पढ़ना सीखना आरंभ कर दिया था। पढ़ने के प्रति उसकी ललक इस कदर थी कि दो वर्ष तक उसकी ज्यादातर तनख्वाह एक स्कूल मास्टर को जाती रही। पढ़ना सीखने के बाद उसने लिखना भी सीखा और वह सामान्य अंकगणित जैसे जोड़ना, घटाना भी सीख गया। कोयले की खदान में इंजन चलाते वक्त भयंकर शोरगुल होता था। पर वह ऐसे माहौल में भी स्लेट पर गणित के सवालों का अभ्यास करता था और शाम को ले जाकर अपने शिक्षक को दिखाता था।

पढ़ाई सीखने के बाद जार्ज ने अनेक किताबें पढ़ीं तथा अब अपने प्रयोग भी प्रारंभ किए। प्रारंभ में ही उसने लगातार चलने वाली मशीन बनाने का प्रयास किया। शायद उसने अब तक यह नहीं पढ़ा था कि इस प्रकार की मशीन बनाना असंभव है। पर इस दौरान जो प्रयोग उसने किए वे काम आए और उसने मशीन के काफी पँहलुओं की जानकारी हासिल कर ली।

जार्ज स्टीफेंशन की योग्यता के मद्देनजर उसकी तरक्की भी हुई। 20वें वर्ष में वह ब्रेकमैन बन गया। उसके ऊपर खदान की देख-रेख की जिम्मेदारी भी आ गई और वेतन भी बढ़ गया। अब वह अपने पिता से ज्यादा कमाता था तथा उसने शादी करने का फैसला कर लिया।

अंतत: 28 नवंबर, 1802 को जार्ज की शादी फेनी हैंडरसन से हो गई जो घरेलू नौकरानी का काम करती थी। शादी के एक वर्ष के अंदर ही वह एक बच्चे का पिता भी बन गया। जार्ज ने बच्चे का नाम बड़े चाव से राबर्ट रखा, पर उसकी यह खुशी ज्यादा दिन नहीं टिक पाई और चंद महीनों बाद उसकी युवा पत्नी का देहांत हो गया। दुखी जार्ज ने अब अपने बेटे राबर्ट पर ध्यान केंद्रित करना प्रारंभ किया तथा हरसंभव कोशिश करने लगा कि उसके बेटे को सही शिक्षा व अन्य सुविधाएँ मिलें, जो उसे बचपन में नहीं मिल पाई थीं।

राबर्ट की पढ़ाई के लिए ज्यादा से ज्यादा पैसा कमाने की धुन में जार्ज ने किताबों से पढ़कर तथा अन्य जरियों से जूते मरम्मत का काम, घड़ियों की मरम्मत का काम और अन्य काम सीख लिए। कोयले की खदान में लंबी पारी पूरी करने के बाद वह लोगों के लिए जूते भी बनाता था और घड़ियाँ भी मरम्मत करता था। यह सिलसिला 1804 से प्रारंभ हो गया।

1812 में जार्ज ने फैसला किया कि वह अधिक आय के लिए इंग्लैंड छोड़कर किसी और देश में चला जाएगा, पर तभी खदान मालिकों ने उसकी पदोन्नति करके उसकी आय 100 पौंड सालाना कर दी और अब उसकी जिम्मेदारी थी कि खान के काम के अनुसार उपकरणों, मशीनों को जगह-जगह लगाना।

1812 का समय ब्रिटिश इतिहास में महत्त्वपूर्ण था। उस समय ब्रिटेन का संयुक्त राज्य अमेरिका से युद्ध चल रहा था। ब्रिटिश राजशाही भी अपने अंतिम दौर में थी और प्रजातंत्र अँगड़ाई ले रहा था। राजनीति अपनी चरम सीमा पर थी। जनतंत्र समर्थक अपने आपको व्हिग कहते थे और यथास्थिति समर्थक अपने आपको टोरी कहते थे। मशीनों में रुचि रखने वाले स्टीफेंशन ने भी राजनीति की समझ हासिल कर ली थी और उसने अपने खदान मालिकों को सुझाव दिया कि खदान कर्मचारी या तो सारे व्हिग हों या टोरी। अगर दोनों का मिश्रण होगा तो खदान में झगड़े और बहस ज्यादा होगी, काम कम होगा।

1813 में जार्ज ने कोयला ले जाने वाले वैगनों को इंजन से खींचने की संभावना पर विचार करना प्रारंभ कर दिया। उस समय ये वैगन घोड़ों द्वारा खींचे जाते थे। इस प्रकार का प्रयास 9 साल पहले अंग्रेज इंजीनियर रिचर्ड ट्रेविथिक ने भी किया था। उन्होंने वेल्स में एक ट्राम रास्ता बनाकर इंजन से वैगन खींचा था, पर यह प्रयास पूरी

तरह कारगर नहीं था और इसमें काफी सुधार की गुंजाइश थी। पर ट्रेविथिक एक परियोजना पर लगकर काम नहीं करता था और उसने दूसरा काम प्रारंभ कर दिया था।

इधर जार्ज ने अपना काम प्रारंभ किया और उधर ट्रेविथिक ने दूसरा काम लंदन में प्रारंभ कर दिया। जार्ज ने जब पहला इंजन लोकोमोटिव बना लिया तब तक ट्रेविथिक इंग्लैंड छोड़कर पेरु रवाना हो चुका था और उसके मन में दक्षिण अमेरिका में सोने की खदानों में पैसा बनाने की कल्पना जग चुकी थी।

1815 में जार्ज ने खदान में काम करने वालों के लिए सुरक्षा लैंप अपने तरीके से तैयार कर लिया। उस समय सर हम्फ्री डेवी इस तरह का लैंप बनाने का प्रयास ही कर रहे थे। जब उन्होंने भी लैंप तैयार कर लिया तो काफी विवाद उठा कि किसे असली श्रेय दिया जाए।

अब तक जार्ज को खदान के किनारे से बंदरगाह तक कोयला ले जाने के लिए इंजनचालित वैगन ले जाने के लिए आर्थिक सहायता भी मिल चुकी थी। इस बीच जार्ज को एक बड़ी सफलता भी मिल चुकी थी। स्टीम ब्लास्ट कहलाने वाली इस प्रक्रिया के लिए जार्ज ने इंजन के पाइपों को इस तरह से लगाया था कि भाप इंजन के किनारों से निकलने के बजाय चिमनी से धुएँ के साथ निकले। इससे इंजन की ताकत दुगुनी हो चुकी थी।

इसके अलावा जार्ज ने एक और परिवर्तन प्रारंभ किया। उसने सोचा कि कच्ची जमीन पर पहिया खींचने के बजाय लोहे की रेल पर खींचा जाए तो बेहतर रहेगा। पहिये और रेल को पति-पत्नी की तरह एक-दूसरे का पूरक बताते हुए उसने रेल के विकास का काम प्रारंभ किया।

1916 में स्टीफेंशन ने लोहे की रेल तैयार करना प्रारंभ किया और अगले ही वर्ष उसने अपना तीसरा परिष्कृत लोकोमोटिव इंज़न तैयार किया। उसने इसका नाम पफिंग बिली रखा और इस इंजन ने कोयले से भरे वैगनों को किलिंग वर्थ कोयले की खदानों से टाइन नदी के किनारे बने बंदरगाह तक पहुँचाना प्रारंभ कर दिया।

1819 में अकेलेपन से ऊबकर जार्ज स्टीफेंशन ने एलिजाबेथ हिंडमार्श से विवाह कर लिया। एलिजाबेथ नॉर्थम्बरलैंड के एक किसान की बेटी थी, पर उससे जार्ज को कोई संतान नहीं मिली।

इसी बीच जार्ज को एक और खुशी देखने को मिली। उसके बेटे राबर्ट, जिसका जन्म 16 अक्टूबर, 1803 को नॉर्थम्बरलैंड में हुआ था, ने एडिनबर्ग विश्वविद्यालय से स्नातक की उपाधि प्राप्त कर ली थी और अब वह भी किलिंगवर्थ कोइलियरी में इंजीनियरों के साथ बतौर अप्रेंटिस काम करने के लिए आ गया था। जार्ज अभी

उसे आगे और पढ़ाना चाहता था तथा उसने बेटे को 1821 में एडिनबर्ग विश्वविद्यालय में विज्ञान विषयों के अध्ययन के लिए भेज दिया। बीच में राबर्ट ने जार्ज को स्टॉकटन तथा डार्लिंटन और लिवरपूल तथा मैनचेस्टर रेलवे के लिए सर्वे के काम में हाथ बँटाया। उधर राबर्ट ने पढ़ाई में उत्कृष्ट प्रदर्शन किया और गणित की एक प्रतियोगिता में पुरस्कार पाया। इधर पफिंग बिली इंजन चक्कर लगाता रहा और कोयला ढोता रहा। लोग जानवरों के स्थान पर मशीन द्वारा काम करने को आश्चर्यपूर्ण निगाहों से देखते थे।

अब दरहम काउंटी की हेट्टन स्थित खदानों के मालिकों ने स्टीफेंशन की सेवाएँ ले लीं और अपनी कोइलियरी के लिए एक छोटा रेल तंत्र तैयार करने का काम सौंपा। यह छोटी दूरी की रेलवे लाइन थी। जब 18 नवंबर, 1822 को यह तैयार हुई तो इसने पूरे इंग्लैंड में रेलों का जाल बिछाने के लिए आधार प्रदान किया।

काम चलता गया। 1825 वर्ष की 27 सितंबर को दो दरहम काउंटी शहरों के बीच रेलवे लाइन चालू हुई। यह पूरा काम जार्ज स्टीफेंशन ने किया था और उसे इंग्लैंड की पहली सार्वजनिक रेल सेवा का दर्जा दिया गया। विशेष बात यह थी कि इस रेल लाइन पर रेलगाड़ी नियम से चलती थी तथा इसमें न सिर्फ माल ढोया जाता था, वरन् सवारियाँ भी यात्रा करती थीं। अब स्टीफेंशन का नाम चमक रहा था तथा अब वह धनवान भी हो गया था।

उत्तरी इंग्लैंड के दो प्रगतिशील उद्योगपतियों एडवर्ड पीज तथा विलियम जेम्स ने भी पफिंग बिली द्वारा खींची जाने वाली रेलगाड़ी की सवारी की तथा उन्होंने इस मशीन को उस समय की श्रेष्ठ मशीन का दर्जा दिया। जेम्स के अनुसार यह इंजन यातायात-जगत में क्रांति ला देगा।

जहाँ एक ओर जार्ज स्टीफेंशन की तारीफ के पुल बाँधे जा रहे थे वहीं विश्वविद्यालयों से ऊँची शिक्षा प्राप्त इंजीनियरों का एक वर्ग ऐसा भी था जो इस स्वाध्यायी इंजीनियर का मजाक बना रहा था। इतनी प्रगति कर लेने के बावजूद जार्ज स्टीफेंशन की बोली का लहजा ग्रामीणों जैसा ही था।

उधर इन सब आलोचनाओं और मजाकों से बेखबर जार्ज अपने काम में जुटा था। उसने अपनी यात्री गाड़ी का नाम पहले 'एक्टिव' रखा और बाद में उसे बदलकर 'लोकोमोशन' का नाम दिया। पीज तथा जेम्स ने अपनी कंपनी की स्थापना की और जार्ज स्टीफेंशन को लिवरपूल तथा मैनचेस्टर के बीच रेल लाइन बिछाने का काम दे दिया।

दरअसल लिवरपूल मर्सी नदी के किनारे है और वहाँ आइरस नदी सागर में मिलती है। उस समय पर यहाँ अमेरिका सहित अन्य देशों से कपास आया करता था।

लिवरपूल में यह कपास उतारा जाता था और फिर नहरों के जाल के जरिए यह मैनचेस्टर की कपड़ा मिलों तक ले जाया जाता था। औद्योगिक क्रांति के पश्चात् ब्रिटेन में कपड़ा निर्माण उद्योग चरम सीमा पर था और उन नहरों में यातायात बहुत बढ़ गया था। देरी के कारण सभी व्यापारी परेशान थे और रेलयात्रा की बड़ी बेसब्री से प्रतीक्षा कर रहे थे। स्टॉकटन तथा डार्लिंगटन की तरह लिवरपूल तथा मैनचेस्टर के बीच भी सार्वजनिक रेल लाइन बिछाई जा रही थी।

इस प्रकार की रेल लाइन बिछाने के लिए ब्रिटिश संसद की मंजूरी आवश्यक थी। जब निर्माण कंपनी ने आवेदन किया तो संसद ने एक समिति का गठन किया जो लंदन स्थित हाउस ऑफ कॉमन्स की ओर से मुद्दे से संबंधित सभी पक्षों की सुनवाई करेगी।

मजे की बात यह थी कि उस समय रेल समर्थकों की संख्या कम थी और रेल विरोधी ज्यादा थे और वे अत्यंत मुखर भी थे। नहरों के मालिक रेल का विरोध कर रहे थे क्योंकि इससे उनके मुनाफे में भारी कमी आने की संभावना थी। जिस जमीन पर रेल बिछनी थी उसके मालिक लोग भी उसका विरोध कर रहे थे और उन्हें लग रहा था कि शोरगुल वाली यह रेलगाड़ी उनके खेतों का मूल्य कम कर देगी तथा उनके चरने वाले जानवर या तो उसकी चपेट में आ जाएँगे या वे डरकर भाग जाएँगे। तरह-तरह के तर्क खड़े किए जा रहे थे।

जब जार्ज की पेशी हुई तो उससे पूछा गया कि अगर आपका इंजन 9-10 मील प्रति घंटे की रफ्तार से चल रहा हो और सामने एक गाय आ जाए तो क्या स्थिति होगी? जार्ज ने बड़ी शांति से उत्तर दिया कि स्थिति दुखद होगी।

लगातार तीन दिनों तक जार्ज को विपक्षी वकीलों व इंजीनियरों के सवालों को झेलना पड़ा। उनमें से कुछ सवाल तकनीकी भी थे। लिवरपूल तथा मैनचेस्टर के बीच एक बड़ा दलदली इलाका भी था। यह इलाका इतना दलदल-भरा था कि हलकी से हलकी मशीन भी अगर इसमें डाली जाती थी तो वह डूब जाती थी। चाट मोस नामक इस जमीन पर रेल किस तरह बिछाई जाएगी, यह सवाल भी आया।

स्टीफेंशन ने बड़े धैर्यपूर्वक बताया कि वह पहले इस दलदल को खाली कराएगा और फिर इसमें पत्थर तथा मिट्टी भरवाएगा। उसने सवाल पूछने वालों को आश्वस्त किया कि जिस तरीके से वह तैयारी कर रहा है, उससे चाट मोस में सुरक्षित रेल लाइन बिछ जाएगी।

हालाँकि स्टीफेंशन पूरे आत्मविश्वास से उत्तर दे रहा था पर विपक्षी लगातार उसे हूट कर रहे थे और हँसी भी उड़ा रहे थे। कई सवालकर्ताओं ने जार्ज को पागल भी करार दिया और उसकी सारी योजना को भ्रमों से पूर्ण तथा बकवास बताया।

पहले प्रयास में संसद में रेलों के लिए कानून नहीं बन पाया। पर जार्ज और उसकी कंपनी वालों ने भी हार नहीं मानी और चंद माह पश्चात् एक परिष्कृत विधेयक लाया गया। अंतत: संसद ने उसे पास कर दिया। काम शुरू किया गया। जार्ज अब लिवरपूल में रहने लगा और वहीं पर उसकी कंपनी का दफ्तर भी था।

जार्ज ने चाट मोस के दलदली इलाके में काम कराने की चुनौती अपने हाथ में ली और 1826 में लोग देखकर दंग रह गए कि यह दलदली इलाका बिलकुल सामान्य भूमि बन गया।

उधर जार्ज का बेटा राबर्ट, जिसने प्रारंभ में लिवरपूल तथा मैनचेस्टर के बीच रेल लाइन के सर्वे में पिता के साथ काम किया था और बाद में बीमार पड़ गया था, दक्षिण अमेरिका से वापस आ गया था। राबर्ट ने दक्षिण अमेरिका में खानों में बतौर इंजीनियर काम किया था। 1927 में उसने न्यूकासल में रेल लाइन का काम प्रारंभ किया। उसने रेल इंजन में आने वाली अनेक दिक्कतों को दूर किया और बॉयलर ट्यूब में काफी सुधार किया।

नई कंपनी ने जार्ज को प्रस्ताव किया कि वह अपने पुराने इंजन पफिंग बिली को कंपनी को बेच दे, पर जार्ज इसके लिए राजी नहीं हुआ। जार्ज ने सुझाव दिया कि कंपनी को श्रेष्ठ इंजन तैयार करने के लिए एक प्रतियोगिता आयोजित करनी चाहिए। जो इंजन श्रेष्ठ साबित हो, उसे ही रेल लाइन पर चलाने के लिए चुना जाना चाहिए।

आखिर ऐसा ही हुआ। 1929 तक रेल लाइनें बिछ चुकी थीं। जार्ज और राबर्ट ने मिलकर नया इंजन तैयार किया था, जिसका नाम रॉकेट रखा गया था। चार टन भार वाला यह इंजन जार्ज के पिछले मॉडल से हर मामले में श्रेष्ठ था। 7 अक्टूबर, 1829 को प्रतियोगिता प्रारंभ हुई। 14 अक्टूबर, 1829 को रॉकेट को विजेता घोषित कर दिया गया। इसे 500 पौंड का पुरस्कार भी मिला।

एक साल बाद जब 15 सितंबर, 1830 को यह रेल लाइन चालू हुई तो जार्ज के आठ इंजन इस रेल लाइन पर दौड़ने लगे। रॉकेट की रफ्तार 30 मील प्रति घंटा थी और वह माल तथा सवारी लगातार ढोने लगा। जार्ज ने अपने चचेरे भाई थॉमस के साथ मिलकर न्यू कासल में एक फैक्टरी स्थापित की। एडवर्ड पीज भी इसमें साझीदार था। अब यहाँ तेजी से रेल इंजन का निर्माण होने लगा। जार्ज और राबर्ट लगातार इंजनों में सुधार करते रहे। उनका रॉकेट पाँच साल तक रेल लाइन पर लगातार दौड़ता रहा। सुधारों के कारण उसकी गति 30 मील से बढ़कर 60 मील प्रति घंटा पहुँच चुकी थी।

लिवरपूल तथा मैनचेस्टर के बीच सफल यात्रा ने पूरे इंग्लैंड में उथल-पुथल

मचा दी। हर इलाके में रेल लाइन की माँग उठ खड़ी हुई। जमीनों के मालिक, जो अपनी जमीन के बेकार हो जाने या पालतू जानवरों गाय, भेड़ों आदि की मृत्यु के डर से इसका विरोध कर रहे थे, चुप हो गए। धीरे-धीरे गायें, भेड़ें इस लौह जंतु को देख-देखकर अभ्यस्त हो गईं।

1842 तक रेलवे की उपयोगिता इतनी बढ़ गई कि महारानी विक्टोरिया भी लंदन से विंडसर तक रेल से ही जाया करती थीं। प्रतिवर्ष इंग्लैंड के पाँच लाख लोग सवारी करने लगे। रेल यातायात प्रारंभ होने के साथ ही इंग्लैंड में एक नए युग की शुरुआत हो गई।

उधर राबर्ट को 1833 में लंदन तथा बरमिंघम के बीच रेलवे का इंजीनियर नियुक्त किया गया। इसके साथ ही राबर्ट अनेक प्रकार के इंजीनियरिंग प्रयोग भी करता रहा। इनमें पहाड़ काटकर सुरंगों (टनेल) से होकर रेल लाइन तैयार करना भी शामिल था। ब्लिसवर्थ में कटाई करके तथा किल्सबाई में सुरंग बिछाकर रेल लाइन तैयार करके राबर्ट ने लंदन को उत्तरी औद्योगिक क्षेत्र से जोड़ दिया। इसे उस समय

की बहुत बड़ी सफलता माना गया।

राबर्ट ने जगह-जगह पर गार्डर वाले रेलवे पुल तैयार करने में भी महारत हासिल कर ली। उधर जार्ज अपने इंजन में लगातार सुधार करता रहा। अपने देश में लगातार काम करने के बाद उसकी माँग विदेशों में भी होने लगी। बेल्जियम, डेनमार्क आदि भी उसकी सेवाएँ माँगने लगे। पिता-पुत्र ने मिलकर स्वीडन, डेनमार्क, बेल्जियम, स्विटजरलैंड, मिस्र आदि में भी रेल लाइन बिछाने का काम किया।

उधर जार्ज का भतीजा, जिसका नाम जार्ज राबर्ट स्टीफेंशन था, अब इस क्षेत्र में आ गया था। 20 अक्टूबर, 1819 को जन्मे इस बालक ने प्रारंभ में मैनचेस्टर में कोइलियरी में काम किया। बाद में परिवार की स्थिति में सुधार आते ही किंग विलियम स्कूल में पढ़ाई की। 18 वर्ष की आयु में जब उसके पिता का देहांत हो गया तो वह अपने चाचा जार्ज स्टीफेंशन के दफ्तर में ड्राइंग ऑफिस का काम देखने लगा।

1846 में जार्ज परिवार की प्रतिष्ठा अपनी चरम सीमा पर थी। रेल लाइनों के बिछने से मध्य इंग्लैंड में भी कोयले की खानों में काम तेजी से होने लगा क्योंकि अब खुदाई के बाद इसे ढोना आसान हो गया था। राबर्ट स्टीफेंशन कंजरवेटिव पार्टी के टिकट पर ब्रिटिश संसद के लिए व्हिट बाई से चुन लिया गया था। जार्ज अब चेस्टर फील्ड में टेप्टन हाउस में रहने लगा। राबर्ट के सांसद तथा इंस्टीट्यूशन ऑफ इंजीनियर्स के सदस्य चुने जाने पर उसे भारी तसल्ली हुई।

जार्ज स्टीफेंशन अपने अंतिम दिनों में जगप्रसिद्ध हो चुके थे। तमाम लोग उनसे मिलने दूर-दूर से आते थे। प्रख्यात कवि व लेखक राल्फ वाल्डो इमर्सन उनसे टेप्टन हाउस में मिलने आए। वे जार्ज से इस कदर प्रभावित हुए कि उन्होंने बाद में लिखा कि इस व्यक्ति के अंदर अनेक व्यक्तियों की क्षमता छिपी है। महारानी विक्टोरिया के शासन-काल में तमाम लोग उनकी प्रशंसा करते थे और उनकी मेहनत, धैर्य, लगन आदि की तारीफ में समय-समय पर लेख लिखे जाते थे। उनके जीवनीकार ने उनके बारे में लिखा कि भाप की ताकत का श्रेष्ठ इस्तेमाल करने में वे सफल हुए।

उधर बेटा राबर्ट और भतीजा जार्ज राबर्ट रेलवे के कार्यों में जुटे थे और इधर 12 अगस्त, 1848 को इस महान् अन्वेषक, स्वाध्यायी इंजीनियर का निधन हो गया।

जार्ज ने जो रेल इंग्लैंड के लिए तैयार की थी, वह इंग्लैंड तक सीमित नहीं रही तथा बेटा राबर्ट उसे आगे बढ़ाता रहा। अमेरिका और कनाडा जैसे देशों में उसकी देख-रेख में रेलें चलीं। बड़ी-बड़ी नदियों पर उसकी देख-रेख में पुल बाँधे गए और धड़धड़ाती हुई रेलगाड़ियाँ यात्रियों तथा माल को एक जगह से दूसरी जगह ढोती रहीं।

राबर्ट लगातार सांसद भी चुने जाते रहे और 12 अक्टूबर, 1859 को उनका

निधन हो गया। उनके बाद उनके चचेरे भाई जार्ज राबर्ट स्टीफेंशन ने उनकी कंपनी का कार्यभार सँभाल लिया। इस समय तक स्टीफेंशन परिवार के पास अपार संपत्ति थी जिसमें तमाम कोइलियरियाँ भी शामिल थीं। जार्ज राबर्ट ने 1860 में न्यूजीलैंड में भी काम किया और वहाँ की सरकार के सलाहकार इंजीनियर के रूप में लिट्टेल्टन तथा क्राइस्ट चर्च के बीच में रेल का जाल अपनी देख-रेख में बिछवाया।

1864 में जार्ज राबर्ट वापस इंग्लैंड लौट आया तथा सर जॉन हॉकशॉ की सहायता से पूर्वी लंदन रेलवे की स्थापना के लिए काम किया। प्रसिद्ध सेंट लारेंस नदी के ऊपर बने पुल में भी जार्ज राबर्ट का योगदान था और उसने इंग्लैंड तथा विदेशों में तमाम कार्य की देख-रेख भी की।

अपने चाचा व चचेरे भाई के विपरीत जार्ज राबर्ट को जीने व काम करने के लिए लंबी आयु मिली और 1905 में 26 अक्टूबर को 86 वर्ष की आयु में उसका निधन हो गया।

आज पूरे विश्व में रेलों का जाल फैला हुआ है और इसमें संघर्षशील जार्ज स्टीफेंशन और उनके परिवार का अप्रतिम योगदान है। मानव शायद ही उन्हें कभी भुला पाएगा।

सामुवेल फिनले ब्रीज मोर्स और उनका टेलीग्राफ

प्रारंभ से ही मनुष्य के मन में दूर-दूर तक अपना संदेश भेजने की इच्छा रही है। वह पहले कबूतरों द्वारा और फिर घोड़े पर भेजी जाने वाली डाक से संतुष्ट नहीं था। वह अपना संदेश तत्काल भेजना चाहता था।

उस समय तक बिजली के बारे में काफी जानकारी आ चुकी थी। चुंबकीय क्षेत्र में परिवर्तन करके विद्युत द्वारा चमत्कारिक गतिविधियाँ करने की परंपरा भी प्रारंभ हो चुकी थी। ऐसे में दूर-दूर तक तारों पर संदेश भेजने का सपना सामुवेल फिनले ब्रीज मोर्स नामक व्यक्ति ने साकार किया, जो बहुमुखी प्रतिभा का धनी था।

सामुवेल फिनले ब्रीज मोर्स, जिनके अंदर एक आविष्कारक, चित्रकार, व्यवसायी और राजनीतिज्ञ के गुण छिपे थे, का जन्म मैसाचुएट्स राज्य के चार्ल्स टाउन में 27 अप्रैल, 1791 को हुआ था। उसके पिता जेडियाह मोर्स एक सम्मानित व्यक्ति थे और चर्च का दायित्व निभाने के अलावा अनेक पुस्तकों के रचयिता भी थे। उनकी पुस्तकों में भूगोल की पुस्तक महत्त्वपूर्ण थी, जो अमेरिका में पहली बार प्रकाशित हुई थी। उनकी माता भी एक सम्मानित परिवार से थीं। सामुवेल के नाना न्यूजर्सी के जाने-माने न्यायविद् थे और परनाना सामुवेल फिनले न्यूजर्सी कॉलेज, जो आजकल प्रिंसटन विश्वविद्यालय के नाम से जाना जाता है, के अध्यक्ष थे।

एलिजाबेथ ने 11 संतानों को जन्म दिया, जिनमें सामुवेल पहले थे, पर सिर्फ दो लड़के जीवित रह पाए। बचपन में वह फिनले के नाम से पुकारा जाता था और अत्यंत चंचल था। वह हमेशा गतिशील रहता था और एक काम छोड़कर दूसरे काम

में जुट जाता था। उसके पिता उसे लगातार समझाते कि वह एक काम में ध्यान लगाए। वे उसे डाँटते भी थे कि जल्दीबाजी, शोर मचाना और गुस्सा एक कमजोर और टूट जाने वाले मस्तिष्क के लक्षण होते हैं।

माता अपने नवजात शिशुओं की मृत्यु से दुखी थी, पर उसने अपने शेष बच्चों की ओर पूरा ध्यान देना जारी रखा। फिनले में पिता की दृढ़ इच्छाशक्ति और माता की समझ विकसित होती चली गई।

बच्चे को बेहतर भविष्य देने के लिए पिता ने फिनले को सात वर्ष की आयु में फिलिप्स अकादमी भेजा। बचपन में उसके स्कूल से तरह-तरह की शिकायतें आती रहीं। वह लिखने में गलती करता था और क्लास में शोर भी करता था। वह स्कूल के सख्त अनुशासन से भी परेशान रहता था और उसे घर की याद भी बहुत आती थी।

1805 में वह येल कॉलेज में पढ़ने गया। यहाँ भी उसमें कोई सुधार नहीं आया। कॉलेज के प्रिंसिपल और शिक्षक दोनों ने उसके घर पर शिकायतें भेजीं। वह कुछ कक्षाओं जैसे विज्ञान विषयों की, में बड़ी रुचि के साथ जाता था। जब पढ़ाई से उसका मन ऊब जाता तो वह चित्रकारी भी करता था। उसने अपने साथियों के खूब चित्र बनाए और इस तरह अपना जेबखर्च निकाला। 1810 में उसने स्नातक की उपाधि ली और इस समय उसका चित्रकार बनने का इरादा था।

दूसरी ओर उसके माता-पिता उसे लेखक बनाना चाहते थे। अमेरिका के दो जाने-माने चित्रकार उसकी चित्रकला से प्रभावित हो चुके थे और उसे उच्च प्रशिक्षण के लिए इंग्लैंड भेजना चाहते थे। अब तक उसने हाथी-दाँत पर खूबसूरत लघु चित्रकारी भी कर ली थी।

उस समय अमेरिका में अच्छे-अच्छे नामी चित्रकार भी सिर्फ कला के बूते अच्छा रहन-सहन नहीं पा सकते थे। पर फिनले घंटों चित्रकारी में जुटा रहता था। कई बार वह देर रात तक काम करता था और काम करते-करते इस कदर थक जाता था कि ब्रश उसके हाथ से गिर जाता था।

उसने कुछ दिनों तक एक किताबों की दुकान में बतौर क्लर्क भी काम किया और अनेक अच्छी तस्वीरें भी बनाईं। आखिर उसके माता-पिता उसकी इच्छा के आगे झुक गए और उन्होंने 13 जुलाई, 1811 को उसे इंग्लैंड प्रशिक्षण के लिए भेज दिया। वह लगभग चार साल तक इंग्लैंड में रहा और बीच में दो बार चित्रकारी के संदर्भ में बाहर गया।

फिनले ने अपने शिक्षक अल्स्टन से काफी ज्ञान प्राप्त किया। उसने रॉयल सोसायटी में भी काम किया और उसे बेंजामिन वेस्ट का आशीर्वाद प्राप्त हुआ। यहाँ उसे चार्ल्स राबर्ट लेस्ली के रूप में अच्छा सहपाठी भी मिला। उसने जाने-माने

लेखकों स्पेंसर, दांते आदि की रचनाओं को भी पढ़ा। 1812 में उसने 'हरक्यूलिस' शीर्षक चित्र तैयार किया, जिसके लिए उसे कला समिति से स्वर्ण पदक भी मिला। 1813 में उसने बड़े कैनवास पर 'मरता हुआ हरक्यूलिस' शीर्षक चित्र तैयार किया जो उस साल रॉयल अकादमी की प्रदर्शनी में सजाया गया और इस पर तमाम प्रशंसात्मक टिप्पणियाँ मिलीं। 1815 में उसकी पेंटिंग 'ज्यूपिटर का न्याय' नकद पुरस्कार के लिए अवश्य चुनी जाती अगर वह इंग्लैंड में आगे रुकता। उसी साल वह बोस्टन लौट आया। उसने आते ही एक स्टूडियो खोला और चित्रकला की दुनिया में क्रांति करने का निर्णय लिया।

पर उसकी आशाओं पर शीघ्र ही कुठाराघात हो गया। अनेक लोग उसके स्टूडियो में आए और चित्रों की तारीफ के पुल बाँधते रहे, पर किसी ने उन्हें खरीदा नहीं। किसी ने उसे नया चित्र बनाने का ऑर्डर भी नहीं दिया। उसे सिर्फ व्यक्तिगत चित्र बनाने के ऑर्डर मिले और इस काम को वह ज्यादा पसंद नहीं करता था।

वह बोस्टन छोड़कर दूसरे शहरों में भी भटका और 1818-21 के दौरान उसे चित्रकला की दुनिया में पहली सफलता मिली। इसके अलावा इस दौर में उसे धन तो नहीं प्राप्त हुआ, पर उसकी अच्छे-अच्छे लोगों से जान-पहचान हो गई और इनमें से कई के उसने चित्र बनाए।

अपने बनाए 86 व्यक्तिगत चित्रों में फिनले ने अनेक प्रयोग भी किए। उसने मोमबत्ती की रोशनी में व्यक्ति के चित्र को नवीन रूप में उभारा। पर उसे धन की प्राप्ति नहीं हो पाई।

उधर 29 सितंबर, 1818 को उसने लुक्रेटिया पिकरिंग वाकर नामक एक अश्वेत लड़की से विवाह किया, जो न्यू हैंपशायर के पास कंकार्ड के पास की थी। अब फिनले ने धन कमाने का निश्चय किया। अब तक उसकी बड़े-बड़े लोगों, जिनमें अमेरिकी राष्ट्रपति जेम्स मनरो भी थे, से जान-पहचान हो चुकी थी और प्रारंभिक दौर में छोटे और गंदे मकान में रहने के बाद उसने 1826 में न्यूयार्क सरकार की कृपा से अच्छा मकान किराये पर ले भी लिया, पर दुर्भाग्यवश उसका उपयोग करने वाले नहीं रहे। पहले उसकी पत्नी का 1825 में देहांत हुआ और फिर 1826 में पिता चल बसे। 1828 में माता भी नहीं रही। मोर्स का चित्रकारी का व्यवसाय भी हलका चल रहा था। वह इस कदर दुखी था कि उसने अपने दोस्तों से कहा कि एक चित्रकार का अमेरिका में रहना भिखारी के रहने के समान है।

बीच-बीच में उसको अपना स्टूडियो भी बंद करना पड़ा तथा उसने अखबारों में भी काम किया। दो बार उसने अपने शहर के मेयर के लिए भी चुनाव लड़ा, पर हार गया। उसने स्थानीय अमेरिकी डेमोक्रेटिक एसोसियेशन के टिकट पर चुनाव लड़ा

था। इस संस्था के लोगों की माँग थी कि अमेरिकी आव्रजन नियमों में इस तरह परिवर्तन किया जाए, ताकि निम्न वर्ग के यूरोपीय लोग अमेरिका में न आ सकें और नागरिकता न पा सकें। पर मोर्स लगभग हर क्षेत्र में असफल रहा।

अंतत: निराश मोर्स अपने बच्चों को अपनी दादी की देख-रेख में छोड़कर 1829 में यूरोप चला गया। इस बार वह जगह-जगह घूमा। पेरिस में उसकी मुलाकात मारकीस दे लेफायटे से हुई, जिन्होंने अमेरिकी स्वतंत्रता संग्राम में अभूतपूर्व योगदान किया था और उन्हें सम्मान के तौर पर अमेरिका की नागरिकता मिली थी। मोर्स उनका चित्र कई साल पहले बना चुका था। दोनों घनिष्ठ मित्र बन चुके थे।

वह इटली भी गया और उसने रोम में घूम-घूमकर कलादीर्घाओं में पुराने चित्र देखे और कइयों की अनुकृतियाँ भी तैयार कीं। यहाँ भी उसने अनेक अनुभवी व प्रभावशाली लोगों से मित्रता कायम कर ली।

अक्टूबर, 1832 में मोर्स न्यूयार्क वापस जाने के लिए 'सली' नामक जलयान में बैठा। इस जलयान में यात्रा के दौरान उसकी मुलाकात चंद ऐसे लोगों से हुई जो बिजली का नए कामों में उपयोग करना चाहते थे। तब तक वैज्ञानिकों ने यह खोज कर डाली थी कि विद्युत शक्ति और चुंबकीय शक्ति में परस्पर संबंध हैं। वे लोग इस चर्चा में मशगूल थे और चित्रकार मोर्स उनकी बात बड़े ध्यान से सुन रहा था। उसे येल में बिताए छात्र-जीवन से ही शांतिपूर्वक सुनने और समझने की आदत पड़ चुकी थी।

तभी एक सदस्य ने प्रश्न किया कि जिस तार में विद्युत बह रही हो और अगर उसकी लंबाई बढ़ा दी जाए तो क्या विद्युत के बहने की गति में कमी आ जाएगी? दूसरे व्यक्ति ने कहा, नहीं आएगी। तार कितना भी लंबा हो, विद्युत प्रकाश की गति से ही चलती है। मोर्स के दिमाग में विचार उठा कि अगर विद्युत की उपस्थिति महसूस करने लायक बना दी जाए, तो कोई भी बात तारों के जरिये एक जगह से दूसरी जगह पहुँचाई जा सकती है।

हालाँकि यह विचार पहले भी लोगों के दिमाग में आ चुका था, पर मोर्स को लगा कि यह अद्‌भुत विचार पहली बार उसी के दिमाग में आया है और उसने इसे अपनी नोटबुक में दर्ज करना प्रारंभ कर दिया। उसने चित्र बनाकर विद्युतधारा के सर्किट को जोड़कर और फिर तोड़कर संदेश भेजने की कल्पना कर डाली।

जब नवंबर, 1832 में वह जहाज से उतरा तो उस समय तक उसने अपने टेलीग्राफ संयंत्र की पूरी योजना कागज पर बना डाली थी। इसका जिक्र भी उसने जहाज के कप्तान से किया था, पर इसको मूर्त रूप देने में उसे वर्षों लग गए। उसी साल उसे न्यूयार्क के एक विश्वविद्यालय में कला प्राध्यापक का दायित्व मिल गया।

इस पद पर उसे कोई तनख्वाह नहीं मिलती थी और छात्रों से जो फीस आदि मिल जाती थी उससे विश्वविद्यालय के छोटे-मोटे खर्चे ही निकल पाते थे। इन दिनों कैथोलिक विरोधी तथा स्थानीय अमेरिकियों के आंदोलन भी चल रहे थे। अब उसने विभिन्न मुद्दों पर लेखन भी प्रारंभ कर दिया।

अंतत: 1837 में मोर्स चित्रकला, राजनीति आदि से ऊब चुका था और उसने अंतत: अपने आपको आविष्कारों की दुनिया में केंद्रित करने का फैसला किया।

दरअसल मोर्स का मस्तिष्क पहले से ही आविष्कारक था। उसके दिमाग में नए-नए विचार आते रहते थे। 1817 में ही उसने अपने भाई सिडनी के साथ मिलकर एक फायर इंजन के लिए पिस्टन पंप तैयार किया था। हालाँकि इस काम से उसे कोई आर्थिक लाभ नहीं हुआ। 5 साल बाद उसने संगमरमर काटने की एक मशीन तैयार की, पर उसमें भी फायदे की जगह उलझन ही मिली।

1827 में उसने बिजली के बारे में ज्यादा से ज्यादा जानकारी हासिल करने के लिए व्याख्यानों की लंबी श्रृंखला सुनी थी। 1832 में ही उसने अपनी नोटबुक में टेलीग्राफ का ब्लॉक डायग्राम तैयार कर लिया था जिसमें विद्युत सर्किट को जोड़कर और तोड़कर संकेत भेजने का संयंत्र, इन संकेतों को प्राप्त कर कागज पर दर्ज करने का संयंत्र तथा डॉट व डैश कूट संकेतों को अक्षरों और संख्याओं में परिवर्तित करने के लिए संयंत्र शामिल था।

धीरे-धीरे मोर्स ने अपने संयंत्रों का सरलीकरण प्रारंभ किया। सर्किट बनाने व भंग करने के लिए उसने उँगलियों से दबाने वाली 'की' (जैसे कि टाइपराइटर में होती हैं) का इस्तेमाल किया। इसी प्रकार प्राप्त संदेश को दर्ज करने के लिए उसने एक संयंत्र तैयार किया, जिसमें एंबोसिंग के जरिये संदेश दर्ज होता था। मोर्स ने यह भी देखा कि संदेश सुने भी जा सकते हैं।

प्रारंभ में अपना संयंत्र बनाते समय मोर्स ने कभी नहीं सोचा था कि उसका संयंत्र लोगों के रोजाना काम आएगा। वह सोचता था कि इसे सरकार ले लेगी और यह सरकारी गोपनीय संदेशों को भेजने के काम आएगा। इसके मद्देनजर उसने कूट संकेत भेजने की प्रणाली विकसित करना प्रारंभ किया जो आगे चलकर मोर्स कोड के नाम से प्रसिद्ध हुई। उसने डॉट, डैश व खाली स्थान का इस्तेमाल करते हुए अंग्रेजी वर्णमाला के अक्षर तैयार करना प्रारंभ कर दिया।

पर संयंत्रों को विकसित करने और अंतिम रूप देने में मोर्स को दिक्कत आने लगी। अब उसे हर प्रकार के हुनर वाले व्यक्ति की आवश्यकता थी। सबसे पहले उसने गेल को अपना सहयोगी चुना, जो न्यूयार्क विश्वविद्यालय में उसका सहयोगी रहा था। गेल को इलैक्ट्रोमैग्नेटिस्म की नवीनतम जानकारी थी और उसने काम प्रारंभ

कर दिया। बाद में हेनरी नामक व्यक्ति उनके साथ जुड़ गया। जहाँ गेल ने अनेक बैटरी और शक्तिशाली चुंबक लगाकर मजबूत संदेश दस मील दूर तक तारों द्वारा पहुँचाने में योगदान किया वहीं हेनरी ने उन स्थानों पर रिले लगाने का काम प्रारंभ किया जहाँ विद्युतधारा अत्यंत कम हो जाती थी। इससे टेलीग्राफ लाइन को दूर-दूर तक ले जाना और अनेक शाखा लाइनें तैयार करना संभव हो गया।

पूरे कार्यक्रम के लिए काफी धन की भी आवश्यकता थी और इसके लिए अल्फ्रेड वेल सामने आया और इन तीन साथियों की सहायता से मोर्स ने अपने टेलीग्राफ को मूर्त रूप देना प्रारंभ कर दिया।

सितंबर, 1837 में मोर्स ने अमेरिका में अपने आविष्कार को पेटेंट कराने के लिए आवेदन किया और इसके बाद वह यूरोप चला गया, जहाँ उसने इंग्लैंड व फ्रांस में भी पेटेंट के आवेदन दर्ज किए। इंग्लैंड में उसका आवेदन बिना कारण बताए खारिज कर दिया गया। फ्रांस में उसे वैज्ञानिकों और विद्वानों से प्रशंसा तो मिली, पर वहाँ की सरकार ने उसमें कोई रुचि नहीं ली।

महान् आविष्कर्ता मोर्स को इतनी कड़ी मेहनत व सर्वस्व न्योछावर करने के बाद भी सालों तक भूख और बदहाली ही मिली। बाद में अल्फ्रेड वेल ने भी पैसा लगाना बंद कर दिया। मोर्स की हिम्मत टूटने ही वाली थी कि 1843 में अमेरिकी कांग्रेस ने प्रयोग के तौर पर वाशिंगटन से बाल्टीमोर तक टेलीग्राफ की लाइन बिछाने हेतु 30,000 डॉलर मंजूर कर दिए। इस बीच मोर्स ने अपने टेलीग्राफ संयंत्र में काफी परिवर्तन कर लिए थे। 1838 में तत्कालीन अमेरिकी राष्ट्रपति ने भी उसका संयंत्र देखा और अनेक सुझाव दिए थे।

आखिर 24 मई, 1844 को वाशिंगटन से बाल्टीमोर तक की लाइन तैयार हो गई और मोर्स ने अमेरिकी सर्वोच्च न्यायालय से बाल्टीमोर संदेश भेजा। उसका उत्तर भी तत्काल आ गया। इस प्रकार विश्व-इतिहास में एक नए अध्याय का श्रीगणेश हुआ।

मोर्स ने तमाम जीवन गरीबी और मुफलिसी देखी थी और अब भी उसके मन में पैसे के प्रति चाहत विकसित नहीं हुई थी। उसने अपना आविष्कार मात्र एक लाख डॉलर में अमेरिकी सरकार को बेचने का प्रस्ताव किया ताकि सरकार जगह-जगह टेलीग्राफ लाइनें बिछाए। वह सोच रहा था कि वह फिर से चित्रकारी की दुनिया में लौट जाएगा।

पर तत्कालीन पोस्ट मास्टर जनरल को इस संयंत्र की उपयोगिता समझ में नहीं आई और उन्होंने इसकी संस्तुति नहीं की। आखिर अमेरिकी कांग्रेस ने निजी क्षेत्र को टेलीग्राफ लाइनें बिछाने का अधिकार सौंप दिया।

बेचारे मोर्स ने सारी जिंदगी धक्के खाए थे। उसे व्यवसाय का कतई अनुभव नहीं

था। वह टेलीग्राफ की लाइनें बिछाने और उनकी देख-रेख करने के दायित्व के लिए सक्षम नहीं था। आखिर उसे अमोस कैंडल नामक व्यक्ति मिला, जिसने उसके व्यापारिक व कानूनी मामलों की देखरेख का काम सँभाल लिया। मोर्स ने सोचा कि अब वह आराम की जिंदगी बिताएगा, पर यह संभव नहीं हो सका। एक अमेरिकी पूर्व सांसद जिसने अपनी सदस्यता के दौरान संसद में मोर्स की वकालत की थी, ने व्यवसाय में उसकी साझेदारी भी ले ली थी। पर फ्रांसिस ओमर्ड जोनाथन स्मिथ नामक इस व्यक्ति ने मोर्स को अपनी बेजा हरकतों से बहुत परेशान किया और परेशान मोर्स मृत्यु के कगार पर पहुँच गया। लंबी कानूनी लड़ाई के बाद मोर्स को फतह हासिल हुई।

इसी प्रकार उसके सहयोगी रहे हेनरी से भी उसका काफी विवाद रहा। वेल ने टेलीग्राफ पर एक पुस्तक लिखी उस पर भी काफी मनमुटाव हुआ। बीच-बीच में ऐसा भी लगा कि मोर्स की इज्जत पर आँच आएगी, पर भोले-भाले मोर्स के मित्रों की भी तादाद कम नहीं थी और उसे बचने का रास्ता मिलता रहा।

मोर्स को अपने धर्म और बाइबिल पर अटूट विश्वास था। पहली टेलीग्राफ लाइन के पूरा होने से सालों पूर्व उसने यह सोचना प्रारंभ कर दिया था कि जब पहला टेलीग्राफ संदेश जाएगा तो क्या जाना चाहिए। काफी खोजबीन के बाद अमेरिकी पेटेंट हाउस में कार्यरत हेनरी एल्सवर्थ की पुत्री ने बाइबिल के 23वें अध्याय से 23वीं कविता निकाली जो मोर्स ने पहले ऐतिहासिक संदेश के रूप में भेजी।

पहली पत्नी के देहांत के पश्चात् वर्षों तक मोर्स अकेला ही काम में जुटा रहा और वैवाहिक जीवन के सुख भूल ही गया था। जब उसके पास कुछ धन इकट्ठा हो गया तो उसने विवाह की सोची। उसकी एक दूर की रिश्तेदार सारा एलिजाबेथ थी, जो आयु में उससे 21 वर्ष छोटी थी। उटिका न्यूयार्क में जन्मी सारा से मोर्स का विवाह 10 अगस्त, 1818 को हो गया। सारा अत्यंत खूबसूरत थी पर वह श्रवणहीन थी। सारा ने मोर्स के 6 बच्चों को जन्म दिया।

बतौर चित्रकार मोर्स अपनी पहली पत्नी और उसके 3 बच्चों को रहने के लिए आरामदायक घर नहीं दे सका था, पर अब सफल व्यवसायी मोर्स ने सारा और बच्चों के लिए एक मकान न्यूयार्क शहर में तथा एक आरामगाह हडसन नदी के किनारे बनवाया। यह आरामगाह 100 एकड़ जमीन में बनी थी और यहाँ मोर्स परिवार गर्मी की छुट्टियाँ बिताने आता था। मोर्स यहाँ साढ़े छह बजे उठ जाता था और 8 बजे तक अपने अध्ययन में जुट जाता था। वह अपने बरामदे में बैठकर रोज की डाक देखता था। उसके ज्यादातर पत्र टेलीग्राफ कंपनियों से आते थे और कुछ राजनीतिक विचारकों से।

मोर्स एक राजनीतिक विचारक भी था। उस समय अमेरिका में गृहयुद्ध के बादल मँडरा रहे थे और कुछ लोग गुलामी प्रथा की खिलाफत कर रहे थे। मोर्स भी समय-समय पर इस प्रकार के मुद्दों पर अपने विचार व्यक्त करता था।

दोपहर तक वह आए हुए पत्रों के उत्तर तैयार कर लेता था और भोजन के बाद वह किसानों से खेती संबंधी बातचीत करता था। गुलामी के बारे में उसके विचारों से कुछ लोग चिढ़ते थे, पर वह खुलकर बोलता था। वह नारी-स्वतंत्रता का भी पक्षधर था। 1851 में उसने नारियों के हक में काम करने के लिए एक हजार डॉलर दान किए। उसने वासार महिला कॉलेज की स्थापना के लिए भी योगदान किया। यह कॉलेज आज भी चल रहा है।

1846 तक अमेरिका में 1300 मील लंबी टेलीग्राफ लाइनें बिछ चुकी थीं। अनेक व्यवसायियों ने उसके संयंत्र की नकल करके अपने-अपने तरीके से काम प्रारंभ किया और मोर्स ने उनका अदालत में मुकाबला किया। अनेक मुकदमे लड़ने के बाद 1854 में सर्वोच्च न्यायालय ने फैसला दिया कि मोर्स ही टेलीग्राफ संयंत्र का असली आविष्कारक है और इस प्रकार नकलची व्यवसायियों के कदम रुक गए।

मोर्स को अपने जीवन में ही तमाम सम्मान व पुरस्कार मिले। येल विश्वविद्यालय ने उसे डॉक्टर ऑफ लॉ की उपाधि प्रदान की जबकि उन यूरोपीय सरकारों, जिन्होंने उसके पेटेंट आवेदनों को खारिज किया था, ने भी तमाम पदक व सम्मान प्रदान किए। जब मोर्स इन पदकों को कोट पर लगाकर चलता था तो ऐसा लगता था कि उसने सेना के जनरल का कोट पहन रखा है।

1858 में फ्रांस, आस्ट्रिया, बेल्जियम, हॉलैंड, रूस, स्वीडन, टर्की आदि ने 4 लाख फ्रांक की बड़ी धनराशि मोर्स को दी ताकि वह टेलीग्राफ लाइन बिछाने की अनुमति दे। मोर्स को इस राशि का एक हिस्सा मजबूरन एफ०ओ०जे० स्मिथ को देना पड़ा। धार्मिक मोर्स ने प्राप्त राशि का एक बड़ा हिस्सा चर्च को भी दान किया। कैंडेल के प्रयासों से अब उसके पास काफी धन इकट्ठा हो गया था। मोर्स ने दोनों हाथों से खूब दान किया, पर अब उसका धन बढ़ता ही जा रहा था।

1854 में मोर्स ने अमेरिकी संसद के लिए चुनाव लड़ा। डेमोक्रेटिक पार्टी के चुनावचिह्न पर लड़े गए इस चुनाव में उसे पराजय का फिर सामना करना पड़ा। जब सायरस डब्ल्यू० फील्ड कंपनी ने अटलांटिक महासागर से होकर टेलीग्राफ की लाइनें बिछाने का कार्य प्रारंभ किया तो मोर्स की सेवाएँ ली गईं। पर उसने शीघ्र ही इस कार्य से इस्तीफा दे दिया, क्योंकि बिछाए जा रहे तारों का इंसुलेशन कमजोर था। बाद में इन तारों में खराबी भी आ गई और मोर्स का अंदेशा सही निकला।

1861 में मोर्स वासार कॉलेज का अध्यक्ष नियुक्त हुआ और साथ ही नेशनल अकादमी ऑफ डिजाइन का अध्यक्ष भी बना। 1864 में उसने फिर से चित्रकारी प्रारंभ की, पर अब उसे लगने लगा कि उसकी कला उसका साथ छोड़ रही है। अंतिम दिनों में उसने काफी जायदाद भी खरीदी। उनमें ढाई सौ एकड़ का फार्म भी था। न्यूयार्क शहर में भी उसने एक और मकान खरीदा।

बहुत कम लोग ऐसे होते हैं जिनके मरने से पूर्व ही उनकी मूर्ति सार्वजनिक स्थल पर स्थापित कर दी जाती है। उस समय तक अमेरिका में टेलीग्राफिस्टों की बड़ी तादाद इकट्ठी हो गई थी और वे मोर्स को मसीहा मानते थे जिनके कारण उन्हें सुविधाजनक रोजगार मिल पाया था। 10 जून, 1871 को अमेरिका के टेलीग्राफ ऑपरेटरों की संस्था ने न्यूयार्क के केंद्रीय पार्क में उनकी मूर्ति की स्थापना की। इस काँसे की मूर्ति का निर्माण बायरन एम० पिकेट ने किया था।

मोर्स अब बूढ़े हो चले थे। 17 जनवरी, 1872 को वे अंतिम बार जनता के समक्ष आए और उन्होंने एक प्रतिमा का अनावरण किया। इसके बाद वे बीमार रहने लगे। इस दौरान भी वे छोटे बेटे के लिए घड़ी खरीदने गए। मार्च, 1872 में उन्हें न्यूराल्गिया का अटैक हुआ और उसके बाद न्यूमोनिया भी हो गया। बिस्तर पर पड़े-पड़े वे भगवान् को याद करते रहते थे। चर्च का अधिकारी नियमित रूप से उनके पास आता था। वे लेटे-लेटे उसे कहते कि उनका बेहतरीन समय अब आने वाला है। उनका धर्म पर विश्वास अंतिम क्षण तक बना रहा।

उनकी हिम्मत अंतिम क्षण तक नहीं टूटी। जब डॉक्टर उनकी जाँच के लिए आता तो उसका आला देखकर वे कहते कि यह आपका टेलीग्राफ है। यह बहुत अच्छा है।

मरते समय अपनी सफेद दाढ़ी और सफेद बालों में वे बहुत सुंदर लगते थे। ऐसा लगता था कि उनके चेहरे पर स्वर्ग का दैवी प्रकाश पड़ रहा हो। 1 अप्रैल, 1872 को उन्होंने अपनी पत्नी को अंतिम बार पहचाना और उसके बाद उन्होंने आँखें बंद कर लीं। दुनिया को टेलीग्राफ के तारों के जरिये एक सूत्र में पिरोने वाले मोर्स ने 2 अप्रैल, 1872 को अपने आराध्य ईश्वर के साथ संपर्क कायम कर लिया और हमेशा-हमेशा के लिए इस दुनिया से चले गए।

लगभग हर क्षेत्र में पहले असफलता का स्वाद चखने वाले मोर्स को मरने के बाद भी अभूतपूर्व सम्मान मिला। वे अमेरिकी संसद में चुनाव लड़कर तो नहीं पहुँच पाए पर उनकी मृत्यु पर संसद में शोक-सभा हुई। पूरे देश के कलाकारों ने उन्हें सभाएँ कर-करके याद किया।

आज उनका टेलीग्राफ उतना उपयोगी नहीं रहा क्योंकि उससे बेहतर और तीव्र संचार-साधन आ चुके हैं, पर उनके आविष्कारक रूप का मूल्य कभी कम नहीं हुआ। उनका बनाया मोर्स कोड आज भी प्रचलित है।

उनके चित्रकार रूप को भी उनके मरने के बाद सराहा गया। 1932 में उनके चित्रों की प्रदर्शनी मेट्रोपोलिटन म्यूजियम में लगी और दुनिया ने उन्हें बतौर श्रेष्ठ चित्रकार भी स्वीकार किया। आज अमेरिकी कला छात्र उन्हें अपना आदर्श मानते हैं।

उनके जीवन के रोचक पहलुओं की दिलचस्प जानकारी उनके बारे में अध्ययन करके ही हासिल की जा सकती है। अनेक लोगों ने उनकी जीवनी लिखी और उनके पत्रों तथा अन्य दस्तावेजों के संग्रह भी छपे।

माइकेल फैराडे और उनके विद्युत संबंधी आविष्कार

आसमान में चमकती बिजली मनुष्य के लिए हमेशा से ही कौतूहल का विषय रही है। बाद में उसने दूसरे तरीकों से भी बिजली का प्रभाव देखा।

महाभारत-काल के पश्चात् अष्टावक्र ने अपने एक श्लोक में विद्युत के पैदा होने और उसके धनात्मक व ऋणात्मक होने तथा उसके द्वारा जला देने की बात कही है।

पर बिजली के इस्तेमाल की बात सदियों तक साकार नहीं हो पाई। बाद के दिनों में जब बैटरी का आविष्कार हुआ तो इसका थोड़ा-बहुत इस्तेमाल प्रारंभ हुआ, पर इसका बड़े पैमाने पर इस्तेमाल करने की बात तब संभव हुई जब इसे बड़े पैमाने पर तैयार करना संभव हुआ और इसके लिए आवश्यक खोजें व डायनेमो तैयार करने के लिए सफल प्रयास माइकेल फैराडे ने किए।

माइकेल फैराडे का जन्म 22 सितंबर, 1791 को लंदन के दक्षिणी भाग में स्थित न्यूंइगटन सरे में हुआ था। यह इलाका बाद में दक्षिणी लंदन का हिस्सा बन गया। वे जेम्स फैराडे तथा मारग्रेट फैराडे की चार संतानों में से एक थे।

जेम्स फैराडे एक लोहार थे तथा उन्होंने बहुत गरीबी के दिन देखे थे। माइकेल के जन्म से कुछ ही पहले वे उत्तरी इंग्लैंड के यार्कशायर इलाके को छोड़कर लंदन के पास वाले इलाके में रोजगार की तलाश में आए थे। उनका स्वास्थ्य ढलता जा रहा था तथा उनके लिए रोजी-रोटी कमाना कठिन होता जा रहा था।

माइकेल फैराडे ने भी बचपन से गरीबी ही देखी थी। गरीबी के कारण कई बार

एक पाव ब्रेड से ही पूरे सप्ताह का गुज़ारा करना पड़ जाता था। पर माइकेल को इसका मलाल नहीं था। गरीब माँ ने उसे भरपूर प्यार दिया। वह ईसाइयों के एक वर्ग, जिसे सैंडेमैनियन कहा जाता है, से थी तथा इस वर्ग के लोग जीवन के एक हिस्से को ईश्वर को न्योछावर करने में विश्वास क़रते हैं। इस वर्ग के लोगों का यह ध्येय रहता है कि वे अपने जीवन का प्रयोग ईश्वर द्वारा निर्मित संसार में ज्ञान के विकास के लिए करें।

गरीबी के कारण माइकेल सिर्फ पास के चर्च संडे विद्यालय में प्रारंभिक शिक्षा प्राप्त कर पाया। मामूली लिखना, पढ़ना और थोड़ा अंकगणित सीखने के पश्चात् उसने सड़कों पर अखबार बेचना प्रारंभ कर दिया।

सिर्फ 14 वर्ष की आयु में उसने लंदन के एक जिल्दसाज के यहाँ किताबें बाइंड करने का काम एक अप्रैंटिस के रूप में प्रारंभ कर दिया। पर यहाँ वह दूसरे अप्रैंटिसों की तरह सिर्फ जिल्द ही नहीं चढ़ाता था वरन् वह दुकान में जिल्द चढ़ाने व बेचने के लिए आने वाली किताबें भी पढ़ता था। वह हर किताब पढ़ता था क्योंकि प्रारंभ में उसे यह नहीं पता था कि उसे आगे चलकर क्या बनना है, पर बाद में जब इंसाइक्लोपीडिया ब्रिटैनिका का तीसरा संस्करण जिल्द चढ़ने को आया तो माइकेल ने उसका विद्युत संबंधी अध्याय पढ़ डाला और उसके मन में वैज्ञानिक बनने का सपना जग गया।

1812 में जब वह 21 वर्ष का हो गया तो उसकी अप्रैंटिसशिप समाप्त हो गई और अब उसे रोजगार की तलाश थी। इत्तफाक से चंद महीनों पूर्व उसके एक मित्र ने विख्यात वैज्ञानिक सर हम्फ्री डेवी के व्याख्यान के टिकट दिए थे। ये व्याख्यान डेवी ने लंदन स्थित रॉयल संस्थान में दिए थे जो कि विज्ञान की शिक्षा व शोध का प्रमुख केंद्र रहा है। माइकेल फैराडे ने इस अवसर का लाभ उठाते हुए न सिर्फ वे व्याख्यान सुने वरन् उन्हें अपने तरीके से नोट भी किया।

रोजगार की तलाश में माइकेल ने सर डेवी को पत्र लिखा कि वह उनके साथ किसी भी पद पर, किसी भी वेतन पर काम करना चाहता है। उसने शोध-कार्य में भाग लेने की इच्छा व्यक्त की तथा साथ में उनके व्याख्यान के नोट भी भेजे।

दुर्भाग्य से उसे सर डेवी ने पत्र लिखकर खेद सहित मना कर दिया। पर निराशा के बादल शीघ्र ही छँट गए और 1813 की सर्दियों में जब रॉयल संस्थान में एक कर्मचारी निकाला गया तो सर डेवी ने माइकेल फैराडे के घर संदेश भेजकर बुलवा लिया।

मार्च, 1813 में माइकेल फैराडे ने रॉयल संस्थान में प्रवेश किया और आजीवन इस महान् संस्थान से जुड़ा रहा। प्रारंभ में वह सर हम्फ्री डेवी के सहायक के रूप

में काम करता था। सर डेवी उस समय तक पोटैशियम, कैल्शियम जैसे तत्त्व अलग करने में सफल हो चुके थे तथा खदानों में काम करने वालों के लिए सुरक्षा लैंप का आविष्कार कर चुके थे।

सर डेवी ने देखा कि उनका नया सहायक न सिर्फ प्रयोगशाला के निर्धारित कार्य जैसे उपकरण साफ आदि करता था वरन् रसायनशास्त्र के विभिन्न विभागों का भी तेजी से अध्ययन करता जा रहा है। वे उससे अत्यंत प्रभावित हुए तथा जब वे यूरोप के विभिन्न देशों के दौरे पर रवाना हुए तो माइकेल को साथ ले गए।

माइकेल के भाग्य खुल गए। सर डेवी जैसे वैज्ञानिक के साथ 24 घंटे रहना तो स्वयं एक शिक्षा थी। साथ ही पेरिस और रोम जैसे शहरों में नई-नई चीजों को देखने का अवसर भी मिला। माइकेल ने अब सर डेवी की पारखी नजर भी पा ली और वह हर चीज को खोज के नजरिये से देखने लगा।

यह दौरा सिर्फ खुशियों से भरा ही नहीं था। इसमें माइकेल को जलालत का भी सामना करना पड़ा। डेवी की नई पत्नी एक कुलीन घराने की थीं। वे माइकेल को नौकर से ज्यादा नहीं समझती थीं। जब माइकेल विरोध करता तो वे उसकी गरीबी और लोहार के घर जन्मने की याद भी दिला देती थीं। वे वैज्ञानिक बैठकों के बजाय सामाजिक बैठकों, जिनमें उच्च वर्ग के लोग आते-जाते थे, को तरजीह देती थीं। सर डेवी को भी इनमें मजा आता था। माइकेल को इस दौरे में उच्च वर्ग से चिढ़-सी हो गई।

माइकेल अपने काम में इस कदर लगा रहा कि दौरे के दौरान नेपोलियन बोनापार्ट की वाटरलू में कड़ी पराजय हुई, पर माइकेल इससे बेखबर रहा। वह राजनीति को अपने से दूर रखता था। इस दौरे के दौरान माइकेल ने अनेक वैज्ञानिकों से मुलाकात की तथा अनेक प्रयोगों को देखा और समझा। 1815 में माइकेल रॉयल संस्थान में वापस आया।

1816 में माइकेल का पहला शोध-पत्र प्रकाशित हुआ। पर इसे अधिक महत्त्व नहीं मिला। माइकेल ने सर डेवी के तहत अप्रैंटिसशिप शीघ्र पूरी कर ली तथा 1818 में वह स्वयं एक कैमिस्ट बन गया। 1820 में उसने जंगरहित स्टील बनाने की दिशा में कार्य प्रारंभ किया पर सिर्फ यह जानकारी हासिल कर सका कि लोहे में कुछ अन्य धातुओं को छोटी मात्रा में मिलाने से जंग लगने की प्रक्रिया में रुकावट आती है। पर कोई निश्चित प्रक्रिया विकसित नहीं हो पाई। हालाँकि फैराडे इसमें आने वाले कई सालों तक लगा रहा।

पर 1820 में ही फैराडे ने कार्बन के दो नए क्लोराइड ढूँढ़ लिए। साथ ही कार्बन, आयोडीन तथा हाइड्रोजन का एक यौगिक भी ढूँढ़ लिया। इसी साल डेनमार्क

के एक वैज्ञानिक एच०सी० ओस्टेड ने अपनी खोज की घोषणा की कि अगर किसी तार से विद्युतधारा बह रही हो और चुंबकीय सुई उसके समानांतर रखी जाए तो सुई की दिशा बदल जाती है। इस खोज में लोगों की दिलचस्पी तो बहुत हुई पर इसे सही तरह समझा नहीं गया। पर फैराडे को शोध का एक नया विषय मिल गया और वह जुट गया। 1820 तक उसकी प्रतिष्ठा इतनी बढ़ गई थी कि उद्योगपति उसे अपने शोध संस्थानों में शोध हेतु महँगी फीस पर ले जाते थे।

अपने शुरुआती दिनों में फैराडे लगातार शोध-कार्यों में जुटा रहा और ऐशोआराम के लिए समय कतई नहीं निकाल पाता था। इस कारण उसके मित्र व सहयोगी उसे बुरा-भला भी कहते थे। वह बुलाने पर भी पार्टी में नहीं जा पाता था। उसे औरतों से मित्रता करने में कोई रुचि नहीं थी। जब किसी ने उसे उसकी युवावस्था की याद दिलााई और विवाह की सलाह दी तो उसने अंग्रेजी में एक कविता पढ़कर सुना दी, जिसका सार यह है कि पत्नी और उसका प्यार मानव-जीवन में प्लेग जैसी बीमारी ला सकता है और मनुष्य नष्ट हो सकता है।

माइकेल का एक मित्र था–एडवर्ड बर्नाड, जो उसके साथ ही सैंडेमैनियन चर्च जाता था। एडवर्ड ने माइकेल की कविता अपनी बहन सारा को दिखाई। सारा को यह चुनौती लगी। खूबसूरत व्यक्तित्व वाली सारा ने इस रूखे वैज्ञानिक को अपने वश में करने की ठान ली।

दृढ़प्रतिज्ञ सारा ने आखिर माइकेल को अपने वश में कर ही लिया तथा 12 जून, 1821 को दोनों परिणय-बंधन में बँध गए। वे लंदन की अल्बे मार्ले स्ट्रीट पर स्थित रॉयल संस्थान की एक इमारत में स्थित सूट में रहने लगे।

सारा को विज्ञान में कतई रुचि नहीं थी। उसने विज्ञान के बारे में जानकारी हासिल करने की कोई कोशिश नहीं की। मित्रों ने सुझाव दिया कि चूँकि माइकेल मूलत: कैमिस्ट है अत: सारा को कम से कम रसायनशास्त्र पढ़ लेना चाहिए, पर उसने यह भी नहीं किया। उसका कहना था कि माइकेल तो अपना सारा समय विज्ञान में देता है और कभी-कभी तो वह इतना उत्साहित हो जाता है कि रात में सो भी नहीं पाता है। अगर वह भी इसमें जुट गई तो दुनिया और नीरस हो जाएगी। अत: वह फैराडे को ज्यादा से ज्यादा घरेलू आराम देती रही और एक किस्म से सिर के लिए तकिए की भूमिका निभाती रही।

माइकेल को संतान-सुख हासिल नहीं हो सका। बाद के दिनों में सारा की दो भतीजियाँ उनके साथ रहती रहीं। माइकेल ने उन बच्चियों की परवरिश ठीक प्रकार से की। सारा ने माइकेल को इतनी खुशियाँ दीं कि माइकेल अकसर अपनी प्रयोगशाला में भी महिलाओं को प्रसन्न करने के लिए विचित्र प्रयोग करके दिखलाता था। वह

उन्हें रॉयल संस्थान के कॉरीडोर में भी घुमाता था।

शादी के साथ माइकेल द्वारा खोजों व आविष्कारों का भी नया सिलसिला प्रारंभ हुआ। इसी साल उसने एक कड़े तार को इस तरह लटकाया कि यह अपने लटकने वाले बिंदु से अपने निचले सिरे को पारे के प्याले में रखे। लटकने वाले बिंदु के दूसरे सिरे पर एक चुंबक इस तरह जकड़ा गया कि इसका एक ध्रुव पारे में रहे। जब तार से विद्युतधारा का प्रवाह हुआ तो तार तेजी से गोल-गोल घूमने लगा। इस खोज ने फैराडे को खासी शोहरत दिलाई तथा साथ ही डब्ल्यू०एच० वोलास्टोन ने उसके लिए खासी परेशानी भी खड़ी की जो इस सफलता को पाने के लिए सालों से प्रयास कर रहा था।

फैराडे की मेहनत रंग ला रही थी और सफलता कभी-कभी उसे अपनों से भी अलग कर रही थी। 1823 में जब फैराडे ने क्लोरीन को द्रवीकृत करने में सफलता पा ली तो सर हम्फ्री डेवी भी उससे नाराज हो गए। दरअसल इस दिशा में प्रयास सर डेवी ने काफी पहले प्रारंभ कर दिया था, पर सफलता का श्रेय फैराडे को मिल गया। उन्होंने 1823 में माइकेल फैराडे के रॉयल सोसाइटी में चयन का भी विरोध किया, हालाँकि फैराडे 1824 में चुन लिया गया।

अगले ही वर्ष माइकेल फैराडे ने एक और महत्त्वपूर्ण सफलता हासिल कर ली। पेट्रोलियम पदार्थों के उत्पादन के साथ जो तरल पदार्थ निकलता है उससे उसने बेंजीन को अलग कर लिया। वह साथ ही शीशों पर भी शोध कर रहा था ताकि प्रकाश के ध्रुवीकरण को चुंबकीय क्षेत्र में सफलतापूर्वक करना संभव हो सके।

1825 में माइकेल फैराडे को रॉयल संस्थान के निदेशक का दर्जा हासिल हो गया। अब वह हर शुक्रवार की शाम को रॉयल संस्थान के सदस्यों को व्याख्यान देता था। उसने युवा वर्ग को भी अपने व्याख्यानों का लाभ देना प्रारंभ किया और इन व्याख्यानों को क्रिसमस व्याख्यान की संज्ञा दी गई। इस प्रकार के 19 व्याख्यान दिए गए जिन्हें तत्कालीन युवा वर्ग बड़ी रुचि से सुनता था। फैराडे की बोलने की कला भी गजब की थी।

प्रारंभिक दौर में फैराडे रसायनशास्त्र पर ज्यादा केन्द्रित रहा। 1931 के बाद उसके शोध का दूसरा दौर प्रारंभ हुआ जिसमें उसने भौतिकशास्त्र पर ज्यादा समय देना प्रारंभ किया। वह भौतिकशास्त्र को प्रकृति के ज्यादा करीब मानता था। अब तक उसने यह जान लिया था कि विद्युतधारा एक चुंबकीय क्षेत्र उत्पन्न करती है तथा चुंबक विद्युतधारा से प्रभावित होकर काम करता है। उसने ताड़ लिया कि विद्युत शक्ति और चुंबकीय शक्ति में गहरा संबंध है और इस संबंध के उजागर होते ही दुनिया में क्रांति आ जाएगी। उसे उम्मीद थी कि चुंबकत्व विद्युत शक्ति उत्पन्न करने में सफल हो

जाएगा। इस बात को उसने 1822 में ही नोटबुक में दर्ज कर लिया था। चुंबकत्व से बिजली बनाने के प्रयास में उसने विभिन्न प्रकार के तारों, कॉयलों के बीच चुंबक रखकर, घुमाकर प्रयास किए, पर सफलता तब मिली जब 1831 में उसने लगातार 10 दिन तक इस दिशा में प्रयोग किए। इस बार उसे इलैक्ट्रोमैग्नेटिक इंडक्शन का जानकारी हासिल हो गई।

दरअसल इस बार फैराडे ने सॉफ्ट आयरन की रिंग के ऊपर तारों को इस तरह बाँधा कि एक तार के सिरे को गैलवैनो मीटर से जोड़ा जा सके तथा दूसरे तार के सिरे को बैटरी से। जब बैटरी से एक तार स्थायी रूप से जोड़ दिया गया तो दूसरे तार पर कोई असर नहीं पड़ा। पर जब बैटरी से पल-भर के लिए संपर्क बनाया व तोड़ा जाने लगा तो गैलवैनो मीटर की सुई हर बार हिलने लगी।

फैराडे की खुशी का ठिकाना नहीं था। चुंबक का आकार-प्रकार बदला गया। तारों के बाँधने में विविधता लाई गई, पर परिणाम हर बार आया। एक के बाद एक प्रयोग करके फैराडे ने यह साबित कर ही दिया कि चुंबकीय क्षेत्र में परिवर्तन से विद्युतधारा उत्पन्न होती है।

इसके बाद फैराडे ने बड़े विद्युतचालित चुंबकों के बीच ताँबे की तश्तरी घुमाकर देखा कि क्या विद्युतधारा उत्पन्न होती है। यह डायनेमो बनाने का पहला प्रयास था। इसके बाद फैराडे ने एक विद्युत सर्किट से दूसरे विद्युत सर्किट में इंडक्टिव प्रभाव लाने का प्रयास किया।

फैराडे को गणित का ज्ञान नहीं के बराबर था। अत: वह नई-नई चीजें बना तो लेता था पर उसे ठीक से समझा नहीं पाता था। वह गणित से उसे साबित भी नहीं कर पाता था। बाद के दिनों में प्रख्यात वैज्ञानिक जेम्स क्लार्क मैक्सवैल ने फैराडे द्वारा विकसित विद्युत व चुंबकीय बलों और उनके संबंध को गणितीय समीकरणों द्वारा समझाया और इलैक्ट्रोमैग्नेटिक प्रक्रिया को दुनिया के सामने स्पष्ट किया।

उस समय तक विद्युत व विद्युतीय प्रभाव अनेक प्रकार से उत्पन्न किया जाता था। वह घर्षण से भी उत्पन्न की जाती थी। लोग आसमान में बादलों के घर्षण से बिजली के चमकने को भी देखते थे। फैराडे ने चुंबकीय क्षेत्र में परिवर्तन से भी बिजली पैदा की। उससे पहले बैटरी से बिजली मिल जाती थी। पर सभी को यह स्पष्ट नहीं था कि सभी प्रकार की बिजली क्या एक ही है।

फैराडे ने अपने शोध द्वारा साबित किया कि बिजली चाहे जैसे पैदा की जाए वह बिजली ही है और उसके गुण एक जैसे ही हैं। फैराडे ने इलैक्ट्रोलिसिस कीं प्रक्रिया को भी विकसित किया और विभिन्न धातुओं, अधातुओं को धनात्मक व ऋणात्मक टर्मिनलों की तरह इस्तेमाल करके भौतिकशास्त्र व रसायनशास्त्र की दुनिया

में क्रांति ला दी। उसने एक धातु के ऊपर दूसरी धातु की परत जमाकर उसे और अधिक उपयोगी बना दिया।

एक ओर बच्चों और बड़ों को ज्ञानवर्धक व्याख्यान, दूसरी ओर कष्टपूर्ण शोध तथा तीसरी ओर समय-समय पर शोध-पत्र लिखना, बच्चों के लिए उपयोगी पुस्तक लिखना, इन सबने फैराडे को बुरी तरह थका दिया और 1839 में वह गंभीर रूप से बीमार हो गया तथा उसकी याददाश्त भी चली गई। जुझारू फैराडे लगातार पाँच वर्षों तक बीमारी से लड़ता रहा और 1844 में किसी तरह अपनी प्रयोगशाला में जाने लायक हो गया। हालाँकि वह पूर्ण स्वस्थ तो कभी नहीं हो पाया, पर 1844 से उसके शोध का तीसरा दौर प्रारंभ हो गया।

प्रारंभ से ही फैराडे का यह मानना था कि प्रकाश का भी चुंबकीय क्षेत्र से कुछ संबंध है। उसने भारी शीशों के जरिये चुंबकीय क्षेत्र में प्रकाश का ध्रुवीकरण करने में सफलता प्राप्त की। 1850 में बढ़ती उम्र तथा ढलते स्वास्थ्य के बावजूद फैराडे ने एक बिलकुल नये क्षेत्र में शोध प्रारंभ किया तथा गुरुत्वाकर्षण शक्ति व विद्युत शक्ति में संबंध स्थापित करने का प्रयास किया। काफी प्रयोग करने के बाद फैराडे ने हार मान ली और अपने शोध-पत्र में प्रयोगों को और उनके परिणामों को दर्शाया और कहा कि दोनों में कोई संबंध नहीं है।

असाधारण परिश्रम ने फैराडे को बुरी तरह थका डाला था। 1855 से उसका मानसिक संतुलन फिर से बिगड़ने लगा और अगले दस साल तक बीच-बीच में उसकी दिमागी हालत बिगड़ती रही। अंततः 1858 में उसने रॉयल संस्थान से अवकाश ले ही लिया।

पर इससे पूर्व ही वह दुनिया को इतना अद्भुत ज्ञान दे चुका था कि हर व्यक्ति उसे पुरस्कृत करने को आमादा था। 1857 में रॉयल सोसायटी ने उसे अपना अध्यक्ष बनाना चाहा, पर उस विनम्र अन्वेषक ने नम्रतापूर्वक कह दिया कि वह इस पद के योग्य नहीं है।

उन दिनों ब्रिटिश साम्राज्य में सूर्य कभी डूबता नहीं था। इस साम्राज्य की सम्राज्ञी विक्टोरिया ने उन्हें सर का खिताब देने का निर्णय किया, पर गरीबी और बदहाली में बचपन बिताने वाले फैराडे ने उन्हें भी मना कर दिया और कहा कि वह सर के बजाय मिस्टर के रूप में मरना पसंद करेगा क्योंकि वह इसी रूप में दुनिया में आया था।

अंततः महारानी ने उसे एक निवास-स्थान लेने के लिए राजी कर लिया और हैम्पटन कोर्ट में, जो थेम्स नदी के सामने तथा लंदन के दक्षिण-पश्चिम में है, उसे एक कॉटेज दी गई। माइकेल फैराडे ने अपने जीवन के अंतिम दिन यहीं गुजारे।

अंतिम दिनों में फैराडे बेशक शोध न कर पाया पर उसके पिछले शोध-परिणामों के आधार पर अनेक वैज्ञानिक शोध में जुट गए थे। फैराडे गणित के आधार पर समीकरण बनाकर दुनिया को नहीं दे पाया, पर वह अपने प्रयोगों और परिणामों को अत्यंत सरल व स्पष्ट भाषा में समझा देता था कि लोगों को आगे काम करने में बिलकुल कठिनाई नहीं होती थी।

फैराडे ने तमाम पुस्तकें भी लिखीं। 1827 में उसकी पुस्तक 'कैमीकल मैनीपुलेशन' प्रकाशित हुई। विद्युत पर उनके प्रयोगों के आधार पर पुस्तकों के खंड 1839 से 1855 तक छपते रहे। रसायनशास्त्र व भौतिकी पर उनके प्रयोगों की दास्तान 1859 में प्रकाशित हुई। उन्होंने कैंडल के रासायनिक इतिहास पर 6 व्याख्यान दिए थे जो पुस्तक के रूप में प्रकाशित हुए। प्रकृति में स्थित विभिन्न शक्तियों पर उनकी पुस्तक उनकी मृत्यु के पश्चात् प्रकाशित हुई। उनकी डायरी भी 8 खंडों में प्रकाशित हुई। इस महान् डायरी का प्रकाशन फैराडे के इलैक्ट्रोमैग्नेटिक इंडक्शन की खोज की शताब्दी के उपलक्ष्य में आयोजित समारोह, जो 1931 में हुआ और जिसे लंदन के इंस्ट्टीट्यूशन ऑफ इंजीनियर्स ने आयोजित किया, के पश्चात् हुआ।

आविष्कार-जगत का यह मसीहा अपने अंतिम दिन अपनी कॉटेज में सादगी से गुजार रहा था तभी 25 अगस्त, 1867 को कुर्सी पर बैठे-बैठे उसका निधन हो गया। ब्रिटेन के महत्त्वपूर्ण लोगों को जिन्होंने विभिन्न विधाओं में योगदान किया हो, सदियों से वेस्ट मिंसटर में दफनाया जाता है और यह एक किस्म का अंतिम महत्त्वपूर्ण सम्मान माना जाता रहा है। पर इस अद्‌भुत सादगी पसंद अन्वेषक ने मृत्यु से पूर्व ही अपने रिश्ते-नातेदारों से इच्छा व्यक्त कर दी थी कि उसे पूर्ण सादगी से और चुपचाप ढंग से दफनाया जाए। लोगों ने अपनी इच्छाओं का दमन करते हुए ऐसा ही किया और लंदन के हाईगेट क्रीमेटरी में उसे सादगीपूर्वक दफना दिया। उनकी कब्र पर उनकी इच्छानुसार एक सादा पत्थर लगाया गया जिसमें उनका नाम तथा जन्म व मृत्यु तिथि लिखी गई।

पर दुनिया माइकेल फैराडे को कभी नहीं भुला सकेगी। आज भी विज्ञान के विद्यार्थी जब अध्ययन प्रारंभ करते हैं तो उन्हें फैराडे के नियम प्रारंभ में पढ़ने पड़ते हैं। इलैक्ट्रोलिसिस, इलैक्ट्रोमैग्नेटिक इंडक्शन का अध्ययन करते समय उन्हें फैराडे के नियमों से अवगत होना पड़ता है। कैपैसिटैंस को नापने की इकाई फैराड भी उन्हीं के नाम पर है और हर कैपैसिटर को माइक्रोफैराड या पिको फैराड के रूप में नापते समय हम फैराडे को याद करते हैं।

चार्ल्स बबाज और उनका आविष्कृत कंप्यूटर

प्रारंभ से ही मनुष्य की इच्छा रही थी कि वह तेजी से गणना करके परिणाम हासिल कर ले। ज्यों-ज्यों गणित का विकास हुआ, उसका इस्तेमाल भी बढ़ा। बैंकरों ने ब्याज की गणना करने के लिए अनेक चार्टों व टेबलों का निर्माण कर रखा था। खगोलशास्त्री ग्रहों की गति की गणना के लिए सारणियों का इस्तेमाल करते थे। जहाजों के कप्तान नैविगेशनल चार्ट का इस्तेमाल करके आगे की यात्रा की योजना बनाते थे। हाथ से की जाने वाली गणना में तमाम पृष्ठ खर्च हो जाते थे और जरा-सी गलती गलत परिणाम देती थी और कभी-कभी भयंकर दुर्घटना का सामना करना पड़ जाता था।

इत्तफाक से कंप्यूटर द्वारा पढ़ी जाने वाली 0-1 की भाषा बहुत पहले विकसित की जा चुकी थी। जार्ज बूल नामक ब्रिटिश गणितज्ञ द्वारा विकसित बूलियन अल्जेब्रा अप्रयुक्त पड़ा था।

आज का अजूबा माने जाने वाले कंप्यूटर के निर्माण का विचार चार्ल्स बबाज को मात्र 21 वर्ष में ही आ गया था। सचमुच वह अद्‌भुत प्रतिभावान था।

कंप्यूटर के जनक चार्ल्स बबाज का जन्म 26 दिसंबर, 1791 को लंदन के एक इलाके, जो आज साउथवर्क के नाम से जाना जाता है, में हुआ था। यह थेम्स नदी के किनारे बसा है। उसके पिता बेंजामिन बबाज तथा माता एलिजाबेथ प्लमले रीप बबाज इंग्लैंड के दक्षिण-पश्चिम में बसे डेवॉन काउंटी के मूल निवासी थे।

चार्ल्स अपने माता-पिता की पहली संतान थे। उनके बाद जन्मे दो पुत्र शीघ्र ही काल के ग्रास बन गए। बाद में चार्ल्स की छोटी बहन ने जन्म लिया जिसका नाम मेरी एन था।

बबाज परिवार एक धनी परिवार था और इस कारण चार्ल्स का बचपन नर्सों की देख-रेख में ज्यादा बीता। उसकी माता भले स्वभाव की थी और बच्चों का ध्यान रखती थी, पर पिता अत्यंत सख्त और अपने आप में सीमित रहते थे। बालक चार्ल्स उनसे डरता था और शायद ही उनसे कभी प्यार कर पाया।

जब चार्ल्स 12 वर्ष का था, तभी उसके पिता ने अपनी नौकरी से अवकाश लिया। अब वे वापस आकर डेवॉन में बस गए। यहाँ पर चार्ल्स का शेष बचपन बीता। उसने अपने माता-पिता का गृहस्थल देखा तथा उसे इंग्लिश चैनल का तट भी देखने को मिला जो उसकी पहाड़ी पर स्थित जागीर से दिखाई देता था।

बचपन में उसने बाइबिल भी पढ़ी और उससे प्रेरित होकर वैज्ञानिक प्रयोग भी किए। एक बार उसने पानी पर पैदल चलने का प्रयास भी कर डाला और उसकी जान जाते-जाते बची।

प्रारंभ में वह डेवॉन के पब्लिक स्कूल में पढ़ने गया। बाद में उसके पिता ने उसे लंदन के निकट लड़कों के स्कूल में पढ़ने भेजा। वह कैम्ब्रिज के समीप एक ट्यूटर के घर भी पढ़ने गया। उस समय कैम्ब्रिज का बड़ा नाम था और अंतत: अक्टूबर, 1810 में वह कैम्ब्रिज स्थित ट्रिनिटी कॉलेज में भर्ती हुआ।

यहाँ पर अगले चार सालों तक उसने गणित, खगोलशास्त्र, राजनीतिक अर्थशास्त्र का गहन अध्ययन किया। एक बार जब वह छुट्टियों में अपने डेवॉन स्थित घर आया तो उसे जार्जियाना व्हाइटमोर नामक युवती मिली। चार्ल्स इस सुंदर आकर्षक युवती पर मोहित हो गया और कैम्ब्रिज की पढ़ाई पूरी होते ही 2 जुलाई, 1814 को दोनों विवाह-सूत्र में बँध गए।

अगले साल के अंत तक दोनों लंदन स्थित 5 डेवॉनशायर स्ट्रीट, पोर्टलैंड प्लेस में रहने लगे। कालांतर में उनकी आठ संतानों ने जन्म लिया पर मात्र 3 ही वयस्क हो पाए। यहीं पर चार्ल्स ने वैज्ञानिक कार्य प्रारंभ किए। 1815 में उसने खगोलशास्त्र पर व्याख्यान दिए। इस व्याख्यान श्रृंखला में लंदन के प्रमुख लोगों ने शिरकत की। गणित में उन्हें महारत हासिल हो गई और उच्च गणित में उनकी पुस्तकें व लेख आदि प्रकाशित होने लगे। 14 मार्च, 1816 को अल्पायु में ही चार्ल्स बबाज विश्वप्रसिद्ध रॉयल सोसायटी के लिए चुन लिए गए।

पर अपने बेटे की यह प्रगति बेंजामिन बबाज को रास नहीं आ रही थी और डेवॉन में बैठे-बैठे उन्होंने हुक्म जारी कर दिया कि चार्ल्स को किताबें-विताबें छोड़कर ऐसी नौकरी हासिल करनी चाहिए जिसमें पैसा मिले। उनके अनुसार ब्रिटिश सरकार की नौकरी श्रेष्ठ थी।

हालाँकि चार्ल्स अपने पिता से प्यार तो नहीं करता था, पर वह अपने पिता के

आदेश को ठुकराने की स्थिति में भी नहीं था। उसने आखिर नौकरी पाने के प्रयास किए, पर ब्रिटिश राजतंत्र में ऐसे व्यक्ति के लिए नौकरी पाना संभव नहीं था जिसके राजनीतिक विचार सत्ताधारी दल के विचारों के खिलाफ हैं।

उस समय ब्रिटेन में सत्ता जमींदारों से हटकर मध्यमवर्गीय तबके के हाथों में जा रही थी। जो लोग इस परिवर्तन के हक में थे वे लिबरल कहलाते थे और जो लोग खिलाफ थे वे कंजरवेटिव या टोरी कहलाते थे।

उस समय चार्ल्स बबाज जैसे लिबरल विचारधारा के लोगों के लिए नौकरी पाना असंभव था। चार्ल्स काफी मुखर था और जमींदार वर्ग के लोग जो सत्ता पर काबिज थे उसे नापसंद करते थे। जब चार्ल्स को सरकारी नौकरी नहीं मिल पाई तो उसे निराशा के बजाय सुकून मिला। अब वह अपने शोध-कार्य में जोर-शोर से जुट गया। उसके पास सामान्य आय का जरिया था। जब उसकी पत्नी के पिता का 1816 में देहांत हुआ तो उसे काफी जायदाद मिली तथा सालाना आय बढ़ गई। चार्ल्स के पास छोटे घर में रहने लायक तथा बच्चों को पढ़ाने-लिखाने लायक काफी पैसा था और उसने कुछ नौकर भी रख रखे थे। वह अध्ययन के अलावा कभी-कभी सैर पर भी जाता था।

उधर जार्जियाना भी एक सादगीपसंद महिला थी। उसे धन-संपत्ति व ऐश्वर्य की कतई चाहत नहीं थी। उलटे जब बेंजामिन बबाज का 22 फरवरी, 1827 को निधन हुआ तो वह घबरा गई, क्योंकि अब उसे विरासत में काफी जायदाद मिल रही थी। उसे धन-संपत्ति की देख-रेख, हिसाब-किताब रखने का कतई शौक नहीं था।

पर चार्ल्स के जीवन में इस सादगीपसंद पत्नी का साथ ज्यादा नहीं था। उसी साल अगस्त में जार्जियाना का अचानक बीमारी से देहांत हो गया। चार्ल्स का दुःख इतना ज्यादा था कि वह उस मकान में नहीं रह सका। उसने अपने बच्चों को अपने रिश्तेदारों के पास छोड़ा और यूरोप की यात्रा पर निकल पड़ा।

वह यूरोप में देश-देश घूमा। उसने जगह-जगह जाने-माने वैज्ञानिकों से मुलाकातें कीं तथा तमाम वैज्ञानिक जानकारियाँ व ज्ञान बटोरा। लंदन लौटने पर उसने मैनचेस्टर स्क्वायर में एक मकान खरीदा और वहाँ रहते हुए आगे का अध्ययन प्रारंभ किया।

कई साल पूर्व उसने गणना करने वाली मशीन पर काम प्रारंभ कर दिया था। वह उसे डिफरेंस इंजन के नाम से भी पुकारता था। उसका इरादा दरअसल ऐसी मशीन बनाने का था ताकि जहाज चलाने हेतु आँकड़ों या कारखाना चलाने हेतु आँकड़ों की सही व सटीक गणना की जा सके।

उस समय तक कुछ संगणक अर्थात् कैल्कुलेटर बन चुके थे जो हाथ से चलते थे। इनमें गलती की संभावना भी होती थी। चार्ल्स का इरादा स्वचालित कैल्कुलेटर

बनाने का था जो एक भाप के इंजन से चलाया जा सके। उस समय बिजली के बारे में मामूली जानकारी उपलब्ध थी और चार्ल्स की कल्पना थी कि किसी दिन उसका कैल्कुलेटर बिजली से भी चलेगा। वह चाहता था कि उसका कैल्कुलेटर सही गणना करे और उत्तर अर्थात् परिणाम उसके सामने छपकर आ जाए।

पर यह काम इतना आसान नहीं था। इसमें विशेष उपकरणों व टूलों की आवश्यकता थी जो प्रशिक्षित इंजीनियर व कर्मचारी ही बना सकते थे। उसे बड़ी जगह की भी आवश्यकता पड़ी और इसके लिए उसने अपनी घोड़ागाड़ी के गैराज व अस्तबल को दो मंजिले कारखाने में तब्दील कर लिया। निर्माण-खर्च व कर्मचारियों, इंजीनियरों का खर्च अब चार्ल्स बबाज की पहुँच से बाहर हो गया। पर उसके कार्य की चर्चा ब्रिटिश सरकार तक पहुँच चुकी थी। सरकार को लगा कि उसका आविष्कार ब्रिटिश उद्योग-जगत में क्रांति लाएगा और चार्ल्स को सरकारी सहायता मिलने लगी।

यह सहायता लगभग 20 वर्ष तक मिली और जब 1842 में सरकारी अधिकारियों ने पाया कि डिफरेंस इंजन का काम अभी पूरा नहीं हुआ है और काफी बाकी है तो सहायता बंद हो गई। उस समय तक इस इंजन का एक हिस्सा जोड़कर खड़ा किया जा चुका था और यह काम भी कर रहा था। इत्तफाक से यह ऐतिहासिक हिस्सा आज भी सुरक्षित है तथा लंदन के विज्ञान संग्रहालय में देखा जा सकता है।

1843 में चार्ल्स ने नई परियोजना प्रारंभ की और इसके तहत आज के कंप्यूटर का पूर्वज माना जाने वाला एनालिटिकल इंजन बनाना प्रारंभ किया। चूँकि उस समय तक सरकारी सहायता बंद हो चुकी थी अत: उसने इसके नक्शे व कार्यप्रणाली के दस्तावेज तैयार करने प्रारंभ कर दिए। उसने 100 से अधिक नक्शे व 500 पृष्ठों का कार्यप्रणाली का दस्तावेज तैयार कर दिया। इनमें स्पष्ट रूप से दर्शाया गया था कि उसका संगणक कैसे कार्य करेगा।

तभी अचानक उसके सूखे व नीरस जीवन में एक खूबसूरत हमसफर आ गया। प्रख्यात अंग्रेज कवि लार्ड बायरन की पुत्री अगस्ता अदा, जो लवलेस की काउंटेस भी थी, न सिर्फ कुलीन, खूबसूरत व प्यारी थी वरन् एक अच्छी गणितज्ञ भी थी। उसने एक सहयोगी के रूप में काम प्रारंभ किया और चार्ल्स के हर काम में सहायता करने लगी। उसने इस काम में आने वाली तमाम बाधाओं को दूर किया तथा मशीन की संरचना में आवश्यक परिवर्तन भी किए। उसने ऐसे आश्चर्यजनक परिवर्तन भी किए जिनसे उस अनालिटिकल इंजन से संगीत भी उत्पन्न किया जा सके।

अगस्ता ने समय-समय पर चार्ल्स द्वारा लिखे लेखों में महत्त्वपूर्ण परिवर्तन किए और नई-नई बातें जोड़ीं। पर इससे पहले कि अनालिटिकल इंजन का निर्माण हो पाता,

अगस्ता का देहांत हो गया। इसके साथ ही चार्ल्स का स्वप्न अधूरा रह गया। अगस्ता के देहांत का उस पर इतना गहरा असर पड़ा जितना असर उसकी पत्नी के देहांत का भी नहीं पड़ा था। अब उसे अपना जीवन निरर्थक लगने लगा था। चार्ल्स बबाज एक बहुमुखी प्रतिभा का धनी व्यक्ति था। हालाँकि उसे कंप्यूटर के आदि आविष्कारक के रूप में जाना जाता है, पर उसने कई अन्य जनोपयोगी आविष्कार भी किए थे। उसने एक फ्लैशिंग बीम उत्पन्न करने वाला उपकरण तैयार किया था जो बाद के दिनों में लाइट हाउस में काम आता रहा। इससे समुद्र में चल रहे जलयानों को दिशाज्ञान होता था।

उसने एक ब्लैक बॉक्स का निर्माण भी किया था, जो गतिविधि दर्ज करता था। यह ब्लैक बॉक्स सभी व्यावसायिक व सैन्य हवाई जहाजों में अब भी उपयोग किया जाता है।

अन्य चीजों के अलावा चार्ल्स ने आती हुई रेलों से गायों को बचाने हेतु जाली भी बनाई थी जिसे काउकैचर कहा जाता था। उसने भूकंप के समय उत्पन्न होने वाली तरंगों को नापने का यंत्र, गति नापने के लिए मीटर भी तैयार किया था। डॉक्टरों द्वारा उपयोग किए जाने वाले ऑप्थल्मोस्कोप का निर्माण भी चार्ल्स बबाज ने ही किया था।

चार्ल्स बबाज एक उत्कृष्ट चिंतक भी था। उसकी एक स्पष्ट राजनीतिक विचारधारा थी। ब्रिटेन के तत्कालीन सुधार आंदोलन में उसने प्रमुख भूमिका निभाई और 1832 के सुधार कानून को पारित कराने में योगदान किया। इस कानून के पारित होने से हजारों ब्रिटेनवासियों को मताधिकार प्राप्त हो गया और देश में प्रजातांत्रिक मूल्य कायम हुए।

चार्ल्स बबाज एक विचारक था और आर्थिक मामलों सहित अनेक मामलों पर अपने विचार व्यक्त करता रहता था। उसने तत्कालीन ब्रिटिश उद्योगपतियों को अपने यहाँ अनुसंधान व विकास विभाग खोलने की सलाह दी ताकि वे लगातार अपने उत्पादों का विकास कर सकें। उसने समय-समय पर पुस्तकें आदि लिखकर उद्योगपतियों को सलाह दी कि वे वैज्ञानिकों व इंजीनियरों द्वारा किए गए अनुसंधान का उपयोग करते रहे। उसने शिक्षा के क्षेत्र में भी संघर्ष किया तथा तत्कालीन स्कूलों व विश्वविद्यालयों को राजी किया कि वे विज्ञान व इंजीनियरिंग के ज्यादा से ज्यादा पाठ्यक्रम विकसित करें और छात्रों को नवीनतम ज्ञान दें।

चार्ल्स बबाज की अद्भुत चिंतनशीलता का अनुमान उसके जीवन की विचित्र घटनाओं व लेखन से लगाया जा सकता है। बचपन में ही उसने पानी पर चलने की कोशिश करके प्रकृति के नियमों को चुनौती देने का प्रयास किया था। कंप्यूटर का निर्माण भी उसने एक ध्येय लेकर प्रारंभ किया था और वह दुनिया को दिखाना चाहता

था कि जिस प्रकार विधाता ने एक सिरे से इस दुनिया का निर्माण किया जो एक सिलसिले से चलती है, पर बीच-बीच में लीक से हटकर कुछ आश्चर्यजनक घटनाएँ भी घटती हैं। वह समझाना चाहता था कि दुनिया भी एक कंप्यूटर की तरह ही है, और एक तरीके से प्रोग्राम करने पर सामान्य घटनाएँ होती हैं और दूसरी तरह से प्रोग्राम करने पर अद्भुत घटनाएँ।

चार्ल्स को सामाजिक कार्यक्रमों में बड़ा आनंद आता था। एक व्यस्त वैज्ञानिक और अद्भुत विचारक होने के बावजूद वह पार्टियों में आम आदमी की तरह शिरकत करता और विभिन्न प्रकार के लोगों के साथ उठता-बैठता था। उसे दूसरों के यहाँ भोजन पर जाने में भी आनंद आता था और अपने यहाँ बुलाने में भी। उसकी मित्र मंडली में चार्ल्स डिकेन्स जैसे महान् उपन्यासकार भी थे और ब्रिटिश राजघराने के लोग भी। उसके कार्यकाल में नेपोलियन बोनापार्ट ने पूरे यूरोप को अपने अधीन करने का स्वप्न देखा था और जिस अंग्रेज जनरल ने वाटरलू के युद्ध में नेपोलियन का यह स्वप्न चकनाचूर किया था, वह भी उसका घनिष्ठ मित्र था।

लार्ड बायरन की पुत्री अगस्ता अदा ने उसके जीवन में बड़ा और महत्त्वपूर्ण मोड़ लाने में बड़ी भूमिका निभाई थी। अपने पिता की तरह वह भी कवयित्री थी और मात्र 36 वर्ष की आयु में दुनिया से चल बसी। 1852 में हुई इस घटना ने चार्ल्स को अंदर से तोड़ दिया। हालाँकि उसे जीने के लिए लंबी आयु मिली पर अब नए काम में उसका मन नहीं लगता था। उसके अंतिम दिनों में नए युग के वैज्ञानिकों व इंजीनियरों को उसके बनाए डिफरेंस इंजन तथा अनालिटिकल इंजन में कोई रुचि नहीं थी।

सबसे मिलने-जुलने वाले चार्ल्स को अंतिम दिनों में तन्हाई का भी सामना करना पड़ा। उसके तीनों बेटे विदेश चले गए थे। अपने बड़े व खूबसूरत घर में चार्ल्स को अकेलापन काटता रहता था।

हालाँकि उसका बनाया यांत्रिक कैल्कुलेटर अर्थात् डिफरेंस इंजन तमाम गणनाएँ बखूबी कर लेता था, पर गणना करने वाले इस संगणक से वह संतुष्ट नहीं था। वह इसकी गति को और बढ़ाना चाहता था।

इसी तरह वह अपने अनालिटिकल इंजन को भी साकार करना चाहता था। इस जटिल डिजाइन में तमाम सिलिंडर, व्हील, लीवर, रॉड, स्प्रिंग आदि का प्रावधान था तथा कार्ड पर पंच करके संख्याओं, अक्षरों को छापने का भी प्रावधान था। ये कार्ड खुद ही आगे बढ़ते थे तथा व्हील द्वारा पलट भी दिए जाते थे। उसकी मशीन में मेमोरी भी थी तथा छपाई के लिए प्रिंटर भी।

चार्ल्स के विचार सटीक थे पर वह समय से बहुत आगे चल रहा था। शायद इसीलिए उसे अनेक कठिनाइयों का सामना भी करना पड़ा। उस समय निर्माण की

जो सुविधाएँ उपलब्ध थीं वे इस विशाल व जटिल मशीन के लिए पर्याप्त नहीं थीं। इसीलिए इतना महान् काम करने के बाद भी वह न तो इसे अंजाम दे पाया और न ही वह अपने वित्तीय सहायकों को संतुष्ट कर पाया। पर आधुनिक कंप्यूटर के सभी गुण उसकी मशीन में थे जैसे इनपुट, सेंट्रल प्रोसेसिंग यूनिट, मेमोरी, प्रिंटर आदि। चार्ल्स की मित्र अगस्ता ने उसकी मशीन के लिए विश्व का पहला कंप्यूटर प्रोग्राम भी तैयार किया था।

1871 में चार्ल्स का बेटा हेनरी हिंदुस्तान से वापस आ गया था तथा उसके साथ ही रह रहा था। तभी अचानक 18 अक्टूबर, 1871 को चार्ल्स का देहांत हो गया। अपने अंतिम दिनों में उसकी लोकप्रियता उतार पर थी और उसकी शवयात्रा में बहुत कम लोग शामिल हुए। ज्यादातर लोग पैदल ही थे और राजपरिवार का सिर्फ एक सदस्य गाड़ी पर था।

चार्ल्स का शव कैन्सल ग्रीन क्रीमेट्री में दफनाया गया। दुनिया धीरे-धीरे भूलने लगी थी। तभी 1911 में चार्ल्स के एक पुत्र ने अपने पिता के अनालिटिकल इंजन को साकार किया और उसे चलाकर दिखाया। अब लोग चार्ल्स का मूल्य समझने लगे।

चार्ल्स के डिफरेंस इंजन व एनालिटिकल इंजन को लंदन के विज्ञान संग्रहालय में सजाकर रख दिया गया। शायद ही कोई इन मशीनों को ध्यान से देखता था। उसके इंजीनियरिंग नक्शे व नोटबुकें भी अछूते पड़े रहे। चार्ल्स बबाज द्वारा लिखी गई 12 पुस्तकें व अनगिनत लेख भी संग्रहालय में धूल खाते रहे।

1937 में जब इलैक्ट्रॉनिक कंप्यूटर का गंभीरता से निर्माण प्रारंभ हुआ तो दुनिया को चार्ल्स बबाज फिर से याद आया। उसकी मशीनों का अध्ययन किया गया। उसके नक्शे समझे गए तथा उसकी नोटबुकें पढ़ी गईं। दुनिया के तमाम इंजीनियर व वैज्ञानिक चार्ल्स के प्रकाशित साहित्य को ढूँढ़ने में जुट गए।

अध्ययन के बाद लोगों ने दाँतों तले उँगली दबा ली और पाया कि जो कुछ वे बनाना चाहते हैं, उसे तो चार्ल्स ने पहले ही बना दिया था। अब उसे आधुनिक कंप्यूटर का जनक स्वीकार किया जाने लगा।

सायरस हॉल मैकॉर्मिक तथा उनकी कृषि संबंधी मशीन

अमेरिका आजाद तो हो चुका था, पर अभी भी गरीब था। बड़े-बड़े उपजाऊ भूभाग थे पर किसान खड़ी फसलें काट नहीं पाते थे, क्योंकि काटने वाले नहीं मिलते थे।

ऐसी स्थिति में एक अद्‌भुत शख्स ने वहाँ जन्म लिया, जिसने अनोखी मशीन बनाकर कृषि के मशीनीकरण की प्रक्रिया को परवान चढ़ाया। वह सिर्फ आविष्कारक ही नहीं था, वरन् बहुमुखी प्रतिभा का धनी था। उसने खूब कमाया और खूब दान किया। अमेरिकी इतिहास में उसका नाम कभी भुलाया नहीं जा सकेगा। इस शख्स का नाम था सायरस हॉल मैकॉर्मिक।

सायरस हॉल मैकॉर्मिक का जन्म 15 फरवरी, 1809 को वर्जीनिया वैली कहे जाने वाले स्थान, जो पूर्व में ब्लूरिज पहाड़ों तथा पश्चिम में पठार से घिरा है, पर हुआ था। उसके पिता का नाम राबर्ट मैकॉर्मिक तथा माता का नाम मेरी एन० हॉल मैकॉर्मिक था।

मात्र 5 वर्ष की आयु में सायरस बहुत बुरी तरह बीमार पड़ा। उसके पिता ने उसका हर तरह से इलाज कराया। सायरस को गर्म पानी में कड़वी जड़ी-बूटी तथा शराब डालकर, उसमें नहलाया गया। इस प्रकार सायरस की जान बच पाई।

सायरस अपने माता-पिता का बड़ा बेटा था और परिवार अत्यंत धार्मिक था। घर में नियमित रूप से प्रार्थना होती थी और बच्चों को बाइबिल के अंश याद कराए जाते थे।

सायरस का जन्म जहाँ हुआ था, उसे वालनट ग्रोव कहा जाता था और वहाँ पर बाद में छोटी-छोटी मिलें और उद्योग भी लग गए। लोहार की दुकान, बढ़ई की दुकान के अलावा एक शराब का कारखाना भी लग गया।

बचपन में ही सायरस अत्यंत अनुशासित हो गया था। दूसरे बच्चे नंगे पैर चर्च

जाते थे, पर सायरस हमेशा ढंग से जूते पहनकर चर्च जाता था। वह दूसरे बच्चों की तरह खेल में समय नहीं बिताता था और समय बिताने के लिए लोहार का काम तथा छोटी-मोटी मशीनों का काम करता था और ज्यादा से ज्यादा सीखने का प्रयास करता था। वह बुरी आदतों जैसे शराब पीना, तंबाकू आदि से दूर ही रहता था। वह आते-जाते समय पूरे कपड़े, कोट, पेंट, हैट आदि अवश्य पहनता था।

सायरस को पढ़ने की अधिक सुविधा नहीं मिल पाई। स्थानीय एक कमरे वाले स्कूल से उसने लिखना, पढ़ना, भूगोल आदि सीखा। एक निजी ट्यूटर से उसने गणित भी सीख लिया।

उधर उसके पिता अपने काम में लगे रहते थे। वे कृषि में काम आने वाले उपकरण भी बनाते थे। उन्होंने नए आविष्कार करने के प्रयास भी किए। एक बार उन्होंने घोड़े द्वारा चलाई जाने वाली कटाई मशीन बनाई, पर जब उसका प्रयोग खेतों में किया गया तो वह असफल हो गई।

22 वर्ष की आयु में सायरस ने लंबे प्रयासों के बाद कटाई की मशीन बना ही डाली। उसकी मशीन के सात हिस्से थे। उससे पूर्व जिन लोगों ने मशीन बनाने का प्रयास किया था, उनकी मशीन के 6 हिस्से तो मनचाहे ढंग से काम कर लेते थे, पर सातवें हिस्से को वे मशीन में इच्छित ढंग से प्रयोग नहीं कर पाए। सायरस की मशीन अनाज का दाना बिना उसे नुकसान पहुँचाए निकाल लेती थी। इस मशीन के पेटेंट के लिए सायरस ने आवेदन भी कर दिया।

अगले साल जब फसल का समय आया तो सायरस ने इस मशीन का सफलतापूर्वक प्रयोग अपने खेतों में किया। पर उसके मन में इस मशीन से धन कमाने की इच्छा नहीं जगी। उसने अपनी मशीन का जगह-जगह प्रदर्शन भी किया। 1833 में अनेक समाचार-पत्रों में उसकी मशीन का विवरण भी छपा।

उत्साही सायरस ने एक नया हल भी तैयार कर लिया जो अपने आप ही तेज हो जाता था और इसमें धार लगाने की जरूरत नहीं पड़ती थी। इसी बीच ओबेड हसी नामक व्यक्ति ने भी एक कटाई मशीन तैयार कर ली, पर सायरस ने उसे चेतावनी दी कि वह उसके पेटेंट के अधिकारों का हनन न करे। वह अपनी मशीन को प्रदर्शनी में तो अवश्य रखता था पर अभी तक उसने इसे बाजार में नहीं उतारा था।

उधर उसके पिता की आय का मुख्य स्रोत लोहे के कामों से था। 1837 में मंदी आ गई और मैकॉर्मिक परिवार कर्ज के नीचे दबने लगा। अब सायरस ने इस मशीन के जरिये पैसा कमाने का फैसला किया।

इसके लिए उसने मशीन में अनेक सुधार भी किए। पहले मशीन की आवाज से घोड़े बिदक जाते थे और इसलिए मजदूर को साथ चलना पड़ता था। 1841 में

उसने यह समस्या दूर कर ली और मशीन को बिक्री के लिए बाजार में लाया। उस साल सिर्फ दो मशीनें ही बिक पाईं, पर बिक्री की रफ्तार बढ़ती चली गई। 1842 में सात, 1843 में 29, 1844 में 50 मशीनें बिकीं और इस प्रकार सायरस का काम बढ़ता चला गया।

अपनी मशीन को बेचने के सिलसिले में सायरस ने पूरे देश की यात्रा की और देखा कि अमेरिका उपजाऊ जमीन से भरा पड़ा है। उसने फैसला कर लिया कि वह अपने देश को दुनिया का सबसे बड़ा उपजाऊ देश बनाएगा और गेहूँ के उत्पादन में क्रांति ला देगा। उसने अपनी मशीन के निर्माण के लिए फैक्टरी लगाने का फैसला किया।

सायरस का व्यापार बढ़ता चला जा रहा था। इस व्यापार के साथ-साथ अनाज का उत्पादन और व्यापार भी बढ़ रहा था। 1848 में सायरस की 1500 मशीनें बिक गईं। व्यापार के कारण शिकागो देश का सबसे समृद्ध शहर माना जाने लगा। 1847 में सायरस ने शिकागो में मशीन बनाने की फैक्टरी डाली। उसने अपने छोटे-छोटे कारखाने बंद कर दिए और एक ही जगह अपनी देख-रेख में मशीनों का निर्माण प्रारंभ किया और गुणवत्ता का विशेष ध्यान रखना प्रारंभ किया।

पर सब कुछ इतना आसान नहीं था। उसका मुख्य प्रतिद्वंद्वी ओबेड हसी था, जिसकी मशीन गुणवत्ता के पैमाने पर सायरस की मशीन से थोड़ी ही कमजोर थी। मैने में जन्मे हसी ने बाल्टीमोर में अपनी फैक्टरी डाली थी और दोनों की मशीनों के बीच प्रदर्शनियों व प्रतियोगिताओं में कड़ा मुकाबला होता था। हालाँकि सायरस हर मुकाबले में जीतता रहा, पर हसी भी मैदान में डटा रहा।

बीच-बीच में अनेक लोगों ने उसकी मशीन की नकल करने की कोशिश भी की और इस कारण सायरस को हर साल कचहरी भी जाना पड़ता था। पर सायरस को इसमें मजा आता था। अपने काम में आने वाले प्रतिरोध से वह परेशान नहीं होता था।

अब सायरस ने विदेशों में भी अपनी मशीन ले जाने का फैसला किया। 1851 में उसने अपनी मशीन लंदन के हाइड पार्क स्थित क्रिस्टल पैलेस में बड़ी प्रदर्शनी में रखी। इस प्रदर्शनी में न सिर्फ लोगों वरन् लंदन टाइम्स ने भी उसकी मशीन की भूरि-भूरि प्रशंसा की। इस मशीन को सबसे बड़ा पुरस्कार भी मिला। विशेषज्ञों ने आकलन किया कि यह मशीन इंग्लैंड की खेती में क्रांति ला देगी।

उस समय 14 मजदूर हँसिये आदि से 8 घंटे में 2 एकड़ भूमि में कटाई कर पाते थे। सायरस की मशीन इतनी ही देर में 14 एकड़ जमीन में कटाई कर देती थी।

पर इसी बीच उसके प्रतिद्वंदियों की तादाद बढ़ रही थी। 1847 तक सिर्फ सायरस व हसी मैदान में थे जबकि 1850 तक 30 लोग मशीन बनाने में जुट चुके थे। 1860 तक 100 लोग मैदान में उतर चुके थे। हसी डर के मारे मैदान छोड़ गया

और 1858 में उसने अपना पेटेंट बेच दिया। दूसरी ओर सायरस मैदान में न सिर्फ डटा रहा वरन् अपनी मशीनों में लगातार सुधार करता रहा।

सायरस मैकॉर्मिक अपने काम में इस कदर जुटा रहा कि उसे ध्यान ही नहीं रहा कि जीवन में जीवनसाथी भी चुनना होता है। 1857 में वह 48 वर्ष का हो चुका था। तभी उसकी मुलाकात 24 वर्षीया नैंसी फाउलर से हुई। वह न्यूजर्सी स्थित क्लेयटन की रहने वाली थी और अपनी एक मित्र के पास शिकागो आई थी। मुलाकात में और बातें तो हुईं, पर सायरस शादी का प्रस्ताव नहीं कर पाया। बाद में जब वह काम के सिलसिले में न्यूयार्क गया तो वहाँ से उसने शादी का प्रस्ताव भेजा।

26 जनवरी, 1858 को शिकागो में दोनों विवाह-सूत्र में बँध गए और इस अवसर पर आयोजित भोज में 500 मेहमानों ने शिरकत की। अब सायरस मैकॉर्मिक एक बड़ा उद्योगपति माना जाता था और उसकी 4000 मशीनें हर साल बिक जाती थीं।

अब यह उद्योगपति सिर्फ अपने व्यवसाय में ही समय नहीं लगाता था वरन् प्रेसबेटेरियन चर्च के मामलों में भी रुचि लेता था। वह विद्यालयों को मुक्त हस्त दान करता था। वह दर्शन संबंधी काम करने वाली संस्थाओं को भी दान करता था।

इस बीच उसने अपनी मशीन को लगातार अधिक से अधिक स्वचालित बनाने के हरसंभव प्रयास किए। पहले ये प्रयास वह स्वयं करता था, पर 1860 के बाद उसने कुशल कारीगर नियुक्त किए और नए-नए इंजीनियर नए-नए प्रयोग करने लगे।

अब उसने नए-नए पेटेंटों के निर्माण अधिकार भी खरीदे तथा निर्माण प्रारंभ किया। पेटेंटों की चोरी को रोकने और दोषियों से हर्जाना वसूलने के लिए उसने कुशल वकील नियुक्त किए जो पेटेंटों की सुरक्षा में लगे रहते थे। अपने पेटेंटों की सुरक्षा के लिए उसने राजनीतिज्ञों की मदद भी ली और समय-समय पर पेटेंटों की चोरी का मामला मीडिया के जरिये भी उछलवाया।

पर इन सबके बावजूद पेटेंटों की चोरी रुकी नहीं और परेशान सायरस मैकॉर्मिक को अवसर अदालत जाना पड़ता था। बड़े-बड़े, जाने-माने वकीलों–विलियम सीवार्ड, अब्राहम लिंकन, रेवर्डी जानसन, जूडाह बैंजामिन आदि ने उसके पक्ष में या खिलाफ मुकदमा लड़ा।

लंदन में हुई प्रदर्शनी में सफलता पाने के बाद सायरस ने पेरिस, हैम्बर्ग, वियेना, मेलबोर्न आदि जगहों पर प्रदर्शनी में भाग लिया और अपनी मशीन के चमत्कार दिखाए। हालाँकि उसके प्रतिद्वंदियों ने भी अब विदेशों में अपनी मशीन ले जाना प्रारंभ कर दिया था, पर सायरस ने उनसे लंबी बढ़त ले ली थी और वह जारी रही।

उसे फ्रांस में विशेष सम्मान मिला। उसे अनेक खिताबों के अलावा फ्रांसीसी विज्ञान अकादमी का सदस्य भी चुना गया। उस समय तक कृषि के क्षेत्र में सर्वोत्तम

योगदान उसी का माना जाता था। पर यूरोप में उसे आर्थिक लाभ नहीं मिल पाया क्योंकि यूरोपवासियों को कृषि क्षेत्र के मशीनीकरण की उतनी जल्दी नहीं थी। सायरस द्वारा किए गए प्रचार-प्रसार का लाभ उसके उत्तराधिकारियों को ही हासिल हो पाया।

पर उसके आविष्कार और अटूट परिश्रम का लाभ अमेरिकावासियों को अवश्य मिला। अब किसान को यह चिंता नहीं रहती थी कि मजदूर मिलेंगे या नहीं, कटाई कैसे होगी। अब कम खर्च, कम परिश्रम में ज्यादा उत्पादन होने लगा। चूँकि यह मशीन पत्थरों, पेड़ के ठूँठों वाले खेतों में अटक जाती थी, अत: किसानों ने अब खेतों को पहले अच्छी तरह तैयार करना प्रारंभ कर दिया था। दूसरी ओर अब खाली जमीनों पर लोग बसने लगे और ज्यादा से ज्यादा खेती करने लगे।

अब मजदूरों की बड़ी तादाद खेती छोड़कर शहरी विकास तथा औद्योगिक क्षेत्रों में जुट गई। इस मशीन की सफलता ने आविष्कारकों को अन्य मशीनों के आविष्कार की प्रेरणा दी और खेती के मशीनीकरण की प्रक्रिया तेज होती चली गई।

कटाई मशीन ने अमेरिकी गृहयुद्ध में भी अहम भूमिका निभाई। अब उत्तरी अमेरिका में इतना अनाज उत्पादन हो रहा था कि देश में खपत के अलावा निर्यात भी हो रहा था। इससे प्राप्त आय से सरकार को भी खासी राहत मिल रही थी। सायरस ने सिर्फ आविष्कार ही नहीं किया वरन् आधुनिक व्यापार के नए-नए तरीके भी निकाले। उसने मशीनों को वास्तविक प्रयोग कर परखने, गारंटी, विज्ञापन, नकद के साथ उधार भुगतान सुविधा जैसी नई-नई सुविधाओं का विकास भी किया। उसने अपनी फैक्टरी में काम की ऐसी प्रणाली विकसित की थी जिसमें श्रम का नुकसान न्यूनतम होता था। वह अपने सृजनात्मक विचारों को शीघ्र ही वास्तविकता में बदल देता था।

सायरस को राजनीति में भी खासी रुचि थी। उसने 1840 के दशक में डेमोक्रेटिक पार्टी की सदस्यता हासिल कर ली थी और 1857 के बाद राजनीति में सक्रिय रूप से भाग लिया। गुलामी के मुद्दे पर बढ़ रही शत्रुता के वह खिलाफ था। गृहयुद्ध के दौरान वह शांतिप्रिय डेमोक्रेटों के साथ था। वह गुलामी के पक्ष में नहीं था। पर इस मुद्दे पर देश के बँटने के खिलाफ था। वह युद्ध के दौरान शांति स्थापना के लिए हरसंभव प्रयास करता रहा। इस बीच दो वर्ष तक (1862-64) वह देश के बाहर भी रहा। वापस आने पर 1864 में उसने डेमोक्रेटिक पार्टी के टिकट पर कांग्रेस का चुनाव भी लड़ा, पर वह जॉन वेंटवर्थ से हार गया।

उसी साल जनरल ग्रांट और जनरल ली की सेनाएँ निचले वर्जीनिया पर कब्जे के लिए एक-दूसरे का मुकाबला कर रही थीं। ऐसे में सायरस मैकॉर्मिक ने तत्कालीन राष्ट्रपति लिंकन को पत्र लिखा और निवेदन किया कि उसे दूत बनाकर वहाँ भेजा

जाए ताकि वह युद्ध समाप्त करा सके, पर राष्ट्रपति ने उसे कोई उत्तर नहीं दिया। बाद में 9 अप्रैल, 1864 को जनरल ग्रांट की सेनाओं ने जनरल ली की सेना से आत्मसमर्पण करवा लिया।

सायरस मैकॉर्मिक एक जुझारू व्यक्ति था तथा उसे संघर्ष से डर नहीं लगता था। एक बार वह अपनी पत्नी, बच्चों सहित रेल द्वारा वाशिंगटन से शिकागो जा रहा था। इस यात्रा के दौरान उसके कुछ बक्से चोरी हो गए। मैकॉर्मिक ने रेल कंपनी पर साढ़े पाँच हजार डॉलर के हर्जाने का मुकदमा दायर कर दिया, जिसे अदालत ने स्वीकार भी कर लिया। पर जीतकर भी उसका मन नहीं भरा और उसने और अधिक हर्जाने के लिए फिर से मुकदमा कर दिया। इसके बाद एक के बाद एक अदालतों में मुकदमा चलता गया और मैकॉर्मिक हर्जाने के दावे में इजाफा करता चला गया।

यह मुकदमा लगभग 20 साल तक चला और अमेरिकी सर्वोच्च न्यायालय ने उसके मरने के एक साल बाद अप्रैल, 1885 में फैसला दिया और रेल कंपनी को 18,000 डॉलर भुगतान करने का आदेश दिया। यह रकम मुकदमे के खर्च की तीन गुनी थी।

मैकॉर्मिक अपने आर्थिक मामलों पर पैनी नजर रखता था। एक बार उसके एक मित्र ने उसके लिखने के सादे कागज बरबाद कर दिए। इस पर सायरस ने उसे बुरी तरह डाँटा व मित्र को लंबे समय तक हर्जाना देने के लिए बाध्य कर दिया। वह अपने कर्मचारियों के हर बिल की जाँच करता था। वह अपरिचित लोगों से सावधान रहता था। थोड़ी-बहुत जान-पहचान वालों को भी दूर ही रखता था। पर घनिष्ठ मित्र उसके साथ आनंदित रहते थे और उनके साथ मजाक-चुटकुले चलते रहते थे।

वह अपने लोगों से इस कदर काम लेता था कि उसके सचिव का दायित्व निभाना हर किसी के वश की बात नहीं थी। उसने अमेरिकी रेलों पर बहुत पैसा लगाया। उसने निकारागुआ में बनने वाली नहरों के अलावा सोने, चाँदी, ताँबे आदि की खानों आदि में भी भारी निवेश किया। वह हमेशा स्वतंत्र व्यापार का पक्षधर रहा तथा इंग्लैंड के साथ व्यापारिक संबंध बढ़ाने में महत्त्वपूर्ण भूमिका निभाई। 1872 से 76 तक वह अमेरिकी डेमोक्रेटिक पार्टी की स्टेट सेंट्रल समिति का भी सदस्य रहा।

उसे धर्म में प्रारंभ से ही रुचि रही थी। वह प्रेसबिटेरियन चर्च के मामलों में गहरी रुचि लेता था तथा जब उसने नाथन राइस के विचार सुने तो उसने उन्हें अपने चर्च संगठन में जिम्मेदारी दिलवाई तथा बाद में अपने प्रेसबिटेरियन एक्सपोजिटर नामक धार्मिक अखबार का संपादक भी नियुक्त किया, जिसे उसने 1860 में खरीद लिया था। यह कार्य उसने उत्तर व दक्षिण अमेरिका के बीच एकता सशक्त करने के

लिए किया था।

1859 में उसने प्रेसबिटेरियन थियोलॉजिकल सेमीनरी को चार प्रोफेसर रखने के लिए सहायता दी। यह संस्था मैकॉर्मिक द्वारा इस कदर उपकृत थी कि उसकी मृत्यु के पश्चात् 1886 में इसका नामकरण मैकॉर्मिक थियोलॉजिकल सेमीनरी रख दिया गया।

अमेरिकी गृहयुद्ध छिड़ने के बाद एक्सपोजिटर अखबार बंद हो गया। 1872 में मैकॉर्मिक ने इंटीरियर अखबार खरीद लिया और बाद में इसका नाम 'कॉन्टिनेंट' रखा गया। ग्रे नामक विद्वान् को इसका संपादक बनाया गया तथा 1860 में ही उसने शिकागो टाइम्स नामक अखबार भी खरीद लिया और उसे एक वर्ष तक चलाया। अखबारों के जरिये वह व्यवसाय नहीं करता था वरन् जनता के हित में आवाज उठवाता था। शिकागो टाइम्स के जरिये उसने डेमोक्रेटिक पार्टी को शांति प्रयासों के लिए आगे बढ़ने के लिए तैयार किया। दूसरी ओर कॉन्टिनेंट अखबार के जरिये उसने प्रेसबिटेरियन चर्च के उत्तर व दक्षिण क्षेत्र के अनुयायियों को भी एक करने के प्रयास किए।

दुनिया के लिए कड़क माने जाने वाले मैकॉर्मिक ने अपनी पत्नी को भरपूर प्यार दिया, जो उनसे उम्र में बहुत छोटी थी। वे जीवन के अंतिम क्षणों तक सक्रिय रहे। 1880 में शिकागो की वर्जीनिया सोसायटी के अध्यक्ष बने। उन्होंने वाशिंगटन कॉलेज के लिए भी मुक्तहस्त दान किया। वे बरसों तक दक्षिण शिकागो में ही रहते रहे। बाद में उन्होंने एक नया मकान उत्तरी इलाके में बनवाया और उसमें रहने लगे।

1884 में वे असाध्य बीमारी के शिकार हुए और बिस्तर पर पड़े रहने के लिए मजबूर हो गए। उनकी पत्नी ने उनकी लगातार सेवा की। 13 मई, 1884 को वे कुछ बुदबुदाए, पर इससे पहले लोग यह जान पाते कि वे क्या कहना चाह रहे थे, वे दुनिया से हमेशा-हमेशा के लिए चले गए।

जब उनकी शवयात्रा निकली तो बड़ी तादाद में लोग उन्हें अंतिम श्रद्धांजलि देने साथ हो लिए। उनकी अंतिम यात्रा में उनकी फैक्टरी के मजदूर भी थे, जिनके हाथ में पके हुए गेहूँ की बालें भी थीं और कटाई मशीन का मॉडल भी, पर उस मशीन का मुख्य व्हील नदारद था।

सायरस मैकॉर्मिक इस दुनिया से चले गए, पर वे अमेरिका को एक बहुत बड़ा उपजाऊ भूभाग वाला अनाज उत्पादक देश बना गए। उनके कृषि संबंधी आविष्कार और अन्य क्षेत्रों में योगदान को विश्व कभी नहीं भुला सकेगा।

आइजैक मेरिट सिंगर और उनकी सिलाई मशीन

प्रारंभ में लोग कपड़ा लपेटते थे। बाद में इसे हाथ से सिलने की कला विकसित हुई। इस काम में काफी समय व पैसा लगता था और मेहनत भी लगती थी। गरीबों के लिए सिले वस्त्र पहनना काफी कठिन होता था। तभी हम प्राचीन काल में देखते हैं कि लोग धोती और अंगवस्त्र से काम चला लेते थे। महिलाएँ भी साड़ी से काम चलाती थीं। इन सभी में सिलने की जरूरत नहीं पड़ती है।

पर ठंडे देशों में धोती या साड़ी जैसे वस्त्रों से गुजारा नहीं हो सकता है। वहाँ शरीर से चिपके वस्त्रों की आवश्यकता होती है। अत: वहाँ ऐसी मशीनों के निर्माण की आवश्यकता महसूस की गई।

औद्योगिक क्रांति के दौरान 1790 में आलमारी बनाने वाले एक अंग्रेज थॉमस सेंट ने पहली सिलाई मशीन इंग्लैंड में बनाई और उसका पेटेंट भी हासिल किया। उसकी मशीन किसी तरह जोड़-जाड़कर बनाई गई थी और बमुश्किल सिलाई कर पाती थी।

कई दशकों बाद फ्रांस में बार्थेलेमी थिमोनियर नामक फ्रांसीसी आविष्कारक ने भी एक सिलाई मशीन तैयार की और 1830 में उसका पेटेंट हासिल किया। इससे सिलाई का काम आसान हो गया और फ्रांसीसी सेना की वर्दियाँ इन सिलाई मशीनों से सिली जाने लगीं। वहाँ के दर्जियों ने जब इन सिलाई मशीनों से आंतकित होकर थिमोनियर के कारखाने में दो बार आग लगा दी तो थिमोनियर भागकर अमेरिका जा पहुँचा और वहाँ उसे 1850 में पेटेंट मिल पाया। तब तक उसकी मशीन से बेहतर मशीन तैयार हो चुकी थी।

अमेरिका में भी स्वतंत्र रूप से सिलाई मशीन विकसित करने का कार्य चल रहा था। 1833 में वाल्टर हंट ने अमेरिका में अलग तरीके की सिलाई मशीन तैयार की, पर उसने पेटेंट के लिए आवेदन कभी नहीं किया। बाद में इलियास हावे ने जब अपनी मशीन तैयार की तो उसने पेटेंट के लिए आवेदन किया और 1846 में इसे प्राप्त कर लिया। हावे को अपनी मशीन खुद बेचने में सफलता नहीं मिली और वह बाद में इंग्लैंड चला गया। उसने अपनी मशीन के निर्माण-अधिकार विलियम थॉमस को बेच दिए जो कालांतर में करोड़पति बन गया।

बाद में इजाक मेरिट सिंगर नामक मैकेनिक ने ऐसी सिलाई मशीन तैयार की जिसे चलाना आसान था। हालाँकि बाद में और लोगों ने भी अलग-अलग प्रकार की मशीनें तैयार कीं, पर सिंगर का नाम सिलाई मशीन का पर्याय बन गया।

आइजैक मेरिट सिंगर का जन्म 26 अक्टूबर, 1811 को न्यूयार्क राज्य के ट्राय के पास स्काघटीकोक नामक छोटे-से गाँव में हुआ था। उसके पिता आडम जर्मन मूल के थे और अमेरिका में आ बसे थे। माता रूथ भी नीदरलैंड की थी।

जन्म के कुछ ही दिनों बाद आडम अपने परिवार सहित न्यूयार्क के ओस्वेगो नामक स्थान से 150 मील पश्चिम में रहने के लिए चला गया। उसका नया घर एरी झील के किनारे पर था।

नई जगह पर इजाक का बचपन बड़ी विचित्र परिस्थितियों में बीता। वह अपने भाई-बहनों में सबसे छोटा था और माता-पिता ने उसकी ओर कभी ध्यान नहीं दिया। उसने स्कूल की शक्ल नहीं देखी और किसी तरह बचपन बिताया। जब वह मात्र 10 वर्ष का था तो उसके माता-पिता में तलाक हो गया। उसके पिता ने दूसरा विवाह कर लिया और इजाक अपनी सौतेली माँ को कतई पसंद नहीं करता था।

किसी तरह इजाक ने एक साल बिताया और बारहवें वर्ष में वह बिना पैसा लिए, बिना किसी की सहायता से घर से निकल पड़ा और रोचेस्टर पहुँचा। उसके पास न तो कुछ था और न ही उसे यह पता था कि उसे क्या करना है। उसने जगह-जगह छोटे-मोटे काम किए और प्राप्त पैसों से सर्दियों में चलने वाले स्कूलों में पढ़ाई भी की। कहते हैं कि उसके एक बड़े भाई ने उसकी थोड़ी-बहुत सहायता भी की।

विचित्र बात यह थी कि वह नाटकों मे भी रुचि रखता था और मशीनों में भी। उसने रोचेस्टर में एक मशीन शॉप में बतौर अप्रैंटिस भी काम किया और एडविन डीन नामक जाने-माने कलाकार के थियेटर ग्रुप में भी काम किया, जो उन दिनों रोचेस्टर आया था।

हालाँकि उसे नाटकों में काम करने का कोई अनुभव नहीं था, पर 18 वर्षीय इजाक की शक्ल-सूरत आकर्षक थी और जब उसने एडविन डीन से थियेटर ग्रुप में

काम करने की इच्छा व्यक्त की तो उसके 6 फुट ऊँचे अच्छे सुगठित शरीर को देखकर एडविन प्रभावित हो गए और उन्होंने यह भी देखा कि इजाक हर व्यक्ति से हर प्रकार की बातचीत कर लेता है।

डीन ने उससे आगे पूछताछ की और जानना चाहा कि वह किस प्रकार की भूमिका करना चाहता है। इजाक ने विलियम शेक्सपियर के नाटकों के प्रमुख पात्रों के नाम गिना दिए और कहा कि वह उनकी भूमिका करना चाहता है। डीन के पूछने पर उसने इन पात्रों द्वारा बोली गई पंक्तियाँ भी बिना झिझके सुना दीं।

प्रभावित एडविन डीन ने इजाक को शेक्सपियर के एक प्रमुख नाटक किंग रिचर्ड तृतीय में मुख्य भूमिका दे दी। इजाक ने जोर-शोर से भूमिका निभाई और दर्शकों ने करतल ध्वनि से नाटक की सराहना की। सिंगर भी स्वयं अपनी पीठ ठोंकता रहा। एकाध अखबार ने उसकी आलोचना भी की।

1830 में उत्तरार्ध में एडविन डीन अपनी पार्टी व साज-सामान लेकर रोचेस्टर से दूसरे स्थान को चला और इजाक भी उनके साथ हो लिया। इस प्रकार इजाक की थियेटर यात्रा प्रारंभ हुई। बाद में जब एडविन डीन ने उसे निकाल दिया तो वह दूसरे थियेटर ग्रुप में चला गया। वह अपने साथी कलाकारों के साथ जगह-जगह घूमता रहा। उसे थियेटर की जिंदगी से गजब का लगाव हो गया था और वह उसके लिए हर प्रकार का काम करता था। अभिनय के अलावा वह नाटक के प्रचार-प्रसार और टिकट बेचने जैसे काम भी कर लेता था।

कई बार ऐसा अवसर भी आया जब उसे किसी थियेटर कंपनी ने काम नहीं दिया, तब हरफनमौला इजाक ने मजदूर, बढ़ई, मैकेनिक के रूप में भी काम किया। उसके पास गजब का हुनर था और जब वह शिकागो में एक नहर खोदने वाली कंपनी में काम कर रहा था तब उसने पहला आविष्कार कर डाला। अपने आविष्कार के पेटेंट को उसने 2000 डॉलरों में बेच दिया और एक कंपनी खोल ली, पर वह कंपनी नहीं चल पाई।

इजाक ने अपने वैवाहिक जीवन में भी अनेक उतार-चढ़ाव देखे। 1830 में जब वह 19 वर्ष का था, उसने पालमिरा, न्यूयार्क की 15 वर्षीय लड़की कैथरीन हैले से विवाह किया। गुस्सैल इजाक का अपनी पत्नी से झगड़ा होता था। 5-6 वर्ष बाद झगड़े से परेशान होकर कैथरीन उसे छोड़कर चली गई।

इसके पहले ही इजाक की मुलाकात बाल्टीमोर, मेरीलैंड की 18 वर्षीय लड़की मेरी एन० स्पोन्सलर से हुई और उसने मेरी को प्रभावित कर लिया। मेरी उसके साथ रहने भी लगी। काफी दिनों बाद कैथरीन से उसका तलाक हो पाया, पर तब तक इजाक व मेरी श्री व श्रीमती सिंगर के रूप में रहते रहे। कैथरीन ने दो बच्चों को जन्म

दिया था और मेरी ने दस बच्चों को। इजाक को न सिर्फ ज्यादा से ज्यादा बच्चे पैदा करने का शौक था वरन् वह उनकी अच्छी देख-रेख भी करता था और उन्हें बहुत प्यार भी करता था।

उसे सामाजिक नियमों की कतई परवाह नहीं थी और एक समय में एक से ज्यादा पत्नी रखने का प्रयास करता था। 1849 में उसने थियेटर पूरी तरह से त्याग दिया और अब वह छपाई उद्योग में काम करने लगा था। उसने पहले ओहियो और फिर पेनसिल्वेनिया में काम किया। अब तक उसका परिवार काफी बढ़ चुका था और उसे पैसों की सख्त जरूरत महसूस हो रही थी। अब उसने फिर आविष्कार की दुनिया में कदम रखने का निर्णय किया।

कुशाग्रबुद्धि सिंगर ने जल्दी ही लकड़ी पर नक्काशी करने के लिए एक मशीन तैयार कर ली। 1849 के अप्रैल महीने में उसने इसके पेटेंट के लिए आवेदन किया और जब मिल गया तो वह न्यूयार्क चला गया। यहाँ आकर उसे एक मशीन निर्माता कंपनी से जगह मिल गई। उसने अपने नए आविष्कार का मॉडल तैयार करना प्रारंभ कर दिया। यह लगभग तैयार होने को था, तभी 4 फरवरी, 1850 को उस भवन में स्थित बायलर फट गया और इस घटना ने 63 लोगों की जान ले ली और साथ ही साथ यह मॉडल भी नष्ट हो गया, पर सिंगर निराश नहीं हुआ।

तभी सिंगर को याद आया कि एक बार पेनसिलवेनिया के प्रकाशक व पुस्तक विक्रेता जॉर्ज बी० जीबार्ट उसके भवन में आए थे और उन्होंने उसके बन रहे मॉडल की तारीफ की थी। सिंगर ने उनसे तत्काल संपर्क किया और कह-सुनकर उन्हें अपने दूसरे मॉडल में पैसा लगाने के लिए राजी कर लिया। जीबार्ट ने उसका अनुरोध मान लिया और बाद के दिनों में उन्होंने अधबने मॉडल को बोस्टन हस्तांतरित किया, जहाँ पर इसे पूरा करने के लिए बेहतर सुविधाएँ थीं।

बोस्टन में ओर्सन सी० फेल्प की एक मशीन शॉप थी, जिसे वे खुद ही चलाते थे। फेल्प ने किराये पर नीचे का तल सिंगर को दे दिया, जहाँ वह अपने मॉडल को अंतिम रूप देने लगा। पर तभी उसे पता चला कि उसकी लकड़ी पर नक्काशी करने वाली मशीन का खरीदार मिलना मुश्किल है, क्योंकि उस समय तक अमेरिकी छापेखानों ने धातु के गुटके इस्तेमाल करने प्रारंभ कर दिए थे।

परेशान सिंगर अब सोचने लगा कि क्या चीज बनाई जाए जिसे लोग खरीदें। उसे पता चला कि ऊपर की मंजिल में ओर्सन फेल्प के कारीगर एक सिलाई मशीन को अंतिम रूप दे रहे थे, जिसे हाल ही में जे०एच० लेरो तथा एस०सी० ब्लौडगेट ने अंतिम रूप दिया था।

मेधावी सिंगर ने मशीन की जाँच करके अनुमान लगा लिया कि यह मशीन

बिकेगी नहीं। उसने जान लिया कि यह आकार में बड़ी और वजन में भारी है। साथ ही महँगी भी है। इतना ही नहीं, यह इतनी जटिल भी है कि एक यांत्रिक ही इसे चला पाएगा। आम आदमी के लिए इसे इस्तेमाल करना संभव नहीं है।

साथ ही उसने यह भी तय कर लिया कि इन कमियों को दूर करने के लिए क्या-क्या किया जा सकता है। पर इस काम को शुरू करने में उसे हिचकिचाहट हो रही थी, क्योंकि इसमें काफी पैसे की आवश्यकता थी।

अब सिंगर ने जीबार्ट तथा फेल्प को अपनी परियोजना में धन लगाने के लिए राजी कर लिया। तीनों व्यक्तियों ने मिलकर आई०एम० सिंगर एंड कंपनी की स्थापना की और सिंगर अपने काम में जुट गया। चंद महीनों में ही उसने मशीन में 20 परिवर्तन कर डाले। इनमें एक पैर से चलाने की व्यवस्था भी जोड़ी गई। नई सुई भी बेहतर थी। पुरानी लेरो तथा ब्लॉडगेट मशीन सिर्फ दर्जियों और वस्त्र-निर्माताओं को बेची जा सकती थी, पर नई मशीन इतनी सरल थी कि घरेलू महिलाएँ भी इसे चला सकती थीं।

पर एक ओर मशीन में लगातार सुधार हो रहे थे और दूसरी ओर सिंगर के साझीदार निराश हो रहे थे। फेल्प का मन इस मशीन से हट चुका था और उसने इस कंपनी के अपने शेयर अपने दोनों साझीदारों को बेच डाले और अलग हो गया। इसके बाद जीबार्ट तथा सिंगर का झगड़ा हो गया और जीबार्ट ने अपना हिस्सा भी सिंगर को बेच दिया। हालाँकि बाद में उसे इस फैसले के लिए पछताना पड़ा।

1851 में सिंगर ने अपना काम पूरा कर लिया। उसने उसे पेटेंट भी करा लिया। अब वह मशीन लेकर मेलों, चर्च के सामाजिक समारोहों में जाने लगा। उसने जगह-जगह दिखाया कि इस नई मशीन से कपड़ा सिलना कितना आसान है।

अब सिंगर के पास खरीदार आने लगे और उसे लगा कि उसका कारोबार चल निकलेगा। तभी इलियास हावे नामक व्यक्ति ने उसके ऊपर मुकदमा दायर कर दिया। दरअसल इलियास ने 1846 में इस मशीन को पेटेंट करा लिया था। उसने अपने पेटेंट के दुरुपयोग के एवज में 25 हजार डॉलर माँगे। हावे का जन्म मैसाचुएट्स में हुआ था और उसकी मशीन एक मिनट में 250 टाँके लगाती थी। पर उसकी मशीन सिंगर जैसी नहीं थी। सिंगर की मशीन हर कोई चला सकता था।

सिंगर का कारोबार उस समय कच्चा था और उसे लगा कि हावे का मुकदमा उसे तबाह कर देगा। उसने एडवर्ड क्लार्क नामक युवा वकील से संपर्क किया। सिंगर के पास फीस देने के लिए पैसे नहीं थे और अंतत: उसने अपनी कंपनी का एक-तिहाई हिस्सा क्लार्क को दे दिया, जिसके एवज में वह मुकदमा लड़ने लगा।

चतुर क्लार्क को लगा कि लड़ने में नुकसान होगा और मिलकर चलने में फायदा

होगा। उसने सभी मशीन-विक्रेताओं को एक जगह एकत्रित किया और फैसला किया कि विक्रेता 15 डॉलर मुनाफा लेकर मशीन बेचेंगे और सिंगर तथा हावे दोनों को 5-5 डॉलर मिलेंगे। यह समझौता पेटेंट की अवधि तक चला। इसमें सभी पक्षों को फायदा हो गया। हावे के पास मशीन बनाने के लिए फैक्टरी नहीं थी और सिंगर बाजार पर काफी कब्जा कर चुका था। बाद में हावे ने भी फैक्टरी लगाई और लाखों डॉलर कमा लिए।

इधर सिंगर का कारोबार भी अच्छा चल रहा था। पर क्लार्क और सिंगर में नहीं पट रही थी। क्लार्क और उसकी पत्नी कुलीन घराने के थे और उनका रहन-सहन, बातचीत करने का तरीका सब अलग था। सिंगर मजदूर किस्म का, दो टूक बात करने वाला व्यक्ति था। उसे काम में ज्यादा मजा आता था और दूसरी बातों में कम रुचि थी।

पर दूसरी ओर क्लार्क को व्यापार की अच्छी समझ थी। समाज में उसका रसूख भी था। तत्कालीन अमेरिकी समाज में यह मान्यता थी कि किसी भी तरह की मशीन चलाने वाली औरत सम्मानित नहीं मानी जाती थी। क्लार्क ने इस भ्रांति को तोड़ा और आधे दामों पर सिलाई मशीनें अमेरिकी मंत्रियों को दीं, ताकि उनकी सम्मानित पत्नियाँ उनका इस्तेमाल करके समाज की अन्य महिलाओं को नया संदेश दें।

दर्जियों को मशीन बेचने के बाद क्लार्क ने घरेलू महिलाओं को बड़े पैमाने पर मशीन बेचने की योजना बनाई। उसने मात्र पचास डॉलर में किसी भी निर्माता की पुरानी मशीन के बदले में नई मशीन देना प्रारंभ कर दिया। उस समय इस प्रकार की यह पहली योजना थी और 1856 में इसकी बिक्री तीन गुना बढ़ गई।

इसके बाद क्लार्क ने किश्तों में मशीन बेचना प्रारंभ किया। प्रारंभ में महिलाएँ मात्र 5 डॉलर देकर मशीन घर ले जा सकती थीं और बाद में मात्र 3 डॉलर प्रतिमाह देकर शेष भुगतान कर सकती थीं। अपने उत्पाद के प्रचार-प्रसार के लिए क्लार्क ने प्रशिक्षित लोगों को खुदरा दुकानों पर रखा, जो ग्राहकों को मशीन चलाकर यह दिखाते थे कि इसे चलाना कितना सरल है।

1858 में सिंगर ने एक धमाका और कर डाला। उस समय तक अमेरिका में सभी मशीनों के पुर्जे हाथ से बनते थे और एक मशीन का पुर्जा दूसरी में फिट नहीं होता था। एली व्हाइटने ने सिर्फ बंदूक-निर्माण में नया तरीका निकाला और उसके बनाए पुर्जे हर मशीन में फिट होने लगे। अब सिंगर ने भी इस काम को प्रारंभ किया और उसकी मशीन के पुर्जे ऐसे बनने लगे कि उन्हें हर मशीन में फिट करना आसान हो गया।

इस प्रकार मशीन-उद्योग में क्रांति आ गई। अब हर मशीन का बड़े पैमाने पर

उत्पादन होने लगा। सिंगर कंपनी के पास धन का अंबार लग गया। सिंगर अपने परिवार के साथ न्यूयार्क के शानदार इलाके में रह रहा था। उसके पास नौकर-चाकर, घोड़े-गाड़ी सब थे। पत्नी मेरी अब ऊँचे समाज में उठती-बैठती थी, पर तत्कालीन उच्च समाज सिंगर दंपती की लगातार उपेक्षा करता था।

सिंगर को भी सड़क पर घूमने में ज्यादा मजा आता था। वह चाहता था कि लोग उसे ध्यान से देखें और इसलिए उसने एक लंबी घोड़ागाड़ी बनवाई, जिसमें वह पत्नी व तमाम बच्चों के साथ घूम सकता था।

सिंगर के घरेलू जीवन में भी कलह बढ़ती जा रही थी। हालाँकि कैथरीन ने तलाक दे दिया था, पर मेरी से भी सिंगर का झगड़ा बढ़ता जा रहा था। दरअसल उसने एक दिन सिंगर को एक युवा महिला के साथ देख लिया था। जब मेरी ने सिंगर से जवाब तलब किया तो सिंगर ने उसे मारा-पीटा और मामला नजदीकी पुलिस स्टेशन तक जा पहुँचा।

सिंगर की गिरफ्तारी के वारंट जारी हो गए। घबराया सिंगर अचानक अमेरिका छोड़कर यूरोप भाग गया। वह कई महीनों तक यूरोप में रहा और 1861 की गर्मियों में जब भागकर वापस आया तो मेरी ने उस पर तलाक का मुकदमा कायम कर दिया। अदालत में मेरी ने साबित कर दिया कि वह 25 साल से सिंगर के साथ रह रही है और अदालत ने उसकी बात स्वीकार करते हुए उसे तलाक दिलवा दिया।

अदालती कार्यवाही ने सिंगर को बुरी तरह बदनाम कर दिया। उसकी निजी जिंदगी के अनेक छुपे पहलू उजागर हो गए और लोगों को मालूम हो गया कि मेरी और उसके 14 बच्चों के अलावा भी सिंगर का बड़ा अवैध परिवार है जिसमें दो पत्नियाँ और पाँच से अधिक बच्चे हैं। प्रेस ने इस मामले को लगातार उछाला, पर उसी समय गृहयुद्ध के बादल मँडरा रहे थे और न्यूयार्क-निवासियों ने इस ओर अधिक ध्यान नहीं दिया।

लोगों ने तो सिंगर की ओर ध्यान देना बंद कर दिया पर सिंगर का साझीदार एडवर्ड क्लार्क इन घटनाओं से बुरी तरह घबरा चुका था। उसे लग रहा था कि उसने सिलाई मशीन को एक सम्मानित चीज बनाने और महिलाओं के बीच लोकप्रिय बनाने के लिए अथक प्रयत्न किए हैं और अब इन घटनाओं से सिंगर और उसकी कंपनी हँसी का पात्र बन गई है। इसका कंपनी के भविष्य पर बुरा असर पड़ेगा।

अब क्लार्क ने सिंगर से साझेदारी भंग करने के लिए दबाव डालना प्रारंभ कर दिया। अंतत: 1863 में क्लार्क और सिंगर ने अपनी कंपनी को पब्लिक लिमिटेड कंपनी में बदल दिया और उसके शेयर जनता में बेच दिए। अब कंपनी का नाम सिंगर मैनुफैक्चरिंग कंपनी रखा गया।

13 जुलाई, 1863 को सिंगर ने दोबारा शादी कर ली। नई दुलहन एक खूबसूरत विधवा थी। ईसाबेला नामक यह युवती एक अंग्रेज माँ और फ्रांसीसी पिता की बेटी थी और पेरिस में पली थी और मुलाकात के तुरंत बाद सिंगर से शादी के लिए राजी हो गई।

सिंगर और ईसाबेला शादी के बाद दो वर्ष तक न्यूयार्क स्थित योंकर के पास एक मकान में रहे, जो सिंगर द्वारा बनवाया गया था। यहाँ ईसाबेला का मन नहीं लगा क्योंकि उच्चवर्गीय लोग सिंगर परिवार से संबंध नहीं रखते थे। 1866 में वे यूरोप चले गए और फिर कभी अमेरिका वापस नहीं लौटे।

1870 तक वे पेरिस में रहे। जब फ्रांको प्रसियन युद्ध प्रारंभ हुआ तो वे इंग्लैंड जा पहुँचे। यहाँ पर सिंगर ने इंग्लिश चैनल के किनारे एक पहाड़ी पर बड़ा मकान बनवाया। ईसाबेला ने कालांतर में तीन बेटों और दो बेटियों को जन्म दिया। इस प्रकार कानूनी रूप से सिंगर के 18 बच्चे थे और बाकी का पता नहीं था।

इसके साथ ही सिंगर खाली नहीं बैठा। 1867 में उसने इंग्लैंड में सिलाई मशीन का निर्माण प्रारंभ कर दिया। क्लाईडे बैंक स्थित स्कॉटलैंड की फैक्टरी उसकी सबसे बड़ी फैक्टरी थी। यह फैक्टरी साढ़े चार लाख वर्ग फीट में फैली थी और इसमें साढ़े तीन हजार से अधिक कर्मचारी काम करते थे। यह फैक्टरी इतनी महत्त्वपूर्ण मानी जाती थी कि यहाँ के रेलवे स्टेशन का नाम फैक्टरी के नाम पर रखा गया। धीरे-धीरे यूरोप के अन्य भागों में भी सिलाई मशीन के कारखाने लगने लगे।

सिंगर की सिलाई मशीन में स्थानीय स्टील व लकड़ी का प्रयोग होता था। इस कारण इसका कारखाना खोलने में दिक्कत नहीं होती थी। रूस के तत्कालीन जार शासकों ने इस मशीन में रुचि ली और रूस में जगह-जगह इसका उत्पादन प्रारंभ हो गया।

उधर सिंगर का पहाड़ी स्थित विगहाम नामक विशालकाय मकान बन रहा था और सिंगर इसके एक हिस्से में रहने लगा। तभी 23 जुलाई, 1875 को सिंगर का देहांत हो गया। वह मरते समय अपने लंबे-चौड़े परिवार के लिए एक करोड़ तीस लाख डॉलर की परिसंपत्ति छोड़ गया।

यदि हम चरित्र की दृष्टि से आकलन करें तो सिंगर का व्यक्तित्व ऐसा नहीं है कि उसे प्रेरक या प्रशंसनीय माना जाए, पर इजाक मेरिट सिंगर के आविष्कारक रूप और सफल उद्योगपति होने को नजरंदाज भी नहीं किया जा सकता है।

सिंगर मर कर भी अमर रहा। सिंगर मैनुफैक्चरिंग कंपनी क्लार्क की अध्यक्षता में सफलतापूर्वक चलती रही। बीच में एक ऐसा समय अवश्य आया जब 1970 के आसपास सिले-सिलाए वस्त्र पहनने का प्रचलन बढ़ गया और कपड़ा खरीदकर

सिलवाना महँगा लगने लगा। इस अवधि में सिंगर सिलाई मशीन की बिक्री 50 प्रतिशत रह गई। इसी दौरान जापान, ताईवान, दक्षिण कोरिया में सस्ती मशीनें बनने लगी थीं।

1992 में हाँगकाँग की इंटरनेशनल सेमी टेक माइक्रो इलैक्ट्रॉनिक्स नामक बहुराष्ट्रीय कंपनी ने सिंगर सिलाई मशीन कंपनी को खरीद लिया। चीन के बाजार पर कब्जा करने के लिए इसने शंघाई सिलाई मशीन कंपनी के साथ संयुक्त उपक्रम लगाया ताकि सस्ती मशीनें बनाई जा सकें।

इस प्रकार सिंगर द्वारा बनाई सिलाई मशीन ने एक लंबा सफर तय किया। 1830 तक दर्जी एक मिनट में ज्यादा से ज्यादा 30 टाँके हाथ से लगाते थे। जब पहली सिलाई मशीन बनी तो उससे प्रति मिनट दो सौ टाँके लगने लगे। दर्जी इस कदर परेशान हो गए कि उन्होंने मशीन बनाने वाली फैक्टरी तोड़ डाली।

महात्मा गांधी भी सिंगर सिलाई मशीन से प्रभावित हुए और 1930 में जब वे जेल में थे तब उन्होंने इस मशीन को चलाना सीखा।

अल्फ्रेड नोबल और उनका आविष्कृत डायनामाइट

औद्योगिक क्रांति के बाद निर्माण कार्य प्रारंभ हो चुका था। बड़े-बड़े कारखाने स्थापित हो चुके थे, पर उनके लिए बड़ी तादाद में कोयला और अन्य खनिज पदार्थों की आवश्यकता थी। खान खोदने के लिए एक ऐसे विस्फोटक की आवश्यकता थी जो बिना किसी मानव-शक्ति के गहरा गड्ढा कर सके या बड़ी चट्टान खोद सके।

इसी तरह तैयार माल लाने-ले जाने के लिए बड़ी संख्या में रेलमार्ग तैयार करने की आवश्यकता थी, पर बीच में पहाड़ व चट्टानें पड़ रही थीं, चट्टानों को तोड़ने और पहाड़ों के बीच में रास्ता बनाने की जरूरत थी और उसके लिए भी विस्फोटकों की आवश्यकता थी।

अब तक तमाम वैज्ञानिक उत्कृष्ट आविष्कार करके अपना नाम कमा चुके थे। उनमें से कुछ में व्यवसाय वृत्ति भी थी और वे तो मालामाल हो गए, पर अधिकांश गरीब ही रह गए और तरह-तरह के कष्ट पाते रहे। यही हाल साहित्यकारों और शांति-प्रयास करने वालों का था। अपना जीवन व सर्वस्व अर्पण करने वालों की तारीफों को चंद लफ्ज के अलावा कुछ नहीं मिल पाता था।

उत्कृष्ट विस्फोटकों का विकास करने वाले तथा वैज्ञानिकों, साहित्यकारों व शांति-प्रयास करने वालों को सम्मान के अलावा बड़ी धनराशि देने का सफल प्रयास किया, आविष्कारक, व्यवसायी और विचारक अल्फ्रेड नोबल ने।

विस्फोटकों का आविष्कार करने वाले अल्फ्रेड बर्नहार्ड नोबल का जन्म 21 अक्टूबर, 1833 को स्वीडन के स्टाकहोम में हुआ था। उनके पिता इमानुएल नोबल भी एक आविष्कारक थे और वे नई-नई चीजों का आविष्कार करके उनके

निर्माण हेतु उद्योग लगाया करते थे। दुर्भाग्यवश वे शिक्षित नहीं थे और इस कारण उन्हें घाटा भी उठाना पड़ता था।

जब अल्फ्रेड मात्र 4 वर्ष के थे तभी उनके पिता की माली हालत खराब हो गई और उन्हें अपना परिवार स्टाकहोम में ही छोड़ कर फिनलैंड जाना पड़ा। जब वहाँ भी सफलता नहीं मिली तो वे रूस जा पहुँचे। यहाँ पर इमानुएल नोबल को समुद्री सुरंगें तैय़ार करने का ठेका मिल गया। रूस को उस समय सेंट पीटर्सबर्ग पर हमले का भय रहता था और रूसी इन सुरंगों का जाल समुद्र में बिछाना चाहते थे ताकि शत्रु जहाज उनमें उलझकर नष्ट हो जाए।

ये समुद्री सुरंगें दरअसल लकड़ी के गुटके थे जिनमें गनपाउडर भरा होता था। ये पानी में लटके रहते थे और शत्रु के जहाज से टकराकर फट जाते थे। इन सुरंगों से रूस को हमलों से काफी राहत मिली।

व्यापार में सफलता से इमानुएल का हौसला तो बढ़ा ही, उन्हें अपने परिवार को अपने साथ पीटर्सबर्ग में रखने का भी अवसर मिल गया। 9 वर्ष की आयु में बालक अल्फ्रेड अपने पिता के पास सेंट पीटर्सबर्ग आ गया। अल्फ्रेड के कई भाई-बहन थे पर उनमें से कई का देहांत जल्दी ही हो गया।

अल्फ्रेड और उसके भाइयों को पढ़ाने के लिए निजी ट्यूटर आया करता था। वह शिक्षक उन्हें विज्ञान विषयों के अलावा साहित्य, अर्थशास्त्र आदि भी पढ़ाता था। ज्यों-ज्यों अल्फ्रेड की आयु बढ़ी, उसका अंग्रेजी साहित्य व कविता के प्रति झुकाव भी बढ़ता गया। उसने रसायनशास्त्र और भौतिकी का भी अध्ययन किया तथा अनेक भाषाएँ भी सीख लीं। 17 वर्ष की आयु में वह स्वीडिश, रूसी, फ्रेंच, अंग्रेजी और जर्मन भाषाएँ धाराप्रवाह बोल लेता था।

अल्फ्रेड पढ़ने के लिए स्कूल भी गया पर उसे किसी विश्वविद्यालय में पढ़ने का अवसर नहीं मिला। उसके पिता उसके कविता के प्रति झुकाव से अप्रसन्न रहते थे और उसे इंजीनियर बनाना चाहते थे। कैमिकल इंजीनियर बनाने के लिए उन्होंने उसे पेरिस भेजा, जहाँ अल्फ्रेड ने रसायनशास्त्र का गहन अध्ययन किया। पेरिस में ही काम करते समय उसकी मुलाकात अस्कानियो सुबरेरो नामक इतालवी रसायनशास्त्री से हुई, जिसने नाइट्रोग्लिसरीन का आविष्कार किया था। यह पदार्थ अत्यंत शक्तिशाली व खतरनाक था। यदि इसकी एक बूँद को टेबल पर रखकर हथौड़े से प्रहार किया जाता था तो यह फट जाता था और विस्फोट के कारण हथौड़ा अपने हैंडल से अलग हो जाता था।

इत्तफाक यह हुआ कि जब सुबरेरो वापस इटली लौटा तो अपने ही आविष्कार नाइट्रोग्लिसरीन से वह स्वयं ही बुरी तरह घायल हो गया।

1852 में अल्फ्रेड वापस सेंट पीटर्सबर्ग लौटा तो उसने अपने पिता से नाइट्रोग्लिसरीन की चर्चा की। अब पिता-पुत्र दोनों ने मिलकर इस पर शोध प्रारंभ किया।

उधर जब रूसी क्रीमिया युद्ध में जुटे थे तब इमानुएल का व्यापार जोरों पर चल रहा था। पर ज्यों ही 1856 में क्रीमिया युद्ध समाप्त हुआ उनका व्यापार गिरने लगा और वे फिर से आर्थिक बदहाली की ओर बढ़ने लगे। 1863 में परिवार के कुछ सदस्य जिनमें बेटा अल्बर्ट भी था, स्टॉकहोम चले गए।

इधर इमानुसेल और उनके जवान बेटों ने व्यापार को नए सिरे से सँभाला। इस बार उन्होंने खनिज तेल उद्योग में कदम रखा और वे जल्दी ही फिर से मालामाल हो गए।

इसके साथ ही अल्फ्रेड अपने विस्फोटक संबंधी प्रयोगों में जुटा रहा। वह नाइट्रोग्लिसरीन का प्रयोग करके एक विस्फोटक तैयार करना चाहता था। वह लगातार प्रयोगों में जुटा रहा और ऐसा विस्फोटक तैयार करने में जुटा रहा जिसे नियंत्रित किया जा सके। 1864 में इस संबंध में प्रयोगों के दौरान एक भयंकर विस्फोट हुआ और अल्फ्रेड का भाई एमिल तथा उसके साथ खड़े कई लोग मारे गए।

इस भयानक हादसे के बाद भी अल्फ्रेड ने हौसला नहीं खोया और प्रयोग जारी रखे। वह विभिन्न तरीकों से नाइट्रोग्लिसरीन को स्थायी व उपयोगी बनाने में लगा रहा ताकि उसका ज्यादा से ज्यादा उपयोग हो सके।

1866 में, जब अल्फ्रेड 33 वर्ष का था, एक प्रयोग कर रहा था। प्रयोग के दौरान एक परखनली में नाइट्रोग्लिसरीन भरी थी और अल्फ्रेड उसे दूसरी परखनली में उलटना चाहता था। वह काफी परेशान और डरा हुआ भी था और अचानक परखनली उसके हाथ से छूटकर नीचे गिर गई।

अगर यह परखनली जमीन पर गिर जाती तो इतना बड़ा विस्फोट होता कि नोबल सहित प्रयोगशाला में काम कर रहे सभी व्यक्ति मर जाते और प्रयोगशाला की छत भी उड़ जाती। इत्तफाक से परखनली एक पैकिंग वाले डिब्बे में गिरी थी, जिसमें लकड़ी का बुरादा भरा हुआ था। नाइट्रोग्लिसरीन बहकर लकड़ी के बुरादों में मिल गया और सोख लिया गया।

नोबल के आश्चर्य का ठिकाना नहीं था। उसने लकड़ी के बुरादे में मिले नाइट्रोग्लिसरीन की जाँच प्रारंभ की और पाया कि यह भी विस्फोटक पदार्थ है पर यह उतना विस्फोटक नहीं है जितना यह तरल रूप में था। इसका उपयोग करना ज्यादा आसान था।

उसके प्रयोग चलते रहे और अब उसने नाइट्रोग्लिसरीन को सिलिका के साथ मिलाकर पेस्ट तैयार किया ताकि उसे मनचाही आकार की छड़ों में तब्दील किया जा सके। इन छड़ों को विस्फोट के लिए इस्तेमाल करना आसान था। अल्फ्रेड ने

डिटोनेटर का भी आविष्कार कर डाला और अब उसके लिए अपने आविष्कृत विस्फोटक डायनामाइट का व्यावसायिक इस्तेमाल करना आसान हो गया।

1867 में इस डायनामाइट का ब्रिटिश पेटेंट हासिल कर लिया गया। 1868 में उसे अमेरिकी पेटेंट भी मिल गया। इत्तफाक से यह डायनामाइट ऐसे समय आविष्कृत हुआ जब निर्माण-कार्य जोरों पर था और उस समय हीरे की ड्रिलिंग तथा अन्य प्रकार की ड्रिलिंग का प्रयोग हो रहा था जो कठिन व महँगी थी।

अल्फ्रेड नोबल ने डायनामाइट के आविष्कार के पश्चात् इसके निर्माण हेतु कारखाना लगाया और साथ ही प्रयोग भी जारी रखे। उसने नाइट्रोग्लिसरीन को इससे भी ज्यादा विस्फोटक पदार्थ गनकॉटन से मिलाकर एक जेली जैसा पदार्थ तैयार किया जोकि अत्यंत विस्फोटक था और उस पदार्थ का नाम जिलेटिन रखा गया। डायनामाइट से कहीं ज्यादा विस्फोटक जिलेटिन का पेटेंट 1876 में हासिल किया गया।

13 साल बाद नोबल ने बैलीस्टाइट नामक विस्फोटक विकसित किया जो एक धुआँरहित पाउडर था। इस पदार्थ पर पेटेंट के बारे में विवाद हुआ और यह अदालत में भी गया। सरकार की ओर से इस पेटेंट अधिकार का विरोध किया गया और 1894-95 में चले मुकदमे में फैसला अंतत: नोबल के खिलाफ गया।

अल्फ्रेड नोबल ने न सिर्फ उत्तम कोटि के शक्तिशाली विस्फोटक विकसित किए वरन् उन पर नियंत्रण रखने के लिए प्रभावशाली डिटोनेटर भी विकसित किए गए और इसके कारण विस्फोटकों का यूँ ही विस्फोट नहीं होता था। इन डिटोनेटरों में पारे के यौगिकों का प्रयोग होता था।

एक ओर अल्फ्रेड नोबल ने एक के बाद एक कारखाने खोले और दूसरी ओर उसने एक के बाद एक नए-नए प्रयोग किए और नए-नए पदार्थ विकसित किए। उसने कृत्रिम रेशम, गर्म हवा वाले इंजन, गैस मीटर, कृत्रिम चमड़ा, अल्यूमिनियम की नावें आदि के लिए भी काम किया और काफी हद तक सफल भी रहा।

अल्फ्रेड नोबल ने 355 पेटेंट हासिल किए जिनमें से ज्यादातर विस्फोटकों के बारे में ही थे। उसके अन्य उत्पादों से धन नहीं कमाया जा सका, पर विस्फोटकों के कारण काफी पैसा एकत्रित हो गया। उस समय जगह-जगह रेल लाइनें बन रही थीं और रास्ते बनाए जा रहे थे। जगह-जगह खान खोदकर खनिज पदार्थ निकाले जा रहे थे। इन सबमें विस्फोटकों का प्रयोग किया जाता था।

धीरे-धीरे अल्फ्रेड नोबल की जगह-जगह फैक्टरियाँ खुलती चली गईं। उन दिनों संचार के साधन इतने अधिक विकसित नहीं थे और इस कारण उसे लगातार एक देश से दूसरे देश जाना पड़ता था। उसका स्वास्थ्य पहले से ही कमजोर रहा था और अब ढलने लगा था।

भाग-दौड़ के दौर में अल्फ्रेड को ध्यान ही नहीं रहा कि विवाह भी व्यक्ति की

आवश्यकता होती है। इत्तफाक से 1876 में नोबल ने एक आस्ट्रियाई युवती बर्था वॉन किंस्की को अपना सचिव नियुक्त किया। नोबल इस खूबसूरत सचिव बर्था के प्रति आकर्षित भी हुआ, पर वह अपनी बात उससे खुलकर नहीं कह पाया। चंद महीने नौकरी करने के बाद बर्था वापस आस्ट्रिया चली गई और वहाँ जाकर उसने शादी कर ली और अल्फ्रेड नोबल आजीवन कुँआरा ही रह गया।

बाद के दिनों में शांति-प्रयासों में बर्था का नाम अग्रगण्य हो गया। बर्था ने इस विषय पर एक पुस्तक लिखी जो अत्यंत लोकप्रिय हो गई। यह पुस्तक अनेक भाषाओं में छपी और इसके कई संस्करण प्रकाशित हुए। शादी के बाद भी अल्फ्रेड बर्था से संपर्क में रहा और विश्वशांति के प्रयासों में भी रुचि दिखाई।

हालाँकि विश्वशांति के लिए अल्फ्रेड नोबल का फार्मूला अलग ही था। उसके अनुसार जब सभी देश खासे शक्तिशाली हो जाएँगे और एक-दूसरे को नष्ट कर देने की क्षमता हासिल कर लेंगे तब ही शांति कायम होगी क्योंकि दूसरे को जीत लेने की इच्छा नष्ट हो जाएगी।

वह उस समय चल रही शांति बैठकों के बारे में टिप्पणी करता था कि उसकी फैक्टरी का उत्पादन इन शांति बैठकों से ज्यादा प्रभावी होगा। उसे उस समय चल रहे शांति-प्रयास अधूरे और काल्पनिक लगते थे। पर बर्था द्वारा किए जा रहे शांति-प्रयासों ने उसे बाद में शांति हेतु पुरस्कार की स्थापना के लिए अवश्य प्रेरित किया।

अल्फ्रेड नोबल एक कुशल आविष्कारक और एक सफल उद्योगपति ही नहीं था, उसने कर्मचारी कल्याण हेतु भी अभूतपूर्व कदम उठाए। उस समय उद्योगों का विकास प्रगति पर था। उद्योगपति मुनाफे वसूली में तो आगे थे, पर कर्मचारियों का कल्याण सरकार और समाज के जिम्मे डालना चाहते थे। इस विषय पर बहस भी चल रही थी। अल्फ्रेड नोबल ने कभी इस मुद्दे पर अपने विचार तो व्यक्त नहीं किए पर उसके कारखानों के कर्मचारियों को स्वास्थ्य-सुविधा, बीमा, वृद्धावस्था पेंशन आदि उपलब्ध थे।

विवाह-सुख और संतान-सुख से वंचित अल्फ्रेड नोबल उस समय के वैज्ञानिक विकास से संतुष्ट नहीं था और लगातार कहता था कि विकास की दर और तेज होनी चाहिए। इसके लिए उसने अपनी अपार धन-संपत्ति का प्रयोग किया और पुरस्कारों के लिए निधि गठित कर दी।

भौतिकी और रसायनशास्त्र में तो वह पारंगत था ही। उसने इनके लिए असाधारण काम करने वालों के लिए नोबल पुरस्कार तय किए। वह यह भी चाहता था कि वैज्ञानिक विकास का शरीरशास्त्र तथा चिकित्सा में प्रयोग हो और इसलिए उसने चिकित्सा-विज्ञान में भी नोबल पुरस्कार तय कर दिया।

वैज्ञानिक विकास के बारे में नोबल के स्पष्ट विचार थे और इसीलिए उसने

अपनी वसीयत में आविष्कारों व खोज पर ज्यादा जोर दिया। वह काम, उपलब्धि के बजाय नए काम को तरजीह देता था।

अल्फ्रेड नोबल पूरे विश्व के वैज्ञानिक विकास पर जोर देता था और इसलिए उसने पूरे विश्व के वैज्ञानिकों, साहित्यकारों आदि को अपने पुरस्कार के योग्य माना और किसी किस्म का भेदभाव नहीं बरता। यह शायद इसलिए भी हुआ क्योंकि उसे सारे विश्व से प्यार हो गया था। जब वह मात्र 9 वर्ष का था तब वह रूस गया था। पढ़ाई के सिलसिले में वह यूरोप के अन्य शहरों तथा उत्तरी अमेरिका भी गया था। विश्व के बड़े-बड़े शहरों स्कॉटलैंड, पेरिस, इटली आदि में उसके बड़े और भव्य मकान थे। बाद में उसने स्टॉकहोम में भी बड़ा मकान खरीदा। उसके भाई बाकू में रहते रहे जो आज के अजरबेजान में पड़ता है।

उस समय यूरोप में रेलमार्ग का निर्माण जोरों पर था और हर देश के सुरक्षा नियम अलग-अलग थे। इस कारण अल्फ्रेड नोबल को 1873 तक 14 देशों में 16 डायनामाइट के कारखाने खोलने पड़े थे। उसकी मृत्यु (1896) के समय 20 देशों में 93 डायनामाइट के कारखाने थे।

वह इन कारखानों में लगातार जाता रहता था। वह प्रतिस्पर्धियों पर भी कड़ी नजर रखता था और उस समय उसके पास सिर्फ टेलीग्राफ ही संचार-साधन के रूप में उपलब्ध था। उसने कभी एजेंटों या सचिवों पर निर्भर नहीं किया और अपने कारखानों के प्रबंधकों से वह सीधा संबंध रखता था।

वह अनेक भाषाएँ बोलता था और उसके मन में लगातार नए-नए विचार उमड़ते रहते थे। उसका विचार था कि हजारों विचारों में से एक भी अगर सही व सटीक निकल जाए तो व्यक्ति सफल हो सकता है। उसका मानना था कि प्रकृति के बारे में ज्यादा से ज्यादा जानकर, उस पर नियंत्रण करके मनुष्य अपना भविष्य बना सकता है।

मध्यम ऊँचाई, भूरे बाल, नीली आँखों वाले धनी अल्फ्रेड नोबल को साहित्य में भी गहरी रुचि थी। विज्ञान व आविष्कारों के बाद उसका दूसरा प्रेम साहित्य से था। युवावस्था में सेंट पीटर्सबर्ग में वह पुश्किन और तुर्गनेव जैसे ख्यातिप्राप्त लेखकों के संपर्क में आया था। वह अंग्रेजी के रोमांटिक कवियों वर्ड्सवर्थ, शीले तथा अन्य कवियों के संपर्क में भी रहा। लार्ड बायरन उसके प्रिय कवि थे।

नोबल को पुस्तकों का बड़ा शौक था और उसकी मृत्यु के समय उसके पुस्तकालय में 1500 पुस्तकें थीं। उसे मूल भाषा में विद्वान् लेखकों द्वारा लिखी गई कहानियाँ व उपन्यास पढ़ने में आनंद आता था। वह दूसरे दार्शनिकों, इतिहासकारों तथा वैज्ञानिकों द्वारा लिखी पुस्तकें भी पढ़ता था।

नोबल के निजी पुस्तकालय में शेक्सपियर, वाल्टर स्कॉट, गोइथे, शिलर जैसे विद्वान् लेखकों की पुस्तकें थीं जिन्हें वह बड़े चाव से पढ़ता था और उनके उद्धरण

अपने भाषणों में देता था। वह अपने समकालीन लेखकों ह्यूगो, मोंपासा, टाल्स्टाय, इब्सेन आदि की रचनाएँ भी पढ़ता था। वह पत्रिकाओं में साहित्यिक लेख, कहानियाँ भी पढ़ता था और समय-समय पर टिप्पणी भी करता था कि ये रचनाएँ यथार्थ से काफी दूर हैं।

अपने जीवन के अंतिम दौर में वह दर्शनशास्त्र में ज्यादा रुचि लेने लगा था। उस समय सकारात्मक भूमिका संबंधी विचारधारा जोरों पर थी और वह इससे प्रभावित भी था। शायद इसीलिए उसने अपने साहित्य पुरस्कार संबंधी घोषणा करते हुए यह लिखा कि उस साहित्यिक रचना को नोबल पुरस्कार मिलेगा, जो न सिर्फ उत्कृष्ट होगी वरन् समाज को आदर्शवाद की ओर ले जाएगी।

नोबल के पत्र उसकी साहित्यिक रुचि दर्शाते हैं। 1887 में अपने भाई लुडविग को लिखे पत्र में उसने अपने आपको दुखी और अर्धजीवित बताया। उसने इस बात पर तो गर्व किया कि उसकी गर्दन हमेशा स्वच्छ रही और वह किसी पर बोझ नहीं बना, पर उसे इस बात पर दु:ख था कि उसका परिवार नहीं हो पाया और वह कमजोर स्वास्थ्य के कारण प्रसन्न भी नहीं रह पाया।

अपने अंतिम दिनों में वह अपने डायनामाइट के व्यापार से ऊब चुका था। उसे इस बात का भी दु:ख था कि उसके उत्पादों का उपयोग युद्ध में मानव-हत्या के लिए भी हो रहा है। उसके पास अपार दौलत एकत्रित हो चुकी थी और उसका उपभोग करने के लिए कोई संतान भी नहीं थी।

अत: उसने अपनी सारी संपत्ति जिसका अनुमानित मूल्य उस समय 90 लाख डॉलर था, एक निधि की स्थापना में लगा दी। उसने पाँच पुरस्कारों भौतिकी, रसायन-शास्त्र, चिकित्सा, साहित्य और शांति की घोषणा की। इसके लिए तमाम नियमों को अंतिम रूप दिया।

27 नवंबर, 1895 को उसने अपनी वसीयत पर हस्ताक्षर कर दिए। उसका स्वास्थ्य उसके अंतिम दिनों में और खराब होता चला गया। निराशा के वातावरण में अल्फ्रेड नोबल का 10 दिसंबर, 1896 को इटली के सैन रेमो शहर में निधन हो गया।

उनकी वसीयत के अनुसार निर्दिष्ट संस्थाओं ने नोबल पुरस्कार देने के लिए कार्यवाही की और विभिन्न क्षेत्रों में उत्कृष्ट कार्य करने वालों का चयन प्रारंभ कर दिया। उनकी पाँचवीं पुण्यतिथि 10 दिसंबर, 1901 को पहली बार नोबल पुरस्कार प्रदान किए गए।

अल्फ्रेड नोबल दुनिया से चले गए, पर उनका नाम विश्व-इतिहास में हमेशा अमर रहेगा। उन्होंने न सिर्फ स्वयं उत्कृष्ट कार्य किया वरन् उत्कृष्ट कार्य करने वालों को सम्मान देने और आगे के कार्य के लिए पुरस्कार राशि के रूप में आर्थिक सहायता देने की एक महान् परंपरा कायम कर दी। एक शताब्दी बाद आज भी नोबल पुरस्कार विश्व का सबसे बड़ा पुरस्कार माना जाता है।

कार्ल बेंज तथा उनकी आविष्कृत मोटरकार

पैदल चलने वाले मनुष्य ने जब जानवर की सवारी की तो उसे बड़ा आनंद आया। उसकी मेहनत भी बची और गति भी मिली। घोड़े के रूप में उसे एक तेज हमसफर मिल गया।

जब पहिये का आविष्कार हुआ तो बैलगाड़ी व रथ का प्रचलन प्रारंभ हुआ। इसमें आराम से बैठा भी जा सकता था और नींद की झपकी भी ली जा सकती थी। पर मनुष्य का मन अब भी नहीं भरा।

तेरहवीं सदी में इंग्लैंड में रोजर बेकन नामक वैज्ञानिक चिंतक हुए। वे अद्‌भुत कल्पनाओं के लिए विख्यात थे। उन्होंने कल्पना की थी कि एक दिन ऐसा आएगा जब मनुष्य ऐसे रथों की सवारी करेगा जो बिना घोड़ों के चलेंगे।

पर यह कल्पना पाँच सौ सालों तक कल्पना ही रही और 1769 में एक ऐसा ही रथ सड़क पर उतरा जिसमें घोड़े नहीं थे, पर वह चल रहा था। निकोलस जोसेफ कुनोट ने तीन पहियों वाली इस रथगाड़ी में भाप का एक इंजन लगा रखा था। सामने घोड़ों के स्थान पर इसमें बायलर लगा था। यह भाप के इंजन वाली गाड़ी बमुश्किल 3 मील प्रति घंटा की रफ्तार से चल पाती थी।

इसका उपयोग कम था, पर कौतूहलवश लोग इसे ध्यान से देखते थे और रुचि भी लेते थे। इस प्रकार की गाड़ी की चर्चा इंग्लैंड तक पहुँची और वहाँ की सड़कों व गलियों में कुछ गाड़ियाँ चलने भी लगीं। पर लोग उन्हें खतरनाक मानते थे और शोर करने वाली इन गाड़ियों से दुर्घटना का खतरा भी होने लगा। ब्रिटेन की संसद ने इनके प्रयोग को काफी सीमित कर दिया। लोग ऐसी गाड़ी तभी चला सकते थे जब दिन में चलाते समय सामने एक आदमी लाल झंडा लेकर चले और रात में लाल लालटेन लेकर।

इसके साथ ही भाप के इंजन वाली गाड़ी गैराज में पड़ी-पड़ी सड़ने लगी। दूसरी ओर घोड़ागाड़ियाँ दौड़ती रहीं।

सड़कों पर सही मोटरगाड़ी उतारने का श्रेय कार्ल बेंज नामक जर्मन इंजीनियर को जाता है जिन्होंने यातायात को अभूतपूर्व गति प्रदान की।

कार्ल बेंज का जन्म 24 नवंबर, 1844 को जर्मनी के एक गाँव फेफेनरोट में हुआ था। उसके पिता का नाम जोहान जार्ज तथा माता का नाम जोसेफाइन बेंज था और कार्ल उनकी पहली व अकेली संतान था।

जोहान पेशे से लोहार थे तथा एक रेलरोड कंपनी में बतौर इंजीनियर काम करते थे। जब कार्ल मात्र दो वर्ष का था तो उसके पिता का न्यूमोनिया की चपेट में आ जाने के कारण देहांत हो गया।

अब माता जोसेफाइन का गुजारा बड़ी मुश्किल से चलने लगा और उसे अपना घर छोड़कर पास के शहर कार्लरूहे में आकर रहना पड़ा। जब पेंशन की रकम कम पड़ने लगी तो उसने रसोई बनाने का काम प्रारंभ किया, पर उसने अपने प्रतिभावान पुत्र के पढ़ने के खर्च में कोई कमी नहीं आने दी तथा कार्ल ने धीरे-धीरे हाईस्कूल की परीक्षा पास कर ली।

मेधावी कार्ल को स्कूल के दिनों में भौतिकशास्त्र व रसायनशास्त्र में खासी रुचि थी। उसे फोटोग्राफी की नई कला में भी आनंद आता था। वह छोटी-बड़ी घड़ियों की कार्यप्रणाली सीखने में भी गहरी रुचि रखता था। उसे अपने घर की आर्थिक स्थिति का अहसास था तथा जब स्कूल में छुट्टियाँ होती थीं तो वह पास के ब्लैक फोरेस्ट में जाकर अद्भुत तस्वीरें खींचकर उन्हें तैयार करता था। वह घड़ियों की मरम्मत भी करता था तथा इस तरह कुछ पैसा कमा लेता था।

इधर कार्ल पढ़ाई में परिश्रम कर रहा था और उधर उसकी माता अपनी आय बढ़ाने के लिए रसोई सहित अनेक काम कर रही थी। जब कार्ल ने स्नातक उपाधि हासिल कर ली तो वह कार्लरूहे पौलीटेक्नीक में तकनीकी शिक्षा प्राप्त करने के लिए भर्ती हुआ तथा 1864 में उसे यहाँ से स्नातक की उपाधि मिली।

प्रारंभ में उसे मैकेनिक व ड्राफ्टमैन जैसे छोटे-बड़े कार्य हाथ में लेने पड़े। बाद में उसने फोर्जहाइम शहर में पुल-निर्माण का काम हाथ में लिया, पर तभी 1870 में उसकी माता का निधन हो गया। कार्ल को गहरा आघात लगा तथा एक बार को तो ऐसा लगने लगा कि उसकी दुनिया ही उजड़ गई है। उसकी माता ने बड़े कष्ट सहकर बेटे का भविष्य सँवारने का यत्न किया था।

तभी कार्ल के जीवन में एक युवती ने प्रवेश किया। 22 वर्षीय बर्था रिंगर नामक यह जिंदादिल युवती फोर्जहाइम के एक भवन निर्माण ठेकेदार की पुत्री थी। हँसमुख

स्वभाव वाली इस युवती बर्था ने कार्ल के सूने जीवन में फिर से चहल-पहल भर दी। अब उसने बड़ा आदमी बनने और अपने आप को अपनी प्रियतमा के स्तर के अनुरूप बनाने की ठान ली।

उसने आस्ट्रिया की राजधानी वियेना की यात्रा की तथा वहाँ बेहतर रोजगार की तलाश की, पर वहाँ पर उसके जैसे नौसिखिये इंजीनियर के लिए खास रोजगार नहीं था। उससे पहले कि कार्ल निराश होता, उसके एक मित्र अगस्त रिटर ने जर्मन औद्योगिक शहर मैनहाइम में एक मशीन शॉप लगाने का प्रस्ताव किया जिसमें वह पैसा लगाएगा और दोनों मिलकर इसे चलाएँगे।

कार्ल अब फोर्जहाइम लौट आया और उसने बर्था से बात की। उसने विवाह का प्रस्ताव भी किया और विवाह के पश्चात् मैनहाइम में अपनी दुनिया बसाने की बात कही क्योंकि वियेना में उसे कोई उम्मीद् नहीं थी।

बर्था न सिर्फ राजी हो गई वरन् जब अगस्त रिटर ने आगे पैसा लगाने से इनकार कर दिया और भागीदारी तोड़ दी तो बर्था ने अपने पिता से बतौर दहेज इतनी रकम ले ली कि कार्ल बेंज ने अगस्त के शेयर भी खरीद लिए और पूरी मशीन शॉप उसकी अपनी हो गई। 20 जुलाई, 1872 को कार्ल और बर्था औपचारिक रूप से पति-पत्नी हो गए।

प्रारंभ के सात वर्षों में कार्ल को काफी संकटों का सामना करना पड़ा। पड़ोसी आस्ट्रिया में मंदी का दौर प्रारंभ हुआ और वह जर्मनी में भी छा गया। उसकी दुकान में धातु को जोड़ने-मोड़ने का जो काम होता था उसके चंद खरीदार रह गए थे। अपने मित्र से कर्ज लेकर कार्ल ने एक हाइड्रोलिक प्रैस विकसित कर ली जो तंबाकू उद्योग में काम आती थी, पर यह भी ज्यादा नहीं बिकी। उसका कर्ज देने वाला मित्र तकादे करने लगा। किसी तरह अपनी दुकान गिरवी रखकर वह अपना कर्ज लौटा पाया।

वह लगातार सोचता रहता था कि अपनी वर्कशॉप में वह ऐसा क्या बनाए जिसे लोग खरीदें। धीरे-धीरे एक विचार उसके मन में आने लगा। अगर वह ऐसा इंजन बनाए जिसमें गैसोलीन या ऐसे ही ईंधन के जलने से उत्पन्न ताप ऊर्जा इंजन के सिलेंडर के अंदर ही यांत्रिक ऊर्जा में परिवर्तित हो जाए, तो वह सफल हो सकता है।

इस प्रकार का इंजन तैयार करने का प्रयास लगभग दो सौ साल से चल रहा था। हाल ही में एक जर्मन इंजीनियर निकोलस अगस्त ऑटो के प्रयासों से एक कामचलाऊ इंजन तैयार हो पाया था। पर इस काम में काफी खतरा भी था। ऑटो के इंजन में काफी परिवर्तन करने की आवश्यकता थी।

पर जब इस बात का जिक्र उसने 1879 में अपनी पत्नी बर्था से किया तो उसने

उसका काफी हौसला बढ़ा दिया। हालाँकि वह मशीनरी के बारे में नहीं के बराबर जानती थी पर उसने कार्ल बेंज को लगातार प्रेरित करना जारी रखा। एक साल के कड़े परिश्रम के बाद इंजन तैयार तो हो गया, पर अभी तक उसे चलाया नहीं गया था। नववर्ष की पूर्व संध्या पर जब कार्ल व बर्था ने उसे चलाया तो वह चल पड़ा। वह काफी आवाज कर रहा था, पर उसकी कर्कश आवाज भी कार्ल को मोजार्ट की सुरीली धुन जैसी लग रही थी।

अब उनके सामने सवाल था कि इसे बेचने लायक कैसे बनाया जाए। उस इंजन के और मॉडल तैयार करने थे। उनके पास जो भी पैसा था वह पहले मॉडल में लग चुका था। इसी ऊहापोह में कुछ दिन निकल गए।

1882 में एक धनवान फोटोग्राफर उनकी दुकान पर कुछ सामान खरीदने आया। जब उसने कोने में रखा इंजन देखा तो उसने रुचि ली। जब उसने इंजन चलवाकर देखा तो उसने फैसला किया कि वह इसमें पर्याप्त पैसा लगा सकता है। उसने कार्ल से कहा कि एक कंपनी स्थापित करे और इस इंजन का निर्माण व वितरण का काम प्रारंभ करे।

अब पैसे का सवाल नहीं था और कार्ल आगे अनुसंधान करता रहा। उसने फैसला किया कि वह अपने इंजन के जरिये सड़क पर गाड़ियाँ चलाएगा। उस समय तक पुरानी चलन की बाइसिकलें सड़क पर खूब चल रही थीं। उसने सोचा अगर इनमें इंजन जोड़ दिया जाए तो यातायात में क्राँति आ जाएगी। पर यह भी उतना आसान नहीं था। इंजन को चालू करना अभी भी कठिन था। उस समय तक स्पार्क प्लग के बारे में किसी ने सोचा तक नहीं था। जब कार्ल ने स्पार्क प्लग तैयार करने की बात का जिक्र किया तो उसकी कंपनी के डायरेक्टरों ने उसका मजाक बनाया। चिढ़कर कार्ल ने वह कंपनी छोड़ दी।

अब उसके काम में पैसा लगाने वाले और मिल गए और उसने कई व्यवसायियों से धन लेकर नई कंपनी स्थापित कर ली। नए व्यवसायी सहायक काफी उत्साही थे और 1885 के उत्तरार्ध में विश्व की पहली मोटरगाड़ी सड़क पर उतर गई।

मैनहाइम स्थित बेंज एंड कंपनी के प्रांगण में खड़ी यह गाड़ी देखने में आज की तुलना में काफी विचित्र थी। यह दरअसल एक तिपहिया गाड़ी थी, जिसके पिछले दो पहिये बड़े आकार के थे और सामने वाला पहिया छोटा था। प्रारंभ में बेंज चार पहियों वाली गाड़ी बनाना चाहता था, पर उसके लिए सही स्टीयरिंग नहीं तैयार हो पाया था।

580 पाउंड वाली इस बेंज कार में तमाम सीमाएँ भी थीं। यह अपने आप पीछे नहीं जा सकती थी। पीछे करने के लिए चालक को खुद उतरना पड़ता था और पीछे

धकेलना पड़ता था। इसकी गति मात्र साढ़े सात मील प्रति घंटा थी और ज्यादा चलने में इसमें खराबी आ जाती थी।

बेंज लगातार परिश्रम करता रहा और बर्था भी हर प्रकार से उसकी सहायता करती रही। कई बार उसे अपनी सिलाई मशीन का पैडल लगातार चलाना पड़ता था ताकि उसका इंग्नीशन सिस्टम चार्ज हो सके। 1886 के प्रारंभ में बेंज ने अपनी मोटरगाड़ी में तमाम परिवर्तन कर डाले। बर्था अब उस पर दबाव डाल रही थी कि वह अपनी मोटरगाड़ी को बाजार में बेचना प्रारंभ कर दे, पर बेंज को अभी भी उसमें तमाम कमियाँ झलक रही थीं। उसकी हिम्मत इसे बाजार में उतारने की नहीं थी।

आखिर एक दिन ऐसा आया जब उसकी गाड़ी का परीक्षण हो सकता था। बर्था की माता फोर्जहाइम में रहती थी जो कि मैनहाइम से 50 मील दूर था। कार्ल, बर्था और उसके पाँच में से दो बच्चों ने वहाँ जाने की योजना बनाई। साथ ही यह भी सोचा कि रेलगाड़ी से जाने के बजाय अपनी मोटरगाड़ी से चलेंगे। इससे यह भी पता चल जाएगा कि उनकी मोटरगाड़ी अभी बिकने लायक है या नहीं।

कार्ल को पूरा भरोसा नहीं था। इसलिए उसने दूर जाने से पहले अपनी मोटर-गाड़ी को छोटी दूरी के लिए उतारा और फिर अपनी ऐतिहासिक यात्रा प्रारंभ की। उसने बर्था को चालक की सीट पर बैठाया और पास के शहर हैडलबर्ग की ओर चला। रास्ते में रुककर उसने बर्था के साथ भोजन किया। विलोच में रुककर उसने रेडियेटर में पानी भरा और एक दवा की दुकान से अपने ईंधन के टैंक के लिए पेट्रोलियम डिस्टिलेट भी खरीदा।

बीच में ब्रेटन में उन्हें ऊँचाई का सामना करना पड़ा और यहाँ उनकी बेंज गाड़ी रुक गई। 14 वर्षीय बेटे रिचर्ड ने स्टीयरिंग सँभाला और बर्था सहित सभी लोग उतरकर धक्का लगाने को मजबूर हुए। इस प्रकार जब भी थोड़ा ऊँचाई आती तो उन्हें उतरकर धक्का लगाना पड़ता था।

बीच में गाड़ी का इंजन बंद हो गया। पता चला कि ईंधन की लाइन में कचरा आ गया है। बर्था ने अपनी हैटपिन निकाली और लाइन में फँसा कचरा निकाल दिया। बीच में इग्नीशन का तार भी शार्ट सर्किट हो गया। बर्था ने नया तार छीलकर लगाया।

फोर्जहाइम पहुँचते-पहुँचते रात होने लगी। उन्हें यह अंदाज ही नहीं था कि इतना समय लग जाएगा। गाड़ी में किसी प्रकार की लाइट की व्यवस्था नहीं थी। सौभाग्यवश शेष बची यात्रा, जो कई मील की थी, उतार पर थी। यह ऐतिहासिक मोटर यात्रा बिना किसी खास परेशानी के समाप्त हो गई।

कार्ल का हौसला अब बढ़ गया। उसने आने वाले म्यूनिख मेले के लिए गाड़ी का नया मॉडल तैयार करने का फैसला कर लिया। जब म्यूनिख मेले में लोगों ने इस

मोटरगाड़ी को देखा तो वे चकित रह गए। कार्ल बेंज को भारी प्रशंसा मिली। सितंबर, 1988 में आयोजित इस मेले का स्वर्ण पदक भी इस गाड़ी को मिला, पर इसका खरीदार नहीं मिला। प्रेस में प्रशंसा और पदक लेकर कार्ल निराश लौट आया।

पर उसने हौसला नहीं खोया। 1889 में प्रसिद्ध फ्रांसीसी क्रांति की शताब्दी मनाई जा रही थी। पेरिस में आयोजित इस समारोह में ढाई करोड़ लोगों के भाग लेने की संभावना थी। कार्ल अपनी मोटरगाड़ी लेकर वहाँ पहुँचे। इत्तफाक से वहाँ पर और भी मोटरगाड़ियाँ प्रदर्शनी के लिए आई थीं। कार्ल को एक चार पहियों वाली कार भी देखने को मिली, जिसे एक जर्मन इंजीनियर गोटलेब डेमलर ने 1886 में तैयार किया था। डेमलर भी पास के शहर का रहने वाला था और उसने म्यूनिख मेले में कार्ल बेंज की मोटरगाड़ी की प्रशंसा का समाचार अखबारों में पढ़ रखा था।

बेंज तथा डेमलर दोनों ही बेहतर इंजन के निर्माण के प्रयास में जुटे थे। जब कार्ल की पहली मोटरगाड़ी सड़क पर आई तो डेमलर तथा उसके साथी विलहेल्म माबेक ने विश्व की पहली मोटरसाइकिल सड़क पर उतार दी। जर्मनी के स्टटगार्ट शहर के कैनस्टैट नामक कस्बे में उतरी इस गाड़ी ने इंटरनल कंबशन इंजन को नई दिशा दी और थोड़े ही दिनों में इस इंजन से पहली नाव पानी में चलाई गई। ये सभी पेरिस के मेले में दिखाई गईं।

बेंज की कार और डेमलर की कार में फर्क था। बेंज की कार में इंजन से उत्पन्न शक्ति ड्राइविंग बेल्ट के जरिये पहियों को घुमाती थी जबकि डेमलर की कार में चार स्पीड ट्रांसमिशन की व्यवस्था थी जो कि अपने किस्म की अनूठी थी और आगे इसमें काफी विकास हुआ और इसका प्रचलन बढ़ता गया।

बेंज व डेमलर दोनों आगे बढ़ते चले गए। 1892 तक दोनों की कारों की बिक्री बढ़ती चली गई। 1893 में बेंज ने भी अपनी चार पहियों वाली गाड़ी बाजार में उतार दी और इसका नाम विक्टोरिया रखा।

पर कार्ल बेंज के नसीब में बाधाओं का खत्म होना नहीं लिखा था। वह अपनी गाड़ियों की गति बढ़ाने में जुटा था। उसकी तीन पहियों और चार पहियों की गाड़ियाँ फर्राटे से सड़कों पर दौड़ रही थीं। इसी बीच वहाँ की सरकार ने एक कानून बनाकर वाहनों की गतिसीमा नियंत्रित कर दी। अब बीस किलोमीटर प्रतिघंटा की रफ्तार से चलने वाली विक्टोरिया और 12 किलोमीटर से अधिक रफ्तार से चलने वाली तीन पहियों की बेंज को मात्र 12 किलोमीटर प्रतिघंटा की रफ्तार से चलाना पड़ा तथा जहाँ पर सड़क मुड़ती थी वहाँ पर मात्र 6 किलोमीटर प्रति घंटा की रफ्तार से चलाने की अनुमति थी।

बेंज को लगा कि इससे लोगों में गाड़ी खरीदने की इच्छा कम होने लगेगी। उसने

एक उपाय सोचा। उसने एक प्रभावशाली मंत्री को अपनी कार में सैर करने का न्योता दिया। मंत्री महोदय उसकी कार में बैठकर मैनहाइम के ग्रामीण इलाके में सैर करने को चले। इससे पूर्व ही कार्ल ने एक स्थानीय दूध वाले से बात कर रखी थी जो अपनी घोड़ागाड़ी पर दूध लादकर जा रहा था।

ज्योंही मंत्री महोदय की कार चली, दूधं वाले ने अपनी घोड़ागाड़ी भी दौड़ा दी। पहले कार आगे थी और वह सरकार द्वारा निर्धारित गति से चल रही थी। थोड़ी देर में घोड़ागाड़ी आगे निकल गई। दूध वाले ने आगे निकलते समय फब्ती कसी कि कार नहीं, घोड़ा खरीदो।

मंत्री महोदय के गुस्से की सीमा नहीं थी। उन्होंने कार के चालक को आदेश दिया कि कार की गति बढ़ाओ। विनम्र चालक ने नियमों का हवाला देते हुए कहा कि वह सजा का भागीदार नहीं होना चाहता। मंत्री ने मौखिक आदेश जारी कर दिया कि आज से गति की सीमा समाप्त। चालक ने गति बढ़ाई और विक्टोरिया कार घोड़ागाड़ी से आगे निकल गई। मंत्री महोदय काफी पहले ग्रामीण इलाके में पहुँच गए।

अब क्या था, बेंज आगे बढ़ता चला गया। 1895 में उसने विश्व का पहला ट्रक सड़क पर उतारा। उसने अपने उत्पादों को प्रचारित करने के नए-नए उपाय निकाले। कई बार उसने अपने मित्र व्यापारियों को बिना बताए उनका माल रेलवे स्टेशन से उठाकर उनके गोदाम पहुँचवाकर चौंका दिया। इत्तफाक से उस समय व्यापारी ट्रक के इस्तेमाल से डरते थे क्योंकि घोड़ागाड़ी वालों का संगठन मजबूत था और वे अपने व्यवसाय को बचाने के लिए कुछ भी करने को तत्पर थे। धीरे-धीरे कार्ल ने उनका विश्वास जीत लिया।

कार्ल बेंज की मोटरगाड़ी की चर्चा अमेरिका तक जा पहुँची, जहाँ अमेरिकी राष्ट्रपति पद का चुनाव चल रहा था। 1896 में हुए इस चुनाव में एक उम्मीदवार विलियम जेनिंग ब्रायन ने अपना चुनाव-प्रचार बेंज कार में किया। हालाँकि वे चुनाव हार गए पर बेंज कार वहाँ लोकप्रिय हो गई।

धीरे-धीरे मोटरकार हर औद्योगिक देश में लोकप्रिय होती चली गई। बेंज की कंपनी अब सालाना 3000 कार बेचने लगी। दूसरी ओर डेमलर की कंपनी भी इतनी ही कारें बेच रही थी। बाजार में दूसरे कार-निर्माता भी उतर रहे थे। यूरोप और अमेरिका में अब घोड़ों की दौड़ के स्थान पर कारों की दौड़ जोर पकड़ रही थी और इनमें भारी भीड़ उमड़ती थी। कारों की दौड़ में वस्तुत: उत्सव-सा माहौल होने लगा।

बाद में बेंज और डेमलर ने अपनी कंपनियाँ मिलाकर एक कर लीं और नई गाड़ी मर्सिडीज बेंज का निर्माण प्रारंभ कर दिया। पर इससे पहले कि उसका पहला मॉडल आता, 6 मार्च, 1900 को डेमलर इस दुनिया से चल बसा।

विश्व को असाधारण गति और असीम यात्रा का आनंद देने वाले कार्ल बेंज के जीवन में आनंद के लिए ज्यादा समय नहीं था। लगातार सफलता के बावजूद उसे हर स्तर पर लगातार संघर्ष करना पड़ा। हालाँकि उसने काफी सफलता पाई और डिफ्रेंशियल गियर, फ्लोट टाइप कारबोरेटर, ट्रांसमिशन सिस्टम आदि तैयार किया, पर बढ़ती प्रतिस्पर्धा से उसका मन ऊबने लगा।

1906 में कार्ल ने अपनी बनाई हुई कंपनी से नाता तोड़ दिया। दुनिया उसकी बनाई लोकप्रिय मर्सीडीज बेंज में सैर करने लगी और दुखी कार्ल अपनी चेन से चलने वाली तिपहिया बेंज ही इस्तेमाल करता रहा, जो 12 किलोमीटर प्रतिघंटे की रफ्तार से चलती थी। उसे बढ़ती गति से नफरत हो चली थी। शायद वह जानता था कि बढ़ती गति एक दिन दुर्घटनाओं का कारण बनेगी और उसकी कार मृत्यु तथा विकलांगता के तांडव का सामान बन जाएगी।

अपने अंतिम दिन उसने मैनहाइम के पास लादेन बर्ग में बिताए। 4 अप्रैल, 1929 को ऑटोमोबाइल की दुनिया के इस मसीहा का निधन हो गया। यातायात की दुनिया के इस क्रांतिकारी आविष्कारक को दुनिया कभी नहीं भुला सकेगी।

अलैक्जेंडर ग्राहम बैल और उनका टेलीफोन

प्राचीन काल से ही मनुष्य के मन में इच्छा विकसित हो चुकी थी कि वह अपने दूर शहर में रह रहे साथी से बात कर ले। इस चाहत की झलक हमारे पौराणिक साहित्य में भी है।

इस चाहत को साकार किया अलैक्जेंडर ग्राहम बैल नामक वैज्ञानिक ने, जिसने ऐसे परिवार में जन्म लिया था, जो विकलांगों के प्रति पूर्णत: समर्पित था। ग्राहम बैल के दादा अलैक्जेंडर बैल ने भाषा के विकास और भाषा संबंधी त्रुटियों को दूर करने की दिशा में अभूतपूर्व काम किया था।

अलैक्जेंडर बैल ने बधिरों और वाणी बाधितों की सेवा का पाठ अपने बेटे अलैक्जेंडर मैलविले बैल को भी पढ़ाया। मैलविले बैल ने अपनी पढ़ाई पूरी करने के बाद 1843 से 1865 तक एडिनबर्ग विश्वविद्यालय में पढ़ाया और इसके बाद 1865 से 1870 तक लंदन स्थित विश्वविद्यालय कॉलेज में पढ़ाया।

बधिरों की सेवा का व्रत लेने वाले मैलविले बैल ने एक खूबसूरत बधिर लड़की एलिजा सिमंड्स बैल से विवाह किया, जो सुनने की मशीन लगाकर ही सुन पाती थी, पर गजब की चित्रकार थी। वह पियानो भी अच्छा बजाती थी।

एलिजा ने 3 मार्च, 1847 को अलैक्जेंडर ग्राहम बैल को जन्म दिया। प्रारंभ में उस बच्चे का नाम अपने दादा के नाम पर ही सिर्फ अलैक्जेंडर बैल रखा गया। उन दिनों बैल दंपती स्कॉटलैंड के एडिनबर्ग इलाके में ही रहते थे।

बालक बैल (प्यार से अलेक कहा जाता था) के बड़े भाई का नाम मैलविले जेम्स (प्यार से मैली) और छोटे भाई का नाम एडवर्ड चार्ल्स (प्यार से टेड) था। उन्होंने अपनी माता से पियानो बजाना बहुत जल्दी सीख लिया।

बड़े भाई मैली को लोगों से मिलना-जुलना, मजे करना, पार्टियों में जाना अच्छा लगता था, जबकि अलेक को अकेले रहने, सोचने और सपना देखने में आनंद आता था।

अलेक ने अपने भाइयों की ही तरह प्रारंभिक शिक्षा अपनी माता से ही पाई। बाद में वह स्थानीय अकादमी में पढ़ने गया। हाईस्कूल स्तर की पढ़ाई उसने एडिनबर्ग रॉयल हाईस्कूल से पूरी की। पढ़ाई में वह सामान्य ही था।

प्रारंभ से ही अलेक के अंदर कुछ अलग और कुछ नया बनने और कर दिखाने की इच्छा थी। उसने यह इच्छा व्यक्त भी की। उसके दादा अलेक्जेंडर बैल और पिता अलैक्जेंडर मैलविले बैल बधिरों और वाणी बाधितों की शिक्षा व सेवा के क्षेत्र में काफी नाम कमा चुके थे। इत्तफाक से 1858 के वसंत मौसम में बैल परिवार में एक कनाडा के मेहमान अलैक्जेंडर ग्राहम आए। अलेक को वे सज्जन बहुत अच्छे लगे और उसने उनका नाम ग्राहम स्वीकार करने की इच्छा व्यक्त की। 11वीं वर्षगाँठ पर उसके माता-पिता ने उसका नाम अलैक्जेंडर ग्राहम बैल स्वीकार कर लिया।

कम बोलने वाला और अधिक सोचने वाला ग्राहम बैल दिन पर दिन दृढ़निश्चयी होता चला गया। इसी बीच उसके दादा, जो स्कॉटलैंड के रंगमंच के जाने-माने कलाकार भी थे, लंदन में रह रहे थे, की बीमारी की खबर आई। उन्होंने ग्राहम बैल को अपनी तनहाई दूर करने और सहायता की उम्मीद से बुलाया।

यहाँ ग्राहम को बड़ा आलीशान मकान मिला। उसे नए-नए फैशन के कपड़े मिले और साथ में अपने दादा के निर्देश पर वह शेक्सपियर जैसे महान् लेखकों का साहित्य पढ़ने लगा।

पर दादा जी की तबीयत बिगड़ती ही चली गई और ग्राहम को उनकी देख-रेख में ज्यादा समय देना पड़ा। 1863 की गर्मियों में उसके पिता मैलविले बैल जब अपने बेटे को लेने आए तो उन्होंने देखा कि ग्राहम में काफी परिवर्तन आ चुका था। अकेला, गुमसुम रहने वाला ग्राहम अब एक आत्मविश्वासी, जिम्मेदार नवयुवक बन चुका था।

उसी दौरान मैलविले बैल तथा ग्राहम बैल सर चार्ल्स व्हीटस्टोन से मिले जो जाने-माने वैज्ञानिक थे। उन्होंने उन्हें अपनी बनाई हुई 'बोलने वाली मशीन' दिखलाई। यह यांत्रिक मशीन लगभग मनुष्य की आवाज में बोलती थी।

एडिनबर्ग आने के बाद मैलविले बैल ने अपने बेटों ग्राहम व मैली से वैसी ही मशीन तैयार करने को कहा। इसे तैयार करने में उन्हें काफी बाधाएँ आईं पर उन्होंने यह जरूर सीख लिया कि सफलता आसानी से नहीं मिलती है। उनमें धैर्य भी आ गया। अब वे लगातार विभिन्न प्रकार के प्रयोग करने लगे।

जब उनकी मशीन तैयार हुई तो दोनों भाई बहुत खुश हुए। ग्राहम बैल समुद्र-तट

पर पहुँचे और आनंद लेते रहे।

एक दिन अखबार में वेस्टन हाउस का विज्ञापन छपा, जिसमें स्कॉटलैंड के उत्तरी तट पर स्थित एल्गिन के आवासीय विद्यालय में संगीत और भाषण के प्रशिक्षण हेतु आवेदन माँगे गए थे।

दोनों भाइयों ने आवेदन किया और अपने पिता का संदर्भ दिया जो उस समय एडिनबर्ग विश्वविद्यालय में प्रोफेसर थे। चयन हो जाने पर पिता ने ग्राहम को सिर्फ एक वर्ष के लिए उस विद्यालय में जाने की अनुमति दी। ग्राहम बैल सिर्फ एक वर्ष तक इस विद्यालय में रहे, पर यहाँ स्वतंत्र रूप से काम करने का उन्हें नया अनुभव हुआ।

1864 में वह एडिनबर्ग लौट आए। यहाँ भी वह एक वर्ष ही रह पाए और तभी 23 अप्रैल, 1865 में दादाजी के देहांत का समाचार आया। मैलविले बैल अपने बेटों ग्राहम और टेड के साथ लंदन रहने आ गए।

उस बड़े-से मकान में रहते हुए ग्राहम बैल के आने वाले साल बड़े व्यस्त रहे। उन्होंने एक साल वेस्टन हाउस में बिताया और इस बार पूर्ण शिक्षक की भूमिका निभाई। उन्होंने भाषा विकास पर शोध भी किया। उन्होंने लंदन विश्वविद्यालय से कुछ पाठ्यक्रम भी किए तथा शहर के एक स्कूल में बधिरों को पढ़ाया भी। वे बधिर छात्रों को पढ़ाने का कार्य स्वतंत्र रूप से करना चाहते थे, पर उनके पिता को लगता था कि वे अभी इसके लिए परिपक्व नहीं हुए हैं।

दूसरी ओर ग्राहम बैल अपने पिता की गतिविधियों में भी दिलचस्पी ले रहे थे। मैलविले बैल ने एक पुस्तक तैयार की जिसमें पूरे विश्व की भाषाओं को समझाने का प्रयास किया गया था। इस पुस्तक में चित्रों के द्वारा दर्शाया गया था कि मानव की वाणी से निकलने वाले हर अक्षर व शब्द में जीभ की स्थिति कैसी होती है। दरअसल यह जन्म से बधिरों को बोलना सिखाने का प्रयास था, पर ग्राहम बैल को यह फायदा हुआ कि वह हिंदी, अरबी, फारसी, उर्दू तथा अन्य कई भाषाओं के जानकार बन गए। हालाँकि वे इन भाषाओं को बोल नहीं पाते थे, पर बधिरों को बोलना सिखाने में उन्हें महारत हासिल हो गई।

कठिन परिश्रम के दौरान उन्हें पारिवारिक आघात भी सहने पड़े। 1867 में छोटे भाई टेड का देहांत हो गया। 1870 में मैली भी चल बसा। दोनों बार टी०बी० मृत्यु का कारण बनी। ग्राहम बैल, जो अब तक पिता के वर्चस्व से बाहर निकलकर स्वतंत्र व्यक्तित्व के रूप में समाज के सामने आना चाहते थे, के लिए और कठिनाई आ गई। उन्हें पिता को छोड़ना और कठिन हो गया।

उन्हीं दिनों मैलविले बैल अमेरिका व कनाडा का दौरा करके आए थे और

उन्होंने बताया कि वहाँ वाणी विशेषज्ञों की भारी माँग है।

अब ग्राहम बैल ने परिवार से अलग होकर कनाडा जाने का विचार बना लिया। यह बात 1870 की थी। एक रात वे घर छोड़कर निकल पड़े और पूरी रात कनाडा में बसने के सपने देखते रहे, पर जब अगले दिन उन्होंने माता-पिता का मुरझाया हुआ चेहरा और आँसू-भरी आँखें देखीं तो उन्हें अपना मन मारना पड़ा।

1870 के अंत में बैल परिवार ने अंटारियो कनाडा स्थित ब्रैंटफोर्ड में एक मकान ढूँढ़ लिया और वहाँ रहने चले गए। कुछ महीने बाद ग्राहम बैल ने बोस्टन के एक विशेष स्कूल में मूक-बधिरों को पढ़ाना प्रारंभ कर दिया। वे इस दिशा में लगातार प्रगति करते रहे और 1873 तक वे अनेक बधिर छात्रों को निजी ट्यूटर के रूप में भी पढ़ाने लगे और बोस्टन विश्वविद्यालय के तहत खुले भाषा विकास विद्यालय में मौखिक मनोविज्ञान (Vocal Psychology) के प्रोफेसर भी नियुक्त हो गए।

अब बधिरों को बोलना सिखाना उनके जीवन का ध्येय बन गया। उनके मन में इच्छा थी कि वे बोलने वाला टेलीग्राफ जैसी कोई मशीन बनाएँ, जो बधिरों का बोलना आसान कर दे।

1872 से वे लगातार ध्वनि के सिद्धांत तथा टेलीग्राफ की कार्यप्रणाली का अध्ययन करते रहे। उन्होंने अनेक प्रकार के पदार्थों को धातु की पट्टी (Disk) पर लगाकर व उस पर कंपन उत्पन्न करके उसके जरिए तारों द्वारा दूर संकेत भेजने का प्रयास प्रारंभ किया। इसके लिए उन्हें कड़ा परिश्रम करना पड़ा और प्रारंभ में असफलता ही हाथ लगी। बतौर शिक्षक उनकी आय सीमित थी और प्रयोगों में काम आने वाले उपकरण महँगे थे। कर्ज इस कदर बढ़ गया कि माता ने सलाह दी कि सिर्फ उपकरणों पर पैसा न खर्च करो। एक बार ग्राहम बैल ने खीजकर अपने मित्र से कहा कि आविष्कारक की परेशानियाँ उनका खून ही नहीं पीतीं, मांस भी चट कर जाती हैं।

धीरे-धीरे ग्राहम बैल ने दूसरे आविष्कारकों से प्रेरणा लेनी प्रारंभ की। वे ज्यादा परिश्रम करने लगे और अध्ययन में भी ज्यादा समय लगाने लगे।

एक बार वे वाशिंगटन गए और वहाँ वे जोसेफ हेनरी से मिले, जो प्रथम सचिव और स्मिथसोनियन संस्थान के निदेशक थे। अल्बानी में जन्मे हेनरी प्रिंसटन विश्वविद्यालय में लंबे समय तक भौतिकशास्त्र के प्रोफेसर रहे थे। उन्होंने बिजली के व्यवहार के बारे में अनेक खोजें की थीं। जब ग्राहम बैल ने अपनी योजना उन्हें बताई तो हेनरी प्रसन्न हुए। ग्राहम बैल ने अपनी सीमाएँ भी उन्हें बताईं और कहा कि वे उनका अब तक का शोध प्रकाशित करवा दें ताकि दूसरा व्यक्ति पूर्ण सज्जित फोन तैयार कर दे। हेनरी ने उन्हें हौसला बँधाया और अपने काम को पूरा करने की राय

दी। उन्होंने ग्राहम बैल को बिजली के व्यवहार के बारे में महत्त्वपूर्ण जानकारी भी दे दी।

उत्साहित बैल ने अपना काम जोर-शोर से प्रारंभ कर दिया। उन्हीं दिनों अर्थात् 1874 में बैल की मुलाकात थॉमस वाटसन से हुई जो यांत्रिक उपकरणों का अच्छा जानकार था। वाटसन को ग्राहम बैल बहुत पसंद आए और ग्राहम बैल को भी एक अच्छा सहायक मिल गया। अब बैल जिस पुर्जे की ड्राइंग बनाकर देते थे, वाटसन उसे जल्दी से जल्दी तैयार कर देता था। वाटसन को ध्वनि और टेलीग्राफी के सिद्धांतों का भी अच्छा ज्ञान था।

आखिर एक दिन दोनों की मेहनत रंग ले ही आई। 10 मार्च, 1876 को शुक्रवार का दिन था। ग्राहम बैल प्रातःकाल से ही अपने प्रयोग में जुटे थे। उन्होंने बैल प्रयोगशाला से अपने घर के शयनकक्ष तक तार बिछा रखे थे और प्रयोग चल रहा था। बैल ने अपने साथी वाटसन को तारों के जरिये संदेश दिया "वाटसन, यहाँ आओ, मुझे तुम्हारी आवश्यकता है।"

यह एक ऐतिहासिक संदेश था जो दुनिया में पहली बार तारों के जरिए भेजा गया था। जब वाटसन यह संदेश सुनकर बैल के पास आ गया तो ग्राहम बैल की प्रसन्नता का कोई ठिकाना नहीं था। उसके बाद दोनों ने जगह बदली और वाटसन ने एक पुस्तक के कई पृष्ठ पढ़कर बैल को सुनाए। इसके साथ ही टेलीफोन का जन्म हुआ। बाद के वर्षों में थामस एडीसन नामक प्रख्यात वैज्ञानिक ने टेलीफोन को आधुनिक रूप दिया और जनोपयोगी बनाया।

मजे की बात यह थी कि ध्वनि की दुनिया का यह अजूबा पहले पहल ग्राहम बैल ने तैयार किया जिन्होंने अपने जीवन में बधिरों की सेवा का व्रत लिया था और वे उन्हीं के उपयोग के लिए उपकरण बनाना चाहते थे पर बन गया टेलीफोन। दूसरी ओर इस टेलीफोन को आधुनिक और उपयोगी बनाने वाले वैज्ञानिक थॉमस एडीसन स्वयं बधिर थे और वे खुद तो इससे आने वाली आवाज नहीं सुन पाए, पर सुनने वालों को ऐसी सौगात दे गए जिससे दुनिया में संचार क्रांति का सूत्रपात हो गया। आविष्कारों में जुटने के बावजूद ग्राहम बैल का बधिरों के प्रति समर्पण कम नहीं हुआ और वे नियम से बधिरों को भी पढ़ाते और सिखाते रहे। अब तक वे अविवाहित ही थे।

1873 में उनके द्वारा पढ़ाए जाने वाले बधिरों में 16 वर्षीया माबेल हबार्ड भी थी। माबेल एक धनवान बोस्टन निवासी वकील गार्डिनर ग्रीन हबार्ड की पुत्री थी जो अपने पाँचवें वर्ष में ही बुखार के प्रकोप से सुनने की शक्ति खो चुकी थी। बोस्टन में पली-बढ़ी माबेल ने प्रारंभ में कई अध्यापकों से ओठों को पढ़ने और बोलने का प्रयास किया, पर वह संतोषजनक नहीं रहा।

जब ग्राहम बैल ने अपनी उत्कृष्ट अध्यापन कला से माबेल को पढ़ाना प्रारंभ किया तो माबेल की वाणी में तो प्रभाव हुआ ही, वह ग्राहम बैल को अपना दिल भी दे बैठी। प्रारंभ में उसे ग्राहम बैल का व्यस्त जीवन, अटपटे पुराने फैशन के कपड़े आदि अवश्य पसंद नहीं आए, पर बाद में उसकी रुचि ग्राहम बैल में बढ़ती चली गई।

उधर ग्राहम ने भी अपने मन की भावनाएँ अपनी माता को लिखे पत्र में व्यक्त कीं।

धीरे-धीरे माबेल के पिता ग्राहम बैल को आविष्कार हेतु भी आर्थिक सहायता करने लगे। माबेल की माता भी ग्राहम को पसंद करने लगीं।

हालाँकि दोनों की आयु में 10-11 वर्ष का अंतर था, पर दोनों के बीच प्यार इतना बढ़ गया कि सगाई करनी पड़ी। आविष्कार होने तक बैल की कमाई नहीं के बराबर थी और खर्च बेतहाशा था। अतः विवाह के लिए इंतजार करना पड़ा। पर 1876 में टेलीफोन का आविष्कार होते ही दिन बदल गए। 9 जुलाई, 1877 को बैल टेलीफोन कंपनी की स्थापना की गई और उसने टेलीफोन की सेवाएँ देना प्रारंभ कर दिया। इस नई कंपनी के अध्यक्ष हबार्ड थे और ग्राहम बैल तकनीकी निदेशक।

11 जुलाई को ग्राहम बैल व माबेल परिणय-सूत्र में बँध गए। 4 अगस्त को वे हनीमून के लिए यूरोप रवाना हुए और एक वर्ष तक वहीं रहे। वहीं लंदन में उनकी पहली पुत्री एल्सी का जन्म 8 मई, 1878 को हुआ।

पर ग्राहम बैल के जीवन में बमुश्किल आई यह खुशी ज्यादा दिन नहीं रही और ग्रहम बैल को पता चला कि ओहियो में जन्मे एलिशा-ग्रे ने वैसा ही टेलीफोन बना लिया है और वेस्टर्न यूनियन टेलीग्राफ कंपनी ने उस टेलीफोन के आधार पर व्यापार करना प्रारंभ कर दिया है।

ग्राहम बैल को अब अदालत का दरवाजा खटखटाना पड़ा। 12 सितंबर, 1878 को अर्जी दायर की गई और 18 वर्ष तक ग्राहम बैल को 600 मामलों में अदालत में पेश होना पड़ा।

हालाँकि इस बीच ग्राहम बैल को दो बातों से राहत मिल गई। 1879 में वेस्टर्न यूनियन ने बैल टेलीफोन कंपनी में शेयर मिलने के एवज में टेलीफोन के क्षेत्र में से हट जाने का फैसला किया और 1888 में अमेरिकी सर्वोच्च न्यायालय ने भी अलैक्जेंडर ग्राहम बैल को टेलीफोन का मूल और पहला आविष्कारक माना और उनके पेटेंट आवेदन को मान्यता प्रदान कर दी।

29 वर्ष की आयु में ही अंतर्राष्ट्रीय शोहरत प्राप्त करने वाले अलैक्जेंडर ग्राहम बैल आजीवन आविष्कार में लगे रहे। हालाँकि उनके बाद के आविष्कार टेलीफोन

जैसे महत्त्वपूर्ण नहीं थे, पर जनोपयोगी थे। उन्होंने कृत्रिम श्वास देने के लिए एक वैक्यूम जैकेट तैयार किया, जो बाद के दिनों में पोलियो पीड़ितों के लिए लोहे के फेफड़े के रूप में काम आता रहा। उन्होंने शरीर में फँसी गोली को ढूँढ़ने के लिए एक दूरबीनयुक्त प्रोब भी तैयार की, जो डॉक्टरों द्वारा तब तक प्रयोग की जाती रही जब तक एक्स-रे का आविष्कार नहीं हुआ। उन्होंने थॉमस एडीसन द्वारा आविष्कृत फोनोग्राफ (ग्रामोफोन) में भी महत्त्वपूर्ण सुधार किए।

विज्ञान के क्षेत्र में अभूतपूर्व प्रगति करने के बावजूद ग्राहम बैल ने बधिरों की शिक्षा में अपनी दिलचस्पी बनाए रखी। उन्होंने अपने जीवन में अपनी माता और पत्नी को बधिरता से संघर्ष करते हुए और इस कारण अकेलापन सहते हुए देखा। उन्होंने मूक-बधिरों के लिए चलाए जाने वाले स्कूलों को सरकारी सहायता दिलाने हेतु लंबा संघर्ष किया। उन्होंने इस बात पर भी गहन अध्ययन किया कि किस प्रकार बधिरता माता-पिता से संतान तक पहुँचती है। बधिरों को बोलना सिखाने हेतु प्रशिक्षण के लिए उन्होंने अमेरिकन एसोसिएशन का गठन किया। वे लगातार प्रयास करते रहे कि बधिर बच्चे बोलना सीखें और इशारों की भाषा पर निर्भर न रहें। वे लगातार जोर देते कि बोलना सीखने से वे संसार के ज्यादा करीब आ जाएँगे।

विश्व की महान् साहित्यकार, समाजसेवी और विदुषी हेलेन कीलर अपने विकास के लिए ग्राहम बैल का आभार आजीवन मानती रहीं। बाल्यकाल में ही हेलेन कीलर के माता-पिता ग्राहम बैल से मिले और बैल ने उन्हें परकिंस संस्थान में प्रवेश की सलाह दी। हेलेन पर ग्राहम बैल का वरदहस्त हमेशा जारी रहा और जब हेलेन की पहली रचना के कारण परकिंस में विवाद हुआ तो ग्राहम बैल तुरंत उसके बचाव के लिए आए।

वे लगातार हेलेन को प्रेरित करते रहे और हर प्रकार की सहायता देते रहे। हेलेन उनसे कितना प्रभावित थीं, यह अंदाज इस बात से लग जाता है कि उन्होंने जब अपनी आत्मकथा लिखी तो उसे उन्होंने ग्राहम बैल को समर्पित किया तथा उनके योगदान की सराहना की।

ग्राहम बैल का जीवन अत्यंत व्यस्त था। वे रात-दिन व्यस्त रहत थे और इस कारण उनकी आँखें हमेशा भारी रहती थीं। उनकी पत्नी भी इससे अकसर परेशान हो जाती थी। पर वह उनसे बहुत प्यार भी करती थी। दोनों एक-दूसरे की बात बड़ी आसानी से समझ जाते थे और एक-दूसरे का हाथ दबाकर भी महत्त्वपूर्ण संदेश दे देते थे। माबेल तो ओठों की गतिविधि पढ़ने में इस कदर माहिर हो गई थी कि नए लोग तो मानते ही नहीं थे कि वे सुन नहीं सकती हैं। वे ग्राहम बैल के साथ थियेटर भी जाती थीं और नाटक के संवाद ग्राहम बैल उन्हें समझाते चले जाते थे।

1880 में ग्राहम बैल के घर दूसरी कन्या-रत्न ने जन्म लिया, जिसका नाम मारियान रखा गया, पर उसे प्यार से डेजी पुकारा जाता था। बाद में 1881 व 1883 में दो पुत्रों का जन्म हुआ, पर वे भगवान् को प्यारे हो गए।

ग्राहम बैल का संसार को योगदान मोटे तौर पर तीन भागों में बाँटा जा सकता है। एक ओर उन्होंने महत्त्वपूर्ण आविष्कार किए। दूसरी ओर वे बधिरों को विभिन्न प्रकार की शिक्षा देते रहे। इसके साथ ही तीसरी ओर वे विज्ञान के प्रचार-प्रसार में भी जुटे रहे। उन्होंने विज्ञान शीर्षक पत्रिका के प्रकाशन में योगदान किया। उन्होंने अपने ससुर गार्डिनर हबार्ड को नेशनल ज़ियोग्राफिक सोसायटी की स्थापना में सहायता की। उन्होंने इस सोसायटी की पत्रिका 'नेशनल जियोग्राफिक' को लोकप्रिय बनाने में भी योगदान किया।

उनका बधिर-प्रेम इस बात से भी समझ आता है कि जब फ्रांस सरकार ने उन्हें टेलीफोन के आविष्कार के लिए वोल्टा पुरस्कार दिया तो उन्होंने सारी नकद राशि वोल्टा ब्यूरो की स्थापना में लगा दी जिसमें बधिरों की सुविधा हेतु हर प्रकार का शोध किया जाता है।

काफी दिनों तक अमेरिका में रहने के बाद ग्राहम बैल ने अंततः 1882 में अमेरिका की नागरिकता स्वीकार कर ली। वे अब स्थायी रूप से वाशिंगटन में रहने लगे। उन्होंने वहाँ एक बड़ा मकान भी बनवाया। उनके ससुर हबार्ड भी पास में ही रहते थे और ग्राहम ने अपने पिता मैलविले बैल को भी अपने पास बुला लिया। पिता को अब अपने पुत्र पर गर्व था। वे अब अपने बेटे को सुझाव भी देते थे।

प्रारंभ में भयंकर गरीबी झेलने के पश्चात् अब ग्राहम बैल के पास काफी पैसा आ गया था। 1885 में उन्होंने कनाडा के एक द्वीप पर 56 एकड़ का फार्म खरीदा। अपने जीवन के अगले 37 वर्षों में वे हर साल गर्मियों में वहाँ आते रहे।

अपने जीवन के उत्तरार्ध में वे वैज्ञानिक गोष्ठियों को संबोधित करते रहे और वैज्ञानिक लेख लिखते रहे, जिन्हें बड़े चाव से पढ़ा जाता था। 1898 में उन्हें स्मिथसोनियन संस्थान का रीजेंट भी बनाया गया।

अपने अद्भुत आविष्कार व समाज-सेवा के लिए उन्हें समय-समय पर सम्मानित भी किया गया। जब फिलाडेल्फिया में उन्होंने अपने आविष्कृत टेलीफोन का प्रदर्शन किया तो ब्राजील के सम्राट उस यंत्र को देखकर चमत्कृत हो गए। उन्होंने इसे संसार की अद्भुत चीज बताया और आशा व्यक्त की कि इससे संसार के लोगों के जीवन में चमत्कारी परिवर्तन आएगा। इंग्लैंड की महारानी विक्टोरिया ने भी उन्हें सम्मानित किया तथा टेलीफोन का उपयोग करके इसकी भूरि-भूरि प्रशंसा की।

सचमुच टेलीफोन ने उनके जीवन-काल में ही परिवर्तन लाना प्रारंभ कर दिया।

उनके पिता मैलविले बैल, जिन्होंने उनसे सबसे पहले टेलीफोन पर बात की थी, 1905 में चल बसे।

अपने जीवन के अंतिम दिनों में ग्राहम बैल मधुमेह के शिकार हो गए और बीमार रहने लगे। 2 अगस्त, 1922 को उनका उनके कनाडा स्थित निवास में निधन हो गया।

उनकी पत्नी उनसे किस कदर प्यार करती थी यह इस बात से पता चलता है कि वह हमेशा कहती रहती थी कि वह ग्राहम बैल के बिना नहीं जी पाएगी और सचमुच उनके देहांत के चंद माह पश्चात् 3 जनवरी, 1923 को वह भी इस दुनिया से चल बसी। कनाडा स्थित उनके फार्म के पास दोनों की कब्रगाह एक साथ बनी है।

ग्राहम बैल को दुनिया हमेशा याद करती रहेगी। ध्वनि संबंधी उनके महान् आविष्कार के प्रति सम्मान व्यक्त करते हुए ध्वनि की मात्रा नापने की इकाई बैल रखी गई। चूँकि यह ज्यादा बड़ी थी अत: इसका दसवाँ हिस्सा अर्थात् डेसीबैल ज्यादा काम आती है। इस बहाने विज्ञान का हर विद्यार्थी और कर्मी उन्हें समय-समय पर याद करते हैं।

थॉमस अल्वा एडीसन और उनके सहस्त्र आविष्कार

थॉमस एडीसन का जन्म एक सताए हुए परिवार में हुआ था, जिसमें कई पीढ़ियों से भागने और नई जगह बसने की परंपरा किस्मत का अंग बन चुकी थी।

एडीसन के प्रपितामह ने अमेरिकी स्वतंत्रता संग्राम में ब्रिटिशों का साथ दिया था और उन्हें अमेरिका की आजाद सरकार ने मौत की सजा सुनाई थी, पर वे जान बचाकर भाग गए और नोवा स्कोटिया में बस गए। उनके बेटे ने नोवा स्कोटिया छोड़ दिया और कनाडा में रहना प्रारंभ किया। उनके बेटे अर्थात् सामवेल एडीसन ने कनाडा सरकार के खिलाफ षड्यंत्र में भाग लिया और भाँडा फूटने पर वहाँ से भाग लिए। इस बार भागने में एक जहाज के कैप्टेन अल्वा ब्रेडले ने उनकी सहायता की। इस बार वे भागकर ओहियो के समीप मिलान नामक जगह पर बस गए। यहाँ जब उनके सातवें बच्चे का जन्म 11 फरवरी, 1847 को हुआ तो सामुवेल ने कैप्टेन के सम्मान में उसका नाम थॉमस अल्वा एडीसन रखा।

जब थॉमस मात्र सात वर्ष का था तो सामुवेल को मिलान छोड़कर पोर्ट हुरान में बसना पड़ा। तब तक थॉमस के दो भाई तथा एक बहन भगवान को प्यारे हो चुके थे। एक बहन की शादी हो चुकी थी और दूसरे की होने वाली थी। एक बड़ा भाई सामुवेल के गिरते व्यापार को चलाने का प्रयास कर रहा था।

नन्हे थॉमस को उसकी धार्मिक माता काफी प्यार करती थी। वह उसे बाइबिल पढ़कर भी सुनाती थी। अपने दिवंगत बच्चों की याद में वह हमेशा काले कपड़े पहने रहती थी। दूसरी ओर लंबा, सुंदर, खुशमिजाज सामुवेल अपने बच्चे के अटपटे व्यवहार से परेशान रहता था। थॉमस हमेशा ऊल-जलूल सवाल करता रहता था। जब

वह बत्तख को अपने अंडे पर बैठते देखता था तो माता से पूछता कि वह क्यों बैठ रही है तो माता उत्तर देती कि वह अंडे को गर्म रखने के लिए बैठती है। थॉमस ने फिर पूछ लिया कि वह गर्म क्यों रखना चाहती है? इस बार माता ने कहा 'सेने के लिए।' थॉमस ने फिर पूछा कि यह सेना क्या होता है? 'सेने का मतलब होता है, अंडे से बच्चे का जन्म।' माता ने समझाया।

बाद में सामुवेल ने देखा कि पाँच वर्षीय थॉमस बहुत देर से नहीं है तो वह परेशान हो गया। काफी ढूँढ़ने के बाद वह पड़ोसी के मुर्गीखाने में मिला। वहाँ वह अंडों पर बैठा था।

बचपन में थॉमस के साथ दुर्घटनाएँ भी घटीं। एक बार वह अपने साथी के साथ चुपके से नदी पर नहाने चला गया। साथी डूब गया। थॉमस काफी देर तक छुपा रहा क्योंकि वह और उसका साथी बिना बताए नदी पर गए थे। अगर थॉमस बता देता तो शायद उस बच्चे को बचा लिया जाता। इस बार माता-पिता उसके व्यवहार से ज्यादा परेशान हो गए।

उसकी माता ने उसे घर पर ही पढ़ाना प्रारंभ किया। उसे एक किस्म का बुखार भी रहता था और साँस लेने में भी उसे परेशानी होती थी। उसके कान से तरल पदार्थ भी बहता रहता था और वह धीरे-धीरे बहरेपन की ओर बढ़ रहा था।

पर उसकी अजीबो-गरीब हरकतों में कोई कमी नहीं थी। एक बार उसने सोचा कि चिड़िया क्यों उड़ती हैं। फिर उसने देखा कि चिड़िया उड़ने वाले कीड़ों-पतंगों को खाती हैं। उसने अपनी हमउम्र नौकरानी को ढेर सारे कीड़े खाने पर राजी कर लिया और उसे लालच दिया कि वह भी उड़ने लगेगी। बेचारी नौकरानी उड़ना तो दूर, मारे दर्द और उल्टियों के जमीन पर लोटने लगी। बड़ी मुश्किल से उसे बचाया जा सका।

थॉमस को तीन बार स्कूल में दाखिल किया गया, पर वह हर बार निकाला गया। शिक्षक ने उसे मूर्ख लड़का घोषित किया। उसके साथी उसके बड़े सिर का मजाक बनाते थे। पर थॉमस ने घर पर अपना अध्ययन जारी रखा। उसके पिता समय-समय पर उसे किताबें ला-लाकर देते रहते थे। 9 साल की उम्र में उसे पार्कर की पुस्तक भेंट में मिली जिसमें घर पर प्रयोगशाला लगाने की विधि समझाई गई थी। थॉमस ने तत्काल घर के तहखाने में अपनी छोटी-सी प्रयोगशाला लगा ली। वह अपनी सारी पॉकेटमनी इस पर खर्च कर डालता था।

उन दिनों उसके पिता का कारोबार अच्छा नहीं चल पा रहा था और उसे प्रयोगों के लिए पैसा नहीं मिल पा रहा था। अत: थॉमस ने रेल में अखबार, सैंडविच और दूसरी छोटी-मोटी चीजें बेचने का काम प्रारंभ कर दिया। उसे पैसे भी मिलने लगे

और घरवालों को उसके ऊल-जलूल सवालों तथा प्रयोगों से निजात भी मिल गई। वह अपनी माता को प्रतिदिन एक डॉलर कमाकर देने लगा। वह अपनी प्रयोगशाला के लिए भी कुछ धन जुटा लेता था।

वह ट्रेन में खाली समय में विज्ञान और तकनीक संबंधी किताबें भी पढ़ता था। उसका ज्ञान इतना बढ़ गया कि उसने अपना अखबार भी निकालना प्रारंभ कर दिया। वह खबरें, लेख इकट्ठे करता, उनका संपादन भी करता तथा उन्हें छापकर बेचता भी था। उसकी प्रेस रेल में ही थी। बाद में वह अपनी प्रयोगशाला भी रेल में ले गया और प्रयोग भी करने लगा। बधिर होने के कारण वह रेल के शोरगुल वाले वातावरण में भी सारा काम पूरी तन्मयता से कर लेता था।

पर तभी एक दिन उसकी प्रयोगशाला में रखे फास्फोरस में आग लग गई और गार्ड ने उसे रँगे हाथों पकड़ लिया। उसे सजा तो नहीं हुई पर गार्ड ने उसके कान पर कई तमाचे मारे जो उसकी लगभग पूर्ण बधिरता का कारण बन गए। उसका सारा साज-सामान बाहर फेंक दिया गया।

अब उसने एक विज्ञान पत्रिका का प्रकाशन प्रारंभ किया जो कि शीघ्र ही लोकप्रिय हो गई। उसमें अच्छे वैज्ञानिक लेख छपते थे। उन्हीं दिनों जब वह एक दिन रेल की पटरियों के किनारे घूम रहा था तो उसने देखा कि एक बच्चा आती हुई रेल से बेखबर पटरियों पर खेल रहा है। उसने जान पर खेल कर उस बच्चे को बचा लिया और उसे उसके माँ-बाप के पास ले गया। वह बच्चा स्टेशन मास्टर का था। एडीसन ने जब उसे बताया कि वह लगभग बेरोजगार है तो उसने एडीसन को टेलीग्राफी सिखाने का प्रबंध कर दिया जो कि हाल में ही मोर्स द्वारा विकसित की गई थी।

एडीसन ने जल्दी ही यह काम सीख लिया और उसे एक स्टेशन पर टेलीग्राफ ऑपरेटर की नौकरी भी मिल गई। पर इस नौकरी के दौरान भी थॉमस अपनी आदतों से बाज नहीं आया और तरह-तरह के प्रयोग करने लगा। उसे आदेश मिला कि वह अपने मुख्य टेलीग्राफ ऑपरेटर को रात में हर घंटे संकेत दे कि वह जग रहा है।

आविष्कारी मनोवृति के धनी थॉमस ने शीघ्र ही घड़ी की घंटी और टेलीग्राफ के सिग्नल को जोड़ दिया और अब हर घंटे सिग्नल अपने आप जाने लगा। ऐसा करके थॉमस आराम से सो गया।

मुख्य टेलीग्राफ ऑपरेटर ने बीच-बीच में संदेश भेजे, पर उनका उत्तर उसे नहीं मिला। इधर थॉमस के संदेश उसे नियमित रूप से मिल रहे थे। उसे शक हुआ और वह थॉमस के पास चलकर खुद आ गया। उसने आकर देखा कि संदेश तो खुद-ब-खुद नियम से आ रहा है और आविष्कर्ता महोदय आराम से सो रहे हैं। थॉमस को तत्काल नौकरी से बर्खास्त कर दिया गया।

अब एडीसन ने नई नौकरी ढूँढ़ी। यह नौकरी भी टेलीग्राफिस्ट की ही थी। इस दौरान उसने एक ऐसी मशीन बनाई जो एक मिनट में एक हजार शब्द भेज सकती थी। इसके बाद उसने दूसरी मशीन बनाई जो एक मिनट में 3000 शब्द भेज सकती थी। इसी बीच एडीसन ने फैराडे की विद्युत शक्ति पर लिखी पुस्तक पढ़ डाली। वह पुस्तक में लिखे प्रयोगों, प्रयोग-कला से भी प्रभावित हुआ और फैराडे से भी। वास्तव में फैराडे ने भी बचपन में भयंकर गरीबी देखी थी। उसने भी स्वाध्याय के द्वारा ही ज्ञानार्जन किया था। वह फैराडे से काफी प्रेरित हुआ और 1868 में उसने डुप्लैक्स टेलीग्राफ मशीन बना ली थी जो एक साथ दो संदेश भेज सकती थी। इस मशीन की एक पत्रिका में काफी सराहना हुई।

1 जनवरी, 1869 को थॉमस एडीसन को पहला पेटेंट हासिल हुआ। इस बार थॉमस ने वोट रिकार्डिंग मशीन बनाई थी। इसके जरिये विधायक या सांसद एक निश्चित बटन दबाकर अपना मत हाँ या नहीं में दे सकते थे। यह तत्काल दर्ज हो जाता था और सभा के अध्यक्ष को शीघ्र पता चल जाता था कि कितने मत किस पक्ष में पड़े। पर उस समय के अमेरिकी राजनेता दकियानूस थे और इस मशीन को स्वीकार नहीं किया गया।

अब थॉमस का मन बोस्टन से ऊब गया था। 22 वर्षीय थॉमस न्यूयार्क के लिए रवाना हुआ। उसकी जेबें खाली थीं पर मस्तिष्क में नए-नए विचार ठसाठस भरे हुए थे।

न्यूयार्क में थॉमस फ्रांक पोप से मिला, जो एक इलैक्ट्रिकल इंजीनियर थे तथा उस प्लांट में काम करते थे जहाँ सोने के भाव का इंडीकेटर बनाया जाता था। उस समय सोने के भाव के उतार-चढ़ाव को दर्ज करने के लिए एक साधारण मशीन का इस्तेमाल किया जाता था। पोप ने थॉमस को उसी प्लांट में रात में सोने की इजाजत दिलवा दी थी। दिन-भर थॉमस नौकरी ढूँढ़ता था और रात को थककर वहीं सो जाता था। एक दिन शेयर बाजार की सोने का भाव दर्ज करने वाली मुख्य मशीन खराब हो गई। सारा कारोबार ठप्प पड़ गया। अनेक इंजीनियर बुलाए गए पर खराबी का पता नहीं चला। आखिर एडीसन ने अपनी सेवाएँ प्रस्तुत कीं। खीझे हुए मालिक ने कहा कि तुम भी आजमा लो।

हुनरमंद थॉमस को खराबी पहचानते देर नहीं लगी। उसने तत्काल टूटा हुआ स्प्रिंग बदल दिया और मशीन चालू हो गई। मालिक इस कदर प्रसन्न हुआ कि अगले ही दिन उसने थॉमस को 300 डॉलर प्रतिमाह पर रख लिया। मुफलिसी झेल रहा थॉमस अब अमीर हो गया। उसने इस कंपनी में एक साल काम किया और जो कुछ भी कमाया, वह प्रयोगों में लगा दिया। उसने अपने मित्र के साथ साझेदारी में एक

फर्म खोली और टिकट टेप मशीन बनाना प्रारंभ किया। उसे काफी मुनाफा हुआ तथा उसने अपना ज्यादातर समय प्रयोगों में लगाया और 1870 से 76 के बीच 122 आविष्कार कर डाले। उसने अपनी कंपनी में अनेक विद्युत उपकरण, स्वचालित और तीव्र गति वाले टेलीग्राफ, परिष्कृत टिकट मशीन आदि का भी निर्माण किया तथा इनमें से ज्यादातर उत्पाद उसके खुद के विकसित किए हुए थे।

अपने कारोबार को बढ़ाने के लिए थॉमस ने अपने काफी आविष्कारों का निर्माण अधिकार वेस्टर्न यूनियन तथा अन्य बड़ी कंपनियों को दे दिया। उन कंपनियों ने थॉमस को काफी पैसा दिया पर खुद उससे कई गुना कमाया।

इसी बीच अप्रैल, 1871 में उसकी माता का देहांत हो गया। दुखी थॉमस अपनी माता के अंतिम संस्कार में शामिल हुआ और उसने अपने पिता के साथ भी कुछ समय बिताया ताकि वे अकेला न अनुभव करें, पर चंद माह पश्चात् उसके 67 वर्षीय पिता ने एक 17 वर्षीय लड़की से शादी कर ली।

अब थॉमस को अपनी याद आई। एक दिन उसने अपनी फैक्टरी में काम के लिए आई 15 वर्षीय लड़की से अचानक शादी का प्रस्ताव किया। वह लड़की घबरा गई। अब थॉमस ने मेरी नामक इस लड़की को हिम्मत दिलाई कि उसके साथ कोई जबरदस्ती नहीं होगी। अंतत: उसी साल क्रिसमस के अवसर पर दोनों परिणय-सूत्र में बँध गए। थॉमस ने अपने दोनों बेटों का नाम डॉट व डैश रखा था जो उसके टेलीग्राफी के प्रति प्रेम की झलक देते थे।

1876 में थॉमस ने मैनलो पार्क न्यूजर्सी में एक बड़ी-सी जमीन खरीदी और फैक्टरी बनाना प्रारंभ कर दिया। यह विश्व की पहली ऐसी फैक्टरी थी जिसमें सिर्फ आविष्कार होते थे।

यहाँ थॉमस नए-नए प्रयोगों में जुटा रहता। एक बार पत्रकारों ने देखा कि वह एक साथ 47 परियोजनाओं में कार्य कर रहा था। उसके कर्मचारी प्रात: सात बजे ही काम पर आ जाते थे और वह खुद तो रात-दिन वहीं लगा रहता था। उसे ज्यादा से ज्यादा जानकारी हासिल करने की तमन्ना रहती थी और वह तमाम किताबें भी पढ़ता और अनेक वैज्ञानिकों, गणितज्ञों से चर्चा भी करता था। वह पुराने आविष्कारों का अध्ययन भी करता था तथा उन्हें सुधारने तथा जनोपयोगी बनाने का पूरा यत्न करता था।

इसी क्रम में एडीसन ने ग्राहम बैल द्वारा बनाए गए टेलीफोन में ऐसे सुधार कर दिए कि लोग अब आसानी से इसका उपयोग करने लगे। इस तरह एक बधिर व्यक्ति ने दुनिया को दूर की आवाज सुनवाने में योगदान किया। उसने माइक्रोफोन भी बनाकर दिया। उसने 1877 में फोनोग्राफ का आविष्कार प्रारंभ किया जो आगे चलकर ग्रामोफोन कहलाया। उस समय तक कैमरे का आविष्कार हो चुका था और एडीसन

इसी तर्ज पर ध्वनि को कैद करना चाहता था।

इस आविष्कार ने उसे अत्यंत लोकप्रिय बना दिया। उस समय बजने वाला यह बाजा एक अजूबा था और लोग दूर-दूर से इसे देखने के लिए आने लगे। उसके घर आने वालों की भीड़ इस कदर बढ़ गई कि सरकार को विशेष ट्रेन चलानी पड़ी। अमेरिकी राष्ट्रपति ने उसे बधाई दी।

बाद के दिनों में उसने मेगाफोन सहित अनेक ध्वनि से चलने वाले उपकरण जैसे वॉयस इंजन आदि तथा खिलौने बनाए। दुनिया यह देखकर दाँतों तले उँगली दबा लेती थी कि किस प्रकार एक बधिर वैज्ञानिक ध्वनि की विभिन्न कलाओं का उपयोग करते हुए आविष्कार पर आविष्कार किए जा रहा है।

इसके साथ ही एडीसन बिजली पर भी काम किए जा रहा था। उस समय तक इंजीनियर सिर्फ आर्कलैंप तैयार कर पाए थे। इस आर्कलैंप में कई फिलामेंट सीरीज में जोड़े जाते थे और फिर उनमें विद्युतधारा प्रवाहित की जाती थी। ये एलीमेंट स्पार्क करते हुए एक-एक कर जलते थे तथा अगर एक भी एलीमेंट खराब हो जाता था तो लैंप बेकार हो जाता था।

एडीसन ने सबसे पहले बल्ब के लिए सही फिलामेंट की तलाश की। उसने दुनिया-भर से बाँस के 1200 नमूने मँगाए तथा उनमें से एक-एक की जाँच कर सही पदार्थ छाँटा। उन्होंने एक काँच के बल्ब से ज्यादातर ऑक्सीजन निकाल ली, फिलामेंट अंदर स्थापित कर दिया। इसके बाद जब एडीसन ने इसमें विद्युतधारा प्रवाहित की तो बल्ब काफी देर तक जलता रहा।

थॉमस एडीसन एक के बाद एक आविष्कार करता चला गया। इसी बीच उसे गहरा पारिवारिक आघात सहना पड़ा। उसकी पत्नी मेरी टायफायड के कारण चल बसी। दुनिया जहाँ उसके बल्ब, फोनोग्राफ आदि का आनंद ले रही थी, वहीं थॉमस गम के गहरे अंधकार व सन्नाटे में खोया था। अपना गम कम करने के लिए उसने और ज्यादा काम करने की ठान ली। उसने डायनेमो का विकास किया और उससे रेल इंजन चलाने में सफलता हासिल कर ली।

पहले थॉमस पार्टियों व सामाजिक समारोहों मे कम जाता था, पर अब मित्रों के बुलावे पर जाने लगा। वैसे मन ही मन वह अकेला रहकर आविष्कारों की दुनिया में खोए रहना चाहता था, पर धीरे-धीरे उसके मन के एक कोने में जीवनसाथी दोबारा ढूँढ़ने की इच्छा जन्म लेने लगी। 1885 की सर्दियों में उसने बोस्टन में एक पार्टी में सुंदर काले बालों वाली लड़की देखी। 18 वर्षीय यह लड़की मीना मिलर ओहियो निवासी उद्योगपति की लड़की थी। 24 फरवरी, 1886 को दोनों विवाह-सूत्र में बँध गए। अपनी नई नवेली दुलहन के लिए थॉमस ने तीन लाख डॉलर का शानदार मकान वेस्ट ऑरेंज न्यूजर्सी में खरीदा। मीना एडीसन ने भी मेरी एडीसन की तरह ही दो पुत्रों

तथा एक पुत्री को जन्म दिया तथा वह एडीसन के कुल 6 बच्चों की देख-रेख में ही लगी रही। थॉमस को घरेलू काम-काज व बच्चों की देख-रेख के लिए कम समय मिल पाता था। एडीसन का एक बेटा जाना-माना भौतिक विज्ञानी व गणितज्ञ बना।

अब थॉमस एडीसन अपनी प्रयोगशाला भी वेस्ट ऑरेंज में ले गया। वह अब धनी हो गया था। वह कई कंपनियों का प्रमुख था। वह लगातार आविष्कार भी कर रहा था तथा अपने पिछले आविष्कारों तथा दूसरों के आविष्कारों में सुधार भी कर रहा था। अब पत्रकार उसके घर के चक्कर काटते रहते थे। वे हमेशा यह जानने की कोशिश करते थे कि वह किस विषय पर शोध कर रहा है। कई बार थॉमस पत्रकारों से होने वाली बातचीत में अचानक कोई विचित्र बात भी कह देता था और अखबारनवीसों को लिखने के लिए नया मसाला मिल जाता था।

विचित्र बात यह थी कि एडीसन नेपोलियन का फैन था। जब एक पत्रकार ने उससे पूछा कि अगर आपको सुनने की शक्ति वापस मिल जाए तो आप अपने फोनोग्राफ पर किसकी आवाज सुनना पसंद करेंगे तो एडीसन ने तत्काल नेपोलियन का नाम लिया।

1889 के अंत में एडीसन ने अपने व्यवसाय के संदर्भ में यूरोप की लंबी यात्रा की। जब वे लौटकर आए तो उनके मस्तिष्क में एक नया विचार था और वे उसे कार्यान्वित करने में जुट गए। वे अपने गुप्त अँधेरे कमरे में लगातार काम करते रहे और 6 अक्टूबर, 1889 को उन्होंने दुनिया को अपना पहला मोशन फिल्म कैमरा दे दिया।

थॉमस एडीसन का योगदान जीवन के हर क्षेत्र में है। जब जर्मन वैज्ञानिक विल्हेम कोनराड रोटेनजेन ने एक्सरे का आविष्कार किया तो थॉमस एडीसन ने उसका इस्तेमाल करते हुए फ्लोरोस्कोप बनाया जिसका उपयोग करते हुए अमेरिका में एक शल्य चिकित्सक ने पहला सफल ऑपरेशन किया। थॉमस ने फ्रांस में विकसित स्टोरेज बैटरी में भी सुधार कर उन्हें जनोपयोगी बना दिया।

लगातार काम ने 1903 में थॉमस एडीसन को बीमार रहने पर मजबूर कर दिया, पर वे लगातार काम में जुटे रहे। उनके प्रशंसक यह भी कहते थे कि जिस प्रकार उनके पिता सामुवेल एडीसन ने मृत्यु के समय अर्थात् 1896 में 92 वर्ष की आयु में भी स्वस्थ शरीर बनाए रखा था, थॉमस भी बनाए रखेंगे।

अब तक वे काफी लोकप्रिय हो चले थे। पत्र-पत्रिकाओं में उनके आविष्कारों के किस्से और प्रशंसा छपती ही रहती थी। लोग उन्हें अमेरिका का महान् व्यक्ति, सर्वाधिक उपयोगी व्यक्ति कहकर पुकारते थे। अनेक लोग उनका जन्मदिन आदि मनाते थे।

लोग अब उनकी सफलता का राज भी जानना चाहते थे। कुछ उनकी प्रतिभा को श्रेय देते थे तो कुछ उनकी मेहनत को। इन सभी बातों से बेखबर थॉमस एडीसन

लगातार प्रयोगों में लीन रहते थे।

जब 1914 में यूरोप में विश्वयुद्ध प्रारंभ हुआ तो अमेरिका में इसकी चर्चा जोरों पर चली। अमेरिकी इस मुद्दे पर कि अमेरिका को युद्ध में भाग लेना चाहिए या नहीं, विभाजित थे। लोगों ने एडीसन के भी विचार माँगे और पूछा कि क्या अमेरिका को अपने मित्र ब्रिटेन की सहायता के लिए फौज भेजनी चाहिए या नहीं?

थॉमस एडीसन भी अपने मित्र हेनरी फोर्ड की तरह कट्टर युद्धविरोधी थे, पर जब परिस्थितियाँ ऐसी बनीं कि अमेरिका को युद्ध में कूदना पड़ा तो उन्होंने देश की इस दिशा में भी सेवा की। उन्होंने जर्मनी के पकड़े माल में से कैमिकलों के सैंपलों की जाँच की। इसके कुछ ही दिनों बाद उन्होंने कार्बोलिक एसिड बना डाला। अमेरिकी सरकार ने उन्हें नौसेना सलाहकार बोर्ड का सदस्य नियुक्त किया।

इस दौरान उन्होंने अनेक जिम्मेदारियों को निभाने के अलावा अनेक युद्धक सामग्री भी तैयार कीं, जिनमें विभिन्न प्रकार के गोले, तारपीडो, पेरिस्कोप तथा अन्य सैन्य उपकरण शामिल थे। उन्होंने नौसेना शोध प्रयोगशाला की स्थापना के लिए भी योगदान किया।

युद्ध के पश्चात् एडीसन ने घरेलू पौधों से रबर तैयार करने की कला भी विकसित की। वे आजीवन लोगों के लिए चर्चा का विषय बने रहे। तमाम लोग उन्हें साधारण मैकेनिक कहकर उनका उपहास भी उड़ाते थे जबकि उनके प्रशंसकों की भी बड़ी तादाद थी। उन्हें अनगिनत पुरस्कार भी मिले जिनमें 1915 का भौतिकी का नोबल पुरस्कार भी था। एक अमेरिकी अखबार ने बीसवीं सदी के पहले दो दशकों के लिए सबसे महान् व्यक्ति चुनने हेतु सर्वेक्षण कराया था। उसमें एडीसन का नाम सर्वोपरि था।

थॉमस एडीसन की कल्पनाशक्ति लियोनार्डो द विंसी की तरह थी। वे लगातार कल्पना करते थे और नए-नए विचार उनके मस्तिष्क में आते रहते थे। वे माइकेल फैराडे की तरह उन विचारों को अपनी नोटबुकों में दर्ज भी करते थे। उनके बाद उनकी नोटबुकों का तमाम वैज्ञानिकों ने अध्ययन भी किया और इस बात पर शोध किया कि एक लगभग अशिक्षित व्यक्ति ने किस प्रकार इतने आविष्कार कर डाले।

दरअसल वे मस्तिष्क में आए तमाम विचारों में से कुछ विचार छाँट लेते थे और उन पर काम में जुट जाते थे। वे असफलता से बिलकुल नहीं घबराते थे और बिजली के बल्ब, बैटरी आदि विकसित करने के लिए उन्होंने हजारों प्रयोग किए।

उन्होंने अपने जीवन में काफी धन कमाया और काफी धन गँवाया भी। जब लंबे समय तक प्रयास करने के बाद भी उन्हें सफलता नहीं मिलती तो मलाल नहीं होता था। तमाम पैसा गँवाने के बाद भी जब प्रयोग असफल होता तो वे कहते कि चलो, पैसा तो चला गया पर मेरे पास अभी काफी समय है लगाने के लिए।

वे अथक परिश्रम करते थे। रोज 18-19 घंटे काम करने के पश्चात् भी वे नियम से भोजन करते थे और नियम से सोते थे। शायद यही उनकी सेहत का राज था।

उनके अटूट धैर्य का अंदाज इस बात से लगाया जा सकता है कि एक बार उनकी प्रयोगशाला में आग लग गई। इस भयंकर आग में लगभग 20 लाख डॉलर की सामग्री जल गई तथा साथ में तमाम आविष्कारों से संबंधित जरूरी दस्तावेज भी जल गए। एडीसन का बेटा इस भयानक नुकसान को देखकर आँसू बहा रहा था। एडीसन ने उसका गम हलका करने के लिए कह दिया कि बेटा, अपनी माँ को भी बुला लाओ, शायद ऐसा दृश्य जिंदगी में दोबारा देखने को न मिले।

अगले दिन जब प्रयोगशाला के सैकड़ों कर्मचारी निराशा के वातावरण में एकत्रित हुए तो धैर्यवान एडीसन ने उनसे कहा कि अच्छा हुआ, हमारी सारी गलतियाँ जल गईं। अब हम नए सिरे से काम प्रारंभ करेंगे। वे अपनी सफलता का श्रेय अपनी माता को देते थे। उन्होंने बचपन में ही प्रण कर लिया था कि वे अपनी माता को कभी निराश नहीं करेंगे।

अपने जीवन के अंतिम दिनों में वे परमाणु बम का जिक्र करते थे। वे कहते थे कि एक दिन इतना शक्तिशाली हथियार तैयार हो जाएगा कि आक्रमणकारी उसके कारण किसी पर आक्रमण करने की हिम्मत नहीं जुटा पाएँगे। इस प्रकार युद्ध की कामना मनुष्य के मन से हमेशा-हमेशा के लिए लुप्त हो जाएगी।

थॉमस अल्वा एडीसन आजीवन प्रयोगों में लगे रहे। उन्होंने ढाई हजार से अधिक आविष्कार किए तथा 1093 पेटेंट उनके नाम पर दर्ज हुए। टाइपराइटर का ढाँचा तैयार करने से लेकर, सिनेमा तक का आविष्कार उन्होंने किया। पावर हाउस तैयार करके शहर जगमगाने से लेकर ग्रामोफोन पर गीत गुनगुनाने तक के महत्त्वपूर्ण कामों में उनका योगदान उनके जीवनकाल में ही सराहा जाने लगा था।

1931 में वे 84 वसंत देख चुके थे। पर वे अभी भी काम में जुटे थे। वे और ज्यादा समय तक काम करना चाहते थे, पर यह ईश्वर को मंजूर नहीं था। उनके शरीर में तमाम बीमारियाँ घर कर चुकी थीं, पर वे काम में जुटे रहे।

18 अक्टूबर, 1931 को उन्हें अत्यधिक बेचैनी हुई। मीना एडीसन ने पति से पूछा कि क्या उन्हें कोई तकलीफ है, उन्होंने उत्तर दिया कि वे इंतजार कर रहे हैं। उन्हें मौत का इंतजार था जो कि तत्काल आ गई और वे इस दुनिया से चले गए।

उनकी मौत पर सारा अमेरिका शोक में डूब गया। अमेरिकी राष्ट्रपति हरबर्ट हूवर ने राजकीय शोक घोषित करते हुए आदेश दिया कि एडीसन के सम्मान में बिजली थोड़ी देर के लिए बुझा दी जाए।

एडीसन ने अपना सारा जीवन मानव-कल्याण के लिए लगाया। उनके सभी आविष्कार जनोपयोगी थे। उनकी विकलांगता उनके आविष्कारों में बाधक बनने के बजाय सहायक बन गई।

जार्ज ईस्टमैन व उनका आविष्कृत कैमरा

प्राचीन काल से ही मनुष्य अपनी यादगार को तस्वीर का रूप देने के लिए तत्पर रहता था। चित्रकारी आसान नहीं थी और इसे विरले ही कर पाते थे। अतः नए-नए तरीके ढूँढ़ने के प्रयास ईसा के जन्म से काफी पहले प्रारंभ हो चुके थे।

ईसा पूर्व चौथी शताब्दी में चीनियों ने एक कैमरा तैयार किया था जो एक बंद बक्सा था और उसमें एक सूक्ष्म छिद्र के जरिये प्रकाश अंदर आता था। जब प्रकाश अंदर ाता था तो पिछली सतह पर उलटी तस्वीर उभरकर आती थी। कलाकार उस तस्वीर ो कागज पर उतारते थे।

पंद्रहवीं शताब्दी में कला और विज्ञान ने जोर पकड़ना प्रारम्भ किया। अब इटली जोरों से चित्रकारी होने लगी तथा लियोनार्डो द विंसी ने इसे नए-नए आयाम दिए। नयोनार्डो ने अपनी नोटबुकों में अपनी अनेक कल्पनाओं का वर्णन भी किया और नमें चीनियों द्वारा इस्तेमाल किए जाने वाले इस कैमरे का भी जिक्र था जिसे उन्होंने मरा ऑब्स्क्यूरा का नाम दिया।

पर कैमरे की कल्पना सदियों तक साकार नहीं हो पाई। लियोनार्डो के निधन 300 साल बाद जोसेफ नीप्से नामक फ्रेन्च रसायनशास्त्री ने लियोनार्डो की कल्पना ो साकार किया और कैमरा ऑब्स्क्यूरा के जरिये तस्वीरें उभारने का प्रयत्न करने जुट गया।

1826 में नीप्से ने पहली तस्वीर तैयार की। अगले 50 साल तक इस प्रक्रिया सुधार लाने के प्रयत्न होते रहे। रसायनों का प्रयोग करके एक बार में एक तस्वीर ार की जाती थी। हाइपो नामक रसायनों का मिश्रण तैयार कर लिया गया था, समें प्लेट डालने से हलकी तस्वीर उभरकर आ जाती थी। पर लोग इससे संतुष्ट

नहीं थे तथा इसमें और सुधार चाहते थे। इस दिशा में महत्त्वपूर्ण प्रयास किया जा ईस्टमैन नामक अमेरिकी वैज्ञानिक ने।

जनोपयोगी कैमरे के आविष्कारक जार्ज ईस्टमैन का जन्म 12 जुलाई, 1854 क न्यूयार्क स्थित वाटरविले में हुआ था। उसके पिता का नाम जार्ज डब्ल्यू ईस्टमैन तथ माता का नाम मारिया किलबर्न ईस्टमैन था।

जब बालक जार्ज मात्र 6 वर्ष का था तब ईस्टमैन परिवार, जिसमें पति-पत्न और तीन बच्चे थे, रहने के लिए पास के रोचेस्टर इलाके में आ गया। यहाँ पर पित ईस्टमैन ने शहर का पहला व्यावसायिक कॉलेज स्थापित किया था।

परिवार खुशहाली के दिन बिता रहा था तभी मात्र 8 वर्ष की आयु में जार्ज क सिर से पिता का साया उठ गया। अब माता को बच्चों के लिए खाना-पहनना जुटा हेतु तमाम उपाय करने पड़े। बालक जार्ज ने जब भयंकर गरीबी और बदहाली देख तो उसके मन में जल्दी से अमीर बनने की इच्छा जागृत हो गई।

इस इच्छा से बाध्य होकर उसने अपने साथी, जो उसके साथ ही रोचेस्टर क पब्लिक स्कूल में पढ़ रहा था, के साथ मिलकर स्कूल के बुक केस को तोड़ा औ किताबें चुराकर बाजार में बेच दीं। इस तरह उसने पहले पाँच डॉलर प्राप्त किए औ उनसे बैंक में खाता खोला।

माता ज्यादा दिन तक उसे स्कूल में नहीं पढ़ा सकी और मात्र 14 वर्ष की आ में उसे स्कूल छोड़ना पड़ा। अब उसने बीमा कंपनी में बतौर क्लर्क काम करना प्रारं किया। बाद में उसने रोचेस्टर बैंक में बतौर बुककीपर काम करना प्रारंभ कर दि और पैसा इकट्ठा करना प्रारंभ कर दिया।

23 वर्ष की आयु तक उसने इतना पैसा इकट्ठा कर लिया था कि वह अप माता की देखभाल ठीक प्रकार से कर लेता था। उसने आगे निवेश करने के लि 3600 डॉलर भी जुटा लिए थे।

हालाँकि उसकी माता अब अपने योग्य बेटे पर गर्व करती थी, पर जार्ज ईस्टमै इससे संतुष्ट नहीं था। वह नए युग की मशीनरी में ज्यादा रुचि रखता था और बैं या बीमे की नौकरी उसे बोझ-सी लगती थी। उसे फोटोग्राफी का काम अच्छा ल जिसमें रसायनों की सहायता से अच्छा चित्र तैयार किया जा सकता था।

उस समय फोटोग्राफी अपनी प्रारंभिक अवस्था में थी और जार्ज ईस्टमैन ने शी ही जान लिया कि इस क्षेत्र में काफी काम किया जा सकता है। उसने 94.36 डॉल खर्च करके फोटोग्राफी का साज-सामान खरीद लिया। उसने पैसा खर्च करके ए विशेषज्ञ से इस कला का अध्ययन करना भी प्रारंभ कर दिया। उसके प्रशिक्षक ने उ बताया कि इस काम कि लिए एक मजबूत व्यक्ति की आवश्यकता होती है।

वास्तव में उस समय फोटोग्राफी गीली प्लेटों की सहायता से होती थी जिस पर तस्वीरें तैयार की जाती थीं। जो फोटोग्राफर बाहर फोटोग्राफी करने जाते थे, उन्हें काफी सारा तामझाम ले जाना पड़ता था। भारी उपकरणों के अलावा सिलवर नाइट्रेट भी ले जाना पड़ता था। चूँकि गीली प्लेट में तस्वीर तुरंत बनानी पड़ती थी अत: एक पक्का तंबू भी ले जाना पड़ता था जिसमें पूरा अँधेरा हो सके। हर प्लेट पर कोलोडियोन नामक घोल होता था तथा प्लेट पर प्रकाश पड़ने से पूर्व ही सिलवर नाइट्रेट डालना होता था।

ईस्टमैन ने सोचा कि वह अगर सारी कार्यवाही को सरल बना सकेगा, तभी सफल हो पाएगा। उसने लगातार अध्ययन किया। दिन में वह बैंक में नौकरी करता था और रात में वह लगातार पढ़ता था। उसने रसायनशास्त्र की तमाम पुस्तकें पढ़ डालीं तथा फोटोग्राफी पर निकलने वाली अनेक पत्रिकाओं का अध्ययन किया। उसे अंग्रेजी की पत्रिकाएँ पढ़कर संतुष्टि नहीं हुई और ज्ञानप्राप्ति के लिए पहले उसने फ्रेंच और जर्मन भाषाएँ सीखीं और फिर उनमें इस संबंध में छपी सामग्री का अध्ययन किया।

एक दिन एक ब्रिटिश पत्रिका में जिलेटिन से बना हुआ प्रकाश से संवेदनशील घोल बनाने का फार्मूला छपा। अब जार्ज ईस्टमैन ने एक के बाद एक प्रयोग किए तथा यह जान लिया कि कोलायडीन के स्थान पर जिलेटिन वाला घोल इस्तेमाल करने से गीली प्लेट के स्थान पर सूखी प्लेट पर छवि उभर सकती है। इससे बाहर फोटोग्राफी करते समय बड़े व अँधेरा करने वाले तंबू की आवश्यकता खत्म हो गई तथा साथ में सिलवर नाइट्रेट का जार ले जाने की आवश्यकता भी नहीं रही।

1879 तक उसने सूखी प्लेटें तैयार करना भी प्रारंभ कर दिया और एक मशीन भी बना डाली जो उन पर इमल्शन की परत चढ़ा देती थी। अब उसका हौसला काफी बढ़ गया तथा उसने बैंक की नौकरी छोड़कर एक कंपनी लगा ली जिसमें वह और उसका साथी सूखी प्लेट तैयार करने लगे। रोचेस्टर स्थित इस फैक्टरी में बनी हुई प्लेटें बिकने लगीं और ईस्टमैन ड्राई प्लेट कंपनी का नाम जगह-जगह फैलने लगा।

प्रारंभ में जोरों से बिक्री हुई तथा उनका उत्साह बढ़ा, पर शीघ्र ही शिकायतें आने लगीं। एक शिकायत यह थी कि उनकी तैयार की हुई प्लेटों पर प्रकाश का प्रभाव कम पड़ता था और उनका सही इस्तेमाल नहीं हो पाता था।

खरीदारों से तर्क-वितर्क करने के बजाय ईस्टमैन ने उनसे प्लेटें वापस ले लीं और उनका खर्च भी वापस कर दिया। इसके बाद वह प्रयोगशाला में लगातार जुटा रहा। उसने एक के बाद एक इमल्शन तैयार किए तथा कोशिश करता रहा कि ऐसी प्लेट तैयार हो जो ज्यादा समय तक प्रकाश के प्रति संवेदनशील रहे और इस्तेमाल हो।

तीन महीने में 472 प्रयोग करने के पश्चात् जार्ज ईस्टमैन की मेहनत रंग लाई

और ऐसा इमल्शन तैयार हो गया जो काफी दिनों तक प्लेट को इस्तेमाल लायक रखता था। पूरा भरोसा होने के बाद उसने अपनी प्लेटों को बिक्री के लिए उतारा तथा 16 अप्रैल, 1881 को बिक्री प्रारंभ होने के ठीक एक साल बाद जब उसने अपने आय-व्यय का ब्योरा तैयार किया तो पाया कि 14,889.88 डॉलर का विशुद्ध मुनाफा हुआ।

उत्साहित जार्ज ने बिना विश्राम किए हुए अपने व्यापार को आगे बढ़ाना प्रारंभ किया। उसका व्यापार ज्यों-ज्यों बढ़ता गया, उसकी मेहनत और बढ़ती गई। उसने अपने प्लांट की सारी मशीनरी का निर्माण स्वयं किया। वह अकसर फैक्टरी में ही सो जाता था। वह अपना भोजन भी स्वयं ही बना लेता था। जब वह कई-कई दिन घर नहीं जा पाता तो उसकी माँ उसका कुशल-क्षेम पूछने स्वयं फैक्टरी आ जाती थी। कई बार उसे घर पर एक जून खाना खाने तथा एक रात सोने के लिए बेटे से मिन्नतें करनी पड़ती थीं।

जार्ज को काम का नशा-सा हो गया था। वह घंटों काम में जुटा रहता था और सोचता रहता था कि कैसे नई प्रक्रिया और नए पदार्थ विकसित हों जो फोटोग्राफी को आसान बना दें। उस समय प्लेट में शीशे का इस्तेमाल होता था जो भारी होता था। वह लगातार प्रयोग करता रहा। काफी समय तक प्रयोग करने के पश्चात् 1884 में उसने पतले-मुलायम पदार्थ की फिल्म तैयार कर ली। यह पौधों से निकले मुलायम पदार्थ से बनी थी।

इस घटना ने फोटोग्राफी की दुनिया में क्रांति ला दी। अब कैमरे का आकार घट गया। पूरी की पूरी रील एक लकड़ी के रोल में आ जाती थी। इसके बाद जार्ज ने अपनी कंपनी का नाम बदलकर ईस्टमैन ड्राई प्लेट एंड फिल्म कंपनी कर दिया।

ईस्टमैन अपने लक्ष्य के बारे में बिलकुल स्पष्ट था। वह जानता था कि वह तभी धन कमा पाएगा जब उसका कैमरा आम आदमी द्वारा इस्तेमाल किया जा सकेगा। अब उसने एक ऐसा हलका कैमरा तैयार कर लिया जिसके लिए तीन टाँगों वाले स्टैंड की आवश्यकता नहीं थी। कैमरे के डिब्बे का आकार 6¾ इंच लंबा तथा 3¾ इंच चौड़ा था। वजन सिर्फ 22 औंस था और इसे एक हाथ में पकड़कर ले जाया जा सकता था। फिल्म निकालते समय भी इसे एक हाथ से ही पकड़ा जा सकता था। उसने कैमरे में ही फिल्म की रील फिट करने के अलावा इसका चमड़े का केस भी तैयार करवाया और कंधे पर लटकाने के लिए पट्टी भी लगवा दी। पूरा का पूरा कैमरा उस समय मात्र 25 डॉलर में उपलब्ध था।

जार्ज ईस्टमैन ने सिर्फ बेहतर कैमरा ही नहीं तैयार किया वरन् उसका नाम तय करने के लिए भी हफ्तों चिंतन किया। उसकी माता का नाम किलबर्न था और उन्हे

वह बहुत चाहता था। उनके नाम से 'के' अक्षर लेकर उसने दो 'के' का इस्तेमाल करते हुए अपने उपकरण का नाम कोडक रख दिया।

कोडक के बाजार में आते ही फोटोग्राफी के क्षेत्र में धूम मच गई। बच्चे, बूढ़े, जवान, पुरुष, स्त्री सभी को फोटोग्राफी का शौक चढ़ गया। यह शौक अमेरिका के अलावा इंग्लैंड में भी छा गया। इंग्लैंड में तो आलम यह था कि वहाँ के थियेटरों में होने वाले नाटकों के बीच में सुंदर महिलाएँ संवाद बोलती थीं कि ध्यान से बैठिए। हमारी तस्वीरें कोडक कैमरे से खींची जाएँगी। वह कैमरा जिससे तस्वीर खींचने के लिए सिर्फ एक बटन ही दबाना पड़ता है।

उन्नीसवीं सदी के अंत तक कोडक नाम घर-घर तक पहुँच गया। जार्ज ईस्टमैन ने खुद भी बेहतर प्रचार-प्रसार आयोजित किया। पहले दो साल में ही एक लाख कैमरे बिक चुके थे। सचमुच फोटोग्राफी के क्षेत्र में यह एक बड़ा धमाका था।

सफलता ने जार्ज की लगन व परिश्रम को और आगे बढ़ाया। एक ओर उसने व्यापार बढ़ाया और दूसरी ओर अपनी तकनीक में लगातार सुधार भी किए। पहले कोडक कैमरे के खरीदार को फोटो खींचने के बाद पुरानी रील निकलवाने और नई रील डालने के लिए कैमरा रोचेस्टर भेजना पड़ता था। 1891 तक जार्ज ने इस तरह सुधार कर लिया कि कैमरे की रील कहीं भी निकालकर धुलवाई जा सकती थी और उसमें नई रील डालना भी आसान हो गया था। अब खरीदार के लिए हर बार कैमरा रोचेस्टर भेजना अनिवार्य नहीं रहा।

ज्यों-ज्यों प्रगति होती रही, कंपनी का नाम मशहूर होता चला गया। ईस्टमैन कोडक कंपनी का नाम समुद्र-पार दूर-दूर देशों तक पहुँच गया। बीसवीं सदी के प्रारंभ में इस कंपनी में तीन हजार लोग काम करते थे। पहले रोचेस्टर स्थित एक भवन में काम होता था। बाद में जब जगह कम पड़ने लगी तो अनेक नए बनाए भवन लिए गए और उस जगह का नाम कोडक पार्क रख दिया गया।

जार्ज ईस्टमैन ने सिर्फ फोटोग्राफी के क्षेत्र में ही धमाका नहीं किया वरन् अंतर्राष्ट्रीय व्यापार को भी नए-नए आयाम दिए। उसने औद्योगिक शोध-कार्यों, बड़े पैमाने पर विज्ञापनों, योजनाबद्ध तरीकों से विपणन पर भी खासा खर्च किया।

उदार ईस्टमैन ने मुनाफे का एक हिस्सा अपने कर्मचारियों को भी विभिन्न रूपों में बाँटा। यह पहला मौका या जब किसी कंपनी ने अपने कर्मचारियों के लिए स्वास्थ्य-सेवा, अवकाशप्राप्ति के बाद की लाभदायक योजनाएँ, मुनाफे में हिस्सेदारी जैसी योजनाएँ तैयार की थीं।

उदार हृदय जार्ज ईस्टमैन ने जीवन में खूब कमाया और खूब दान किया। शिक्षा का क्षेत्र उसके लिए अत्यंत प्रिय था। सबसे पहले उसने एक मैकेनिकल इंस्टीट्यूट

को 50 डॉलर दान में दिए। दान की यह शृंखला जारी रही और बाद में इस संस्थान को उसने दो लाख डॉलर दान में दिए। बाद में उस संस्था का नाम रोचेस्टर इंस्टीट्यूट ऑफ टेक्नोलॉजी रख दिया गया। वह दान देता ही चला गया और मैसाचुएट्स इंस्टीट्यूट ऑफ टेक्नोलॉजी, रोचेस्टर विश्वविद्यालय, हैम्पटन संस्थान, टस्कगी संस्थान आदि को कुल मिलाकर 7.5 करोड़ डॉलर दान में मिले। उसने सिर्फ तकनीकी संस्थाओं को ही दान नहीं दिया वरन् अनेक देशों में दाँतों के दवाखाने भी खुलवाए। उसने ईस्टमैन स्कूल ऑफ म्यूजिक, जो रोचेस्टर विश्वविद्यालय में संगीत की शिक्षा के लिए खोला था, के लिए भारी अनुदान दिया और इसी विश्वविद्यालय के तहत चलने वाले चिकित्सा-विज्ञान के कॉलेज को भी सहायता दी।

जार्ज ईस्टमैन ने समाज के लिए बहुत कुछ किया, पर वह एक लोकप्रिय व्यक्ति नहीं बन सका। जीवन के अंतिम दिन उसे अकेलेपन व तमाम तकलीफों के बीच बिताने पड़े। 1907 में उसकी प्रिय माता का भी देहांत हो गया। इससे उसका दुःख और बढ़ गया। उसके जीवन में कोई स्त्री अंत तक प्रवेश नहीं कर पाई और वह अकेला ही रहा।

इन सब परेशानियों के बीच भी जार्ज ईस्टमैन डटा रहा। जब थॉमस अल्वा एडीसन ने मोशन पिक्चर कैमरा ईजाद किया तो उसके लिए मीलों लंबी हजारों फिल्में बनाने का दायित्व भी जार्ज ईस्टमैन पर आया, जिसे उसने बखूबी पूरा किया। 1895 में यह फिल्म 5 डालर में बाजार में मिलने लगी।

जार्ज ईस्टमैन ने बड़ा मकान बनवाया था पर वह उसमें अकेला ही रहता था। बाद के दिनों में उसने कंपनी के हर विभाग की देख-रेख के लिए अनुभवी व काबिल प्रबंधक नियुक्त कर दिए। धीरे-धीरे कंपनी में जाना उसने कम कर दिया। कभी-कभी वह अपनी प्रयोगशाला में अवश्य जाता था। उसने अपने आप विज्ञान का काफी अध्ययन किया था। बाद के दिनों में पढ़े-लिखे अनुभवी वैज्ञानिक उसकी प्रयोगशाला में काम किया करते थे। वे उससे सलाह लेने में गर्व महसूस करते थे।

इस महान् वैज्ञानिक का अंत और दुःखद रहा। अपने अंतिम दिनों में वह एक असाध्य रोग का शिकार हो गया और उसे लगने लगा कि अब संसार को उसकी आवश्यकता नहीं है। 14 मार्च, 1932 को 76 वर्ष की आयु में उसने आत्महत्या कर ली।

वह दुनिया से चला गया पर कोडक नाम अमर कर गया। फोटोग्राफी की दुनिया इस महान् वैज्ञानिक को कभी नहीं भुला सकेगी।

जोसेफ जॉन थॉमसन और जार्ज पेजेट थॉमसन तथा उनका खोजा गया इलैक्ट्रॉन

सदियों से परमाणु को सबसे छोटा कण माना जाता रहा है। उन्नीसवीं सदी के अंत में यह लगने लगा कि यह तथ्य सत्य पर आधारित नहीं है और परमाणु के भी हिस्से हैं जो अत्यंत सूक्ष्म हैं।

सबसे सूक्ष्म व हलके कण इलैक्ट्रॉन को दुनिया के सामने लाने और उसके विभिन्न गुणों से विज्ञान-जगत को अवगत कराने का श्रेय ब्रिटिश वैज्ञानिक सर जोसेफ जॉन थॉमसन और उनके पुत्र जार्ज पेजेट थॉमसन को जाता है।

प्रख्यात वैज्ञानिक जोसेफ जॉन थॉमसन, जिन्हें आम तौर पर जे०जे० थॉमसन के नाम से जाना जाता है, का जन्म 18 दिसंबर, 1856 को एक ऐसे परिवार में हुआ था जिसके सदस्यों का विज्ञान से दूर-दूर तक कोई वास्ता नहीं था। मैनचेस्टर के चीटहमहिल इलाके में जन्मे थॉमसन के एक चाचा ने मौसम-विज्ञान का अध्ययन अवश्य किया था, पर शेष सदस्य विज्ञान से दूर ही थे। पिता जोसेफ जेम्स थॉमसन के पूर्वज स्कॉटलैंड-निवासी थे तथा वे पुरानी किताबों का कारोबार करते थे। माता एम्मा स्विंडेल थॉमसन मैनचेस्टर इलाके की ही रहने वाली थीं और उन्हें साहित्य जैसे विषयों में कतई रुचि नहीं थी। अत्यंत खूबसूरत एम्मा थॉमसन और उसके बड़े भाई की देख-रेख में जुटी रहती थीं और गजब की भुलक्कड़ थीं।

प्रारंभिक पढ़ाई के बाद थॉमसन के पिता ने फैसला किया कि जोसेफ को इंजीनियर बनना चाहिए। उस समय इंजीनियर बनने के लिए किसी कंपनी में अप्रैंटिसशिप करना आवश्यक था। पिता ने एक रेलगाड़ी बनाने वाली कंपनी में अप्रैंटिसशिप दिलाने के लिए प्रयास भी किया, पर पता चला कि उसके लिए लंबा

इंतजार करना पड़ेगा। तब उन्होंने अपने एक मित्र से राय ली और उसके अनुसार उन्हें ओवेन्स कॉलेज में भर्ती कराया।

14 वर्ष की आयु में जोसेफ ओवेंस में पढ़ने गए। वहाँ उन्हें एक से एक प्राध्यापक मिले, जिन्होंने उनकी भौतिक विज्ञान में रुचि बढ़ा दी। पर प्रारंभ में उन्हें जटिल गणितीय उपकरणों जैसे स्लाइड रूल आदि के इस्तेमाल में काफी कठिनाई हुई।

जोसेफ जब 17 वर्ष के थे, तभी उनके पिता का देहांत हो गया। अब उनकी माता ओवेन्स के पास ही आकर रहने लगीं। इस कॉलेज में जोसेफ ने बीस वर्ष की आयु तक शिक्षा पाई। तभी उनके एक प्रोफेसर ने उन्हें सलाह दी कि वे ट्रिनिटी कॉलेज में छात्रवृत्ति के लिए आवेदन करें, जो इंग्लैंड के प्राचीन कैम्ब्रिज विश्वविद्यालय का महत्त्वपूर्ण कॉलेज था।

पहली बार वे असफल रहे, पर दूसरी बार उन्हें सफलता मिल ही गई और 1876 में वे इस कैम्ब्रिज विश्वविद्यालय से जुड़ गए और आजीवन जुड़े रहे। अगले चार वर्षों में उन्होंने कैम्ब्रिज से डिग्री हासिल कर ली और वे ट्रिनिटी कॉलेज में फैलो नियुक्त हुए। 1880 में उन्होंने यहाँ अध्यापन प्रारंभ किया तथा वे प्रयोगशाला में प्रयोग भी करते रहे। प्रारंभ में उन्होंने सचल विद्युत आवेश की मात्रा में वृद्धि पर शोध किया। उनके प्रारंभिक प्रयोगों में कैथोड-रे डिस्चार्ज ट्यूब में विद्युत के संचालन का अध्ययन भी था।

अपने अध्ययन से उन्होंने अन्य वैज्ञानिकों को प्रभावित भी किया और 1884 में मात्र 28 वर्ष की आयु मे कैवेन्डिश प्रोफेसर के पद पर आसीन हुए और साथ में उन्हें कैम्ब्रिज की कैवेन्डिश प्रयोगशाला के निदेशक का भी दायित्व मिला। यह प्रयोगशाला तत्कालीन वैज्ञानिक शोध के लिए विश्व का सबसे महत्त्वपूर्ण केंद्र था।

कैथोड-रे ट्यबों के अध्ययन करते हुए उन्होंने निष्कर्ष निकाला कि हर पदार्थ में परमाणु से छोटे और अत्यंत हलके कण भी होते हैं। यह एक धमाका था क्योंकि प्राचीन काल से ही यूनानी दार्शनिकों ने मान्यता कायम की थी कि परमाणु ही सबसे छोटा कण है और इसका आगे विभाजन संभव नहीं है।

ज्योंही जोसेफ ने साबित किया कि परमाणु का आगे विभाजन संभव है और परमाणु की मात्रा के आकलन की विधि तैयार की त्योंही विज्ञान की एक नई शाखा ने जन्म लिया और उसका नाम परमाणु भौतिकी पड़ गया। इस कार्य में जोसेफ ने लगातार परिश्रम किया और सालों तक कैथोड-रे डिस्चार्ज ट्यूब में अलग-अलग गैसों को डालकर उनमें विद्युतधारा प्रवाहित की।

1895 में जर्मन वैज्ञानिक रोएंटजेन ने एक्स-रे किरणों की खोज की। एक्स-रे

के जरिये आयनीकरण की प्रक्रिया का अध्ययन संभव हो गया और थॉमसन ने अब साबित कर दिया कि कैथोड-रे में बहुत छोटे पर आवेशित कण होते हैं। उन्होंने एक चुंबकीय क्षेत्र स्थापित करके उनकी दिशा पलटी तथा साथ ही उनके द्वारा उत्पन्न तापमान भी नापा। थॉमसन ने निष्कर्ष निकाला कि इन कणों की मात्रा और आवेश का अनुपात हाइड्रोजन आयन की मात्रा और आवेश के अनुपात का एक हजारवाँ हिस्सा है। इस तथ्य को साबित करने के लिए उन्होंने क्रौस्ड फील्ड उपकरण भी तैयार किया। 1899 तक उन्होंने इलैक्ट्रॉन में मौजूद आवेश का भी आकलन कर लिया। धीरे-धीरे उन्होंने यह भी साबित कर दिया कि इस सृष्टि में मौजूद हर पदार्थ के परमाणु में इलैक्ट्रॉन मौजूद हैं।

जोसेफ थॉमसन लगातार शोध करते रहे और 1906 में उन्होंने जगजाहिर किया कि एक परमाणु में अनेक इलैक्ट्रॉन होते हैं। उन्होंने प्रसिद्ध वैज्ञानिक रदरफोर्ड को काम करने के लिए एक आधार प्रदान किया। 1912 में उन्होंने दिखलाया कि डिस्चार्ज ट्यूबों में धनात्मक किरणें वास्तव में अणुओं और परमाणुओं के आयनों से उत्पन्न होती हैं। उन्होंने मास स्पेक्ट्रोस्कोपी के सिद्धांत की भी स्थापना की। उन्होंने रेडियोधर्मिता के क्षेत्र के बाहर पहले आइसोटोप की भी पहचान की।

आमतौर पर जे०जे० थॉमसन जैसे गंभीर कार्य करने वाले वैज्ञानिक अपने कार्यों में बुरी तरह उलझे रहते हैं और दूसरी गतिविधियों से बेखबर होते हैं, पर जोसफ अत्यंत बातूनी व मित्रवत थे। वे हर चीज के बारे में जानकारी हासिल करने के प्रयास करते थे। वे उस व्यक्ति से बातचीत करके भी प्रसन्नता महसूस करते थे जो उनके विषय में कुछ न जानता हो और ऐसे व्यक्तियों से भी खुलकर बात करते थे जो उन विषयों जैसे साहित्य, व्यापार आदि के विशेषज्ञ हों, जिनके बारे में थॉमसन की जानकारी नहीं के बराबर थी।

वे बाजार में तरह-तरह की चीजों को देर तक निहारते रहते थे। लोग उन्हें दुकानों में सभी चीजों की निगरानी करते देख आनंद लेते थे। ज्योंही वे कोई अजीब-सी चीज देखते, दुकान के मालिक से उसके बारे में ज्यादा से ज्यादा जानकारी हासिल करने की कोशिश करते।

वे मजाक पसंद करते थे। वे उन चुटकुलों का भी आनंद लेते थे जिनमें उनकी मजाक बनाई जाती थी। एक बार उन्होंने अपने गोल्फ खेलने का अनुभव सुनाया और बताया कि उन्होंने बॉल को ऐसा हिट किया कि वह उलटा उनके सिर पर वापस आ गिरी। जब लोगों ने उनकी बात पर आश्चर्य किया तो उन्होंने जोर का ठहाका लगा दिया।

वे पार्टियों में जाना पसंद करते थे। कैम्ब्रिज में आयोजित समारोहों में एक बार

उन्हें एक खूबसूरत लड़की रोज एलिजाबेथ पेजेट मिली। जल्दी ही दोनों में प्यार हो गया और 2 जनवरी, 1890 को दोनों विवाह-बंधन में बँध गए। कालांतर में रोज ने एक बेटी जोआन तथा एक बेटे जार्ज को जन्म दिया। जार्ज ने भी अपने पिता के पदचिह्नों पर चलते हुए भौतिक विज्ञानी के रूप में नाम कमाया।

विचित्र बात यह थी कि जोसेफ अपने जमाने की राजनीति में भी गहरी रुचि रखते थे और समकालीन उपन्यास भी पूरी रुचि से पढ़ते थे। यहाँ तक कि लंदन के थियेटरों में कौन-सा नाटक चल रहा है, इसकी जानकारी भी रखते थे। उन्हें पेड़-पौधों में भी गहरी रुचि थी। हालाँकि उन्हें प्रयोगशाला में काफी समय देना पड़ता था पर फिर भी वे दूर-दूर की यात्रा पर निकल जाते थे और तरह-तरह के पौधे एकत्र कर लाते थे। उन्होंने अपने घर के पास एक बड़ा बगीचा बना रखा था और ये पौधे वे उसमें लगाते थे। हालाँकि खुद वे सिर्फ गोल्फ ही खेल पाते थे, पर वे कैम्ब्रिज में खेलने वाली रग्बी और क्रिकेट टीमों में भी पूरी रुचि रखते थे।

उनके द्वारा अन्वेषित इलैक्ट्रॉन ने तत्कालीन विज्ञान को एक नया मोड़ दिया। उन्होंने अमेरिका के येल विश्वविद्यालय में अनेक व्याख्यान भी दिए और इस व्याख्यान-शृंखला के दौरान उन्होंने प्रकाश के संबंध में एक नए प्रतिपादित सिद्धांत की जानकारी दी। यह सिद्धांत लगभग वैसा ही था जैसा कि बाद में अलबर्ट आइंस्टाइन ने प्रतिपादित किया।

उनके द्वारा किए गए गैसों के अंदर विद्युत-प्रवाह संबंधी शोध के लिए उन्हें 1906 में नोबल पुरस्कार भी मिला। वे एक सफल वैज्ञानिक ही नहीं वरन् सफल शिक्षक और सफल प्रशासक भी थे। कैवेन्डिश प्रयोगशाला के निदेशक के पद पर कार्य करते हुए उन्होंने उत्कृष्ट प्रबंधन-क्षमता का प्रदर्शन किया और छात्रों से प्राप्त फीस का इस्तेमाल करते हुए प्रयोगशाला के लिए दो अतिरिक्त भवनों का निर्माण भी करा दिया। इसी तरह तमाम वैज्ञानिक कार्य करते हुए भी वे हर दिन प्रातः नए छात्रों को पढ़ाते थे और उच्च कक्षाओं के छात्रों को दोपहर बाद पढ़ाते थे। एक ओर उन्होंने अपनी प्रयोगशाला को आधुनिकतम साज-सामानों से सुसज्जित किया और दूसरी ओर देश-विदेश से आए हुए सैकड़ों विज्ञान के छात्रों को इस तरह प्रशिक्षित किया कि उनमें से 8 को कालांतर में नोबल पुरस्कार मिला और उनमें उनका बेटा जार्ज थॉमसन भी था।

उनकी अनेक सीमाएँ भी थीं, पर वे उनके वैज्ञानिक क्रियाकलापों में बाधा नहीं बन पाईं। वे अपने हाथ से उपकरण आदि नहीं बना पाते थे। पर उन्होंने एक प्रयोगशाला सहायक ऐबेनिजर एवरेट को हमेशा अपने साथ रखा जो उनके लिए प्रयोगशाला में उपकरण भी तैयार करता था तथा विभिन्न प्रणालियों को भी जोड़ता

था। थॉमसन के साथ काम करते हुए एवरेट ने 500 से अधिक संयंत्र तैयार किए जिनमें थॉमसन ने प्रयोग कर-करके तमाम परिणाम हासिल किए।

थॉमसन के अंदर खुद देशभक्ति का प्रबल जज्बा था और यही जज्बा उन्होंने अपने बेटे के अंदर भी भरा। 1914 में जब पहला विश्वयुद्ध छिड़ा तो जोसेफ थॉमसन ने ब्रिटिश सेना के वैज्ञानिक सलाहकार का काम सँभाला। दूसरी ओर उनका मेधावी बेटा जार्ज जर्मनों से दो-दो हाथ करने के लिए सेना में बतौर अफसर भर्ती हो गया। उधर बेटा जार्ज जर्मनों से लड़ रहा था और खाई, खंदकों और बंकरों से गुजर रहा था और पिता ने उसके लिए और अन्य सैनिकों के लिए लकड़ी के तले वाले जूते तैयार कर दिए ताकि उन्हें सुरंगों से कुछ राहत मिल सके। इस तरह के जूते हॉलैंड में पहले पहने जाते थे।

युद्ध के उस भयानक माहौल में वे काम भी करते रहे और अपने बेटे का पत्रों द्वारा मनोरंजन भी करते रहे। जुलाई, 1915 में उन्होंने उसे एक पत्र लिखा, जिसमें एक चुटकुला भी लिखा। उसके अनुसार उनकी नौकरानी ने एक दिन काम करते हुए बताया कि उधर दुर्गंध आ रही है। जोसेफ थॉमसन ने उससे कहा कि दुर्गंध को एक बोतल में बंद कर लो और दुश्मन देशों को भेज दो।

थॉमसन समय-समय पर देश में वैज्ञानिकों की बैठकें आयोजित करते थे तथा तत्कालीन ब्रिटिश सरकार को सलाह भी देते थे। वे अत्यंत निर्भीक थे और युद्ध के दौरान उन्होंने सरकार को डाँटते हुए कहा कि वह बहुत बड़ी गलती कर रही है। दरअसल तत्कालीन ब्रिटिश सरकार विशुद्ध विज्ञान में शोध को अनुदान नहीं देती थी और सिर्फ व्यावहारिक विज्ञान को बढ़ावा देती थी।

थॉमसन ने समझाया कि किसी निश्चित लक्ष्य के लिए किए जाने वाले प्रयोग ही उपयोगी विज्ञान के अंग नहीं हैं। इस संसार को समझने के लिए किए जाने वाले शुद्ध प्रयोग भी विज्ञान के अंग हैं। अपने तर्क को मजबूत करने के लिए उन्होंने जर्मन वैज्ञानिक रोएंटजेन का उदाहरण दिया और बतलाया कि वह तो सिर्फ विद्युत के व्यवहारों का अध्ययन करने के लिए प्रयोग कर रहा था। अचानक दुर्घटनावश एक्स-रे किरणों का आविष्कार हो गया। इस आविष्कार ने चिकित्सा व शल्य चिकित्सा के क्षेत्र में वह योगदान किया, जो किसी भी व्यावहारिक विज्ञान के प्रयोग ने नहीं किया।

पहले विश्वयुद्ध के दौरान जे०जे० थॉमसन द्वारा दिए इस भाषण का ब्रिटेन और अमेरिका आदि पर गहरा असर पड़ा और वहाँ शुद्ध विज्ञान के क्षेत्र में हो रहे कार्यों की बाढ़ आ गई और इस प्रक्रिया में सरकार ने जितना अनुदान दिया उससे कहीं ज्यादा देशों को प्रतिफल मिला।

उन्हें सिर्फ नोबल पुरस्कार हीं नहीं मिला वरन् अनेकानेक सम्मान मिले। 1908

में ब्रिटिश सत्ता ने उन्हें सर की उपाधि प्रदान की। सर जे०जे० थॉमसन को 1915 में प्रतिष्ठित रॉयल सोसायटी ने पाँच वर्ष के लिए अपना अध्यक्ष चुना। 1918 में तत्कालीन बिटिश प्रधानमंत्री ने उन्हें ट्रिनिटी कॉलेज का निदेशक नियुक्त किया तथा मास्टर का खिताब भी प्रदान किया।

नये खिताब और दायित्व के कारण सर जे०जे० थॉमसन को कैवेंडिश प्रयोगशाला के प्रमुख के पद से त्यागपत्र देना पड़ा, पर इसके बावजूद बाद के वर्षों में वे प्रयोगशाला में विभिन्न अनुसंधानों में जुटे रहे। ट्रिनिटी में मिले नये दायित्व के लिए उन्हें कैम नदी के किनारे एक बड़ा मकान, जिसका नाम ट्रिनिटी लॉज था, रहने के लिए मिला। अपने बाद के दिनों में वे यहीं रहे। बीच में अपने वैज्ञानिक कार्यों के लिए वे अमेरिका भी गए और लंबे समय तक वहाँ अनुसंधान में लगे रहे।

30 अगस्त, 1940 को ट्रिनिटी लॉज में रहते हुए उनका देहांत हो गया। उनकी मृत्यु का समाचार देश-विदेशों के अखबारों में छपा। अंग्रेज इतिहासकार ट्रेविलियन ने लिखा कि सर जे०जे० थॉमसन ने विज्ञान को बीसवीं सदी में एक नए रूप में प्रस्तुत करने में महत्त्वपूर्ण भूमिका निभाई।

उनका शव वेस्टमिंस्टर में उस स्थान पर दफनाया गया जहाँ पर प्रख्यात वैज्ञानिक आइजक न्यूटन, चार्ल्स डारविन आदि की कब्रें हैं।

सर जे०जे० थॉमसन दुनिया से चले गए, पर जाने से पूर्व उन्होंने अपने पुत्र जार्ज पेजेट थॉमसन को ऐसे संस्कार दे दिए कि वह उनकी राह पर आगे बढ़ता चला गया। 3 मई, 1892 को जार्ज का जन्म इंग्लैंड के कैम्ब्रिज इलाके में हुआ था, जहाँ उसके पिता जोसेफ थॉमसन ने अपना कार्यकाल बिताया था।

प्रारंभिक शिक्षा पूरी करने के पश्चात् जार्ज ने ट्रिनिटी कॉलेज में प्रवेश लिया। जब उसने अपने देश पर प्रथम विश्वयुद्ध के बादल मँडराते हुए देखे तो युवा जार्ज ने अनुसंधान छोड़कर रायल वायु सेना में भर्ती होना बेहतर समझा। एक ओर जोसेफ थॉमसन तकनीकी विकास के जरिये रॉयल सेना की सहायता कर रहे थे तो दूसरी ओर जार्ज थॉमसन दुश्मनों से सीधे दो-दो हाथ करने के लिए मोर्चे पर डट गया।

जब प्रथम विश्वयुद्ध समाप्त हुआ तो जार्ज अनुसंधान की दुनिया में वापस आ गए। 1922 में वे 30 वर्ष की आयु में एबरडीन में भौतिकशास्त्र के प्रोफेसर नियुक्त हुए। 1930 में जार्ज को इंपीरियल कॉलेज ऑफ साइंस का प्रोफेसर नियुक्त किया गया, जो लंदन में स्थित है।

जार्ज ने भी अपने पिता की तरह गहन अनुसंधान किया। उस समय तक डेविसन ने कम गति के इलैक्ट्रॉनों का प्रयोग किया था। जार्ज थॉमसन ने धातु की महीन पतली चादर के जरिये तीव्र गति के इलैक्ट्रॉन क्रिस्टल में प्रवेश कराए। यह लगभग ऐसा

ही था जैसे एक्स-रे किरणें प्रवेश करती हैं। इलैक्ट्रॉन के विकिरण को फोटोग्राफिक प्लेट पर दर्ज किया गया। इससे गोलाकार प्रतिबिंब दिखाई दिए। इन गोलाकार प्रतिबिंबों की त्रिज्या से इलैक्ट्रॉनों की तरंग के गुणों और तरंग लंबाई का आकलन संभव हो पाया।

जार्ज थॉमसन को भी अपने पिता की तरह अनुसंधान हेतु ख्याति मिली। सन् 1937 में डेविसन के साथ संयुक्त रूप से उन्हें भौतिकी के लिए नोबल पुरस्कार मिला।

देशभक्ति और अनुसंधान में उचित सामंजस्य करते हुए जार्ज आजीवन परिश्रम करते रहे। जब दूसरा विश्वयुद्ध 1939 में प्रारंभ हुआ तो उन्होंने ब्रिटिश सरकार द्वारा गठित परमाणु ऊर्जा आयोग के अध्यक्ष का पद सँभाल लिया। दरअसल डेनमार्क के वैज्ञानिक नील्स बोहर ने डेनमार्क पर जर्मन आक्रमण के तुरंत बाद टेलीग्राम द्वारा सूचित किया था कि जर्मनी परमाणु बम बनाने की तैयारी कर रहा है।

इस समिति ने जार्ज थॉमसन की अध्यक्षता में तमाम विचार-विमर्श करके तत्कालीन ब्रिटिश प्रधानमंत्री चर्चिल को सलाह दी थी कि यूरेनियम से बम बनाना संभव है। हालाँकि सर जार्ज थॉमसन का यह भी विचार था कि वर्तमान हथियार व विस्फोटक सामग्री पर्याप्त है और परमाणु बम बनाने की दिशा में आगे बढ़ना आवश्यक नहीं है। ब्रिटिश महारानी ने उन्हें 1943 में सर का खिताब प्रदान किया।

1952 में उन्हें कॉरपस क्रिस्टी कॉलेज, कैम्ब्रिज का मास्टर नियुक्त किया गया और 1962 में उन्होंने इस पद से अवकाश लिया। उन्होंने अपने पिता के साथ मिलकर 'दि एटम' नामक पुस्तक लिखी, जो 1930 में प्रकाशित हुई।

अवकाशप्राप्ति के पश्चात् भी जार्ज थॉमसन कैम्ब्रिज में ही रहते रहे और यहीं पर 10 सितंबर, 1975 को उनका देहांत हो गया।

देशभक्ति और अनुसंधान के क्षेत्र में उत्कृष्ट प्रदर्शन करने वाले तथा नोबल पुरस्कार प्राप्त करने वाली पिता-पुत्र की जोड़ी का दूसरा उदाहरण मिलना कठिन है।

जगदीश चंद्र बसु और उनके जीवविज्ञान संबंधी अद्‌भुत आविष्कार

हमारे प्राचीन धर्मग्रंथों में वृक्षों, वनस्पतियों को आदर भाव से देखा जाता रहा है। वनों को देवी-देवता की संज्ञा दी गई हैं। तुलसी को माता माना जाता रहा है और पीपल आदि की पूजा की जाती रही है।

भारतीय ग्रंथ विभिन्न वनस्पतियों के अध्ययन से भरे पड़े हैं और यह माना जाता रहा है कि ब्रह्मांड में कोई चीज अनुपयोगी नहीं है तथा वृक्षों को जीवतुल्य ही माना गया है और सूर्यास्त के बाद इनसे छेड़छाड़ वर्जित मानी गई है।

पर उन सबको प्रायोगिक रूप से सिद्ध किया एक भारतीय वैज्ञानिक ने। अपने अनुसंधान-काल के पहले भाग में अद्‌भुत भौतिकी संबंधी प्रयोग करने के पश्चात् उन्होंने जीवविज्ञान के क्षेत्र में कदम रखा और दुनिया को नया ज्ञान दिया। जगदीश चंद्र बसु द्वारा दी गई जानकारियाँ बीसवीं सदी के प्रारंभ में अजूबा थीं।

जगदीश चंद्र बसु का जन्म 30 नवंबर, 1858 को बंगाल प्रांत के ढाका जिले के फरीदपुर नामक स्थान में हुआ था। उनके पिता भगवान चंद्र बसु एक पढ़े-लिखे सहृदय व्यक्ति थे और डिप्टी मजिस्ट्रेट के पद पर कार्यरत थे। अंग्रेजों की नौकरी करने के बावजूद भगवान चंद्र बसु में भारतीयता कूट-कूटकर भरी थी और वे गरीबों व जरूरतमंदों की जमकर सहायता करते थे।

उस समय जब अमीर व पढ़े-लिखे लोग अंग्रेजी स्कूल में पढ़ना गौरव की बात समझते थे, भगवान चंद्र बसु ने अपने इलाके के गरीब बच्चों के लिए भारतीय पद्धति पर आधारित पाठशाला खोली थी। उनकी पत्नी भी एक धार्मिक महिला थीं और बालक जगदीश को बचपन से ही धार्मिक कथाएँ सुनाया करती थीं। धर्म के प्रति आस्था, सात्त्विक भाव और देशभक्ति के गुण बालक जगदीश में बचपन में ही आ

गए थे।

बालक जगदीश को अपने आसपास के गरीब व अनाथ बच्चों के साथ घुलने-मिलने और खेलने से कभी रोका नहीं गया। वे पढ़ने के लिए भी अपने पिता द्वारा खोले गए विद्यालय में ही गए। वहाँ बँगला भाषा में शिक्षा दी जाती थी।

जगदीश चंद्र को बालपन से ही प्रकृति की सुंदर छटा देखने को मिली। पिता के बँगले में बहुत बड़ा अहाता था। पास में ही पद्मा नदी (गंगा की एक धारा) का एक चश्मा बहता था, जिस पर एक छोटा-सा पुल बना था। बालक जगदीश को उस पुल पर खड़े होकर बहता पानी और आसपास का खूबसूरत दृश्य देखने में बड़ा आनंद आता था।

जगदीश ने अपने साथ के गरीब बच्चों के साथ उठना-बैठना, खाना-पीना जारी रखा तथा उनकी तकलीफें भी समझीं। उसने मछुवारों से नाव चलाना, बंसी डालकर मछली पकड़ना, किसानों से हल चलाना और बीज बोने जैसे काम सीखे। मवेशी चराने से लेकर अनेक प्रकार के साहसिक कार्यों में भी वे पीछे नहीं रहे।

बतौर मजिस्ट्रेट भगवान चंद्र बसु ने एक मुजरिम डाकू को सजा सुनाई, पर बाद में जब उसका चाल-चलन देखा तो उससे प्रसन्न होकर सजा समाप्त होने पर अपने ही घर में नौकर रख लिया। वह नौकर भी जगदीश को अपने साहसिक कार्यों के अनुभव सुनाता था।

कम उम्र में ही बालक जगदीश के मन में जानकारी हासिल करने की इच्छा जगने लगी। हवा क्यों चलती है? पानी क्यों बहता है? बिजली क्यों चमकती है? ये प्रश्न मन में उठने लगे। पिता भगवान चंद्र उनके उत्तर देने में पीछे नहीं रहते थे, पर उत्तरों में से और प्रश्न जगदीश के मन को घेरने लगते थे। ग्रामीण जीवन में तमाम धार्मिक समारोह होते थे और जगदीश को ये अच्छे लगते थे। उन्हें रामायण व महाभारत के अध्ययन का अवसर भी मिला और वे महाभारत से ज्यादा प्रभावित हुए क्योंकि उसके वीर योद्धा ज्यादा यथार्थपरक व दिलचस्प थे! असफलताओं और अकेलेपन का सबसे ज्यादा सामना करने वाले कर्ण से उन्हें गहरी सहानुभूति थी। समय के साथ जहाँ जगदीश के अंदर उदार हृदय और देशभक्ति निखरी, वहीं वे बड़ों के प्रति विनम्र और सहपाठियों के लिए अच्छे सहयोगी साबित हुए।

बचपन में जगदीश ने अनेक लोकनाटक देखे और खेलों में भी भरपूर हिस्सा लिया। मात्र 11 वर्ष की आयु में उन्हें अपने पिता के तबादले के कारण कलकत्ता आना पड़ा। यहाँ उन्हें सेंट जेवियर्स स्कूल में भर्ती कराया गया जो उनके पुराने ग्रामीण स्कूल से काफी भिन्न था। यहाँ ज्यादातर यूरोपीय व ऐंग्लो इंडियन छात्र थे और वे हिंदू छात्रों को अकसर तंग करते थे। स्कूल में एक लड़का मुक्केबाज था और वह

अकसर जगदीश को धमकाता था और शेष छात्र देख-देख कर हँसते थे।

एक दिन जब उस मुक्केबाज लड़के ने जगदीश को घूँसा जड़कर घायल कर दिया तो जगदीश की सहनशीलता की सीमा टूट गई और उन्होंने उसकी जमकर पिटाई कर दी। इसके बाद सहपाठियों के व्यवहार में काफी परिवर्तन आ गया।

छात्रावास में रहने वाले जगदीश ने अकेलापन दूर करने के लिए तरह-तरह के वैज्ञानिक प्रयोग कर डाले। खाली जमीन पर पोखर बनाया और उसमें मेढक और मछलियाँ पालीं। उगते हुए पौधों को उखाड़कर उनकी जड़ों का बारीकी से अध्ययन किया। कबूतर, खरगोश आदि पाले और समय के साथ उनका प्रकृति-प्रेम व जन्तु-प्रेम बढ़ता चला गया।

इस सबके साथ उनका अध्ययन भी सुचारु रूप से चलता रहा और मैट्रिक की परीक्षा प्रथम श्रेणी में पास की। 16 वर्षीय जगदीश ने कलकत्ता के ही सेंट जेवियर्स कॉलेज में न सिर्फ प्रवेश पाया वरन् छात्रवृत्ति भी हासिल की।

यहाँ उनका संपर्क फादर लेफान्ट से हुआ जो भौतिकी के विद्वान् थे। हालाँकि जगदीश की विशेष रुचि जीव-विज्ञान में थी, पर उन्होंने हर विषय का बखूबी अध्ययन किया। विज्ञान और गणित में वे बेजोड़ थे तथा संस्कृत और लैटिन जैसे विषयों पर भी उनकी अच्छी पकड़ थी। बसु अब लेफ्रांट के प्रिय विद्यार्थियों में से एक गिने जाने लगे।

19 वर्ष की आयु में स्नातक उपाधि हासिल करने के बाद उनके सामने दो विकल्प थे। पहला, सिविल सेवा जिसका पराधीन देश में अर्थ था—अंग्रेजों की गुलामी। दूसरा, चिकित्सा सेवा जिसे उन्होंने चुना क्योंकि जीव-विज्ञान उनका प्रिय विषय था।

इंग्लैंड जाकर चिकित्साशास्त्र का अध्ययन करने का निर्णय तो हो गया पर दिलवाले पिता अपनी सारी कमाई गरीबों में बाँट चुके थे और बेटे को विदेश भेजने लायक पैसा उनके पास नहीं था। धर्मभीरु माता भी समुद्र-यात्रा को धर्म-विरुद्ध मानती थीं, पर बेटे की उच्च शिक्षा की कामना के आगे झुक गईं। वे अपने गहने बेचने तक को तैयार हो गईं। अंततः पिता भगवान चंद्र ने पैसों का इंतजाम कर ही लिया।

1880 में 22 वर्ष की आयु में जगदीश चंद्र बसु इंग्लैंड के लिए रवाना हुए। वहाँ पहुँचकर उन्होंने चिकित्सा-विज्ञान में प्रवेश लिया और भौतिकी, रसायनशास्त्र, वनस्पतिशास्त्र तथा जीव-विज्ञान का एक साथ अध्ययन प्रारंभ कर दिया। अध्ययन के भार ने उनके स्वास्थ्य पर विपरीत असर डाला और साथ ही कालाजार नामक रोग के भी शिकार हो गए। उनके स्वास्थ्य को देखकर उनके एनाटॉमी के शिक्षक ने राय दी कि वे चिकित्साशास्त्र का अध्ययन त्यागकर दूसरे विज्ञान विषय ले लें जो

अपेक्षाकृत आसान हैं।

जनवरी, 1881 में जगदीश चंद्र बसु क्राइस्ट चर्च कॉलेज में भर्ती हुए और प्राकृतिक विज्ञान का अध्ययन करने लगे। उन्होंने लैटिन भाषा पहले ही सीख रखी थी और उन्हें छात्रवृत्ति भी मिल गई। यहाँ पर जगदीश को ऑर्गन गैस के अन्वेषक लार्ड रैले, चार्ल्स डार्विन के पुत्र फ्रांसिस डार्विन, शरीर क्रिया विज्ञानी सिडनी विनिया आदि ने पढ़ाया।

लंदन में उन्हें अनुकूल माहौल मिला। उनका स्वास्थ्य सुधर गया। उनके मित्रों की संख्या भी बढ़ गई। जीवन में आनंद आने से पढ़ाई और स्वास्थ्य दोनों में लगातार प्रगति होती रही। पढ़ाई के अलावा उन्हें प्राकृतिक विज्ञान क्लब की सदस्यता भी हासिल हो गई। उस क्लब के जरिये उन्हें उच्च कोटि की वैज्ञानिक बहस व विद्वानों के व्याख्यान आदि सुनने का अवसर मिलने लगा। जब पहली बार गर्मियों की छुट्टियाँ हुईं तो वे घूमने के लिए वारियन द्वीप भी गए। उन्हें अपने साथियों के साथ पहाड़ी इलाकों में सैर करने का अवसर भी मिला।

1884 में उन्हें कैम्ब्रिज से प्राकृतिक विज्ञान में स्नातक उपाधि मिली। भौतिकी, रसायनशास्त्र तथा जीव-विज्ञान सभी में उनका प्रदर्शन अच्छा रहा। अब उन्हें अपना देश याद आया और वे भारत लौट आए।

यहाँ आकर उन्होंने शिमला में वायसराय से मुलाकात की और उन्हें प्रभावित भी कर दिया। वायसराय ने उन्हें इंपीरियल एजूकेशन सर्विस में उपयुक्त पद दिलाने का आश्वासन दिया पर उस पर अमल नहीं हो पाया, अंततः उन्हें कलकत्ता विश्वविद्यालय में पढ़ाने का दायित्व मिला।

यहाँ पर स्थित प्रेसीडेंसी कॉलेज में अजीब माहौल था। उस समय भारतीयों को विज्ञान पढ़ाने के योग्य नहीं माना जाता था। भारतीय अध्यापकों को अंग्रेज अध्यापकों की अपेक्षा मात्र एक-तिहाई वेतन मिलता था और स्वाभिमानी जगदीश चंद्र बसु की सहनशक्ति के यह बाहर था। उन्होंने अपनी योग्यता साबित करने के लिए पढ़ाना और अनुसंधान करना तो जारी रखा, पर कम वेतन लेने से इनकार कर दिया।

तीन साल तक वे बिना वेतन के पढ़ाते रहे और उन्होंने अनेक प्रकार के अभावों का सामना किया, पर हार नहीं मानी। अपने गहन ज्ञान, काम के प्रति उत्साह और सुसंस्कृत व्यवहार से महाविद्यालय के संचालकों का दिल जीत लिया और पूरा वेतन लेकर एक अपमानजनक गलत परंपरा तोड़ डाली।

अब जगदीश चंद्र को अनुसंधान के लिए उपकरणों से सुसज्जित प्रयोगशाला की आवश्यकता थी। वे लगातार पैसा बचा-बचाकर लगाते रहे और अपनी जरूरत के ज्यादातर उपकरण वे स्वयं ही बना लेते थे।

जल्दी ही उन्होंने बिजली के प्रकाश की किरणों से संबंधित अपनी पहली खोज पर आधारित उपकरण तैयार कर लिया। रॉयल सोसायटी लंदन ने इस खोज को प्रकाशित किया। 1896 में लंदन विश्वविद्यालय ने उनके शोध-लेख 'डिफ्रांक्टिंग ग्रेटिंग के द्वारा बिजली की लहरों की लंबाई' पर डी०एस०सी० की डिग्री दे दी और उसके लिए उन्हें परीक्षा में भी नहीं बैठाया। इस काम के लिए लार्ड क्यूलवेल, फ्रांसीसी विज्ञान अकादमी के भूतपूर्व अध्यक्ष कास्तु आदि ने उनकी भूरि-भूरि प्रशंसा की। उनके द्वारा निर्मित उपकरणों की भी तारीफ की गई।

इलैक्ट्रो चुंबकीय लहरों की सर्वप्रथम व्याख्या ब्रिटिश वैज्ञानिक क्लार्क मैक्सवेल ने की थी और जगजाहिर किया था कि ये लहरें एक-सी होती हैं। इनमें प्रकाश की विशेषताएँ जैसे परावर्तन, अपवर्तन आदि भी होती हैं।

उस समय विद्युत संकेत तरंगों को बिना तारों के आगे प्रसारित करने के क्षेत्र में वैज्ञानिकों के बीच होड़ लगी थी। इटली में मारकोनी, इंग्लैंड में लॉज, अमेरिका में म्यूर हैड तथा रूस में पोपोव इस काम में जुटे थे। भारत में जगदीश चंद्र बसु भी तमाम अभावों के बीच इस काम में जुटे थे। वे हेनरिख हर्ट्ज द्वारा निर्मित हवा में रेडियो तरंगों को प्रसारित करने वाले उपकरण में सुधार करने में जुट गए। उन्हें मारकोनी से पहले ही सफलता मिल गई और कलकत्ता के गवर्नर के सामने उसका प्रदर्शन भी कर दिया, पर किसी ने उसकी ओर ध्यान ही नहीं दिया। उनका आविष्कार पंजीकृत भी नहीं हो सका और सारा श्रेय बाद में मारकोनी ने बटोर लिया।

पर बसु कभी निराश नहीं हुए। उन्होंने भौतिकी के क्षेत्र में असाधारण कार्य किया और दुनिया को बताया कि प्रकाश की लहरों की भाँति विद्युत चुंबकीय तरंगे भी सीधी रेखा में गुजरती हैं तथा जैसे प्रकाश दर्पण से परावर्तित होता है, इसी प्रकार ये भी परावर्तित होती हैं। प्रकाश की ही तरह माध्यम के अनुसार इनका अपवर्तन भी होता है। उन्होंने इन लहरों तथा प्रकाश के व्यवहार में अंतर पर भी प्रकाश डाला तथा बताया कि विद्युत चुंबकीय लहरों का ईंट, तारकोल आदि में अपवर्तन होता है, पर पानी में नहीं। दूसरी ओर प्रकाश का पानी में अपवर्तन होता है।

प्रारंभ में बसु पूरी तरह भौतिकी के प्रति समर्पित रहे। उन्होंने खोज करके बताया कि विद्युत-लहरें न सिर्फ परावर्तित वरन् अपरावर्तित भी होती हैं। वे अनेक यंत्रों के निर्माण में सफल रहे और हर्ट्ज की लंबी रेडियो तरंगों को दर्ज करने, विद्युत चुंबकीय लहरों को ध्रुवित करने में भी सफल रहे। उन्होंने मेलाइट नामक एक स्फटिक बनाने में भी सफलता हासिल की जो विद्युत-लहरों को उसी प्रकार निर्देशित करता है जैसे प्रकाश-पुंज को। इससे संचार क्रांति को नई दिशा मिली।

वे अत्यंत स्वाभिमानी वैज्ञानिक थे और अधिकारियों की चापलूसी से बचते थे

जहाँ एक ओर उनके प्रशंसकों की बड़ी तादाद थी वहीं ऐसे लोग भी कम न थे जो उनकी जड़ काटने में जुटे रहते थे। रॉयल सोसायटी के लार्ड रैले और केल्विन जैसे वैज्ञानिक उनके प्रशंसक थे। जब कलकत्ता स्थित टाउन हॉल में उन्होंने अपने प्रयोग का प्रदर्शन गवर्नर के सामने किया तो वह भी उनका प्रशंसक बन गया। दूसरी ओर उनका शिक्षा विभाग उनसे चिढ़ता रहा। बसु ने न तो शिक्षा निदेशक की हाँ में हाँ मिलाई और न ही उनके कहने से गलत काम किए। फलत: बसु की उच्च पद पर नियुक्ति रुक गई। गवर्नर ने ढाई लाख रुपये की आर्थिक सहायता उन्हें दी थी। बसु को एक वर्ष के अवकाश की आवश्यकता थी ताकि वे दुनिया को अपने आविष्कारों से अवगत करा सकें, पर उन्हें मात्र 6 महीने का अवकाश मिल पाया।

अपने द्वारा अर्जित ज्ञान और बनाए उपकरणों से धन कमाने की इच्छा उनके मन में कभी नहीं जागी। हालाँकि उनके जीवन का बड़ा हिस्सा अभावों में गुजरा था, पर जब अनेक उद्योगपतियों ने उनके आविष्कारों के निर्माण-अधिकार के एवज में भारी धन देने की पेशकश की तो उन्होंने ठुकरा दिया।

1898 तक जगदीश चंद्र बसु अपने भौतिकी संबंधी अनुसंधान कार्य के लिए विश्वविख्यात हो चुके थे। पर उनका जीव-प्रेम अब भी हिलोरें ले रहा था। यदि कॉलेज के दिनों में जीव विज्ञान के अध्ययन की उचित व्यवस्था होती तो वे भौतिकी में कदम ही नहीं रखते। अब उन्होंने भौतिकी के अपने ज्ञान का प्रयोग करते हुए जीव भौतिकी पर अनुसंधान प्रारंभ कर दिया।

सन् 1900 में पेरिस में अंतर्राष्ट्रीय विज्ञान सम्मेलन आयोजित किया गया। चूँकि शिक्षा विभाग ने उन्हें इसमें भाग लेने की अनुमति नहीं दी थी, उन्हें कलकत्ता विश्वविद्यालय की ओर से प्रतिनिधि के रूप में जाना पड़ा और इस कारण उन्हें बोलने का कम समय मिल पाया। पर जगदीश चंद्र बसु ने अपने अल्प भाषण से ही उपस्थित जन समुदाय को मंत्रमुग्ध कर डाला। जहाँ एक ओर उपस्थित स्वामी विवेकानंद गद्‌गद हो गए, वहीं तमाम वैज्ञानिकों ने उनको उनके कार्य के लिए बधाई दी।

इसी बीच लंदन से उन्हें अनुसंधान का निमंत्रण मिला। जाने से पूर्व उन्होंने गुरुदेव रवीन्द्रनाथ टैगोर से विचार-विमर्श किया और फिर लंदन पहुँच कर पेड़-पौधों पर अनुसंधान करने लगे। उन्होंने जग जाहिर किया कि जीवित व निर्जीव के बीच इतना भेदभाव नहीं होता है जितना कि माना जाता है। पौधे भी प्राणियों की तरह जीवनयापन करते हैं तथा संवेदनशील भी होते हैं। उन्होंने गाजर और शलजम की पत्तियों पर प्रयोग करके दर्शाया कि पौधों को भी उत्तेजित किया जा सकता है। उन्होंने यह भी बताया कि पौधों को बेहोश भी किया जा सकता है। उन्होंने एक चीड़ के पेड़ को उखाड़ा और उसमें क्लारोफार्म लगाकर फिर से लगा दिया। चंद दिनों बाद

वह पेड़ लहलहाने लगा।

उन्होंने बताया कि जैसे पौधे बिना गलफड़ों और फेफड़ों के साँस ले सकते हैं और बिना आमाशय के भोजन पचा सकते हैं, उसी प्रकार वे बिना तंत्रिका तंत्र के संवेदना भी दिखा सकते हैं। अब उन्होंने अपने उपरोक्त निष्कर्षों को साबित करने के लिए यंत्रों का आविष्कार प्रारंभ किया। उन्होंने पौधों की वृद्धि दर्शाने के लिए उपकरण बनाया जो रफ्तार को एक करोड़ गुना विशाल बनाकर दिखाता था। उनके उपकरण से पौधे की गति के सेकेंड के हजारवें हिस्से को भी दिखाना संभव था। उनका उपकरण किसी कंपन को दस लाख गुना बढ़ाकर दिखा देता था। उन्होंने एक बैलेंस्ड क्रेस्कोग्राफ बनाया था जो पौधे की उत्तेजित अवस्था में वृद्धि के कारण बढ़ती या घटती दर को नाप सकता था।

उस समय के माहौल में ये उपकरण जादुई लगते थे। प्रसिद्ध वैज्ञानिक पत्रिका 'साइंटिफिक अमेरिकन' ने उनके उपकरणों के बारे में लिखा कि क्रेस्कोग्राफ तो अलादीन की कहानी में वर्णित जादू के चिराग की तरह है। पौन घंटे से भी कम समय में इससे पौधों पर उर्वरक, भोजन, विद्युत और अन्य उत्तेजकों का प्रभाव स्पष्ट देखा जा सकता है। कई वैज्ञानिकों ने उनके उपकरणों की क्षमता पर पहले सुनकर विश्वास तक नहीं किया, पर काम करते देख दाँतों तले उँगली दबा ली।

बसु ने उत्तेजकों का प्रभाव पहले मेढक और कछुओं पर दिखाया और फिर उसे अपने उपकरण से नापा। इसके बाद अंगूर, टमाटर जैसे फलों पर दिखाया और फिर उसे सबके सामने नापकर दिखाया। उन्होंने पौधों पर निद्रा, वायु, प्रकाश, औषधि, भोजन, थकान, उत्तेजनशीलता को प्रदर्शित करने के लिए रिजोनेंट रिकॉर्डर, फाइटोग्राफ, फोटो सिंथेटिक रिकार्डर आदि का निर्माण किया। उन्होंने पौधों तथा जीवित प्राणियों में काफी हद में समानता को साबित कर दिया।

उन्होंने पौधों की संरचना, सूर्य के प्रकाश का पौधों पर प्रभाव आदि पर संसार को नवीनतम जानकारी दी। उन्होंने दुनिया को बताया कि पौधे रात को थोड़ा सिकुड़ जाते हैं और रोशनी की ओर बढ़ने लगते हैं चाहे इसके कारण उन्हें थोड़ा मुड़ना ही क्यों न पड़े।

छुईमुई पौधा अभी तक कौतूहल का केंद्र था, क्योंकि यह छूते ही सिकुड़ जाता है। बसु ने गहन अध्ययन के पश्चात् बताया कि सभी पौधे छूने से सिहर जाते हैं। बाकी पौधों की सिहरन को नंगी आँखों से नहीं देखा जा सकता है। छुईमुई ज्यादा ही सिहर जाता है और उसका एक पत्ता छूते ही सारे पत्ते सिकुड़ जाते हैं।

उन्हें अपने तजुरबे पर किस कदर विश्वास था यह इस बात से जाहिर होता है कि एक बार उन्होंने अपने एक प्रयोग का सार्वजनिक प्रदर्शन करने का फैसला किया।

बड़ी तादाद में लोग, जिनमें बड़े-बड़े वैज्ञानिक व अधिकारी भी थे, देखने आए। बसु को यह साबित करना था कि पेड़-पौधों को भी पीड़ा होती है और जहर देने से वे मर भी जाते हैं।

सबके सामने बसु ने पौधे को जहर का इंजेक्शन लगाया। अनुमान के अनुसार अगले कुछ पलों में उस पौधे को मुरझा जाना था। पर पेड़ वहीं खड़ा रहा। कुछ लोग हँसने लगे, पर उससे बसु का आत्मविश्वास कम नहीं हुआ। उन्होंने तुरंत कहा कि अगर यह विष पौधे को नुकसान नहीं पहुँचा सकता है तो यह मुझे भी नुकसान नहीं पहुँचा सकता है। उन्होंने अपने आपको उसका इंजेक्शन देने की तैयारी कर ली। तभी एक आदमी सामने आया और उसने अपनी शरारत स्वीकार कर ली। उसने विष की शीशी में उसी रंग का पानी भर दिया था। बाद में पौधे को-जब असली विष का इंजेक्शन लगाया गया तो वह शीघ्र ही मुरझा गया।

1907 में भारत सरकार ने उन्हें इंग्लैंड भेजा जहाँ उन्होंने अपने अनुसंधानों का प्रदर्शन किया। उसके बाद वे अमेरिका भी गए। हर जगह उनका भव्य स्वागत हुआ और 1909 में वे वापस लौट आए। उन्हें अनेक सम्मान व अलंकरण भी मिले।

1913 में वे नियमानुसार अवकाशप्राप्ति के लिए तत्पर हुए पर सरकार ने उनकी सेवा 1915 तक के लिए बढ़ा दी। 1915 में उन्होंने अवकाश तो ले लिया पर सरकार पूरे वेतन के बराबर राशि पेंशन के रूप में देती रही।

अपने सादा जीवन के कारण उनके पास काफी धन संचित हो गया था। उन्होंने त्रिपुरा, बड़ौदा, पटियाला आदि रजवाड़ों के नरेशों से आर्थिक सहायता प्राप्त की और उससे बसु अनुसंधान संस्थान की स्थापना की। उन्होंने चार एकड़ जमीन में बड़ा भवन बनवाया तथा विज्ञान की अनेक विधाओं में अनुसंधान करने के लिए उपकरण व अन्य संसाधन जुटाए।

उनकी पत्नी अबला बसु, जो विज्ञान की छात्रा रही थीं, ने उनका आजीवन साथ दिया। वे उनके अनुसंधान-कार्यों में हाथ बँटाती थीं। चूँकि उनका अधिकांश जीवन गरीबी और कर्ज में बीता था इसलिए वे काफी सोच-समझकर खर्च करती थीं। उनकी एकमात्र संतान शीघ्र ही भगवान् को प्यारी हो गई थी। आधुनिक भारत के प्रथम वैज्ञानिक माने जाने वाले जगदीश चंद्र बसु ने अपने समय के वैज्ञानिकों को नई राह दिखाई। प्रख्यात रसायनशास्त्री प्रफुल्ल चंद्र राय उनके मित्र थे और भगिनी निवेदिता उनसे अत्यंत प्रभावित रहती थीं। उन्होंने मेघनाथ साहा, प्रशांत चंद्र महलनोबिस, सत्येन्द्र नाथ बोस जैसे वैज्ञानिकों का मार्गदर्शन भी किया।

वे कट्टर राष्ट्रवादी थे और अंग्रेजों की गुलामी के सख्त खिलाफ भी थे। वे स्वतंत्रता-संग्राम में पूर्णकालिक रूप से कूदना चाहते थे, पर स्वामी विवेकानन्द, जो

उनकी प्रतिभा से परिचित थे, ने उन्हें रोका। उन्होंने उन्हें समझाया कि विज्ञान ही उनके लिए राष्ट्रीयता है। वे विज्ञान में जितनी उन्नति करेंगे, उतनी ही देशसेवा पर्याप्त होगी। नेताजी सुभाषचंद्र बोस उनसे अत्यंत प्रभावित थे और 1913 में जब कलकत्ता में एक अभिनंदन सभा आयोजित हुई तो नेताजी ने कहा कि उन्होंने प्रो० बसु से कठिन परिस्थितियों में भी सिर उठाकर चलना सीखा है।

जगदीश चंद्र बसु की लेखनी भी सशक्त थी। उनके 80 लेख जर्मनी, फ्रांस, इंग्लैंड आदि की चोटी की वैज्ञानिक पत्रिकाओं में छपे। उनकी दस पुस्तकें भी प्रकाशित हुईं, जिनमें 1902 में छपी 'रिस्पोंस इन द लिविंग एंड नॉन लिविंग' तथा 1905 में छपी 'प्लांट रिस्पांस एज ए मीन्स ऑफ फिजीकल इन्वेस्टीगेशन' (दो खंडों में) प्रमुख हैं। दूसरी पुस्तक में 781 पृष्ठ हैं, जिनमें 315 में प्रयोगों का ब्योरा है।

वे अंतिम दिनों तक लिखते रहे। 1923 में उनकी पुस्तक 'दि फिजियोलॉजी ऑफ दि एसेंट ऑफ सैप' प्रकाशित हुई। 1924 से 26 के बीच उनके प्रयोगों पर आधारित दो खंड छपे, जिनका शीर्षक था 'दि फिजियोलॉजी ऑफ फोटोसिंथेसिस' तथा 'दि नर्वस मैकेनिस्म ऑफ प्लांट्स'।

उनकी रुचि सिर्फ विज्ञान तक सीमित नहीं थी। उन्हें अन्य प्रकार के साहित्य और अपनी बँगला भाषा से भी बड़ा प्रेम था। वे बँगीय साहित्य परिषद के सभापति भी रहे तथा रवीन्द्रनाथ टैगोर के घनिष्ठ मित्र थे। वे गुरुदेव से नियमित रूप से कहानी सुनते थे तथा अन्य प्रकार की साहित्य-चर्चा भी करते थे।

रॉयल सोसायटी के फैलो तथा वियेना अकादमी ऑफ साइंसेज के सदस्य रहे जगदीश चंद्र बसु अपने जीवन के अंतिम क्षणों तक अपने बसु अनुसंधान संस्थान में कार्य करते रहे।

अपने जीवन के अंतिम चार वर्ष वे बीमार रहे और जब यह लगा कि कलकत्ते का हवा-पानी उनके अनुकूल नहीं है तो वे बिहार के गिरीडीह नामक स्थान पर विश्राम के लिए गए। 2 नवंबर, 1937 को वे वापस कलकत्ता आए और काम में लग गए। 22 नवंबर, 1937 को रात में उन्होंने अपने संस्थान की पत्रिका का प्रूफ पढ़ा तथा फिर ग्रामोफोन पर जन गण मन अधिनायक तथा वंदेमातरम् सुना। अगले ही दिन 23 नवंबर को प्रात: वे स्नानागार में गिर पड़े और इस महान् वैज्ञानिक का देहावसान हो गया।

भारतीय ऋषियों को अपना आदर्श मानने वाले जगदीश चंद्र बसु के बारे में एंसाइक्लोपीडिया ब्रिटेनिका ने लिखा कि जगदीश चंद्र बसु की उपलब्धियाँ समय के हिसाब से इतनी आगे थीं कि उनका उस समय मूल्यांकन करना संभव न था। सचमुच उनके बाद अनेक वैज्ञानिक उनके अनुसंधान-कार्य का अध्ययन करने में जुटे रहे और 1945 में यह काफी हद तक पूरा हुआ। तब जाकर दुनिया उनके अद्भुत कार्य को ग्रहण कर पाई।

जार्ज वाशिंगटन कार्वर और उनके विभिन्न कृषि संबंधी आविष्कार

अमेरिका आजाद तो हो चुका था, पर उसकी आबादी का एक हिस्सा अभी भी दयनीय अवस्था में जीवनयापन कर रहा था। कृषि-योग्य भूमि तो थी, पर उगाई जा सकने वाली फसलों के बारे में जानकारी अत्यल्प थी। पैदावार कम थी और लोग भूखों मरने की स्थिति में थे। अश्वेत गुलामी से मुक्त तो हो रहे थे, पर अपने पैरों पर खड़ा होने की स्थिति में नहीं थे।

ऐसे में एक अश्वेत मसीहा ने जन्म लिया जिसने एक नारा दिया कि अश्वेत आर्थिक रूप से अपने पैरों पर खड़े होकर दिखाएँ। उसने उनके सामने अपनी मिसाल कायम की। उसने बड़ी तादाद में पढ़े-लिखे व प्रशिक्षित अश्वेत कामगार तैयार किए ताकि आर्थिक रूप से स्वतंत्र होने के पश्चात् वे अपने सामाजिक व राजनीतिक अधिकार भी हासिल कर सकें।

जार्ज वाशिंगटन कार्वर नामक इस वैज्ञानिक का मानना था कि कमजोर लोग बराबरी पर तभी आ सकते हैं जब वे आर्थिक रूप से मजबूत होकर समाज में अपना योगदान करें।

जाज वाशिंगटन कार्वर का जन्म एक अत्यंत गरीब व गुलाम नीग्रो परिवार में हुआ था। उनकी जन्मतिथि के बारे में अनेक अनुमान लगाए जाते हैं, पर उनके खुद के अनुसार उनका जन्म अमेरिकी गृहयुद्ध की समाप्ति के आसपास (1861 से 1865 के बीच में) हुआ था। उनके पिता एक गुलाम थे और जार्ज के जन्म के चंद दिनों बाद ही उनकी हत्या कर दी गई थी।

माता मेरी उस समय मोसेज व सूजान कार्वर नामक दंपती के पास गुलाम की तरह काम करती थी। यह दंपती दक्षिण-पश्चिम मिसौरी के पास डायमंड ग्रोव नामक

शहर में 240 एकड़ के फार्म का स्वामी था। जार्ज का एक बड़ा भाई भी था, जिसका नाम जिम था। गृहयुद्ध के समय इस राज्य में गजब की उथल-पुथल फैली थी। दक्षिण में अरकांसस तथा पश्चिम में कैंसास राज्य दो अलग-अलग गुटों में बँटे थे तथा मिसौरी की धरती तीन घमासान युद्धों से लाल हो चुकी थी। युद्ध के अंतिम दिनों में गजब की भगदड़ भी मची।

इसी दौरान बेचारी मेरी व नवजात जार्ज का अपहरण हो गया और उन्हें अरकांसस ले जाया गया। इत्तफाक से मोसेस कार्वर को अपने गुलामों से भी गहरा लगाव था और उन्होंने उन्हें छुड़ाने के प्रयास प्रारंभ कर दिए। उन्होंने अपने आदमी मेरी और उसके बच्चों को लाने के लिए भेजे। बच्चे तो मिल गए पर माता मेरी का कोई पता नहीं चला। बच्चों के एवज में 300 डॉलर का घोड़ा देकर उन्हें मुक्त करा लिया गया। हारकर कार्वर परिवार ने दोनों बिन माँ के बच्चों का लालन-पालन इस प्रकार प्रारंभ किया मानो वे उनके अपने बच्चे हों।

बड़ा लड़का जिम मजबूत था। वह शीघ्र ही फार्म में काम करके अपने मालिकों का कर्ज चुकाने लगा। जार्ज बचपन में कमजोर था और बीमार भी रहता था। कार्वर परिवार के लोग उसे कोई भारी काम नहीं देते थे। उसके पास समय ही समय था और वह इसका विभिन्न तरीकों से उपयोग करता था।

वह घंटों तक पत्थर चुन-चुनकर एक जगह एकत्रित करता था। वह प्रकृति को निहारा करता था तथा इलाके के स्थानीय पौधों का अध्ययन भी करता था। धीरे-धीरे उसका स्वास्थ्य सुधरने लगा तथा वह पौधों में और रुचि लेने लगा। साथ के किसान उसे पौधों का डॉक्टर कहने लगे थे।

गोरे परिवार द्वारा पाले गए इन दोनों नीग्रो बच्चों को बचपन से विचित्र किस्म का व्यवहार मिलता रहा। जब वे हर रविवार को चर्च जाते तो वहाँ उनका कभी अपमान नहीं होता वरन् स्वागत ही होता था। यह चर्च उनके फार्म से मात्र एक मील दूर था। पर इसी चर्च के भवन में स्कूल भी चलता था और जब ये दोनों उसमें प्रवेश के लिए जाते तो उन्हें कहा जाता था कि अश्वेतों को इसमें प्रवेश नहीं दिया जाता है।

जार्ज को इससे गहरा धक्का लगा। उसे भेदभाव तो बुरा लगा ही, उसे इस बात का भी दु:ख हुआ कि उसे पढ़ने का अवसर नहीं मिलेगा। बचपन से ही उसे पढ़कर कुछ नया करने की इच्छा थी। जब उसे लगा कि उसके पालक उसकी पढ़ाई के लिए कुछ नहीं कर पाएँगे तो जार्ज ने उन्हें छोड़ दिया।

उस समय जार्ज वाशिंगटन कार्वर की आयु लगभग दस वर्ष थी और वह अपने फार्म से 8 मील दूर न्योशो शहर जा पहुँचा, जहाँ उसे एक अश्वेत परिवार में घरेलू

काम करने की नौकरी मिल गई। अब उसने पढ़ाई के अवसर की तलाश भी प्रारंभ कर दी। 1876 में वहाँ अश्वेतों के लिए एक कमरे का विद्यालय प्रारंभ हुआ था। जार्ज उसमें पढ़ने गया, पर उसे निराशा ही हाथ लगी और उसने पाया कि उसे पढ़ाने वाला शिक्षक जितना जानता है, उतना तो वह स्वयं जानता है।

अब वह कैन्सास स्थित फोर्ट स्कॉट जा पहुँचा जहाँ शिक्षा का बेहतर इंतजाम था, पर 26 मार्च, 1879 को एक दुर्घटना घट गई। उस रात एक अश्वेत युवक को, जिस पर बलात्कार का आरोप था, गोरों ने मिलकर मारा-पीटा और जला भी दिया। अब गोरों-कालों के बीच संघर्ष छिड़ गया और किशोर जार्ज को भागना पड़ा।

अब उसे दर-दर की ठोकरें खानी पड़ीं। कहीं-कहीं पर उसे किसी अश्वेत परिवार के घर पर ठिकाना मिल गया। उसे अपनी जीविका चलाने के लिए तरह-तरह के काम करने पड़े। उसने लांड्री में कपड़े धोने का काम भी किया और होटल या रेलवे स्टेशन पर क्लर्क का भी। इसी बीच उसे अवसर मिल गया और उसने पश्चिमी कैंसास में 160 एकड़ जमीन ले ली और अपने लिए एक मकान उसमें बना लिया।

1885 में उसने हाईस्कूल की परीक्षा मिनीपोलिस से पास कर ली। हालाँकि उसके अच्छे अंक आए थे पर उसे अश्वेत होने के कारण कॉलेज में प्रवेश नहीं मिला। 1890 में उसे आयोवा के इंडिनोला नामक स्थान के सिंपसन कॉलेज में प्रवेश मिल गया। यहाँ पर कला शिक्षिका कुमारी एटा बड ने उसे प्रेरित किया और वह अच्छे चित्रकार के रूप में जाना जाने लगा।

पर तभी उसे लगा कि उसे कृषि-क्षेत्र में जाना चाहिए। बचपन से ही उसे खेती व प्रकृति में गहरी रुचि थी। अगले साल उसने अमेस के कृषि कॉलेज में प्रवेश ले लिया। यहाँ उसने अपनी कला-शिक्षिका की सलाह से वनस्पतिशास्त्र मुख्य विषय चुना। इत्तफाक से कुमारी बड के पिता जे०एल० बड वहीं पर उद्यानशास्त्र विभाग में प्रोफेसर थे।

धीरे-धीरे जार्ज ने अपने जीवन की दिशा निर्धारित करना प्रारंभ कर दिया। उसने प्रयोग के तौर पर पौधों की वर्णसंकर जातियाँ तैयार करना प्रारंभ कर दिया वह जानता था कि पेंटिंग के जरिये गोरे भी अपना जीवनयापन नहीं कर पाते हैं। उसके लिए तो यह असंभव है। उसने वनस्पतियों की ओर ज्यादा ध्यान देना प्रारंभ कर दिया। उसके मन में यह इच्छा भी जगने लगी कि कृषि-क्षेत्र में काम करके वह अपने अश्वेत भाई-बहनों की ज्यादा सेवा कर पाएगा। अब वह कृषि महाविद्यालय के प्रांगण में ही रहने लगा।

उसे अनेक मुश्किलों का भी सामना करना पड़ा। उस समय कॉलेज में वह अकेला अश्वेत था। प्रारंभ में उसे एक पुराने जीर्ण-शीर्ण दफ्तर में रहना पड़ा। वह

कॉलेज के छोटे कर्मचारियों के साथ बेसमेंट में भोजन करता था। उसे तरह-तरह के अपमान भी सहने पड़े। वह अपनी भावनाओं को एक मित्र से व्यक्त कर लेता था।

श्रीमती लिस्टन नामक उसकी यह मित्र उसे सांत्वना देने के लिए कभी-कभी उसके साथ खाना खाने आ जाती थी। वह उसके साथ उठती-बैठती भी थी और घूमने भी जाती थी। धीरे-धीरे जार्ज वाशिंगटन कार्वर का हौसला बढ़ने लगा। अब वह कॉलेज का चर्चित व्यक्तित्व माना जाने लगा।

उसे पैसे की कमी का भी सामना करना पड़ता था। उसके लिए वह तमाम छोटे-मोटे काम करता था। उसे अपने सहपाठियों से भी उधार लेना पड़ता था। पर साथ ही उसके प्रोफेसर उसके ज्ञान व कला से अत्यंत प्रभावित होते थे। उसके एक प्रोफेसर जेम्स विल्सन, जो बाद में तीन अमेरिकी राष्ट्रपतियों के साथ कृषि सचिव रहे, उसकी भूरि-भूरि प्रशंसा करते थे।

अंततः 1894 में कार्वर को कृषि-विज्ञान में स्नातक की उपाधि मिल गई। प्रारंभ में उसने अमेस प्रयोग केंद्र में लुईस पामेल नामक वनस्पति-वैज्ञानिक के साथ बतौर सहायक काम किया। 1896 में उसे स्नातकोत्तर उपाधि भी मिल गई और अब बूकर टी० वाशिंगटन ने उसे अल्बामा में नए खुले टस्कगी संस्थान में पढ़ाने का काम दिला दिया। यह संस्थान अश्वेतों के लिए खुला था।

उन दिनों बूकर टी० वाशिंगटन का नाम पूरे अमेरिका में चर्चित था। दरअसल उन्होंने टस्कगी संस्थान अश्वेत शिक्षक व औद्योगिक कामगार तैयार करने के लिए खोला था। 1895 में वाशिंगटन ने एक व्याख्यान में आह्वान किया था कि रंगभेद तभी मिट पाएगा जब अश्वेत भी पढ़-लिखकर बेहतर काम करने लायक बन पाएँगे। जब वे आर्थिक रूप से स्वतंत्र होंगे तो उन्हें सामाजिक व राजनीतिक अधिकार खुद-ब-खुद मिलने लगेंगे। इसके लिए उन्होंने अश्वेतों से कहा कि वे व्यावसायिक प्रशिक्षण लेने के लिए उनके संस्थान में आएँ।

कार्वर ने उनके विचारों को जान लिया था। जब वाशिंगटन ने उसे टस्कगी संस्थान में पढ़ाने के लिए आमंत्रण किया तो वह सहर्ष तैयार हो गया। वाशिंगटन हर हालत में अपने संस्थान में अश्वेत शिक्षक रखना चाहते थे। कार्वर जैसा योग्य व्यक्ति चला न जाए इसके लिए उन्होंने 1000 डॉलर सालाना वेतन, रहने का इंतजाम तथा अन्य खर्चे देने का प्रस्ताव दिया।

प्रारंभ में उसे दुविधा का सामना करना पड़ा। उसका पुराना आयोवा स्थित संस्थान उसे छोड़ना नहीं चाहता था। अब तक वह गोरों द्वारा पाला गया था और उन्हीं के बीच रहा था। अब गोरों के बीच उसे परेशानी नहीं होती थी और अश्वेतों के बीच वह असहज महसूस करता था। काफी सोच-विचार व प्रोफेसर जेम्स विल्सन से

राय-सलाह लेने के बाद उसने टस्कगी संस्थान में काम प्रारंभ करने का फैसला किया।

अब यहाँ आकर उसने किसानों के साथ मिलकर प्रयोग करना प्रारंभ कर दिया। इन किसानों में श्वेत-अश्वेत सभी थे। वह सभी से सलाह-मशविरा करता था। उसने अश्वेत किसानों का सम्मेलन बुलाना भी प्रारंभ कर दिया । उसने उन्हें खेतों को सही ढंग से जोतना सिखाया। साथ ही उन्हें संतुलित आहार के गुण सिखाए ताकि वे बेहतर स्वास्थ्य पा सकें।

न्यूयार्क के एक दानदाता के सौजन्य से उसने एक चलता-फिरता विद्यालय प्रारंभ किया। वह एक वैगन में अपने उपकरण, बीज तथा कृषि संबंधी आवश्यक जानकारियाँ व साहित्य लेकर चलता था और किसानों के घर पर शिक्षा देता था।

उस समय अमेरिका के दक्षिणी इलाके के किसान, एक फसल वह भी कपास की, पर निर्भर रहते थे। यदि इसमें गड़बड़ी हो जाती थी तो उन्हें बहुत तकलीफों का सामना करना पड़ता था। कार्वर ने उन्हें साल में उसी खेत में एक से अधिक फसल उगाने की सलाह दी। उसने उन्हें मटर, आलू, मूँगफली आदि की खेती करने की भी सलाह दी।

विभिन्न प्रकार की फसलें कैसे उगाई जाएँ, इसके लिए उसने तरह-तरह के प्रयोग भी किए। उस समय टस्कगी संस्थान के पास वित्तीय संसाधन अत्यल्प थे। इस कारण कार्वर को अपने ज्यादातर उपकरण अपने आप बनाने पड़े। उसने कूड़े में से धातु के टुकड़े लेकर अपना काम चलाया।

धीरे-धीरे कार्वर का परिश्रम रंग लाने लगा। उसने कपास-उत्पादन में ऐसे सुधार किए ताकि बेहतर फसल होने लगी। उसने फसलें बदल-बदलकर उगाने की ऐसी कला विकसित की जिससे जमीन की उर्वरा-शक्ति बनी रहे। अल्बामा की भूमि की विस्तृत जाँच करके उसने बताया कि वहाँ मूँगफली तथा आलू की ज्यादा पैदावार हो सकती है।

साथ ही वह बीच में आने वाली समस्याओं को भी हल करता रहा। जब उसने देखा कि नई फसलों का बाजार नहीं है तो उसने किसानों को उससे ऐसे उत्पाद बनाने की कला सिखाई जो बाजार में आसानी से बिक सकते थे। मूँगफली से उसने 325 अलग-अलग पदार्थ बनाने की कला विकसित कर डाली। इसी प्रकार आलू से 118 अलग-अलग उत्पाद तैयार कर डाले। इन उत्पादों में तरह-तरह के पेय पदार्थ, चटनी, स्याही और सिंथेटिक रबर जैसे पदार्थ भी शामिल थे। जब ये पदार्थ बाजार में आए तो बाजार का स्वरूप ही बदल गया और अल्बामा सहित दक्षिण के शहरों की अर्थव्यवस्था में महत्त्वपूर्ण परिवर्तन आने लगा।

कार्वर ने विभिन्न फसलों की वर्णसंकर जातियों का विकास किया और खाद

में भी प्रयोग किया। उसने तरह-तरह के कपास की प्रजातियाँ विकसित कीं। उसने तमाम नई-नई सब्जियाँ विकसित कर डालीं। उसने सप्ताह में दिन निश्चित किया और उस दिन किसान टस्कगी आते थे तथा उन्हें खाद के प्रयोग के बारे में महत्त्वपूर्ण जानकारी दी जाती थी। उसे उन बूढ़े और असहाय किसानों की भी चिंता थी और उनके लिए वह चलता-फिरता विद्यालय उनके पास भेजता था। यह चलता-फिरता विद्यालय तो इस कदर लोकप्रिय हो गया कि शीघ्र ही न सिर्फ अमेरिकी सरकार वरन् विदेशों में वहाँ की सरकारों ने किसानों को जरूरी जानकारी देने के लिए ऐसे प्रयास प्रारंभ कर दिए।

कार्वर की मेहनत जोरदार रंग लाने लगी। 1920 के प्रारंभ तक न सिर्फ खेती में क्रांतिकारी सुधार आया वरन् व्यवसाय व उद्योग-धंधे भी प्रगति करने लगे। प्रसिद्ध अमेरिकी उद्योगपति हेनरी फोर्ड ने उसके साथ अनेक संयुक्त उपक्रम लगाए और रबर तैयार करने की नई विधि भी तैयार की।

कार्वर पर प्रख्यात वैज्ञानिक थॉमस एडीसन की भी नजर पड़ी। एडीसन की पारखी नजरों ने उसका मूल्य जल्दी ही आँक लिया तथा उसे अत्यंत उच्च वेतन पर अपने संस्थान ले जाना चाहा। पर कार्वर ने संकल्प ले रखा था कि वह जमीन से जुड़ा रहकर सबसे अधिक जरूरतमंद लोगों की सेवा करेगा। उस समय टस्कगी में उसका वेतन मात्र 1500 डॉलर सालाना था जो बूकर टी० वाशिंगटन तय कर गए थे। कार्वर ने न तो वेतन-वृद्धि ली और न ही टस्कगी संस्थान छोड़ा।

कार्वर एक अनुसंधानकर्ता ही नहीं वरन् उच्चकोटि के लेखक भी थे। उनकी पहली रचना एक पर्चा था जिसमें खाद्य पदार्थों का विवरण था। यह 1898 में छपा था। इसके बाद उनकी 43 रचनाएँ छपीं।

क्रांतिकारी परिवर्तन लाने वाले ज़ार्ज वाशिंगटन कार्वर का निजी जीवन शुष्क व घटनाविहीन ही रहा। एक बार टस्कगी में काम करने वाली युवती से उनका मेल-जोल बढ़ा, पर शादी नहीं हो पाई। वे सदा कुँआरे ही रहे। उनका भाई जिम भी जल्दी ही चल बसा। कार्वर का कोई वारिस दुनिया में नहीं रहा।

पर दुनिया ने उन्हें सर-आँखों पर बैठाया। लंदन की प्रतिष्ठित संस्था रॉयल आर्ट अकादमी ने उन्हें अपना फैलो निर्वाचित किया। कृषि रसायनशास्त्र में अद्‌भुत कार्य करने के लिए 1923 में उन्हें स्प्रिंगर्न पदक मिला। दो विश्वविद्यालयों ने उन्हें डॉक्टर ऑफ साइंस की उपाधि से विभूषित किया। 1939 में उन्हें रूजवेल्ट पदक मिला। थॉमस एडीसन फाउंडेशन ने 1942 में उन्हें सम्मानित किया।

उन दिनों रंग-भेद जोरों पर था। गोरे अंग्रेज कालों को मिस्टर कहने में भी संकोच करते थे, पर कार्वर के कृतित्व ने उन्हें डॉक्टर कार्वर कहकर संबोधित करने पर मजबूर कर दिया।

कार्वर की आवाज बहुत भारी थी और वे अपने कपड़ों के प्रति कतई लापरवाह थे। वे कपड़ों को तब तक पहने रहते थे जब तक वे तार-तार नहीं हो जाते थे। इसके बावजूद अपने अच्छे ज्ञान के कारण उन्हें बड़ी-बड़ी सभाओं में बोलने के लिए आमंत्रित किया जाता था। उनके विचार श्वेत-अश्वेत सभी बड़े ध्यान से सुनते थे। वे ऐसी बातों की चर्चा करते थे जो नई भी होती थीं तथा लोगों के लिए रुचिकर होती थीं।

उस समय पर्यावरण की इतनी बड़ी समस्या नहीं थी। पर कार्वर ने भविष्य की इस समस्या को पहले ही अपनी दूरदृष्टि से भाँप लिया था। उन्होंने अनावश्यक प्रदूषण से पर्यावरण को बचाने के लिए प्रयास प्रारंभ कर दिए। आज उन्हें प्रथम पंक्ति का पर्यावरणविद् माना जाता है।

बड़े अद्‌भुत विचार थे उनके। वे मानते थे कि प्रकृति में कुछ भी व्यर्थ नहीं है। हर चीज एक-दूसरे से जुड़ी हुई है। अगर एक चीज को नजरअंदाज किया जाएगा तो उससे विनाशकारी परिणाम निकलेंगे। साथ ही किसी काम से सिर्फ तात्कालिक लाभ लेने के बजाय उसके दूरगामी परिणामों पर भी विचार करना चाहिए।

वे एक धार्मिक विचारों वाले व्यक्ति थे। वे मानते थे कि ईश्वर ने हमें तमाम संसाधन प्रदान किए हैं। यदि मनुष्य फिर भी अभाव का अनुभव करता है तो यह उसकी कमी है। उसे प्राकृतिक संसाधनों का उचित प्रयोग करना सीखना चाहिए। कार्वर अपने विचारों को इस तरह प्रस्तुत करते थे कि लोग सोचने पर मजबूर हो जाते थे। उन्हें आज के पर्यावरण आंदोलन का जनक भी माना जाता है।

कार्वर ने कभी पैसे की परवाह नहीं की। वे आजीवन एक-सी तनख्वाह पर काम करते रहे। पर सादा जीवन के कारण उनके पास 60 हजार डॉलर एकत्रित हो गए तो उन्होंने 1920 में एक शोध संस्थान प्रारंभ किया जिसे कार्वर शोध केंद्र के नाम से जाना जाने लगा। अपने जीवन-भर की बचत का उपयोग करते हुए उन्होंने इस संस्थान में अश्वेतों को रसायनशास्त्र, वनस्पतिशास्त्र तथा कृषि-विज्ञान का ज्ञान बाँटना प्रारंभ कर दिया।

1941 में कार्वर के कार्यों को अजायबघर का रूप दिया गया तथा टस्कगी स्थित इस अजायबघर को कार्वर म्यूजियम की संज्ञा प्रदान की गई।

5 जनवरी, 1943 को इस महान्, अश्वेत, बहुमुखी प्रतिभावान वैज्ञानिक का निधन हो गया। उसका अपना कोई वारिस नहीं था, पर दुनिया ने उन्हें इस कदर अपना लिया था कि उनका जो स्मारक मोसेस कार्वर के फार्म पर बनाया गया था, उसे राष्ट्रीय स्मारक का दर्जा मिला। इतना ही नहीं, अमेरिकी कांग्रेस ने हर वर्ष 5 जनवरी को कार्वर की स्मृति में कार्यक्रम करने का निर्णय लिया। 1973 में उन्हें महान् अमेरिकियों को दर्शाने वाले हॉल ऑफ फेम में भी स्थान दिया गया। जमाना इस वैज्ञानिक को कभी भुला नहीं सकेगा।

विलबर राइट व ओरविल राइट और उनका हवाई जहाज

प्राचीन काल से ही मनुष्य पक्षियों को आकाश में उड़ते हुए देखता रहा है और उसके मन में हवा में उड़ने की कल्पना उठती रही है। हमारे पौराणिक साहित्य में वर्णन है कि देवता आकाश में उड़कर एक जगह से दूसरी जगह पहुँच जाते थे। अनेक राक्षसों को भी यह गुण प्राप्त था। नारद मुनि अपने इसी गुण के कारण पूरे विश्व में घूम-घूमकर समाचार एक जगह से, दूसरी जगह पहुँचाया करते थे।

पुराणों में पुष्पक विमान का वर्णन है, पर इसके पुख्ता प्रमाण उपलब्ध नहीं हैं। बाद के काल में अनेक लोगों ने उड़ने के प्रयास विभिन्न तरीकों से किए, पर उनमें से अनेक को इसमें अपने प्राण भी गँवाने पड़े। थॉमस अल्वा एडीसन नामक प्रख्यात वैज्ञानिक ने बचपन में देखा कि चिड़ियाँ उड़ सकती हैं। उन्होंने यह भी देखा कि चिड़ियाँ कीड़े खाती हैं। उनके बालमन ने यह निष्कर्ष निकाला कि अगर कोई कीड़े खाए तो वह उड़ सकता है। उन्होंने अपनी हमउम्र घर की नौकरानी को फुसलाकर तमाम कीड़े खिला दिए और उड़ने के लिए कहा। बेचारी गरीब नौकरानी को उड़ना तो दूर, जान के लाले पड़ गए। बड़ी मुश्किल से उल्टियाँ रुकीं और जान बच पाई।

इससे पूर्व भी 18वीं सदी में अनेक लोगों ने गुब्बारे में गैस भरकर उड़ने का प्रयास किया। बाद में गुब्बारों को हवाई जहाज का रूप भी दिया गया। लोगों को यह लग गया था कि अगर हवा से हलकी चीज बन जाए तो वह उड़ सकती है, पर उसका कोई विशेष उपयोग नहीं था।

पर अंततः मनुष्य के हवा में उड़ने का स्वप्न साकार किया विलबर राइट और ओरविल राइट नामक दो भाइयों ने। विलबर का जन्म 16 अप्रैल, 1867 को अमेरिका के एक प्रोटेस्टैंट परिवार में

हुआ था। 19 अगस्त, 1871 को उसके छोटे भाई ओरविल का जन्म हुआ था। वे अपने पिता के पाँच बच्चों में से तीसरे व चौथे थे। पिता मिल्टन राइट चर्च में काम करते थे और 1878 में एक चर्च के बिशप बने।

प्रारंभ में मिल्टन राइट और उनकी पत्नी सूजन कोरनर राइट को चर्च के कामों के कारण अपने रहने का स्थान बदलना पड़ता था। इसी कारण विलबर का जन्म मिलविले, इंडियाना में हुआ था और ओरविल का जन्म डेयटन, ओहियो में।

पढ़ाई के अलावा दोनों भाइयों की यांत्रिक इंजीनियरिंग में खासी रुचि थी। उनके पिता भी उनकी इस रुचि को बढ़ावा देते रहते थे। एक बार दोनों भाइयों को उपहार के रूप में खिलौना हैलीकॉप्टर मिला था जो कॉर्क, बाँस और कागज का बना था। दोनों भाई उसे पाकर इस कदर प्रसन्न हुए कि उन्होंने उस हैलीकॉप्टर जैसे अनेक हैलीकॉप्टर बना डाले।

इस प्रक्रिया में उन्हें यह ज्ञात हुआ कि वे जितना बड़ा जहाज बनाएँगे, उसका उड़ना उतना ही कठिन होगा। संभवत: हवाई उड़ान विज्ञान का यह पहला सबक था। धीरे-धीरे इस विज्ञान का लगातार विकास होता चला गया।

1884 में राइट्स परिवार डेयटन आकर रहने लगा। उस समय विलबर 17 वर्ष का था और ओरविल 12-13 वर्ष का। ओरविल बहुत बातें करता था, जबकि विलबर बहुत कम बातें करता था। ओरविल को सामाजिक भीड़-भाड़ वाली जगह तथा सभाओं आदि में आनंद आता था जबकि विलबर काफी एकांतपसंद था। ओरविल को पैसा कमाने का शौक बचपन से ही था। एक बार उसने धातु के टुकड़े कबाड़ के रूप में खरीदे और उन्हें जगह-जगह बेचा। उसने हड्डियाँ भी खरीदीं तथा उन्हें डेयटन खाद फैक्टरी में बेचा। गर्मियों में वह छुट्टियों का उपयोग एक छापेखाने में काम करके करता था और हाईस्कूल की पढ़ाई पूरी करते-करते वह टाइपसेटर बन गया तथा एक साप्ताहिक समाचार-पत्र का प्रकाशक भी बन गया, हालाँकि यह अखबार ज्यादा दिन नहीं चल पाया।

दूसरी ओर विलबर डेयटन लौटने से पूर्व हाईस्कूल पूरा नहीं कर पाया और उसकी पढ़ाई यहीं रुक गई। उसी दौरान श्रीमती राइट बीमार पड़ गईं और विकलांग हो गईं। विलबर उनकी सेवा में जुट गया तथा सोचता रहा कि भविष्य में वह क्या

करेगा।

मिल्टन राइट अपने बेटे विलबर को चर्च की सेवा में लगाना चाहते थे, पर विलबर का विश्वास धर्म और चर्च के प्रति कम था। उसने अपने पिता की आलमारी से एक धर्मविरोधी पुस्तक, जो एक प्रसिद्ध अमेरिकी व्याख्याता रॉबर्ट ग्रीन इंगरसोल ने लिखी थी, पढ़ी। बाद में ओरविल ने भी यह पुस्तक पढ़ी। इसके प्रभावस्वरूप दोनों भाइयों ने चर्च जाना बंद कर दिया। उपरोक्त अंतरों के अलावा दोनों भाइयों में गजब की साम्यता थी। दोनों साथ रहते थे, साथ खेलते थे और साथ काम करने के अलावा एक जैसा ही सोचते भी थे।

4 जुलाई, 1889 को श्रीमती राइट का निधन हो गया और एक साल बाद दोनों भाइयों ने अपना छापाखाना भी लगा लिया। वे अपने छापेखाने में चार पृष्ठ का एक साप्ताहिक पत्र भी छापने लगे, जिसका शीर्षक था–'दि टेटलर' तथा यह पॉल लारेंस डनबर नामक 18 वर्षीय युवक द्वारा संपादित किया जाता था। यह अखबार अश्वेतों के लिए था और ओरविल का यह मित्र डनबर भी अश्वेत था और हाईस्कूल में साथ पढ़ा करता था।

डनबर एक कवि भी था और उसने ओरविल पर भी कविता लिखी थी। 1892 में डनबर ने अपनी 56 कविताएँ ओरविल को छापने हेतु दीं। उसके पास बाइंडिंग का साधन नहीं था और ओरविल को वह किताब अपने पिता के चर्च के छापेखाने में डेयटन भेजनी पड़ी।

बाद में दोनों भाइयों ने 'ओक व इवी' शीर्षक प्रकाशन भी प्रारंभ कर दिया। इसमें कविताएँ और छोटी कहानियाँ होती थीं। इसी बीच राइट बंधुओं ने एक और नए व्यवसाय में प्रवेश किया। उन दिनों साइकिल अमेरिकियों में अत्यंत लोकप्रिय थी। साइकिल की लोकप्रियता बढ़ते देख राइट बंधुओं ने अपने एक मित्र को छापेखाने की देख-रेख हेतु नियुक्त किया और खुद साइकिल बेचने, किराए पर देने और मरम्मत की दुकान लगा ली। यह काम इस कदर सफल रहा कि 1893 में उन्हें शीघ्र ही कारोबार हेतु बड़ी जगह लेनी पड़ी। एक साल बाद ही उन्हें डेयटन में और बड़ी जगह लेनी पड़ी और अब वे नई साइकिलों का निर्माण भी करने लगे।

विलबर अब 26 वर्ष का हो चला था और ओरविल 22 वर्ष का था। विलबर मुश्किल परिस्थितियों में भी शांत रहता था और आमतौर पर कम बोलता था जबकि ओरविल खिलाड़ी और बातूनी किस्म का था तथा जल्दी उत्साहित भी हो जाता था और क्रोधित भी।

विलबर पाँच फुट दस इंच का था तथा ओरविल उससे एक-दो इंच छोटा था। दोनों की आँखें भूरे-नीले रंग का मिश्रण थीं। वे न शराब पीते थे और न ही सिगरेट

को हाथ लगाते थे। उन्हें महिलाओं में भी खास रुचि नहीं थी। दोनों की आवाज एक जैसी भारी थी और फर्क करना कठिन था। जब उनके सामने कोई लड़कियों की बात करता तो वे विषय पलटने का प्रयास करते थे। दोनों की यंत्रों में बराबर की रुचि थी और बुद्धि प्रखर थी। दोनों मिलकर किसी भी काम को संपन्न करने की क्षमता रखते थे।

1894 में राइट बंधुओं की निगाह किसी पत्रिका में छपे एक लेख पर पड़ी, जिसमें जर्मनी के ओटो लिलिन्थाल नामक यांत्रिक इंजीनियर द्वारा हवा में उड़ने के प्रयास का वर्णन था।

दरअसल लिलिन्थाल काफी समय से बड़ा हैंग ग्लाइडर बनाकर आकाश में खुद उड़ने का प्रयास कर रहा था। उसने अनेक आकार के ग्लाइडर बनाए और उड़ाने का प्रयास किया। 9 अगस्त, 1896 को लिलिन्थाल ने जो ग्लाइडर उड़ाया वह बर्लिन के पास रिनो पहाड़ियों से पचास फीट की ऊँचाई पर उड़ा। पर अचानक हवा का एक तेज झोंका आया और लिलिन्थाल का ग्लाइडर तेजी से जमीन पर आ गिरा और उसे शीघ्र ही अस्पताल पहुँचाया गया। वहाँ जाकर पता चला कि उसकी रीढ़ की हड्डी टूट गई है और अगले दिन उसकी मृत्यु हो गई।

जब लिलिन्थाल को दफनाया गया तो साथ ही उसकी कब्र के पत्थर पर उसकी इच्छा भी व्यक्त की गई। दरअसल हवा में उड़ने की मशीन बनाना उसका सपना था।

राइट बंधु लिलिन्थाल की मृत्यु का समाचार सुनकर न तो डरे और न ही दुखी हुए। उन्हें गर्व था कि लिलिन्थाल इस दिशा में 16 वर्ष का अपना अनुभव छोड़ गया था और अंत में एक उद्देश्य के लिए अपना जीवन न्योछावर करके चला गया।

अब राइट बंधुओं ने इस दिशा में प्रयास आरंभ किया। अब तक उन्हें काम करने और काम करने का सही तरीका विकसित करने का काफी अनुभव हो चुका था। उन्होंने एयरोनॉटिक्स विषय पर उपलब्ध साहित्य पढ़ा। उन्होंने सार्वजनिक पुस्तकालयों में जाकर इस विषय में सूचनाओं को एकत्रित करना प्रारंभ कर दिया।

राइट बंधु न तो लिलिन्थाल के ग्लाइडर से प्रभावित हुए और न ही अब तक गैस बैलून के जरिये उड़ने का प्रयास करने वालों से। उन्हें ग्लाइडर में अपने शरीर के भार का उपयोग करके दिशा-नियंत्रण का तरीका भी पसंद नहीं आया।

वे दरअसल ऐसा हवाई जहाज बनाना चाहते थे जो हवा से भारी हो और उसमें इंजन, प्रोपेलर लगा हो तथा वह आदमी को ले जाने की क्षमता रखता हो।

काफी अध्ययन के बाद उन्हें विश्वास हो गया कि ऐसी मशीन बनाई जा सकती है जो हवा से भारी होने पर भी हवा में उड़ सकती है। अब उन्हें इस पर नियंत्रण रखने की चिंता हुई। उन्होंने सोचना प्रारंभ किया कि इसे हवा में ऊपर कैसे ले जाया

जाएगा और फिर नीचे कैसे उतारा जाएगा? इसे हवा में एक स्तर पर कैसे रखा जाएगा?

उन्होंने पाया कि नियंत्रण करने की कला विकसित करने पर अब तक कोई काम नहीं हुआ है। अत: उन्होंने फिलहाल उड़ने वाले इंजन का विकास करने का इरादा छोड़ दिया और ग्लाइडर बनाने का काम प्रारंभ कर दिया।

जब उनका पहला ग्लाइडर तैयार हुआ तो उनके सामने एक समस्या आ खड़ी हुई। उन्हें एक वीरान जगह की आवश्यकता थी ताकि वे अपने ग्लाइडर का परीक्षण कर सकें। उन्हें पास में पहाड़ी स्थान की भी जरूरत थी और सामान्य से तेज हवा की भी, ताकि ग्लाइडर उड़ान भर सके। राइट बंधुओं के पास इतनी बड़ी खुली प्रयोगशाला नहीं थी।

तभी उन्हें फ्रांस में जन्मे और अमेरिका में बसे उद्योगपति ऑक्टेव चेन्यूर का खयाल आया जो शिकागो में रहते थे और ऑटो लिलिन्थाल की तरह ग्लाइडर पर प्रयोग कर रहे थे। 13 मई, 1900 को विलबर ने उन्हें पत्र लिखकर इस दिशा में सुझाव माँगे। चेन्यूर ने उत्साहित राइट बंधुओं को कुछ जगहें सुझाईं जिनमें अटलाँटिक महासागर तथा उत्तरी कैरोलीना के बीच का 200 मील लंबा पर पतला रेतीला इलाका भी था। इसके पास ही किटी हॉक नामक मछुआरों का गाँव भी था।

1900 के उत्तरार्ध में विलबर और ओरविल ने अपने प्रयोग प्रारंभ किए। वे ग्लाइडर की गाइड रस्सी को मजबूती से पकड़कर अपने ग्लाइडर को सही दिशा देने का प्रयास करते थे। कभी एक भाई निचले हिस्से में बैठकर नियंत्रण बनाने का प्रयास करता था।

सितंबर, 1900 में उन्होंने अपनी जगह थोड़ी बदली और नई जगह चार मील दूर थी और अक्टूबर, 1900 में उन्होंने यहाँ से उड़ान भरी।

अब तक भरी उड़ानों के दौरान उन्होंने ढेर सारा अनुभव हासिल किया और वे डेयटन लौट आए। अब उन्होंने नए सिरे से अपनी मशीन का निर्माण प्रारंभ किया। 1901 की गर्मियों में यह तैयार हुई और वे फिर उसे अपनी खुली प्रयोगशाला में ले गए जो किल डेविल हिल्स के पास थी। इस बार भी लगातार प्रयोग करने के बाद भी उन्हें संतुष्टि नहीं हुई। उन्हें लगा कि उनके पंखों का आकार ठीक नहीं है। सही आकार की तलाश में उन्होंने अनेक छोटे-छोटे ग्लाइडर उड़ाए।

अब उन्हें विंड टनेल (Wind Tunnel) का सिद्धांत समझ में आ गया। हालाँकि उससे पूर्व भी इसका प्रयोग कुछ लोग कर चुके थे, पर इस बार राइट बंधुओं को इसके ज्यादातर पहलू समझ में आ गए। इसमें हवा की तेज लहर का उपयोग करते हुए नियंत्रण किया जाता है। 1902 के उत्तरार्ध में उन्होंने इसका प्रयोग किया। इस बार उनका ग्लाइडर नए तरीके का था। इस बार परिणाम बेहतर आए और अब उन्होंने इंजन

सहित अपना जहाज तैयार करने का फैसला किया।

अपने जहाज का नाम उन्होंने फ्लायर अर्थात् उड़ने वाला रखा। यह एक किस्म का दोहरा जहाज था और इसके पंखों का आकार लगभग 400 वर्गफीट था। इसका दायाँ हिस्सा ज्यादा चौड़ा था ताकि वह बाएँ हिस्से में रखे गए मोटर व अन्य साज-सामान का वजन संतुलित कर सके।

उस समय अनेक लोग हवा में उड़ने का प्रयास कर रहे थे। उनमें से एक थे सामुवेल पियरपोंट लैंगले, जो एक जाने-माने वैज्ञानिक थे और 1887 से ही वाशिंगटन स्थित स्मिथसोनियन संस्थान के सचिव भी थे। वे कई बार हवाई जहाज के मॉडल तैयार करके उड़ा चुके थे। 1903 में ही उन्होंने एक पूरे आकार का हवाई जहाज बनाकर तैयार किया, जिसका नाम एरोड्रोम रखा गया था। 1903 के उत्तरार्ध में ही इसे वाशिंगटन के पास एक नदी पर स्थित हाउस बोट से उड़ाने का प्रयास किया गया।

आखिर असफलताओं का भी एक दिन अंत होता ही है। 8 दिसंबर, 1903 को आखिरी असफल प्रयास हुआ। पर सिर्फ 9 दिन बाद ओरविल ने अपने फ्लायर पर उड़ान भरी। किल डेविल पहाड़ियों के पास 60 फीट लंबी उड़ान पट्टी से जब उनका जहाज उड़ा तो वह अपने इंजन की ताकत से 10 फीट ऊपर उठा। वह 12 सेकेंड बाद नीचे आया और उसने उड़ने और उतरने के बीच 120 फीट की कुल उड़ान भरी।

अपनी इस ऐतिहासिक सफलता से राइट बंधु डगमगाए नहीं। उन्होंने लगातार तीन उड़ानें भरीं। दोनों भाई एक के बाद एक हवाई जहाज में बैठे और आखिरी उड़ान में विलबर हवा में थे और वे 59 सेकेंड तक हवा में रहे और उन्होंने 852 फीट की हवाई दूरी तय की।

मजे की बात यह थी कि इन ऐतिहासिक उड़ानों को देखने के लिए आसपास के तमाम लोगों को बुलाया गया था, पर सिर्फ पाँच बड़े और दो बच्चे तथा उनके साथ एक कुत्ता इन अजूबों को देखने आए। जो पत्रकार आ रहे थे वे रास्ता भूल गए और बाद में उन्होंने सुनी-सुनाई खबरें छापीं जो पूरी तरह तथ्यों पर आधारित नहीं थीं।

दुनिया को एक नई दिशा मिली। राइट बंधु स्टार हो गए। पर वह जहाज फ्लायर, जिसने चार बार सफल उड़ान भरी, उड़ान के चंद पलों बाद ही तेज हवा के झोंके की चपेट में आ गया और उलट गया। वह अब अगली उड़ान के काबिल नहीं रहा। राइट बंधु उसे सम्मान के साथ डेयटन ले आए और उन्होंने उसे अपनी साइकिल की दुकान के पीछे एक शेड में 34 साल तक रखा।

इस उड़ान के साथ ही कई चर्चाओं और किस्सों ने भी जन्म ले लिया। लोग कहते हैं कि जब फ्लायर ने 17 दिसंबर, 1903 को उड़ान भरी तो वहाँ की हवा ने अनुकूल दिशा ली और उसके बाद उस दिशा में हवा कभी नहीं बही। राइट बंधुओं

ने भी अब वहाँ न जाने का फैसला किया।

1904 में जब उन्होंने दूसरा फ्लायर तैयार किया तो इस बार उन्होंने डेयटन के पास एक डेयरी फार्म में प्रयोग किया और कई बार उड़ान भरी। उनकी दो उड़ानें 5 मिनट से ज्यादा की थीं और उनके विमान की गति 35 मील प्रति घंटा थी।

वे इससे संतुष्ट नहीं हुए और लगातार प्रयास करते रहे। 1905 में उन्होंने एक और नया हवाई जहाज तैयार किया। इस बार यह लगभग पूर्ण और व्यावहारिक हवाई जहाज था, जो मुड़ सकता था, गोला बना सकता था तथा 8 का अंक भी उड़ान भरकर बना सकता था। इस बार उनका जहाज अधिकतम आधे घंटे तक हवा में रहा।

अगले 6-7 वर्ष विलबर और ओरविल राइट के लिए प्रगति के वर्ष थे। इस दौरान पैसा भी उनके पास आया और साथ में प्रसिद्धि भी लाया। अब वे एक के बाद एक हवाई जहाज, जो अभी भी फ्लायर कहलाता था, बनाते थे और उसे विश्व के विभिन्न भागों में उड़ाकर दिखाते थे। 1908 में उन्होंने फ्रांस के रेसकोर्स में जब अपना हवाई जहाज उड़ाया तो उड़ाते समय विलबर ने न सिर्फ 8 का अंक बनाया वरन् अनेक कलाबाजियाँ भी दिखाईं। उपस्थित जनसमुदाय इस आश्चर्य को देखकर अभिभूत हो गया।

अब सेना को भी इसकी उपयोगिता समझ में आने लगी। 1909 में वाशिंगटन के निकट मायर नामक सैनिक अड्डे पर ओरविल ने अपना फ्लायर उड़ाया। इस बार उनका जहाज हवा में एक घंटे 20 मिनट और 45 सेकेंड तक रहा और लगभग 300 फीट की ऊँचाई तक उड़ता रहा।

हालाँकि 1908 में उन्हें प्रदर्शन के दौरान एक दुर्घटना का भी सामना करना पड़ा, पर फिर भी वे घबराए नहीं। 1909 तक उन्होंने हवाई जहाज निर्माण की फैक्टरियाँ अमेरिका में भी लगा लीं और फ्रांस में भी। उन्होंने अपने हवाई जहाज के खरीदार भी ढूँढ़ लिए। उस समय व्यापारिक क्षेत्र भी हवाई जहाज चाह रहा था और सेना भी। दोनों ने ही राइट बंधुओं से अनुबंध कर लिए। विलबर ने फ्रांस में लगातार पाँच महीने तक अपना हवाई जहाज उड़ाकर लोगों का विश्वास इसके प्रति हासिल कर लिया। ऐसा ही प्रयोग 1909 में रोम में किया गया।

इसके साथ ही एक नए युग की शुरुआत हो गई। इस हवाई जहाज को देखने के लिए दूर-दूर से और विश्व के कोने-कोने से लोग आने लगे। हालाँकि राइट बंधुओं का घर 7 कमरों का था, पर वह छोटा पड़ने लगा। उनके दोनों बड़े भाई रुचिलीन तथा लॉटिन शादी करके दूर अपना घर बसा चुके थे। उनके पिता बूढ़े हो चले थे। सिर्फ बहन कैथरीन, जो एक स्कूल में पढ़ाती थी, थोड़ा-बहुत साथ दे पाती थी।

जब पैसा इकट्ठा हो गया तो विलबर और ओरविल ने 1911 में एक आर्किटेक्ट की सहायता से एक बड़ा मकान 17 एकड़ जमीन में हाथोर्न हिल में बनवाना प्रारंभ कर दिया। नवीन परंपरा के अनुसार बनने वाला यह मकान तेजी से पूरा होने लगा, पर विलबर उसमें रहने नहीं आ पाया। डेयटन स्थित पुराने मकान में रहते हुए टायफायड का शिकार हो गया और लंबी बीमारी के बाद 29 मई, 1912 को उसका देहांत हो गया।

बूढ़े बाप को अपने महान् और यशस्वी बेटे की अर्थी को कंधा देना पड़ा। विलबर के अंतिम संस्कार के समय 25 हजार से भी अधिक लोग डेयटन चर्च पर जमा हो गए। चर्च की सेवा में जीवन बिता देने वाले वृद्ध पिता ने बेटे विलबर की कब्र पर लिखा कि वह विलक्षण प्रतिभा और स्मरण-शक्ति का स्वामी था। उसकी परख करने की शक्ति अत्यंत तेज व बेजोड़ थी। वह कुछ भी कहने और लिखने में सक्षम था, पर हमेशा संयम बनाए रखता था।

अब ओरविल अकेला रह गया। जब ओकबुड में नया मकान तैयार हो गया तो वह उसमें रहने चला गया। वह अपना ज्यादातर समय डेयटन स्थित अपनी प्रयोगशाला में लगाता था। उसने अपने हवाई जहाज में लगातार सुधार किए।

विश्वप्रसिद्ध ओरविल से मिलने और उसका साक्षात्कार करने की इच्छा हर छोटे-बड़े पत्रकार की होती थी, पर उन्हें उनके निवास पर आकर निराशा ही हाथ लगती थी। अपने भाई विलबर के देहांत के बाद वह न सिर्फ अकेला हो गया था, वरन् अंदर ही अंदर टूट भी गया था। वह कभी ज्यादा बात नहीं करता था और ज्यादातर सवालों के उत्तर हाँ या न में देता था।

अपने हवाई जहाज की सफलता को देखकर दोनों भाई अत्यंत प्रसन्न हुए थे। उन्होंने सोचा था कि इसके जरिये सभी देश एक-दूसरे पर नजर रखेंगे और शक्ति संतुलन बनेगा। वे यह भी सोच रहे थे कि उनका आविष्कार चिरप्रतीक्षित शांति लाएगा।

पर उनका सपना साकार नहीं हो पाया। विलबर तो चला गया पर ओरविल ने अपने जिगर के टुकड़े का उपयोग मानवता के विनाश के लिए होते हुए देखा। पहले विश्वयुद्ध में ही उसका दिल दहल गया, जब उसने देखा कि हवाई जहाजों का आक्रमण में बड़े पैमाने पर प्रयोग किया गया। ओरविल और टूटता चला गया और सोचने लगा कि उसने क्या सोचा था और क्या हो गया। उसकी किस्मत में और विनाश देखना लिखा था और उसने हवाई आक्रमणों के जरिए भयंकर बरबादी दूसरे विश्वयुद्ध में भी देखी। वह मानने लगा कि यह लोगों पर निर्भर करता है कि वे आविष्कार का उपयोग किस तरह करते हैं।

ओरविल के जीवनकाल में ही और उसकी अनुमति से ही उसका पहला

फ्लायर, जिससे किटी हॉक में पहले-पहल उड़ान भरी गई थी, डेयटन के शेड से निकालकर लंदन के साइंस अजायबघर में रखा गया।

ओरविल अपने अंतिम समय तक काम करता रहा। 27 जनवरी को जब वह अपनी प्रयोगशाला में काम कर रहा था और हवाई जहाज की नई डिजाइन बनाने में प्रयासरत था तभी उसे दिल का दौरा पड़ा और उसे मियामी वैली अस्पताल ले जाया गया। तमाम इलाज के बावजूद दुनिया का यह पहला उड़ाका 30 जनवरी, 1948 को इस दुनिया से उड़नछू हो गया।

चंद दिनों बाद जब उसकी अर्थी निकली तो साथ में चार जेट विमानों ने गड़गड़ाहट के साथ उड़ान भरी। यह शवयात्रा पूरे सैनिक सम्मान के साथ निकाली गई। इसके साथ ही वह पहला जहाज फ्लायर अमेरिका वापस लाया गया और उसे स्मिथसोनियन संग्रहालय में रखा गया। इसके बाद ओरविल की अनुकृति उसके एक पंख पर सम्मान के साथ रखी गई। लोग आज भी उसे देखकर गर्व करते हैं।

मैडम क्यूरी व प्रो० पियरे क्यूरी और उनके आविष्कार

विश्व को रेडियोएक्टिविटी अर्थात् रेडियो-धर्मिता की बहुमूल्य जानकारी देने वाली मैडम क्यूरी का बचपन में नाम मान्या स्कलोदोवस्की था और उनका जन्म पोलैंड के वार्सा शहर में 7 नवंबर, 1867 को हुआ था। उनके माता-पिता अध्यापन का कार्य करते थे और माता अकसर बीमार भी रहती थीं।

उन दिनों पोलैंड रूस की गुलामी की जंजीरों में जकड़ा हुआ था। रूस के जार का आतंक पोलैंड में इतना ज्यादा था कि स्कूलों में बच्चों को पोलैंड का इतिहास व पोलिश भाषा भी नहीं पढ़ाई जाती थी। पर चंद लोगों में देशभक्ति थी और वे चुपके-चुपके ये विषय बच्चों को पढ़ाया करते थे। ऐसे लोगों को रूसी निरीक्षक बुरी तरह प्रताड़ित करते थे। मान्या के पिता को भी देशप्रेम व्यक्त करने के कारण नौकरी से हटा दिया गया। इस कारण मान्या की माता की बीमारी और बढ़ गई। घर की मुश्किलें बढ़ती जा रही थीं।

एक दिन स्कूल में जब पोलैंड का इतिहास पढ़ाया जा रहा था तो रूसी निरीक्षक अचानक आ धमका। खतरे की सूचना धीमी घंटी बजाकर दी गई और पोलैंड के इतिहास संबंधी पुस्तकें तत्काल इकट्ठी करके छुपा दी गईं।

पता नहीं क्यों रूसी निरीक्षक को शुबहा हो गया और उसने मान्या से पूछा कि रूस के पिछले पाँच जारों का नाम बताओ। मान्या ने अपनी प्रखर स्मरणशक्ति का परिचय देते हुए तत्काल बता दिया। रूसी निरीक्षक ने फिर पूछा कि पोलैंड पर किसका शासन है? देशभक्त पिता की देशभक्त पुत्री मान्या को विदेशी शासक का नाम कबूलना बहुत कठिन लगा। परिस्थितियोंवश उसने जार का नाम तो लिया, पर काफी देर तक उसे पछतावा होता रहा मानो बहुत बड़ा पाप हो गया हो।

तमाम पारिवारिक आपदाओं के बीच भी मान्या ने अपनी पढ़ाई जारी रखी। पिता के आर्थिक रूप से असमर्थ होने के कारण मान्या को ट्यूशन आदि भी करनी पड़ीं तथा राष्ट्रीयता से प्रेरित होकर वह महिलाओं को पोलिश भाषा भी पढ़ाती रही।

स्कूल की अंतिम परीक्षा में मान्या ने सर्वाधिक अंक प्राप्त किए और स्वर्ण पदक पाया। 18 वर्ष की आयु में उसने गवर्नेस के रूप में भी काम किया और एक व्यक्ति से प्रेम भी कर बैठी, पर इसमें वह बुरी तरह असफल हुई।

मान्या और उसकी बड़ी बहन ब्रोन्या ने अब ट्यूशन सहित अनेक छोटे-मोटे काम करके पैसा इकट्ठा करना प्रारंभ कर दिया। ज्योंही थोड़ा पैसा इकट्ठा हुआ, ब्रोन्या आगे पढ़ाई के लिए पेरिस चली गई।

उधर मान्या मजदूरों को गुप्त रहकर पढ़ाती रही। मान्या और उसके पिता को प्रारंभ में कुछ पैसा ब्रोन्या को भेजना पड़ा। बाद में ब्रोन्या आत्मनिर्भर होने लगी। वह कठिन परिश्रम करते हुए मेडीकल की पढ़ाई करते हुए परीक्षाएँ पास करने लगी। कैसीमिर दलूस्की नामक सहपाठी से उसका प्रेम भी हुआ, जो पढ़ाई पूरी होने के बाद विवाह में परिवर्तित हो गया।

बाद में 1891 में मान्या भी पेरिस के लिए रवाना हो गई। मान्या को देखकर ब्रोन्या और कैसीमिर प्रसन्न हुए और उन्होंने उसे अपने घर पर ही रहने की पेशकश की। पर कैसीमिर दलूस्की का घर देशभक्तों का अड्डा बन चुका था। भीड़भाड़ देखकर और सोरबोन विश्वविद्यालय के दूर होने के कारण मान्या, जिसने अब अपना नया नाम मेरी रख लिया था, ने फैसला किया कि वह अलग रहकर पढ़ाई करेगी। पैसों की कमी के कारण मेरी को ऐसा कमरा मिल पाया जिसमें धूप व हवा का प्रवेश असंभव था। सीलन-भरे कमरे में रहकर वह लगातार पढ़ाई करती रही।

वह अच्छे-अच्छे प्रोफेसरों जैसे पॉल एपल, गैब्रियल लिपमैन व एडमंड बूटी आदि के भाषण/व्याख्यान सुनती थी। वह जीन पेरिन, चार्ल्समॉरैन, एमी कॉटन जैसे माने हुए भौतिकविदों के संपर्क में भी आई। वह ब्रेड-बटर और चाय पर गुजारा करती थी क्योंकि भोजन की न तो व्यवस्था थी और न ही पैसा।

एक बार कई दिन तक भूखा रहने के कारण मेरी को विश्वविद्यालय में चक्कर आ गया। जब उसके जीजा कैसीमिर को यह बात मालूम हुई तो उन्होंने कारण पता किया। उन्होंने वह कमरा भी देखा जहाँ वह रहती थी।

अंततः कैसीमिर मेरी को अपने घर ले आया और खाना खिलाया। उसने मेरी का इलाज भी कराया। कुछ दिनों बाद मेरी अपने कमरे में वापस आ गई।

1893 में जब फिजीकल साइंस की परीक्षा हुई तो मेरी ने उसमें प्रथम स्थान प्राप्त किया। उसने अब लिपमैन रिसर्च प्रयोगशाला में काम करना प्रारंभ कर दिया।

1894 में वह मैथेमैटिकल साइंस की परीक्षा में बैठी और उसमें द्वितीय स्थान प्राप्त किया। इसी साल उसकी भेंट पियरे क्यूरी से हुई।

पियरे क्यूरी का जन्म 15 मई, 1859 को पेरिस में हुआ था। वह बचपन से ही एक चिंतनशील और आविष्कारी मनोवृत्ति वाला बालक था। उसने अपनी प्रारंभिक शिक्षा अपने पिता से प्राप्त की जो एक अच्छे डॉक्टर थे।

पियरे क्यूरी पढ़ाई में आगे बढ़ते रहे और 14 वर्ष की आयु तक पहुँचते-पहुँचते उन्हें गणित से विशेष लगाव हो गया। उनकी ज्यामिति में पकड़ बढ़ती चली गई और आगे चलकर यह क्रिस्टलोग्राफी में बहुत काम आई।

16 वर्ष की आयु में पियरे क्यूरी ने मैट्रिक की परीक्षा पास की तथा 18 वर्ष की आयु में विज्ञान में लाइसेंस की परीक्षा भी पास कर ली। 1878 में उन्होंने सोरबोन विश्वविद्यालय में प्रयोगशाला सहायक के रूप में काम करना प्रारंभ कर दिया। यहाँ पर पियरे क्यूरी ने तापीय तरंगों की तरंग लंबाई को नापने के लिए प्रयोग किए। जब उन्होंने क्रिस्टल पर महत्त्वपूर्ण प्रयोग किए तो उनके बड़े भाई जैक्स ने भी सहायता की। अब उन्होंने आकार-प्रकार में समानता (Symmetry) के आधार पर क्रिस्टल वाले पदार्थों का वर्गीकरण किया।

क्यूरी भाई, पियरे और जैक्स ने पायरो इलैक्ट्रिसिटी के क्षेत्र में भी काम किया जिसमें क्रिस्टल के आयतन में परिवर्तन करके प्रयोग किए गए। यह प्रयोग आगे चलकर पीजो इलैक्ट्रिसिटी में सहायक बना।

बाद में पियरे ने सिमेट्री (Symmetry) के सिद्धांत का प्रतिपादन किया। उन्होंने विभिन्न भौतिक गतिविधियों में समानता के सिद्धांत को परिभाषित कर दिया।

1882 में पियरे क्यूरी सुपरवाइजर नियुक्त हुए। इसके बाद उन्होंने अपना शोध भी प्रारंभ किया और एक भार-मापक तैयार किया।

उसके बाद उन्होंने चुंबकत्व पर गहन अध्ययन प्रारंभ किया। तीन प्रकार के चुंबकत्व पर और उनके बीच संबंध पर अपना शोध-ग्रंथ लिखना प्रारंभ कर दिया। फैरोमैग्नेटिस्म, पैरामैग्नेटिस्म तथा डायामैग्नेटिस्म पर अध्ययन करते हुए उन्होंने .01 मिलीग्राम तौलने के लिए एक तराजू का निर्माण किया जो मैग्नेटिक कोएफीसियेंट नापने के काम भी आया। यह तराजू आज भी इस्तेमाल होता है तथा क्यूरी चुंबकीय तराजू कहलाता है।

उन्होंने यह भी पता लगाया कि पैरामैग्नेटिक पदार्थों के आकर्षण का मैग्नेटिक कोएफीसियेंट तापमान के उलट आनुपातिक है। इस नियम को क्यूरी का नियम कहा गया। उन्होंने पैरामैग्नेटिक पदार्थों तथा पूर्ण गैसों में समानता के बीच एकरूपता भी स्थापित की। इसके परिणामस्वरूप उन्होंने फैरोमैग्नेटिक पदार्थों और पिघले हुए द्रव

में भी एकरूपता स्थापित की। उन्होंने यह भी सुझाव दिया कि फैरोमैग्नेटिक पदार्थों के बारे में वैसा ही समीकरण बन सकता है जैसा कि जोहांस डेडरिक वान डर वाल्स ने बनाया है। बाद में यह समीकरण पियरे वैस ने बना दिया।

पियरे क्यूरी ने पैरामैग्नेटिस्म तथा डायामैग्नेटिस्म के बिलकुल अलग जो गुण दिखाए उन्हें बाद में पॉल लांगेविन ने सैद्धांतिक रूप से स्पष्ट किया। 1895 में पियरे क्यूरी ने चुंबकत्व पर अपनी थीसिस परीक्षण हेतु रखी और लोगों के प्रश्नों के संतोषजनक उत्तर भी दिए। इस थीसिस पर उन्हें डॉक्टरेट की उपाधि मिली।

जब मान्या अर्थात् मेरी पियरे से मिली तो वह उन दिनों राष्ट्रीय उद्योग प्रोत्साहन समिति द्वारा सौंपे गए विभिन्न इस्पातों की चुंबकीय शक्ति की खोज का काम कर रही थी। दोनों ने एक-दूसरे को बड़ी जल्दी जान और परख लिया। पियरे को मेरी अत्यंत प्रखर बुद्धि वाली तथा मेहनती लगी। वे अपनी युवावस्था से ऐसी ही लड़की की तलाश कर रहे थे। उधर मेरी को भी पियरे में एक अनोखा और उपयुक्त जीवन साथी दिखाई दिया। हालाँकि दोनों में आयु का अंतर था, पर वह बाधा नहीं बन सका और 25 जुलाई, 1895 को वे परिणय-सूत्र में बँध गए। उधर मेरी ने अपना अनुसंधान पूरा करके राष्ट्रीय उद्योग प्रोत्साहन समिति को सौंप दिया। उसके द्वारा विभिन्न इस्पातों में चुंबकीय शक्ति पर किया गया अनुसंधान काफी महत्त्वपूर्ण माना गया। अब वह फेलोशिप लेकर विश्वविद्यालय में काम करने लगी। वह डॉक्टरेट के लिए एकदम नया विषय लेना चाहती थी। इस समय तक एक्स-रे किरणों की खोज हो चुकी थी।

1896 में ए०एच० बेकरेल ने रेडियोधर्मिता (एक्टिविटी) की खोज की। यह भी पता चला कि यूरेनियम से जो किरणें निकलती हैं वे यूरेनियम को महीनों तक अँधेरे में रखने के बावजूद नष्ट नहीं होती हैं। पर लोगों को यह समझ में नहीं आ रहा था कि यह विकिरण कैसे होता है।

अपने वैज्ञानिक पति से प्रेरणा पाकर मेरी ने यह कार्य प्रारंभ किया। पति-पत्नी इस कार्य में जुट गए। उन्होंने अपने लगातार अनुसंधान से यूरेनियम से निकलने वाली किरणों के बारे में महत्त्वपूर्ण जानकारियाँ एकत्रित कीं। उसके बाद उन्होंने दूसरी धातुओं के बारे में अध्ययन किया। उन्होंने पाया कि थोरियम के यौगिकों से भी वैसी

ही किरणें निकलती हैं। उन्होंने पिचब्लैंड नामक धातु पर शोध किया और पाया कि यूरेनियम और थोरियम से भी ज्यादा शक्तिशाली किरणें इससे निकलती हैं। अब काफी अध्ययन के बाद पियरे क्यूरी ने मेरी के इस काम को आगे बढ़ाना प्रारंभ किया और नए तत्त्व (एलीमेंट) तलाश करने प्रारंभ किए। उन्होंने पोलोनियम और रेडियम की खोज कर डाली। पियरे क्यूरी ने अब नए विकिरण के भौतिक गुणों का अध्ययन प्रारंभ कर दिया। दूसरी ओर मेरी क्यूरी ने शुद्धतम रेडियम का निर्माण प्रारंभ किया। इसके लिए उन्होंने प्रो० पियरे क्यूरी के एक शिष्य डेबिर्ने की सेवाएँ लीं।

आखिर अनुसंधान पूरा हुआ और मेरी क्यूरी को जून 1903 में इस पर डॉक्टरेट की डिग्री मिली। इसी के साथ 1903 का नोबल पुरस्कार पियरे दंपती तथा बैकरैल को संयुक्त रूप से मिला।

उपरोक्त सफलता के लिए क्यूरी दंपती को अथक परिश्रम करना पड़ा। 1897 में ही उनकी पहली बच्ची आइरीन का जन्म हो गया था और मेरी के ऊपर उसकी जिम्मेदारी थी। उनकी आर्थिक स्थिति भी बहुत अच्छी नहीं थी। दोनों मिलकर किसी तरह घर का खर्च चला पाते थे। 1898 में जब क्यूरी दंपती ने विज्ञान अकादमी के सामने इस नए तत्त्व रेडियम को रखा तो हलचल मच गई, पर धन की कमी के कारण उनकी प्रयोगशाला बमुश्किल चल पाती थी। वे फिर भी अनुसंधान में लगे रहे। दोनों बीमार भी रहने लगे।

उत्साही पियरे क्यूरी ने रेडियम का मानव-शरीर पर प्रभाव जानने के लिए प्रयोग अपनी बाँह पर ही कर डाला। उनकी बाँह बुरी तरह जल गई और जख्म भरने में दो महीने से ज्यादा का समय लग गया। इसके बाद सुरक्षा की दृष्टि से जानवरों पर प्रयोग प्रारंभ हुआ। अंततः यह निष्कर्ष निकला कि अगर शरीर का क्रोई हिस्सा अनावश्यक रूप से बढ़ या खराब हो जाए तो रेडियम के विकिरण द्वारा उसे जलाकर शेष शरीर को बचाया जा सकता है। कालांतर में इससे रेडियोथेरेपी का जन्म हुआ।

रेडियम के गुणों की जानकारी जैसे ही फैली अनेक लोगों और देशों ने इसका उपयोग और उत्पादन करना चाहा। जब उन्होंने क्यूरी दंपती को इसके एवज में धन देना चाहा तो मुफलिसी में जीवन बिता रहे क्यूरी दंपती ने विनम्रतापूर्वक मना कर दिया और अपनी अद्‌भुत खोज को जनकल्याण हेतु सौंप दिया। यदि वे चाहते तो उस समय लाखों डॉलर या पाउंड कमा सकते थे।

इसी दौरान मेरी को 1900 में लेक्चरर की नौकरी भी मिल गई। उधर पियरे क्यूरी ने रेडियम से निकलने वाली किरणों पर चुंबकीय प्रभाव डालकर साबित किया कि इनसे निकलने वाले सूक्ष्म कण धनात्मक, ऋणात्मक तथा न्यूट्रल तीनों प्रकार के होते हैं। बाद के दिनों में इसी अध्ययन को आगे बढ़ाते हुए अर्नेस्ट रदरफोर्ड ने एल्फा,

बीटा, गामा किरणों की खोज की।

पियरे क्यूरी ने रेडियम से निकले विकिरण को कैलोरी मेट्री के जरिए नापा और रेडियोथेरेपी का रास्ता प्रशस्त किया।

पियरे क्यूरी को जेनेवा विश्वविद्यालय में विशिष्ट प्रोफेसर का पद दिया गया, पर उन्होंने स्वीकार नहीं किया और वे मेरी के कार्य में सहयोग करते रहे। 1900 में लेक्चरर नियुक्त हुई मेरी 1904 में सोरबोन विश्वविद्यालय में प्रोफेसर हो गई।

1903 का वर्ष पियरे के लिए अच्छा था, जब उन्हें रॉयल सोसायटी का डेवी पदक तथा नोबल पुरस्कार दोनों मिले। 1905 में पियरे क्यूरी को विज्ञान अकादमी के लिए चुना गया तथा मेरी को विज्ञान प्रयोगशाला का निदेशक बनाया गया। अब उनकी आर्थिक स्थिति अच्छी हो चली थी और प्रयोगशाला में कार्य भली भाँति चल रहा था।

पर पियरे क्यूरी के पास समय बहुत कम था। 19 अप्रैल, 1906 को प्रो० पियरे क्यूरी अपनी ही धुन में चले जा रहे थे। सड़क पार करते समय उनका पैर फिसल गया और सामने से आ रही घोड़ागाड़ी ने उन्हें बुरी तरह कुचल दिया। विश्व के महान् वैज्ञानिक और आधुनिक भौतिकशास्त्र के जन्मदाता का दु:खद अंत हो गया।

पति के आकस्मिक और दु:खद निधन का मेरी पर गहरा आघात लगा। उनकी दूसरी बच्ची ईव अभी मात्र दो वर्ष की थी। पर दृढ़प्रतिज्ञ मेरी ने आम महिलाओं की तरह शोक मनाने के बजाय अपने पति द्वारा छोड़े गए अपूर्ण अनुसंधान-कार्य को पूरा करने का बीड़ा उठाया।

13 मई, 1906 को उन्होंने अपने पति द्वारा खाली छोड़े गए विशिष्ट प्रोफेसर के पद को सँभाला। इस तरह सोरबोन विश्वविद्यालय की वह पहली महिला प्राध्यापक बनीं। उन्होंने शुद्ध रेडियम के निर्माण का काम जारी रखा और 1908 में उन्हें टिटुलर प्रोफेसर का दायित्व मिला। 1910 में उनका शोध प्रकाशित हुआ और 1911 में उन्हें एक बार फिर रसायनशास्त्र के लिए नोबल पुरस्कार मिला। इस बार उन्होंने शुद्धतम रेडियम तैयार कर लिया था।

अब शोहरत उनके कदम चूम रही थी। वे नोबल पुरस्कार पाने वाली प्रथम महिला तो थीं ही, दो बार नोबल पुरस्कार पाने वाली प्रथम वैज्ञानिक भी थीं।

अब वे रेडियम प्रयोगशाला खड़ी करने में जुट गईं और 1914 में उनकी प्रयोगशाला का भवन तैयार हो गया।

जब पहला विश्वयुद्ध प्रारंभ हुआ तो मेरी क्यूरी अपनी बड़ी बेटी आइरीन की सहायता से एक्स-रे रेडियोग्राफी विकसित करने में जुटी रहीं। 1918 में उनकी बेटी आइरीन भी रेडियम संस्थान में काम करने लगी तथा इस संस्थान में परमाणु भौतिकी तथा रासायनिकी पर अनुसंधान जोरों पर चल पड़ा। विश्व में दूर-दूर से वैज्ञानिक यहाँ

चल रहे काम की झलक देखने आते थे।

अब रेडियोथेरेपी का प्रयोग बड़े पैमाने पर चिकित्सा-विज्ञान में होने लगा। मेरी क्यूरी की प्रसिद्धि आसमान छू रही थी और चिकित्सा अकादमी ने 1922 में इस थेरेपी को औपचारिक रूप से स्वीकार कर लिया।

1921 में मेरी अपनी दोनों बेटियों आइरीन तथा ईव को लेकर अमेरिका की यात्रा पर गईं। वहाँ उन्होंने अनेक व्याख्यान दिए। वहाँ उन्हें श्रीमती मिलान भी मिलीं जो उनसे 1920 में मिलने आई थीं। दरअसल श्रीमती मिलान मेरी क्यूरी से इस कदर प्रसन्न थीं कि उन्होंने पूछ लिया कि आप क्या उपहार लेना पसंद करेंगी? मेरी ने बड़ी विनम्रता से कहा था कि मुझे शोध-कार्य के लिए एक ग्राम रेडियम की आवश्यकता है और इसके अत्यंत महँगा होने के कारण वे खरीद नहीं पा रही हैं।

दृढ़प्रतिज्ञ मिलान ने अमेरिका जाकर चंदा एकत्रित करना प्रारंभ कर दिया और एक ग्राम रेडियम खरीद लिया। यह रेडियम मेरी क्यूरी को अमेरिका की यात्रा के दौरान वहाँ के राष्ट्रपति हार्डिंग ने 20 मई, 1921 को व्हाइट हाउस में आयोजित समारोह में भेंट किया। उन्होंने मेरी को श्रेष्ठ वैज्ञानिक, श्रेष्ठ पत्नी और श्रेष्ठ माँ कहकर संबोधित किया।

मेरी ने अपने अर्जित ज्ञान को जगह-जगह व्याख्यान देकर बाँटा। वे बेल्जियम, ब्राजील, स्पेन, चेकोस्लोवाकिया भी गईं। जब लीग ऑफ नेशंस का गठन हुआ तो इसकी काउंसिल ने वैज्ञानिक और बौद्धिक सहयोग और आदान-प्रदान के लिए अंतर्राष्ट्रीय आयोग बनाया और मेरी क्यूरी को इसका सदस्य बनाया।

मेरी क्यूरी ने अपने जीवनकाल में ही क्यूरी फाउंडेशन खड़ा कर दिया। वार्सा में रेडियम संस्थान की निदेशक उनकी बहन ब्रोन्या बनाई गईं। इसका उद्घाटन 1932 में हुआ और अब मेरी क्यूरी, जो मैडम क्यूरी कहलाने लगी थीं, जगह-जगह शोध-कार्यों की देखरेख करने लगीं।

मैडम क्यूरी द्वारा खोजा गया रेडियम सिर्फ चिकित्सा-कार्यों में ही इस्तेमाल नहीं हुआ, वरन् इसके साथ ही परमाणु भौतिकी में शोध क्रांति आ गई। जब 1930 में पार्टिकल एक्सेलेरेटर नामक उपकरण तैयार हो गया तो रेडियोएक्टिव सामग्री के एकत्रीकरण की होड़ लग गई। पेरिस के रेडियम संस्थान में 1.5 ग्राम रेडियम जमा कर लिया गया। साथ में रेडियम डी, पोलोनियम आदि भी एकत्रित किए जाने लगे।

मैडम क्यूरी ने अपनी पुत्री आइरीन को भी श्रेष्ठ वैज्ञानिक बनने के लिए तैयार किया। आइरीन ने फ्रेडरिक जोलियट नामक वैज्ञानिक से 1926 में विवाह किया और इस क्षेत्र में शोध-कार्य को आगे बढ़ाया।

मैडम क्यूरी द्वारा किए गए कार्य के आधार पर ही सर जेम्स चाडविक ने न्यूट्रॉन

की खोज कर डाली और 1934 में आइरीन और फ्रेडरिक जोलियट ने कृत्रिम रेडियोधर्मिता का आविष्कार कर डाला।

रेडियोएक्टिव पदार्थों पर शोध अत्यंत खतरनाक होता है। इसमें अत्यंत सावधानी बरतनी होती है। प्रारंभ में यह पूरी तरह ज्ञात नहीं था और मैडम क्यूरी अपनी धुन में लगी रहीं। मई, 1934 में एक दिन प्रयोगशाला में काम करते-करते उन्हें बुखार ने जकड़ लिया। जब छाती का एक्स-रे लिया गया तो पता चला कि उनके फेफड़ों में खराबी है। उन्हें स्वास्थ्य लाभ के लिए स्विटजरलैंड ले जाया गया।

जाँच-कार्य चलता रहा और पता चला कि वे रेडियम से खेलती-खेलती रक्त कैंसर की शिकार हो गईं। दुनिया को लाइलाज बीमारियों का नुस्खा–रेडियोथेरेपी देने वाली मैडम क्यूरी अब खुद लाइलाज बीमारी से ग्रस्त हो गईं।

जीवन-भर मुफलिसी व असफलताओं से सफलतापूर्वक लड़ने वाली मैडम क्यूरी इस बीमारी के सामने नहीं ठहर पाईं और उन्होंने अपने द्वारा तैयार किए गए जानलेवा रेडियम के सामने घुटने टेक दिए। 4 जुलाई, 1934 को वे इस दुनिया से हमेशा-हमेशा के लिए चली गईं।

दुनिया ने इस महान् महिला को अपने सर-आँखों पर बैठाया। रेडियोएक्टिव तैयारी की निश्चित गतिविधियों को नापने की इकाई का नाम क्यूरी रखा गया। यह निश्चित गतिविधि किसी रेडियोएक्टिव आइसोटोप में स्थित कुल परमाणुओं तथा उस तत्त्व में स्थित कुल परमाणुओं का अनुपात है। आज रेडियोएक्टिविटी बड़ी आसानी से पहचानी जाती है तथा क्यूरी आसान व व्यावहारिक इकाई बन चुकी है।

गुग्लिल्मो मारकोनी तथा उनका रेडियो

प्राचीन काल से ही मनुष्य की इच्छा रही है कि वह दूर घटने वाली घटनाओं को देख ले और दूर से आने वाली आवाज को सुन लें। प्राचीन काल में भारतीय साहित्य में इसकी परिकल्पना की गई है। आकाशवाणी का जिक्र जगह-जगह है। महाभारत में हो रही घटनाओं का वर्णन संजय ने दूर बैठकर धृतराष्ट्र को सुनाया था। पर यह सब कैसे संभव हुआ, इसके पुख्ता सबूत मौजूद नहीं हैं।

18वीं व 19वीं सदी में जब वैज्ञानिक लहर चल पड़ी तो इस पुरानी इच्छा को साकार करने का प्रयत्न प्रारंभ हो गया। अलैक्जेंडर ग्राह्म बैल ने दूर बैठे व्यक्ति से टेलीफोन पर बातचीत करना संभव बना दिया था। उधर मोर्स ने दूर बैठे व्यक्ति का संदेश प्राप्त करना टेलीग्राफ द्वारा संभव बना दिया। इससे दुनिया में संचार क्रांति का प्रादुर्भाव तो हो गया था पर मनुष्य अभी भी संतुष्ट नहीं हुआ। वह संदेश लेने-देने के बीच में तारों के जाल को हटाना चाहता था। वह चाहने लगा कि बिना तारों के ही उसकी वाणी हवा में उड़े और दूर तलक पहुँच जाए।

अनेक वैज्ञानिक इस कल्पना को साकार करने में जुट गए। भारत के जगदीश चंद्र बसु ने इसमें सबसे पहले सफलता पाई, पर तत्कालीन अंग्रेज सरकार ने आधुनिक भारत के प्रथम वैज्ञानिक द्वारा किए गए इस अभूतपूर्व आविष्कार को रत्ती-भर भी तवज्जोह नहीं दी।

कलकत्ता में गवर्नर के सामने प्रदर्शित किए गए अपने रेडियो द्वारा वे अंग्रेज सरकार को प्रभावित नहीं कर पाए और इस आविष्कार को पेटेंट कराने में उन्हें सफलता नहीं मिली। उसी बीच इटली के मारकोनी, जो स्वतंत्र रूप से इस प्रयास को कर रहे थे, ने अपने आविष्कार को मान्यता दिलाने में सफलता हासिल कर ली।

इस महान् आविष्कारक गुग्लिल्मो मारकोनी का जन्म 25 अप्रैल, 1874 को इटली के बोलोग्ना इलाके में हुआ था। उसके पिता गुसिप्पे एक बड़े जमींदार थे तथा जब वे 38 वर्ष के थे तभी उनकी पहली पत्नी का देहांत हो गया। गुसिप्पे को 17 वर्षीय एनी जेमेसन से प्यार हो गया। एनी आयरलैंड के निवासी तथा धनवान शराब व्यापारी की सबसे छोटी बेटी थी। वह उन दिनों संगीत का अध्ययन कर रही थी।

दरअसल गुसिप्पे कैथोलिक था और एनी का परिवार प्रोटेस्टेंट था। उस समय के वातावरण में इस प्रकार का विवाह संभव नहीं था। अत: गुसिप्पे को एनी के साथ चुपचाप भागना पड़ा। पर बाद में दोनों पक्षों ने विवाह को स्वीकार कर लिया।

जब गुग्लिल्मो मात्र 5 वर्ष का था तब एनी उसे लेकर इंग्लैंड गई और अपने नाते-रिश्तेदारों से प्रेमपूर्वक मिली। गुग्लिल्मो ने वहीं पर एक निजी स्कूल में पढ़ाई प्रारंभ कर दी। बाद में जब गुग्लिल्मो अपने पिता के घर वापस आया तो वह अंग्रेजी भी बोलता था और इटालियन भी। बाद के दिनों में तो अंग्रेज उस पर बराबर का अधिकार जताने लगे।

शक्ल-सूरत में गुग्लिल्मो अपनी आयरिश माता से ज्यादा मिलता था। उसकी नीली आँखें थीं, गोरा रंग था। उसके बाल, शक्ल-सूरत एक कुलीनवंशी अंग्रेज जैसे थे। वह शांत स्वभाव का था तथा जहाँ एक ओर उसके सौतेले भाई व पास के बच्चे खेल-कूद में जुटे रहते, गुग्लिल्मो कभी-कभार ही उनका साथ दे पाता था। वह ज्यादातर अपने पिता की लाइब्रेरी में पढ़ता रहता था या कभी-कभार मछली पकड़ने चला जाता था। वह कभी-कभी पेड़ों पर चढ़ जाता था और दूर-दूर तक निहारता रहता था। वह उन चीजों के बारे में कल्पना करता जो उसे भाती थीं। उसे रसायनशास्त्र तथा विद्युतशास्त्र अतिप्रिय थे।

गुग्लिल्मो ने प्रारंभिक पढ़ाई बोलोग्ना में ही की। उसके शिक्षक घर पर ही पढ़ा जाया करते थे। बाद में वह फ्लोरेंस पढ़ने गया। उसके बाद सात वर्ष तक उसने लेघोर्न के तकनीकी विद्यालय में पढ़ाई की। यहाँ पर उसने विंसेंजो रोजा नामक विद्वान् से भौतिकशास्त्र पढ़ा। इस दौरान उस समय के नवीनतम सिद्धांत इलैक्ट्रोमैग्नेटिक वेव टेक्नीक, जैम्स क्लार्क, मैक्सवैल तथा हैनरिच हर्ट्ज के गणितीय व प्रायोगिक परिणामों का अध्ययन किया।

इसके बाद उसने दो इतालवी विश्वविद्यालयों में प्रवेश के लिए आवेदन किया पर उसे प्रवेश नहीं मिला। प्रवेश परीक्षा में असफल गुग्लिल्मो ने एक विज्ञान के प्रोफेसर को अपने ज्ञान द्वारा प्रभावित करने में सफलता हासिल कर ली तथा उस प्रोफेसर ने उसे अपनी कक्षा में बैठने तथा प्रयोगशाला में शोध करने की अनुमति दे दी।

जब वह बीस वर्ष का था तभी उसने एक विज्ञान पत्रिका में मैक्सवैल द्वारा खोजी गई इलैक्ट्रोमैग्नेटिक वेव थ्योरी या रेडियो वेव थ्योरी पर आधारित लेख पढ़ा। उसके साथ ही गुग्लिल्मो के मस्तिष्क में यह कल्पना जम गई कि हवा में भी वे तरंगें मौजूद रहती हैं जो एक लाख छियासी हजार मील प्रति सैकेंड की रफ्तार से चलती हैं। वह सोचने लगा कि अगर तालाब में एक पत्थर फेंका जाए तो तरंगें चारों दिशाओं में फैलती हैं। इसके बाद जब जर्मन वैज्ञानिक हैनरिच हर्ट्ज का लेख छपा जिसमें यह लिखा था कि मैक्सवैल का सिद्धांत सत्य पर आधारित है तो मारकोनी को अत्यंत प्रसन्नता हुई। हर्ट्ज ने ऑस्सिलेटर नामक उपकरण बनाकर रेडियो तरंगों को थोड़ी दूर तक भेजने में सफलता हासिल कर ली।

मारकोनी ने 1894 से ही अपने पिता के बोलोग्ना स्थित फार्म पर एक प्रयोगशाला लगा ली थी जहाँ वह अपने प्रयोग किया करता था। प्रारंभ में उसके पास गिने-चुने उपकरण ही थे। वह इंडक्शन कॉयल, स्पार्क डिस्चार्जर, मोर्स की आदि को लेकर प्रयोग करता था। उसने अपने पिता की लाइब्रेरी से तमाम पुस्तकें लीं और पढ़ीं तथा मालूम किया कि अमेरिकी आविष्कर्ता सामुवेल एफ०बी० मोर्स ने किस प्रकार विद्युतधारा के जरिये संदेश भेजने में सफलता पाई थी। गुग्लिल्मो के समय तक ये संदेश आसानी से जाने लगे थे और समुद्र के भीतर भी केबल बिछा दी गई थी। उसे धीरे-धीरे समझ में आने लगा कि हवा के जरिये ये विद्युत चुंबकीय तरंगें बहुत तेजी से और बहुत दूर तक व आसानी से भेजी जा सकती हैं।

जब गुग्लिल्मो अपनी गर्मी की छुट्टी बिता रहा था तो उसने हैनरिच हर्ट्ज का लेख बार-बार तथा खूब ध्यान से पढ़ा। वह सोचता रहा कि आखिर तरंगें कैसे तो निकलती हैं और कैसे वापस एकत्रित की जाती हैं। तभी उसके मस्तिष्क में एन्टेना की कल्पना उभरी जो न सिर्फ तरंगों को भेज सकता है वरन् उन्हें एकत्रित करके आवाज में या छपे हुए अक्षरों में परिवर्तित भी कर सकता है।

1894 के अंत में ही मारकोनी ने अपनी प्रयोगशाला तीसरी मंजिल पर लगा ली। अब वह अपने हाथ से अपने उपकरणों के चित्र बनाता था तथा फिर उनसे उपकरण भी बनाता था। वह प्रातः जल्दी उठ जाता और पूरे दिन काम में लगा रहता था। वह अकसर रातों को भी जागता था। उसका चेहरा ढलने लगा। उसकी आँखें हमेशा नींद व थकान से भरी रहती थीं। उसकी माता चिंता करने लगीं। वैसे भी वह कभी भी मजबूत शरीर वाला नहीं रहा था।

अचानक मारकोनी ने एक दिन अपनी माता को तसल्ली देते हुए कहा कि उसके उपकरण अब तैयार हो चले हैं। अतः चिंता की कोई बात नहीं है। एक दिन उसने अपने परिवार को छत पर आमंत्रित किया ताकि वे उसके सफल प्रयोग का

नजारा देख सकें।

पहले ही प्रदर्शन में मारकोनी ने एक बटन दबाकर अपने उपकरण से नीचे प्रथम तल पर संदेश भेजा और उस संदेश ने दरवाजे की घंटी बजा दी। उसके माता-पिता प्रभावित हुए। पिता मारकोनी ने बेटे को सलाह दी कि अगर संदेश यहीं तक जा पाएगा तो फिर यह बच्चों को दिखाने वाला तमाशा बनकर रह जाएगा। संदेश दूर जाए तभी लाभदायक सिद्ध होगा। गुसिप्पे मारकोनी अपने बेटे को महँगे उपकरण खरीदने में सहायता करते रहे पर अभी भी उन्हें बेटे की सफलता पर संदेह था।

गुग्लिल्मो लगातार परिश्रम करता रहा। धीरे-धीरे उसने अपने संकेत भेजने व संकेत प्राप्त करने वाले उपकरणों में महत्त्वपूर्ण परिवर्तन किए। उसे उम्मीद थी कि उसका उपकरण और दूर तक तरंग भेज पाएगा। एक दिन वह अपना संकेत प्राप्त करने वाला संयंत्र लेकर एक पहाड़ी के ऊपर चढ़ गया। अपना संयंत्र स्थापित करने के पश्चात् उसने अपने भाई अलोंसो को पहाड़ी पर भेजा। इसके बाद उसने टेलीग्राफ की भाषा में तीन डाट उत्पन्न किए जो अंग्रेजी के अक्षर 'एस' को दर्शाते थे। गुग्लिल्मो ने ज्योंही यह संकेत दिया, पहाड़ी पर अलोंसो ने एक झंडा लहराकर वह अक्षर 'एस' दोहरा दिया। इस प्रकार बिना तारों के अक्षर भेजने का काम प्रारंभ हुआ।

अगली बार गुग्लिल्मो ने अपना तामझाम पहाड़ी के दूर वाले सिरे पर लगाया, जिसे वह अपनी प्रयोगशाला से देख नहीं सकता था। इस बार उसने फिर वही अक्षर 'एस' प्रसारित किया। जब अलोंसो को वह अक्षर सुनाई दिया तो उसने बंदूक चलाकर संकेत प्राप्त करने की सूचना दी। गुग्लिल्मो की खुशी का ठिकाना नहीं था क्योंकि उसका संकेत बिना तारों के तीन-चौथाई मील तक पहुँच रहा था। उसे इस बात की भी प्रसन्नता थी कि यह छोटी पहाड़ी उसके संकेतों की यात्रा को रोक नहीं पा रही है। अब उसकी इच्छा थी कि वह बड़े-बड़े पहाड़ों को पार करके अपना रेडियो संदेश पहुँचाए।

पहाड़ी पर सफल प्रयोग करने के बाद पिता गुसिप्पे मारकोनी को भी अब विश्वास हो चला था। उन्हें लग रहा था कि बेटा जो आविष्कार कर रहा है, उसका व्यावसायिक मूल्य ज्यादा है। आखिर वे एक अच्छे व्यापारी भी थे।

दूसरी ओर गुग्लिल्मो भी इस प्रयास में था कि उसका संकेत जितना दूर जा सकेगा, उसके संयंत्र का मूल्य उतना ही ज्यादा होगा। उसने इटली सरकार से अपने अनुसंधान-कार्य हेतु आर्थिक सहायता माँगी। पर इस महान् आविष्कारक को अपने देश की सरकार से निराशा ही हाथ लगी। पर दूर इंग्लैंड में उसके रिश्ते के एक भाई जेमसन डेविस का बुलावा उसे मिल गया। डेविस को उम्मीद थी कि ब्रिटिश सरकार अवश्य मदद करेगी।

उस समय तक गुग्लिल्मो का संयंत्र लगभग डेढ़ किलोमीटर तक संकेत भेज पाता था। इसके साथ ही उसने अपने एंटिना में रिफ्लैक्टर लगाकर संकेत एक ओर केंद्रित करने का प्रयास भी किया था, बजाय चारों ओर भेजने के।

फरवरी, 1896 में वह लंदन पहुँचा। उस साल उसने अपने भाई डेविस की सहायता से जगह-जगह अपने संयंत्र का प्रदर्शन किया। पोस्ट ऑफिस, युद्ध विभाग, टेलीग्राफ विभाग तथा अन्य विभागों के अभियंताओं तथा अधिकारियों ने जब देखा कि दो किलोमीटर तक तो संदेश बड़े आराम से चला जाता है तो उन्होंने भूरि-भूरि प्रशंसा की, पर आर्थिक सहायता के लिए कोई आगे नहीं बढ़ा।

अंततः मारकोनी व डेविस ने अपने दम पर अपनी परियोजना आगे बढ़ाने का निर्णय किया। जून, 1896 में मारकोनी ने पहला पेटेंट आवेदन इंग्लैंड में दाखिल किया। उन्होंने अपने मित्रों से पैसा कर्ज के रूप में लिया। उन्होंने लंदन में वायरलेस टेलीग्राफ तथा सिग्नल कंपनी की स्थापना भी की। शीघ्र ही एक ग्रामीण इलाके में इस कंपनी ने वायरलेस सेटों का उत्पादन प्रारंभ कर दिया।

विदेशी धरती पर आकर भी गुग्लिल्मो अपने वतन को नहीं भूला था और उसे उस समय अत्यंत प्रसन्नता हुई जब इटली सरकार ने उसका संयंत्र खरीदने का फैसला किया। 1897 में इटली नौ सेना ने इसके जरिये समुद्री तट पर बने केंद्रों तथा जहाजों में संपर्क स्थापित करना प्रारंभ कर दिया।

अब मारकोनी ने अनेक जगह प्रदर्शन प्रारंभ किए। उसने बैलून तथा पतंगों के जरिये अपने एंटीना को ऊँचाई पर स्थापित किया। उसका संदेश जमीन पर चार किलोमीटर तक चला जाता था। इधर मारकोनी ने जगह-जगह संयंत्र का प्रदर्शन किया और उधर इंग्लैंड के डाक-तार विभाग के विलियम प्रीस ने जगह-जगह इसके बारे में व्याख्यान दिए। इससे वायरलेस का प्रचार जोर-शोर से हो गया। जून, 1897 में इटली में लास्पेसिया नामक स्थान में स्टेशन तैयार किया गया और 12 मील दूर तक के जहाजों से संपर्क स्थापित करना संभव हो गया।

इटली में वायरलेस की सफलतापूर्वक स्थापना के पश्चात् मारकोनी ने इंग्लैंड का सघन दौरा किया। उसने जगह-जगह संयंत्र स्थापित किए। वह संकेतों को अधिकतम दूरी तक पहुँचाने का प्रयास भी करता रहा। दिसंबर, 1897 में उसने 120 फीट ऊँचा एक एंटीना तारों की सहायता से स्थापित किया तथा वहाँ से स्टीमरों में संदेश भेजने लगा। अब इन स्टीमरों में साढ़े अठारह मील दूर तक संदेश पहुँचने लगा।

1899 के प्रारंभ में इंग्लिश चैनल के दोनों किनारों पर वायरलेस स्टेशन कायम किये गए। एक स्टेशन इंग्लैंड डोवर में था तो दूसरा फ्रांस के विमरैक्स में। अब 32 मील चौड़ी इस चैनल को पार करते हुए रेडियो संदेश एक देश से दूसरे देश पहुँचने

लगा। इस बार इंग्लैंड सहित सभी यूरोपीय देशों तथा अमेरिका में अखबारों ने इस घटना को प्रमुखता से छापा। लोगों की उम्मीद जगी कि आने वाले समय में इस संयंत्र का उपयोग दूसरे व्यापारिक कामों में भी होने लगेगा।

पर इसके साथ ही एक समस्या भी थी। अब तक भेजे जा रहे रेडियो संदेश किसी भी एंटीना के जरिये पकड़े जा सकते थे। इससे हर कोई जान सकता था कि क्या संदेश आ रहा है और गोपनीयता भंग हो रही थी।

मारकोनी ने इस समस्या का हल भी चंद हफ्तों में निकाल दिया। सेलेक्टिव ट्यूनिंग के जरिये अब यह निश्चित एंटीना द्वारा ही प्राप्त किया जाने लगा। जब पत्रकारों ने पूछा कि उन्होंने ऐसा किस तरह किया तो बताया गया कि संकेत तभी सुना जा सकेगा जब ट्रांसमीटर और रिसीवर की ट्यूनिंग होगी।

1899 के अंत में न्यूयार्क के दो अखबारों के प्रकाशक जेम्स गोर्डन बेनेट ने मारकोनी को अमेरिका आमंत्रित किया। मारकोनी की यह पहली अमेरिका यात्रा थी और इस दौरान उन्होंने न्यू जर्सी नदी के दोनों किनारों पर शक्तिशाली ट्रांसमीटर लगाए और नौकायन के अमेरिकी कप के लिए प्रतिस्पर्धा कर रहे प्रतियोगियों का प्रदर्शन उन्होंने वायरलेस के जरिए अखबारों को भेजा। तत्कालीन महान् आविष्कारक थॉमस अल्वा एडीसन ने भी यह प्रसारण सुना और पूरी प्रक्रिया को बड़ी दिलचस्पी से देखा। वे इस 25 वर्षीय आविष्कारक से अत्यंत प्रभावित हुए।

शीघ्र ही अमेरिकी नौसेना ने भी इन वायरलेस सैटों का प्रयोग प्रारम्भ कर दिया। जब मारकोनी इंग्लैंड वापस लौटे तो उन्होंने दूरसंचार की दिशा में अपना अभूतपूर्व प्रयोग प्रारंभ किया। इस बार वे अमेरिका में शक्तिशाली ट्रांसमीटर व रिसीवर स्थापित करके अटलांटिक महासागर से होकर संदेश भेजना चाहते थे।

जब अन्य वैज्ञानिकों को इस महत्त्वाकांक्षी योजना का पता चला तो उन्होंने अनेक आशंकाएँ जताईं। कुछ ने कहा कि रेडियो तरंगों का मार्ग पृथ्वी की गोलाकार सतह से लगा हुआ नहीं होता है। वह एक ऊँचाई तक जाकर फिर सीधा अंतरिक्ष की ओर जाता है। एक प्रसिद्ध वैज्ञानिक ने तो यह भी कह डाला कि भविष्य में यह तो संभव होगा कि हम दूसरे ग्रहों से संपर्क कायम कर लें, पर पृथ्वी के एक सिरे से दूसरे सिरे तक संपर्क बनाना संभव नहीं होगा।

पर इन सब चर्चाओं से बेखबर मारकोनी ने अपना प्रयास जारी रखा। उसने इंग्लैंड के दक्षिणी किनारे पोल्धू पर अपना शक्तिशाली ट्रांसमीटर लगाया। इसमें एंटीना गोलाई में लगाए गए थे और हर एंटीना 200 फीट ऊँचा था। एक परिवर्तन और किया गया। अब तक लगे ट्रांसमीटर बैटरियों से चलते थे। जबकि यह संयंत्र एक छोटे बिजलीघर से चलाया गया जिसमें 32 हॉर्सपावर का डीजल इंजन लगा था।

इसके बाद मारकोनी मैसाचुएट्स पहुँचा, जहाँ उसने कैप कोड में वैसा ही एंटीने का जाल स्थापित किया। जब दोनों जगह से संकेतों का सफल आवागमन प्रारंभ हुआ तो वैज्ञानिकों ने इसे स्वीकार कर लिया। मारकोनी के वायरलेस संयंत्र ने 3000 मील दूर तक अपना संदेश पहुँचाया। आज हम जानते हैं कि रेडियो तरंगें पृथ्वी की गोलाकार सतह के साथ-साथ चलकर गुजरती हैं, पर उस समय वैज्ञानिक इसे कतई मानने के लिए तैयार नहीं थे।

दिलचस्प बात यह है कि उसी साल पोल्धू के स्थानीय निवासियों ने इस ऐतिहासिक ट्रांसमीटर को, जो उनके लिए अजूबा था, तहस-नहस कर दिया। उसी के चंद हफ्तों बाद 26 नवंबर को एक समुद्री तूफान ने अमेरिका स्थित ट्रांसमीटर को भी जमींदोज कर दिया। इस ऐतिहासिक घटना का कोई अवशेष नहीं बच पाया।

जहाँ एक ओर मारकोनी हैरतअंगेज प्रयोग कर रहा था वहीं उसका व्यवसाय भी चमक रहा था। मारकोनी और जेमसन डेविड द्वारा स्थापित कंपनी वायरलेस टेलीग्राफ एंड सिग्नल्स कंपनी का नामकरण सन् 1900 में मारकोनी वायरलेस टेलीग्राफ कंपनी कर दिया गया। 1904 में प्रसिद्ध वैज्ञानिक जॉन अम्बरोज फ्लेमिंग को इस कंपनी का वैज्ञानिक सलाहकार बनाया गया जिन्होंने थर्मोनिक वाल्व तैयार किए थे। वे मारकोनी को रेडियो टेलीग्राफी के क्षेत्र में नए-नए प्रयोग करने में सहायता, सलाह व प्रेरणा देते रहते थे।

बाद में अमेरिकी मारकोनी कंपनी की स्थापना हुई। अगले ही साल मारकोनी इंटरनेशनल मेरीन कम्यूनिकेशन कंपनी लिमिटेड की स्थापना हुई, जिसने विश्व में जगह-जगह ट्रांसमीटर व रिसीवर लगाने का काम प्रारंभ कर दिया। 1900 में मारकोनी ने परिष्कृत वायरलेस टेलीग्राफी के लिए पेटेंट आवेदन दर्ज किया।

मारकोनी की कंपनी के बोर्ड सदस्य उससे निवेदन करते रहते थे कि वह अजीबोगरीब प्रयोग छोड़कर व्यवसाय पर ध्यान दे। पर मारकोनी पूरे संसार में संचार क्रांति जल्दी से जल्दी लाना चाहता था। उसने पोल्धू में फिर से ट्रांसमीटर लगाया जो इस बार आकार में पहले की तुलना में छोटा था। अमेरिका के उत्तरी भाग में उसने दूसरा ट्रांसमीटर लगाया। इसके लिए उसने कनाडा की यात्रा भी की। 6 दिसंबर को जब वह कनाडा पहुँचा तो उसके साथ उसका सहायक ब्रिटिश इंजीनियर जॉर्ज स्टीफन कैंप भी था जो पहले नौ सेना में भी काम कर चुका था।

अगले ही दिन दोनों ने इलाके का सर्वे पूरा करके अपना संयंत्र वहाँ के एक अस्पताल में लगा लिया तथा कुछ एंटीना बैलून में बाँधकर आकाश में उड़ा दिए। 10 दिसंबर को मारकोनी ने अपने पोल्धू स्थित इंजीनियरों को तार द्वारा संदेश भेजा, जो संदेश के अनुसार 'एस' अक्षर को तीन डॉट की सहायता से लगातार रुक-रुककर

8 घंटे तक भेजते रहे।

अगले दिन मारकोनी को संदेश सुनाई देने लगा। यह सिलसिला बिना रुके चलता रहा। बीच-बीच में कई बैलून हवा के झोंके के साथ उड़ गए या फट गए। मारकोनी ने उन्हें तत्काल बदलने की व्यवस्था कर रखी थी। यह प्रक्रिया लगातार चलती रही और मारकोनी का जो लक्ष्य था कि अब बड़ा संदेश भेजा जा सकता है, पूरा हो गया। एक साल बाद अगले प्रयोग में मारकोनी ने संदेश लगातार सिर्फ प्राप्त ही नहीं किए वरन् प्रिंटर पर दर्ज भी कर लिए।

मारकोनी ने न्यूयार्क में जो कंपनी स्थापित की थी वह आज अनेक बार हुए नाम-परिवर्तन के पश्चात् रेडियो कारपोरेशन ऑफ इंडिया कहलाती है। 1908 से अटलांटिक महासागर के आर-पार नियमित वायरलेस संचार सेवा प्रारंभ हुई। कनाडा में मिली सफलता ने मारकोनी का नाम बच्चे-बच्चे की जबान पर ला दिया। संसार को रेडियो तरंगों की गतिविधि के बारे में बहुमूल्य जानकारी मिली जिसका उपयोग रेडियो संचार, रेडियो प्रसारण तथा नौसैनिक सेवाओं में होने लगा।

मारकोनी के प्रयोग अनवरत चलते रहे। 1902 में जब वह अमेरिकी युद्धपोत 'फिलाडेल्फिया' में जा रहा था तो उसने दिन में 700 मील तक तथा रात में 2000 मील तक संदेश भेजने व प्राप्त करने में सफलता प्राप्त कर ली। इससे यह भी साबित हो गया कि रेडियो तरंगें वायुमंडल की ऊपरी सतह तक जाकर और फिर वहाँ से परावर्तित होकर आती हैं और इस कारण रात में दूरसंचार दिन की अपेक्षा बहुत आसान हो जाता है।

1905 में मारकोनी ने आयरलैंड की एक युवा कुलीन लड़की बेट्रिस ओ ब्रायन से विवाह किया। बेट्रिस से उसे एक लड़का तथा दो लड़कियाँ प्राप्त हुईं। 1927 में बेट्रिस से तलाक हो जाने के पश्चात् 12 जून, 1927 को मारकोनी का विवाह एक खूबसूरत इतालवी लड़की मारिया क्रिस्टीना बेजी स्केली से हुआ जिसने कालांतर में इलैट्रा नामक लड़की को जन्म दिया।

पारिवारिक गतिविधियों में समय देने के बावजूद मारकोनी ने अपने आविष्कार जारी रखे। उसने अपने मैग्नेटिक डिटेक्टर को 1902 में पेटेंट करा लिया था। अगले 3 वर्षों में उन्होंने सामान्तर एरियल विकसित कर लिया था जो उनके संचार संयंत्र में काम आता था। उसे उन्होंने पेटेंट भी करा लिया।

एच०जे० राउंड की सहायता से उन्होंने कम लंबाई की रेडियो किरणों की सहायता से 1910 में 6000 मील की दूरी तक संदेश भेजने में सफलता पाई। वे अपने संयंत्र की क्षमता बढ़ाने तथा सेलेक्टिविटी में सुधार करने में लगातार जुटे रहे। अब उनका संयंत्र दूरदराज के इलाकों में संदेश भेजने के काम आने लगा। सितंबर, 1918

में उन्होंने इंग्लैंड से आस्ट्रेलिया तक संदेश भेजा।

मारकोनी ने अल्पायु में ही सफलता प्राप्त कर ली थी। उनके पास धन का भी अंबार लगता जा रहा था। पर अपने संयंत्र में सुधार और दुनिया को छोटा से छोटा बनाने की उनकी चाहत कभी कम नहीं हुई। वे लगातार प्रयोगों में जुटे रहे। पहले विश्वयुद्ध के दौरान उन्होंने शॉर्टवेव का प्रयोग करके उपकरण बनाने प्रारंभ कर दिए। ये युद्ध में ज्यादा उपयोगी थे, क्योंकि दुश्मन के लिए रेडियो जाम करना कठिन हो गया। युद्ध के बाद नावों में, याट में रेडियो संयंत्र लगाकर 1400 मील तक की दूरी से संदेश प्राप्त करने में उन्होंने सफलता पाई।

1924 में मारकोनी ने इंग्लैंड तथा अन्य राष्ट्रमंडलीय देशों के बीच शॉर्ट वेव आधारित संचार प्रणाली स्थापित करने का ठेका प्राप्त किया। उनका अनुसंधान भी साथ-साथ चलता रहा और अब वे बहुत छोटी तरंगों की सहायता से संचार प्रणाली विकसित करने में जुट गए। इटली में समुद्री तट पर प्रारंभ किए गए प्रयोग की श्रृंखला के कारण उन्हें कम शक्ति के ट्रांसमीटर बनाने में सफलता मिली। इसका उपयोग करते हुए उन्होंने पोप के महल तथा वेटीकन सिटी के बीच संपर्क स्थापित कर दिया:

मारकोनी के असाधारण कृतित्व को दुनिया ने न सिर्फ सराहा वरन् अनेक इनामों व खिताबों से नवाजा भी। पुरस्कारों, खिताबों की श्रृंखला 1902 से ही प्रारंभ हो गई थी और उनकी इटली सरकार ने उन्हें उस वर्ष सम्मानित किया। 1903 में उन्हें रोम में सम्मानित किया गया। 1909 में उन्हें भौतिकशास्त्र के लिए नोबल पुरस्कार भी मिला और उसी साल उन्हें रॉयल सोसायटी ने अलबर्ट मेडल दिया तथा अमेरिका में फ्रैंकलीन व जॉन फ्रिटजमेडल मिला। 1914 में उन्हें विक्टोरियन ऑर्डर से सम्मानित किया गया। दूसरे विश्वयुद्ध के पश्चात् उन्हें पेरिस में हुई शांति वार्ता में भाग लेने के लिए भेजा गया। 1929 में उन्हें इटली की सीनेट का सदस्य बनाया गया। 1930 में उन्हें इटली की रॉयल इटालियन अकादमी का सदस्य बनाया गया।

इन सारे इनामों-इकरामों के बीच मारकोनी को बुरे दिन भी देखने पड़े, जब उन्होंने देखा कि उनके वायरलेस सेटों का धुआँधार प्रयोग पहले विश्वयुद्ध में हो रहा है। उन्होंने हमेशा से यह चाहा था कि उनके सेटों का प्रयोग करके दुनिया में संपर्क बढ़ेगा और दुनिया विश्वशांति की ओर बढ़ेगी, पर दुनिया विश्वयुद्ध की ओर बढ़ती गई और मारकोनी ने देखा कि विश्व विनाश की ओर बढ़ रहा है। उन्होंने एक बार अपने विचार स्कॉटलैंड के सेंट एन्ड्रयूज विश्वविद्यालय में व्यक्त किए तथा अपने कृतित्व पर खुद ही प्रश्नचिह्न लगाया कि मैंने दुनिया को एक अच्छी चीज दी है या विनाश का जंजाल।

अनेक लोगों को मारकोनी को समझने में भ्रम होता था। उनके कुछ गुण शेष

गुणों से बिलकुल विपरीत थे। वे असाधारण रूप से सृजनशील थे। वे एक उत्कृष्ट व्यवसायी भी थे जो कि बहुत कम आविष्कारक हो पाते हैं। वे संवाददाताओं से हमेशा अच्छे संबंध बनाए रखते थे जो कि हमेशा नई खबर की तलाश में उनका दरवाजा खटखटाते रहते थे। वे उन्हें खबरों के अलावा चुटकुलों से भी उपकृत करते थे।

साथ ही उनमें कुलीन वर्ग के भी कुछ गुण थे। वे काफी दूरी भी बनाते थे। लंदन में जिस भवन में उनकी कंपनी का दफ्तर था उसमें वे जब लिफ्ट में जाते थे तो कभी किसी अनजान व्यक्ति के साथ नहीं जाते थे।

मारकोनी ने एक 220 फुट लंबा याट बनवाया था तथा वे इस भाप इंजन से चलने वाले याट में प्रयोग करते थे। उन्होंने इस याट का नाम इलैट्रा रखा था जो कि उनकी छोटी पुत्री का भी नाम था। अंतिम दिनों में वे इसी याट स्थित प्रयोगशाला में प्रयोग करते रहे। वे रेडियो तरंग के हर पहलू से अवगत होना चाहते थे।

1936 में उन्हें एक के बाद एक दिल के दौरे पड़े। पहली बार उन्हें बिस्तर पर लेटना पड़ा। डॉक्टरों ने पूर्ण विश्राम की हिदायत दी थी। उनकी पत्नी भी उनसे विश्राम करने को गिड़गिड़ाती रही, पर ज्योंही वे बिस्तर से उठने की स्थिति में आए, अपने अध्ययन और प्रयोगों में जुट गए।

वे प्रयोग करते ही रहे। जब वे अपने रोम वाले मकान में थे तो प्रयोग करते समय 19 जुलाई, 1937 को उन्हें दिल का तेज दौरा पड़ा जो अंतिम साबित हुआ और अगले दिन प्रात: तीन बजकर पैंतालीस मिनट पर वायरलेस के इस महान् आविष्कारक व विश्व-संचार के मसीहा का निधन हो गया।

इटली की सरकार ने पूरे सरकारी सम्मान के साथ अपने इस महान सपूत का अंतिम संस्कार किया। मारकोनी ने अपने जीवनकाल में ही अपनी इच्छा व्यक्त कर दी थी जिसके अनुसार उन्हें उनके पैतृक स्थान बोलोग्ना में दफनाया गया।

विश्व इस आविष्कारक के योगदान को कभी न भुला सकेगा।

अल्बर्ट आइंस्टाइन और उनके आधुनिक वैज्ञानिक सिद्धांत

बीसवीं सदी के आने तक विज्ञान का काफी विकास हो चुका था। विज्ञान काफी लोकप्रिय हो चला था और वैज्ञानिकों की बड़ी तादाद हर देश में तैयार हो रही थी।

ऐसे में अपने अद्‌भुत आधुनिक सिद्धांतों से दुनिया को चमत्कृत करने वाले और श्रेष्ठ वैज्ञानिक का दर्जा पाने वाले अल्बर्ट आइंस्टाइन का जन्म 14 मार्च, 1879 को जर्मनी के उल्म नामक शहर में एक साधारण यहूदी परिवार में हुआ था। उनके पिता हरमन आइंस्टाइन धार्मिक प्रकृति के नहीं थे और एक जगह टिककर काम करना पसंद नहीं करते थे।

जन्म के एक साल बाद ही हरमन और उसके छोटे भाई जैकब आइंस्टाइन ने उल्म शहर छोड़ दिया और म्यूनिख चले आए। उन्होंने एक फैक्टरी लगाई जिसमें बिजली का सामान बनता था। इससे परिवार का किसी तरह गुजारा चलता रहा।

बालक अल्बर्ट 3 साल की आयु तक बोला नहीं। उसका खेल-कूद, बालसुलभ शैतानियों में मन नहीं लगता था। लोग उसे बुद्धू मानते थे। घर में माता उसे धार्मिक शिक्षा देती थी और स्कूल में शिक्षक सामान्य शिक्षा। अल्बर्ट को स्कूल का अनुशासित माहौल अच्छा नहीं लगता था।

उस समय की जर्मन शिक्षा पद्धति बच्चों के लिए रुचिकर व उत्साहवर्धक नहीं थी और अल्बर्ट बोर हो जाता था। जैकब आइंस्टाइन, जो एक कुशल इंजीनियर था, ने अल्बर्ट को गणित इस तरह पढ़ाना प्रारंभ किया कि उसकी बीजगणित और रेखागणित में रुचि बढ़ती चली गई। अब गणित उसे प्रिय लगने लगा।

दूसरी ओर हरमन ने अपने पुत्र को कम्पास लाकर दिया ताकि वह इससे खेले। खेलकूद में नहीं के बराबर रुचि लेने वाले अल्बर्ट ने देखा कि कम्पास की सुई हमेशा

उत्तर-दक्षिण की ओर ही रहती है। उसके मन में इसके बारे में अनेक प्रश्न उठते चले गए और उनका उत्तर न मिलने से उसके मन में रहस्यों को जानने की भूख जग गई।

अल्बर्ट की माता को संगीत का अच्छा ज्ञान था और वह अल्बर्ट को संगीत सिखाने लगी। प्रारंभ में तो अल्बर्ट का मन नहीं लगा, पर धीरे-धीरे उसे संगीत में भी मजा आने लगा।

अल्बर्ट की रुचि गणित और विज्ञान में तो बढ़ती चली गई, पर दूसरे विषयों जैसे भूगोल, इतिहास व भाषा-ज्ञान में वह पिछड़ता गया। यूक्लिड का रेखागणित हाथ में आते ही उसे और कोई चीज याद ही नहीं रहती थी। वह वायलिन भी अच्छा बजा लेता था।

उधर हरमन का व्यवसाय चौपट होने लगा। आर्थिक हालात इस कदर बिगड़ गए कि उन्हें म्यूनिख छोड़ना पड़ा। अल्बर्ट उस समय 12 वर्ष का था। उसने म्यूनिख में रहते हुए ही पढ़ाई जारी रखने का फैसला किया। वह तीन साल स्कूल में जूझता रहा, पर दूसरे विषयों में उसकी रुचि नहीं जगी और इम्तहान में उसके अंक बहुत कम आए।

किशोर अल्बर्ट को हर प्रकार की प्रताड़ना का सामना भी करना पड़ता था। कम अंक आने के कारण अध्यापक डाँटते थे। यहूदी होने के कारण दूसरे छात्र परेशान करते थे। उस समय जर्मनी में माहौल यहूदियों के खिलाफ था।

उधर आइंस्टाइन परिवार इटली के मिलान शहर में स्थापित होने के लिए संघर्ष कर रहा था। 15वें वर्ष में अल्बर्ट हार कर मिलान पहुँचा पर वहाँ उसे प्रवेश नहीं मिला। अंतत: वह स्विटजरलैंड के ज्यूरिख शहर पहुँचा। यहाँ पर उसने प्रसिद्ध फेडरल पॉलीटेक्नीक में प्रवेश के लिए परीक्षा में भाग लिया। इस परीक्षा में गणित में उसे पूरे अंक मिलने पर भी अन्य विषयों में वह असफल हुआ। पर गणित में उसका प्रदर्शन इतना असाधारण था कि पॉलीटेक्नीक के निदेशक ने अन्य विषयों में सुधार करने के लिए उसका दाखिला अराऊ नामक विद्यालय में करा दिया।

यहाँ उसने जमकर परिश्रम किया और शीघ्र ही नेशनल पॉलीटेक्नीक में प्रवेश पा लिया। यहाँ की पढ़ाई उसे अनुकूल लगी और वह न सिर्फ पढ़ाई करता वरन् अपने ढंग से भौतिक विज्ञान आदि विषयों की पढ़ाई करता चला गया। अब वह वायलिन में पूरी तरह से पारंगत हो गया था।

सन 1900 में अल्बर्ट आइंस्टाइन ने स्नातक की उपाधि हासिल की। हालाँकि अब भी कई प्रोफेसर उसकी योग्यता पर संदेह ही करते थे, पर कुछ लोग उसकी गणित व भौतिकी में योग्यता के कायल थे।

अब अल्बर्ट ने ट्यूशन पढ़ाना प्रारंभ किया। कई बार उसे स्थानापन्न शिक्षक के

रूप में पढ़ाने का अवसर मिल जाता था। 1901 में उसे स्विस नागरिकता भी मिल गई। 1902 में उसे स्विटजरलैंड के पेटेंट कार्यालय में परीक्षक की नौकरी भी मिल गई। अब उसके दिन अच्छे हो गए। युवा अल्बर्ट को एक लड़की से प्यार भी हो गया। मिलेवा मारित्श नामक य़ह लड़की पहले अल्बर्ट के साथ पढ़ती थी और वह भी गणित और भौतिकी में बहुत रुचि रखती थी। अल्बर्ट ने खाली समय में काम करने के लिए प्रयोगशाला तैयार की थी। अल्बर्ट और मिलेवा उसमें काम करते रहते थे।

1903 में दोनों विवाह-बंधन में बँध गए। वे रातों में नक्षत्रों, उनसे आने वाले प्रकाश का भी अध्ययन करते थे। वे अपनी खोजों के परिणाम भी दर्ज करते रहे और इनके आधार पर उनके अनेक शोध-पत्र भी प्रकाशित हुए।

1905 में अल्बर्ट ने प्रतिष्ठित जर्मन भौतिकी मासिक पत्रिका का प्रकाशन किया। उसी साल अणुओं के आकार-प्रकार संबंधी सिद्धांत पर अल्बर्ट आइंस्टाइन को ज्यूरिख विश्वविद्यालय ने डॉक्टरेट की उपाधि दी।

इसके बाद अल्बर्ट के लगातार चार शोध-पत्र प्रकाशित हुए। पहला शोध-पत्र स्थिर तरल पदार्थ में स्थित छोटे कणों में ताप के कारण गति के संबंध में था। दूसरा प्रकाश के उत्पादन और गति के संबंध में अब तक की मान्यता के संदर्भ में था। अब तक प्रकाश के संबंध में वेव थ्योरी का सिद्धांत प्रचलित था। आइंस्टाइन के इस शोध-पत्र ने नई फोटोन थ्योरी की जानकारी देकर वैज्ञानिक-जगत में धमाका कर दिया। उन्होंने स्पष्ट किया कि न्यूटन ने सदियों पूर्व जो सिद्धांत प्रतिपादित किए थे वे बाद के काल में हुए प्रयोगों के परिणामों से मेल नहीं खाते। उन्होंने बताया कि प्रकाश का स्रोत चाहे जैसा भी हो, देखने वाला कहीं भी खड़ा हो या किसी भी दिशा में चल रहा हो, प्रकाश की गति सभी ओर एक जैसी ही होगी।

आइंस्टाइन का तीसरा शोध-पत्र स्टैटिस्टिकल मैकेनिक्स के बारे में था। अपने चौथे शोध-पत्र में आइंस्टाइन ने गणित की सहायता से पदार्थ और ऊर्जा में संबंध स्थापित किया था। उन्होंने कहा कि पदार्थ दरअसल एक किस्म की सोई हुई ऊर्जा है जिसे वापस ऊर्जा में भी परिवर्तित किया जा सकता है।

एक साथ इतने सारे सिद्धांत, वे भी पुराने वैज्ञानिकों के सिद्धांतों के प्रतिकूल, जाहिर है, वैज्ञानिक-जगत में हलचल मच गई। कोई भी वैज्ञानिक इन सिद्धांतों को मानने के लिए तैयार नहीं हुआ, पर जगह-जगह चर्चा अवश्य छिड़ गई।

आइंस्टाइन ने अपने उच्चकोटि के गणित की सहायता से समझाया कि तरल पदार्थों में छोटे कण दिशाहीन होकर दौड़ते हैं। दूसरे शोध-पत्र के बारे में उन्होंने समझाया कि आने वाला प्रकाश विकिरण की फ्रीक्वेंसी के अनुपात में होता है और वह गुच्छों (Photon) के रूप में आता है। इससे न्यूटन के जमाने से चला आ रहा

सिद्धांत कि प्रकाश की ऊर्जा लगातार तरंग के रूप में आती रहती है, गलत साबित हो गया।

आइंस्टाइन दरअसल विद्युत चुंबकीय विकिरण की प्रकृति को समझना चाहते थे। उनके तीसरे व चौथे शोध-पत्र का भी यही हाल था। लोग अब तक पदार्थ और ऊर्जा को अलग-अलग मानते थे। वे यह भी मानते थे कि पदार्थ का रूप परिवर्तित होता है, पर वह नष्ट नहीं होता है। यही मान्यता ऊर्जा के बारे में भी थी। पदार्थ को ऊर्जा में या ऊर्जा को पदार्थ में परिवर्तित करने की कल्पना किसी ने अब तक नहीं की थी।

आइंस्टाइन का गणित किसी को समझ में नहीं आ रहा था। प्रायोगिक परिणामों द्वारा इन सिद्धांतों को उस समय तक सिद्ध नहीं किया गया था। फलतः अल्बर्ट आइंस्टाइन पेटेंट फर्म में ही काम करते रहे।

सबसे पहले प्रख्यात जर्मन वैज्ञानिक मैक्स प्लैंक को इन सिद्धांतों में कुछ सत्यता का आभास होने लगा। उधर आइंस्टाइन पेटेंट दफ्तर में दूसरे दर्जे के अधिकारी के रूप में काम करते हुए गुरुत्वाकर्षण के क्षेत्र में भी काम करते रहे।

1908 में आइंस्टाइन को बर्न विश्वविद्यालय में लेक्चरर के रूप में नियुक्ति मिली। उन्होंने ब्लैक बॉडीस से निकलने वाले विकिरण के क्षेत्र में भी काम कर डाला। 1909 में उन्हें ज्यूरिख विश्वविद्यालय में बतौर शिक्षक नियुक्त किया गया। ज्यों-ज्यों आइंस्टाइन का सिद्धांत लोगों के गले थोड़ा-थोड़ा उतरने लगा, उनके पास नियुक्तियों के प्रस्ताव आते चले गए। 1911 में वे प्राग विश्वविद्यालय में नियुक्त हुए जहाँ जर्मन बोलने वालों की बहुलता थी। उसी साल आइंस्टाइन ने दुनिया को बताया कि दूर तारों से आने वाली रोशनी जब सूर्य के पास से गुजरेगी तो किस तरह मुड़कर फिर आगे जाएगी।

1912 में आइंस्टाइन ने गुरुत्वाकर्षण पर आगे काम किया। उन्होंने गणित का सहारा लेते हुए दुनिया को नई जानकारियाँ दीं। 1912 में वे ज्यूरिख लौट आए और उन्हें वहाँ के पॉलीटेक्नीक में नियुक्ति मिली।

आइंस्टाइन जहाँ वैज्ञानिक क्षेत्र में ख्याति पा रहे थे, वहीं उनका पारिवारिक जीवन भी सुखमय था। उनके दो बेटों का जन्म हो चुका था। पहले का नाम हांस अल्बर्ट था और दूसरे का एडवर्ड।

अप्रैल, 1914 में आइंस्टाइन का परिवार बर्लिन आ गया। यहाँ उन्हें बतौर प्रोफेसर नियुक्ति मिली, पर पढ़ाने के दायित्व से उन्हें मुक्ति मिल गई। उसी साल उनकी पत्नी और बेटे छुट्टी मनाने स्विटजरलैंड गए और इधर पहला विश्वयुद्ध छिड़ गया।

हालाँकि आइंस्टाइन अपने प्रयोगों में पूरी तरह से मशगूल थे और एकसाथ तीन संस्थानों में काम कर रहे थे, पर उन्होंने जर्मनी के सैन्यवाद का विरोध करने में भी कसर नहीं छोड़ी। वे बर्लिन की प्रशियन विज्ञान अकादमी में शोध के प्रमुख का दायित्व भी निभाते रहे और बर्लिन विश्वविद्यालय में प्राध्यापक का भी। साथ में वे कैसर विल्हेम संस्थान में निदेशक भी रहे। बीच-बीच में उन्हें युद्ध की विभीषिका को देख-देखकर भारी दुःख होता था।

आइंस्टाइन का परिवार इस युद्ध के कारण वर्षों अलग रहा। मजबूरन दूर रहना आखिर तलाक का कारण बन गया। आइंस्टाइन अपने सापेक्षता सिद्धांत के विकास में लगे रहे। उन्हें युद्ध की समाप्ति का भी इंतजार था और सूर्यग्रहण का भी ताकि वे तारों से आने वाली रोशनी का रास्ता बदलना साबित कर सकें। आम तौर पर यह देखना संभव नहीं होता है। सिर्फ ग्रहण की अवधि में यह मुमकिन हो सकता है।

उधर जर्मन सैन्यवाद के खिलाफ उनकी वाणी मुखरित होती चली गई। जब उनकी भेंट फ्रांस के शांतिप्रेमी व प्रसिद्ध लेखक रोमा रोलाँ से हुई तो उनके युद्धविरोधी विचार और परिपक्व हो चले।

आइंस्टाइन अभी भी युवक जैसे लगते थे। उनका कद ज्यादा लंबा नहीं था। उनका चेहरा लंबा और चौड़ा भी था। उनके बाल काले थे और नाक मोटी थी। छोटे मुख व चौड़े ओठों वाले अल्बर्ट आइंस्टाइन छोटी मूँछें रखते थे और उनके गाल फूले रहते थे।

वे अपने मानवतावादी विचारों को अपने मित्रों को लिखे गए पत्रों में व्यक्त करते रहते थे। वे मानते थे कि पहला विश्वयुद्ध जर्मनी की सैन्य दादागिरी के कारण हुआ है और जर्मनी की हार पर उन्हें कोई अफसोस नहीं हुआ।

उधर जर्मनी की हार का कारण यहूदियों के असहयोग को माना गया। अब जर्मनी में यहूदियों को देश का दुश्मन माना जाने लगा और तरह-तरह से प्रताड़ित किया जाने लगा।

पर आइंस्टाइन अपने काम में जुटे रहे। उनका काम अब लोगों की समझ में आ रहा था और अनेक वैज्ञानिक प्रयोगों द्वारा इन सिद्धांतों को साबित कर रहे थे। 1919 में वे विश्वविख्यात हो गए। उन्होंने विश्व के निर्माण की प्रक्रिया को भी सामने रखा और कहा कि भगवान् ने पृथ्वी या ब्रह्मांड की रचना नहीं की है। यह रचना एक निश्चित क्रम के तहत हुई है।

एकाकी जीवन बिता रहे अल्बर्ट आइंस्टाइन को 1921 में नोबल पुरस्कार की घोषणा हुई। इससे पूर्व 1915 में उन्होंने सापेक्षता सिद्धांत पर नई जानकारियाँ प्रकाशित की थीं। 1919 में जब ब्रिटेन में सूर्यग्रहण लगा तो आइंस्टाइन ने अपने प्रकाश

संबंधी सिद्धांत को साबित कर दिया और लंदन टाइम्स ने 7 नवंबर, 1919 को लिखा कि न्यूटन का सदियों पुराना सिद्धांत गलत साबित हो गया। पर इतनी प्रसिद्धि और नोबल पुरस्कार जर्मनों के गले नहीं उतरा ओर उससे पूर्व ही जब 1920 में आइंस्टाइन बर्लिन में व्याख्यान देने आए तो उनके विरोध में भारी प्रदर्शन हुए। यहूदी-विरोधी भावनाएँ भड़कने लगीं। नोबल पुरस्कार मिलने पर जर्मन विद्वत समाज ने उनकी भर्त्सना तक कर डाली। उनका जर्मन न होना उनकी निंदा का कारण था।

पर आइंस्टाइन अपने विचारों से हिले नहीं। 1921 में वे पहली बार अमेरिका गए। उनका उद्देश्य अपने वतन अर्थात् भावी इजरायल में हिब्रु विश्वविद्यालय के लिए धन एकत्रित करना था। वहाँ उनका भारी स्वागत हुआ। वे जगह-जगह व्याख्यान देते हुए आगे बढ़ते चले गए।

अब उन्हें दूसरे देशों में भी आमंत्रित किया गया। उन्होंने यूरोप के हर देश की राजधानी में भाषण दिए। वे एशियाई देशों, मध्यपूर्व देशों, लैटिन अमेरिकी देशों में भी गए। उन्हें हर जगह सम्मान और प्यार मिलता रहा। वे श्रीलंका में रहने वाले हिंदुओं से भी खासे प्रभावित हुए। उन्हें जापानी अत्यंत बुद्धिमान व प्रतिभावान लगे। वे चीन भी गए।

विशेष बात यह थी कि तीन साल वे जगह-जगह सम्मान पाते रहे, पर अहंकार उन्हें छू तक नहीं पाया। वे यूरोपीय देशों में रेल के तीसरे दर्जे में यात्रा करते रहे। उनके साथ उनका वायलिन अवश्य होता था।

वे अपने काम में इस कदर मशगूल रहते थे कि जब दिसंबर, 1922 में नोबल पुरस्कार लेने के लिए उन्हें स्वीडन बुलाया गया तो वे पहुँच नहीं सके। 1923 में वे फिलिस्तीन अवश्य गए।

अपने अनोखे सिद्धांतों के लिए उन्हें अनेक पुरस्कारों, पदकों और सम्मानों से नवाजा गया। 1925 में कॉप्ले पदक मिला। 1926 में रॉयल एस्ट्रोनॉमिकल सोसायटी ने उन्हें स्वर्ण पदक प्रदान किया। 1927 में उन्होंने मैक्स प्लैंक, नील्स बोहर, डी० ब्रोग्ली, श्रोडिन्जर आदि के साथ एक बड़ी कॉन्फ्रेस में भाग लिया।

लंबे वैज्ञानिक अध्ययन, अथक परिश्रम और लगातार भ्रमण ने आइंस्टाइन के शरीर पर कुप्रभाव डाला और 1928 में वे बुरी तरह बीमार रहे। उनका यह पूरा साल गतिविधिविहीन रहा।

1929 का वर्ष आइंस्टाइन के लिए 50वाँ वर्ष था। इस वर्ष प्रशियन अकादमी ने उनकी संयुक्त फील्ड थ्योरी को प्रकाशित किया। उनके इस सिद्धांत को आमतौर पर स्वीकार किया गया। पर दूसरी ओर जर्मनी में यहूदियों के प्रति विरोध जोर पकड़ता चला गया। नाजीवाद के संरक्षण में यहूदियों को पकड़-पकड़कर उन पर अत्याचार

किया जाने लगा।

प्रथम विश्वयुद्ध के बाद बनी लीग ऑफ नेशंस अब प्रभावहीन हो चली थी और वह इन अत्याचारों को रोकने में असमर्थ थी। प्रबुद्ध वर्ग भी डर के मारे चुप्पी साधे था। जर्मनी में आर्थिक संकट भी गहराता जा रहा था।

1931 में जब आइंस्टाइन ऑक्सफोर्ड विश्वविद्यालय के विजिटिंग प्रोफेसर बने तो उन्होंने विज्ञान के बजाय विश्व-शांति की स्थापना के लिए ज्यादा समय देना प्रारंभ कर दिया। उन्होंने युद्ध रोकने के लिए संगठन भी बनाया और फंड भी इकट्ठा किया। वे विश्व-नि:शस्त्रीकरण के प्रबल पक्षधर थे। जब 1932 में विश्व-नि:शस्त्रीकरण सम्मेलन में अनुकूल फैसला नहीं हुआ तो उन्होंने इसकी कड़े शब्दों में निंदा कर डाली। उन्होंने राजनेताओं को दोषी ठहराते हुए कहा कि उन्होंने करोड़ों लोगों को धोखा दिया है।

आइंस्टाइन सिर्फ श्रेष्ठ वैज्ञानिक ही नहीं थे, वे मनोवैज्ञानिकों से भी चर्चा करते थे। उन्होंने भारतीय कवि और नोबल पुरस्कार विजेता रवीन्द्रनाथ टैगोर से भी सत्य जैसे विषय पर लंबी चर्चा की।

1932 में वे अमेरिका फिर गए। इस बार उन्हें प्रिंस्टन विश्वविद्यालय में नियुक्ति मिली। उन पर काफी दबाव था कि वे अमेरिका या इंग्लैंड में बस जाएँ। जर्मनी में समय-समय पर उनका बहुत बार अपमान भी हुआ था और यह बढ़ता जा रहा था। पर फिर भी उन्हें जर्मनी से प्यार था। उन्होंने तय किया कि वे 5 महीने प्रिंस्टन में रहेंगे और शेष सात महीने बर्लिन में रहेंगे।

दिसंबर, 1932 में वे जर्मनी में रहने के बाद अमेरिका के लिए रवाना हुए। पीछे से अडोल्फ हिटलर ने जर्मनी की सत्ता हथिया ली। अब आइंस्टाइन ने जर्मनी वापस जाने का इरादा छोड़ दिया।

कहाँ 1901 में उन्हें नौकरी नहीं मिल रही थी और 1933 में ऑक्सफोर्ड, ग्लासगो, ब्रसेल्स आदि विश्वविद्यालय उन्हें बुला रहे थे। वे प्रिंस्टन में काम करते रहे। उधर नाजियों ने बर्लिन-स्थित उनका मकान तहस-नहस कर दिया। उनकी नौका, जिस पर वे कभी-कभी सैर करते थे, भी जब्त कर ली गई। जर्मन अब उनकी जान के दुश्मन हो चले थे।

बढ़ती अशांति से दुखी आइंस्टाइन अब बूढ़े दिखने लगे थे। उनके बाल सफेद हो चुके थे। वर्षों तक उन्होंने जीवन अकेले बिताया। पहली पत्नी से तलाक के सालों बाद वे एल्सा के संपर्क में फिर से आए, जो उनकी दूर की चचेरी बहन लगती थी। एल्सा का भी अपने पति से तलाक हो चुका था। वह अल्बर्ट के साथ रहने लगी और फिर दोनों ने विवाह कर लिया। पति-पत्नी सादा दो मंजिले मकान में रहते थे और

आइंस्टाइन जब वैज्ञानिक कार्य करते-करते थक जाते तो या तो वायलिन बजा लेते थे या पास की झील में नाव चलाने जाते थे।

1935 तक आइंस्टाइन ने अमेरिका को ही अपना ठिकाना बना लिया। उन्हीं दिनों डेनमार्क के परमाणु वैज्ञानिक नील्स बोहर ने आइंस्टाइन को सूचना दी कि जर्मनी के भौतिकशास्त्री लीसे मैटनर ने यूरेनियम के परमाणु को तोड़ने में सफलता प्राप्त कर ली। इससे पदार्थ की थोड़ी-सी मात्रा से बड़े पैमाने पर ऊर्जा पैदा की गई है। इसके अलावा बर्लिन में दो जर्मन रसायनशास्त्रियों ऑटो हान तथा फ्रिज स्ट्रासमैन ने भी इसी दिशा में प्रयोग किए हैं।

बोहर को लगा कि अगर यूरेनियम के परमाणुओं को नियंत्रित रूप से तोड़ने में सफलता पा ली गई तो बहुत बड़ी तादाद में ऊर्जा पैदा की जा सकेगी और हिटलर जैसा व्यक्ति उसका उपयोग महाविनाश के लिए कर डालेगा।

आइंस्टाइन इसके पीछे छिपी योजना को ताड़ गए और उन्होंने अमेरिकी राष्ट्रपति फ्रैंकलीन डिलानो रूजवेल्ट को सारी बातें समझाईं। कुशाग्रबुद्धि रूजवेल्ट तुरंत समझ गए और अमेरिका में भी मैनहटन परियोजना के नाम से यह शोध-कार्य प्रारंभ हो गया।

आइंस्टाइन युद्ध के प्रबल विरोधी थे और वे चाहते थे कि बम सिर्फ शक्ति संतुलन के लिए बनें। वे यह भी चाहते थे कि विश्व में ऐसा कानून लागू हो जो यह सुनिश्चित कर दे कि कोई भी देश परमाणु अस्त्रों का उपयोग नहीं कर सके। उनकी इस बात की हर जगह सराहना की गई और भौतिकशास्त्री अल्बर्ट आइंस्टाइन को पूरे विश्व के नागरिक का दर्जा भी दिया गया क्योंकि वे पूरे विश्व में शांति व सद्भाव के लिए प्रयास कर रहे थे।

लेकिन तत्कालीन अहंकारी राजनेताओं ने उनकी बात नहीं मानी। पर वे निराश नहीं हुए और भौतिकी के अपने प्रयोगों में लगे रहे। 1940 में उन्हें अमेरिकी नागरिकता भी मिल गई, पर उन्होंने अपनी स्विटजरलैंड की नागरिकता भी नहीं छोड़ी। वे विश्वशांति के लिए किस कदर व्याकुल थे यह इस बात से जाहिर है कि 1944 में उन्होंने 1905 का अपना हस्तलिखित शोध-पत्र नीलाम किया और उससे मिले लाखों डॉलर शांति आंदोलन के लिए दान कर दिए। यह हस्तलिखित शोध-पत्र आज भी अमेरिकी लाइब्रेरी ऑफ कांग्रेस में सुरक्षित है।

1949 में वे बीमार पड़ गए। अब वे 70 वर्ष के हो चले थे और उन्हें लग रहा था कि मृत्यु करीब आ रही है। 1950 में जब अस्पताल में काफी समय रहकर भी वे स्वस्थ नहीं हुए तो उन्होंने अपनी वसीयत तैयार कर ली। उन्होंने अपने सारे वैज्ञानिक शोध-पत्र जेरुसलेम स्थित हिब्रू विश्वविद्यालय को दान कर दिए। इस विश्वविद्यालय के लिए धन एकत्रित करने के लिए उन्होंने 1921 में अमेरिका की

यात्रा की थी। 1925 से 1928 तक वे इसके गवर्नर भी रहे। वे इस विश्वविद्यालय से बहुत प्यार करते थे, पर 1933 में विश्वविद्यालय द्वारा की गई पद की पेशकश उन्होंने ठुकरा दी क्योंकि उस समय के विश्वविद्यालय प्रशासन से वे अप्रसन्न थे।

शांतिप्रेमी आइंस्टाइन को उस समय अत्यंत दु:ख हुआ जब अमेरिका ने जापान के हीरोशिमा व नागासाकी पर परमाणु बम गिराए। हालाँकि उन्होंने स्वयं इस बम के निर्माण में कोई सक्रिय योगदान नहीं किया था पर उन्हें काफी पछतावा हुआ।

1945 में जब उन्होंने प्रिंस्टन विश्वविद्यालय से अवकाश लिया, तब भी वे शोध-कार्यों में भाग लेते रहे। वे अन्य वैज्ञानिकों को शांति-प्रयासों के लिए लगातार प्रेरित भी करते रहे।

हालांकि आइंस्टाइन को नोबल पुरस्कार फोटोन थ्योरी पर मिला था, पर उन्हें प्रसिद्धि मिली उनके सापेक्षता सिद्धांत के कारण। उन्होंने यह साबित किया कि पदार्थ, ऊर्जा आदि एक-दूसरे में बदलते रहते हैं।

सापेक्षता सिद्धांत विकसित करने के बारे में अनेक किस्से मशहूर हैं और आइंस्टाइन खुद भी इनके बारे में चटखारे ले-लेकर सुनाते थे। उनकी पत्नी एल्सा भी इसमें पीछे नहीं रहती थी। उन्होंने बताया कि एक बार वे गाउन पहने नीचे नाश्ते की टेबल पर नाश्ता करने आए पर नाश्ते को हाथ तक नहीं लगाया। पत्नी ने समझा, शायद वे बीमार हैं। वे उनका हाल-चाल पूछने लगीं। आइंस्टाइन अचानक बोल पड़े कि मुझे गजब का खयाल सूझा है। वे कॉफी पीने लगे। काफी देर तक विचारों में खोए रहने के बाद वे वायलिन बजाने लगे।

वायलिन बजाते-बजाते बीच में रुक जाते और कागज पर कुछ लिखने लगते और फिर वायलिन बजाते जाते थे। जब पत्नी उनसे पूछती कि क्या बात है तो वे बताते कि बड़ा अनोखा विचार आया है। पर बार-बार पूछने के बाद भी उन्होंने ब्योरा देने से इनकार कर दिया। वायलिन बजाना और बीच-बीच में लिखना काफी देर तक जारी रहा और फिर वे अपने अध्ययन-कक्ष में चले गए।

वे हफ्ते-भर तक बाहर नहीं आए। खाना अंदर जाता रहा। कभी आधा तो कभी पूरा ही खाना वापस आ जाता था। सात दिन बाद जब वे वापस आए तो उनका चेहरा पीला पड़ चुका था, पर उस पर प्रसन्नता की लकीरें थीं। हाथ में दो कागज थे, जिनमें सापेक्षता का सिद्धांत लिखा था।

उनके छात्र, मित्र, पत्रकार सभी उनसे पूछते थे कि जरा सापेक्षता का सिद्धांत सरलतम भाषा में समझाइए। एक बार उन्होंने वास्तव में समझा दिया। उन्होंने कहा कि अगर आपका मित्र या कोई प्रिय व्यक्ति आपके पास एक घंटा बैठे तो भी आपको लगेगा कि अभी चंद मिनट ही हुए हैं। जबकि कोई अप्रिय व्यक्ति 5 मिनट भी बैठे

तो लगेगा कि घंटों हो गए। यही सापेक्षता का सिद्धांत है।

सरल स्वभाव के आइंस्टाइन की जीवनचर्या अत्यंत सीधी-सादी थी। वे अ शरीर और कपड़ों की परवाह नहीं करते थे। वह सादी कमीज, ढीला पैंट और चम की जैकेट पहनते थे और अकसर उनकी दाढ़ी बढ़ी और बाल बिखरे रहते थे।

एकांतप्रिय आइंस्टाइन एक महान् चिंतक व दार्शनिक भी थे। मानव-कल्याण प्रति समर्पित अल्बर्ट आइंस्टाइन युद्ध से नफरत करते थे। एक बार उनसे किसी पूछा कि तीसरा विश्वयुद्ध किस प्रकार के अस्त्र-शस्त्रों से लड़ा जाएगा तो उन्होंने तु कहा कि तीसरे का तो पता नहीं पर चौथा विश्वयुद्ध पत्थरों से लड़ा जाएगा क्यों तीसरे विश्वयुद्ध में यह उन्नत सभ्यता नष्ट हो जाएगी। विश्व फिर से पाषाण का में आ जाएगा।

विश्व-बंधुत्व के पुजारी आइंस्टाइन को अपने यहूदी होने पर गर्व था। समय समय पर उन्होंने यहूदियों के लिए अनेक कार्य किए। वैसे तो सारा विश्व उन सम्मान करता था पर यहूदी उन्हें पूजते थे। जब इजरायल बना और 1952 में इजराय के पहले राष्ट्रपति का निधन हो गया तो आइंस्टाइन के पास इजरायल के राष्ट्रप होने का प्रस्ताव आया, पर उन्होंने विनम्रतापूर्वक मना कर दिया।

मरते दम तक वे विश्व-शांति के लिए प्रयासरत रहे। मृत्यु के एक सप्ताह पू उन्होंने एक प्रस्ताव में अपनी सहमति प्रदान की जिसमें सभी देशों से हथियारों व होड़ समाप्त करने की अपील की गई थी।

आइंस्टाइन एक उच्च कोटि के लेखक भी थे। जहाँ उन्होंने विभिन्न वैज्ञानि सिद्धांतों पर पुस्तकें लिखीं वहीं यहूदी विषयों पर—युद्ध क्यों हो, विश्व के निर्मा जैसे विषयों पर भी उन्होंने किताबें लिखीं। उन्होंने दूसरे लेखकों के साथ पुस्तकें लिखीं। उनके शोध-पत्रों का संकलन भी प्रकाशित हुआ और कई खंडों उपलब्ध है।

18 अप्रैल, 1955 को प्रिंस्टन के अस्पताल में इस महान् वैज्ञानिक विभूति व निधन हो गया। मरने के बाद भी उनका कृतित्व शोध का विषय बना रहा। एक बाद एक वैज्ञानिक उनके सिद्धांतों के आधार पर प्रयोग करते रहे और लेखक उन जीवनी आदि लिखते रहे और उनके अर्जित सिद्धांत लोगों के सामने लाते रहे। य प्रक्रिया आज भी जारी है।

रॉबर्ट हुचिन्सन गोडार्ड और उनका आविष्कृत तरल ईंधन वाला रॉकेट

चीन-निवासियों ने एक हजार वर्ष पूर्व ही रॉकेट का विकास कर लिया था। यह आविष्कार उनके द्वारा किए बारूद के आविष्कार के पश्चात् हुआ था। इस रॉकेट का इस्तेमाल पहले आतिशबाजी में ज्यादा होता था। बाद में इसे युद्ध में प्रयोग लायक भी बना दिया गया।

उधर भारत में 1791 में टीपू सुल्तान के नेतृत्व में लड़ रही भारतीय सेनाओं ने जब ब्रिटिश ोना पर रॉकेटों से प्रहार किया तो शक्तिशाली अंग्रेज सेनानायकों के पैर उखड़ने लगे। ड़ी मुश्किल से और येन केन प्रकारेण अंग्रेजों ने टीपू सुल्तान को काबू किया।

जब अंग्रेजों के हाथ रॉकेट टेक्नोलॉजी लगी तो विलियम काँग्रेव नामक ब्रिटिश धिकारी ने सेना के लिए रॉकेट तैयार किया और वह बढ़ते हुए नेपोलियन के खलाफ इस्तेमाल किया गया।

ब्रिटिश सेना ने अमेरिका पर किए 1814 के हमले में भी रॉकेटों का इस्तेमाल कया, पर वे सफल नहीं हुए। इसका प्रमुख कारण यह था कि ये रॉकेट सटीक नशाना नहीं लगा पाते थे और कहीं के कहीं गिरते थे। धीरे-धीरे तोपों की तकनीक ों विकास होता चला गया और तोपों से सटीक निशाना साधना ज्यादा आसान हो गया। ोनाओं में रॉकेटों का प्रयोग कम होता चला गया।

अलबत्ता अभी भी रॉकेटों का प्रयोग जारी था। जब पानी का जहाज टूटता था या खतरे में होता था तो इससे रॉकेट दागा जाता था ताकि खतरे की सूचना दूर तक भेजी जा सके। संचार साधनों के विकास के साथ यह उपयोग भी घटता गया।

पर कुछ लोग ऐसे थे जो रॉकेटों के सहारे अंतरिक्ष व चंद्रमा में जाने की कल्पना कर रहे थे। साहित्यकारों के लिए रॉकेट अभी भी रुचि का विषय था और वे कल्पना की उड़ानों के जरिये पाठकों विशेष रूप से किशोरों को विभिन्न ग्रहों की सैर कराते रहते थे।

रॉकेटों के विकास का काम बीसवीं सदी के प्रारंभ में एक साथ रूस, अमेरिका व जर्मनी में शुरू हुआ। जहाँ जर्मनी ने युद्ध में इस्तेमाल होने वाले रॉकेटों पर जोर दिया, वहीं रूस व अमेरिका ने अंतरिक्ष में ले जाने वाले रॉकेट के विकास पर बल दिया। इस कारण अमेरिकी सबसे पहले चाँद पर भी पहुँच गए। इसका श्रेय जाता है महान् अमेरिकी वैज्ञानिक रॉबर्ट गोडार्ड को।

तरल ईंधन से चलने वाले रॉकेट का सफलतापूर्वक आविष्कार करने वाले रॉबर्ट हुचिन्सन गोडार्ड का जन्म 5 अक्टूबर, 1882 को वर्सेस्टर के पास एक फार्म हाउस में हुआ था। उसके पिता नेहम डेनफोर्ड गोडार्ड चाकू बनाने वाली फर्म में पहले कर्मचारी थे और बाद में उसमें साझेदार हो गए। नेहम गोडार्ड भी एक छोटे-मोटे आविष्कारक थे और उनके संस्कार बेटे रॉबर्ट में जल्दी ही आ गए।

जब पिता नेहम गोडार्ड ने देखा कि उनका नन्हा रॉबर्ट खिलौनों के स्थान पर रसायनों और धातु के टुकड़ों में रुचि लेता है तो उन्होंने उसकी रुचि बढ़ाने के लिए उसे दूरबीन, खुर्दबीन (माइक्रोस्कोप) जैसी चीजें लाकर दीं। उन्होंने उसके लिए साइंटिफिक अमेरिकन नामक पत्रिका भी लेना प्रारम्भ कर दिया।

नतीजा यह हुआ कि मात्र 5 वर्ष की आयु में ही बालक रॉबर्ट अजीबोगरीब प्रयोग करने लगा। एक बार, जब उसके पिता ने स्टैटिक विद्युत के बारे में समझाया तो बालक रॉबर्ट के मन में यह बात बैठ गई। वह सोचने लगा कि जब वह अपने जूतों को दरी पर रगड़ता है तो विद्युत पैदा होती है।

उसने एक पुरानी बैटरी से जिंक की बनी रॉड निकाल ली और अपने घर की बाउंड्री वाल पर एक हाथ उठाकर जिंक रॉड लहराई और दूसरी ओर जूतों से जमीन को रगड़ा। उसका मानना था कि बिजली जब पैदा होगी तो उसके शरीर से होकर जिंक रॉड तक पहुँचेगी तथा वह हवा में उड़ने लगेगा।

जब उसकी माता फेनी लाउज गोडार्ड को उसके प्रयोग का पता चला तो वे घबरा गईं तथा उन्होंने उसे डाँटा। उन्होंने उसे समझाया कि ऐसा करने से तुम उड़ पाओगे या नहीं यह तो पता नहीं है, पर तुम ऊपर भगवान् के पास जरूर चले जाओगे और वहाँ से वापस नहीं आ पाओगे। कुछ हद तक बालक रॉबर्ट को यह बात समझ में आ गई और अब वह कम खतरे वाले प्रयोग करने लगा।

एक बार गर्मियों की छुट्टी में उसने लगातार चलने वाली मशीन बनाने का

प्रयास किया। उसने यह नहीं पढ़ा था कि इस प्रकार की मशीन नहीं बन सकती और वैज्ञानिक इसमें असफल हो चुके हैं। एक बार उसने ग्रेफाइट से कृत्रिम हीरा बनाने का प्रयास किया। इस प्रयास में उसने ब्लो टार्च खुद ही तैयार किया था, पर उसमें विस्फोट हो गया और इस कारण उसकी छोटी-सी प्रयोगशाला के तमाम शीशे चकनाचूर हो गए। एक बार उसने अल्यूमिनियम की बड़ी पत्ती को बैलून का रूप दिया और उसमें हाइड्रोजन भरकर पतंग की तरह उड़ाने का प्रयत्न किया, पर शीघ्र ही कुशाग्रबुद्धि रॉबर्ट को समझ में आ गया कि अल्यूमिनियम भारी है और वह नहीं उड़ पाएगा। यह बात उसने अपनी डायरी में भी दर्ज कर ली।

अपने तमाम प्रयोगों में वह असफल तो हुआ पर हर असफलता ने एक योग्य शिक्षक की तरह उसे सिखाया-पढ़ाया। उसने यह भी जान लिया कि उसका लक्ष्य अत्यंत कठिन और बड़ा है और उसे पाने के लिए उसे अभी कई-कई बार असफल होना पड़ेगा।

रॉबर्ट को पारिवारिक परेशानियों का भी सामना करना पड़ा। जब वह मात्र 16 वर्ष का था तब डॉक्टरों ने उसकी माता फेनी की जाँच की और पाया कि वह टी०बी० की शिकार है। उस समय टी०बी० बड़ी लाइलाज व जानलेवा बीमारी थी। डॉक्टरों ने राय दी कि फेनी को खुले वातावरण में रखना चाहिए। नेहम गोडार्ड ने तत्काल अपना मकान व चाकू की फैक्टरी में साझेदारी बेच दी और वर्सेस्टर स्थित एक चाकू बनाने वाली फैक्टरी में नौकरी कर ली। वे अपने उसी फार्महाउस में रहने लगे जहाँ रॉबर्ट का जन्म हुआ था।

रॉबर्ट खुद भी बचपन में बीमार रहा। उसे भी साँस संबंधी रोग था। इस कारण वह अपने हमउम्रों की अपेक्षा पढ़ाई में दो साल पिछड़ गया था। डॉक्टरों की राय पर उसे एक साल तक घर पर ही आराम करना पड़ा था।

पर रॉबर्ट ने कभी अपना समय जाया नहीं किया। अपने सतरहवें वर्ष में उसने एच०जी० वेल्स का उपन्यास 'दि वार ऑफ दि वर्ल्ड' पढ़ा जो विज्ञान-आधारित काल्पनिक उपन्यास था। इस उपन्यास में पृथ्वी पर मंगल ग्रह के योद्धाओं के आक्रमण का ब्योरा था जो लंबी यात्रा करके पृथ्वी पर पहुँच पाए थे। उनके आने का एक कारण यह भी था कि उनके ग्रह पर आबादी बहुत बढ़ गई थी और वहाँ का वातावरण रहने लायक नहीं था।

आराम के दौरान रॉबर्ट सोचता रहा कि एक दिन ऐसा भी आएगा जब पृथ्वी पर भी आबादी बहुत हो जाएगी तथा यहाँ के वासी दूसरे ग्रह पर जाने की सोचेंगे। पर वे लाखों मील लंबी यात्रा कैसे कर पाएँगे, यह सोचता रहा। वह इस उद्देश्य के लिए सही मशीन वाली सवारी के बारे में सोचता रहा।

यह सवाल उसके मन में लगातार उठता रहा और जब वह अठारहवें वर्ष में था तब एक दिन वह वर्सेस्टर स्थित अपने घर के पीछे एक चेरी पेड़ के नीचे आराम कर रहा था। यह एक पुराना पेड़ था और पतझड़ के मौसम में पत्तियों की तादाद बहुत कम थी। सूर्य की गर्मी पत्तियों से छन-छनकर नीचे आ रही थी। पेड़ के तने को सिरहाना बनाकर वह आँख बंद करके सोचता रहा। अचानक उसे अपनी समस्या का समाधान मिल गया।

उस दिन की तारीख 19 अक्टूबर थी और उसने एक नई मशीन की कल्पना की थी जिसका अजीब-सा आकार था और रॉबर्ट ने उस आकार को अपनी डायरी में दर्ज भी कर लिया। उसकी अद्‌भुत कल्पनाशक्ति ने यह भी कल्पना कर डाली कि यह मशीन पहले धीरे-धीरे ऊपर उठेगी और बाद में इसकी गति तेज होती चली जाएगी। थोड़ी देर में यह नजरों से ओझल हो जाएगी।

चतुर रॉबर्ट ने जल्दी से अपने कमरे में जाकर उस मशीन का चित्र आदि तैयार कर लिया। उसकी कल्पना के अनुसार सेंट्रीफ्यूगल बल उस मशीन को आगे बढ़ाएगा। पर अपनी मशीन के नक्शे तैयार करने के बाद उसे लगा कि इस बल के सहारे उसकी मशीन आगे नहीं बढ़ पाएगी।

अब वह लगातार सोचता रहा। उसने अनेक प्रकार के रॉकेटों का अध्ययन किया जो उस समय उपलब्ध थे। उसने आतिशबाजी वाले रॉकेट का भी अध्ययन किया। यह रॉकेट सदियों से प्रयोग में आ रहा था। इसमें पीछे लगा मसाला जब आग से जलता है तो गैस पैदा होती है और गैस के पास आगे जाने का रास्ता नहीं होता है और वह पीछे की ओर निकलती है। न्यूटन की गति के तीसरे नियम के अनुसार गैस पीछे निकलती है और प्रतिक्रिया बल के सहारे रॉकेट आगे बढ़ता है। गैस जितनी तेजी से पीछे की ओर निकलेगी, रॉकेट उतनी ही तेजी से आगे की ओर बढ़ेगा। रॉबर्ट ने सारी बातें डायरी में दर्ज कर लीं।

उन्नीसवें वर्ष में रॉबर्ट को डॉक्टरों ने आगे पढ़ाई करने की अनुमति दे दी। रॉबर्ट ने अब वर्सेस्टर हाईस्कूल में भौतिक विज्ञान तथा गणित के सारे कोर्स ले लिए। 1904 में 22 वर्ष की आयु में वह वर्सेस्टर पोलीटेक्नीक में भर्ती हुआ। पढ़ाई में लगातार प्रगति करता हुआ वह 1909 में वर्सेस्टर स्थित क्लार्क विश्वविद्यालय में भर्ती हुआ जहाँ उसने 1910 में मास्टर डिग्री हासिल कर ली और 1911 में उसे पी-एच०डी० भी मिल गई।

पढ़ाई पूरी होने के पश्चात् उसने न्यूजर्सी स्थित प्रिंसटन विश्वविद्यालय में रिसर्च फैलो के रूप में काम करना प्रारंभ किया। दिन में वह कॉलेज की प्रयोगशाला में काम करता था और शाम को वह अपने कमरे में अपनी रॉकेट परियोजना पर काम करता

था। घर पर उसकी माता एक विकलांग का-सा जीवन व्यतीत कर रही थी।

उधर रॉबर्ट का स्वास्थ्य भी कम नाजुक नहीं था। जब 1913 में उसकी डॉक्टरी जाँच हुई तो डॉक्टरों ने पाया कि वह भी टी०बी० से बुरी तरह पीड़ित है और उनके अनुसार वह चंद हफ्तों का ही मेहमान है।

इस स्थिति से डरने के बजाय रॉबर्ट ने जीवन की चुनौती को स्वीकार किया और तय किया कि उसे अपने देश को अंतरिक्ष में ले जाना है। उसे मजबूरन एक साल तक पूर्ण विश्राम करना पड़ा और साथ में व्यायाम भी किए, पर बीमारी खत्म नहीं हुई, अलबत्ता कुछ थम अवश्य गई।

1914 में उसने क्लार्क विश्वविद्यालय में भौतिकशास्त्र पढ़ाना प्रारंभ कर दिया। साथ ही उसने अपने रॉकेट संबंधी प्रयोग भी प्रारंभ कर दिए। अंतरिक्ष में शून्य है और हवा का दबाव नहीं है, यह जानकारी थी। अत: रॉबर्ट ने अपने रॉकेट को अंतरिक्ष में ले जाने से पूर्व यह जाँच करना प्रारंभ कर दिया कि उसका रॉकेट शून्य अर्थात् वैक्यूम में चलेगा या नहीं।

पहले उसने सैद्धांतिक रूप से जाँच की कि रॉकेट शून्य में उड़ेगा या नहीं। जब उसे लगा कि उड़ेगा तो उसने व्यावहारिक प्रयोग प्रारंभ कर दिए। वह इसमें भी सफल हुआ। अब उसके सामने चुनौती थी कि वह एक ऐसा रॉकेट तैयार करे जो दूर तक जा सके।

अब उसके सामने धन की भी समस्या आई। 1916 में उसने अब तक निकाले गए निष्कर्ष तथा पूरी परियोजना का प्रारूप 69 पृष्ठों में दर्ज किया जिसका शीर्षक था– 'अत्यंत ऊँचाई पर पहुँचने का तरीका।' उससे पूर्व ही उसने उस समय उपलब्ध काफी रॉकेट खरीदे तथा उनका अध्ययन किया। उसने इस बात का भी अध्ययन किया कि रॉकेट के पीछे छिद्र का आकार व डिजाइन कैसी हो ताकि गैस तेजी से निकले और रॉकेट को गति प्रदान करे। उसने अपने प्रस्तावित रॉकेट की क्षमता का आकलन भी प्रारंभ कर दिया।

रॉबर्ट ने अपना प्रस्ताव कई वैज्ञानिक संस्थाओं को भेजा और काफी दिनों तक कोई उत्तर नहीं आया। क्रिसमस की छुट्टियाँ प्रारंभ होने वाली थीं और तभी स्मिथसोनियन संस्थान वाशिंगटन ने कुछ जानकारियाँ माँगीं। उन्होंने इस परियोजना के लिए जरूरी भवन तथा अन्य खर्चों का अनुमानित ब्योरा पूछा। इसका उत्तर रॉबर्ट गोडार्ड ने तत्काल दे दिया तथा 8 जनवरी, 1917 को रॉबर्ट को 5000 डॉलर का अनुदान मंजूर हो गया। कुछ जरूरी दस्तावेज जमा करने के पश्चात् उसे 1000 डॉलर मिल भी गए।

पर इस बीच पहला विश्वयुद्ध जोर पकड़ चुका था। अब अपने रॉकेट के स्थान

पर उसने सेना के अनुरोध पर सैन्य उपयोग वाला रॉकेट प्रारंभ कर दिया। उसने रॉकेट बनाया भी, पर उसका उपयोग नहीं हो सका। इस सैन्य उपयोग वाले रॉकेट का नाम बाजूका रखा गया।

विश्वयुद्ध की समाप्ति के पश्चात् रॉबर्ट ने क्लार्क विश्वविद्यालय में अध्यापन प्रारंभ कर दिया। तमाम अध्ययन व प्रयोगों के पश्चात् रॉबर्ट ने तय किया कि वह अपने रॉकेट के ईंधन के रूप में ठोस पदार्थ नहीं वरन् तरल पदार्थ इस्तेमाल करेगा। प्रारंभ में उसने गैसोलीन तथा तरल आक्सीजन के मिश्रण को ईंधन के रूप में इस्तेमाल किया। इस कार्य में रह-रहकर रुकावटें आती रहीं। रॉबर्ट ने धातु की पतली चादर से रॉकेट को ढकने का फैसला किया। उसे इसका वजन कम से कम रखना था, पर पतला खोल उस गर्मी को बर्दाश्त नहीं कर पा रहा था जो ईंधन के जलने और ऊँचाई की वजह से पैदा हो रही थी। इसके लिए उसे एक विशेष धातु मिश्रण तैयार करना पड़ा। रॉकेट की दिशा नियंत्रित करने के लिए भी उसे उचित उपकरण विकसित करने पड़े। उसने तरह-तरह के वजन वाले रॉकेट की गति की भी गणना की और पाया कि एक पाउंड वाले रॉकेट की गति 3000 मीटर प्रति सेकेंड होगी।

इधर रॉबर्ट प्रयोगों में जुटा था और उधर 1920 के प्रारंभ में वह ईस्थर क्रिस्टीन किस्क नामक लंबी, खूबसूरत युवा लड़की के प्रेम-जाल में फँस गया। वह लड़की भी वर्सेस्टर में ही जन्मी, पली, बढ़ी थी तथा काफी चतुर थी। 21 जून, 1924 को दोनों आखिर विवाह-बंधन में बँध गए। विवाह के बाद ईस्थर रॉबर्ट की परियोजना की सक्रिय सदस्य बन गई।

जब रॉकेट तैयार हो गया तो रॉबर्ट ने क्लार्क में ही उसका प्रयोग किया। उसने रॉकेट को मजबूती से बाँध दिया तथा इसके ईंधन को प्रज्वलित किया। हालाँकि रॉकेट कहीं नहीं जा पाया, पर उसकी कार्य-प्रणाली का अध्ययन करने का अच्छा अवसर मिल गया।

वैसे तो रॉकेट एक सीधा-सादा उपकरण लगता है जिसमें ताप ऊर्जा को यांत्रिक ऊर्जा में परिवर्तित किया जाता है। यह ताप ऊर्जा तरल ईंधन के रूप में मौजूद रसायनों के प्रज्वलन से उत्पन्न होती है। तरल ईंधन जलने के पश्चात् गैस बनकर निकलता है तथा साथ में अत्यधिक ताप भी उत्पन्न होता है। यह गैस जितनी तेजी से निकलेगी, रॉकेट की गति उतनी ही तेज होगी। पर यह इतना आसान नहीं है। गैस का रास्ता पतला अवश्य होना चाहिए पर साथ ही उसे इतना सक्षम भी होना चाहिए ताकि वह ताप बर्दाश्त कर सके और अत्यधिक दबाव भी सहन कर सके अन्यथा रॉकेट में बीच रास्ते में ही विस्फोट हो सकता है।

अपने रॉकेट के लिए सही नोजल बनाने में रॉबर्ट को काफी मशक्कत करनी

पड़ी। अतत: उसे एक स्वीडिश इंजीनियर गुस्तव डी० लावल द्वारा बनाई गई नोजल मिल गई जो वास्तव में अधिक क्षमता वाले भाप के इंजन के लिए बनाई गई थी। इस नोजल का इस्तेमाल करके लावल ने एक टर्बाइन का निर्माण किया था जो भाप से चलती थी।

इसके प्रयोग द्वारा रॉबर्ट ने अपने रॉकेट में उत्पन्न ताप के अधिकतम हिस्से को गति में परिवर्तित करने में सफलता पा ली। उसके रॉकेट की क्षमता 63% तक पहुँच गई तथा गति 7000 से लेकर 8000 फीट प्रति सेकेंड तक जा पहुँची।

अपने रॉकेट के लिए सही ईंधन तलाश करने में भी रॉबर्ट को काफी मेहनत करनी पड़ी। उसके रॉकेट के कक्ष में ईंधन के दो चैम्बर थे। एक में गैसॉलीन भरी जाती थी और दूसरे में तरल आक्सीजन। इन्हें ईंधन-कक्ष में भरना आसान नहीं था। तरल आक्सीजन अत्यंत ठंडी होती है। पर जब गैसोलीन शुद्ध आक्सीजन में जलती है तो उच्च ताप उत्पन्न होता है। रॉबर्ट ने विशेष तकनीक का इस्तेमाल करते हुए तरल आक्सीजन से उच्च ताप को नियंत्रित करना संभव बना दिया।

अब एक सही जगह की तलाश प्रारंभ हुई जहाँ पर रॉकेट को उड़ाया जा सके। उसकी एक दूर की रिश्तेदार कुमारी एफी वार्ड का वर्सेस्टर से 6 मील दूर फार्म था। यहाँ पर राबर्ट ने फार्म का एक हिस्सा लिया और उस पर एक टावर का निर्माण प्रारंभ किया। उसने 60 फुट का एक विंड मिल फ्रेम भी खड़ा किया और अपने रॉकेट को उड़ाने के लिए आवश्यक तैयारी करने लगा।

इसके बाद उसने एक के बाद एक रॉकेट उड़ाए, पर वे सभी असफल रहे। 26 मार्च, 1926 को रॉबर्ट ने तरल ईंधन वाला राकेट उड़ाया जो 184 फीट की ऊँचाई तक गया। अब रॉबर्ट के मन में कल्पना जगने लगी कि एक दिन ऐसा आएगा जब उसका रॉकेट मनुष्य को पृथ्वी के चक्कर लगवाएगा। उसके बाद बुध, शनि, बृहस्पति भी दूर नहीं रहेंगे।

उत्साहित रॉबर्ट गोडार्ड ने 17 जुलाई, 1929 को एक और रॉकेट उड़ाया जो पहले से ज्यादा ऊँचाई तक गया। पर उड़ान के बाद इसका पैराशूट नहीं खुला और यह तेजी से नीचे गिरने लगा। जब यह वापस पृथ्वी पर आ गिरा तो तेज विस्फोट हुआ और वर्सेस्टर में दूर-दूर तक इसके धमाके की आवाज सुनाई दी। कुछ को तो लगा कि अब संसार नष्ट ही हो जाएगा।

उधर रॉबर्ट और उसके साथी रॉकेट का मलबा समेट रहे थे और उधर फायर ब्रिगेड की गाड़ी, दो एंबुलेंस, कारों का काफिला आ धमका। इलाके का फायर मार्शल तेजी से गाड़ी से उतरा और उसने रॉबर्ट को डाँटना प्रारंभ कर दिया। उसने चेतावनी भी दे डाली कि अगर दोबारा ऐसा हुआ तो वह उसे इस प्रकार के घातक

प्रयोग नहीं करने देगा। मीलों दूर तक के लोग डर गए हैं।

मीडिया ने भी इस घटना को उछाला। पूरे विश्व के पत्रकारों ने रॉबर्ट गोडार्ड का मजाक बनाया और कुछ ने तो उसे पागल भी बताया। चाँद पर जाने का स्वप्न देखने वाले रॉबर्ट की परियोजना का मजाक बनाते हुए पत्रकारों ने लिखा कि उसका रॉकेट चाँद से दो लाख अड़तीस हजार सात सौ निन्यानबे दशमलव पाँच मील दूर ही रह गया। दरअसल पृथ्वी से चाँद की दूरी दो लाख चालीस हजार मील है।

रॉबर्ट इस बदनामी से विचलित तो हुआ पर उसने अपना हौसला नहीं छोड़ा। उसे उम्मीद थी कि कोई तो उसकी बात समझेगा। सचमुच ऐसा ही हुआ। चंद हफ्तों बाद उसके दफ्तर में एक फोन आया। यह फोन चार्ल्स लिंडबर्ग का था जिसने दो वर्ष पूर्व अपने हवाई जहाज से अटलांटिक महासागर बिना रुके पार किया था। चार्ल्स लिंडबर्ग ने जब उस घटना के बारे में जानकारी ली तो उसे रॉबर्ट के काम में रुचि हुई और उसने फोन करके अपने वर्सेस्टर आने की सूचना भी दी।

अगले दिन जब चार्ल्स क्लार्क विश्वविद्यालय पहुँचा तो दोनों के बीच काफी चर्चा हुई। रॉबर्ट ने अपनी आर्थिक कठिनाइयों के बारे में भी बताया। इस पर चार्ल्स ने कहा कि उसके कुछ धनवान मित्र भी हैं जो उसकी परियोजना में धन लगा सकते हैं। मैं उनसे आपके काम की चर्चा करूँगा और शायद वे इस महत्त्वपूर्ण काम में पैसा लगा देंगे।

और सचमुच ऐसा ही हुआ। जून, 1930 में एक दिन रॉबर्ट को डेनियल गुगेनहाइम का पत्र मिला। डेनियल एक यहूदी था तथा स्विट्ज़रलैंड से आकर बसा था। उसने और उसके भाइयों ने खान के व्यवसाय में धन कमाया था तथा उस धन से काफी वैज्ञानिकों की सहायता भी की। डेनियल ने रॉबर्ट को 50,000 डॉलर देने की पेशकश की और कहा कि वह अपनी परियोजना ऐसे स्थान पर प्रारंभ करे ताकि आबादी को खतरा न हो।

शीघ्र ही रॉबर्ट ने न्यू मैक्सिको के रोजवैल शहर में ईडन वैली नामक संस्थान में अपनी प्रयोगशाला लगा ली। वह खुद भी पास के सादे कच्चे-से मकान में रहने लगा और पास में ही एक कारखाना भी लगा लिया, जहाँ उसके भावी विशालकाय रॉकेट के 200 से अधिक पुर्जे बनने लगे। वह हर पुर्जे इस दृष्टि से बना रहा था मानो शीघ्र ही उसका रॉकेट अंतरिक्ष सहित दूर-दूर स्थित ग्रहों तक पहुँच जाएगा।

रॉबर्ट ने शीघ्र ही लोहे का विंडमिल फ्रेम खड़ा किया जो 20 फीट ऊँचा था। उसने प्रक्षेपण टावर भी तैयार किया जो दस मील दूर था। इस जगह पर रॉबर्ट ने एक के बाद एक 103 टेस्ट किए। इन परीक्षणों में से 31 सफल भी रहे। 26 मार्च, 1937 को जो रॉकेट उड़ा उसने 2 मील की ऊँचाई हासिल की। रॉबर्ट के साथियों ने इस

रॉकेट का नाम नेल रखा।

उधर डेनियल रॉबर्ट के प्रयोगों को लगातार सहायता देते रहे। जब 1930 में उनका देहांत हो गया तो भी यह सहायता जारी रही। उन्होंने अपनी अपार परिसंपत्ति में से काफी धन एक फाउंडेशन बनाने के लिए दिया था। अब यह फाउंडेशन रॉबर्ट को सालाना आर्थिक सहायता करने लगी।

1939 में यूरोप में दूसरा विश्वयुद्ध छिड़ गया। हिटलर के नेतृत्व में जर्मन सेना यूरोप के विभिन्न देशों को रौंदने लगी। जब जर्मन टैंक फ्रांस में प्रवेश कर गए और हिटलर ने ब्रिटेन को चुनौती दे दी तो रॉबर्ट को लगा कि अब अंतरिक्ष पर जाने का समय नहीं है। देर-सबेर उसके मुल्क को युद्ध में कूदना पड़ेगा और उसने अब तक विकसित तकनीक का प्रयोग देश-रक्षा के लिए करने का फैसला किया।

देशभक्त रॉबर्ट गोडार्ड ने वाशिंगटन की यात्रा की तथा अमेरिकी सैन्य अधिकारियों को अपना रॉकेट देने की पेशकश की। उसे उम्मीद थी कि जब उसका रॉकेट पूरी तरह से विकसित हो जाएगा तो उसकी नोक पर विस्फोटक लगा दिए जाएँगे तथा सैकड़ों मील दूर खड़ी शत्रु-सेना को तबाह कर दिया जाएगा।

पर तत्कालीन अमेरिकी सैन्य अधिकारियों को उसका रॉकेट पसंद नहीं आया। दुर्भाग्यवश उन्हें यह भी पता नहीं था कि उधर जर्मनी में भी वैज्ञानिक रॉकेट टेक्नोलॉजी पर कार्य कर रहे हैं। युद्ध के अंतिम वर्ष में जर्मनों ने भी सफलतापूर्वक रॉकेटों का निर्माण कर लिया था तथा इंग्लैंड पर धड़ाधड़ प्रहार किया जिससे तमाम इमारतें ढह गईं और जान-माल की भारी तबाही हुई। हजारों लोगों को जान से हाथ धोना पड़ा।

1941 के अंत में पर्ल हार्बर पर हुए हमले के पश्चात् अमेरिका को युद्ध में कूदना पड़ा। अब अमेरिकी सैन्य अधिकारियों को रॉबर्ट की याद आई। इस बार रॉबर्ट को आदर सहित बुलाया गया तथा उसे एक छोटा रॉकेट तैयार करने का दायित्व सौंपा गया जो नौसेना के जंगी हवाई जहाज में फिट हो सके। इस रॉकेट का नामकरण भी कर दिया गया–'जेट एसिस्टेड टेक ऑफ यूनिट' अर्थात् संक्षेप में जेटो।

अब रॉबर्ट 1942 में चैसापीक बे में आकर रहने लगा और पास में मेरीलैंड स्थित अनापोलिस में काम करने लगा। रॉबर्ट की मेहनत रंग लाई और एक दिन उसका नया रॉकेट तैयार हो गया। नवंबर, 1942 में उसने अमेरिकी नौसेना के शीर्ष अधिकारियों को आमंत्रित किया और उस विमान को उड़ाया जिसमें उसका जेटो रॉकेट लगा था। वह हवाई जहाज तेजी से हवा में उड़ गया। इतनी तेजी से उड़ने की यह पहली घटना थी। इसके बाद नई श्रेणी के विमानों का युग प्रारंभ हो गया।

प्रारंभ से ही कमजोर शरीर, कठिन परिश्रम, जगह-जगह कठिन परिस्थितियों में

रहन-सहन ने अब रॉबर्ट को कमजोर कर दिया था। जब उसका शरीर तेजी से ढलने लगा तो उसकी पत्नी, जो उसकी सच्ची हमसफर थी, ने डॉक्टरों द्वारा उसकी जाँच कराई। गहन जाँच के बाद पाया गया कि उसका पुराना शत्रु टी०बी० रोग फिर से जोर पकड़ रहा है। उसे शीघ्र ही मेरीलैंड स्थिति बाल्टीमोर के अस्पताल में भर्ती कराया गया। अब तक यह माना जाता था कि जिसे टी०बी० होती है उसे कैंसर नहीं होता है। पर आश्चर्य की बात यह थी कि उसे गले का कैंसर भी था।

कैंसर की गाँठ निकालने के लिए उसका दो बार ऑपरेशन किया गया, पर उसका शरीर ये भयंकर बीमारी व ऑपरेशन झेल नहीं पाया और 10 अगस्त, 1945 को दुनिया को रॉकेट युग में पहुँचाने वाला रॉबर्ट गोडार्ड इस दुनिया से चला गया।

रॉबर्ट ने जो सपना अपनी युवावस्था में चेरी के पेड़ के नीचे लेटकर देखा था, वह नहीं मरा और आगे प्रगति होती रही तथा 16 जुलाई, 1969 को उसकी मृत्यु के 24 वर्ष बाद फ्लोरिडा के केप केनेडी स्थित रेतीले समुद्री तट पर लाखों लोगों ने देखा कि एक अत्यंत विशाल रॉकेट तैयार किया गया है जो एक 36 मंजिला इमारत जितना ऊँचा है। इसके टैंक में 64 लाख 84 हजार पाउंड तरल ईंधन भरा था। जब प्रात: 9 बजकर 38 मिनट पर इस अभूतपूर्व रॉकेट ने उड़ान भरी तो तेज आवाज हुई। कंप्यूटर नियंत्रित इस रॉकेट को ईस्थर गोडार्ड ने भी देखा और अपने दिवंगत पति का स्मरण किया।

देखते-देखते यह रॉकेट नजरों से ओझल हो गया। इसके ऊपरी भाग में अंतरिक्ष सूट पहने तीन अंतरिक्ष यात्री भी थे, जिनमें से दो चार दिन बाद चंद्रमा की सतह पर उतरे और रॉबर्ट की कल्पना सच हो गई।

जीवन-काल में बहुत कम सम्मान पाने वाले रॉबर्ट गोडार्ड की याद में 1 मई, 1959 को नासा में गोडार्ड स्पेस फ्लाइट सेंटर की स्थापना की गई। 16 सितंबर, 1959 को उनके सम्मान में स्वर्ण पदक देने की घोषणा भी अमेरिकी कांग्रेस ने की।

रॉबर्ट को अपना जीवन सादगी से बिताना पड़ा था। उसे न तो पैसे की चाह थी और न ही उसे कहीं से पैसा मिला। अपने जीवन-काल में उसने 214 पेटेंट हासिल किए थे। अगर वह चाहता तो अरबपति बन सकता था, पर उसने पेटेंटों से धन कमाने की ओर ध्यान ही नहीं दिया। बाद में पता चला कि जर्मनों ने भी उसके पेटेंट का इस्तेमाल किया था। उसकी सहायता से बनाई वी-2 मिसाइलों से उन्होंने ब्रिटेन को काफी हद तक तबाह भी किया।

रॉबर्ट ने अपने पेटेंटों को अपनी अमेरिकी सरकार को नि:शुल्क दे दिया और सरकार ने 1960 में कृतज्ञता दिखाई और उसके एवज में गुगेनहाइम फाउंडेशन, जिसने रॉबर्ट के प्रयोगों में पैसा लगाया था, को दस लाख डॉलर दिए।

रॉबर्ट ने अपने प्रयोगों के दौरान जो भी कार्य किया, उसे लगातार दर्ज भी किया। उनके कार्य में उनकी पत्नी ने विभिन्न भूमिकाएँ निभाईं और बतौर सचिव भी काम किया। उन्होंने रॉबर्ट के सभी दस्तावेजों, फोटोग्राफों, आदि का संकलन किया तथा समय-समय पर प्रकाशित करवाया। बच्चों में रॉकेट के प्रति रुचि जगाने के लिए उनके प्रश्नों के उत्तर भी भेजे।

बाद में रॉबर्ट के सारे दस्तावेज क्लार्क विश्वविद्यालय को दे दिए गए। 1969 में गोडार्ड पुस्तकालय की स्थापना हुई और ये दस्तावेज उसमें रख दिए गए।

1970 में रॉबर्ट गोडार्ड के विभिन्न दस्तावेज तीन खंडों में प्रकाशित किए गए। जिस तरह रॉबर्ट आजीवन शोध करते रहे, उसी तरह उनके मरने के बाद उनके रॉकेट, उनकी विकसित तकनीक व उनके दस्तावेजों पर भी शोध चलता रहा। श्रीमती ईस्थर गोडार्ड का देहांत 1982 में हुआ और वे मरते दम तक अपने पति की अमूल्य धरोहर को सार्वजनिक इस्तेमाल लायक बनाने में व्यस्त रहीं।

चंद्रशेखर वेंकटरामन व उनकी भौतिकी संबंधी विभिन्न खोजें

किसी समय विश्वगुरु माने जाने वाले भारत में वैज्ञानिक विकास का सूर्य अठारहवीं सदी में पूरी तरह डूब चुका था। उधर अंधकार में रह रहे यूरोप में विज्ञान का सूर्य पूरी तेजी से चमक रहा था। जगदीश चंद्र बसु ने वैज्ञानिक पुनरुत्थान की अलख जगाई, पर उसे पूरी तरह जगमगाया चंद्रशेखर वेंकटरामन ने।

भारत में वैज्ञानिक प्रकाश जगाने वाले सी०वी० रमन ने भौतिकी की लगभग हर विधा में अद्‍भुत अनुसंधान किया और न सिर्फ भारत को वरन् पूरे एशिया को गौरवान्वित किया। उन्होंने लगभग 600 खोजें कीं।

भारत के ही नहीं वरन् एशिया के विज्ञान-क्षेत्र में प्रथम नोबल पुरस्कार विजेता चंद्रशेखर वेंकट रामन का जन्म 7 नवंबर, 1880 को कावेरी नदी के तट पर बसे तमिलनाडु के तिरुचिरापल्ली जिले अटयन पेट्टई नामक गाँव में हुआ था। उनके पिता का नाम चंद्रशेखर अय्यर था तथा माता का नाम था पार्वती अम्माल। चंद्रशेखर अय्यर एक शिक्षक थे तथा भौतिकशास्त्र व गणित के विद्वान् माने जाते थे। उनकी संगीत में भी खासी रुचि थी।

पिता चंद्रशेखर ने अपने बच्चों को अच्छे संस्कार दिए। उनके बड़े बेटे सुब्रह्मण्यम के बेटे चंद्रशेखर ने भी कालांतर में नोबल पुरस्कार पाया। द्वितीय पुत्र वेंकटरामन को भी बचपन से ही अनुकूल माहौल मिला। उन्होंने विज्ञान, संस्कृत, संगीत आदि का जमकर अध्ययन किया तथा हर कक्षा में बचपन से ही प्रथम आते रहे। उनके पिता ने उन्हें गणित व विज्ञान पढ़ाया। स्कूल के प्रिंसिपल ने उन्हें विशेष रूप से अंग्रेजी की शिक्षा दी। मात्र 12 वर्ष चंद महीने की आयु में उन्होंने मैट्रिक की

परीक्षा पास कर ली। उनके माता-पिता की इच्छा थी कि बेटे को आगे अध्ययन के लिए विदेश भेजा जाए, पर अंग्रेज डॉक्टर ने वेंकटरामन के कमजोर स्वास्थ्य को देखते हुए उन्हें विदेश न भेजने की सलाह दी।

जब मात्र 13 वर्ष की आयु में कमजोर स्वास्थ्य वाले वेंकटरामन मद्रास स्थित प्रेसीडेंसी कॉलेज की स्नातक कक्षा में पहुँचे तो सब लोग समझे कि यह बालक गलती से आ गया है। शिक्षक ने उनसे पूछ ही लिया कि क्या वास्तव में तुम बी०ए० के छात्र हो। उत्तर में हाँ सुनने के बाद शिक्षक ने आयु पूछी। 13 वर्षीय छात्र को देखकर सभी दंग रह गए।

पर चौंकाने वाला सिलसिला चलता रहा। बाद में पता चला कि इस बालक ने अद्‌भुत जानकारियों से पूर्ण एक लेख लिखा है जिसका शीर्षक था–'प्रकाश का बिखराव', जो लंदन की फिलॉसोफिकल पत्रिका में छपा। हाईस्कूल में पढ़ते हुए उन्होंने डायनेमो का मॉडल तैयार किया। बीमारी के दौरान भी वे पुस्तकें नहीं छोड़ते थे। अपने पिता की सहायता से उन्हें प्रयोग करने में भी आनंद आता था।

1905 में उन्होंने बी०ए० की परीक्षा प्रथम श्रेणी से उत्तीर्ण की तथा स्वर्ण एदक भी पाया। एम०ए० में उन्होंने भौतिकशास्त्र एक विषय के रूप में लिया और उसमें उनकी रुचि बढ़ती चली गई। वे अपनी क्लास से काफी आगे रहते थे और स्वाध्याय भी करते थे। वे जर्मन वैज्ञानिक हैम होल्टज तथा ब्रिटिश वैज्ञानिक लार्ड रैले से भी काफी प्रभावित थे।

स्नातकोत्तर शिक्षा के दौरान उन्हें काफी छूट मिल गई। वे स्वतंत्र रूप से काफी अध्ययन कर लेते थे और अपनी रुचि के प्रयोगादि भी कर लेते थे। वे समय-समय पर लेख भी लिखते थे जो उनकी प्रतिभा की झलक साबित होते थे। 1907 में उन्होंने एम०ए० में न सिर्फ प्रथम श्रेणी हासिल की वरन् पूरे मद्रास विश्वविद्यालय में सर्वाधिक अंक हासिल किए।

उस समय बतौर वैज्ञानिक भविष्य बनाने का चलन नहीं था। सुविधाएँ भी नहीं थीं। बड़े भाई एकाउंट्स सेवा में थे। वेंकटरामन भी अखिल भारतीय एकाउंट्स सेवा की परीक्षा में बैठे तथा अर्थशास्त्र व इतिहास जैसे विषयों की परीक्षा दी, जो उन्होंने विधिवत् नहीं पढ़े थे। पर उन्होंने इसमें भी प्रथम स्थान हासिल किया और मात्र 19 वर्ष की आयु में असिस्टेंट एकाउंटेंट जनरल के पद पर कलकत्ता में नियुक्ति पाई। इसी वर्ष उनका विवाह श्री कृष्ण अय्यर की पुत्री लोक सुंदरी से हो गया।

रामन का मन लेखा संबंधी नौकरी में कतई नहीं लगता था, पर लोक सुंदरी उनका हर तरह से ध्यान रखती थी। एक दिन वे ट्राम से घर जा रहे थे तभी उन्होंने कलकत्ता स्थित 'वैज्ञानिक अध्ययन के लिए भारतीय परिषद' का बोर्ड देखा। वे शीघ्र

ही ट्राम से उतरकर उसके दफ्तर में पहुँचे। वहाँ उनकी भेंट डॉ० अमृतलाल सरकार से हुई जो उस संस्था के अवैतनिक सचिव थे। इस इमारत में बड़े-बड़े कमरे थे और पुराने उपकरण पड़े थे जो सिर्फ प्रदर्शनी के ही काम आते थे।

रामन उस संस्था के सदस्य बन गए तथा इसके जरिये आशुतोष मुखर्जी, जो कलकत्ता विश्वविद्यालय के उपकुलपति थे, से भी उनकी मुलाकात हुई। वे सब मिलकर यहाँ काम करने लगे। तीन वर्ष पूरा होने पर वेंकटरामन का तबादला रंगून हो गया जो उस समय ब्रिटिश सरकार के ही अधीन था। वहाँ भी उनका मन नहीं लगा, पर बीच-बीच में जब भी उन्हें मौका लगा थोड़ा-बहुत काम उन्होंने किया।

1910 में उनके पिता का देहांत हो गया तो वेंकटरामन छुट्टी लेकर घर आए। 6 महीने के अवकाश में उन्होंने न सिर्फ विज्ञान की पुस्तकें पढ़ीं वरन् प्रेसीडेंसी कॉलेज की प्रयोगशाला में भी काफी काम कर डाला। रंगून से उनका तबादला नागपुर हो गया, जहाँ पर वे मात्र 14 महीने रहे और फिर डाक-तार विभाग के एकाउंटेंट जनरल बनकर कलकत्ता आ गए, जहाँ वे अपने पुराने संगठन से फिर से जुड़ गए। वे अपने खाली समय में अनुसंधान करते थे। उनका प्रारंभिक विषय था–'ध्वनि के कंपन और वाद्यों का सिद्धांत'। इस दौरान उन्होंने वाद्यों की भौतिकी का इतना गहन अध्ययन कर लिया था कि 1927 में जर्मनी से भौतिकी विश्वकोश प्रकाशित हुआ तो 20 खंडों वाले इस विश्वकोश में से आठवें खंड के लिए वाद्य-यंत्रों की भौतिकी के लेख रामन से ही लिखवाए गए।

प्रारंभिक दौर में उन्होंने 30 शोध-लेख लिख डाले तथा लगातार इस बात का अध्ययन किया कि वायलिन और सितार पर हार्मोनिक संगीत कैसे निकलता है। उन्होंने एक शोध-पत्र लंदन में भी पढ़ा।

जब कलकत्ता विश्वविद्यालय में विज्ञान खंड प्रारंभ हुआ तो कुलपति सर आशुतोष मुखर्जी ने उन्हें भौतिकी के प्राध्यापक के रूप में पढ़ाने का निमंत्रण दिया और वेंकटरामन ने लगी-लगाई ऊँची सरकारी नौकरी छोड़कर विज्ञान की सेवा का व्रत ले लिया। अत्यंत कम आयु में अत्यंत कम वेतन पर उन्होंने अत्यधिक कार्य का भार अपने ऊपर ले लिया। जब प्रथम भारतीय विज्ञान कांग्रेस का अधिवेशन हुआ तो सर आशुतोष मुखर्जी ने इसकी अध्यक्षता की तथा वेंकटरामन ने इसमें सक्रिय रूप से भाग लिया और बाद में कई वर्ष तक इसके सचिव का दायित्व भी सँभाला।

जब 1919 में डॉ० अमृतलाल सरकार का निधन हो गया तो पुरानी संस्था का कार्य-भार भी उनके कंधों पर आ गया और वे दोनों जगह अनुसंधान-कार्य एक साथ करने लगे। एक ओर वे वाद्ययंत्रों पर अनुसंधान-कार्य करते रहे और दूसरी ओर वे विभिन्न वस्तुओं में प्रकाश के चलने का भी अध्ययन करते रहे। उन्होंने पाया कि

प्रकाश समूह बिलकुल सीधा नहीं चलता है और उसका कुछ भाग अपना मार्ग बदलकर बिखर जाता है।

वे व्यस्त कार्यक्रम में भी पूरी तन्मयता से छात्रों को पढ़ाते थे। वे हर नये विषय का अध्ययन करते और उस पर व्याख्यान देते थे। वे अनेक पुस्तकों से पढ़ते तथा पढ़ाते समय, समय का कतई ध्यान नहीं रख पाते थे और कई बार कई घंटे तक बोलते रहते थे। भोजन और नींद का उन्हें ध्यान ही नहीं रहता था और घरेलू वेशभूषा में ही घंटों तक काम करते रहते थे। धीरे-धीरे उन्होंने प्रयोगों के लिए उपकरण जुटाए और अनुसंधान के लिए उचित माहौल भी तैयार किया।

1921 में जब वे लंदन गए तो वहाँ उनकी मुलाकात अर्नेस्ट रदरफोर्ड, जे०जे० थॉमसन आदि से हुई। यहाँ पर भी उन्होंने प्रयोग किए जिनके परिणाम नेचर पत्रिका तथा प्रोसीडिंग्स ऑफ दि रॉयल सोसायटी में छपे।

जब वे वापस पानी के जहाज से आ रहे थे तो उन्होंने जल के नीले रंग को ध्यान से देखा। उनके मस्तिष्क में विचार उठा कि शायद सूर्य की किरणें जब जल में प्रवेश करती हैं तो उसका रंग नीला हो जाता है। इस समय तक लार्ड रैले ने साबित कर दिया था कि सूर्य की किरणें जब वायुमंडल में मौजूद ऑक्सीजन और नाइट्रोजन के अणुओं से टकराती हैं तो प्रकाश का प्रकीर्णन हो जाता है और आकाश का रंग नीला दिखाई देता है। उस समय लोग मानते थे कि आकाश की छाया जल पर पड़ती है और शायद इसीलिए समुद्र का जल भी नीला दिखाई देता है।

वेंकटरामन ने इस तर्क को मानने से इनकार कर दिया और विदेश से लाए पोलाराइज्ड प्रिज्म से उन्हें देखा तथा पाया कि समुद्र का जल अब भी नीला है। उनका संदेह सही निकला। यह नीलापन छाया के कारण नहीं वरन् जल के रंग के कारण आ रहा था।

कलकत्ता आकर उन्होंने इस विषय पर गहन शोध प्रारंभ किया और दुनिया के सामने साबित कर दिया कि प्रकाश जब ऐसे माध्यम से गुजरता है, जिसमें रेत के कण होते हैं तो वह इधर-उधर बिखर जाता है। बिखरे प्रकाश की लंबाई बदल जाती है और हमें रंग दिखाई देते हैं। उन्होंने आगे साबित किया कि तरल पदार्थों में बिखराव बहुत ही कम होता है। दूसरी बात यह है कि प्रकाश जब तरल पदार्थ से होकर गुजरता है तो तीव्रता और तरंग लंबाई दोनों में कमी आ जाती है। उन्होंने बिखरे हुए प्रकाश को यंत्र के माध्यम से नापा और विभिन्न तरंग लंबाइयों और रंगों से दुनिया को अवगत कराया।

उन्होंने 16 मार्च, 1928 को साउथ इंडियन साइंस एसोसिएशन के बंगलौर कार्यक्रम में अपनी खोज लोगों के सामने रखी। उन्होंने यह भी बताया कि प्रकाश की

लहरों की संख्या में यदि कोई परिवर्तन आता है तो वह उस पदार्थ के कारण है जिससे होकर किरणें गुजरती हैं। उन्होंने यह भी बताया कि इसके उलट हम बिखराव के जरिये उस पदार्थ की संरचना के बारे में भी जान सकते हैं।

उनके इस अद्‌भुत अनुसंधान-कार्य के दौरान डॉ० के०एस० कृष्णन ने उनके सहयोगी के रूप में कार्य किया। वेंकटरामन एक ओर नये अनुसंधान करते रहे और दूसरी ओर पुराने अनुसंधान में संशोधन करके उन्हें पूर्णता भी प्रदान करते रहे। 1928 में उन्होंने कलकत्ता विश्वविद्यालय के प्रतिनिधि के रूप में रूस की यात्रा की और एशियन अकादमी ऑफ साइंस के अधिवेशन में भी भाग लिया। वहीं से वे आगे जर्मनी, स्विटजरलैंड, इटली भी गए।

उनके अनुसंधान को पूरे विश्व ने न सिर्फ सराहा वरन् पुरस्कारों और सम्मानों की झड़ी-सी लग गई। 1922 में कलकत्ता विश्वविद्यालय उन्हें डी० एस०सी० से विभूषित कर चुका था और 1924 में प्रतिष्ठित रॉयल सोसायटी उन्हें अपना फैलो चुन चुकी थी। 1928 में भारतीय गणित परिषद् ने उन्हें अपना फैलो बनाया और भारतीय विज्ञान कांग्रेस ने सभापति। 1929 में तत्कालीन ब्रिटिश सरकार ने उन्हें सर की उपाधि प्रदान की। उस समय तक विज्ञान के क्षेत्र में किसी भारतीय को तो क्या, किसी एशियाई को भी नोबल पुरस्कार नहीं मिला था। 1930 में उन्हें यह सम्मान भी मिला।

पर प्रो० रामन अविचलित-से ही रहे और 8,000 पाउंड की राशि लेकर आए और अपने अनुसंधान में जुट गए। उनका आविष्कार रामन इफैक्ट के रूप में लोकप्रिय हो गया और अगले 12 वर्षों में वेंकटरामन ने 1800 शोध-लेख लिखे और 2500 रासायनिक पदार्थों का अध्ययन कर डाला। रामन प्रभाव बीसवीं सदी के तीसरे दशक की महानतम खोज मानी गई।

वेंकटरामन ने भारतीय विज्ञान और भारतीय वैज्ञानिकों को नया आयाम प्रदान किया। उन्होंने प्रयोगों के लिए उपकरण खुद बनाकर दिखाए और भारतीय वैज्ञानिकों के शोध-पत्रों को प्रकाशित करने के लिए उन्होंने 'दि इंडियन जरनल ऑफ फिजिक्स' का प्रकाशन 1926 में प्रारंभ किया। वे बिना रुके आविष्कार करते चले गए और चुंबकीय शक्ति, एक्सरे संबंधी महत्त्वपूर्ण अनुसंधान कर डाले।

1923 में उन्हें भारतीय विज्ञान संस्थान बंगलौर का निदेशक नियुक्त किया गया और इस पद पर वे लंबे समय तक रहे और इसे आगे बढ़ाते रहे। 1948 में रामन अनुसंधान संस्थान की स्थापना की गई जिसके वे पहले निदेशक बनाए गए।

वेंकटरामन ने न सिर्फ स्वयं अनुसंधान किया वरन् अनुसंधान के लिए आधारभूत संरचना जुटाने में भी अपना योगदान किया। उन्होंने अनेक अन्वेषणशालाएँ, विश्वविद्यालय तथा वैज्ञानिक संस्थाएँ स्थापित कराने में योगदान किया। 1934 में भारतीय विज्ञान

अकादमी की स्थापना कराई तथा करेंट साइंस नामक विज्ञान पत्रिका का प्रकाशन प्रारंभ किया।

वे पूरी तरह से भारतीय थे। जब वे नोबल पुरस्कार लेने सपरिवार स्टाकहोम गए तो उन्होंने शीर्षस्थ वैज्ञानिकों के समक्ष रामन प्रभाव का प्रदर्शन किया और इस प्रयोग को अल्कोहल द्रव के ऊपर करके दिखाया। समारोह के बाद सायंकाल रामन के सम्मान में भोज का कार्यक्रम था। विदेशी संस्कृति के अनुरूप सभी मदिरापान कर रहे थे, पर वेंकटरामन ने शराब को हाथ तक नहीं लगाया। तभी किसी वैज्ञानिक ने चुटकी ली कि आज सवेरे आपने अल्कोहल पर रामन प्रभाव दिखाया। अब हमें अल्कोहल का रामन पर प्रभाव देखने दीजिए। अविचलित रामन मुस्कराते रह गए।

वे प्रात: जल्दी उठ जाते थे और घूमने जाते थे। प्रभात काल में, आकाश के नीचे, ऊँचे-ऊँचे हरे वृक्षों के मनोहारी दृश्य उन्हें बहुत भाते थे। प्रात: 6 बजे वे अपने कक्ष में पहुँच जाते थे, जहाँ वे 9 बजे तक शोध-कार्य कराते तथा शोध-पत्रों पर चर्चा करते थे। दस बजे वे निदेशक के रूप में कार्यालय पहुँच जाते थे और शाम को वहीं से सीधे प्रयोगशाला पहुँच जाते थे, जहाँ वे रात साढ़े आठ बजे तक शोध-कार्यों में लीन रहते थे। वे प्रति सप्ताह दो-तीन सेमिनारों का आयोजन करवाते थे और अपने सहयोगियों के साथ शोध-कार्यों पर चर्चा करते थे।

वे अनुसंधान के साथ-साथ स्वास्थ्य के प्रति भी सजग थे। उन्हें याद था कि अत्यंत दुर्बल होने के कारण वे पढ़ाई के लिए विदेश नहीं जा सके थे। इसलिए जब भी वे किसी प्रतिभावान पर दुर्बल अनुसंधानकर्ता को देखते तो उसे सलाह देते कि शोध-कार्य अत्यंत विचित्र होता है और इसमें सफलता-असफलता, प्रशंसा-निराशा लगी रहती हैं और खुशी व निराशा दोनों के लिए शरीर का स्वस्थ होना जरूरी है। इसलिए और इनके जरिये शरीर को भी स्वस्थ बनाओ।

मैसूर सरकार ने उनके द्वारा स्थापित भारतीय विज्ञान अकादमी की गतिविधियों के विस्तार के लिए चार एकड़ जमीन उपलब्ध करा दी थी और रामन ने इस पर प्राचीन गौरवशाली परंपरा के अनुरूप शोध-केंद्र स्थापित किया। बंगलौर के पास स्थापित इस केन्द्र के लिए रामन ने अपनी सारी व्यक्तिगत संपत्ति दान कर दी। 60 वर्ष की आयु में उन्होंने इस रामन अनुसंधान केंद्र के संचालक का कार्यभार भी सँभाल लिया।

उन्होंने इस अनुपम अनुसंधान केंद्र के चारों ओर बागीचे और बड़े-बड़े पेड़ लगवाए और कहा क़ि वृद्धावस्था में व्यक्ति को वन चले जाना चाहिए और इसीलिए मैंने अपने आसपास वन एकत्रित कर लिया है। इस संस्थान में उन्होंने ध्वनि, प्रकाश, चट्टानों, पक्षियों, कीड़ों, तितलियों, रत्नों, समुद्री सीपों, फूलों, वातावरण, मौसम,

दृष्टि, श्रवण इंद्रियों से संबंधित शोध किए और विज्ञान की शायद ही कोई विधा उनसे अछूती रह पाई।

उन्हें विचित्र वस्तुएँ संग्रह करने का शौक था तथा उन्होंने विभिन्न बहुमूल्य पत्थरों का भी संग्रह किया। इनमें ऐसे भी पत्थर थे जो प्रकाश से पिघल जाते थे। उनके अनोखे संग्रह में ज्वालामुखी के लावा से निकले पत्थर, हीरे, लाल मणि, नीलमणि आदि शामिल थे। लोग इन जगमगाते पत्थरों को डार्करूम में रखा देखकर चौंक उठते थे। इन पत्थरों में लघु दृश्य किरणों को सोखने की तथा फिर उन्हें दीर्घ दृश्य किरणों के रूप में परावर्तित करने की क्षमता होती थी। उन्हें फूलों से विशेष प्रेम था तथा अपने संस्थान में वे तरह-तरह के फूल लगवाया करते थे। एक बार जब वे हीरे खरीदने पेरिस गए तो वहाँ उन्होंने एक दुकान पर नीले पंखों वाली तितलियाँ देखीं और तुरंत उन्हें खरीद लिया।

वे स्वभाव के अत्यंत कोमल थे तथा उनका जीवन सादगीपूर्ण था। वे कोट, पैंट, टाई अवश्य पहन लेते थे, पर साथ में दक्षिण भारतीय पद्धति की पगड़ी भी बाँधते थे। मानव-सेवा में उन्हें अप्रतिम आनंद मिलता था। एक बार वे जब रंगून से नागपुर लौटे तो वहाँ पर प्लेग फैल गया था। उन्होंने इसकी कतई परवाह नहीं की और अपने घर के सामने तंबू लगवाए और दवा का इंतजाम किया तथा मरीजों की खुद तीमारदारी की।

उन्होंने अपने सारे अनुसंधान मानव सुख व शांति के लिए किए और कभी युद्ध संबंधी प्रयोग में हाथ नहीं लगाया। उनके जीवन-काल में देश गुलाम था और अंग्रेज सरकार ने विश्वयुद्धों में काम आने वाली तकनीकें विकसित करने के लिए अवश्य दबाव डाला होगा। उनके शांतिपूर्ण कार्यों के लिए उन्हें 1958 में लेनिन शांति पुरस्कार से भी नवाजा गया। वे विज्ञान के अलावा अर्थशास्त्र, राजनीति, इतिहास, संस्कृत आदि के भी प्रकांड विद्वान् थे। वे अनेक भारतीय भाषाओं के अलावा अनेक यूरोपीय भाषाओं के भी विद्वान थे। वे वीणा भी बड़ी कुशलता से बजा लेते थे।

विज्ञान को ही ईश्वर मानने वाले तथा हर नई खोज को ईश्वर का प्रमाण मानने वाले वेंकटरामन गांधी जी से असाधारण रूप से प्रभावित थे और हर वर्ष गांधी जयंती के उपलक्ष्य में आयोजित कार्यक्रम में भाषण दिया करते थे। 1970 में जब वे 82 वर्ष के हो चुके थे तब उन्होंने अपनी अकादमी के सदस्यों का सात दिवसीय सम्मेलन आयोजित किया और इस अवसर पर युवा वैज्ञानिकों को विभिन्न विषयों पर शोध-पत्र प्रस्तुत करने के लिए प्रेरित किया।

वे अपनी अकादमी के वार्षिक आयोजन भी आयोजित करते थे तथा उनमें अपनी नवीनतम खोजों के बारे में लोगों को बताते थे। 1967 में 79 वर्ष की आयु

में उन्होंने वायुरूपी परकोटे में पृथ्वी के भ्रमण के बारे में लोगों को बताया। अगले ही वर्ष उन्होंने दृष्टि के रचनाशास्त्र का सिद्धांत लोगों के समक्ष रखा। वे उत्कृष्ट वक्ता थे तथा अपने गंभीर आविष्कारों का ब्योरा आम जनता को सरल भाषा में तथा विनोदपूर्ण शैली में देते थे। वे सागर से अत्यंत प्रभावित थे और इसमें छिपे रहस्यों की ज्यादा से ज्यादा जानकारी हासिल करना चाहते थे। उनका मानना था कि भारत ने स्वतंत्रता इसलिए खोई कि यहाँ समुद्र-यात्रा वर्जित हो गई थी। वे बहुत बड़ा जहाज हासिल करके सागर पर अनुसंधान करना चाहते थे। वे चाहते थे कि भारतीय वैज्ञानिक विदेश जाएँ और अपने शोध-कार्य द्वारा ख्याति अर्जित करें। उन्हें उस समय वैज्ञानिकों की दिक्कतों तथा उपकरणों व अन्य सुविधाओं की कमी का अहसास था। वे अकसर कहते कि अगर ईस्ट इंडिया कंपनी के लोग भारत आकर अपना राज कायम कर सकते हैं तो क्या भारतीय वैज्ञानिक विदेश जाकर अपना सिक्का नहीं जमा सकते।

संसार की प्रतिष्ठित संस्थाएँ उन्हें सदस्यता, अध्यक्षता, फेलोशिप आदि प्रदान करने के लिए लालायित रहती थीं। 1954 में भारत सरकार ने उन्हें अपने सर्वोच्च सम्मान भारत रत्न से विभूषित किया।

अक्टूबर, 1970 में उन्हें दिल का हलका दौरा पड़ा जिसका शीघ्र इलाज किया गया और वे शीघ्र ही स्वस्थ होकर काम पर जुट गए। पर उनकी आयु शेष नहीं बची थी और भारत माता के इस महान् सपूत का 21 नवंबर, 1970 को देहांत हो गया।

उनके बाद उनके कनिष्ठ पुत्र राधाकृष्णन ने रामन अनुसंधान केंद्र का कार्यभार सँभाल लिया।

आइरीन जोलियट व फ्रेडरिक जोलियट और उनका कृत्रिम रेडियोधर्मिता संबंधी आविष्कार

इतिहास में बहुत कम अनुसंधानकर्ता ऐसे हुए हैं जिन्होंने न सिर्फ खुद गहन अनुसंधान किया वरन् अपनी संतान को भी अनुसंधान के पथ पर चलने के लिए तैयार किया। इनमें से एक थे क्यूरी दंपती। मेरी क्यूरी व प्रोफेसर पियरे क्यूरी ने पहले संयुक्त रूप से नोबल पुरस्कार प्राप्त किया और बाद में जब पियरे क्यूरी का देहांत हो गया तो मैडम क्यूरी ने पहले अकेले अनुसंधान जारी रखा और बाद में अपनी पुत्री आइरीन क्यूरी जोलियट को अनुसंधान में अपने साथ जोड़ा। दो बार नोबल पुरस्कार प्राप्त करने वाली मैडम क्यूरी की पुत्री आइरीन क्यूरी जोलियट ने अपने पति फ्रेडरिक जोलियट के साथ 1935 का रसायनशास्त्र का नोबल पुरस्कार भी प्राप्त किया।

आइरीन का जन्म 12 सितंबर, 1897 को पेरिस में हुआ था। उसकी पढ़ाई-लिखाई सोरबोन में हुई थी और वह 1918 में मात्र 21 वर्ष की आयु में अपनी माता के सहायक के रूप में रेडियम संस्थान में काम करने लगी। उसने अपनी माता से रेडियोधर्मिता के बारे में महत्त्वपूर्ण जानकारी हासिल की।

यहीं पर फ्रेडरिक जोलियट नामक युवक भी कार्य करता था। फ्रेडरिक का जन्म भी पेरिस में 19 मार्च, 1900 को हुआ था। फ्रेडरिक ने पहले इंजीनियरिंग की पढ़ाई की और बाद में उसकी रुचि रसायनशास्त्र में बढ़ गई और 1925 में पेरिस स्थित रेडियम संस्थान में काम करना प्रारंभ कर दिया।

इसी दौरान फ्रेडरिक व आइरीन एक-दूसरे के संपर्क में आए और 1926 में विवाह-बंधन में बँध गए। विवाह के बाद उनका शोध-कार्य बढ़ता चला गया।

1934 में शोध के दौरान अल्यूमिनियम की पतली परत पर अल्फा कणों की बौछार की। इस प्रक्रिया में अल्यूमिनियम की परत एक क्लाउड चैंबर में खिड़की के सामने रखी गई थी ताकि जब अल्फा कणों की बौछार हो तो होने वाले परिवर्तनों का आसानी से अध्ययन किया जा सके।

जब बौछार बंद हो गई तो आइरीन व फ्रेडरिक के आश्चर्य का ठिकाना नहीं था। उन्होंने देखा कि अल्यूमिनियम से रेडियो विकिरण लगातार हो रहा है। अध्ययन के बाद ज्ञात हुआ कि अल्यूमिनियम अल्फा कणों की बौछार के पश्चात् रेडियोधर्मी

फास्फोरस आइसोटोप में तब्दील हो गया है।

यह पूरा का पूरा प्रयोग बड़ी सावधानी से तथा उच्च परिष्कृत तकनीक का प्रयोग करते हुए किया गया था। अल्यूमिनियम की अत्यंत पतली परत का इस्तेमाल किया गया था। इसके दौरान यह भी पाया गया था कि परमाणु की संरचना स्थिर नहीं है और उसे विभाजित भी किया जा सकता है।

इसके साथ ही परमाणु बम बनाने की दिशा में एक कदम और बढ़ाने के लिए रास्ता साफ हो गया। साथ ही परमाणु ऊर्जा के इस्तेमाल की संभावनाएँ भी बढ़ गईं। अब आइरीन व फ्रेडरिक यूरेनियम की नाभि को तोड़ने में जुट गए।

अल्यूमिनियम के बाद फ्रेडरिक और आइरीन ने नए-नए रेडियोधर्मी तत्त्व तैयार करना प्रारंभ कर दिया। उन्होंने नाइट्रोजन, फास्फोरस के आइसोटोप बनाए और उन्हें रेडियो नाइट्रोजन, रेडियो फास्फोरस का नाम दिया।

इसके साथ उस तकनीक का भी विकास हो गया जिसके जरिये सामान्य रूप से जो तत्त्व रेडियोधर्मी नहीं होते हैं, उन्हें भी रेडियोधर्मी बनाया जाने लगा। इसके साथ ही अस्थिर नाभि का अध्ययन भी संभव हो गया और परमाणु के टूटने की प्रक्रिया का भी अध्ययन होने लगा।

बाद के दिनों में अनेक तरीकों से रेडियो आइसोटोप बनाया जाने लगा। जैविक वस्तुओं में भी इनका प्रयोग होने लगा। जब रेडियो कार्बन तैयार किया गया, जिसका परमाणु भार 14 है तो उससे कार्बन डाईऑक्साइड का भी निर्माण किया गया और उसे सूर्य की रोशनी में पौधों के पत्तों के पास छोड़ा गया। पत्तों ने उसे स्वीकार भी कर लिया।

धीरे-धीरे जोलियट दंपती के प्रयासों से नए-नए कृत्रिम रेडियोधर्मी तत्त्वों को तैयार करने की प्रक्रिया प्रारंभ हो गई। इनका रासायनिक प्रक्रियाओं और शारीरिक इलाजों में भी प्रयोग होने लगा। थायरायडग्लैंड में रेडियो आयोडीन का प्रयोग सुनिश्चित किया गया। जबकि शरीर की मेटोबोलिस्म में रेडियो फास्फोरस का फास्फेटों के रूप में प्रयोग प्रारंभ हो गया।

जोलियट दंपती ने परमाणु के विखंडन के जरिये जो ऊर्जा उत्पन्न करने का जरिया विकसित किया था, उसे एनरिको फर्मी ने आगे बढ़ाया। उन्होंने अल्फा कणों के स्थान पर न्यूट्रॉन की बौछार करके यूरेनियम का विखंडन किया।

जब दूसरा विश्वयुद्ध प्रारंभ हुआ तो फ्रांस में जर्मन सेना घुसने लगी। उनकी बनाई तकनीक का प्रयोग जर्मन न कर लें और परमाणु बम बनाने में बढ़त हासिल न कर लें, बहुत सारे वैज्ञानिक फ्रांस छोड़कर इंग्लैंड चले गए। फ्रेडरिक जोलियट ने इंग्लैंड भागने के बजाय फ्रांस में ही रुकने का फैसला किया और दूसरे प्रयोग जारी

रखे। उसने जर्मन सेनाओं का मुकाबला करने का भी फैसला किया। इस दौरान आइरीन व उसके बच्चों ने स्विट्जरलैंड में शरण ली।

1944 में फ्रेडरिक जोलियट को फ्रांस के राष्ट्रीय विज्ञान अनुसंधान केंद्र का निदेशक नियुक्त किया गया। 1946 में उसे परमाणु ऊर्जा के लिए उच्चायुक्त नियुक्त किया गया। फ्रेडरिक प्रारम्भ से ही साम्यवादी विचारधारा का था। रेडियोधर्मिता के क्षेत्र में अत्यंत महत्त्वपूर्ण कार्य करने के बावजूद उन्होंने परमाणु बम बनाने में योगदान कतई नहीं दिया।

उलटे उन्होंने परमाणु हथियारों की होड़ के खिलाफ अभियान छेड़ा और अनेक शांति संगठनों की सदस्यता हासिल की। इन संगठनों के जरिये पति-पत्नी अब शांति-प्रयासों की बहाली में जुट गए।

1935 में रसायनशास्त्र में नोबल पुरस्कार पाने वाले आइरीन व फ्रेडरिक जोलियट अन्य प्रकार के सामाजिक कार्यों में भी लगे रहे। आइरीन ने समाज में महिलाओं को बराबरी का दर्जा दिलाने के लिए भी संघर्ष किया।

फ्रांस की तत्कालीन सरकार को जोलियट दंपती के साम्यवादी व उग्र विचार नहीं भाए। 1950 में फ्रेडरिक को उनके साम्यवादी विचारों के कारण विभिन्न सरकारी पदों से मुक्त कर दिया गया। 1951 में फ्रांस सरकार ने फ्रेंच परमाणु ऊर्जा आयोग की सदस्यता से आइरीन को भी निकाल दिया।

17 मार्च, 1956 को आइरीन जोलियट का पेरिस में देहांत हो गया। 14 अगस्त, 1958 को फ्रेडरिक का भी पेरिस में देहांत हो गया। अपने क्रांतिकारी आविष्कार और ओजस्वी विचारों के लिए जोलियट दंपती को हमेशा याद रखा जाएगा।

अर्नेस्ट आर्लेन्डो लॉरेंस और उनका आविष्कृत साइक्लोट्रॉन

बीसवीं सदी के प्रारंभ में यह ज्ञात हो चुका था कि परमाणु को आगे विभाजित किया जा सकता है। यह ज्ञात भी हो चुका था कि इलैक्ट्रॉन सबसे सूक्ष्म व हलका कण है। पदार्थ को ऊर्जा में और ऊर्जा को पदार्थ में परिवर्तित किया जा सकता है, सिद्धांत रूप में यह भी साबित हो चुका था।

पर लोगों के मन में एक इच्छा शेष थी। वे यह तो जान चुके थे कि एक परमाणु पर न्यूट्रॉनों की बौछार से नया परमाणु तैयार किया जा सकता है और साथ में भारी मात्रा में ऊर्जा भी उत्पन्न की जा सकती है, पर ऊर्जा पर नियंत्रण कैसे हो, यह जानना शेष था। इसके लिए एक उपकरण की आवश्यकता थी, जिसके अंदर सुरक्षित रूप से यह कार्य हो और आवश्यकतानुसार ही रेडियेशन निर्यंत्रित मात्रा में बाहर आए। साइक्लोट्रॉन नामक इस यंत्र का आविष्कार किया अमेरिकी वैज्ञानिक अर्नेस्ट आर्लेन्डो लॉरेंस ने।

साइक्लोट्रॉन का आविष्कार करने वाले अर्नेस्ट आर्लेन्डो लॉरेंस का जन्म 8 अगस्त, 1901 को दक्षिण डकोटा के कैन्टन नामक स्थान पर हुआ था। उसके पिता का नाम कार्ल गुस्तावस लॉरेंस तथा माता का नाम गुंडा रेजिना जैकबसन लॉरेंस था। वे नार्वे मूल के थे और अमेरिका में आकर बस गए थे। माता-पिता दोनों लूथरन्स तथा अर्नी कहलाते थे तथा उनके परिवार में पूर्ण ईमानदारी, नैतिक व्यवहार तथा करुणा की शिक्षा पीढ़ी दर पीढ़ी दी जाती थी।

अर्नेस्ट अपने पिता के दो बेटों में बड़ा बेटा था तथा जन्म के समय कार्ल लॉरेंस

दक्षिण डकोटा में स्कूलों के निरीक्षक थे। कई साल बाद वे राज्य के सुपरिंटेंडेंट बन गए। उन्होंने काफी प्रगति की और फिर वे अनेक शिक्षकों के, कॉलेजों के प्रमुख रहे। जब वे 1939 में अवकाशप्राप्त हुए तो उस समय वे दक्षिण डकोटा के राज्य शिक्षक कॉलेज के अध्यक्ष थे।

बालक अर्नेस्ट लॉरेंस ने अपने माता-पिता से अच्छे संस्कार पाए। उसे जगह-जगह रहना पड़ा। उच्च पदस्थ पिता का पुत्र होने के कारण उसे स्कूल में विशेष तरजीह मिलती थी, पर उसे यह पसंद नहीं था। 13 वर्ष की आयु में ही उसने अपने मन की बात व्यक्त कर दी कि वह उस स्कूल में जाना चाहेगा जहाँ उसके पिता अधिकारी न हों।

श्रेष्ठ संस्कारों के कारण उसे नृत्य क्लबों में जाना, गंदे मजाक करना तथा जोर-जोर से, भद्दे तरीके से हँसना पसंद नहीं था। उसकी माता ने बचपन में ही उसे प्रेरणा देना प्रारंभ किया कि वह वैज्ञानिक बने। वह जिज्ञासु लड़का था और माता-पिता से सवाल करता रहता था।

चौदहवें वर्ष में वह मिलवाकी विस्कोंसिन के ग्रीष्मकालीन स्कूल में पढ़ने गया। यहाँ उसकी हकलाने की आदत का इलाज भी किया गया। विज्ञान में उसकी रुचि नवें वर्ष में ही प्रारंभ हो गई थी और वह अपने मित्रों की मदद से टेलीग्राफ व वायरलेस सेटों के उपकरण खरीदने लगा था। उसके घर में स्पार्क फॉयल, घंटियाँ, मोटर, ताँबे के तार, स्विच आदि इकट्ठे हो चुके थे।

1918 में उसका प्रवेश सेंट ओलफ कॉलेज नॉर्थ फील्ड मिनेसोटा में हुआ। प्रारंभ में उसका इरादा डॉक्टर बनने का था। हालाँकि उसके माता-पिता ने उसे अपना कैरियर स्वयं चुनने की छूट दे रखी थी।

उन दिनों प्रथम विश्वयुद्ध जोरों पर था। इसके मद्देनजर सेंट ओलफ कॉलेज का श्रेष्ठ स्टाफ आर्मी ट्रेनिंग कॉर्प के लिए नियुक्त कर दिया गया था। सामान्य छात्रों को दूसरे दर्जे के शिक्षक पढ़ाते थे। अर्नेस्ट तथा उसके माता-पिता को उसकी पढ़ाई से संतुष्टि नहीं हुई और उन्होंने अपने बेटे को दक्षिण डकोटा विश्वविद्यालय में भर्ती कराने का फैसला किया। हालाँकि उसकी माता को साथ में यह चिंता भी थी कि उसका 17 वर्षीय बेटा इतनी दूर रहकर कैसे पढ़ेगा। नया विश्वविद्यालय बहुत बड़ा था और उसमें छात्र की व्यक्तिगत देख-रेख संभव नहीं थी।

आखिरकार उसके पिता ने दक्षिण डकोटा में एक विश्वविद्यालय में निर्माण-कार्य अपने हाथ में ले लिया। उन्हें इतनी आमदनी हो जाती थी कि वह अपने पुत्र की फीस व अन्य खर्चे उठा सकें।

इसी विश्वविद्यालय में उसका संपर्क एक वैज्ञानिक लेविस एकेले से हुआ जो

इंजीनियरिंग कॉलेज के डीन थे। उन्होंने अर्नेस्ट को समझाया कि पिछले 50 वर्षों में सिर्फ भौतिकी ऐसा विषय है जिसमें सर्वाधिक और रोचक अनुसंधान कार्य हुआ है। अब अर्नेस्ट ने चिकित्साशास्त्र की जगह भौतिकशास्त्र का उच्च अध्ययन करने का फैसला किया।

पर साथ ही एक समस्या भी खड़ी हुई। अब तक भौतिकशास्त्र की जितनी पढ़ाई अर्नेस्ट ने अपने पिता की देख-रेख में की थी, वह उसे कठिन लगती थी। यह आशंका अर्नेस्ट ने अपने डीन से भी व्यक्त की। डीन ने उससे लगातार भौतिकशास्त्र संबंधी विषयों पर वार्ता की और उसकी रुचि बढ़ाते चले गए। इतना ही नहीं, 1920 में उन्होंने उसे एक प्रस्ताव किया कि जब अगस्त में तुम वापस आओगे तो मैं तुम्हारी रुचि भौतिकशास्त्र में और बढ़ा दूँगा तथा अगर मैं ऐसा न कर सका तो मैं तुमसे इस विषय को लेने के लिए कभी नहीं कहूँगा।

अर्नेस्ट ने उनके कहे अनुसार ही किया और अगस्त, 1920 से उसकी रुचि भौतिकशास्त्र में बढ़ती चली गई। उसने उसी साल भौतिकशास्त्र के सारे पेपर ले लिए और जोरदार तैयारी प्रारंभ कर दी। उसका परिश्रम रंग लाया और 1922 में उसने स्नातक उपाधि प्राप्त कर ली। अब उसे मिनिसोटा विश्वविद्यालय मिनीपोलिस में फैलोशिप मिल गई।

अर्नेस्ट का परिश्रम जारी रहा। मिनिसोटा विश्वविद्यालय में उसे एक बेहतरीन गाइड मिल गया। इंग्लैंड में जन्मे भौतिकशास्त्री फ्रांसिस ग्रे स्वान ने उसके कार्यों में पूरी रुचि ली। पर यहाँ उसे स्नातकोत्तर उपाधि लेने में बाधा भी आई। जब उपाधि के लिए उसकी थीसिस, जो इलैक्ट्रोडायनामिक सिद्धांत पर लिखी गई थी, प्रोफेसरों की समिति के समक्ष मूल्यांकन के लिए आई तो भौतिकशास्त्र के प्रोफेसरों को तो वह पसंद आई, पर वरिष्ठतम प्रोफेसर जार्ज डी० शेपर्डसन, जो एक इलैक्ट्रिकल इंजीनियर थे, ने उसे स्वीकार नहीं किया।

प्रोफेसर स्वान ने निराश अर्नेस्ट को बताया कि मूल कारण यह है कि बूढ़े प्रोफेसर को इलैक्ट्रोडायनामिक्स जैसे नवीन विषय की जानकारी नहीं है और इसलिए वे इसे पसंद नहीं कर रहे हैं। यदि उन्हें पर्याप्त जानकारी दे दी जाए तो वे उसे पसंद करेंगे।

पर यह इतना आसान भी नहीं था। वृद्ध प्रोफेसर ने अपने कक्ष में तख्ती लगा रखी थी कि उन्हें डिस्टर्ब न किया जाए। अब अर्नेस्ट ने इलैक्ट्रोडायनामिक्स पर व्याख्यान शृंखला देना प्रारंभ किया और वृद्ध प्रोफेसर शेपर्डसन को भी आमंत्रित किया और धीरे-धीरे प्रोफेसर की समझ में विषय की जानकारी प्रवेश करती गई और अर्नेस्ट को स्नातकोत्तर उपाधि भी मिल गई।

अब प्रोफेसर स्वान शिकागो विश्वविद्यालय में बतौर प्रोफेसर नियुक्त हो गए। अर्नेस्ट भी उनके पीछे-पीछे हो लिया। 1923 के उत्तरार्ध में उसने डॉक्टरेट की तैयारी प्रारंभ कर दी। एक साल बाद ही प्रोफेसर स्वान येल विश्वविद्यालय में नियुक्त हो गए और अर्नेस्ट को अब उनके पीछे-पीछे जाना पड़ा। 1925 में उसने डॉक्टरेट की उपाधि प्राप्त कर ली।

इसके बाद वे वहीं रहकर शोध-कार्य करते रहे। कुछ समय तक वे सहायक प्रोफेसर भी रहे। 1928 में उन्होंने येल विश्वविद्यालय छोड़ा और बर्कले स्थित कैलीफोर्निया विश्वविद्यालय में आ गए। यहाँ उन्हें एसोसिएट प्रोफेसर का दायित्व मिला।

अब तक वे विभिन्न क्षेत्रों में शोध-कार्य कर चुके थे। डॉक्टरेट स्तर पर उन्होंने फोटोइलैक्ट्रिक इफैक्ट पर शोध किया था। परा डॉक्टरेट अनुसंधान के दौरान उन्होंने आयनाइजेशन पर कार्य किया जिसके तहत किसी परमाणु से इलैक्ट्रॉन लेकर या उसमें मिलाकर उसे आवेशयुक्त बनाया जाता है। इसके लिए उन्होंने उच्च गति वाले कणों से परमाणु के बाहरी इलाके पर प्रहार करके आयनाइजेशन संभव बनाया। उन्होंने पारे के परमाणु की आयनाइजेशन क्षमता का सटीक आकलन भी करके दिखा दिया।

उन दिनों भौतिकशास्त्रियों के समक्ष एक कड़ी चुनौती थी। उस समय तक इलैक्ट्रॉन का पता चल चुका था। वे एक ऐसा संयंत्र चाहते थे जिससे परमाणु के अंदर की संरचना की उन्हें सटीक जानकारी मिल सके। इस कल्पित उपकरण की उपयोगिता लगभग वैसी ही थी जैसी कि दूरबीन की। दूरबीन के जरिये आकाश के समस्त ग्रहों, नक्षत्रों की जानकारी हासिल कर ली गई थी।

इसके अलावा एक विशेष बात और थी कि जब सूक्ष्म कणों की बौछार से परमाणु को तोड़ा जाता था तो भारी मात्रा में ऊर्जा उत्पन्न होती थी। इस ऊर्जा पर नियंत्रण भी आवश्यक था और तभी अनुसंधानकर्ता आगे शोध कर सकते थे।

उस समय तक अनेक भौतिकशास्त्रियों ने परमाणु विखंडक या समकक्ष उपकरण बनाने का प्रयास किया था, पर अत्यंत उच्च वोल्टेज उत्पन्न होने के कारण वह संभव नहीं हुआ था। इतना ही नहीं, इन प्रयासों के दौरान तीन जर्मन अनुसंधानकर्ताओं में से एक का देहान्त भी हो गया था।

लारेंस ने अब तक किए गए प्रयोगों के परिणामों का अध्ययन किया था। उसने तमाम विज्ञान पत्रिकाओं में छपे लेख भी पढ़े और तभी उसे विचार आया कि उसका कल्पित साइक्लोट्रॉन बन सकता है। उसने योजना बनाई कि अगर परमाणु के खंडों को उच्च करंट के बजाय धीरे-धीरे विद्युत प्रहार से गति दी जाए तो नियंत्रण संभव है। इस प्रकार उच्च वोल्टेज व करंट के बिना भी कार्य हो सकता है।

सितंबर, 1930 में उन्होंने साइक्लोट्रॉन का निर्माण प्रारंभ कर दिया। जब उन्होंने इसकी रूपरेखा अमेरिकन विज्ञान अकादमी के सदस्यों को दिखाई तो वे अत्यंत प्रभावित हुए और मात्र एक महीने बाद ही उन्हें प्रोफेसर बना दिया गया।

जब अर्नेस्ट ने पहला साइक्लोट्रॉन तैयार किया तो वह अत्यंत छोटे आकार का था। मात्र 9 इंच व्यास वाले इस साइक्लोट्रॉन का प्रयोग कुर्सी पर बैठे-बैठे किया जा सकता था। जुलाई, 1931 में उन्होंने इससे थोड़ा बड़ा साइक्लोट्रॉन बनाया जो 11 इंच व्यास का था और अपेक्षाकृत अधिक प्रभावी था।

इस काम के लिए धन की भी आवश्यकता थी। जब अर्नेस्ट ने अपना साइक्लोट्रॉन प्रतिष्ठित वैज्ञानिकों के समक्ष प्रदर्शनी के लिए रखा तो वे अत्यंत प्रभावित हुए। साथ ही उन्होंने यह भी कहा कि वे आगे के अनुसंधान हेतु आवश्यक 500 डॉलर जुटाने के लिए न्यूयार्क की यात्रा करेंगे। तभी डॉ० फ्रेडरिक कॉट्रेल ने कहा कि उन्हें 5000 डॉलर जुटाने के लिए प्रयास करना चाहिए। बड़ी रकम जुटाना ज्यादा आसान होता है।

यह सही निकला और न्यूयार्क यात्रा के दौरान उन्हें दस हजार डालर हासिल हो गए। अब वे बड़े साइक्लोट्रान के निर्माण में जुट गए। अब उन्होंने 5000 वोल्ट वाले छोटे-छोटे एक्सीलरेटरों की सहायता से बार-बार धक्का देकर प्रोटॉनों को उस गति पर ला दिया जो 5 लाख वोल्ट से प्राप्त होती थी। इस कार्य में बर्कले के एक स्नातक स्तर के छात्र ने उनकी सहायता की। लिविंगस्टोन नामक यह छात्र 1934 तक बर्कले में बतौर रिसर्च एसोसिएट रहा और फिर बाद में वह मैसाचुएट्स इंस्टीट्यूट ऑफ टेक्नोलॉजी में प्रोफेसर नियुक्त हो गया। अर्नेस्ट लॉरेंस तथा लिविंगस्टोन द्वारा संयुक्त रूप से तैयार किए गए अनेक शोध-पत्र समय-समय पर प्रकाशित होते रहे।

प्रोफेसर लॉरेंस ने एन०ई० एल्डेफ्सन के साथ मिलकर फोटो आयनाइजेशन पर अनेक शोध रिपोर्टें भी तैयार कीं। 1932 में उन्होंने कैलीफोर्निया विश्वविद्यालय में एक बड़ी विकिरण प्रयोगशाला कायम की जिसमें साइक्लोट्रॉन रखा गया। 1936 में यह प्रयोगशाला विशाल रूप ले चुकी थी और प्रोफेसर अर्नेस्ट लारेंस इसके निदेशक नियुक्त हुए।

उधर वे साइक्लोट्रॉन के निर्माण के लिए लंबी अनुसंधान यात्रा में व्यस्त थे, पर साथ ही वैवाहिक जीवन में प्रवेश करने के लिए उन्हें खासे प्रयास करने पड़ रहे थे। 1925 में जब वे येल विश्वविद्यालय में शोध कर रहे थे तभी उन्हें एक 16 वर्षीय लड़की मेरी ब्लमर से प्रेम हो गया था। मेरी येल विश्वविद्यालय के प्रोफेसर जार्ज ब्लमर की पुत्री थी, जो वहाँ के चिकित्साशास्त्र संकाय के डीन भी रह चुके थे।

अर्नेस्ट का प्रेम चल रहा था, तभी मेरी, जो मौली के नाम से पुकारी जाती थी,

ने किसी और से सुना कि उसका प्रेमी अत्यंत दुबला-पतला है तथा खूबसूरत भी नहीं कहा जा सकता है। दुखी मौली ने शादी करने के बजाय बैक्टीरियॉलॉजी में वासार कॉलेज में आगे अध्ययन करने का फैसला किया और इसी दिशा में कैरियर बनाने का निर्णय लिया।

पर अर्नेस्ट ने पीछा नहीं छोड़ा। वे समय-समय पर वासार कॉलेज जाते रहे तथा मौली को फुटबाल खेलों तथा अन्य बहानों से अपने यहाँ बुलाते रहे। उनके बीच पत्र-व्यवहार भी चलता रहा और 1931 में ऐसा लगने लगा कि मौली के मन में प्रेम की इच्छा जगने लगी है। अब उन्होंने फिर से शादी की बात चलाने का फैसला किया, पर तभी पता चला कि मौली अपनी माँ के साथ यूरोप की यात्रा पर जा रही है।

लौटकर आने पर अर्नेस्ट ने उनका स्वागत किया और वह उनके साथ उनके आरामगाह में कई दिन रहा, जो एक द्वीप पर स्थित था। व्यस्त जीवन में आखिर उन्होंने मौली से अलग से बात करने का समय निकाल ही लिया और मौली के मन की बात जान ली। अब वह उनसे प्यार करने लगी थी। अंततः 14 मई, 1932 को दोनों विवाह-बंधन में बँध गए।

नवविवाहित दंपती ने बर्कले में रहना प्रारंभ किया। वे अपनी नई विकिरण प्रयोगशाला का दायित्व भी सँभालते रहे। अब वे बड़े से बड़ा साइक्लोट्रॉन बनाना चाहते थे, क्योंकि आकार में जितना बड़ा साइक्लोट्रॉन होगा, वह उतनी ही ज्यादा ऊर्जा देगा। वे एक के बाद एक मॉडल तैयार करते रहे। आकार के विस्तार के साथ ही तकनीकी समस्याएँ भी खड़ी होती गईं और खर्च भी बढ़ता गया। उन्हें सहायता भी मिलती गई और उन्हें फेडरल टेलीग्राफ कंपनी ने 80 टन का बड़ा चुंबक प्रदान किया जिसकी सहायता से उन्होंने 3 फीट व्यास का साइक्लोट्रॉन तैयार किया।

अर्नेस्ट विकिरण के दुष्प्रभावों से अवगत थे। उस समय तक उनका भाई डॉक्टर बन चुका था और येल स्कूल ऑफ मेडीसिन में काम कर रहा था। उन्होंने अपने भाई से कहा कि वह काम करने वालों की सुरक्षा के लिए उपाय करे। डॉ० जॉन लॉरेंस ने चूहों पर प्रयोग करके बताया कि न्यूट्रॉन से निकलने वाली किरणें गाँठों (ट्यूमर) को नष्ट करने में खासी प्रभावी हैं। इससे जीवविज्ञान तथा चिकित्साविज्ञान के क्षेत्र में साइक्लोट्रॉन के प्रयोग का महत्त्व जगजाहिर हो गया।

अब उन्होंने धन इकट्ठा करके 225 टन चुम्बक वाला तथा 60 इंच व्यास वाला साइक्लोट्रॉन बनाने का फैसला किया। इसमें उन्हें ज्यादा परेशानी नहीं हुई तथा राकफेलर फाउंडेशन ने उन्हें कई लाख डालर अनुदान दे दिया। अब लारेंस भाइयों ने चिकित्सा भौतिकी के क्षेत्र में अनुसंधान प्रारम्भ किया। 1937 में जॉन लारेंस विश्वविद्यालय चिकित्सा स्कूल में नियुक्त हुए और 1941 में डोनर मेडीकल

फिजिक्स प्रयोगशाला में निदेशक के पद पर नियुक्त हो गए। दूसरी ओर इस अभूतपूर्व कार्य के कारण 1935 में अर्नेस्ट लारेंस भी कोलंबिया स्थित इंस्टीट्यूट ऑफ कैंसर रिसर्च के सलाहकार नियुक्त हो गए।

225 टन का साइक्लोट्रॉन बनाते समय उन्होंने न सिर्फ रेडियोधर्मी आइसोटोप तैयार किए वरन् एक करोड 60 लाख वोल्ट ड्वईटेरियम तथा तीन करोड़ बीस लाख वोल्ट अल्फा भी उत्पन्न किया। उनके इस अद्भुत कार्य के लिए उन्हें 1939 का भौतिकी का नोबल पुरस्कार मिला। 45,000 डालर का नगद पुरस्कार पाने वाले इस विनम्र वैज्ञानिक ने इस सम्मान का श्रेय अपनी प्रयोगशाला और उसमें कार्य कर चुके या कर रहे वैज्ञानिकों को दिया।

1941 में उन्होंने नौ लाख साठ हजार वोल्ट कार्बन आयन उत्पन्न करके दिखा दिया। यह उस समय की सबसे बड़ी ऊर्जा उत्पन्न करने का साधन था। उसी साल उन्हें 6 वैज्ञानिकों के दल में शामिल किया गया, जिन्होंने परमाणु ऊर्जा के क्षेत्र में महत्त्वपूर्ण अनुसंधान प्रारंभ किया था। जब जापान ने पर्ल हार्बर पर आक्रमण करके अमेरिका को चुनौती दी तो देशभक्त वैज्ञानिक अर्नेस्ट लॉरेंस राष्ट्रीय हित में अनुसंधान कार्य में जुट गए। उन्हें उस दल में शामिल किया गया जो यूरेनियम को परिष्कृत करके उससे परमाणु बम बनाने में जुटा था। उन्होंने एक जैसे आइसोटोप को अलग-अलग करने का काम प्रारंभ कर दिया। उन्होंने प्रति घंटे एक माइक्रोग्राम यूरेनियम 235 निकालना प्रारंभ कर दिया। उन्होंने अपने एक 37 इंच के साइक्लोट्रॉन को आइसोटोप अलग करने के उपकरण में बदल दिया। इसे सेलूट्रॉन का नाम दिया गया।

लॉरेंस ने युद्ध के मद्देनजर अपने अनेक काम तेज कर दिए। पहले उनकी योजना थी कि उनका 184 इंच का चुंबक 1943 में पूरा हो, पर उन्होंने इसे मई, 1942 तक पूरा करवाया और इसे भी आइसोटोप अलग करने के काम में लगा दिया। उनके कार्य के परिणाम इतने आकर्षक थे कि नवंबर, 1942 में जनरल ग्रोवस ने 35 करोड़ डालर की परियोजना प्रारंभ कर दी। अर्नेस्ट के बनाए 6 साइक्लोट्रॉन इस परमाणु ऊर्जा कार्यक्रम में लगे थे।

जब युद्ध समाप्त हुआ तो उनकी प्रयोगशाला में अपना पुराना काम प्रारंभ हो गया। नवंबर, 1946 को लॉरेंस ने घोषणा की कि उन्होंने 20 करोड़ इलैक्ट्रॉन वोल्ट के ड्वाइटेरियम तथा 40 करोड़ इलैक्ट्रान वोल्ट के अल्फा कण तैयार कर लिए। 1948 के प्रारंभ में ही उन्होंने बड़े साइक्लोट्रॉन द्वारा कार्बन कणों पर अल्फा कण की बौछार करके मेसॉन नामक कृत्रिम पदार्थ तैयार कर लिया। इसके साथ ही इन कणों का अध्ययन भी अब आसान हो गया। इसी साल यह भी तय हुआ कि अमेरिकी परमाणु

ऊर्जा आयोग 110 फीट का भारी उपकरण सिन्क्रोट्रोन तैयार करने के लिए 90 लाख डॉलर खर्च करेगा। इसे बेवाट्रॉन नाम दिया गया। यह उस समय का सबसे भारी परमाणु उपकरण था। अर्नेस्ट लॉरेंस युद्ध के पश्चात् चार बड़े अमेरिकी वैज्ञानिकों में गिने जाते थे, जो परमाणु ऊर्जा के क्षेत्र में काम कर रहे थे। 1946 से ही वे नौल्स परमाणु शक्ति प्रयोगशाला के सलाहकार थे तथा फुलब्राइट कानून के तहत विदेशी छात्रवृत्ति देने वाले बोर्ड के भी सदस्य बने।

अपने शोध-कार्यों में वे जितने व्यवस्थित और लगनशील थे, अपने निजी व वैवाहिक जीवन में वे उतने ही भुलक्कड़ व लापरवाह थे। उनके अनेक किस्से मशहूर हैं। एक बार वे अपनी पत्नी को सिनेमा दिखाने के लिए निकले। बीच में उन्होंने कहा कि जरा प्रयोगशाला होते हुए चलते हैं, देखें वहाँ क्या हो रहा है। चंद मिनटों में वापस आने को कहकर वे प्रयोगशाला में अकेले घुसे और मौली बाहर कार में इंतजार करती रही। बेचारी को घंटों बाहर ही इंतजार करना पड़ा।

ऐसे ही जब मौली की गोद में पहला बच्चा था तो कार्यक्रम बना कि वे दोनों शिकागो तक साथ जाएँगे और वहाँ से मौली अलग रेलगाड़ी पकड़कर अपने मायके जाएगी तथा अर्नेस्ट दूसरी रेलगाड़ी से वाशिंगटन जाएँगे, जहाँ उन्हें एक विज्ञान सम्मेलन में भाग लेना था।

शिकागो पहुँचकर उन्होंने मौली को बच्चे के साथ प्रतीक्षागृह में बिठा दिया और खुद टिकट लेने चले गए। टिकट लेने से पूर्व ही उन्हें उनका एक वैज्ञानिक मित्र मिल गया और दोनों वैज्ञानिक चर्चा में जुट गए। काफी देर बाद बेचारी मौली बच्चे व सामान को लादे हुए उनको ढूँढ़ने आई और उसने बताया कि उसके मायके जाने वाली गाड़ी तो जा रही है।

अर्नेस्ट को टेलीविजन निर्माण में भी रुचि थी और यह उनके स्नातक शिक्षा के दौरान ही जग गई थी। खाली समय में उन्होंने 1925 में ही इसका पूरा इलैक्ट्रॉनिक संयंत्र तैयार कर लिया था। उन्होंने अपनी गैराज में एक वर्कशॉप लगाई थी, जिसमें टी०वी० की ट्यूब भी तैयार कर ली थी। वे इसके जरिये अपने बच्चों को इलैक्ट्रॉनिक्स समझाते थे। उनकी ट्यूब अत्यंत सरल व सस्ती थी। इससे हर तरह का टी०वी० प्रसारण सुना जा सकता था। उनकी ट्यूब को 1951 में प्रदर्शित किया गया था।

अपने अद्‌भुत काम के लिए उन्हें तमाम सम्मान व खिताब मिले। उत्तरी डकोटा विश्वविद्यालय ने उन्हें 1936 में डी०एस०सी० की उपाधि प्रदान की। बाद में प्रिंस्टन, येल, स्टीवेंस संस्थान, हार्वर्ड, शिकागो, ब्रिटिश कोलंबिया, कैलीफोर्निया, सैन फ्रांसिस्को आदि ने भी उन्हें डी०एस०सी० की उपाधि प्रदान करके खुद को

गौरवान्वित किया। मिशिगन विश्वविद्यालय, पेनसिल्वेनिया विश्वविद्यालय ने भी उन्हें अलग-अलग उपाधियाँ प्रदान कीं।

नोबल पुरस्कार के अलावा उन्हें क्रेसन पदक, काम्स्टॉक पदक, ह्यूज पदक जो ब्रिटिश रॉयल सोसायटी द्वारा 1937 में दिया गया, भी मिला। उन्हें हॉले पदक भी एक अमेरिकी सोसायटी ने दिया था।

परमाणु ऊर्जा संबंधी मैनहटन कार्यक्रम में जो योगदान उन्होंने किया, उसके फलस्वरूप उन्हें 1946 में मेरिट पदक दिया गया। वे अनेक वैज्ञानिक सोसायटियों तथा अकादमियों के फैलो भी निर्वाचित हुए। 1944 में उन्हें कार्नेगी फाउंडेशन के बोर्ड का ट्रस्टी बनाया गया।

लंबे कद के लालिमापूर्ण बालों वाले लॉरेंस अपने खाली समय नौकायन भी करते थे और टेनिस भी खेलते थे। उन्हें संगीत का भी शौक था और बर्फ पर स्केटिंग करने का भी। अपनी छह संतानों के साथ अर्नेस्ट व मेरी सुखद वैवाहिक जीवन बिता रहे थे। मेरी को उनकी कड़ी मेहनत और कमजोर स्वास्थ्य की हमेशा चिंता रहती थी।

आखिर उसका डर सही साबित हुआ और लगातार रेडिएशनयुक्त कार्य करते हुए वे कभी भूल से रेडियेशन के शिकार हो गए होंगे। कमजोर शरीर वाले अर्नेस्ट न्यूमोनिया तथा श्वास संबंधी बीमारी के शिकार हो गए।

1958 में डॉक्टरों की सलाह पर उन्हें गहन जाँच के लिए कैलीफोर्निया के पालो अल्टो अस्पताल में भर्ती किया गया। जाँच के बाद पता चला कि उनके कोलोन में अल्सर हो गया है और उसे निकालने के लिए बड़ा ऑपरेशन करना पड़ेगा। 27 अगस्त, 1958 को यह ऑपरेशन किया गया, पर उनका कमजोर शरीर इस ऑपरेशन को नहीं झेल पाया और उन्होंने इसके पूरा होने से पूर्व ही टेबल पर दम तोड़ दिया।

57 वर्षीय अर्नेस्ट ऑर्लेंडो लॉरेंस इस दुनिया से चले गए, पर उनके द्वारा विकसित साइक्लोट्रॉन लोगों के काम आता रहा। एक तरफ धड़ाधड़ परमाणु बम बने और दूसरी ओर रेडियेशन का थे्रेपी में इस्तेमाल होता रहा और गंभीर कैंसर के मरीज जीवन पाते रहे।

एनरिको फर्मी और उनके परमाणु ऊर्जा संबंधी आविष्कार

प्राचीन काल से ही मनुष्य ऐसे हथियार की कल्पना करता रह है जिससे सारी सृष्टि या उसक एक हिस्सा नष्ट हो सकता हो हमारे पुराणों में ब्रह्मास्त्र की कल्पन की गई है जो सृष्टि के एक बड़े हिस्से को नष्ट कर सकता था उसे प्रयोग करने का ज्ञान विरले ही पा सकते थे। पर इस अस्त्र के बारे में पुख्ता जानकारी नहीं मिलती है।

उन्नीसवीं सदी के अंत में इस बात की जानकारी मिली कि कुछ पदार्थों से किरणों के रूप में ऊर्जा मिलती है। अब तक यह माना जाता था कि पदार्थ व ऊर्जा अक्षय हैं। एक पदार्थ को दूसरे पदार्थ में परिवर्तित तो किया जा सकता है, पर पदार्थ नष्ट नहीं होता। यही मान्यता ऊर्जा के बारे में थी कि ऊर्जा न तो उत्पन्न की जा सकती है और न ही नष्ट की जा सकती है। रेडियोधर्मी पदार्थों की खोज के बाद यह कल्पना की जाने लगी कि क्या थोड़े-से पदार्थ को भारी मात्रा में ऊर्जा में परिवर्तित किया जा सकता है।

रेडियोधर्मिता के बारे में जानकारी मिलने के पश्चात् विज्ञान का एक युग समाप्त हो गया और नया युग प्रारंभ हुआ। पिछले युग के वैज्ञानिक उन पदार्थों पर शोध करते थे, जो दिखाई देता था। अब वैज्ञानिकों ने नए युग में उन तत्त्वों, पदार्थों पर भी शोध प्रारंभ कर दिया जो दिखाई नहीं देते हैं। परमाणु इनमें से एक था जो कि एक मिलीमीटर का कई करोड़वाँ हिस्सा माना जा सकता है।

बीसवीं सदी के प्रारंभ में आरंभ हुए इस नए युग को आधार प्रदान किया हेनरी बैकरल ने, पियरे क्यूरी व मैडम क्यूरी ने तथा बाद में अर्नेस्ट रदरफोर्ड तथा

आइंस्टाइन ने। धीरे-धीरे परमाणु के बारे में जिज्ञासा बढ़ती चली गई और सभी देशों के वैज्ञानिक इस आधुनिक भौतिकी के अध्ययन में जुट गए।

इस दिशा में महत्त्वपूर्ण शोध करने वाले वैज्ञानिक एनरिको फर्मी का जन्म इटली के रोम शहर में 29 सितंबर, 1901 को हुआ था। वे अपने पिता अलबर्टो तथा माता इडा डी गैटिस फर्मी की तीन संतानों में से अंतिम संतान थे। पिता अलबर्ट इटली के रेल परिवहन मंत्रालय में निरीक्षक थे। एनरिको का लालन-पालन रोम के रेल रोड स्टेशन के पास बने दो अपार्टमेंटों में हुआ। ये दोनों ही फ्लैट बड़े थे, पर आरामदायक नहीं थे। इनमें गर्म करने की सुविधा नहीं थी और सर्दियों में स्नानघर के टबों में पानी रात से ही भरकर रख दिया जाता था ताकि वह ज्यादा ठंडा न महसूस हो। बालक एनरिको पढ़ते समय अपने हाथ कमर के नीचे रख लेता था ताकि वे गर्म रहें और पन्ना पलटने के लिए उसे जीभ का प्रयोग करना पड़ता था।

एनरिको को बचपन से ही पढ़ने का काफी शौक था और वह लगातार पढ़ता रहता था। वह और उसका भाई ग्यूलियो बिजली की मोटरों का अध्ययन करने में जुटे रहते थे और वे हवाई जहाजों की भी डिजाइन तैयार करते थे। बचपन में एनरिको की बोली भी बहुत प्यारी थी। पर जब 1916 में उसके भाई ग्यूलियो का गले के एक ऑपरेशन के बाद देहांत हो गया तो एनरिको दुखी व चुपचाप रहने लगा था। अब वह बाहर कम निकलता था।

सौभाग्यवश एनरिको के पिता के एक मित्र ऐमीडेई एक अच्छे इंजीनियर थे और एनरिको को न सिर्फ प्यार करते थे वरन् उसे शिक्षा और सलाह भी देते थे। वे उसे गणित व भौतिकशास्त्र की अच्छी-अच्छी पुस्तकें भी लाकर देते थे। वे उसका लगातार ज्ञानवर्धन करते रहते थे। जब 1918 में एनरिको ने उमबर्तो ग्रामर स्कूल से स्नातक की उपाधि ली तो एक प्रश्न खड़ा हुआ कि अब उसे आगे क्या करना चाहिए।

एमीडेई ने सुझाव दिया कि अब उसे पीसा के विश्वविद्यालय में आगे पढ़ने के लिए जाना चाहिए। चूँकि दो वर्ष पहले एनरिको के माता-पिता अपने एक पुत्र को खो चुके थे अत: वे एनरिको को 200 मील दूर पढ़ने के लिए नहीं भेजना चाहते थे और उन्होंने सख्त आपत्ति की। उन्होंने तर्क दिया कि रोम में भी विश्वविद्यालय है और एनरिको को यहाँ प्रवेश लेना चाहिए।

एमीडेई ने रोम विश्वविद्यालय की पढ़ाई के बारे में जानकारी हासिल की तथा तुलना करके पाया कि आधुनिक विज्ञान विषयों की पढ़ाई पीसा विश्वविद्यालय में ही बेहतर ढंग से हो सकती है। धीरे-धीरे एनरिको के माता-पिता अपने बच्चे के सुखद भविष्य की खातिर अपनी भावनाओं का बलिदान करने के लिए तैयार हो गए।

जब एनरिको पीसा विश्वविद्यालय में पहुँचे तो वे अकेले थे। शुरू में उन्हें काफी

अकेलापन महसूस हुआ। बचपन से ही एमीडेई ने उन्हें पढ़ने-लिखने की आदत डाल दी थी, इस कारण उसे कठिन से कठिन विषय भी आसान लगने लगे थे। उसे खेलों के लिए समय मिल जाता था। वे काफी खेले भी तथा उन्होंने शैतानियों में भी हिस्सा लिया। वे उस दल के सदस्य बने जो लगातार शैतानियाँ आयोजित करता था। एक बार उन्होंने प्रोफेसर के व्याख्यान के दौरान बम भी फोड़ा। इस कारण उनके विश्वविद्यालय से निष्कासन तक की नौबत आ गई, पर वे एक प्रोफेसर की सिफारिश से बच गए जो उनके आइंस्टाइन के सिद्धांतों के बारे में ज्ञान से खासे प्रभावित थे।

अपने प्रेरक ऐमीडेई की कल्पना के अनुरूप ही एनरिको ने जुलाई, 1922 में पीसा विश्वविद्यालय में भौतिकविज्ञान में डॉक्टरेट की डिग्री हासिल की। उसके साथ ही उनका शानदार कैरियर प्रारंभ हो गया। उनके विदेश जाने की संभावना भी बढ़ गई तथा पहले एक साल उन्होंने रोम विश्वविद्यालय में गणित पढ़ाया। इसके बाद वे कई साल तक फ्लोरेंस विश्वविद्यालय में मशीनशास्त्र तथा गणित के अध्ययन का निर्देशन करते रहे।

एक ओर वे जोर-शोर से पढ़ाई व शोध में जुटे थे और दूसरी ओर खेलों तथा अन्य मनोरंजक गतिविधियों में भी समय लगा देते थे। वे फुटबॉल सहित अनेक खेल भी खेलते थे तथा सामाजिक समारोहों में भी खुलकर भाग लेते थे। ऐसे ही एक समारोह में 1924 में उनकी नजर 16 वर्षीय लारा कैपन पर पड़ गई जो इटली की नौसेना के वरिष्ठ अधिकारी की पुत्री थी।

लारा को 22-23 वर्षीय एनरिको पहले एक सामान्य कद-काठी तथा शक्ल सूरत वाले नवयुवक लगे। जब वे लारा को देखकर मुस्कराए तो लारा उनके करीब आ गई तथा काफी प्रभावित होती गई। उसे उनका आत्मविश्वास भा गया।

वे आपस में मिलने-जुलने लगे, पर विवाह की इच्छा विकसित नहीं हुई। यहाँ तक कि तीन साल बाद तक लारा यह आशा करती रही कि शायद यह नवयुवक वैज्ञानिक शादी का प्रस्ताव करेगा। पर उसे अब तक निराशा ही हाथ लगी।

अचानक जब लारा फ्लोरेंस के पास एक जगह अपने किसी रिश्तेदार से मिलने गई तो उसे एनरिको का पत्र मिला जो रोम से भेजा गया था। इसमें लिखा था कि वह जल्दी ही कोई बड़ा काम करेगा। बाद में मिलने पर जब लारा ने पूछा कि वह बड़ा काम क्या है तो उसने काफी सोचकर बताया कि वह या तो कार खरीदेगा या शादी करेगा।

बाद में लारा की निराशा और बढ़ गई जब उसे पता चला कि एनरिको ने कार खरीद ली। पर यह निराशा ज्यादा दिन नहीं चली। और अगले वर्ष 19 जुलाई, 1928 को एनरिको व लारा विवाह-सूत्र में बँध गए। वे इटली की आल्पस नामक सुंदर जगह

पर हनीमून के लिए चले गए।

एक बार एनरिको को भौतिकी के एक पाठ्यक्रम के सिलसिले में अमेरिका जाना पड़ा, जहाँ मिशिगन विश्वविद्यालय में यह पाठ्यक्रम चलाया जा रहा था। एनरिको को यहाँ के काम-काज का वातावरण बहुत अच्छा लगा। वे देख रहे थे कि वैज्ञानिक अब सिर्फ उन्हीं पदार्थों के पीछे नहीं उलझे हैं जो दिखाई देते हैं। वे उनको भी जानना चाहते हैं जो नहीं दिखाई देते हैं। अब तक यह पता चल चुका था कि परमाणु के अंदर भी काफी खाली स्थान है। इसका भार इसके केंद्र में केंद्रित है और यह न्यूक्लियस कहलाता है। न्यूक्लियस में अत्यंत सूक्ष्म कण न्यूट्रॉन तथा प्रोटोन होते हैं। प्रोटोन में धनात्मक आवेश होता है जबकि न्यूट्रॉन में न तो ऋणात्मक आवेश होता है और न ही धनात्मक। इसके अलावा ऋणात्मक आवेश वाले इलेक्ट्रॉन न्यूक्लियस का उसी तरह चक्कर लगाते हैं जैसे तमाम ग्रह सूर्य का लगाते हैं पर गति बहुत तेज होती है।

फर्मी ने इन नए सिद्धांतों का बहुत तेजी से अध्ययन किया। उन्होंने अणु, परमाणु, इलेक्ट्रॉन आदि के बारे में बहुमूल्य जानकारी लेखों के जरिये देनी प्रारंभ की तथा वे लेख लगातार प्रकाशित होते चले गए।

1926 में ही फर्मी ने इन सूक्ष्म कणों के बारे में पॉली के एक्स्क्लूजन सिद्धांत पर आधारित सांख्यिकीय सिद्धांत विकसित कर दिया। उनके इस सैद्धांतिक खोज की सॉलिड स्टेट फिजिक्स में काफी सराहना भी हुई। इसका प्रयोग धातुओं में इलेक्ट्रॉनों के अध्ययन में किया जाने लगा। धीरे-धीरे फर्मी के सांख्यिकीय सिद्धांतों का उपयोग अणुओं में स्थित इलेक्ट्रॉनों तथा न्यूक्लियोनों (प्रोटोन+न्यूट्रॉन) के अध्ययन में होने लगा।

15 जनवरी, 1934 को आइरीन, जो प्रख्यात वैज्ञानिक मैडम क्यूरी की पुत्री थीं, और उनके पति फ्रांसीसी भौतिकविद् फ्रेडरिक जोलियोट ने रहस्योद्घाटन किया कि उन्होंने एक परमाणु के न्यूक्लियस पर अल्फा किरणों की बौछार करके उस परमाणु से ऊर्जा विकिरण करने में सफलता हासिल कर ली है। इस प्रकार जोलियोट-क्यूरी ने पहली बार बाहरी किरणों से किसी परमाणु की न्यूक्लियाई से रेडियोधर्मिता उत्पन्न करने में सफलता पाई।

फर्मी ने इन तथ्यों का गहन अध्ययन किया तथा पाया कि जोलियट-क्यूरी ने विद्युत आवेशित कणों का प्रयोग अपने अनुसंधान में किया है। उन्हें लगा कि कुछ न्यूक्लियाई उन्हें वापस भेज सकती हैं और न्यूक्लियाई का विखंडन रुक सकता है। उन्होंने फैसला किया कि विद्युत आवेश मुक्त कणों अर्थात् न्यूट्रॉन की बौछार करने से परमाणु का विखंडन आसानी से हो जाएगा।

सचमुच उनकी कल्पना-शक्ति अद्‌भुत थी। इस प्रकार की कल्पना-शक्ति वैज्ञानिक विकास में सहायक होती है। फर्मी ने 92 ऐसे तत्त्व ढूँढ़े जो लम्बे समय तक रेडियोधर्मिता उत्पन्न कर सकते थे। इसके बाद फर्मी तथा उनके सहायकों ने इन तत्त्वों के परमाणुओं पर कणों की बौछार करने के लिए प्रयोगों की तैयारी प्रारंभ कर दी। यह लंबा तथा कड़ी मेहनत का कार्य था तथा प्रारंभ कर दिया गया।

इसके दौरान फर्मी ने देखा कि जब यूरेनियम पर कणों की बौछार हुई तो दो नए तत्त्व प्रकाश में आ गए। ये थे नेप्च्यूनियम (93) तथा प्लूटोनियम (94)। साथ ही यह भी साबित हो गया कि परमाणु की न्यूक्लियाई को तोड़ने में न्यूट्रॉन की बौछार ज्यादा कारगर होती है।

फर्मी 1934 में ही बीटा किरणों के प्रभाव से संबंधित सिद्धांत का प्रतिपादन कर चुके थे। फर्मी के कार्य में उनके सहयोगी वैज्ञानिकों एडवार्ड अमल्डी, ब्रूनो, पोंटे कॉर्वो, फ्रांको रासेटी, एमीलियो सेग्रे आदि ने पूरा साथ दिया। उन्होंने न्यूट्रॉन की बौछार की गति नियंत्रित करने, उनके अन्य गुणों का पता लगाने, बाद में परमाणु विखंडन की प्रक्रिया को नियंत्रित करने, जो कि अत्यंत महत्त्वपूर्ण कदम था, जैसे कामों को अंजाम दिया।

उनके द्वारा अद्‌भुत कार्य को अंजाम देने के लिए 1938 में उन्हें भौतिक विज्ञान में नोबल पुरस्कार देने की घोषणा की गई। जो समिति इन पुरस्कारों के लिए उम्मीदवार का चयन करती है, ने पाया कि नए रेडियोधर्मी पदार्थों का पता लगाने तथा परमाणु रिएक्शन धीमी गति वाले न्यूट्रॉनों के जरिए करने का कार्य सराहनीय है।

इधर फर्मी को नोबल पुरस्कार घोषित हुआ, उधर यूरोप में उथल-पुथल प्रारंभ हो गई। जर्मन तानाशाह एडोल्फ हिटलर ने पहले आस्ट्रिया पर कब्जा किया और फिर चैकोस्लोवाकिया के बड़े हिस्से को हथिया लिया। इटली का तानाशाह बेनिटो मुसोलोनी और उसके फासिस्ट समर्थक, हिटलर और उसके नाजी समर्थकों के साथ मिल गए। मुसोलोनी भी हिटलर का भक्त हो गया और उसके आदेश पर काम करने लगा। दूसरा विश्वयुद्ध समीप ही दिखाई देने लगा।

अब रोम में वैज्ञानिकों और सृजनात्मक कार्य करने वालों के लिए अनुकूल माहौल नहीं रहा। फर्मी के सहायक भागने लगे। उन्होंने दूसरे देशों में शरण ली और काम भी करने लगे। एक भागकर रूस पहुँचा और वहाँ पर परमाणु भौतिकी पर काम करने लगा।

एनरिको फर्मी और लारा भी दुविधा में थे। उनके बच्चे नेला सात वर्ष की तथा ग्यूलियो दो वर्ष का था। वे भी अमेरिका भागने का मन बना रहे थे। पर उनका देशप्रेम भी हिलोरें ले रहा था। वे चाहते थे कि जब तक बिलकुल असंभव न हो जाए, तब

तक अपने मुल्क में ही रहें।

तभी अगस्त, 1938 में एक और घटना घटी। हिटलर के यहूदी विरोध से प्रभावित होकर मुसोलोनी ने भी यहूदियों के विरोध और उनके अधिकारों में कटौती का आदेश दे दिया। पत्नी लारा यहूदी थी। अब एनरिको के पास कोई चारा नहीं था। उन्होंने देश छोड़ने का फैसला आखिर कर ही लिया। जब स्वीडन के स्टॉकहोम से निमंत्रण आया कि नोबल पुरस्कार प्राप्त करने के लिए वे 10 दिसंबर को स्टॉकहोम पहुँचें तो उन्हें मौका मिल गया। 6 दिसंबर को वे रोम छोड़कर चले गए। उस समय उनकी यह मंशा सिर्फ उनके नजदीकी चंद मित्रों तथा अमेरिकी दूतावास के चंद अधिकारियों को ज्ञात थी।

ज्योंही स्टॉकहोम में उन्हें नोबल पुरस्कार मिला, वे परिवार सहित अमेरिका जाने वाले जलयान में बैठे तथा कोलंबिया विश्वविद्यालय न्यूयार्क पहुँच गए। न्यूयार्क पहुँचने के चंद दिनों बाद परमाणु वैज्ञानिकों को न्यूक्लियर फिस्सन अर्थात् परमाणु विखंडन नामक शब्द मिला। अब सभी जान गए कि परमाणु की न्यूक्लियस को तोड़ने की प्रक्रिया को परमाणु विखंडन कहा जाता है। यह जानकारी विश्व को ऑटो हान तथा फ्रिज स्ट्रॉसमैन वैज्ञानिकों ने दी।

अब फर्मी ने आगे काम प्रारंभ कर दिया। उन्हें कोलंबिया विश्वविद्यालय में प्रोफेसर का पद मिल गया। उधर दुनिया परमाणु ऊर्जा के विकास में जुट गई। अल्बर्ट आइंस्टाइन ने अब तक की मान्यताएँ तोड़ दी थीं और कह दिया था कि पदार्थ और ऊर्जा एक ही हैं। पदार्थ को नष्ट करके ऊर्जा में परिवर्तित किया जा सकता है। उन्होंने $E=mc^2$ का फार्मूला भी दुनिया को दे दिया था। इसके अनुसार बहुत छोटी मात्रा में पदार्थ को नष्ट करके बहुत बड़ी तादाद में ऊर्जा का उत्पादन किया जा सकता है।

फर्मी ने इस दिशा में लगातार काम प्रारंभ किया। उन्होंने पाया कि जब यूरेनियम 235 की न्यूक्लियस पर न्यूट्रॉन की बौछार की जाती है तो ऊर्जा उत्पन्न होती ही है। अतिरिक्त न्यट्रॉन भी मिलते हैं। ये न्यूट्रॉन शेष यूरेनियम 235 के न्यूक्लियाई भी तोड़ते चले जाते हैं। इस तरह अगर यूरेनियम 235 का बड़ी मात्रा में ढेर (कॉलम) खड़ा किया जाए तो न्यूक्लियाई के लगातार टूटने से पर्याप्त मात्रा में न्यूट्रॉन उत्पन्न होते रहेंगे तथा एक चेन प्रक्रिया प्रारंभ हो जाएगी जिससे बहुत बड़ी तादाद में ऊर्जा उत्पन्न होगी।

इस ध्येय के साथ 1939 में फर्मी तथा साथी वैज्ञानिकों ने पहला ऊर्जा उत्पादन करने वाला परमाणु ढेर (कॉलम) तैयार करना प्रारंभ कर दिया। उधर यूरोप में उथल-पुथल पूरे जोरों पर थी। हिटलर ने पोलैंड पर कब्जा कर लिया था और दूसरा विश्वयुद्ध औपचारिक रूप से प्रारंभ हो चुका था। आइंस्टाइन भी अब अमेरिका में ही

रह रहे थे और उन्होंने 11 अक्टूबर को अमेरिकी राष्ट्रपति फ्रैंकलीन डिलानो रूजवेल्ट से व्यक्तिगत रूप से मिलकर एक पत्र दिया, जिसमें फर्मी द्वारा अब तक किए गए कार्य की पूरी जानकारी थी। उन्होंने यह भी बताया कि इस कार्य के आधार पर भविष्य में ऐसा बम बनाया जाएगा जो कि अत्यंत शक्तिशाली होगा। आइंस्टाइन ने यह भी बताया कि जर्मनी में इस दिशा में काम प्रारंभ हो गया है।

कुशाग्रबुद्धि रूजवेल्ट को इसका महत्त्व समझते देर नहीं लगी। उन्होंने फर्मी द्वारा किए जा रहे अनुसंधान हेतु संघीय सहायता मंजूर कर दी। इस परियोजना का नाम मैनहटन परियोजना रख दिया गया। 1940 के उत्तरार्ध में फर्मी व उनके सहयोगियों ने 8 वर्ग फुट का यूरेनियम व ग्रेफाइट का कॉलम खड़ा कर दिया। आगे एक समस्या खड़ी हो गई कि कोलंबिया स्थित प्रयोगशाला की छत बहुत नीची थी और इस अभूतपूर्व वैज्ञानिक कार्य के लिए पर्याप्त नहीं थी।

24 जनवरी, 1942 को फर्मी द्वारा संचालित इस परियोजना का स्थानांतरण शिकागो विश्वविद्यालय में किया गया जो शिकागो शहर के दक्षिण में स्थित था। यहाँ पर स्क्वैश खेलने के लिए एक कोर्ट था जो 25 फीट ऊँचा था। यहीं पर काम प्रारंभ हुआ।

उधर 8 दिसंबर, 1941 को पर्लहार्बर पर हुए हमले के बाद अमेरिका दूसरे विश्वयुद्ध में खुलकर कूद पड़ा। अब फर्मी की विचित्र स्थिति थी। उनका गृह देश इटली जर्मनी के सहयोग से अमेरिका का मुकाबला कर रहा था और वे अमेरिका के लिए बम-निर्माण में जुटे थे। तत्कालीन अमेरिकी नियमों के अनुसार फर्मी जैसे लोगों पर कुछ प्रतिबंध भी लगाए गए। उन्हें हवाई उड़ान की अनुमति नहीं थे। वे शॉर्ट वेव के रेडियो नहीं रख सकते थे और अपने देश के अलावा दूसरे, खास तौर से शत्रु देशों द्वारा प्रसारित खबरें नहीं सुन सकते थे। उन्हें अपने काम से आने-जाने हेतु भी सैन्य अधिकारियों से अनुमति लेनी पड़ती थी।

पर उनसे उनका वैज्ञानिक काम नहीं छीना गया और वे अपनी महत्त्वपूर्ण परियोजना के प्रभारी बने रहे। 1 दिसंबर, 1942 को स्टैग फील्ड में बन रही परमाणु ढेरी का निर्माण पूरा हो गया और वह आगे प्रयोग करने के लिए तैयार हो गई।

अगले ही दिन प्रात: 9 बजकर 45 मिनट पर फर्मी ने एक प्लेटफार्म पर खड़े होकर उस अभूतपूर्व ढेरी को निहारा जिसमें 400 टन ग्रेफाइट, छह टन यूरेनियम तथा 58 टन यूरेनियम ऑक्साइड था। फर्मी के आदेश पर एक व्यक्ति ने उस ढेरी में नियंत्रण के लिए छड़ें घुसेड़ दीं।

11 बजकर 35 मिनट तक सब कुछ ठीक चलता रहा। फर्मी और उनके साथी जब भोजन कर दो बजे से पूर्व वापस आए तो उन्होंने देखा कि सब ठीक चल रहा

है। शाम को पाँच बजकर पच्चीस मिनट तक चेन प्रक्रिया चलती रही और वह परमाणु संयंत्र नियंत्रित तरीके से ऊर्जा देता रहा। अब दो पत्रकार बुलाए गए जिन्होंने उस प्रक्रिया को देखा तथा उन्होंने उस प्रक्रिया को देखकर अगले दिन समाचार-पत्र में लिखा कि यह अब तक का श्रेष्ठतम प्रयोग है।

इस प्रकार 41 वर्षीय एनरिको फर्मी ने शिकागो में विश्व का पहला परमाणु संयंत्र खड़ा कर दिया। अब भी उन्हें संतुष्टि नहीं थी तथा वे न दिखाई देने वाले पदार्थों के बारे में ज्यादा से ज्यादा जानकारियाँ हासिल करना चाहते थे और वे उसमें जुट गए।

1944 की गर्मियों में उन्हें लॉस अलामोस न्यू मैक्सिको भेजा गया जहाँ वे रॉबर्ट ओपन हाइमर तथा अन्य वैज्ञानिकों व अभियंताओं के साथ परमाणु बम के निर्माण में जुट गए। उनकी पत्नी व बच्चे भी उनके साथ रह रहे थे। जब परमाणु बम तैयार हो गया तो फर्मी दस सदस्यों वाली समिति के सदस्य थे जिसने जापान के दो शहरों पर परमाणु बम गिराने की सलाह तत्कालीन अमेरिकी राष्ट्रपति हैरी ट्रूमैन को दी थी ताकि दूसरा विश्वयुद्ध तत्काल समाप्त हो सके।

अंततः युद्ध समाप्त हो गया। एनरिको फर्मी अब शिकागो विश्वविद्यालय के पास ही अपने निजी मकान में रहने लगे। 1946 के अंत में उन्हें अमेरिका की नागरिकता भी मिल गई। उन्हें उत्कृष्ट सेवा के लिए पदक भी प्रदान किया गया।

शिकागो में जब परमाणु भौतिकी के अध्ययन के लिए नया संस्थान खुला तो फर्मी उस काम में जुट गए। उन्होंने न्यूट्रॉन के प्रयोग से सॉलिड स्टेट फिजिक्स तथा परमाणु भौतिकी की अनेक समस्याओं के हल पर कार्य किया। उन्होंने अनेक नए विचार विकसित किए जिन पर आगे वैज्ञानिकों ने लगातार कार्य किया। इससे भविष्य में परमाणु भौतिकी के प्रयोग से भारी मात्रा में ऊर्जा का उत्पादन संभव हो पाया। उन्होंने पाई मेसॉन तथा न्यूक्लियॉन को मिलाने की दिशा में भी काम किया। वे सिद्धांतों को विकसित करने तथा प्रयोगों दोनों में माहिर थे तथा दोनों को मिलाकर लगातार नया-नया ज्ञान देते रहे। उनके कार्य करने की पद्धति में सरलता भी थी तथा गहराई भी। वे एक अच्छे शिक्षक भी थे। उन्हें उस समय जितने भी पुरस्कार, खिताब आदि भौतिकशास्त्रियों को दिए जाते थे, सब मिले।

वे एक अच्छे लेखक भी थे और लगातार शोध-पत्र व लेख लिखते रहते थे। उन्होंने परमाणु भौतिकी, थर्मोडायनामिक्स, मोलिक्यूलर भौतिकी तथा सॉलिड स्टेट फिजिक्स पर भी पाठ्य-पुस्तकें लिखीं। उनके शोध-पत्रों का संकलन पुस्तकों के रूप में शिकागो विश्वविद्यालय द्वारा भी छापा गया और 1962 में रोम में भी छपा।

फर्मी को अपने द्वारा विकसित परमाणु बम पर गर्व था। बाद के दिनों में इसके

द्वारा हीरोशिमा व नागासाकी में किए महाविनाश से डरकर तथा इसकी अनंत क्षमता से भयभीत होकर अनेक अमेरिकी वैज्ञानिकों ने एक संगठन का गठन किया तथा पूरे विश्व में परमाणु ऊर्जा पर नियंत्रण रखने के लिए विश्व-स्तर के प्राधिकरण के गठन की माँग की।

फर्मी ने इस संगठन में शामिल होने से स्पष्ट इनकार कर दिया। वे इस बात से सहमत नहीं थे कि परमाणु ऊर्जा की दिशा में चल रहे कार्य को रोका जाए या उसकी दिशा निर्धारित की जाए। उनके अनुसार विज्ञान की गति को नहीं रोका जा सकता तथा किसी भी चीज के बारे में ज्ञान, उसके बारे में अज्ञान से हमेशा बेहतर होता है।

उन्हें इस बात का कतई पछतावा नहीं था कि उन्होंने परमाणु बम बनाया और उससे जापान के दो शहर तबाह हो गए। वे मानते थे कि अगर उन्होंने पहले न बनाया होता तो किसी और ने बनाया होता। अमेरिका जैसे शक्तिसंपन्न राष्ट्र ने बनाया तो उसने विश्वयुद्ध बंद करने के लिए इसका इस्तेमाल किया। यदि जर्मनी ने बनाया होता तो न जाने हिटलर उसका उपयोग कहाँ करता।

1954 की गर्मियों में एनरिको फर्मी यूरोप के दौरे पर गए और वहाँ उन्होंने अनेक वैज्ञानिक सम्मेलनों में भाग लिया। जब वे लौटकर आए तो लारा ने देखा कि वे अत्यंत कमजोर हो चले हैं और उनके चेहरे का रंग उड़ा हुआ है। उनकी तत्काल जाँच की गई और डॉक्टरों ने पाया कि उनके पेट में कैंसर है, जो काफी बढ़ चुका है। इलाज का कोई असर नहीं हुआ और इस महान् वैज्ञानिक का 28 नवंबर, 1954 को मात्र 53 वर्ष की आयु में निधन हो गया।

पर दुनिया उनके अप्रतिम योगदान को कभी भुला नहीं सकेगी। अगली ही गर्मियों में जब वैज्ञानिकों की बैठक स्विट्जरलैंड के जेनेवा शहर में हुई तो जाने-माने अमेरिकी रसायन वैज्ञानिक ग्लेन टी० सीबोर्ग ने अपने द्वारा खोज किए गए नए तत्त्व को सबके सामने रखा। यह तत्त्व पहले हाइड्रोजन बम के विस्फोट के बाद बचे अवशेष से प्राप्त किया गया था। सीबोर्ग के आग्रह पर इस नए तत्त्व का नाम एनरिको फर्मी के नाम पर फर्मियन रखा गया। इसी प्रकार शिकागो स्थित जिस परमाणु संस्थान में फर्मी काम करते थे उसका नामकरण एनरिको फर्मी परमाणु भौतिकी संस्थान कर दिया गया।

फिलो टेलर फार्नसवर्थ और उनका आधुनिक टेलीविजन

महाभारत युद्ध का सचित्र व सजीव ब्योरा संजय की आँखों के सामने आ जाता था। हमारे ऋषि-मुनि भी दूर हो रही घटनाओं को अपनी दिव्यदृष्टि से देख लेते थे। पर इन बातों को दिव्यशक्ति ही माना जाता था। इनका कोई भौतिक आधार नहीं था।

पर मनुष्य की हमेशा से कल्पना रही है कि वह दूर हो रही घटनाओं को अपनी आँखों से देख ले और अपने कानों से उनका ब्योरा सुन ले। जब मोर्स ने टेलीग्राफ का आविष्कार कर दिया और ग्राहम बैल ने टेलीफोन का आविष्कार कर दिया तो यह लगने लगा कि अब वह दिन दूर नहीं है जब मनुष्य दूर की घटनाएँ देख भी पाएगा।

जब मारकोनी ने दुनिया के सामने वायरलेस रेडियो प्रस्तुत कर दिया तो अनेक लोगों में टेलीविजन तैयार करने की होड़ लग गई। अनेक लोगों ने अपने-अपने तरीके से इंग्लैंड व अमेरिका में टेलीविजन तैयार कर दिया। इनमें सबसे सशक्त व उपयोगी मॉडल तैयार करने वाला था अमेरिका का फिलो टेलर फार्नसवर्थ।

आधुनिक टेलीविजन के आविष्कारक फिलो टेलर फार्नसवर्थ का जन्म 19 अगस्त, 1906 को अमेरिका के उटाह स्थित बेवर शहर में हुआ था। उसके पिता का नाम लेविस फार्नसवर्थ तथा माता का नाम सेरेना बैस्टियन फार्नसवर्थ था। यह परिवार लैटर डे संतों वाली जीसस क्राइस्ट चर्च का अनुयायी था। उन्हें मार्सोन्स कहा जाता था। फिलो के दादा-दादी भी मध्य-पश्चिम से चलकर आए थे और इसी चर्च के अनुयायी थे।

फिलो अपने माता-पिता की पाँच संतानों में से सबसे बड़ा था। वह बचपन से ही कुशाग्रबुद्धि था और मात्र 5 वर्ष की आयु में उसने आविष्कारक बनने का निर्णय कर लिया था। वह ज्यों-ज्यों बड़ा हुआ, त्यों-त्यों उसके माता-पिता ने भी उसे उत्साहित करना प्रारंभ कर दिया। वे उसे वैज्ञानिकों द्वारा निकाली जाने वाली पत्रिकाएँ

दिलाते थे ताकि वह विज्ञान के बारे में ज्यादा से ज्यादा जानकारी हासिल कर सके। वह तीव्र गति से विज्ञान विषयों में विशेष रूप से गणित में प्रगति कर रहा था। मात्र 12 वर्ष की आयु में उसने एक पत्रिका द्वारा आयोजित विज्ञान प्रतियोगिता में भाग लिया और प्रथम स्थान प्राप्त किया। एक ओर पुरस्कार के रूप में उसे 25 डॉलर मिले और दूसरी ओर उसके माता-पिता का उसके प्रति विश्वास और बढ़ गया।

जब फिलो 14 वर्ष का था तब फार्नसवर्थ परिवार इडाहो के रिग्बी इलाके में आ गया। यहाँ उन्होंने बड़ी जमीन में खेती करना प्रारंभ कर दिया। यहाँ पर उसे एक मशीन देखने को मिली जो फार्महाउस को बिजली देती थी। इस मशीन में अकसर खराबी आ जाती थी और फिलो ने इसे ठीक करना सीख लिया था। हालाँकि परिवारजनों को यह भी संदेह होता था कि वह उसे अपने प्रयोगों के कारण खराब कर देता है।

यहाँ आने के बाद फिलो ने पहले स्थानीय ग्रामर स्कूल में पढ़ाई की। इसके बाद 1922 के अंत में उसने रिम्बी हाईस्कूल में प्रवेश लिया जहाँ उसकी मुलाकात जस्टिन टोलमैन नामक विज्ञान-शिक्षक से हुई जो वहाँ के सुपरिंटेंडेंट भी थे। इत्तफाक से टोलमैन जब कक्षा में मुआयने के लिए आए तो उन्होंने देखा कि 16 वर्षीय फिलो ब्लैकबोर्ड पर एक बड़ा नक्शा बना रहा था। उन्हें इस स्कूली बालक द्वारा इतना बड़ा नक्शा बनाते देख आश्चर्य हुआ।

उसी शाम को उन्होंने फिलो को अपने कमरे में बुलाया और रसायनशास्त्र पर चर्चा प्रारंभ की। पहली ही मुलाकात में फिलो ने इलैक्ट्रॉन पर चर्चा करके टोलमैन को खासा प्रभावित कर दिया। उसने फोटो इलैक्ट्रिक सैल और कैथोड रे ट्यूब के बारे में बताकर अपने शिक्षक को चौंका दिया। जब टोलमैन ने उस नक्शे को ध्यान से देखा तो पाया कि यह तो उसी प्रकार का प्रयास है जैसा कि रेडियो का हुआ था। रेडियो के जरिये दूर की आवाज को पास ला दिया गया था। इस नक्शे के जरिये दूर के चित्र पास लाकर उन्हें दिखाने का प्रयास किया गया था।

फिलो को इस विद्यालय में मजा नहीं आया। जो कुछ भी शिक्षक उसे पढ़ाते थे, वह उसे पहले से ही आता था। वह टोलमैन से उच्च रसायनशास्त्र पढ़ना चाहता था। पर छोटे विद्यार्थियों को इसकी अनुमति नहीं थी।

पर चंद दिनों में उसने टोलमैन को उनकी कक्षा में बैठने की अनुमति देने के लिए राजी कर लिया। इत्तफाक से फिलो ने न सिर्फ बैठना प्रारंभ किया वरन् टोलमैन द्वारा पूछे जाने वाले सवालों को भी हल करना प्रारंभ कर दिया। मजे की बात यह थी कि एक दिन टोलमैन कक्षा में देर से आए तो फिलो ने शेष वरिष्ठ छात्रों को

अलबर्ट आइंस्टाइन का सापेक्षता सिद्धांत भी समझा दिया।

उसने विद्यालय में उपलब्ध विश्वकोशों से इलैक्ट्रॉन का वर्णन विस्तार से पढ़ा। किस प्रकार ऋणात्मक आवेशयुक्त इलैक्ट्रॉन काम करते हैं, कैसे ध्वनि हवा में प्रसारित होती है, यह सब उसने पढ़ा। जब उसने इलैक्ट्रॉनिक्स के जरिये हवा में ध्वनि के प्रवाह के बारे में पढ़ा तो उसने चित्रों के प्रसारण की विधि के बारे में गंभीरता से सोचना प्रारंभ कर दिया।

उस समय फोटो इलैक्ट्रिक सैल उपलब्ध थीं और कैथोड रे ट्यूब भी प्रयोग में आ रही थीं। फिलो ने सोचा कि टेलीविजन कैमरे में फोटो इलैक्ट्रिक सैल का प्रयोग किया जा सकता है। इसके जरिये प्रकाश को विद्युत ऊर्जा में परिवर्तित किया जा सकता है। इसी तरह कैथोड रे ट्यूब के जरिये टेलीविजन का रिसीवर तैयार किया जा सकता है।

प्रारंभ में उसका आत्मविश्वास काफी ऊँचाई पर था। उसे लग रहा था कि वह जल्दी ही पूरा टेलीविजन बनाकर बाजार में ले आएगा। टोलमैन को इस पर संदेह था पर उन्होंने इस किशोर वैज्ञानिक का हौसला भंग नहीं होने दिया।

फिलो अपने प्रयोगों को आगे बढ़ाता चला गया। वह स्कूल के कार्यक्रमों में वायलिन भी बजा लेता था और आर्केस्ट्रा का निर्देशन भी भली भाँति कर लेता था। तभी उसके जीवन में एक बड़ा परिवर्तन आया। कार्य के सिलसिले में उसके पिता को नया निवास-स्थान दूर लेना पड़ा और वर्तमान स्कूल में फिलो का पढ़ना कठिन हो गया। नई जगह पर पढ़ने की सुविधा बहुत कम थी और अलबर्ट आइंस्टाइन के सिद्धांतों का ज्ञान रखने वाले फिलो को न तो सही अध्यापक मिले और न ही प्रयोगशाला, जहाँ वह प्रयोग कर पाता।

उस ग्रामीण इलाके में किसी प्रकार की सुविधा नहीं थी और उसके पिता ने बेटे की आकांक्षाओं का दमन होते देख अपना निवास स्थान फिर बदला और उटाह के प्रोवो नामक स्थान में आ गए। यहाँ पर ब्रिघम यंग विश्वविद्यालय था। फिलो का इरादा था कि वह इस विश्वविद्यालय में प्रवेश ले और इसके लिए उसने आवश्यक तैयारी भी प्रारंभ कर दी। उसने हाईस्कूल की पढ़ाई मात्र एक वर्ष में पूरी कर ली। घर की आर्थिक हालत खस्ता हो चली थी और जब उसने गर्मियों में काम करके पैसा इकट्ठा करने की कोशिश की तो वह उपयुक्त नौकरी पाने में असफल रहा।

निराश फिलो ने पढ़ाई-लिखाई छोड़कर अमेरिकी नौसेना में नौकरी कर ली और कैलीफोर्निया के सैन डियागो इलाके में आ गया। अब उसके मन में विचार आया कि वह मेरी लैंड के अनापोलिस स्थित नैवल अकादमी में आगे पढ़ाई करे।

पर दुर्भाग्य ने फिर पीछा किया और 1924 की क्रिसमस से पूर्व ही उसके पिता का देहांत हो गया। दुखी व असहाय माता ने नौसेना के अधिकारियों से फरियाद की और फिलो को बड़ा बेटा होने के कारण नौसेना की सेवा से मुक्ति मिल गई।

प्रोवो वापस आने के पश्चात् फिलो के सामने अनेक बाधाएँ आईं। उसे छोटी-छोटी नौकरियाँ करनी पड़ीं। प्राप्त आय से माता व भाई-बहनों का किसी तरह खर्च भी चला और उसने अंशकालिक छात्र के रूप में ब्रिघम यंग में थोड़ी पढ़ाई भी कर ली और उसे गणित का अच्छा ज्ञान हो गया। पर सब कुछ आसानी से नहीं चल पाया और 1925 के उत्तरार्द्ध में ऐसा लगने लगा कि प्रोवो में रहकर वह अपनी जरूरतें पूरा नहीं कर पाएगा।

पास में स्थित साल्ट लेक सिटी में दूसरे शहरों की भाँति रेडियो उद्योग तेजी से बढ़ रहा था। ब्रिघम यंग में पढ़ाई करने के बाद उसे काफी हद तक ज्ञान हो गया था कि रेडियो किस तरह कार्य करता है। अपनी माता से राय लेने के बाद फिलो जनवरी, 1926 में उटाह की राजधानी में रेडियो टेक्नीशियन के रूप में काम करने के लिए गया। यहाँ उसकी मुलाकात जार्ज ऐवर्सन से हुई जो उसी की विचारधारा का था।

1926 के प्रारंभ में एवर्सन और उसका सहायक लेस्ली गोरेल शहर के एक सार्वजनिक समारोह के लिए चंदा उगाह रहे थे। सालाना होने वाले इस समारोह से स्थानीय कल्याण संस्थाओं को भी सहायता मिलती थी। इस काम के लिए 6 सदस्यों का दल बनाया गया था, जिसे शहर की दुकानों, कारखानों, दूसरे व्यवसायियों से मिलकर एक सूची तैयार करनी थी ताकि उसके अनुसार धन इकट्ठा किया जा सके।

फिलो को उस समय तक किसी भी रेडियो मरम्मत की दुकान पर नौकरी नहीं मिल पाई थी और उसने रोजगार दफ्तर में अपना नाम पंजीकृत करा रखा था। जब एवर्सन व गोरेल ने उसका उत्साह देखा तो पाया कि वह इस सर्वे के लिए उपयुक्त रहेगा। अब उसने तेजी से अपना काम प्रारंभ कर दिया और साथ ही अपने भावी टेलीविजन की रूपरेखा भी तैयार करने लगा।

जब फिलो ने अपने टेलीविजन की कल्पना को एवर्सन और गोरेल के समक्ष रखा तो वे भौचक रह गए। उन्हें विश्वास ही नहीं हुआ कि वे कभी घर बैठे दूर-दूर की घटनाओं की तस्वीरें देख सकते हैं। फिलो ने उन्हें धैर्यपूर्वक समझाया कि कैमरे से प्राप्त चित्रों को विद्युत किरणों में बदला जा सकता है और रिसीवर के जरिये ये चित्र पुनः प्राप्त किए जा सकते हैं।

एवर्सन को अब लगने लगा कि फिलो जो कुछ भी कह रहा है उसे साकार किया जा सकता है, पर वह तो मात्र हाईस्कूल पास है और चंद कॉलेज के पाठ्यक्रमों

के सहारे यह काम कठिन है। दूसरी ओर बैल प्रयोगशाला और जनरल इलैक्ट्रिक कंपनियों में बड़े-बड़े विद्वान् और वैज्ञानिक इस कार्य में जुटे हैं। इन जगहों पर यह काम बड़े गोपनीय ढंग से हो रहा था और अचानक बाजार में अपना मॉडल उतार देने की योजना थी।

अमेरिका में योजनाबद्ध तरीके से यह कार्य तीन जगहों पर चल रहा था। बैल प्रयोगशाला, जनरल इलैक्ट्रिक प्रयोगशाला के अलावा एक और आविष्कारक जुटा हुआ था और लंदन में भी एक आविष्कारक काफी काम कर चुका था।

पर फिलो ने भी अपना आधार तैयार कर लिया था और उसे पता था कि दूसरे लोग सही दिशा में नहीं चल रहे हैं। ये लोग एक यांत्रिक उपकरण के जरिये स्कैनर का काम करा रहे हैं। फिलो को लग रहा था कि टेलीविजन की तस्वीरें बहुत तेजी से ली जाएँगी और यांत्रिक उपकरण नहीं चल पाएगा। साफ तस्वीर लाने के लिए यांत्रिक उपकरण से छुटकारा पाना जरूरी है। कैमरे से लेकर टेलीविजन के पर्दे तक सभी कुछ विद्युत या इलैक्ट्रॉनिक ही होना चाहिए।

अब तक फिलो ने एवर्सन व गोरेल को इस कदर प्रभावित कर लिया था कि कभी दिवास्वप्न दिखाई देने वाला टेलीविजन अब उन्हें साकार लगने लगा। गोरेल को विज्ञान की कुछ जानकारी थी जबकि एवर्सन को कतई जानकारी नहीं थी। वे फिलो की लगन और इलैक्ट्रॉनिक्स जैसे जटिल विषयों को ग्रहण करने की क्षमता से प्रभावित होते चले गए।

प्रारंभ में एवर्सन और गोरेल ने फिलो की परियोजना पर कुछ हजार डॉलर लगाए और फिर उन्होंने उससे अपने उपकरण को पेटेंट कराने के लिए कहा। फिलो चाहता था कि उसका उपकरण पूरी तरह से काम करने लगे और तभी वह पेटेंट कराए। इसके लिए उसे कई लाख डॉलरों की आवश्यकता थी। अब एवर्सन ने एक औपचारिक अनुबंध किया जिसके तहत एवर्सन और गोरेल पैसा लगाएँगे तथा फिलो पूर्णकालिक रूप से काम करेगा। जब मुनाफा होगा तो तीनों बराबर-बराबर बाँट लेंगे।

फिलो ने अब अपना कार्यस्थल कैलीफोर्निया स्थित हॉलीवुड चुना। वह कैलीफोर्निया स्थित कैलीफोर्निया इंस्टीट्यूट ऑफ टेक्नॉलॉजी के नजदीक रहना चाहता था जहाँ विद्वान्, वैज्ञानिक व इंजीनियर अध्ययन व अध्यापन के लिए आते हैं।

यहाँ आने से पूर्व ही 27 मई, 1926 को फिलो का विवाह एल्मा से हो चुका था। यह प्रेम विवाह था और फिलो की पत्नी पेम के नाम से जानी जाती थी। हालीवुड में वे 4 कमरों के फ्लैट में रहने लगे। फिलो इनमें से दो कमरों में तमाम उपकरण रखता था और प्रयोग भी करता रहता था। चंद हफ्तों में फिलो ने पहली ट्रांसमीटर ट्यूब

तैयार कर ली थी। यह अजीब-से आकार की ट्यूब थी और इसका एक सिरा बड़े आकार का था और दूसरा सिरा छोटा था। एक सिरे पर फोटो इलैक्ट्रिक पदार्थ की परत चढ़ी थी। इसके दोनों सिरों से विद्युत लीड निकली थी। बाद के दिनों में इसमें काफी परिवर्तन भी किए गए।

पर ट्रांसमीटर ट्यूब के सफलतापूर्वक निर्माण के बाद भी काम रुक गया। अब उसे और उपकरणों की आवश्यकता पड़ने लगी। घर भी काम के लिए छोटा पड़ने लगा। जब पैसे की और आवश्यकता पड़ी तो एनर्सन ने कैलीफोर्निया के बैंकों से धन की व्यवस्था की। अब फिलो ने सैनफ्रांसिस्को में एक पुराना वर्कशॉप ले लिया जो क्रोकर रिसर्च लैबोरेटरी कहलाता था। 1927 के प्रारंभ से उसका काम तेजी से चल पड़ा।

बीच-बीच में तरह-तरह की दिक्कतें आती रहीं। एक बार को तो ऐसा लगा कि टेलीविजन को मनचाहा स्वरूप देने में उसे 10-12 साल लग जाएँगे और वह अंत तक इस दिशा में नहीं ठहर पाएगा। पर शीघ्र ही वह फिर काम में लग गया।

आखिर वह दिन आ ही गया जब फिलो टेलर फार्नसवर्थ ने अपने नए टेलीविजन का पहली बार प्रदर्शन किया। वह उस समय के तैयार हो रहे मॉडलों से बिलकुल भिन्न था। उस समय के मॉडलों में घूमने वाली डिस्क होती थी जो दो फीट व्यास की थी। इससे स्कैनिंग की जाती थी। इसी प्रकार की डिस्क रिसीविंग सिरे पर भी होती थी और दोनों को एक ही गति से चलाना होता था अन्यथा तस्वीर बिगड़ जाती थी।

फिलो के टेलीविजन में कोई घूमने वाला हिस्सा नहीं था। वह करेंट में परिवर्तन के जरिए छवि ग्रहण कर लेता था और स्कैनिंग आसानी से हो जाती थी। उसके ट्रांसमिशन की बैंड विड्थ भी आधी थी और दूसरे ट्रांसमीटर का उसकी छवि पर असर नहीं पड़ता था। इसके अलावा उसका संयंत्र प्रति सेकेंड 20 छवियाँ आगे भेजता था और चलती हुई तस्वीर अच्छी तरह तैयार हो जाती थी। उसके संयंत्र में 8000 पुर्जे लगे थे।

जब पहली बार प्रदर्शन के लिए फिलो ने ट्रांसमीटर तथा रिसीवर को जोड़ा तो उन बैंकरों को भी आमंत्रित किया गया जिन्होंने पैसा लगाया था। उन लोगों ने देखा कि रिसीवर पर एक अंधकारपूर्ण त्रिकोण दिखाई दे रहा है और चारों ओर रोशनी है। त्रिकोण उतना साफ नहीं था। बैंकर प्रभावित नहीं हुए। उन्हें लग रहा था कि इस मॉडल को कोई नहीं खरीदेगा। उनका आगे पैसा लगाना व्यर्थ है। एक ने तो स्पष्ट कहा भी कि इसमें डॉलर का चिह्न दिखाई नहीं दे रहा है।

फिलो को यह बात चुभ गई। उसने चंद महीनों बाद दूसरी बार अपने संयंत्र का प्रदर्शन किया और बैंकरों के अलावा अपने सहयोगियों व समर्थकों को भी आमंत्रित किया। इस बार टेलीविजन के पर्दे पर डॉलर का चिन्ह स्पष्ट दिखाई दिया।

इस बार तस्वीर काफी साफ आ रही थी। मेहनती फिलो का उत्साह और बढ़ा तथा अगली बार उसने चलती हुई फिल्म टेलीविजन पर दिखाई। यह फिल्म शेक्सपियर के एक नाटक पर आधारित थी। फार्नसवर्थ की ट्रांसमीटर ट्यूब एक जार के आकार की थी और रिसीविंग ट्यूब उससे भी छोटी थी। फिलो का अनुमान था कि उसका टेलीविजन रिसीवर एक रेडियो के साथ जोड़ा जा सकता है और ग्राहकों को 100 डॉलर में बनाकर बेचा जा सकता है।

उत्साही फिलो ने सॉटूथ वेव (आरी के किनारे की तरह आकार वाली) का इस्तेमाल करते हुए दोहरी तस्वीर आने की समस्या का भी समाधान कर लिया। अब उसने हॉकी व बास्केट बॉल के मैचों की तस्वीरें दिखाना प्रारंभ कर दिया। टेलीविजन पर दौड़ने वाली कारें खासी आकर्षक लगती थीं। पत्र-पत्रिकाओं में उसके चर्चे होने लगे। लोग कहते कि आने वाले समय में हर गतिविधि टेलीविजन पर दिखाई देने लगेगी।

1931 में फिलो अपने परिवार व कर्मचारियों के साथ फिलोडेल्फिया चला गया और वहाँ उसने पहले एक रेडियो निर्माण कंपनी में प्रयोग प्रारंभ किए और बाद में अपनी वर्कशॉप में काम प्रारंभ कर दिया। इस दौरान उसने एक रूसी वैज्ञानिक ब्लाडीमीर जोरीकिन को अपने यहाँ आमंत्रित किया। ब्लाडीमीर अमेरिकी रेडियो कारपोरेशन की प्रयोगशाला में टेलीविजन तैयार करने के प्रयोगों पर ही काम करता था।

फिलो ने जब उसे अपना ट्रांसमीटर दिखाया तो रूसी वैज्ञानिक अत्यंत प्रभावित हुआ। ब्लाडीमीर ने इसी काम के लिए अपना नक्शा दिखाया तो फिलो को लगा कि वह ज्यादा उपयोगी है। उसने उसका प्रयोग करने का फैसला भी कर लिया।

फिलाडेल्फिया आने से पूर्व ही फिलो 1929 में एक पुत्र का पिता बन चुका था। बाद में दूसरा बेटा भी हो गया। सैनफ्रांसिस्को छोड़ने से पूर्व दूसरा नवजात शिशु ठंड के कारण बीमार पड़ गया और काल का ग्रास बन गया। फिलो को अपार दु:ख झेलना पड़ा। 1933 में वह फिर एक पुत्र का पिता बना।

फिलो बीच-बीच में समय निकालकर दूसरे इलैक्ट्रॉनिक संयंत्र तैयार करता रहता था। उसने चिकित्सा प्रयोग हेतु 150 उपकरण तैयार कर लिये थे। उसने प्रण कर लिया था कि वह इतने उपकरण तैयार कर लेगा कि भविष्य में कोई नवजात शिशु चिकित्सा में कमी के कारण नहीं मरेगा और उसके माता-पिता को उसकी तरह दु:ख

नहीं झेलना पड़ेगा।

वह इस दिशा में और काम करता पर जिन लोगों ने उसके टेलीविजन में पैसा लगा रखा था, वे बेचैन होने लगे। वे चाहते थे कि टेलीविजन बाजार में जल्दी आए और उनका पैसा वसूल हो। जहाँ एक ओर फिलो अपने टेलीविजन में पूर्णता लाना चाहता था, वहीं उसके निवेशक बड़ी तादाद में टेलीविजन बनाकर बाजार में उतारना चाहते थे।

जब उनका धैर्य टूटने लगा तो 1937 में फिलो ने अपने विकसित इलैक्ट्रॉनिक उपकरणों के निर्माण के अधिकार अटलांटिक टेलीफोन एंड टेलीग्राफ कंपनी को बेच दिए और अपने बैंकरों की जेब भरकर मुँह भी बंद कर दिया। बाद में फिलो ने फार्नसवर्थ टेलीविजन एंड रेडियो कारपोरेशन नामक कंपनी की स्थापना की तथा फोर्ट वायने तथा मैरियन इंडियाना में कारखाने खोले जहाँ टेलीविजन का निर्माण प्रारंभ हो गया।

इधर दूसरा विश्वयुद्ध प्रारंभ हो गया और लोगों की रुचि टेलीविजन में कम और दूसरी जरूरतों में बढ़ गई। फार्नसवर्थ की कंपनी अब रेडियो के पुर्जे बनाने लगी। विश्वयुद्ध के पश्चात् फार्नसवर्थ तथा ब्लाडीमीर ने 40 के दशक के अंतिम दिनों तथा 50 के दशक में बड़ी तादाद में टेलीविजन संयंत्र तैयार किए और दुनिया के कोने-कोने में पहुँचाए।

अब फिलो को बड़ी-बड़ी सभाओं और समारोहों में बुलाया जाता था जहाँ पर बड़े-बड़े वैज्ञानिक और इंजीनियर भाग लेते थे। आम तौर पर वह इन सभाओं को टाल जाता था और अपने काम पर इतना ज्यादा ध्यान देता था कि परिवारजन भी परेशान हो जाते थे। कई बार ऐसा होता कि वह परिवार के साथ भोजन करता था, पर उसका ध्यान प्रयोगशाला में ही टँगा रहता था।

पत्नी और बच्चे इस बात से वाकिफ थे और कभी-कभार ही बाहर घूमने जाने की जिद करते थे। एक बार फिलो काफी कहने-सुनने के बाद परिवार को घुमाने के लिए ग्रामीण इलाके में ले गया। वहाँ उसे एक खाली फार्म मिला जो 90 एकड़ का था और फ्राइबर्ग, मैने में स्थित था। फिलो और पेम दोनों को यह जगह इस कदर पसंद आई कि उन्होंने इसी दूर-दराज के ग्रामीण इलाके में रहने का फैसला कर लिया।

एक ओर परिवार सहित वह पुराने फार्म हाउस में रहने लगा और दूसरी ओर पास में ही उसने अपनी वर्कशॉप भी लगा ली जहाँ पर वह अंतिम दिनों तक इलैक्ट्रॉनिक्स संबंधी प्रयोग करने में लगा रहा। बीच-बीच में उसे कुछ बाधाओं का भी सामना करना पड़ा। 1947 में उसका फार्म हाउस आग में बुरी तरह जल गया था। उस समय उसे अपने परिवार को अपनी फैक्टरी के पास इंडियाना लाना पड़ा।

फार्नसवर्थ ने प्रारंभ में कई लोगों को प्रभावित कर दिया था। जस्टिन टोलमैन आजीवन उसकी तारीफ करते रहे। इसी प्रकार उसके प्रणेता जॉर्ज एवर्सन भी उससे स्नेह करते रहे। फिलो ने अपने अंतिम वर्ष बड़ी शांतिपूर्वक बिताए। जब 1947 में उसके पेटेंट की अवधि समाप्त हो गई तो उसे काफी चिंता हुई और इस कारण वह बीमार भी रहा, पर वह फिर स्वस्थ हो गया और काम में फिर से जुट गया।

बाद के दिनों में वह अपने परिवार सहित फिर से साल्ट लेक सिटी में रहने के लिए आ गया। यहीं पर 11 मार्च, 1971 को इस मेधावी और परिश्रमी वैज्ञानिक का निधन हो गया।

फिलो इस संसार से चला गया, पर उसने अपने परिश्रम से सारे संसार को एक छोटे पर्दे पर समेटकर दिखाने का साधन दुनिया को दे दिया। संसार टेलीविजन संयंत्र के इस महान् आविष्कारक को कभी नहीं भुला सकेगा।

डॉ० सुब्रह्मण्यम चंद्रशेखर और उनकी खगोल भौतिकी संबंधी खोज

आसमान में हम अनेक सितारों को देखते हैं और पाते हैं कि कुछ तारों की रोशनी क्षीण हो चुकी है। यह विषय प्रारंभ से ही कौतूहल का विषय रहा है और इसके बारे में अनेक धारणाएँ प्रचलित रही हैं।

कुछ वैज्ञानिक जन्मजात वैज्ञानिक होते हैं। इसके साथ ही परिवार में यदि कोई महान् व्यक्ति होता है तो परिवार के अन्य लोग भी उसके नक्शे कदम पर चलने लगते हैं। उनमें से एकाध महान् भी बन जाते हैं। चंद्रशेखर वेंकटरामन को जब नोबल पुरस्कार मिला तो ऐसा ही हुआ। उनसे प्रभावित होकर उनके भतीजे चंद्रशेखर ने तारों की उत्पत्ति, विकास और नष्ट होने से संबंधित अनेक गुत्थियों पर प्रकाश डाला। दुनिया ने बहुत देर बाद उनकी बातों में सच्चाई पाई और स्वीकार कर लिया।

सुब्रह्मण्यम चंद्रशेखर का जन्म 19 अक्टूबर, 1910 को पंजाब के लाहौर शहर में हुआ था जो आजकल पाकिस्तान में पड़ता है। उनके पिता एक जाने-माने संगीतकार थे तथा कर्नाटक संगीत में पारंगत थे। उनके चाचा वेंकटरामन ने सफल वैज्ञानिक के रूप में भारत का नाम रोशन किया और नोबल पुरस्कार प्राप्त किया।

चंद्रशेखर की पढ़ाई मद्रास स्थित प्रेसीडेंसी कॉलेज में हुई। प्रारंभ से ही उन्हें गणित में असाधारण रुचि थी। किशोरावस्था में ही उन्होंने खगोल भौतिकी में चल रहे नवीनतम शोधों का अध्ययन किया। उन्होंने ब्रिटिश खगोलशास्त्री सर आर्थर स्टेनले एडिंगटन तथा राल्फ हावर्ड फाउलर द्वारा किए जा रहे तारों के अध्ययन के बारे में पढ़ा। उस समय यह ज्ञात हो चुका था कि सभी तारे एक ही तरीके से जन्म लेते हैं, एक ही तरीके से उनका विकास होता है तथा एक ही तरीके से उनका अंत भी

होता है।

मात्र 18 वर्ष की आयु में चंद्रशेखर ने फर्मी डिराक का अणु संबंधी सिद्धांत पढ़ा व समझ लिया था। उन्होंने तारों के संबंध में एक निबंध भी लिखा, जिस पर उन्हें प्रसिद्ध वैज्ञानिक एडिंगटन की पुस्तक पुरस्कार में मिली। जब उनके चाचा को भौतिकी का नोबल पुरस्कार मिला तो उनका हौसला और बढ़ गया। अब उन्होंने विज्ञान को अपना कैरियर बनाने का निर्णय कर लिया।

1930 में उन्होंने मद्रास विश्वविद्यालय से स्नातक की उपाधि हासिल की। उन्होंने न सिर्फ प्रथम श्रेणी व सर्वाधिक अंक प्राप्त किए वरन् अंकों का एक रिकॉर्ड खड़ा कर दिया। उधर उनके चाचा की वैज्ञानिक-जगत में ख्याति बढ़ रही थी और इधर चंद्रशेखर को छात्रवृत्ति मिल गई और वे इंग्लैंड स्थित ट्रिनिटी कॉलेज में अनुसंधान-कार्य हेतु रवाना हो गए।

पहले अनुसंधान-पत्र, जो इंडियन जरनल ऑफ फिजिक्स में छपा था, के बाद उन्होंने अनेक अनुसंधान-पत्र लिखे जो प्रतिष्ठित पत्रिकाओं में छपे और स्नातक उपाधि लेने से पूर्व ही उनका एक शोध-पत्र प्रोसीडिंग्स ऑफ रॉयल सोसायटी में भी छप गया। यह उस समय एक कम उम्र के वैज्ञानिक के लिए गौरव की बात थी।

कैम्ब्रिज विश्वविद्यालय में मात्र दो वर्षों में ही चंद्रशेखर ने उत्कृष्ट अनुसंधान कर डाला और 1932 तक उन्होंने मरणासन्न तारों के बारे में महत्त्वपूर्ण जानकारियाँ हासिल कर लीं। इस समय तक उनके और शोध-पत्र प्रकाशित हो चुके थे। इन पत्रों में उन्होंने इन मरणासन्न तारों के बारे में जानकारी देते हुए बताया कि अगर यह ज्ञात हो जाए कि अगर एक बर्तन में पदार्थ के परमाणु की नाभि और इलैक्ट्रॉन हो और हम उस बर्तन को दबाते ही चले जाएँ तो जैसा वह व्यवहार करेगा ऐसा ही व्यवहार इन तारों का होगा।

1933 में मात्र 23 वर्ष की आयु में चंद्रशेखर को पी-एच०डी० हासिल हो गई। उनकी योग्यता, प्रतिभा, लगन और कुशाग्रबुद्धि के कारण उन्हें आइजक न्यूटन छात्रवृत्ति भी मिली और शीप शैंक पुरस्कार भी मिला। पी-एच०डी० के उपरांत भी वे कैम्ब्रिज विश्वविद्यालय में ही रहे और फैलो निर्वाचित हुए। उन्होंने अपना शोध-कार्य जारी रखा। 1934 के मध्य में श्वेत वामन तारों के निर्माण के सिद्धांत संबंधी पूरी गणना तैयार कर डाली।

अपनी इस खोज को लोगों के सामने रखने के लिए उन्होंने दो शोध-पत्र रॉयल एस्ट्रोनॉमिकल सोसायटी के समक्ष रखे जिसके वे पहले ही फैलो निर्वाचित हो चुके थे।

सोसायटी ने उन्हें अपनी खोज व गणना प्रस्तुत करने के लिए आमंत्रित किया।

उस कार्यक्रम का ब्योरा जब चंद्रशेखर को डाक द्वारा मिला तो उन्होंने पाया कि एडिंगटन भी कार्यक्रम में आ रहे हैं। हालाँकि चंद्रशेखर व एडिंगटन महीनों से हर सप्ताह में एक बार मिल रहे थे, पर चंद्रशेखर ने कभी उन्हें इस बारे में नहीं बताया था कि वे इस दिशा में शोध कर रहे हैं।

अपने व्याख्यान में चंद्रशेखर ने यह समझाने का प्रयास किया कि तारे की उस समय क्या स्थिति होगी जब वह अपनी ईंधनरूपी सारी पूँजी गँवा चुका होगा। उन्होंने कहा कि बड़े तारों की जीवन-प्रक्रिया छोटे तारों से भिन्न होगी। उनके अनुसार नहीं दिखाई देने वाले न्यूट्रॉन तारे और ब्लैक होल भी इतने घने होते हैं कि प्रकाश उनके गुरुत्वाकर्षण से बच नहीं पाता है। उन्होंने बहुत बड़े तारों के विकास-क्रम पर ज्यादा जानकारी नहीं दी।

जब एडिंगटन व्याख्यान के लिए उठे तो उन्होंने चंद्रशेखर के तर्क को काट दिया। उन्होंने उनके सिद्धांत को काल्पनिक तो कहा, पर उसे काटने के लिए उनके पास कोई तर्क नहीं था। उन्होंने चंद्रशेखर को राय दी कि वे और गहराई से अध्ययन करें। उन्होंने चंद्रशेखर के सिद्धांत को दो बेमेल सिद्धांतों के मिलन से निकला परिणाम बताया और मजाक के लहजे में कुछ वाक्य कह डाले, जिससे श्रोताओं में हँसी के ठहाके लग गए। चंद्रशेखर को अपने सामने बौना बताते हुए उन्होंने कहा कि मरता हुआ तारा मरते-मरते भी चमकता रहेगा और सिकुड़कर चंद किलोमीटर त्रिज्या वाला टुकड़ा बन जाएगा और जब इसका गुरुत्वाकर्षण इतना कम हो जाएगा कि इसे एक न रख सके तो यह टुकड़े-टुकड़े होकर नष्ट हो जाएगा। तारों को बचाने के लिए दुर्घटनाएँ ही काम आ सकती हैं। यह भी चर्चा हुई कि प्रकृति के नियम अवश्य ऐसे होंगे कि तारों का विघटन निश्चित तरीके से होगा।

अपने अपमान को चंद्रशेखर ने काफी गंभीरता से लिया। एडिंगटन के वक्तव्यों से उन्हें ऐसा लगा कि वे उन्हें मूर्ख बता रहे थे। उनके मन में आग धधकती रही और वे अगले कई सालों तक अध्ययन करते रहे।

चूँकि एडिंगटन एक ख्यातिप्राप्त और स्थापित विद्वान् थे तथा विवाद का मुद्दा भौतिकशास्त्र से जुड़ा था अतः चंद्रशेखर ने दो महान् भौतिकशास्त्रियों नील्स बोहर तथा वोल्फगैंग पाली से इस संबंध में विचार-विमर्श किया और यह सुनिश्चित किया कि वे एक सही दिशा में जा रहे हैं। चूँकि एडिंगटन की धाक जमी हुई थी, इसलिए उन्होंने उन्हें चुनौती देने में जल्दी नहीं की।

इस घटना ने एक और असर डाला। हालाँकि उन्होंने सिर्फ सैद्धांतिक तौर पर एडिंगटन को चुनौती दी थी, पर उस कारण इंग्लैंड में उनकी उन्नति के अवसर समाप्त हो चुके थे। उन्होंने अब इंग्लैंड छोड़कर अमेरिका जाने का फैसला कर लिया।

1937 में वे शिकागो विश्वविद्यालय में रिसर्च एसोसिएट के पद पर नियुक्त हुए और 1938 में उन्हें सहायक प्रोफेसर का पद वहीं पर मिल गया। 1942 में उन्हें एसोसिएट प्रोफेसर बनाया गया तथा 2 वर्ष बाद ही 1944 में वे प्रोफेसर के पद पर आसीन हो गए। 1947 में वे सैद्धांतिक खगोल भौतिकी के विशिष्ट प्रोफेसर के पद पर कार्य करने लगे।

चंद्रशेखर को लिखने व पढ़ने का शौक बचपन से ही रहा था। बचपन में जब उनके साथी खेल में मग्न होते थे तो वे पुस्तकालय में पढ़ने में लगे रहते थे। वे भौतिक विज्ञान की लगभग सभी पुस्तकें पढ़ डालते थे। इत्तफाक से 1920 के दशक में आधुनिक भौतिकी पर अनेक नई-नई किताबें आई थीं और चंद्रशेखर ने एक भी नहीं छोड़ी थी। सोमरफील्ड तथा क्रॉम्पटन जैसे विद्वानों की भी किताबें उन्होंने पढ़ी थीं।

इन सब अध्ययनों के बाद उन्होंने अब तक तमाम शोध-पत्र लिखे थे। अब तक किए गए शोध के आधार पर उन्होंने 1939 में ही अपनी पहली पुस्तक तैयार की जिसका शीर्षक था–स्टेलर स्ट्रक्चर का परिचय। यह पुस्तक शिकागो प्रेस ने उसी वर्ष प्रकाशित कर दी। पर यह पुस्तक तत्काल उतनी लोकप्रिय नहीं हो पाई।

अब चंद्रशेखर तारों के झुंड की गतिविधियों का अध्ययन करते रहे। उन्होंने झुंड की संरचना तथा तारों का एक-दूसरे पर प्रभाव आदि का भी अध्ययन किया। उन्होंने अनुमान लगाया कि झुंड के इस रूप में आने में तारों को तीन से पाँच अरब वर्ष लगे होंगे। उन्होंने अपने इस दिशा में किए गए शोध को भी कलमबद्ध किया और 1942 में शिकागो प्रेस ने उनकी एक और किताब प्रकाशित की जिसका शीर्षक था–स्टैलर गतिशास्त्र का सिद्धांत।

इसी दौरान दूसरा विश्वयुद्ध प्रारंभ हो चुका था और उन्होंने पढ़ने व शोध करने के अलावा अपने उस देश के लिए, जहाँ वे काम कर रहे थे, काम में भी जुट गए। उन्होंने अमेरिकी युद्ध विभाग में काम किया। एबरडीन टेस्टिंग ग्राउंड में सामरिक उपकरणों की जाँच होती थी और उसमें उन्होंने अपनी सेवाएँ प्रदान कीं।

उन्हीं दिनों परमाणु बम बनाने के अमेरिकी गुप्त कार्यक्रम का केंद्र शिकागो विश्वविद्यालय चुना गया और चंद्रशेखर ने इसमें भी कभी-कभी अपनी सेवाएँ दीं। इस परियोजना के दौरान वे प्रख्यात वैज्ञानिक एनरिको फर्मी, एडवर्ड टेलर, जेम्स फ्रांक आदि के संपर्क में आए। फर्मी और फ्रांक युद्ध के पश्चात् भी इसी विश्वविद्यालय में पढ़ाते रहे।

दूसरे विश्वयुद्ध के पश्चात् शिकागो विश्वविद्यालय की छवि और निखर गई और दूर-दूर से विद्यार्थी यहाँ पढ़ने के लिए आने लगे। 1947 में चंद्रशेखर के पास

दो परा डॉक्टरेट स्तर के चीनी छात्र थे। ये दोनों शिकागो से 160 किलोमीटर दूर यर्कीस वेधशाला में शोध करने जाते थे और चंद्रशेखर उनका निर्देशन करने के लिए अपनी कार चलाकर इतनी दूर जाया करते थे। उस समय लोग चौंकते थे, पर चंद्रशेखर ने सुगदाओ ली तथा चेंग निंग यांग नामक इन दोनों छात्रों को इतना विकसित व प्रेरित किया कि दस साल बाद उन्हें सब एटोमिक कणों के अध्ययन के लिए भौतिकी का नोबल पुरस्कार मिला।

हालाँकि चंद्रशेखर को अपने गुरु एडिंगटन से अच्छा व्यवहार नहीं मिला, पर वे उनकी तारीफ करते रहे और युवा छात्रों को बेहतर निर्देशन प्रदान करते रहे। वे उन्नीसवीं सदी के भौतिकशास्त्री लार्ड रेले की भी तारीफ करते थे। वे थॉमस हक्सली के उस सिद्धांत को नहीं मानते थे कि वृद्ध वैज्ञानिक काम कम, नुकसान ज्यादा करते हैं। वे खुद भी काम करते रहे और युवा वैज्ञानिकों को अपना काम करने देते रहे। वे यह भी कहते थे कि विज्ञान के अध्ययन के दौरान प्रकृति के साथ संयमपूर्ण व्यवहार करना चाहिए।

चंद्रशेखर का अध्ययन सिर्फ एक विषय तक सीमित नहीं रहा। वे हर 8-10 साल बाद विषय परिवर्तन करते रहे। चालीस के दशक में उन्होंने तारों के अंदर से निकलने वाले ऊर्जा विकिरण का अध्ययन किया। उसके बाद उन्होंने ब्रह्मांड में चुंबकत्व के प्रभाव के अध्ययन पर अपना ध्यान केंद्रित किया। उन्होंने यह भी पता लगाया कि आकाशगंगा सहित तमाम गैलेक्सियाँ इतने तगड़े चुंबकीय प्रभाव क्षेत्र से घिरी हैं कि वे तारों के आकार को भी प्रभावित कर देती हैं। 1961 में उन्होंने इलीप्स के आकार के संतुलन की क्षमता पर अध्ययन प्रारंभ किया जो 1968 तक चला। उसके बाद वे सापेक्षता के सामान्य सिद्धांत तथा सापेक्ष खगोल भौतिकी पर अनुसंधान करते रहे। 1970 के दशक के मध्य में वे अपने पुराने विषय पर आ गए जो उन्होंने लगभग चालीस वर्ष पूर्व प्रारंभ किया था। उन्होंने ब्लैक होल्स के गणितीय सिद्धांत पर काम किया। हर बार उन्होंने अपने अध्ययन को एक निश्चित मुकाम तक पहुँचाया।

सितंबर 1936 में उनका विवाह ललिता डोराईस्वामी से हो गया था। उन्हें अपनी माता व मातृभूमि से बहुत प्यार था और वे बीच में भारत आए भी और यहाँ काम करना चाहा, पर जिस क्षेत्र में वे काम कर रहे थे, उसमें काम करने के साधन और संभावनाएँ गुलाम भारत में नहीं थीं। मजबूर होकर उन्होंने माता से अनुमति लेकर अमेरिका में बने रहने का फैसला किया, पर नागरिकता जल्दी नहीं छोड़ी।

पाँच फीट छह इंच लंबे चंद्रशेखर अपने दुबले-पतले शरीर, कम होते जा रहे भूरे बालों और काली आँखों के कारण खासे आकर्षक लगते थे। वे विज्ञान में व्यस्तता

के कारण अपने कई अन्य शौक पूरे नहीं कर सके और साहित्य, संगीत और भ्रमण हेतु समय नहीं निकाल सके। वे शेक्सपीयर के सारे नाटक पढ़ लेना चाहते थे पर ऐसा नहीं कर सके। अपने खाली समय में वे संगीत अवश्य सुनते थे और मोजार्ट तथा बीथोवन उनकी पहली पसंद थे। उन्होंने शिकागो के पास हाइड पार्क में अपना मकान बनवाया और वहीं विश्वविद्यालय के पास रहते रहे। 1953 में उन्हें स्वत: अमेरिकी नागरिकता मिल गई।

पर उन्होंने अपना एक व्यवस्थित जीवन अवश्य बना लिया। वे अकसर किसी विषय पर लगातार खोज करते रहते और जब उन्हें लगता कि उन्हें उस विषय में पर्याप्त ज्ञान हासिल हो गया है तभी वे अपना विषय बदलते थे। वे अपनी बात हर समय, हर मंच पर पूरी दृढ़ता और सही तरीके से रखते थे।

सालों-साल तक वे एक-सी पोशाक–गहरे रंग का सूट, सफेद शर्ट तथा गहरे रंग की टाई लगाकर विश्वविद्यालय जाते रहे। वे प्रतिदिन दस-दस घंटे काम करते थे और अकसर सप्ताह में सातों दिन विश्वविद्यालय में आते थे।

1947 से 52 तक चंद्रशेखर सैद्धांतिक तारा भौतिकी के विशिष्ट प्रोफेसर रहे और उसके बाद शिकागो विश्वविद्यालय में ही सैद्धांतिक तारा भौतिकी विभाग में मार्टन डी० हल विशिष्ट सेवा प्राध्यापक के रूप में कार्य करते रहे।

प्रारंभिक झटके के बावजूद उन्होंने अपना मौलिक अनुसंधान जारी रखा और दुनिया को बताया कि जिन तारों का द्रव्यमान सूर्य से 1.4 गुना है वे अंतत: सिकुड़कर बहुत भारी हो जाएँगे। यह विचार उन्हें तब आया था जब वे 19-20 वर्ष की आयु में पहली बार पढ़ने के लिए इंग्लैंड समुद्री जहाज़ से जा रहे थे। बाद के दिनों तक वे तारों के विकास-क्रम की जाँच करते रहे और उन तारों का भी अध्ययन करते रहे जिनकी नाभिकीय ऊर्जा समाप्त हो गई है। उन्होंने तारकीय और आकाशीय ज्वालाओं के परिणाम पर भी प्रकाश डाला।

उन्होंने अनेक तथ्य सामने रखे। उनके अनुसार कोई भी तारा अपनी वर्तमान स्थिति में रहते हुए लगातार चमकता हुआ नहीं रह सकता है। जब उसके अंदर की नाभिकीय ऊर्जा समाप्त हो जाती है तो उसकी आंतरिक संरचना में परिवर्तन होने लगता है। उन्होंने सिद्ध कर दिया कि तारों का अंदरूनी भाग एक सीमा से अधिक नहीं सिकुड़ता है। श्वेत वामन की स्थिति में आने से पहले यह पता लगाया जा सकता है कि इस तारे का अंत कब होगा। अब तक ज्ञात श्वेत वामन तारों में किसी के पास हाइड्रोजन नहीं है।

देर से ही सही, दुनिया ने चंद्रशेखर द्वारा किए गए महत्त्वपूर्ण काम को स्वीकारा और 1983 का नोबल पुरस्कार डॉक्टर विलियम फाउलर के साथ संयुक्त रूप से

मिला। यह पुरस्कार उन्हें भौतिकी में 'चंद्रशेखर्स लिमिट व्हिच डिटरमाइंस 6 मिनीमम ऑफ डाइंग स्टार एनेब्लिंग इट टू सर्वाइवल' पर दिया गया।

अनुशासित ढंग से वैज्ञानिक शोध करने वाले चंद्रशेखर मन से एक कलाकार भी थे। 27 अप्रैल, 1979 की फर्मी नेशनल एक्सेलेरेटर लेबोरेटरी, बटाविया इलीनॉयस में अपने व्याख्यान में उन्होंने कहा कि कलाकार और वैज्ञानिक दोनों के लिए यह आवश्यक है कि वे अपने पुर्जों व घटकों को पूरा तन्मयता से सजाएँ। वे उन्हें उचित अनुपात में जगह दें। उन्होंने फ्रांसिस बेकन द्वारा दी गई सौंदर्य की परिभाषा को समझाते हुए कहा कि सापेक्षता के सामान्य सिद्धांत में भी बेजोड़ सौंदर्य मौजूद है। चंद्रशेखर हमेशा सोचकर और पूरा तौलकर बोलते थे। वे कभी-कभी चुटकुलों का सहारा लेते थे और विभिन्न क्षेत्रों का संदर्भ लेते हुए जल्दी ही मूल विषय पर आ जाते थे। लंबे समय तक विदेश में रहने के बावजूद संस्कार और स्वभाव से वे अंतिम समय तक भारतीय ही रहे।

वे अपने आपको नास्तिक हिंदू मानते रहे और तार्किक रूप से कहते रहे कि मनुष्य की सबसे बड़ी खोज ईश्वर ही है। वे सारी जिंदगी यहाँ तक कि अवकाशप्राप्ति के बाद भी शोध करते रहे। उन्होंने तारों की रचना, तारों का वायुमंडल क्षोभ सिद्धांत, चुंबकीय क्षेत्र सहित और गैर-चुंबकीय क्षेत्र के तरलों की संयोजी गतियों की स्थिरता आदि के क्षेत्र में अमूल्य योगदान किया।

उन्होंने प्लाज्मा भौतिकी के क्षेत्र में भी काम किया और चुंबकीय व विद्युत क्षेत्र में आयनीकृत गैसों के व्यवहार पर अध्ययन कर डाला। उन्होंने 1960 में शिकागो विश्वविद्यालय में इस विषय पर व्याख्यान भी दिया। इनकी अभिरुचियों को देखकर कई बार भ्रम होता है कि वे भौतिकविद् हैं या गणितज्ञ या खगोल विज्ञानी। वे अपने आपको खगोल विज्ञानी ही मानते रहे।

उन्हें नोबल पुरस्कार अवश्य देर से मिला, पर दुनिया में उनकी पहचान जल्दी ही कायम हो चुकी थी। प्रसिद्ध रॉयल सोसायटी ने 1944 में ही उन्हें अपना फैलो निर्वाचित कर लिया था। पैसेफिक रॉयल सोसायटी अमेरिका ने उन्हें 1952 में ब्रूस स्वर्ण पदक से सम्मानित किया था। 1953 में रॉयल एस्ट्रोनॉमिकल सोसायटी ने उन्हें स्वर्ण पदक प्रदान किया। 1957 में अमेरिकी कला और विज्ञान अकादमी ने रैम फोर्ड मेडल प्रदान किया। 1962 में उन्हें रॉयल पदक और 1984 में रॉयल सोसायटी का कॉप्ले पदक भी प्रदान किया गया। उन्हें अनेक प्रतिष्ठित अमेरिकी पदक मिले।

भारतमाता के उस महान् सपूत को भारतवर्ष में भी पुरस्कारों और सम्मानों से नवाजा गया। 1962 में भारतीय राष्ट्रीय विज्ञान अकादमी ने उन्हें रामानुजम पदक प्रदान किया तथा उन्हें राष्ट्रीय विज्ञान पदक से भी सम्मानित किया गया।

1968 में उन्हें भारत सरकार ने पद्म भूषण प्रदान किया और इस अवसर पर तत्कालीन प्रधानमंत्री श्रीमती इंदिरा गांधी ने उन्हें पुरस्कार देते हुए कहा कि यह बड़े दु:ख की बात है कि हम चंद्रशेखर को अपने देश में नहीं रख सके। इसके साथ ही यह भी सच है कि अगर वे भारत में ही रह जाते तो शायद इतना बड़ा काम नहीं कर पाते। 1984 में जब चंद्रशेखर भारत आए तो शांतिनिकेतन में उनका सम्मान किया गया।

विश्व के अनेक गौरवशाली संगठनों ने उन्हें अपनी सदस्यता देकर अपने आपको गौरवान्वित किया। वे प्रतिष्ठित नेशनल अकादमी ऑफ साइंसेज यू०एस०ए० के भी सदस्य थे और अमेरिकी एस्ट्रोनॉमिकल सोसायटी के भी।

अपने चाचा नोबल पुरस्कार विजेता सी०वी० रमन की ही भाँति बढ़ती आयु की परवाह न करते हुए चंद्रशेखर गतिशील द्रव्यों पर गुरुत्वाकर्षण, ब्रह्मांड की अन्य शक्तियों विशेषत: चुंबकीय प्रभाव आदि का अध्ययन करते रहे। उन्होंने साबित कर दिया कि आकाशगंगा की फैली हुई जो लड़ियाँ दिखाई देती हैं, वे क्षीण चुंबकीय प्रभाव का ही फल है।

लेखन में रुचि रखने वाले डॉ० चंद्रशेखर की तीसरी पुस्तक 'रेडियेटिव ट्रांसफर' 1950 में प्रकाशित हुई और इसे ऑक्सफोर्ड ने प्रकाशित किया। इसमें उन्होंने तारकीय वायुमंडलों पर किए गए अपने अनुसंधान का ब्योरा दिया। इस पुस्तक पर उन्हें प्रतिष्ठित एडम्स पुरस्कार मिला जो आमतौर पर श्रेष्ठ गणितज्ञों को दिया जाता है। 1961 में उनकी चौथी पुस्तक 'हाइड्रोडायनामिक्स और हाइड्रोमैग्नेटिक स्टेबिलिटी' प्रकाशित हुई जिस पर उन्हें रॉयल सोसायटी का रॉयल पदक मिला। वे 1952 से 1971 तक 'एस्ट्रोफिजिकल जरनल' के संपादक भी रहे।

बीसवीं सदी के इस महान् वैज्ञानिक व खगोलशास्त्री डॉ० सुब्रह्मण्यम चंद्रशेखर का शिकागो में 22 अगस्त, 1995 को दिल का दौरा पड़ने से निधन हो गया। यह घटना उस समय घटी जब भारत में जॉयंट मीटर वेक रेडियो टेलीस्कोप की स्थापना हो चुकी थी और भारतवर्ष को उनकी बहुत जरूरत थी। चंद्रशेखर चाहते थे कि भारत में भी पृथ्वी से दूर नक्षत्र लोक में बौद्धिक जीवों की खोज के लिए एक संस्था का गठन किया जाए। यह स्वप्न अभी साकार किया जाना शेष है।

बचपन से तारों की खोज में लीन रहने वाले डॉ० चंद्रशेखर आज स्वयं ऐसे तारे बन चुके हैं जिनकी चमक व प्रकाश बढ़ रहा है। भारत को अपने इस उज्ज्वल नक्षत्र पर गर्व है।

डॉ० हरगोविंद खुराना और उनके जीन्स संबंधी आविष्कार

हम सदियों से देखते आए हैं कि माता-पिता के नाक-नक्श, रंग, बालों के रंग, कद-काठी आदि का असर संतान पर पड़ता है और इन्हें आनुवंशिक गुण कहा जाता है। विभिन्न मूलों के मनुष्यों के संगम से विभिन्न प्रकार की संतानें उत्पन्न होती हैं।

बाद में यह भी देखा गया कि पशुओं की नस्ल सुधारने के लिए विभिन्न स्थानों और नस्लों के पशुओं का संगम कराया जाता है। विभिन्न प्रकार के और अनेक रंगों के बाघ-बाघिनों के संगम से विभिन्न प्रकार के बच्चे पैदा किए गए। विदेशी गायों की नस्लें भारत में लाई गईं और दूध का उत्पादन बढ़ाया गया। मटर, गेहूँ और अन्य अनाजों की नई-नई किस्में लाई गईं, जिनसे पैदावार भी बढ़ी और फसल पर बीमारियों का असर भी कम हुआ।

पर यह सब कैसे संभव हुआ। इसका ज्ञान नहीं था। इस अद्‌भुत विषय पर शोध 1944 में ही प्रारंभ हो गया था और पाया गया था कि ये दरअसल जटिल संरचना वाले अम्ल हैं जो सेलों की नाभि में मौजूद रहते हैं। इस पूरे विषय पर सफलतापूर्वक प्रकाश डालने का श्रेय तीन महान् वैज्ञानिकों नीरेन वर्ग, खुराना और राबर्ट हौले को है।

इनमें से हरगोविंद खुराना का जन्म पंजाब सूबे के मुल्तान जिले में रायपुर नामक छोटे-से गाँव में 1922 में हुआ था। हालाँकि दस्तावेजों के अनुसार उनकी जन्मतिथि 9 जनवरी है, पर यह प्रामाणिक नहीं है। हरगोविंद खुराना चार भाई और एक बहन थे और उनके पिता गणपतराय खुराना ब्रिटिश राज में गाँव के पटवारी के पद पर काम करते थे। हालाँकि खुराना परिवार पढ़ा-लिखा था, पर वह गरीब भी था।

बालक हरगोविंद ने पहले चार साल की शिक्षा अपने गाँव के स्कूल, जिसमें एक ही शिक्षक था, में पेड़ के नीचे पढ़ते हुए पाई। बाद में वह डी०ए०वी० स्कूल मुल्तान में पढ़ने गया। पढ़ने में वह सदा आगे रहा तथा आगे और बढ़ना चाहता था।

पर स्थिति आसान नहीं थी। पिता की मृत्यु बचपन में ही हो गई। किसी तरह उसने हाईस्कूल की परीक्षा पास की और एक शिक्षक, जिनका नाम दीनानाथ था, उसे हर तरीके से प्रेरित करते रहते थे। हाईस्कूल की परीक्षा में वह मात्र चार अंकों से पिछड़ गया और दूसरा स्थान पाया। इसके बाद उसने लाहौर स्थित पंजाब विश्वविद्यालय में प्रवेश लिया, जहाँ छात्रवृत्ति भी मिल गई। अब उसकी आर्थिक मुश्किलें कुछ आसान हो गईं।

1943 में उसे बी०एस-सी० ऑनर्स की डिग्री मिली। 1945 में एम०एस-सी० भी पूरी हो गई। अब तक का परीक्षा परिणाम आकर्षक था और पंजाब विश्वविद्यालय के भौतिक रसायनशास्त्र के प्रोफेसर बी०आर० पुरी उन्हें समय-समय पर प्रोत्साहित करते रहते थे।

1945 में ही उन्हें लिवरपूल विश्वविद्यालय में आगे पढ़ाई करने के लिए फ़ेलोशिप भी मिल गई। यहाँ पर उन्होंने वायलेसिन नामक बैक्टीरिया पिगमेंट और संबंधित अल्कलायड की संरचना पर शोध-कार्य किया। 1948 में उन्हें यहाँ से कार्बनिक रसायनशास्त्र पर पी-एच०डी० हासिल हो गई। उनके निर्देशक प्रोफेसर राबर्टसन थे।

इस बीच देश आजाद हो गया, पर उसका विभाजन भी हो चुका था। हरगोविंद खुराना की माँ और बड़े भाई शरणार्थी बनकर दिल्ली आ गए थे। स्वतंत्र भारत सरकार ने उन्हें परा डॉक्टरेट शोध-कार्य के लिए आगे फेलोशिप दे दी। वे आगे की पढ़ाई व शोध के लिए ज्यूरिख, स्विट्जरलैंड चले गए। वहाँ पर उन्होंने इथीरीन अल्कालायड पर आगे अध्ययन किया और एक वर्ष बाद भारत लौट आए।

भारत-प्रेम और परिवार के प्रति लगाव के कारण उन्होंने भारत में ही रहकर आगे नौकरी पाने और शोध-कार्य करने का भरसक प्रयत्न किया, पर वे बुरी तरह असफल रहे। हारकर वे वापस इंग्लैंड लौट गए और कैम्ब्रिज विश्वविद्यालय में नोबल पुरस्कार विजेता सर अलैक्जेंडर टाड के साथ बतौर रिसर्च फैलो काम करने लगे। सर टाड ने हरगोविंद को न्यूक्लिक अम्ल के क्षेत्र में आगे काम करने के लिए प्रेरित किया।

1952 में उनके जीवन में नया मोड़ आया। इस साल उन्होंने एक स्विस युवती ईस्थर एलिजाबेथ सिबलर से विवाह कर लिया। इस युवती के पिता स्विट्जरलैंड के सांसद थे। दबे रंग व छरहरे बदन के डॉक्टर खुराना ने इसी साल इंग्लैंड छोड़ा और कनाडा आ गए, जहाँ उन्हें ब्रिटिश कोलंबिया रिसर्च काउंसिल का निदेशक नियुक्त किया गया। उस समय वेंकोवर स्थित इस विश्वविद्यायल में शोध-सुविधाएँ सीमित थीं, पर उन्हें काम करने का भरपूर अवसर मिला। डॉ० खुराना ने न सिर्फ स्वयं शोध-कार्य किया वरन् अपने साथ काम करने वालों का एक सशक्त दल तैयार कर लिया, जिसमें सात सदस्य थे। 1959 में उन्हें पहली बार अंतर्राष्ट्रीय स्तर की ख्याति

तब मिली जब उन्होंने डॉ० जॉन मोफर के साथ मिलकर कोएंजाइम बनाने में सफलता हासिल कर ली।

दरअसल 1945 में पहले पहल डॉ० फ्रिज लिपमैन ने कोएंजाइम की खोज की थी जो प्रोटीन, शर्करा, वसा आदि को शरीर के द्वारा इस्तेमाल हो सकने वाले तत्त्वों में परिवर्तित करने हेतु आवश्यक होता है। इस कोएंजाइम की संरचना विस्तृत होती है तथा इसे यीस्ट से अलग करने में सतरह हजार पाउंड प्रति औंस खर्च आता था। डॉ० मोफर तथा डॉ० खुराना ने जो नई विधि तैयार की उसमें यह काम अत्यंत कम कीमत में होने लगा तथा अब वैज्ञानिकों के लिए शोध-कार्य करना आसान हो गया।

1 सितंबर, 1960 को डॉ० खुराना अमेरिका आ गए और उन्होंने विस्कोंसिन विश्वविद्यालय में एंजाइम शोध संस्थान में सह-निदेशक का कार्यभार सँभाल लिया। उनके साथ उनके चार पुराने सहायक भी आ गए थे। 1962 में वे विश्वविद्यालय में जैव रसायनशास्त्र के प्रोफेसर पद पर नियुक्त हुए और 1964 में उन्हें विश्वविद्यालय के शरीर विज्ञान विभाग में कॉनराड एल्विजेम चेयर पर प्रोफेसर नियुक्त किया गया।

अमेरिका आने के समय तक विस्कोंसिन विश्वविद्यालय में जीन संरचना के बारे में नवीनतम जानकारी हासिल करने के लिए काफी बड़ा आधार तैयार हो गया था। किस प्रकार सेलों के जीन्स इसके एंजाइम तैयार करते हैं जो सेलों की जैवरासायनिक प्रक्रिया को आगे बढ़ाते हैं। यह जानकारी भी मिल चुकी थी कि जीन्स दरअसल डी ऑक्सीबोनुक्लेइक एसिड अर्थात् डी०एन०ए० के दोहरी चेन वाले अणु हैं जो चार न्यूक्लियोटाइड्स से अलग-अलग अनुपात में बनते हैं। ये चार न्यूक्लियोटाइड्स हैं– एडनीन, साइटोसीन, ग्वानीन और थ्यामीन। अब वैज्ञानिक इस खोज में जुटे थे कि किस प्रकार वंशानुगत गुण अलग-अलग अमीनोएसिड तैयार करते हैं जो प्रोटीन अणु तैयार करते हैं।

इस प्रक्रिया का एक हिस्सा ज्ञात हो चुका था और इसके अनुसार सेल की नाभि का डी०एन०ए० दूसरे न्यूक्लिक एसिड रिबोन्यूक्लिक एसिड अर्थात् आर०एन०ए० तैयार करता है, जो कि माता-पिता के गुणों के प्रतिबिंब पर आधारित होता है। इसमें सिर्फ एक अंतर होता है और वह है कि थियामिन न्यूक्लियोटाइड्स के स्थान पर यूरोसिल बेसेस आ जाते हैं।

एक बार बनने के बाद आर०एन०ए० रिबोसोम से जुड़ जाता है जो कि सेल की प्रोटीन संरचना का स्थान होता है। दूसरे प्रकार का आर०एन०ए० सेल में बह रहे अमीनो एसिड को ले लेता है और रिबोसोम तक ले जाता है, जहाँ उनसे प्रोटीन बनता है। इस प्रकार हर बार अलग-अलग एमीनो एसिड बन जाता है और अलग-अलग आर०एन०ए० भी होता है। चार न्यूक्लियोटाइड्स कुल मिलाकर 64 प्रकार न्यूक्लियोटाइड्स की रचना कर सकते हैं और उस समय यह पता करना आवश्यक था कि किस न्यूक्लियोटाइड्स से कौन-सा अमीनो एसिड बनता है।

1961 में डा० मार्शल डब्ल्यूं नीरेनबर्ग ने इस कोड का पहला शब्द ढूँढ़ा। उन्होंने साधारण आर०एन०ए० पौलीमर को जोड़ा जो कि यूरेसिल न्यूक्लियोटाइड्स की चेन होता है। उन्होंने एक परखनली में कृत्रिम आर०एन०ए०, जिसमें रिबोसोम तथा 20 अमीनो एसिड थे, मिलाया और रेडियोधर्मी कार्बन का प्रयोग करके 63 संभावित न्यूक्लियोटाइड्स यौगिकों में ज्यादातर का पता लगा लिया।

नीरेनबर्ग की खोज के बाद 1964 तक डॉ० खुराना ने कृत्रिम रूप से तैयार न्यूक्लियोटाइड्स तैयार कर लिया। उसके बाद नीरेनबर्ग की खोज को प्रमाणित करते हुए 64 ट्राई न्यूक्लियोटाइड्स में एक-एक को दोबारा तैयार करने की प्रक्रिया प्रारंभ की। उन्होंने अन्य विवरण भी ज्ञात किए जैसे न्यूक्लियोटाइड्स की हर तिकड़ी में कैसा क्रम होता है। उन्होंने यह भी बताया कि कुछ अमीनो एसिड में एक से ज्यादा तिकड़ी होती है।

यह भी पता लगा लिया गया कि कुछ ट्राईन्यूक्लियोटाइड्स प्रोटीन के निर्माण को प्रारंभ करने और रोकने में सहायक होते हैं। कार्नियेल विश्वविद्यालय के डॉ० राबर्ट हॉली ने जीन्स की कोडिंग प्रक्रिया को आगे बढ़ाया और यीस्ट में पाए जाने वाले न्यूक्लिक एसिड को अलग किया।

1966 तक जीन्स की कोडिंग प्रक्रिया तैयार हो गई और इसका श्रेय तीन अमेरिकी वैज्ञानिकों को गया जिनमें से एक थे–भारत में जन्मे डॉ० हरगोविंद खुराना। 10 दिसंबर, 1968 को इन तीनों को शरीर-विज्ञान व चिकित्सा-विज्ञान का नोबल पुरस्कार मिला। पुरस्कार की राशि सत्तर हजार डॉलर तीनों में बराबर-बराबर बाँट दी गई।

विनम्र डॉ० खुराना ने प्रतिष्ठित अंतर्राष्ट्रीय नोबल पुरस्कार पाने के बाद अपने अनुसंधान की गति बढ़ा दी। साथ ही जब जून, 1970 में विस्कोंसिन विश्वविद्यालय में जीव-विज्ञान के वैज्ञानिकों का सेमीनार हुआ तो उन्होंने अपनी सफलता का श्रेय अपने विश्वविद्यालय को दे दिया।

डॉ० खुराना कालांतर में दो पुत्रियों जूलिया और एमिली तथा एक पुत्र दवे के पिता बने। 1966 में उन्होंने अमेरिका की नागरिकता ले ली थी। धीरे-धीरे बोलने वाले और शर्मीले स्वभाव के डॉ० खुराना काम में ही ज्यादा समय लगाते रहे और कभी-कभार मिलने वाली फुरसत में या तो घूमने चले जाते थे या संगीत सुनते थे। जब वे अकेले घूमने जाते थे तो आगे के अनुसंधान की योजना बनाते थे। वे पत्रकारों से बहुत कम मिलते हैं और एक बार पत्रकार से बातचीत में उन्होंने बताया कि उन्हें डर है कि विज्ञान आगे चलकर मनुष्य की सेवा करने के बजाय उसके लिए नुकसानदेह साबित होगा। उनके अनुसार विज्ञान के सदुपयोग द्वारा ही हम अपनी सभ्यता को बचा पाएँगे।

1970 में डॉ० खुराना अपने सहयोगियों के साथ मैसाचुएट्स इंस्टीट्यूट ऑफ

टेक्नोलॉजी चले गए और वहाँ पर जीव-विज्ञान और रसायन-विज्ञान के प्रोफेसर के रूप में काम करने लगे। यहाँ पर उन्होंने अपने अनुसंधान-कार्य को आगे बढ़ाते हुए यीस्ट डी०एन०ए० के छोटे-छोटे टुकड़े तैयार किए और उन्हें चीनी तथा फास्फोरिक एसिड के अणुओं से मिलाया।

डॉ० खुराना का अनुसंधान मानवोपयोगी सिद्ध हुआ और उनके द्वारा बनाए डी०एन०ए० और आर०एन०ए० ने पैतृक बीमारियों का इलाज संभव कर दिया। मात्र 46 वर्ष की आयु में नोबल पुरस्कार पाने वाले डॉ० खुराना के अनुसंधान ने आणविक जैविकी नामक नए विज्ञान विषय को भी जन्म दिया। वास्तव में सभी जीवों का निर्माण विशेष रासायनिक तत्त्वों के परस्पर संयोग से होता है। आवश्यक हाइड्रोजन, नाइट्रोजन, कार्बन आदि के सैकड़ों-हजारों परमाणुओं के संयोग से जीवन के अणु बनते हैं। बाद में इनसे जीवन की इकाई बनती है। नए विषय में जीवन का अध्ययन रासायनिक अणुओं के स्तर तक किया जाता है।

डॉ० खुराना ने दुनिया को बताया कि माता-पिता के गुण संतान में उनके शरीर में स्थित कोशिकाओं के केन्द्र में स्थित् क्रोमोसोम अर्थात् गुण सूत्र के जरिये आ जाते हैं। उन्होंने अपने वैज्ञानिक साथियों के साथ मिलकर प्रयोगशाला में एक ऐसे जीन का निर्माण भी कर डाला जिसमें रद्दोबदल करके संतान के गुणों में परिवर्तन किया जा सकता है।

डॉ० खुराना ने न सिर्फ व्यक्तिगत रूप से उत्कृष्ट कार्य किया वरन् वैज्ञानिक दल के सदस्य के रूप में सामूहिक वैज्ञानिक गतिविधियों में भी भाग लिया। उन्होंने विभिन्न देशों जापान, जर्मनी, नेपाल, ब्रिटेन, बेल्जियम, आस्ट्रेलिया, न्यूजीलैंड आदि के वैज्ञानिकों के साथ काम किया। अनेक भारतीय वैज्ञानिकों ने उनके सहायक के रूप में कार्य किया। उनके अनेक सहयोगी अपने देश लौट गए और उन्होंने अपने देश में अनुसंधान जारी रखा।

नोबल पुरस्कार के अलावा भी उन्हें अनेक पुरस्कार, सम्मान व खिताब मिले। पुरस्कारों का सिलसिला 1958 में मर्क मेडल से प्रारंभ हुआ था जो कनाडा में मिला था। कनाडा में उन्हें पब्लिक सर्विस स्वर्ण पदक भी मिला। 1967 में उन्हें जर्मन डेनी हेनमन प्रेस पुरस्कार मिला। 1968 में उन्हें जोन्स हॉपकिन्स विश्वविद्यालय द्वारा रेमसेन पुरस्कार भी मिला। 1968 में ही उन्हें नीरेनबर्ग के साथ अल्बर्ट लास्कर पुरस्कार तथा कोलंबिया विश्वविद्यालय द्वारा दिया जाने वाला लुइसा ग्रौस होरविट्ज पुरस्कार भी मिला। 1988 में तत्कालीन राष्ट्रपति रोनाल्ड रीगन ने उन्हें नेशनल मैडल से नवाजा। यह अमेरिका का सर्वोच्च राष्ट्रीय वैज्ञानिक पुरस्कार माना जाता है तथा अब तक पाँच वैज्ञानिक इसे हासिल कर सके थे। 'जीन संरचना और त्वचा के कार्य के विभाजन' के लिए मिले इस पुरस्कार से जीव-विज्ञान और रसायन-विज्ञान के क्षेत्र में उनकी ख्याति और बढ़ गई।

एक ओर डॉ० खुराना ने अपना कार्य-क्षेत्र बदला और दूसरी ओर अपना विषय भी बदल दिया। अब वे जीन्स से हटकर दृष्टि और प्रकाश के क्षेत्र में काम करने लगे। इस नए क्षेत्र में काम करने की प्रेरणा उन्हें प्रथम भारतीय नोबल पुरस्कार विजेता सी०वी० रमन की पुस्तक पढ़कर मिली। जब वे एक बार भारत आए तो ताजमहल को देखने भी गए। वैज्ञानिक दृष्टि से ताजमहल को देखने के बाद उन्होंने पाया कि चाँदनी रात में ताजमहल के सामने खड़े होकर देखते रहने से एक घंटे बाद आप इसका पूरा आकार साफ-साफ देख सकते हैं। यदि कुछ देर और देखा जाए तो ताजमहल का उतना साफ रूप दिखाई देता है जितना दिन में सूर्य के प्रकाश में दिखता है।

इसके साथ ही उन्होंने दृष्टि और प्रकाश के क्षेत्र में विधिवत् अनुसंधान-कार्य प्रारंभ कर दिया। प्रोटीन पर प्रकाश का प्रभाव, मानव के प्रकाशग्राही कोशों पर प्रभाव के विषयों पर वे शोध करने लगे। प्रकाश के रासायनिक विश्लेषण, प्रभाव और दृष्टि पर नई दृष्टि डालना चाहते हैं। इस क्षेत्र में भी उनसे काफी अपेक्षाएँ हैं।

डॉ० खुराना द्वारा अनुवंशिकी पर किए गए काम को सफलतापूर्वक आगे भी बढ़ाया जा रहा है। मियामी (फ्लोरिडा) विश्वविद्यालय के आणविक विकास संस्थान में एक ऐसा पर्यावरण बनाया गया है जिसमें साधारण जड़ पदार्थ पेचीदा ढंग से समन्वित हो जाते हैं। इससे इन पदार्थों में चेतना की अनेक विशिष्टताएँ भी पैदा हो जाती हैं। इस प्रकार उत्पन्न किए गए कण शिशुकणों को जन्म भी दे सकते हैं और स्वत: अपना पालन करने और विकसित होने में समर्थ हैं।

वैज्ञानिकों का मानना है कि कोषाणु जैसे ये कण पूर्वचेतना का ही रूप हैं जिनसे आज का जीवन प्रारंभ हुआ होगा। जीवन प्रारंभ करने वाले ये तत्त्व पर्यावरणात्मक हैं तथा आदि काल से पृथ्वी पर मौजूद हैं। ये सारे ब्रह्मांड के विभिन्न ग्रहों पर भी सक्रिय हो सकते हैं।

इशेशियाकोलाई नामक जीवाणु मनुष्य व जानवरों की आँतों में जीवित रहता है। डॉ० खुराना और उनके सहयोगियों ने इसके 207 जीन तैयार किए और उन्होंने इन कृत्रिम जीनों को इस जीवाणु में प्रविष्ट कराया। यह प्राकृतिक जीन की तरह ही काम करता है।

डॉ० खुराना को भारत से असीम लगाव है। वे नोबल पुरस्कार मिलने के बाद 1969 में भारत आए थे। जब दिसंबर, 1983 में आनुवंशिकी की 15वीं अंतर्राष्ट्रीय कांग्रेस नई दिल्ली में आयोजित हुई तो उसमें भाग लेने के लिए वे फिर भारत आए। भारत सरकार ने उन्हें पद्मभूषण की उपाधि से अलंकृत किया और पंजाब विश्वविद्यालय ने उन्हें डॉक्टर ऑफ साइंस की उपाधि से विभूषित किया।

अल्प समय में अजूबा कर सकने वाले डॉ० खुराना के 300 से अधिक शोध-लेख प्रकाशित हो चुके हैं और वे अब भी सक्रिय हैं। उनसे काफी आशाएँ हैं।

जैक क्लेयर किल्बी तथा राबर्ट नॉर्टन नौयसे

हम अपने चारों ओर प्रचुर मात्रा में रेत देखते हैं। सदियों से दीखने वाली इस रेत का असली मूल्य वैज्ञानिकों को तब समझ में आया जब अर्धचालक की खोज की गई। अर्धचालक अर्थात् जो बिजली का सुचालक भी न हो और कुचालक भी न हो। कुछ परिस्थितियों में वह सुचालक की भूमिका निभाए और कुछ परिस्थितियों में वह कुचालक बन जाए।

बीसवीं सदी में कंप्यूटर भी बन चुका था, पर इस कंप्यूटर का आकार इतना विशाल था कि इसे स्कूल के जिमखाना में ही रखा जा सकता था। इसका वजन 30 टन था और एक जगह से दूसरी जगह ले जाना अकल्पनीय था। इसकी कीमत उस समय करोड़ों रुपये थी और एक के बाद दूसरा कंप्यूटर लगाने की बात सोचना आसान नहीं था।

पर इतना विशाल दैत्याकार कंप्यूटर अत्यंत नाजुक भी था। इसमें लगभग 18,000 इलैक्ट्रॉनिक ट्यूबों का प्रयोग किया गया था। इसमें लगे कुल तारों की लंबाई मीलों में थी। सालों में तैयार होने वाले इस कंप्यूटर को इस्तेमाल करते समय इसके ट्यूब गर्म होकर खराब हो जाते थे और तार अपनी जगह से हट जाते थे।

इससे काम लेते समय इसकी लगातार मरम्मत भी करनी पड़ती थी। कुल मिलाकर इसका वास्तविक मूल्य अजायबघर से ज्यादा नहीं था ।

जब 1947 में ट्रांजिस्टर का आविष्कार बैल टेलीफोन प्रयोगशाला के तीन वैज्ञानिकों ने किया तो स्थिति में कुछ सुधार अवश्य आया, पर अभी भी कंप्यूटर या अन्य इलैक्ट्रॉनिक संयंत्रों की संरचना काफी जटिल थी।

इतिहास में ऐसे मौके कई बार आए जब कि दो आविष्कारकों ने एक ही आविष्कार या खोज अलग-अलग की। भारत के जगदीशचंद्र बोस ने बेतार संचार संयंत्र पहले तैयार कर लिया था, पर मान्यता मारकोनी को मिल गई। जिसे मान्यता मिली वह मालामाल हो गया और साथ में वाहवाही भी मिली और जो पीछे रह गया, वह खो गया।

पर इतिहास में एक अवसर ऐसा भी आया जब दो आविष्कारकों ने अलग-अलग जगह अपने-अपने तरीके से आविष्कार किया। दोनों को अलग-अलग पेटेंट मिला

तथा दोनों में कानूनी लड़ाई भी हुई, पर उनमें इस कदर व्यावसायिक समझ थी कि दोनों ने एक-दूसरे की तकनीक का इस्तेमाल करके अपना कारोबार बढ़ाया और दुनिया के स्वरूप में क्रांतिकारी परिवर्तन ला दिया।

आज मामूली-से दिखने वाले कंप्यूटर से टाइपिंग भी की जा सकती है और गणना भी तथा उसे लगाकर मशीन भी चलाई जा सकती है। उसके जरिये इंटरनेट भी इस्तेमाल किया जा सकता है और देश-विदेश की नवीनतम जानकारी हासिल की जा सकती है। इसके जरिये डाक भी भेज सकते हैं और दुकानदार को जरूरत की चीजों का ऑर्डर भी। मामूली-सी दीखने वाली रेत के अंदर स्थित सिलिकॉन का इस्तेमाल करके दुनिया को माइक्रोचिप्स की अनोखी भेंट दी, दो वैज्ञानिकों–जैक क्लेयर किल्बी तथा राबर्ट नॉर्टन नौयसे ने।

माइक्रोचिप्स का आविष्कार करने वाले दोनों वैज्ञानिको जैक क्लेयर किल्बी तथा राबर्ट नॉर्टन नौयसे का जन्म अमेरिका में हुआ था। 8 नवंबर 1923 को किल्बी मिसौरी के जेफरसन शहर में पैदा हुए थे और उनके पिता का नाम हरबर्ट क्लेयर किल्बी था। उनकी माता का नाम वीना फ्रेटेग किल्बी था। दूसरी ओर नौयसे आयवा के बर्लिंगटन नामक स्थान में 17 दिसंबर, 1927 को पैदा हुए थे और उनके पिता का नाम राल्फ नौयसे तथा माता का नाम हैरियट नॉर्टन नौयसे था।

किल्बी के पिता एक इंजीनियर थे तथा उन्होंने अनेक विद्युत उत्पादन कंपनियों में काम किया और उन्नति करते हुए कैंसास पावर कंपनी के अध्यक्ष पद पर पहुँच गए थे। उनकी कंपनी का मुख्यालय केंद्रीय कैंसास के ग्रेट बैंड नामक स्थान में था। बालक किल्बी का बचपन यहीं पर बीता। उसने स्थानीय पब्लिक स्कूल में जाना प्रारंभ किया। साथ ही वह अपने पिता के साथ इधर-उधर बिखरी हुई विद्युत उत्पादन इकाइयों में भी जाता था। उसे अपने पिता के साथ उत्पादन संयंत्र की कार्यप्रणाली देखने, खराब होते आर्मेचर आदि देखने या ट्रांसफार्मर की क्षमता आँकने में बड़ा आनंद आता था।

1937 में एक घटना घटी और इससे ग्रेट बैंड की सारी टेलीफोन लाइनें अस्त-व्यस्त हो गईं। पिता किल्बी को अपनी कंपनी के बारे में पल-पल की सूचना

लेना आवश्यक था और इसलिए उन्होंने एक हैम रेडियो अपने पड़ोसी से उधार लिया। पिता-पुत्र ने उसका इस्तेमाल किया और बेटे को तो यह इतना पसंद आया कि उसने अपना अलग हैम रेडियो खरीदने का फैसला किया।

उस समय अमेरिकी सरकार ने नियम बना रखा था कि रेडियोधारकों को फेडरल कम्यूनिकेशन कमीशन से रेडियो ऑपरेटर का लाइसेंस लेना पड़ेगा, तभी वे हैम रेडियो रख पाएँगे। 14 वर्षीय जैक किल्बी ने इसके लिए पढ़ाई की तथा इम्तहान भी दिया। आखिर उसे लाइसेंस मिल ही गया। इसके साथ ही उसने अपना हैम रेडियो भी स्वयं ही बना लिया।

हाईस्कूल की परीक्षा देते समय ही जैक किल्बी ने फैसला कर लिया था कि वह अपने पिता की तरह ही इलैक्ट्रिकल इंजीनियर बनेगा। उसका विचार दिन-प्रतिदिन दृढ़ होता चला गया और उसने अमेरिका के श्रेष्ठ इंजीनियरिंग संस्थान मैसाचुएट्स इंस्टीट्यूट ऑफ टेक्नोलॉजी में प्रवेश लेने का फैसला कर लिया।

पर 1941 में जब जैक किल्बी ने मैसाचुएट्स स्थित इस प्रतिष्ठित संस्थान की प्रवेश परीक्षा दी तो उसे 497 अंक मिले जो आवश्यक अंकों से मात्र 3 अंक कम थे। उसे लगा कि वह बीजगणित में पिछड़ गया।

आत्मविश्वास से पूर्ण जैक किल्बी ने अन्य कॉलेजों में प्रवेश के लिए प्रयास नहीं किया था। उसे तेज झटका लगा, पर उसने खाली बैठने के बजाय इलीनॉयस विश्वविद्यालय में प्रवेश ले लिया। अभी चार ही महीने बीते थे कि अमेरिका को दूसरे विश्वयुद्ध में कूदना पड़ा।

देशभक्त जैक किल्बी ने पढ़ाई को एक तरफ रखा और सेना में भर्ती हो गया। अमेरिकी थल सेना की ओर से उसने अपनी इंजीनियरिंग इकाई के साथ भारत और बर्मा जैसे देशों के दुर्गम इलाकों में काम किया।

युद्ध के बाद उसने फिर अपने विश्वविद्यालय की राह ली और 1947 में विज्ञान में स्नातक की डिग्री ली। 1948 के प्रारंभ में उसने बिजली के पुर्जे बनाने वाली कंपनी सेंट्रालैब में, जो मिलवाकी विस्कोंसिन में स्थित थी, काम करना प्रारंभ कर दिया। इन्हीं दिनों ट्रांजिस्टर का आविष्कार हुआ था। जैक किल्बी को इसमें रुचि पैदा हुई और वह बढ़ती चली गई। वह लगातार सोचता रहा कि अगर ट्रांजिस्टरों को जोड़ने वाले तारों से मुक्ति मिल जाए तो काम कितना आसान हो जाएगा।

यह सोचने वाला वह अकेला नहीं था। उस समय अमेरिका में तमाम इंजीनियर इस प्रकार का प्रयास कर रहे थे। किल्बी ने इस काम को सबसे पहले करने की ठान ली। पर समस्या यह थी कि उसकी फर्म सेंट्रालैब एक छोटी-सी फर्म थी और उसके लिए इस बड़े अनुसंधान-कार्य हेतु आर्थिक संसाधन जुटा पाना कठिन था।

तभी उसे टेक्सास इंस्ट्रूमेंट में नौकरी मिल गई। डलेस स्थित यह कंपनी आकार में बड़ी थी और बिजली के उपकरण बनाती थी। अब किल्बी ने मिलवाकी छोड़ दिया और मई, 1958 में टेक्सास में नया कार्यभार सँभाल लिया।

यहाँ आने से 8 वर्ष पूर्व ही किल्बी का विवाह बारबरा अनीजर नामक युवती से हो गया था। बारबरा ने दो पुत्रियों को जन्म दिया था और अब वह भी पति के साथ नई जगह पर आ गई थी।

यहाँ आते ही किल्बी अपने कार्य में जुट गया। जुलाई, 1958 का समय था। वह समय छुट्टियों का था और ज्यादातर कर्मचारी छुट्टी पर गए हुए थे। नया होने के कारण किल्बी को छुट्टी नहीं मिली थी और वह खाली-खाली प्रयोगशाला में काम में जुटा था।

बीसवीं सदी के पहले पचास वर्षों में इलैक्ट्रॉनिक्स की दुनिया में वैक्यूम ट्यूब्स ही छाए रहे। बड़े आकार के ये ट्यूब्स जल्दी टूट जाते थे और काफी ज्यादा ऊर्जा लेने के बावजूद भी अविश्वसनीय थे। इनसे काफी ताप भी निकलता था और इन्हें देर तक चलाना कठिन था।

1947 में बैल प्रयोगशाला, अमेरिका ने ट्रांजिस्टरों का आविष्कार किया। ये छोटे होते थे और उनमें ऊर्जा कम लगती थी। ये विश्वसनीय होते थे और इनके टूटने-फूटने की संभावना भी कम होती थी।

अब अनेक कठिन सर्किट बनने लगे और डायोड, ट्रांजिस्टरों, कैपेसिटरों, रेजिस्टेंसों आदि की सहायता से काफी काम करना संभव हो गया। पर इसके साथ ही दिक्कत भी होती थी, क्योंकि बहुत सारे कंपोनेंटों को आपस में जोड़ना, सोल्डरिंग करना महँगा भी था और इसमें समय भी काफी लगता था। अब वैज्ञानिकों के समक्ष चुनौती थी कि वे ऐसा तरीका निकालें कि जिससे इन कंपोनेंटों का उत्पादन तथा उन्हें आवश्यकतानुसार विश्वसनीय तरीके से जोड़ना आसान हो जाए।

सेंट्रा लैब में काम करते हुए किल्बी स्वयं इन समस्याओं से परेशान रहता था। उसी समय अमेरिकी आर्मी सिनल कॉर्प ने एक परियोजना प्रायोजित की थी जिसके तहत माइक्रो मॉड्यूल तैयार करना था। इसके तहत विचार था कि एक जैसे आकार के कंपोनेंट तैयार किए जाएँ और उनको जोड़ने वाली वायरिंग उन्हीं में समाहित हो ताकि बहुत ज्यादा वायरिंग की आवश्यकता न पड़े।

किल्बी ने अब उसका हल निकालना प्रारंभ कर दिया। उसने निष्कर्ष निकाला कि अगर जिस पदार्थ से सेमी कंडक्टर अर्थात् सक्रिय कंपोनेंट बनाया जाता है, उसी पदार्थ से सहायक कंपोनेंट जैसे रेजिस्टर, कैपेसिटर आदि भी बनाए जाने लगें तो पूरा का पूरा सर्किट एक साथ बनाया जा सकता है। इसके साथ ही उन्हें आवश्यकतानुसार

आपस में जोड़ा भी जा सकता है।

जुलाई, 1958 में किल्बी ने निर्माण-प्रक्रिया प्रारंभ की और 12 सितंबर, 1958 को पहला कच्चा मॉडल तैयार करके दिखा भी दिया। इस अवसर पर टेक्सास इंस्ट्रूमेंट के मालिक मार्क शेफर्ड सहित अनेक बड़े अधिकारी मौजूद थे। किल्बी ने जरमेनियम का प्रयोग किया था और दिखाया कि स्विच दबाते ही उनका सर्किट साइन वेव देने लगता था। लोगों ने सामने रखे ऑस्सिलोस्कोप पर इसे देखा भी।

उधर माइक्रोचिप्स के सहआविष्कारक राबर्ट नॉर्टन नौयसे के पिता चर्च में काम करते थे। नौयसे का बचपन ग्रिनेल नामक छोटे-से शहर में बीता था। उसने पढ़ाई भी ग्रिनेल कॉलेज में ही की तथा 1945 में यहाँ प्रवेश के समय ही उसने तय कर लिया था कि वह भौतिकी और गणित में विशेष ध्यान देगा।

नौयसे की अन्य मामलों में भी रुचि थी। वह अच्छा तैराक भी था और गोताखोरी में भी पारंगत था। उसे समूहगत कार्यक्रम में भी आनंद आता था तथा वह बैंड पार्टी का भी सदस्य था। रेडियो-नाटक में भी उसने भूमिका निभाई। तमाम गतिविधियों के कारण वह अकसर परेशानी में भी पड़ जाता था।

1948 की बात है, एक रात वहाँ के स्थानीय लड़कों ने हवाई द्वीप में रहने वालों द्वारा मनाए जाने वाले त्योहार में भाग लिया। इस कार्यक्रम में एक सूअर को मारकर भूनना था ताकि लोग उसका स्वाद ले सकें। नौयसे और उसके एक साथी को सूअर पकड़ने की जिम्मेदारी दी गई। वे पास के एक फार्म से सूअर चुराकर ले आए।

इत्तफाक से कृषिप्रधान आयोवा राज्य में जीवित जानवर को पकड़ना संज्ञेय अपराध माना जाता था। अगले दिन नौयसे पकड़ा गया और उसे एक सेमेस्टर के लिए निकाल दिया गया। बाद में किसी तरह उसने अधिक पढ़ाई करके अपने इस नुकसान की भरपाई की तथा अपने साथियों के साथ 1949 में स्नातक की डिग्री पाई। उसे इम्तहान में अच्छे ग्रेड मिले।

ग्रिनेल में पढ़ाई पूरी करने के पश्चात् नौयसे ने मैसाचुएट्स इंस्टीट्यूट ऑफ

टेक्नोलॉजी में प्रवेश लिया तथा फिजिकल इलैक्ट्रॉनिक्स पर अध्ययन प्रारंभ किया। 1953 में उसने एम०आई०टी० से डॉक्टरेट की उपाधि प्राप्त की। उसी साल उसने पेनसिल्वेनिया के फिलाडेल्फिया स्थित फिल्को नामक कंपनी में अनुसंधानकर्ता के रूप में काम करना प्रारंभ कर दिया।

जैक किल्बी की तरह नौयसे को भी सर्किट बोर्ड पर बड़ी तादाद में कंपोनेंट तथा तारों का जमघट अच्छा नहीं लगता था। वह इनकी जगह एक छोटा-सा उपकरण देखना चाहता था।

नौयसे ने इस दिशा में अध्ययन प्रारंभ किया तथा कई शोध-पत्र लिखे जो प्रकाशित भी हो गए। इनमें से एक पर विलियम बी० शॉकले की नजर पड़ी जो ट्रांजिस्टर के तीन आविष्कारकों में से एक थे। जनवरी, 1956 में शॉकले ने फोन करके नौयसे से बात की और बताया कि वह अब बैल टेलीफोन लैबोरेटरी छोड़ रहा है और न्यूजर्सी छोड़कर कैलीफोर्निया आ रहा है, जहाँ वह अपनी शॉकले सेमी-कंडक्टर लैबोरेटरी की स्थापना करेगा। उसने नौयसे को नौकरी के लिए साक्षात्कार हेतु भी बुलाया।

नौयसे को लगा कि जैसे भगवान् का फोन आया हो। सचमुच उस समय शॉकले सेमीकंडक्टर की दुनिया में अत्यंत महत्त्वपूर्ण व्यक्ति माना जाता था। उसके साथ काम करने का अवसर भविष्य में लाभदायक सिद्ध हो सकता है।

पर थोड़े ही दिन साथ काम करने के बाद उसे लगने लगा कि नोबल पुरस्कार विजेता एक अच्छा व्यवसायी नहीं है। शॉकले एक क्षेत्र में लगकर काम नहीं कर पाता था और क्षेत्र बदलता रहता था। नौयसे को लगा कि इस तरह कंपनी कभी आगे नहीं बढ़ पाएगी।

1957 में दुखी राबर्ट नौयसे तथा उसके सात साथियों ने शॉकले का साथ छोड़ दिया और अपनी नई कंपनी स्थापित कर ली जिसका नाम फेयरचाइल्ड सेमीकंडक्टर कारपोरेशन रखा गया। यह कंपनी कैलीफोर्निया के उस इलाके में लगाई गई जो आजकल सिलिकोन वैली के नाम से जानी जाती है। यहाँ पर लगी सभी कंपनियाँ उच्च तकनीक क्षेत्र में कार्यरत हैं।

नौयसे भी अन्य इलैक्ट्रिकल इंजीनियरों की तरह डिजिटल इलैक्ट्रॉनिक्स की क्षमता से पूरी तरह वाकिफ था, पर वह कंपोनेंटों की बड़ी तादाद और उनके बीच जटिल वायरिंग से त्रस्त था। जब वह सर्किट में सुधार की प्रक्रिया के दौरान उसका विस्तार करता चला गया तो आखिर एक सीमा आकर खड़ी हो गई।

अब नौयसे ने सिलिकोन को लिया और उसके एक क्रिस्टल में सारे कंपोनेंट और उनकी वायरिंग का निर्माण प्रारंभ कर दिया। 23 जनवरी 1959 को नौयसे ने

पहला सिलिकोन का काम करने वाला माइक्रोचिप तैयार करके दिखा दिया और पेटेंट के लिए आवेदन कर दिया।

चार महीने पूर्व किल्बी ने जरमेनियम से माइक्रोचिप तैयार कर लिया था। पेटेंट कार्यालय ने अंततः दोनों ही कंपनियों को पेटेंट प्रदान किया क्योंकि दोनों की निर्माण-सामग्री अलग-अलग थी तथा दोनों ने साबित कर दिया था कि अनुसंधान-कार्य स्वतंत्र रूप से किया गया है।

फिर भी टेक्सास इंस्ट्रूमेंट तथा फेयरचाइल्ड सेमीकंडक्टर के बीच कानूनी जंग छिड़ गई। यह जंग 60 के दशक में चली पर चतुर व्यवसायियों ने आखिर समझौता कर लिया और एक-दूसरे को अपने उत्पाद का लाइसेंस दे दिया।

उधर किल्बी ने अपने आविष्कार के बाद अमेरिकी वायुसेना से संपर्क किया। सेना अधिकारियों ने थोड़ी रुचि दिखलाई। 1961 में सेना में इस्तेमाल होने वाले कंप्यूटर में माइक्रोचिप्स का इस्तेमाल हुआ। 1962 में इसका प्रयोग मिसाइल में हुआ। इसके बाद टेक्सास इंस्ट्रूमेंट के पूर्व अध्यक्ष पैट्रिक हैगेरटी ने किल्बी को चुनौती दी कि वह एक छोटा कैल्कुलेटर तैयार करे जिसकी क्षमता डेस्क पर रखे जा सकने वाले तत्कालीन इलैक्ट्रो मैकेनिकल कंप्यूटर के बराबर हो। साथ ही कैल्कुलेटर का आकार इतना बड़ा हो कि वह कोट की जेब में भी रखा जा सके। किल्बी ने इसे तैयार करके दिखा दिया।

माइक्रोचिप्स ने अब चमत्कार करना प्रारंभ कर दिया। इसके इस्तेमाल से आधुनिक कंप्यूटर उद्योग में धमाका हो गया। जो कंप्यूटर पहले पूरा कमरा घेरते थे, अब मिनी कंप्यूटर कहलाने लगे। धीरे-धीरे उन्होंने पर्सनल कंप्यूटर का आकार ले लिया।

इतना ही नहीं, माइक्रोचिप्स ने मुनष्य की अंतरिक्ष यात्रा को संभव बना दिया। इसने मेडीकल इलैक्ट्रॉनिक्स की दुनिया में धमाका कर दिया और बधिर व्यक्तियों द्वारा इस्तेमाल किए जाने वाले श्रवणयंत्र का आकार छोटा होता चला गया और उन्हें बेहतर सुनाई देने लगा। इतना ही नहीं, चिप ने दुनिया के अन्य क्षेत्रों-शिक्षा, मनोरंजन, यातायात-निर्माण आदि में भी महत्त्वपूर्ण भूमिका निभानी प्रारंभ कर दी।

किल्बी के योगदान के कारण टेक्सास इंस्ट्रूमेंट ने भी भारी तरक्की की। पिछले कई सालों में उसने करोड़ों, अरबों चिप्स विभिन्न प्रकार की तैयार कीं तथा बेचीं। कंपनी ने बहुत धन कमाया तथा आविष्कारक किल्बी के नाम पर किल्बी रिसर्च व डेवलेपमेंट सेंटर की स्थापना की, जिसमें 15 करोड़ डॉलर का निवेश किया जा चुका है और वह विश्व का श्रेष्ठतम अनुसंधान केंद्र माना जाता है।

दूसरी ओर नौयसे ने माइक्रोचिप्स का आविष्कार चार महीनों बाद किया था पर

सिलिकोन से बना माइक्रोचिप्स ज्यादा लोकप्रिय हो गया। नौयसे अनुसंधान में जुटे रहे और उन्होंने 16 पेटेंट हासिल कर लिए। 1968 में उन्होंने इंटेल कारपोरेशन की स्थापना कर डाली, जिसने माइक्रोप्रोसेसर तैयार करके सारी दुनिया का नक्शा ही बदल डाला। 1983 में डॉक्टर नौयसे का नाम नेशनल इन्वेंटर्स हॉल ऑफ फेम में दर्ज कर लिया गया।

दूसरी ओर जैक किल्बी ने भी जोर-शोर ने अनुसंधान जारी रखा। उन्होंने 60 पेटेंट हासिल कर लिए तथा 1978 से 1984 तक टेक्सास ए० एंड एम० में प्रोफेसर भी रहे। वे अंतिम दिनों तक टेक्सास इंस्ट्रूमेंट्स में सलाहकार बने रहे।

डा० नौयसे का दो बार विवाह हुआ तथा उनकी चार संतानें हुईं। वे लॉस अल्टॉस में रहते थे। 3 जून, 1990 को जब वे आस्टिन टेक्सास में थे तभी उन्हें दिल का दौरा पड़ा और दुनिया को चमत्कृत करने वाले इस महान् वैज्ञानिक का देहांत हो गया।

इन पंक्तियों के लिखे जाने तक जैक किल्बी जीवित हैं। 1970 में उन्होंने सिलिकोन टेक्नोलॉजी का प्रयोग करते हुए सूर्य की रोशनी से ऊर्जा बनाने हेतु सौर सेलों का भी निर्माण स्वतंत्र रूप से किया। टेक्सास इंस्ट्रूमेंट्स से औपचारिक रूप से अवकाश प्राप्त होने के बावजूद वे इससे विभिन्न रूपों में जुड़े रहे। इसके अलावा अनेक कंपनियों के बोर्ड में भी निदेशक रहे तथा नियमित रूप से यात्रा व अन्य गतिविधियाँ करते रहते हैं।

जैक किल्बी को अमेरिका के दो महत्त्वपूर्ण पुरस्कार मिले। 1970 में व्हाइट हाउस में हुए समारोह में उन्हें विज्ञान का राष्ट्रीय पदक मिला। 1982 में उन्हें नेशनल इंनवेंटर्स हॉल ऑफ फेम में स्थान दिया गया जो चुनिंदा अमेरिकी वैज्ञानिकों को दिया जाता है। इस हॉल में हेनरी फोर्ड, थॉमस एडीसन, विलबर तथा ओरविल राइट को स्थान मिल चुका है।

किल्बी को इंस्टीट्यूशन ऑफ इलैक्ट्रिकल तथा इलैक्ट्रॉनिक्स इंजीनियर्स का फेलो भी चुना जा चुका है। इसके अलावा देश-विदेश के छोटे-बड़े अनेक पुरस्कार उन्हें मिल चुके हैं। माइक्रोचिप के आविष्कार की तीसवीं वर्षगाँठ पर टेक्सास के गवर्नर ने उस प्रयोगशाला में ऐतिहासिक प्रतीक चिह्न लगाया, जहाँ किल्बी ने आविष्कार किया था।

सन् 2000 में जैक किल्बी को नोबल पुरस्कार से भी सम्मानित किया गया। जैक किल्बी और रॉबर्ट नौयसे ने जो आविष्कार दुनिया को दिए उनसे दुनिया का स्वरूप ही बदल गया। माइक्रोचिप्स दिलों में लगने वाले पेसमेकर में भी लगने लगे। इनका इस्तेमाल करने वाले उपकरणों की सहायता से डॉक्टर बीमारी की पहचान

करने लगे।

माइक्रोचिप्स ने नेत्रहीनों को एक तरह से आँख की रोशनी का इंतजाम किया और आज वे सामान्य पुस्तकें पढ़ने में भी सक्षम हैं। श्रवणहीन अब बेहतर सुन सकते हैं। गंभीर रूप से अस्थि विकलांगता के बावजूद कंप्यूटर नियंत्रित व्हीलचैयर की सहायता से सारे काम कर लेते हैं। स्टीफन हाकिंग इसका ज्वलंत उदाहरण हैं।

माइक्रोचिप्स की सहायता से मनुष्य चाँद पर अवतरित हो चुका है। अंतरिक्ष में आना-जाना अब लगा ही रहता है। भविष्य में चिपों का आकार और कम होगा तथा इनकी उपयोगिता और बढ़ेगी।

दिल की धड़कनों को नियंत्रित करने वाले पेसमेकर में इस्तेमाल होने वाले माइक्रोचिप्स अब इलैक्ट्रॉनिक्स बाजार के हृदयस्वरूप हो गए हैं। आज पूरे विश्व में माइक्रोचिप्स की बिक्री 177 अरब डॉलर तक जा पहुँची है जबकि कुल इलैक्ट्रॉनिक्स बाजार 1150 अरब डॉलर तक पहुँच गया है।

स्टीफन हॉकिंग और उनकी ब्रह्मांड संबंधी नवीनतम खोज

ब्रह्मांड की संरचना, इसकी उत्पत्ति, विकास आदि के अध्ययन को कॉस्मोलॉजी का नाम दिया गया है। अकसर यह पूछा जाता है कि हमारा यह ब्रह्मांड एक निश्चित सीमा तक है या अनंत है। यह शाश्वत है या कभी इसका प्रारंभ हुआ था। किसी ने इसकी रचना की थी या नहीं। अगर नहीं तो यह कैसे अस्तित्व में आया। हम इसके रचनाकार और रचना की प्रक्रिया को कैसे जान सकते हैं। इस संसार की भौतिकी के नियम किसके द्वारा नियंत्रित होते हैं। ये नियम अचानक ही बन गए या किसी ने इन्हें डिजाइन किया है। ये नियम किस प्रकार जीवन के विकास की सहायता करते हैं। इस ब्रह्मांड के ज्ञात आयामों के अलावा कुछ है जानने लायक या नहीं। संसार का विकास इसी तरह लगातार होता रहेगा या कभी यह प्रक्रिया उल्टी भी चलेगी अर्थात् विनाश की संभावना है या नहीं।

कॉस्मोलॉजी का अध्ययन करने वालों का मानना है कि इस संसार के अस्तित्व में आने का निश्चित कारण है। दूसरी ओर ईश्वर में आस्था रखने वाले धार्मिक लोगों का मानना है कि ईश्वर ने सारी सृष्टि की रचना की है। वही इसे लगातार नियंत्रित करेगा। इसमें भी हिंदू धर्म को मानने वालों का विचार है कि ईश्वर सृष्टि का पहले सृजन करता है, फिर पालन करता है और फिर उसका संहार भी करता है ताकि सृष्टि की रचना दोबारा हो सके। भारतीय धर्मग्रंथों में प्रलय का भी वर्णन है।

दूसरी ओर ईसाई धर्म में सृष्टि की एक ही बार रचना और विकास का वर्णन है। इसमें बार-बार नष्ट होने और फिर सृजन होने का वर्णन नहीं है।

अनेक वैज्ञानिकों ने सृष्टि के प्रारंभ का विरोध किया है। उनका मानना था कि यह हमेशा से ही ऐसी ही रही है। आर्थर एडिंगटन, जिन्होंने आइंस्टाइन के सापेक्षता सिद्धांत को प्रायोगिक रूप से प्रमाणित किया था, ने भी पहले सृष्टि के आरंभ का विरोध किया, पर बाद में 1919 में माना कि अगर आरंभ हुआ होगा तो बहुत पहले हुआ होगा।

आइंस्टाइन ने भी काफी ना-नुकर करने के बाद ही माना कि कभी न कभी तो इस ब्रह्मांड की रचना का प्रारंभ हुआ होगा। पर उन्होंने इसके रचनाकार अर्थात् ईश्वर जैसे व्यक्ति का अस्तित्व मानने से इनकार कर दिया।

पर फिर भी सवाल उठता रहा कि अगर सृष्टि की रचना प्रारंभ हुई तो इसका कोई न कोई कारण तो रहा होगा। 1946 में रूसी वैज्ञानिक जार्ज गैमोव ने अपनी परिकल्पना सामने रखी और प्रारंभिक सृष्टि को बड़ा आग का गोला या ऊर्जा का विशाल स्रोत माना, जिसके टूटने को बिग बैंग कहा जाता है। इस विस्फोट से सृष्टि की अन्य चीजें जैसे ग्रह, तारे, आकाशगंगा आदि बने। बडा आग का गोला ही पदार्थों का जनक माना गया।

1965 में अमेरिका स्थित बैल प्रयोगशाला के विख्यात वैज्ञानिकों ने बिग बैंग सिद्धांत के पक्ष में बेहतर तर्क दिए और अब यह सब जगह और सभी लोगों द्वारा माना जाने लगा। यह अनुमान भी लगाया गया कि यह विस्फोट 1500 करोड़ वर्ष पूर्व हुआ होगा।

अब यह प्रश्न उठ खड़ा हुआ कि यह विस्फोट और उसके बाद की संरचना खुद-ब-खुद हुई या ईश्वर या अन्य किसी ने इसे प्रत्यक्ष या अप्रत्यक्ष रूप से निर्देशित किया।

कुछ विद्वानों ने अब परिकल्पना की कि सृष्टि की संरचना का हिंदूवादी सिद्धांत ज्यादा सही है अर्थात् सृष्टि होती है और फिर नष्ट हो जाती है और फिर से सृष्टि होती है। इसके साथ ही ईश्वर के अस्तित्व पर भी चर्चा प्रारम्भ हो गई। प्राचीन मान्यता के अनुसार ईश्वर सृष्टि से परे है और वह अलग रहता है और ब्रह्मांड को नियंत्रित करता है।

पर विख्यात वैज्ञानिक स्टीफन हाकिंग ने खुले शब्दों में ईश्वर के अस्तित्व को चुनौती दे डाली और कहा कि ईश्वर का ब्रह्मांड की संरचना से कोई नाता नहीं है।

स्टीफन हाकिंग का जन्म 8 जनवरी, 1942 को ऑक्सफोर्ड, इंग्लैंड में हुआ था। उसके माता-पिता पहले उत्तरी लंदन में रहते थे, पर दूसरे विश्वयुद्ध के दौरान उसके पिता फ्रैंक हाकिंग अपनी गर्भवती पत्नी ईसाबेला को ऑक्सफोर्ड ले आए क्योंकि यह अपेक्षाकृत सुरक्षित माना जा रहा था।

फ्रांक हॉकिंग खुद भी वैज्ञानिक थे और गर्म जलवायु पर अनुसंधान किया करते थे। जब स्टीफन 8 वर्ष का था तो हॉकिंग परिवार सेंट अल्बांस शहर आ गया, जो लंदन से लगभग 30-32 किलोमीटर उत्तर में है। 11 वर्ष की आयु में स्टीफन सेंट अल्बांस स्कूल में पढ़ने जाने लगा।

वह पढ़ाई में अच्छा था तथा विभिन्न चीजों को जानने और समझने में रुचि रखता था। जब भी उसे कोई खराब रेडियो या घड़ी आदि मिलती तो वह उसे सुधारने बैठ जाता था। वह उनकी कार्य-प्रणाली भी समझता था। वह पढ़ाई में भी प्रगति कर रहा था और अन्य गतिविधियों में भी।

वह महान् लेखकों, विचारकों और विद्वानों की जीवनी भी पढ़ता था। उसे शास्त्रीय संगीत में भी खूब आनंद आता था और उसमें खो-सा जाता था। जब स्कूल की पढ़ाई पूरी हुई तो स्टीफन गणित का उच्च अध्ययन करना चाहता था। दूसरी ओर उसके पिता उसे डॉक्टर बनाना चाहते थे। गणित विषय वहाँ उपलब्ध नहीं था तो उसे भौतिकशास्त्र लेना पड़ा और तीन साल में उसे आनर्स डिग्री मिल गई।

आगे की पढ़ाई के लिए स्टीफन हॉकिंग कैम्ब्रिज गए, जहाँ पर उन्होंने कॉस्मोलॉजी में शोध-कार्य प्रारंभ किया। वह विषय उस समय अपेक्षाकृत नया था और उस समय ऑक्सफोर्ड में इस विषय का विशेषज्ञ नहीं था।

इसी बीच उन्हें एक विचित्र स्थिति से गुजरना पड़ा। वैसे तो पहले से ही वे फुटबॉल जैसे खेलों में कुशल नहीं थे और उनकी लिखावट भी कमजोर थी। पर इस ओर उन्होंने कभी ध्यान नहीं दिया। जब वे ऑक्सफोर्ड में तीसरे वर्ष पढ़ाई कर रहे थे तब उन्हें लगा कि उनका शरीर पर नियंत्रण कम हो गया है। एक-दो बार वे गिर भी गए जबकि गिरने का कोई कारण नहीं था।

जब वे कैम्ब्रिज में आए तो उनकी गिरती हालत पर उनके पिता ने ध्यान दिया और अपने फैमिली डॉक्टर को दिखाया। उस डॉक्टर ने विशेषज्ञ को दिखाने की राय दी। 21 वर्षीय स्टीफन को अस्पताल में जाँच के लिए भर्ती किया गया। दो हफ्ते तक विभिन्न जाँच चलती रहीं। मांसपेशियों के सैंपल लिए गए। शरीर में इलैक्ट्रोड लगा दिए गए। रीढ़ की हड्डी में तरल पदार्थ इंजेक्शन के जरिये डाला गया। अनेक बार एक्स-रे भी हुआ। पर अभी तक यह पता नहीं चला कि बीमारी क्या है।

डॉक्टरों को लगता था कि उनकी स्थिति बिगड़ती चली जाएगी। दवा के नाम पर वे चंद विटामिन की गोलियाँ दे देते थे। स्टीफन समझ चुके थे कि वे असाध्य बीमारी का शिकार हो चुके हैं। डॉक्टरों को लग रहा था कि यह जानलेवा है और चंद सालों में स्टीफन मृत्यु का ग्रास बन जाएँगे। उन्होंने खुद भी साथ वाले मरीज को रक्त कैंसर के कारण मरते हुए देखा।

पर परिस्थितियाँ स्टीफन हॉकिंग को डरा नहीं पाईं और मोटर न्यूटॉन बीमारी के बावजूद उन्होंने व्हीलचेयर पर कैम्ब्रिज आना-जाना प्रारंभ कर दिया और अपनी पढ़ाई भी जारी रखी। उन्हें जेन वाइल्डे नामक खूबसूरत साथी भी मिल गया, जिसने उनकी नीरस जिंदगी में प्रेरणा और आशा की किरणें जगा दीं।

जेन ने समझाया कि जिन्दगी निरर्थक नहीं है। साथ ही इतना प्यार दिया कि स्टीफन का आत्मविश्वास बढ़ता ही चला गया। अब उनके मन में जेन से विवाह की इच्छा जगने लगी। विवाह के लिए अच्छी नौकरी की आवश्यकता थी और नौकरी के लिए पी-एच०डी० की। अब वे काम में तेजी से जुट गए।

तभी उन्होंने एक फेलोशिप के लिए आवेदन किया जो उन्हें मिल गई। इससे उनकी आर्थिक समस्या हल हो गई। 1965 में स्टीफन और जेन विवाह-सूत्र में बँध गए। 1966 में उनकी पी-एच०डी० भी पूरी हो गई।

पर जीवन की समस्याएँ कम होने का नाम नहीं ले रही थीं। ज्यों-ज्यों वैज्ञानिक क्षेत्र में स्टीफन की प्रतिष्ठा बढ़ रही थी त्यों-त्यों विकलांगता का प्रभाव बढ़ रहा था। शादी के समय जेन स्नातक स्तर की पढ़ाई कर रही थी और उसे लंदन जाना पड़ता था। इधर स्टीफन को अकेले रहने में काफी कठिनाई होती थी। उन्हें ऐसा फ्लैट लेना पड़ा जहाँ अनेक समस्याएँ थीं। बाद में बड़ी मुश्किल से उन्हें एक हॉस्टल में जगह मिल पाई। पर यहाँ भी वे तीन दिन ही रह पाए। फिर किसी तरह उन्हें तीन महीने के लिए लीज पर मकान मिला।

काफी जद्दोजहद के पश्चात् उन्हें भूतल पर एक फ्लैट मिला जिसके दरवाजे चौड़े थे। अब उन्होंने विद्युतचालित व्हीलचेयर ले ली, जिससे वे अपने कॉलेज जाते थे।

1965 से 1970 के बीच स्टीफन हॉकिंग ने सामान्य सापेक्षता सिद्धांत की सहायता से गणितीय सिद्धांत तैयार किए और कॉस्मोलॉजी का अध्ययन किया। उन्होंने काफी काम रोजर पेनरोज के साथ मिलकर भी किया, जो उस समय लंदन के एक कॉलेज में थे। 1970 में उन्होंने ब्लैक होल पर अध्ययन प्रारंभ कर दिया।

उसी वर्ष उन्होंने ब्लैक होल में एक विशेष गुण देखा और पाया कि ये विकिरण करते हैं। उन्होंने आइंस्टाइन के सापेक्षता सिद्धांत और क्वांटम सिद्धांत को मिला दिया।

अपने असाधारण कार्य से उन्होंने पदोन्नतियाँ भी पाईं। 1969 में उन्हें फिर एक बड़ी फेलोशिप मिली। उनकी प्रतिष्ठा बढ़ती चली गई और 1972-73 में उन्हें अनुसंधान सहायक के रूप में कैम्ब्रिज में नियुक्त किया गया। 1973-75 के दौरान वे कैम्ब्रिज के गणित व सैद्धांतिक भौतिकी विभाग में अनुसंधान सहायक के पद पर काम करते रहे। अपने कार्य के बल पर उसी विभाग में वे 1975 में प्रोफेसर बनाए गए। मात्र 37 वर्ष की आयु में स्टीफन हॉकिंग को लुकासियन प्रोफेसर ऑफ मैथेमैटिक्स के पद पर कैम्ब्रिज विश्वविद्यालय में नियुक्त किया गया। इस पद की स्थापना ब्रिटिश सांसद हेनरी लुकास द्वारा छोड़ी गई धनराशि की सहायता से की गई थी। इस पद पर पहले आइजक बैरो की नियुक्ति हुई थी और सन् 1663 में सर

आइजक न्यूटन ने इस पद को सुशोभित किया था। बाद में डिराक जैसे वैज्ञानिक भी इस पद पर नियुक्त हुए।

इस पद पर नियुक्ति से पूर्व ही स्टीफन हॉकिंग को विभिन्न प्रतिष्ठित संस्थाओं का सदस्य या पदाधिकारी नियुक्त किया जा चुका था। 1968 से 1972 तक वे कैम्ब्रिज में सैद्धांतिक एस्ट्रोनॉमिकल संस्थान के सदस्य रहे।

स्टीफन ने अपने ब्लैक होल के अध्ययन को जारी रखा। 1969 में उन्होंने बिग बैंग सिद्धांत को सामने रखा था। इससे पहले खगोलशास्त्री यह मानते थे कि ब्रह्मांड पहले एक बड़े ठोस पदार्थ के रूप में था। इस बड़े टुकड़े में बड़ा विस्फोट हुआ और यह छोटे-छोटे टुकड़ों में बदल गया और टुकड़े दूर-दूर तक छिटक गए। ये टुकड़े तारों, ग्रहों, आकाशगंगाओं में बदल गए।

स्टीफन ने इससे आगे की प्रक्रिया की व्याख्या की और बताया कि छिटकने की यह प्रक्रिया अभी भी जारी है तथा ब्रह्मांड का आकार बढ़ रहा है। अपने सिद्धांत को सरल भाषा में समझाते हुए उन्होंने उदाहरण दिया कि यदि हम बैलून में दो निशान लगाएँ और बैलून को फुलाएँ तो इन निशानों के बीच की दूरी बढ़ेगी, पर वे रहेंगे बैलून में ही। इसी तरह हमारे ब्रह्मांड के तारे, ग्रह, आकाशगंगाएँ आदि एक-दूसरे से दूर जा रहे हैं पर वे रहेंगे इस ब्रह्मांड में ही।

स्टीफन ने यह परिकल्पना भी कर डाली है कि एक दिन यही ब्रह्मांड एक सीमा तक बढ़ने के बाद बैलून की तरह वापस सिकुड़ जाएगा और फिर से एक ठोस टुकड़ा बन जाएगा। अपनी परिकल्पना को प्रमाण देने के लिए स्टीफन ने खगोल भौतिकी व खगोल विज्ञान का गहन अध्ययन किया। उन्होंने ब्रह्मांड की सृष्टि और विकास से संबंधित सारी गुत्थियाँ खोल डालीं। इतना ही नहीं, उन्होंने इन्हें सरल भाषा में वर्णित भी किया।

इस सारे काम में उनकी पत्नी जेन ने उन्हें भरपूर सहयोग दिया। उनका पारिवारिक वातावरण सुखद रहा और उनके दोनों पुत्र राबर्ट और टिम्मी तथा पुत्री लूसी भी बड़े होने पर हर प्रकार का सहयोग करने लगे। गंभीर विकलांगता के कारण उन्होंने सैद्धांतिक भौतिकी में शोध जारी रखा। उनके मित्र व सहयोगी उन्हें लगातार सहयोग करते रहे। विकलांगता उनके कार्य में बाधक नहीं बन सकी और वे लगातार सेमिनारों में जाते रहे और अपने विद्वत्तापूर्ण भाषणों से जनता तथा विद्वानों को प्रभावित करते रहे। वे व्हीलचेयर पर बैठे-बैठे लोगों से बातें करते रहे।

पर विकलांगता उनका पीछा नहीं छोड़ रही थी। 1974 तक वे अपने आप खाना खा लेते थे। वे अपने आप बिस्तर से उठ जाते थे। पत्नी और बच्चों की सहायता से उनका सारा काम चल जाता था। पर उनकी शारीरिक दशा लगातार खराब होती रही

और घर के लोगों की सेवा पर्याप्त नहीं रही। अब उन्हें अपने शोध-छात्रों की सहायता लेनी पड़ी। वे अपने छात्रों की अपने घर में रहने की व्यवस्था करते तथा उनके शोध में ध्यान देते थे और बदले में वे छात्र उनकी सेवा भी करते थे।

बाद में यह भी पर्याप्त नहीं रहा और 1980 से उन्हें देखने के लिए नर्स सुबह-शाम आने लगी। पहले नर्स घंटे-दो घंटे को आती थी, पर 1985 में जब वे न्यूमोनिया की चपेट में आए तो उनका ट्रैकेस्टॉमी का ऑपरेशन किया गया और अब नर्स की आवश्यकता 24 घंटे पड़ने लगी। इसके लिए अनेक संस्थाओं ने उन्हें अनुदान भी दिया।

ऑपरेशन से पूर्व ही उनकी वाणी प्रभावित हो चुकी थी और बहुत थोड़े लोग ही उनकी बात मुश्किल से समझ पाते थे। वे किसी तरह बात कर लेते थे। वे अपनी सेक्रेटरी को वैज्ञानिक शोध-पत्र डिक्टेट कर लेते थे तथा अनुवादक की सहायता से सेमिनार में व्याख्यान भी दे लेते थे।

पर जब ऑपरेशन हुआ तो उनकी वाणी बिलकुल बंद हो गई और उन्हें काफी परेशानी होने लगी। तभी कैलीफोर्निया के एक कंप्यूटर विशेषज्ञ वाट वोल्टोज ने उनके बारे में सुना और एक कंप्यूटर प्रोग्राम तैयार करके भेजा। इक्वेलाइजर नामक इस प्रोग्राम के जरिये वे कंप्यूटर पर, जो उनकी व्हीलचेयर पर ही लगा था, अपनी बात दर्ज कर लेते थे। यह कंप्यूटर उनकी आँखों से भी नियंत्रित होता था।

अब कंप्यूटर से लगा स्पीच सिंथेसाइजर उनके मन की बात व्यक्त करने लगा। अब वे प्रति मिनट 15 शब्द की रफ्तार से अपनी बात कहने लगे। वे जो कुछ कहते, वह उनकी डिस्क में भी दर्ज हो जाता था। अब उनका लेखन और व्याख्यान पुनः प्रारंभ हो गया।

स्टीफन हॉकिंग की पहली रचना 1968-70 में रोजर पेनरोज नामक भौतिक-शास्त्री तथा जार्ज इलिस के साथ मिलकर प्रकाशित हुई थी। सिंगुलरिटी थ्योरम के नाम से छपी इस रचना में उन्होंने जनरल रिलेटिविटी के समीकरणों को हल किया।

1974 में उन्होंने अकेले ब्लैक होल्स के विस्फोट के बारे में अपने विचार बनाने प्रारंभ किए। वे विचार 'हॉकिंग रेडियेशन' के नाम से मशहूर हो गए। 1984 में उन्होंने कैलिफोर्निया के एक प्रोफेसर जेम्स हार्ट के साथ मिलकर समय के संक्षिप्त इतिहास पर काम करना प्रारंभ किया। उन्होंने प्रारंभ से ही ब्रह्मांड की उत्पत्ति की कल्पना को गणितीय समीकरणों की सहायता से सामने रखना प्रारंभ किया। इससे लोगों को ब्रह्मांड की उत्पत्ति के सिद्धांत को गहराई में जानने का अवसर मिला।

इस सिद्धांत का वर्णन करते हुए उन्होंने ईश्वर की कल्पना की भी विवेचना कर डाली। अन्य धर्मावलंबियों की ही तरह आम ईसाई भी मानते हैं कि संसार की सृष्टि

ईश्वर ने की है। पर स्टीफन ने अपनी परिकल्पना में यह साबित करने का प्रयास किया कि संसार की उत्पत्ति और विकास एक निर्धारित प्रक्रिया के तहत हो रहा है और इसमें ईश्वर की कोई भूमिका नहीं है। एक दिन इसी प्रक्रिया के तहत सृष्टि का समापन हो जाएगा।

स्टीफन का ईश्वर में अविश्वास बचपन से ही रहा। उनकी माता इसाबेल 1930 के दशक में कम्युनिस्ट विचारधारा की थी और पार्टी की सक्रिय सदस्य भी थी। स्टीफन के मन में ईश्वर के प्रति अटूट विश्वास के बजाय तर्क के आधार पर तथ्यों को स्वीकार करने की बात बचपन से बैठ गई थी। 13 वर्ष की आयु में स्टीफन बर्टेंड रसैल को अपना हीरो मानते थे।

पर 31 दिसंबर, 1962 में उनके जीवन में एक अनोखी घटना घटी और नववर्ष की पार्टी में वे जेन वाइल्डे के संपर्क में आए जो कट्टर ईसाई थी। जेन लगातार स्टीफन के साथ रही और मानती रही कि ईश्वर की कृपा से ही स्टीफन को जीवन मिला है, क्योंकि इसी बीमारी के शिकार तीन व्यक्ति दो, तीन और पाँच वर्ष की अवधि में मृत्यु के शिकार हो गए। स्टीफन के जीवन को डॉक्टरों ने भी चमत्कार माना।

1965 में विवाह के पश्चात् जेन ने न सिर्फ स्टीफन को सहारा दिया वरन् स्वयं भी मध्ययुग के पुर्तगाली इतिहास में डॉक्टरेट हासिल की। पर जब स्टीफन हाकिंग की पुस्तक 'समय का संक्षिप्त इतिहास' प्रकाशित हुई तो जेन सबसे ज्यादा आहत हुई। 1986 में उसने स्टीफन का साथ छोड़ने का फैसला कर लिया। उसके अनुसार वह ऐसे व्यक्ति के साथ नहीं रह सकती जो ईश्वर में विश्वास नहीं रखता है।

स्टीफन हॉकिंग की पुस्तक की एक करोड़ प्रतियाँ देखते-देखते बिक गईं। पर हमसफर जेन दूर हो गई। स्टीफन ने दूसरी शादी की और नई पत्नी का नाम एलेन मेसन है और यह नई पत्नी उनके साथ लंदन में रहती है।

इस पुस्तक के जरिये स्टीफन ने ब्रह्मांड की उत्पत्ति और विकास के बारे में अनेक शंकाओं का समाधान किया है। उन्होंने कहा कि ब्रह्मांड की कोई सीमा नहीं है। इसका कोई प्रारंभ नहीं है। इसका विनाश कितने समय में होगा यह भी तय नहीं है। यदि इस संसार को किसी ने उत्पन्न किया भी है तो उसके पास ज्यादा विकल्प नहीं थे।

पुस्तक के अंतिम अनुच्छेद में उन्होंने यह आशा भी व्यक्त की कि कुछ समय बाद ब्रह्मांड के भविष्य के बारे में और तथ्य सामने आएँगे और न सिर्फ वैज्ञानिक और दार्शनिक वरन् सामान्य लोग भी इसे अच्छी तरह जान जाएँगे और इस पर चर्चा कर सकेंगे।

यह पुस्तक न सिर्फ ज्यादा संख्या में बिकी वरन् विभिन्न देशों में गई और दो दर्जन से अधिक भाषाओं में छपी। अनेक समीक्षकों ने इसकी प्रशंसा की। एक समीक्षक ने लिखा कि ज्यादा संख्या में बिकने का यह अर्थ नहीं है कि लोगों ने इसे अच्छी तरह पढ़ा या समझा है।

तमाम विकलांगताओं के बावजूद अपनी हाजिरजवाबी के लिए मशहूर स्टीफन हॉकिंग ने जवाब दिया कि लोगों ने इसे सिर्फ रखने या दूसरों को दिखाने के लिए खरीदा होगा। गंभीर पुस्तकों जैसे बाइबिल या शेक्सपियर की रचनाओं के साथ अकसर ऐसा होता है।

'समय का संक्षिप्त इतिहास' स्टीफन की सर्वाधिक लोकप्रिय रचना अवश्य है पर यह पहली या अकेली रचना नहीं है। 1973 में उनकी पहली रचना 'लार्ज स्केल स्ट्रक्चर ऑफ स्पेस टाइम' छपी थी, जो उन्होंने इलिस के साथ मिलकर लिखी थी। 1979 में जब आइंस्टाइन की जन्म-शताब्दी मनाई गई तो उन्होंने सामान्य सापेक्षता सिद्धांत पर किताब लिखी। 1981 में उन्होंने 'सुपर स्पेस व सुपर ग्रैविटी' पुस्तक की रचना की। 1983 में उनकी 'दि अर्ली यूनीवर्स' शीर्षक पुस्तक प्रकाशित हुई। 1987 में एक और रचना प्रकाशित हुई जिसका शीर्षक था–गुरुत्वाकर्षण बल के 300 वर्ष। 1993 में उनकी 'ब्लैक होल्स व बेबी यूनीवर्स' शीर्षक पुस्तक प्रकाशित हुई। इसके बाद 1996 में उन्होंने रोजर पेनरोज के साथ मिलकर 'दि नेचर ऑफ स्पेस व टाइम' शीर्षक पुस्तक की रचना की।

इसके अलावा उन्होंने असंख्य लेख लिखे। आज हर प्रकाशक, हर पत्र-पत्रिका का संपादक उनकी रचना को छापने के लिए आतुर रहता है। यह स्थिति तब है जब वे न बोल पाते हैं और न लिख पाते हैं। यही नहीं, इस भयंकर विकलांग वैज्ञानिक की सारी दुनिया में माँग है और यदि हम उनका कार्यक्रम देखें तो पाएँगे कि जनवरी, 2000 में उन्होंने अमेरिका की एक कॉन्फ्रेस में व्याख्यान दिया। उसके बाद जून, 2000 में वे फिर अमेरिका गए जहाँ उन्हें सम्मानित भी किया गया। सितंबर, 2000 में कोरिया, जनवरी में मुंबई और दिल्ली, भारत, फरवरी-मार्च में फिर अमेरिका और अप्रैल, 2001 में ग्रेनेडा गए। हर जगह व्याख्यानों में भारी भीड़ जुटी रही।

सितंबर, 2001 में उन्हें नई व्हीलचेयर भेंट की गई और अक्टूबर, 2001 में जर्मनी में उनकी नई पुस्तक 'दि यूनीवर्स इन नटशैल' का लोकार्पण हुआ। इसके बाद उन्होंने पूरे यूरोप का दौरा किया। नवंबर, 2001 में वे जापान गए। जनवरी, 2002 में उनका 60वाँ जन्मदिन मनाया गया। अगस्त, 2002 में वे चीन गए जहाँ उन्होंने जगह-जगह व्याख्यान दिए और नई-नई चीजें देखीं।

सितंबर, 2002 में उन्हें नया कंप्यूटर मिला जो 1 गिगा हर्ट्ज पर चलता है। अब

उनके कार्य करने की गति और तेज हो गई। अक्टूबर, 2002 में वे फ्रांस गए।

कहाँ तो डॉक्टर यह अनुमान लगा रहे थे कि वे चंद महीने या एक-दो वर्ष ही जी पाएँगे और कहाँ आज वे एक-एक कर नए-नए सिद्धांतों का प्रतिपादन करते जा रहे हैं। उन्हें उम्मीद है कि वे ब्रह्मांड में स्थित एक-एक रहस्य खोल देंगे। वे अभी बीस वर्ष और जीना चाहते हैं और काम करते रहना चाहते हैं।

उनके नए सिद्धांत के अनुसार ब्रह्मांड के अनेक आयाम हैं। यह एक कोन की तरह है और यदि उसे सीधा काटा जाए तो यह गोल लगेगा और यदि टेढ़ा काटा जाए तो पैराबोला की तरह लगेगा। इस तरह हमें इसके नए-नए रूपों का दर्शन होता रहेगा।

न्यूटन और आइंस्टाइन के समकक्ष माने जाने वाले स्टीफन हाकिंग अपनी विकलांगता को वरदान मानते हैं। वे कहते हैं कि इस कारण वे वैज्ञानिक शोध पर ज्यादा ध्यान दे पाते हैं। वे गणितीय समीकरणों में ज्यादा नहीं उलझते हैं। जब भी उनके मस्तिष्क में कोई नई समस्या उभरती है तो वे उसे ज्यामितीय रूप दे देते हैं और इसके हल का पूरा खाका उनके मस्तिष्क में उभरता चला जाता है।

अपने अद्वितीय ज्ञान से दुनिया को प्रभावित करने वाले स्टीफन समय-समय पर सम्मानित भी होते रहे। अनेक विश्वविद्यालयों ने उन्हें अपनी-अपनी उपाधियों से नवाजा। कैम्ब्रिज फिलोसॉफिकल सोसायटी ने उन्हें विलियम हॉपकिंस सम्मान दिया और उसी साल इंस्टीट्यूट ऑफ फिजिक्स ने मैक्सवैल पदक प्रदान किया। 1976 में रॉयल सोसायटी ने उन्हें ह्यूज पदक प्रदान किया और उसी साल उन्हें अन्य पदक भी मिले और 1978 में उन्हें अल्बर्ट आइंस्टाइन सम्मान मिला और 1985 में रॉयल एस्ट्रोनॉमिकल सोसायटी ने उन्हें स्वर्ण पदक से सम्मानित किया। 1988 में उन्हें प्रसिद्ध वोल्फ पुरस्कार भी मिला और संडे टाइम्स ने उन्हें साहित्यिक पुरस्कार दिया तथा उसी साल उन्हें ब्रिटानिका पुरस्कार भी मिला।

उम्र के साथ उनकी विकलांगता भी बढ़ रही है। आज वे अत्यंत कमजोर भी हो चुके हैं। पर अभी भी उनका चिंतन जारी है। जब भी उनके मस्तिष्क में नया विचार आता है, उनके सुनहरे चश्मे के पीछे उनकी आँखें चमकने लगती हैं। व्याख्यान देते-देते वे बीच में थक जाते हैं। उनकी नर्स उनका चेहरा तौलिए से पोंछती है और उन्हें विश्राम की सलाह देती है। पर वे पुन: व्याख्यान देने में जुट जाते हैं।

वे श्रोताओं के प्रश्नों के उत्तर भी देते हैं। वे बाद में लिखित उत्तर भी भेजते हैं। इतने लोकप्रिय वैज्ञानिक को अब तक नोबल पुरस्कार क्यों नहीं मिला, इस पर लोग आश्चर्य करते हैं। कुछ का कहना है कि आम तौर पर खगोल-विज्ञान में अनुसंधान पर नोबल पुरस्कार कम मिलता है। दूसरी ओर नोबल पुरस्कार का फैसला

करने वाली स्वीडिश रॉयल अकादमी का मानना है कि किसी खोज पर नोबल पुरस्कार तब दिया जाता है जब उसे प्रयोगों द्वारा या निरीक्षण द्वारा साबित किया जा सके।

आज तक स्टीफन की परिकल्पनाएँ पुख्ता प्रमाणों द्वारा साबित नहीं की जा सकी हैं। उनके सिद्धांत पर आधारित गणित सुंदर लगता है और रोचक भी है, पर अभी तक इसे प्रमाण नहीं कहा जा सकता है।

पर आशा है कि अगले चंद वर्षों में प्रमाण भी मिल जाएँगे और उन्हें नोबल पुरस्कार भी अवश्य मिलेगा। यदि उसमें कोई गलती भी होगी तो भी उससे स्टीफन की प्रतिष्ठा पर आँच नहीं आएगी। आखिर न्यूटन का प्रकाश संबंधी सिद्धांत सदियों बाद गलत निकला। आइंस्टाइन क्वांटम मैकैनिक्स के अनेक मामलों में गलत साबित हुए, पर फिर भी वे भौतिकी के सितारे माने जाते रहे हैं।

आशा है, भविष्य में स्टीफन की लोकप्रियता और बढ़ेगी।

आविष्कारकों का भविष्य

प्रकृति अत्यंत विलक्षण व रहस्यमय है। अब तक तमाम वैज्ञानिकों ने इसके व्यापक क्षेत्रों में गहन खोज की है तथा इसकी व्यवस्था, प्रणाली, नियमितता व सामंजस्य से संबंधित अनेक जनोपयोगी परिणाम भी निकाले हैं। प्राकृतिक शक्तियों का मानव-लाभ के लिए दोहन भी किया गया है, पर इससे प्रकृति की रहस्यमयता में कोई कमी नहीं आई है तथा खोज की अभी भी अपार संभावनाएँ हैं।

प्रकृति में असंख्य रहस्य हैं। रहस्यों के अंदर रहस्य समाए हुए हैं। वैज्ञानिक जितनी खोज करते हैं, उतना वे आगे बढ़ते हैं, पर उन्हें लगता है कि अभी तो और आगे बढ़ना है। आविष्कारों व खोजों का सिलसिला शताब्दियों से चलता आया है और आगे शताब्दियों तक यूँ ही चलता रहेगा। कभी-कभी कठोर-सी दिखने वाली प्रकृति मानव की ज्ञान-पिपासा का मधुर फल देती रहती है।

शायद इसीलिए आविष्कारों की परंपरा कभी रुकी नहीं, हाँ, इसमें बीच-बीच में उतार-चढ़ाव अवश्य आए। प्रारंभिक मानव ने बहुत तेजी से आविष्कार किए। लगभग 5,000 साल ईसा पूर्व से 2,500 साल ईसा पूर्व तक बहुत ज्यादा ज्ञान विकसित हुआ। प्राचीन सभ्यताओं में विभिन्न प्रकार का विकास तेजी से हुआ। भारत में जहाँ एक ओर वैदिक ज्ञान फैला, वहीं यूनान, अरब देशों, चीन आदि में भी वैज्ञानिक विकास हुआ।

पर उसके बाद अनेक जगहों पर ठहराव भी आया। भारत में आविष्कारों के कारण आई असाधारण समृद्धि अपने साथ आलस्य व आपसी फूट लाई। उधर रोम, चीन में भी विभिन्न कारणों से वैज्ञानिक विकास रुक गया। इसका एक कारण यह था कि काम करने के लिए मनुष्य के पास पशु भी थे और मानवों का ही एक वर्ग भी था जो दास कहलाता था। अब मनुष्य का काम आसानी से चलता था और उसने आविष्कारों के स्थान पर सुलभ मनोरंजन जैसे संगीत, कला, रोचक साहित्य पर ज्यादा ध्यान देना प्रारंभ कर दिया।

पर यह स्थिति ज्यादा दिन नहीं चली। पशुशक्ति की धीमी रफ्तार से मनुष्य ऊब गया और दास-वर्ग के मुक्ति-संघर्ष में उसे हार दीखने लगी। अब उसे शक्ति के नये स्रोतों की आवश्यकता महसूस हुई।

पर जब भाप का इंजन बना तो शक्ति का नया स्रोत मिला। मनुष्य इस शक्ति से संतुष्ट नहीं हुआ और उसने विद्युत-शक्ति, गैस की शक्ति, पेट्रोलियम उत्पादों से

मिलने वाली शक्ति सहित सौर-शक्ति, पवन-शक्ति आदि भी विकसित कर डाली। इसके साथ ही आविष्कारों की श्रृंखला तेज होती गई। एक आविष्कार से दूसरा आविष्कार हुआ और कहीं दो आविष्कारों को जोड़कर तीसरा ही नहीं, चौथा आविष्कार भी कर डाला गया।

इसी प्रकार पहले मनुष्य के पास चंद पदार्थ ही थे जैसे लकड़ी तथा लोहा, सोना, चाँदी, पीतल आदि चंद धातुएँ। पर अब पदार्थों का नया भंडार मौजूद है। एक पदार्थ से दूसरा पदार्थ बनाने की प्रवृत्ति तेज हो गई है तथा विभिन्न शक्तियों वाले प्लास्टिक के पदार्थ, अनेक सिंथेटिक पदार्थ व कृत्रिम पदार्थ भी मौजूद हैं। आज वैज्ञानिकों के पास विकल्पों की कोई कमी नहीं है और मनुष्य आवश्यकता के अनुरूप पदार्थों का इस्तेमाल कर सकता है।

आविष्कार करने के लिए जानकारियों की भी आवश्यकता होती है। पहले चंद पुस्तकों की गिनी-चुनी प्रतियाँ उपलब्ध होती थीं। जानकारी हासिल करने के लिए उसे कठिन साधनों से दूर-दूर तक की यात्रा करनी पड़ती थी। आज मनुष्य के पास न सिर्फ ढेर सारी किताबें उपलब्ध हैं वरन् नवीनतम पत्र-पत्रिकाएँ भी उपलब्ध हैं। यही नहीं, रेडियो-टेलीविजन से भी नवीनतम ज्ञान हासिल होता है तथा टेलीफोन भी उपलब्ध है।

कंप्यूटर से जुड़े इंटरनेट, ई-मेल आदि ने जानकारियों का भंडार उँगलियों तक पहुँचा दिया है।

आज के आविष्कारक के पास विभिन्न प्रकार की ऊर्जा शक्ति, विभिन्न प्रकार के पदार्थ, विभिन्न प्रकार की जानकारियाँ, ज्ञान आदि हैं। आविष्कार करने के ये प्रमुख साधन हैं। इसके अलावा अनुकूल माहौल है जो आविष्कार की प्रक्रिया को आगे बढ़ाता है।

अब वह बात नहीं रही कि चर्च की मान्यताओं के खिलाफ जानकारी हासिल करना और उसे औरों को देना अपराध है। पहले इस कार्य के लिए फाँसी पर भी चढ़ा दिया जाता था और गैलीलियो जैसे वैज्ञानिक ने अपनी जिंदगी का बड़ा हिस्सा नजरबंदी में काटा।

आज तर्क के आधार पर वैज्ञानिक परीक्षणों की जाँच होती है। प्रायोगिक परिणामों की जाँच के लिए उन्नत आधुनिक उपकरण हैं तथा सैद्धांतिक परिणामों की जाँच के लिए उच्च गणितीय सिद्धांत भी उपलब्ध हैं जो कंप्यूटर की सहायता से सत्यापित करने में अल्प समय ही लेते हैं। बड़ी-बड़ी प्रयोगशालाएँ है जहाँ वैज्ञानिक कार्य किया जा सकता है। बड़ी-बड़ी संस्थाएँ भी मौजूद हैं जो व्यक्तिगत रूप से कार्य कर रहे वैज्ञानिकों, छोटी वैज्ञानिक संस्थाओं को ही नहीं, वैज्ञानिक छात्रों तक को

सहायता देती हैं।

वैज्ञानिक कार्यों के लिए अंत:प्रेरणा भी आवश्यक होती है। इसके लिए रुचि और इच्छाशक्ति ईंधन के रूप में कार्य करती है। रुचि अस्त-व्यस्त घूम रहे विचारों को मस्तिष्क में एक जगह लाती है और मनुष्य किसी एक विचार को लेकर कार्य प्रारंभ करता है। आज वैज्ञानिकों और भावी वैज्ञानिकों में प्रेरणा जगाने के लिए तमाम विचारोत्तेजक पत्रिकाएँ निकलती हैं। जगह-जगह सेमीनार गोष्ठियाँ आदि होती हैं।

पहले वैज्ञानिक परिणामों की चोरी भी हो जाती थी। एक वैज्ञानिक खोज करता था और दूसरा उसे चुराकर अमीर उद्योगपति हो जाता था। अब ऐसा संभव नहीं है। पेटेंट कराने की प्रक्रिया काफी सरल बना दी गई है। विश्व का पहला पेटेंट सन् 1421 में इटली के फ्लोरेंस शहर में दिया गया था। आज हर साल हर देश में हजारों की संख्या में पेटेंट प्रदान किए जाते हैं और आविष्कर्ता को लगभग 17 वर्ष की अवधि तक उस पेटेंट से लाभ उठाने या पैसा लेकर उसे आगे किसी को बेचने का अधिकार होता है।

आज का आविष्कर्ता ज्यादा सुरक्षित है। वह अपनी खोज को शीघ्र ही प्रकाशन हेतु भेज सकता है। वह पुरस्कार हेतु भी भेज सकता है। अंतर्राष्ट्रीय स्तर पर नोबल पुरस्कार से लेकर अनेक पुरस्कार मौजूद हैं जो आविष्कर्ता का हौसला भी बढ़ाते हैं तथा आर्थिक लाभ भी पहुँचाते हैं। राष्ट्रीय व प्रादेशिक स्तर पर भी आकर्षक पुरस्कार हैं।

पहले आमतौर पर आविष्कारक अकेले काम किया करते थे। उन्हें अपने उपकरण बनाने के लिए छोटे-छोटे पुर्जे भी खुद ही बनाने पड़ते थे। अब आविष्कारक छोटे कारखानों से इन्हें बनवा सकता है। अब शोध-कार्यों के लिए शोध सहायक भी आसानी से मिल जाते हैं। अब समूह में काम करना आसान हो गया है।

तमाम खोजों और आविष्कारों के बावजूद आज आविष्कारकों के समक्ष अनेक चुनौतियाँ हैं। सबसे बड़ी चुनौती पर्यावरण संबंधी है। 1985 में पृथ्वी को खतरनाक सौर विकिरण से बचाने वाली ओजोन की परत में छेद की जानकारी मिली। 1986 में चेर्नोबल में परमाणु संयंत्र में हुई दुर्घटना ने भी वैज्ञानिकों को हिला दिया। इसके साथ ही ऐसी तकनीक के विकास की माँग आ खड़ी हुई जो पर्यावरण के साथ मित्रवत् हो तथा उसे हरित तकनीक का नाम दे दिया गया। एयरोसोल के कंस, जिनमें ओजोन को क्षति पहुँचाने वाली गैसें होती हैं, अलोकप्रिय हो गए और बिना लेड वाला ईंधन जगह-जगह प्रयोग में आने लगा। वैज्ञानिकों ने जब पृथ्वी के तापमान में वृद्धि का आकलन किया और उसके कारण संभावित खतरों की कल्पना की तो इस नई चुनौती ने सभी को झकझोर दिया। यदि खनिज ईंधन के कारण निकलने वाली कार्बनडाइऑक्साइड की उत्पादन-दर यही रही तो पृथ्वी का तापमान असाधारण रूप

से बढ़ जाएगा और हिमालय सहित दोनों ध्रुवों की बर्फ पिघलेगी। इससे सागर का जलस्तर बढ़ेगा और धरती का बड़ा हिस्सा डूब जाएगा और साथ ही भविष्य में नदियों में पानी सूख जाएगा। पर्यावरण-संतुलन बुरी तरह बिगड़ेगा।

आज वैज्ञानिकों के समक्ष चुनौती है कि वे ऊर्जा के हरित साधनों का तेजी से विकास करें। सौर-ऊर्जा, पवन-ऊर्जा, सागर-ऊर्जा सहित ऐसे साधनों के विकास की भी आवश्यकता है जो कार्बन डाइऑक्साइड के प्रभाव को न्यूनतम कर दें।

पर्यावरण की रक्षा के लिए रेलों सहित यातायात के सामूहिक साधनों के विकास की भी आवश्यकता है। साथ ही अत्यधिक शोर करने वाले सुपर सोनिक विमानों के स्थान पर नए विमानों के निर्माण की भी जरूरत है। अंतरिक्ष में निवास या दूसरे ग्रहों पर कॉलोनी बनाने की भी कल्पनाएँ की जा रही हैं।

बायोटेक्नोलॉजी में भी विकास की असीम संभावनाएँ हैं, उससे अनेक यांत्रिक प्रक्रियाओं में परिवर्तन किया जा सकता है। जेनेटिक इंजीनियरिंग के विकास से नई दवाओं, नए खाद्य-पदार्थों का विकास किया जा सकता है–बायो चिप्स से इलैक्ट्रॉनिक्स में भी क्रांति लाई जा सकती है।

इस प्रकार हम देखते हैं कि आविष्कारकों के समक्ष चुनौतियाँ उसी प्रकार खड़ी हैं जैसे औद्योगिक क्रांति के पूर्व खड़ी थीं और इनका सामना करने के लिए बड़ी तादाद में आविष्कारकों की आवश्यकता है।

आप भी आविष्कारक बन सकते हैं : हर आयु-वर्ग का व्यक्ति हर प्रकार की शिक्षाप्राप्त व्यक्ति आविष्कारक बन सकता है। आपने आविष्कार अभी तक नहीं किया तो कोई बात नहीं, भविष्य में कर सकते हैं। अनेक लोग किशोरावस्था में ही आविष्कारक बन जाते हैं। कुछ लोग जीवन के अंतिम पहर में नया काम करके अमर हो जाते हैं।

आप विज्ञान के छात्र रहे हैं या किसी अन्य विषय के। आप जिस किसी क्षेत्र में काम कर रहे हों, अपने आसपास हो रहे काम को ध्यान से देखिए और उसे बेहतर बनाने का प्रयास कीजिए। आपको कठिनाइयाँ आएँगी पर साथ में आनंद भी आएगा। कुछ लोग आपकी आलोचना करेंगे पर आम लोगों में अंततः आपकी प्रतिष्ठा बढ़ेगी। आविष्कारों की आवश्यकता सिर्फ वैज्ञानिक क्षेत्रों में ही नहीं है, यह हर क्षेत्र में आवश्यक है। हम अपने रहन-सहन, व्यवहार में क्रांतिकारी परिवर्तन लाकर आविष्कार कर सकते हैं। गरीबों, असहायों, विकलांगों के जीवनस्तर को सुधारकर आविष्कार कर सकते हैं। उन्नत तकनीकों का बहुत थोड़ा लाभ गरीबों व विकलांगों तक पहुँचा है। रोबोट के विकास व रोबोट द्वारा हृदय प्रत्यारोपण ऑपरेशन के बावजूद मानसिक रूप से विकलांगों के लिए अभी तक ऐसे उपकरण नहीं बने हैं जो उनकी दैनिक व आवश्यक जरूरतों को इंगित कर दें। इस क्षेत्र में बहुत काम की आवश्यकता है।

आइए, आज ही प्रारंभ करें।

परिशिष्ट

पुस्तक में वर्णित आविष्कारक व उनके आविष्कार

1. **आर्कमिडीज**
   - तैरने का सिद्धांत
   - सापेक्षिक घनत्व
   - लीवर, घिरनी सिद्धांत
   - सौर ऊर्जा द्वारा अग्नि उत्पन्न करना
   - विभिन्न गणितीय सिद्धांत, क्षेत्रफल आदि निकालना
   - आर्कमिडीज स्क्रू

2. **आदि आर्यभट्ट**
   - विभिन्न गणितीय सिद्धांत
   - दशमलव, पाई का मान आदि की गणना व उपयोग
   - बीजगणित
   - त्रिकोणमिति,
   - खगोलशास्त्र संबंधी नियम
   - सूर्य-ग्रहण, चंद्र-ग्रहण आदि की गणना

3. **आचार्य चरक**
   - उचित आहार निर्देश
   - उचित औषधि निर्देश
   - शरीर का वर्णन
   - विकारों का वर्णन
   - खाद्य-सामग्री के गुणों व अवगुणों का विवेचन
   - जल के गुणों का वर्णन
   - रक्त का वर्णन,
   - कृमि (बैक्टीरिया) का वर्णन
   - क्षयरोग, मानसिक रोगों का वर्णन व निदान
   - मंत्र चिकित्सा
   - वैद्यों के लिए आचारसंहिता

4. **आचार्य सुश्रुत**
   - शल्य क्रिया के विभिन्न तरीके
   - मर्म स्थलों का अध्ययन
   - ऑपरेशन की संपूर्ण विधि
   - शल्य क्रिया के लिए उपकरण
   - प्लास्टिक सर्जरी
   - मौसम का मानव व पशुओं पर प्रभाव

5. **भास्कराचार्य**
   - विभिन्न गणितीय सिद्धांत
   - खगोल-विज्ञान संबंधी खोज
   - पृथ्वी के संतुलन का सिद्धांत
   - गुरुत्वाकर्षण का सिद्धांत
   - गोले की सतह, घनफल आदि निकालने का सिद्धांत

6. **जोहान गुटेनबर्ग**
   - छपाई का पुनः आविष्कार

7. **लियोनार्डो द विंसी**
- चित्रकारी की नई कला
- मूर्तिकला संबंधी प्रयोग
- सिविल अभियांत्रिकी संबंधी आविष्कार
- अनेक अनोखी वस्तुओं का डिजाइन
- अलार्म घड़ी
- वातानुकूलन संयंत्र
- टैंक
- पनडुब्बी
- गोताखोरी के उपकरण
- हैलीकॉप्टर
- भूमिगत नहरें
- गैस मास्क
- मनुष्य के शरीर के विभिन्न अंगों का अध्ययन

8. **गैलीलियो**
- पेंडुलम का सिद्धांत
- हाइड्रोस्टैटिक बैलेंस
- खगोलशास्त्र के लिए उपयोगी दूरबीन
- वस्तु के गिरने का सिद्धांत
- पल्स मीटर
- सूर्य ब्रह्मांड का केंद्र, पृथ्वी नहीं
- गति संबंधी नियम

9. **सर आइजैक न्यूटन**
- गुरुत्वाकर्षण का नियम
- बाई नोमियल थियोरम
- डिफेरेंशियल कैलकुलस व इंटीग्रल कैल्कुलस
- रिफ्लैक्टिंग टेलीस्कोप
- प्रकाश के सात रंग
- प्रकाश के परावर्तन व अपवर्तन संबंधी नियम
- प्रकाश की वेव थ्योरी

10. **जेम्स वाट**
- भाप का इंजन

11. **एली व्हाइटने**
- कॉटन जिन (कपास के रेशे निकालने की मशीन)
- बड़े पैमाने पर एक-सा उत्पादन करने की प्रणाली

12. **राबर्ट फुल्टन**
- पनडुब्बी
- भाप के इंजन से चलने वाली नौकाओं का व्यावसायिक प्रयोग
- युद्धपोत

13. **जार्ज स्टीफेंशन, राबर्ट स्टीफेंशन, जार्ज राबर्ट स्टीफेंशन**
- रेल का इंजन
- खान के अंदर मजदूरों के लिए सुरक्षा लैंप

14. **सामुवेल फिनले ब्रीज मोर्स**
- टेलीग्राफ

15. माइकेल फैराडे
- विद्युत उत्पादन
- क्लोरीन का द्रवीकरण
- बेनजीन
- विद्युतधारा का चुंबकीय प्रभाव
- इलैक्ट्रोलिसिस

16. चार्ल्स बबाज
- डिफरेंशियल इंजन
- अनालिटिकल इंजन (नक्शों में)
- ब्लैक बक्स (जो हवाई जहाजों में प्रयोग होता है)
- फ्लैशिंग बीम (लाइट हाउस में प्रयोग हेतु)
- काउ कैचर (गायों को रेलगाड़ी से बचाने हेतु)
- भूकंप की तरंगों को नापने का उपकरण
- ऑप्थलमोस्कोप

17. सायरस हॉल मैकॉर्मिक
- फसल कटाई मशीन

18. आइजैक मेरिट सिंगर
- सिलाई मशीन
- लकड़ी की नक्काशी करने हेतु मशीन

19. अल्फ्रेड नोबल
- डायनामाइट
- जिलेटिन
- बैलीस्टाइट
- कृत्रिम रेशम
- गर्म हवा वाले इंजन
- गैस मीटर
- कृत्रिम चमड़ा

20. कार्ल बेंज
- मोटरकार
- ट्रक

21. अलैक्जेंडर ग्राहम बैल
- टेलीफोन
- कृत्रिम श्वास देने के लिए वैक्यूम जैकेट
- दूरबीनयुक्त प्रोब (शरीर के अंदर फँसी गोली को ढूँढ़ने वाली)

22. थॉमस अल्वा एडीसन
- वोट रिकॉर्डिंग मशीन
- तीव्र गति वाला टेलीग्राफ
- परिष्कृत टिकट मशीन
- माइक्रोफोन
- फोनोग्राफ
- मेगा फोन
- ध्वनि से चलने वाले खिलौने, उपकरण
- बिजली का बल्ब
- फ्लोरोस्कोप (ऑपरेशन में सहायक)
- कार्बोलिक एसिड
- युद्धक सामग्री (गोले,

तारपीडो, पेरिस्कोप आदि)
- घरेलू पौधों से रबर
- टाइपराइटर का ढाँचा
- पावर हाउस

23. जार्ज ईस्टमैन
- कैमरा
- कोडक फिल्म

24. जोसेफ जॉन थॉमसन तथा जार्ज पेजेट थॉमसन
- इलैक्ट्रॉन
- गैस में विद्युत प्रवाह
- इलैक्ट्रान के विकिरण को फोटोग्राफिक प्लेट पर दर्ज करना

25. जगदीश चंद्र बसु
- वायरलेस संयंत्र
- विद्युत चुंबकीय तरंगों के गुण
- पौधों में जीवन
- बैलेंस्ड क्रैस्कोग्राफ तथा जैव भौतिकी संबंधी उपकरण

26. जार्ज वाशिंगटन कार्वर
- कृषि संबंधी नवीन प्रक्रियाएँ
- नई फसलें
- कृषि उत्पादों से नवीन व्यंजन (चटनी, पेय पदार्थ आदि)
- रबर बनाने की नई विधि
- पर्यावरण संबंधी शोध

27. विल्बर राइट व ओरविल राइट
- हवाई जहाज

28. मैडम क्यूरी व प्रो० पियरे क्यूरी
- क्रिस्टल में समानता (Symmetry)
- क्यूरी चुंबकीय तराजू
- शुद्धतम रेडियम का निर्माण

29. गुग्लिल्मो मारकोनी
- वायरलेस

30. अल्बर्ट आइंस्टाइन
- प्रकाश संबंधी फोटोन थियोरी
- पदार्थ और ऊर्जा में संबंध
- सापेक्षता सिद्धांत

31. रॉबर्ट हुचिन्सन गोडार्ड
- राकेट (तरल ईंधन से चलने वाला)

32. चंद्रशेखर वेंकटरामन
- ध्वनि संबंधी सिद्धांत
- प्रकाश संबंधी सिद्धांत
- 2500 रासायनिक पदार्थों का अध्ययन

33. आइरीन जोलियट व फ्रेडरिक जोलियट
- कृत्रिम रेडियोधर्मी तत्त्व

34. अर्नेस्ट आर्लेंडो लॉरेंस
- साइक्लोट्रॉन

35. एनरिको फर्मी

- परमाणु विखंडन प्रक्रिया पर नियंत्रण
- परमाणु ढेरी (Pile) का निर्माण

36. फिलो टेलर फार्नसवर्थ

- टेलीविजन
- चिकित्सा उपकरण

37. सुब्रह्मण्यम चंद्रशेखर

- तारों की संरचना, विकास व विनाश की जानकारी

38. डॉ० हरगोविन्द खुराना

- जीन्स की कोडिंग प्रक्रिया
- आनुवंशिकी संबंधी खोज

39. जैक स्टी० क्लेयर किल्बी तथा राबर्ट नॉर्टन नॊयसे

- माइक्रोचिप्स
- सौर सैल
- छोटा कैल्कुलेटर

40. स्टीफन हाकिंग

- ब्रह्मांड की उत्पत्ति, विकास और विनाश संबंधी खोज

□□